KB160324

붉은 미궁
Red Labyrinth

붉은 미궁
Red Labyrinth

대삶 장편 소설

FEEL PREMIUM EDITION

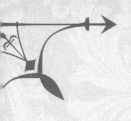

contents

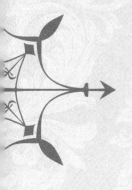

지금부터 우리가 알아 갈 이카릴이란 여자를 정의 내리기란 생각보다 어려운 일이다.

그녀의 인생은 기구한 데다 비참하기까지 하여 가여운 희생양으로 아는 이가 많다. 부러질 듯 가는 다리와 겨울 가지 같은 앙상한 손목, 푸른 기 도는 창백한 외모도 그러하다. 병들고 허약한 육체는 누가 보아도 철저한 약자이며 피식자가 아닌가.

그러나 벌레 하나 못 죽일 것 같은 이 여자가 그 간사한 입을 놀려 멀쩡한 사람도 산 채로 짓이긴 적이 적지 않으니 단지 세상의 피해자라고만 보기에는 적절치 않다.

남을 혐오하고 증오하는 그러한 격렬한 감정조차 그녀는 누구보다 하찮게 가지거나 버릴 수 있었다. 안전한 상황에서는 타인의 피도 즐길 수 있었지만 일신의 불안 앞에서는 겉바람에도 쉽게 겁에 질리고 공포에 떨었다.

그러니까 그 불행이 제 것이 아니라면 눈앞에서 누가 죽더라도 뚜하니 흘깃 보고 말 정신머리를 가졌다는 것이다. 그런 잔혹함에도 불구하고 여자는 어린아이보다 약하고 순수했으며 무력했다.

육체고 마음이고 병들어 일평생 잔인하도록 이기적일, 그러나 더없이 소녀 같은 여자.

이카릴 시본느는 그러했다.

자, 이제 그녀의 이야기를 거슬러 올라가 보자.

⚜

그녀는 창녀였다.

실제로 돈을 받고 몸을 판 적은 없었으나 제 태생이 그러했고 이때껏 거쳐 온 자리 자리가 그토록 귀하고도 천했다. 겉껍데기만 화려한 구리 금관이었고 보기 좋은 박제였다. 너무 하찮은 비유라고? 그래도 썩은 내가 배지 않는 것들임이 어디인가.

물론 타인이 저에게 지껄이기를 이와 같았다면 그녀는 그 안개꽃같이 흐릿하고 수줍은 듯 연한 미소를 띤 채로 그의 혀를 산 채로 뽑으라 했을 것이다. 순간의 아이 같은 충동과 경멸을 못 견디고 제 평생 증오하는 사내의 소맷자락을 붙잡으며 투정 부릴 수 있는 여자였다, 이카릴은.

그녀의 첫 번째는 아르고니아 왕의 막내딸이었다.

인간이 산 이래 가장 오래된 첫 번째 땅, 검은 바다의 진주인 섬나라 아르고니아. 그곳이 그녀가 난 고향이었다. 왕비의 배꼽 아래에서 잉태되어 꼬물거릴 무렵 차라리 사내아이로 점지되었다면 어쩌면 좀 더 쉽고 편하게 인생을 마무리했을지도 모른다. 그랬더라면 왕국이 불타는 것과 함께 그 하찮고 가여운 목숨도 같이 점화되었을 테니.

귀한 태이니 누구보다 귀히 자랄 거란 것은 편견이다. 여자아이. 그것도 왕의 막내딸이라는 점이 그녀를 창녀로 만들었다. 참 아이러니하게도 가장 높은 곳에서 난 덕분에 바닥까지 떨어지기도 쉬웠다.

가장 오래 고인 물인 탓인지, 대륙과 홀로 떨어진 외딴 곳이라 그러한 것인지는 모르겠지만 아르고니아는 기이한 토속 종교와 미신이 장악한 땅이었다. 신성한 피를 더럽혀서는 안 된다는 이유로 수 세기간 남매끼리 근친혼을 유지할 정도로 머리끝까지 기괴한 종교에 세뇌된 병든 토양에서 '그' 이카릴이 태어난 것도 무리는 아닐 것이다. 그들의 신앙에 따르면 왕의 몸에서 난 마지막 꽃은 꺾어 신에게 바쳐야 마땅했다.

그래서 이카릴은 젖을 떼자마자 신전에 바쳐졌다.

우선 그녀는 날 때부터 병약했다. 사제는 공주가 다섯 살이 되도록 걷기는커녕 말도 트지 못하고 이가 자주 빠져 죽을 씹어야 했기에 얼마 못 가 죽으리라 생각했다. 게다가 뿌옇게 몽롱한 붉은 눈동자는 아름다웠으나 왼쪽 눈은 기형적인 사시였다.

왕은 선천적인 간질과 잦은 병마, 노화로 불임이었기에 더 이상의 공주는 기대할 수 없었다. 남은 하나의 공주, 이카릴의 언니는 미래 왕의 여자로서 아이를 낳아야 했기에 '신의 여자'로 감히 바랄 수 없었다.

결국 이카릴이 일곱 살일 무렵, 사제들은 억지로 묽은 죽에 고기와 귀한 해산물을 개켜서 삼키게 하고 여린 등에 회초리를 치며 걷게 만들었다. 기형적인 눈은 멀쩡한 쪽을 칭칭 감아 앞을 못 보게 하고 제대로 바로 뜨지 못하면 뺨을 때렸다. 신에게 바쳐질 여자는 완벽해야 했으니까. 당시의 그 작고 어린 소녀는 귀한 피임에도 짐승처럼 길들여져 자랐다.

학대가 무서워서인지 결국 그녀는 다음 해가 채 가기 전에 엉거주춤 걷게 되었고, 상대방을 불완전한 눈빛이나마 똑바로 올려다볼 수 있게 되었다. 하지만 그 후유증으로 평생 동안 의심과 피해망상, 폭력적인 기미가 보일라치면 발작하는 트라우마가 생겼으나 아무래도 좋을 일이었다.

공주는 한 번에 좌중을 끌 미인은 아니었지만 겨울을 견디는 구더기처럼 끈질기게 살아남았고, 나이에 비해 비정상적일 정도로 왜소했으나 사지 멀쩡하게 걷고 말할 수 있었다. 그거면 족했다.

신전의 무녀가 된 왕의 딸은 완전한 '여성'이 되면 신에게 바치는 제물로서 의식을 치렀다. 신의 종들인 사제, 신의 부속물인 귀족, 신의 아이인 왕족에 이르기까지 그들의 영혼과 세파에 더러워진 육체를 정화해 주는 신성한 관례라고 그들은 말했다.

말이 의식이지 실상은 '신의 창녀'나 다름없었다. 이카릴은 저를 어릴 적부터 기묘한 눈길로 훑는 시선들을 끔찍해했다. 축제 때 잡을 짐승의 가격을 매기는 듯한 그것들의 역겨움을 본능처럼 알았다.

거울과 수면에 비치는 마른 얼굴이나 보잘것없는 몸은 그녀가 보기에도 아름답지 않았으나, 사제들은 그 시든 작은 꽃에서 미래 화사하게 만개할 꽃송이라도 본 듯이 그녀를 값비싼 돼지마냥 피둥피둥 살찌우려 했다.

혹자는 그런 비참한 삶이라면 차라리 목숨을 끊으라 말하리라. 그러나 이카릴은 살고자 하는 욕구가 저잣거리의 천민보다 더 강했다. 제 몸을 별별 종자들이 신성이란 껍질로 위장한 채 탐해도 어떻게든 살 요량이었다. 어쩌면 초경을 치를 날이 아직 멀었기에 의식의 끔찍함을 몰라서 그럴지도 몰랐다. 그러나 알든 모르든 역시나 결과는 같으리라.

그 괴이할 정도의 집착은 저와 다르게 화려한 금붙이를 걸친 손위 언니가 이따금 찾아와 이유 없는 매질을 퍼붓고 제 신음에 즐거워해도, 왕의 후계자라는 오라비의 눈에 띄어 갖은 희롱과 지분거림을 당해도 일절 흔들림이 없었다. 오히려 더 강해지기만 했다.

그녀 나이 열둘, 오라비이자 미래의 지아비가 이카릴에게 눈독을 들이고 있다는 것을 눈치챈 언니가 뜨거운 물을 손등에 끼얹었다. 벌

짙게 남은 화상은 지워지지 않았다.

　그 일이 있은 후 이카릴은 우연히 언니의 궁을 지나가다 그녀가 아끼는 어린 시동을 실수로 밀어 연못에 빠뜨렸다. 시동은 익사했다. 이카릴은 우는 언니에게 웃으며 미안하다 말했다.

　열네 살 즈음, 슬슬 피가 비칠 때라 여사제들이 속곳을 들춰 봐도 그녀의 몸은 아직 덜 자란 듯했다.

　하지만 성장의 변화가 아예 없지는 않았다.

　이카릴은 바싹 성마른 어린 소녀였고 문지르면 지워질 것처럼 덧없는 존재감을 갖고 있었다. 옅은 갈색이던 머리칼은 점점 옅어져 거의 백발처럼 희었다. 그마저도 날마다 여사제가 꿀과 기름을 섞어 바르지 않았다면 뚝뚝 끊어질 만큼 얇았다. 깡마른 광대뼈와 부러질 듯 가는 목, 팔다리가 볼품없었으나 가늘고 섬세한 눈매와 핏줄이 비칠 만큼 투명한 피부, 안개 품은 홍옥 같은 붉은 눈동자만은 봐 줄 만했다.

　힐끔힐끔 눈치 보듯 불안하게 움직이는 시선은 신경질적이었고 작은 코와 어린 새의 솜털 같은 눈썹, 잘근잘근 습관적으로 씹는 빨간 입술 같은 것이 이상스레 시선을 끌었다. 당장 죽을 것 같던 어릴 적에 비하면 키도 제법 자랐다.

　하지만 그뿐이었다.

　여전히 그녀는 소녀로 고여 있는 채로 여러 해가 흘렀다. 그리고, 서리 내린 머리카락이 날개뼈를 넘어 허리춤까지 드리워질 무렵,

　아르고니아에 이방인들의 나라, 대륙의 인간들이 쳐들어왔다.

　판케아트. 전쟁과 약탈로 번성한 가장 거대한 제국. 제국의 인간들은 무척 잔혹하고, 동정이 없었으며, 오래된 역사에 비해 너무도 작은 이 나라에 충분히 비정했다. 피와 죽음의 냄새가 났다. 침략자들이 금방 수도로 올라와 그들을 다 죽인다 했다.

　이카릴은 전쟁이 났다는 소식에 처음에는 남 일처럼 무관심하다가 제국의 군인들이 성 밖까지 밀어닥치자 그제야 잔뜩 공포에 질려 달

달 떨었다. 두려움은 신전 사제들의 비명이 들리고 곳곳에 연기가 치솟자 형체 불분명한 것까지 더해져 더욱 크기를 부풀렸다.

죽기 싫어!

그녀는 머리를 움켜쥐고 방구석으로 숨어들었다. 부들부들 떨며 생전 처음으로 의례적인 것이 아닌 진심을 다해 기도했다. 살려 주세요. 살려 주세요. 살려 주세요.

만약 우리의 주인공 이카릴에게 전지전능한 이가 지금까지의 고단함과는 비교도 안 되는 몇 배의 고통스런 삶이 가시밭길처럼 깔려 있다 하며 생사를 선택하라 한다면 어떤 대답이 나올까.

비참했던 지금까지의 10년과 죽음, 앞으로 펼쳐질 더 끔찍한 10여 년의 삶. 주저할 것 없이 그녀는 후자를 택했을 것이다. 그녀에게는 '살아 있다'는 것 자체가 중요했다. 미래의 고통 따위 미래의 그녀 것이다. 현재의 그녀는 살아야 했다. 그러니 몇 년 후의 이카릴이 지금 이 순간으로 다시 돌아온다 해도 결과는 같을 것이다.

그렇다. 쓴 물을 삼키면서, 가장 나락으로 떨어졌을 때 이루어진 그 사내와의 만남을 다시 시작하고 말겠지. 어쨌든 살 수 있다면 이카릴은 말하리라. 그것도 나쁘지는 않다고.

신은 답하지 않았으나 그녀의 소원은 이루어질 것이다.

지극히 잔인할 만큼 희극적이고, 그래서 비극일 수밖에 없는 이 이야기는 아직 시작도 하지 않았으니까.

1.

미궁을 벗어난 나비

아이는 길을 나선 후 처음으로 한 나그네를 만났다.

아이야, 아이야. 어디를 그리 바삐 가니.

먼 곳의 할머니를 뵈러 가요.

아이야, 아이야. 왜 그리 힘들어 하니?

이 강은 너무 차갑고 깊어서 다리가 얼어 버릴 것 같아요.

그럼 내게 업혀 가련?

아이는 고민하다 그의 등에 업혔다. 나그네는 손쉽게 강을 건넜다.
이윽고 강기슭에 다다랐으나 아이는 더 이상 스스로 걸을 수 없다는
것을 깨달았다.

당신의 이름은 무엇인가요?

나그네는 귀밑까지 찢어진 입술을 열어 대답했다.

나의 이름은 죽음, 혹은 인과, 너를 데리러 온 과거의 그림자란다.

〈복수라는 이름을 가진 남자 — 아르카디아 기담奇談〉

입술이 터져 피가 흘렀다. 딱딱 이를 부딪치다가 상처가 난 탓이다. 한번 피가 나면 잘 그치지도 않는지라 하얀 목까지 주룩 선명한 붉은 선이 그려졌다.

"이카릴!"

이 부름이 몇 초라도 늦었다면 어쩌면 그녀는 날붙이의 노림보다 먼저 공포에 미쳐 죽어 버렸을지도 모른다. 그 정도로 죽음이 끔찍하게 무서웠다. 제 방을 걸어 잠그고 구석에 숨어 있던 이카릴은 익숙한 목소리에 화들짝 놀라 일어났다. 거칠게 문이 열리고 익숙한 사람이 갑옷에 피를 뒤집어쓰고 나타났다.

이카릴은 허옇게 질려 그 피를 바라보았다. 평소 대사제가 알 수 없는 이유를 들어 어린 사제들을 살갗이 터질 만큼 매질하거나 오라비나 언니가 놀이처럼 잔인하게 노예를 베어 죽여도 아무렇지도 않았는데, 지금 뒤집어쓰고 있는 저 피가 제 것이 될 수도 있다 생각하니 끔찍한 것이다.

"이카릴."

그가 팔로 얼굴을 한 차례 훔치고 나서야 그녀는 그를 제대로 인식했다. 멍한 머리로 그 남자가 제 오라비이자 미래의 왕인 하티야라는 걸 알았다. 그 순간 죽음의 공포가 씻은 듯이 사라졌다. 제 몸을 노릴지언정 절대 죽이지는 않을 사람이라는 사실 하나만으로 긴장이 풀렸다.

평소 오만하고 이상한 광기와 불만으로 가득 차 있던 두 눈은 딱딱하게 굳어 있었다. 불균형적으로 툭 불거진 팔에는 기다란 상처가 나 피가 흘렀다. 아르고니아의 모든 여자들과 언니가 얼굴을 붉히고 늠름하다 속닥이던 것이 볼품없게 되었다. 하티야는 연신 불안한 기색으로 사방을 두리번거리더니 성큼성큼 걸어와 이카릴의 손목을 낚아챘다.

"주변에 아무도 없느냐? 왜 너 혼자 있는 거지?"

"모, 모르, 모르겠어요. 어떻게 된 건가요. 우린 안전해요?"

"모르겠다. 난 수하들과 흩어지고 말았어. 타마르도 그리 어이없이 죽었으니."

"타, 타마르 오라버니가 죽어요?"

이카릴은 놀라 딸꾹질을 했다. 타마르는 왕의 둘째 아들이었다. 이제 왕가에는 너무 흔하게 되어 버린 선천적 기형으로 언청이였으나 말을 잘 탔고, 왕의 아들들 중에서 가장 검에 뛰어났다. 그 검고 거대한 덩치의 거인 같던 사람이 덧없이 죽어 버렸다니. 이카릴은 슬픔보다 이상한 실망감과 절망을 느꼈다. 손톱을 잘근잘근 씹었다.

하티야의 표정이나 말하는 걸 보건대 자세히는 몰라도 성문은 진작 뚫리고 적군이 밀어닥친 게 분명했다. 전부 포위된 건가? 살 수 있을까? 숨으면 되나? 그녀의 작은 머리가 팽팽 돌아갔다. 필사적으로 살길을 찾는 그녀에게 하티야는 침대 가에 주저앉아 하소연하듯 넋두리를 해 댔다.

"이게 말이나 되느냐? 선전 포고 한 지 하루도 안 되어 타국을 침범하다니. 오만방자하고 무례한 족속이 아니냐. 그렇게 생각하지 않니? 응? 난 아직 젊고 곧 부왕의 자리를 이어받기만 하면 되는데!"

"네."

"정복 전쟁으로 소란을 떨더니 내 진즉 알아보았어야 했다!"

"……."

쾅! 어디선가 단단한 무언가가 부서지는 소리, 사람의 비명 소리와 타는 듯한 연기 냄새가 났다. 이카릴은 치맛자락을 세게 부여잡았다. 손에 땀이 찼다. 그녀는 너무 겁에 질려 아직도 횡설수설하고 있는 하티야의 옷자락을 움켜잡았다. 말이 뚝 끊기자 그녀는 결국 발작적으로 물었다.

"그, 그럼 우린 죽는 건가요? 진짜 죽어요?"

절박함과 공포에 오감이 다 마비되었다. 흐린 하늘색 눈이 말없이 겁먹은 이카릴의 작은 얼굴을 바라보았다. 왕자의 굳은 뺨이 일순 실룩거렸다. 이카릴은 왜 그가 저를 빤히 쳐다보기만 하는지 알 수가 없었다. 왕의 후계자이고 형제들 중 가장 그럴듯하게 생긴 얼굴에 천천히 드러나고 있는 게 어떤 건지도 몰랐다. 그녀가 알고 싶은 건, 자신이 살 수 있는가, 그것뿐. 이윽고 그가 말했다.

"그래, 아마 죽을지도 몰라. 아니야. 죽을 거야."

"네, 네?!"

이자가 무슨 말을 지껄이는 건가. 죽는다고? 내가? 이카릴은 지독한 절망에 구역질을 느꼈다. 정신이 없어 그가 뒤이어 하는 말도 듣지 못했다.

"이왕에 죽을 거, 원하던 계집 정도는 취해야 하지 않겠는가."

휙 밀쳐져 침대에 머리가 부딪치고 그 위로 하티야가 올라타고 나서야 이카릴은 무언가 잘못돼 간다는 것을 느꼈다. 커다란 손이 그녀의 야윈 손목을 붙잡고 고정시켰다. 본능적으로 몸부림치자 그가 욕지거리를 하며 거세게 억눌렀다. 가뜩이나 상처받기 쉬운 여린 피부에 멍이 들었다. 아프다. 그리고 이 상황과 맞지도 않았다. 그들은 우선 목전에 닥친 죽음부터 피해야 하지 않는가. 어서 도망을 치든 숨든 해야 하는데 딴짓만 하는 하티야가 답답하고 멍청하게 느껴졌다.

앞섶이 풀어 헤쳐지자 다리가 덜덜 떨렸다. 맙소사. 그제야 다른 방면에서의 두려움이 차츰 올라왔다. 그녀는 아직 첫 월경도 하지 않은 몸이었다. 어린 누이가 반항하건 말건 그는 무언가에 쫓기듯 그녀를 탐하는 데만 집중했다. 치맛자락이 찢어지고 허벅지가 드러났다. 이카릴은 비명을 지르며 생전 안 내던 화를 냈다. 당신 미쳤어! 지금, 이게, 뭐 하는 짓이야!

"가만히, 있어! 나라고 지금 당장 널 취하고 싶은 줄 아느냐!"

추하고 황당한 변명에 어처구니가 없으면서도 이카릴은 그 또한 죽음에 공포를 느끼고 있음을 알아챘다. 마땅한 동지로서의 예민한 공감대로 그것을 느낀 것이다. 그럼 무서워서 이런 짓을 한다고? 어이없는 와중 끝 간 데 없는 분노가 치솟았다. 하티야는 단지 이 상황을 조금이나마 잊어 보고 싶어서, 회피하고 스스로를 위안하기 위해 이 귀중한 시간을 시시각각 날려 먹고 있었다! 미친놈! 얼간이 같으니! 이딴 놈이 제 목숨 줄을 쥐고 있다는 것에 정신이 아득해지며, 비통과 절망이 함께 타올랐다.

끝났다. 그녀는 정말 이곳에서 죽게 되는 것이다……

사지에서 힘이 빠져나갔다.

마침내 이카릴이 반항을 포기한 줄 알았는지 하티야는 욕망에 일그러진 얼굴로 웃으며 부들부들 떨리는 그녀의 눈꺼풀에 입 맞췄다. 그래. 그래야 착한 내 누이지. 아, 아름다운 나의 누이여. 네 붉은 눈이 사내를 얼마나 미치게 만드는지 넌 모르겠지? 징그러운 웃음소리를 외면하듯 고개를 돌린 시야에 무언가가 들어왔다. 그러니까, 누군가의 그림자 같은……

"살판나셨군."

이카릴은 평생 저보다 고귀하여 감히 피하지도 못했던 오라비가 비명을 지르고 있다는 것을 알았다. 그러니까 그것은 자욱하고 더운 붉은 액체가 제 온몸에 끼얹어지고 난 후였다. 그녀는 눈을 크게 홉떴다. 제대로 정신을 차리기도 전에 이 나라의 미래이자, 언니가 가진 것들 중 가장 귀했던 남자의 목이 잘려 바닥을 구르고 있었다. 부들부들 떠는 손으로 피가 잔뜩 튄 제 뺨을 쓸었다. 시야가 빙글빙글 돌았다. 현실감이 바람 앞의 등불처럼 가물가물하다.

그 와중에 이카릴은 멱이 잡혀 끌려갔다.

그녀는 반쯤 몸이 들린 채 멍하니 '그'의 실루엣을 그려 갔다. 빛이 다시 돌아오고 있었다. 먼저 시야에 들어온 것은 역시나 피다. 사신처럼 엄숙히 가라앉은 제복과 얼굴, 긴 속눈썹에서 핏물이 뚝뚝 떨어지고 있었다. 그 남자가 설핏 미간을 찡그렸다. 지옥의 바닷물을 떠 온 듯 차갑고 새파란 눈동자에 이카릴이 비치고 있었다. 본능처럼 눈치 챘었다. 저 해협을 건너온 무법자. 이방인이자 학살자. 제국인. 그는 뺨에 튄 피가 주륵 입가에 맺히자 그것을 혀를 내어 핥았다. 칼날 같은 시선이 이카릴의 흐트러진 옷과 불긋한 목을 거쳐 눈물 맺힌 붉은 눈에서 멈췄다.

온통 하얗게 질린 소녀와 피. 그녀는 제단 위에 놓인 칼 찔린 흰 사슴 같았다. 잔뜩 겁에 질린 눈망울. 부르르 떨리는 약한 짐승의 냄새. 피에 젖은 사향과 흡사한, 비리고 흐릿하지만 중추 신경을 자극하는 향취였다. 날렵한 콧날이 먹잇감을 파악하듯 촉촉한 콧망울과 젖은 눈썹을 훑었다.

"아르고니아의 공주."

매끄러우면서도 속에서 올라온 듯 거친 목소리, 라고 이카릴은 생각했다. 건조한 입매에 설핏 웃음이 맺혔다.

"혈육끼리도 붙어먹는 것들이라더니……. 네가 신의 무녀인가?"

이번에는 시선이 정확히 맞부딪혔다. 그녀는 푸른 동공이 일순 가늘어졌다는 것을 눈치챘다. 생으로 파헤쳐지는 감각이었다.

남자가 칼을 댄 것도 아니고 저 무뢰한 오라비마냥 옷가지를 헤집은 것도 아니다. 그는 그저 뚫어질 듯 이카릴을 잡아챈 채 들여다만 보았다. 냉소적이고, 잔인하고, 냉혹하며, 지독히 탐욕적인 저 미동 없는 푸른 눈. 하지만,

시선으로 범해지는 듯한 기분을 그녀는 처음 알았다.

"각하! 왕족 일가를 모두 붙잡았습니다."

사내는 움찔 떨리는 소녀의 마른 어깨를 물끄러미 보다 몸을 돌렸다. 덫에서 풀려나는 듯하다. 문가에 그와 같은 제복 차림의 남자 여럿이 서 있었다. 피 냄새가 짙었다. 그들의 등 뒤로 불타는 왕궁이 설

핏 보일 듯했다. 거뭇하게 침잠해 들어가는 귓가에 웅웅대는 남자의 음성이 울렸다. 산 채로? 아닙니다. 단체로 음독자살을 시도했으나 왕비와 공주는 아직 숨이 붙어 있습니다. 그래? 어찌할까요? 지금 가 보지. 그런데 저 소녀는…….

낯선 자들의 눈길이 자연 저에게로 향하자 그녀는 다시 죽음의 공포를 느꼈다. 저들은 날 죽일까. 능욕하고 목 졸라 죽인 후 시체를 개에게 던져 줄 것이다. 어쩌면 산 채로 바다에 던져 버릴지도 몰라. 아니, 그래도 왕의 핏줄이니 깔끔하게 목을 칠지도. 발작적으로 사지가 떨렸다. 그러나 타인들의 시선이 채 닿기도 전에 장신의 그림자가 그녀를 삼켰다.

이카릴은 저를 물건마냥 덥석 들어 망토로 둘둘 말아 어깨에 걸치는 걸 제지할 수 없었다. 머리가 어지럽다. 실제로 그녀의 육체는 연이은 충격으로 기진맥진해 아주 잠깐 정신을 놓았다. 어쩌면 채 반 각도 되지 않는 짧은 시간이었다.

그리고 그 짤막한 몇 분이 흐르고 눈을 떴을 때,

"이런. 그새를 못 참았나? 짐승 같은 것들."

그가 쯧 혀를 차는 소리가 들렸다. 그사이 그녀의 축 늘어진 몸은 사내의 구렁이 같은 팔에 칭칭 감겨 있었다. 자각과 동시에 그녀는 초식 동물처럼 바싹 움츠러들면서도 지금 당장이라도 달음박질치고 싶은 상반된 충동을 느꼈다. 남자의 품에서는 살인자답지 않게 허브와 서늘한 침엽수를 갈아 낸 듯한 내음이 났다. 눅눅한 피비린내와 섞인, 막 사냥을 마친 고원의 맹수 같은 그 체취에 작게 신음했다. 숨 막히고 껄끄럽고 불편했다. 결국 이카릴은 미간을 찌푸리면서 고개를 들어 올렸다.

그리고 곧바로 후회했다.

차마 비명도 못 지르고 벌벌 떠는 그녀에게 남자가 말했다. 아, 일어났나. 안됐지만 네 가족은 이미 늦은 것 같다. 황제가 싫어할 텐데,

19

곤란하군. 그런 것치곤 별 감흥이 없어 보이는 남자의 소매를 바들바들 붙잡았다. 바람이 스치듯 아주 작은 접촉이었는데도 그는 꺽꺽대며 말도 제대로 못 하는 이카릴에게 친절하게 상체를 숙여 주었다. 그러자 그녀는 없어진 듯 죄 가려졌다. 사내의 길고 커다란 육체에 비해 겁에 질린 여자의 몸은 너무도 작아서 검은 늑대에게 잡아먹히는 가련한 먹잇감을 연상케 했다.

이카릴의 눈에 보이는 건 사방을 덮은 거뭇한 그림자와 그녀를 내려다보는 새파란 두 눈뿐이었다. 포위당한 것만 같다. 그러나 차라리 감사할 지경이었다. 그녀는 이빨을 딱딱 부딪치면서 흐느끼듯 중얼거렸다.

"저, 저, 저건……."

사내는 우아할 정도로 간략하게 이카릴의 의심과 불신을 긍정해 주었다.

"맞다. 네 언니와 어미다. 그래도 왕비는 겁탈당하기 전 혀를 깨문 것 같군. 알아보기도 힘들 텐데 용케 알아보……. 이봐?"

이카릴은 기절했다.

그녀가 눈을 뜬 것은 삼 일이 흐른 뒤로 이미 그녀의 고향은 잿더미가 된 이후였다.

온몸이 쑤시고 식은땀이 났다. 아랫배가 욱신거린다. 이카릴은 휘청이며 침대에서 내려와 저 멀리 작아진 섬, 아르고니아를 바라보았다. 야만적이었으나 아름다웠던 그곳에서는 아직도 회색 연기가 계속 피어오르고 있었다.

눈물은 나지 않았다. 바닷바람에 그을린 양 안구가 버석버석 메마른다. 모든 것이 몽환적이며 지나치게 실체를 갖추고 있었다. 이카릴은 시린 맨발로 까끌한 바닥을 쓸다가 두 팔로 어깨를 끌어안았다. 문 뜩 툭 복숭아뼈가 불거진 시린 발목에 새겨진 작은 문신이 보였다. 미로를 상징하는 마름모꼴의 복잡한 문양.

신에게 바쳐진 무녀. 평생 신전에 묶일 운명이란 뜻의 '미궁'이었다.

어릴 적 약하고 민감한 피부에 무언가가 살짝만 스쳐도 울음을 터트리던 소녀를 짓누르고, 사제들이 핏물을 닦아 내며 새긴 낙인이다. 안 그래도 갇힌 처지였지만 그 이후 아르고니아의 땅을 벗어날 확률은 더 희박해졌다. 미궁을 몸에 새긴 무녀가 국경 밖으로 한 발자국이라도 나갔다간 한쪽 발목이 잘린다. 그녀의 삶, 태생 자체가 그러했다.

이카릴, 이라는 이름조차 그렇다. '벗어날 수 없는', '미궁의 꽃', '빠질 수밖에 없는 함정', '덫'. 태어난 후 아이의 인생을 결정한다는 이름의 뜻이 다 이따위 것들이다. 그녀의 땅, 저주스럽고도 애틋한 고향이 준 그녀의 운명.

불현듯 깨닫는다.

아르고니아는 멸망했다.

그러함에도 이카릴은 지금 숨을 쉬고 심장이 뛰었다.

살아 있는 것이다.

갑자기 형언키 힘든 어마어마한 허탈감과 쾌락 같은 환희가 물밀듯이 밀려왔다. 오, 신이여! 보라. 당신의 대지는 적들에게 짓밟히고 죽어 버렸는데도 당신의 노리개는 뻔뻔하게도 살아 있는 것이다! 이 얼마나 간사한 행복인지!

이카릴은 손으로 입을 막고 어깨를 들썩였다. 눈물이 줄줄 새고 있었다. 슬퍼서? 그럴 리가. 너무도 우습고, 독약 같은 안도감에 웃음이 나와 미칠 것 같았다. 그녀는 정신이라도 놓은 듯이 그녀의 불탄 고향과 핏줄의 시체를 등진 채 키득거렸다. 다시 뱃가죽이 알싸하게 아려 왔다. 그러나 웃음을 그칠 수가 없다.

조국의 폐허를 배경으로 쾌소快笑를 흘리는 비쩍 마른 여자의 모습은 정말이지 이상한 광경이었다. 이내 벽까지 치며 깔깔댄다. 정상적인 이라면 기괴함에 몸을 떨며 뒷걸음질 칠 기묘한 음산함. 시체가 춤추는 환각 같다.

얼마나 웃었을까.

"이상한 일이야. 내가 태운 나라만 한 손을 다 넘기는데……."

너무 웃어서 얼얼한 얼굴로 퍼뜩 고개를 들었다. 어느새 지척까지 온 사내가 미묘한 표정으로 그녀를 쳐다보고 있었다.

자기 나라의 멸망을 진심으로 기뻐하는 건 처음 보는군. 그가 부드럽게 뒷말을 끝마쳤다. 그의 푸른 눈이 죽은 언어의 눈처럼 무미건조하게 빛나고 있었다. 새하얗게 질려 뒷걸음질 쳐도 남자는 멀뚱히 제 그 모양을 그 자리에 서서 눈으로만 좇았다.

간소한 제복 차림에 목 끝까지 채운 단정한 감색 단추, 짧게 친 검은 흑발과 무표정한 하얀 얼굴. 허리에 찬 검만 아니면 군인이 아니라 장의사나 사제, 학자로 봐도 부족할 것이 없는 간결한 외양이었다.

분명 목덜미를 물어뜯을 듯 광포했던 눈이나 직접 혈육을 베어 죽인 그 무자비함을 기억해 그녀는 사지가 경련하는데도, 저는 평생 누구 하나 해친 적 없다는 듯 품위 있고 정갈하게 저렇듯 서 있는 것이다. 그건 언뜻 고결하고 금욕적으로 보이기까지 했다.

이카릴은 저가 그때 겁에 질려 잘못 보았나 생각했다.

하지만 나는 분명 푸른 동공 저 밑에서 도사리던 그 소름 끼치는 기이한 열기를 보았는데…….

말을 꺼낼 때까지는 약간의 시간이 걸렸다.

"나, 나는 어디로 가고 있는 거죠?"

이카릴은 어릴 적의 갖은 매질과 약한 구강 구조로 말을 할 때 자주 더듬었고 제 의사를 전달하는 데 서툴렀다. 그녀는 우습게 보일까 봐 수치스러워 말수가 적었지만 이번만은 어쩔 수가 없었다.

절름발이 같은 말투를 희죽이며 비웃던 죽은 형제들과는 다르게 남자는 별 동요 없이 말했다.

"제국. 판케아트의 수도 카릴."

"난. 난······."

난 거기서 어떻게 되는 거지? 방금 전의 해방감과 쾌락이 거짓말이었던 것처럼 다시 불안감에 불이 붙었다. 손가락이 연신 엉켰다 풀렸다, 좌불안석인 몸이 움찔움찔거린다.

쉴 새 없이 사방을 둘러보는 여리고 물기 어린 눈은 쫓기는 듯 다급하고 신경질적이었다. 색소가 옅은 뿌연 눈빛이 그런 불안정한 인상을 더해 주었다. 예민하고 충동적이며 감정 변화가 심한 것이 고스란히 읽혔다.

그에 비해 남자의 표정은 무심하니 변화가 없었다. 그러나 벌레를 잡아다 날개를 뜯어 놓고 관찰하는 듯한 그 시선을 모르기엔 이카릴이 지금까지 겪은 세월이 얄궂었다. 저 저주스러울 만치 푸른 눈은 그녀의 영혼까지 죄다 들이마시고 읽어 낼 것 같았다. 이카릴은 참지 못하고 검지를 입술에 넣고 손톱을 잘근잘근 씹었다. 그는 손끝 하나 까딱 안 하고 쳐다만 보는데도 창날이 곳곳을 노리는 듯 불편하고 옴짝달싹을 못 하겠다.

실제로 저 금속성의 시선은 그녀의 힘없이 흔들리는 명주실 같은 머리카락이나 하얗고 가느다란 손가락, 펑퍼짐한 옷자락 밑으로 드러난 얄팍한 팔다리를 지나, 삐쩍 마른 어깨와 침이 꼴깍꼴깍 삼켜지는 목덜미에서 한참을 머물었다. 그리고 그 위로 올라가 계속 연이어 흔들리고 있는 빨간 눈동자에 정착했다.

온 세상을 다 보고 나서도 종착점은 마치 그곳인 것처럼.

이카릴은 사내의 것에서 그 날의 이상한 빛을 다시 발견했다. 번뜩 스치고 지나간, 뒷덜미를 잡아채 마침내 피를 볼 것 같은 그런 눈빛.

지나치게 민감하다. 그녀는 자신이 두드러지게 신경이 예민한 감이

없지 않아 있다는 걸 알았다. 천성이었다. 하지만, 하지만, 저 남자도 너무, 너무,

적나라하지 않은가?

"흐으……."

이카릴은 오싹 솜털이 곤두서서 뒷걸음쳤다. 그러다 다시 입술을 깨물고 말았다. 입매가 얼얼하다. 그녀는 아이처럼 인상을 썼다. 금세 핏방울이 맺혀 하얀 옷을 뚝뚝 물들였다. 아픔에 벌린 입으로 침이 주륵 흐르자 손바닥으로 더듬더듬 턱을 가렸다. 그리고 얼떨결에 시선을 들었을 때 지척까지 온 남자의 눈에 소스라쳤다.

본능적으로 달아나려는 어깨를 큰 손이 짓눌렀다. 그녀는 너무 쉽게 붙잡혔다. 그의 남은 손이 다가와 손목을 잡고 떼어 냈다. 그가 낮게 속삭였다. 다쳤군. 참 우습게도 그 한마디에 통증이 갑자기 배로 극심해졌다.

아니, 사실은 입술이 아픈 게 아니었다. 그녀는 신음을 삼키며 주먹을 세게 쥐었다가 폈다. 식은땀이 송골송골 맺혔다. 축 처진 긴 속눈썹이 바르르 떨린다. 배꼽 아래가 칼로 찢은 듯 아팠다. 이카릴은 이 사내가 이제야 자기를 죽이려고 날붙이를 쑤셔 넣었나 생각했을 정도였다. 하지만 그의 허리춤의 검은 얌전히 잠을 자고 있었다. 심상치 않음을 느낀 건지 그가 뭐라 말하려 입을 열 때였다.

왜 저치가 저런 표정을 하지? 이카릴은 이상한 감각을 느꼈다. 붉게 저민 노을이 침략자들의 선박을 발갛게 물들이고, 사내의 단단하고 조각 같은 얼굴에 기이한 그림자를 그렸다. 이제 확연히 느꼈다. 피 냄새를 맡은 이리처럼 푸른 눈에 야릇한 붉은 기가 번졌다. 그녀는 천천히 그의 시선을 따라 하얀 천 아래 드러난 창백한 발목을 보았다.

허연 다리를 타고 피가 흐르고 있었다.

머리가 세차게 얼어붙었다. 하혈. 아니, 첫 달거리가 시작한 것이

다. 완연한 여성이 되었다는 증거. 끈적하고 짙은 붉은 피가 시야를 어지럽혔다. 온몸이 사시나무처럼 떨렸다. 모두가 기다렸던 그 날이었다. 하지만 아르고니아는 사라졌다. 모든 이들의 피를 먹고 성장한 듯 뻘건 피가 그들이 새긴 문신 위를 적시는데도 그녀에게는 아무 일도 일어나지 않을 것이다. 이카릴은 남자가 어떤 눈으로 자신을 보는지도 모른 채 히스테릭한 울음을 터트렸다.

아르고니아가 완전히 멸망한 날, 이카릴은 여자가 되었다.

✤

이카릴의 두 번째는 황제의 정부였다.

어쩌면 개선식에 전리품마냥 끌려가 군중의 구경거리로 전락할 처지에 번듯한 마차가 제공되었을 때부터 짐작해야 했었는지도 모른다.

무뚝뚝하고 말이 없는 제국 사람들은 마차에서 내려지자마자 여독으로 휘청이는 이카릴을 잡아다 화려하게 치장했다. 온몸이 향유를 부운 욕조에 담가지고 발끝 하나까지 박박 문질러졌다. 오들오들 떠는 손과 미역처럼 축 늘어진 머리칼은 우유로 만든 크림과 꿀을 섞어 발랐고 장미 기름으로 헹구어 냈다. 기진맥진하여 여인들의 손에 이끌려 낯선 이국의 드레스를 입었을 때는 일주일간의 뱃멀미로 희게 질린 얼굴에 연지와 진주 분이 발라져 있었다.

곧 그녀는 제국의 화려한 기풍이 드러나는 호박과 황금으로 치장된 거대한 방에 던져졌다. 심장이 쿵쿵 뛰고 오금이 저렸다. 그리고 그것은 저 멀리서 호화로운 의자에 앉아 저들끼리 담소를 나누고 있는 소수의 남녀들을 목격한 후 조심스런 경계가 더해졌다.

총 일곱 명의 사람들이었다.

목이 긴 오각형 모양의 금사로 장식된 화려한 붉은 모자를 쓴 세 명의 노인들은 백금 지팡이를 든 채 진자줏빛 수단soutane을 입고 있었다. 개중 한 명은 등받이 깊숙이 앉아 꾸벅꾸벅 졸고 있었다. 그의 옆에는 이카릴이 지금껏 보아 온 제국인들과 다를 바 없는, 바늘로 찔러도 피 한 방울 안 나올 듯 서늘한 두 명의 귀족이 서로를 마주 보고 있었는데, 그들은 무언가 설전이 오가는지 미간을 모은 채 속닥였다.

그리고 가운데 가장 상석에 앉은 여자. 이카릴은 직감적으로 그녀가 고국의 어머니나 언니처럼 고귀한 위치의 사람이란 것을 알아챘다. 물론 그녀는 근친혼의 영향으로 한쪽 뺨이 쉴 새 없이 경련하고 동공이 혼탁하여 때론 제 몸에서 난 자식도 혼동하던 어머니나, 아름다웠지만 주걱턱인 탓에 항상 부채로 입을 가리고 다니던 언니보다 훨씬 미인이었다.

우아하게 틀어 올려 진주로 장식한 짙은 고동빛 머리칼은 매끄럽게 윤이 났고, 그 윤나는 머리카락이 몇 가닥 흘러내린 목덜미는 곧고 희었다. 거의 가는 선으로 보일 만큼 깔끔하게 손질한 눈썹 아래 우아하게 곡선을 그리는 파란 눈과 앵무새의 부리마냥 고상한 콧날은 가히 절경이었다. 비단부채를 지루할 만큼 느리게 부치며 한 남자에게 긴 목을 쭉 뻗은 그녀의 자태는 호숫가에 물을 마시러 온 사슴 같았다.

그래. 저 남자.

이제 남은 것은 그녀도 아는 이였다. 검은 제복 외투를 걸친 채 조금 느슨하고 오만한 자세로 황금 의자에 기대앉아 무료한 눈으로 찻잔을 굴리는 그는, 이카릴의 나라를 짓밟고 그녀를 이 먼 적국으로 데려온 장본인인 것이다. 연신 말을 거는 여인에게도 시큰둥하던 사내가 갑작스레 눈을 들어 이카릴을 응시했다. 꽤 멀리 떨어져 있음에도 선명하니 새파랗다.

자기도 모르게 찔린 듯한 걸음으로 물러섰다. 그 날처럼 시선만이 움직여 그녀의 부들부들 떠는 붉은 눈동자를 쳐다본다. 이카릴은 욱여넣어지듯 자신이 '여자'가 되었던 날을 생각했다.

✦

하얀 옷자락을 붉게 적신 채 비명처럼 눈물만 흘리는 미성숙한 여자를 그 사내가 어떤 표정으로 내려 보았는지는 기억나지 않는다. 그녀는 이상스레 온몸을 휘감는 오열과 섬뜩하고 신경을 찢는 느낌에 미칠 것 같았다. 마구 할퀴고 쥐어뜯고 안기고 울고 싶었다. 아프고 모든 것이 원망스럽다. 울컥 증오가 자라났다.

저주받을 피! 증오스런 아르고니아! 하티야! 버러지 같은 새끼들! 개의 썩은 내장보다 못한 망나니들! 이제 나보고 어찌하란 말이야?! 신의 오물들 같으니! 죽어도 열두 조각으로 다시 찢겨 지옥 속에서 타고 타 버려라. 미친놈들! 악마 새끼들! 날 왜 혼자 내버려 두고 죽어 버린 거지? 죽어! 죽어 버려!

누군가의 얼굴을 할퀼 듯 곤두섰던 손톱으로 이내 피부를 벅벅 긁기 시작했다. 온몸에 구더기가 지나가는 듯 소름 끼쳤다. 금방 껍질이 벗겨지고 피가 흘렀지만 계속 할퀴었다. 더러워. 구역질 나. 더러워. 더러워. 더러워. 더러워!

미친 듯이 자학하는 손을 딱딱한 힘이 가볍게 짓눌러 멈추게 했다. 이카릴은 분노와 짜증에 뿌리치려 애쓰다 나중에는 달려들어 물려고 했다. 그러나 금방 허리가 낚아채어 들어 올려졌다. 이카릴은 미친 것처럼 날뛰었다. 살점을 할퀴자 기묘한 웃음소리가 울렸다. 제 피가 튀는데도 남자는 즐거워 보였다.

"겁쟁이 주제에 사나워. 아님 이쪽이 본성인가?"

순간 치민 광기에 평소 몇 배의 괴력을 보였다 하나 원체부터 체력이 약한 몸이었다. 금방 지쳐 축 늘어졌다. 그녀는 헐떡이며 충혈된 눈으로 자신을 무표정하게 내려다보는 남자를 서슬 퍼렇게 노려보았다.

하지만 그것은 기묘하게 뒤틀린 그의 입매를 보자 순식간에 푸시식

가라앉았다. 간사한 두려움이 득달같이 올라온다. 흠칫 놀란 이카릴은 시선을 피하며 후들후들 떨었다. 목 저 끝에서 울리는 듯한 웃음이 들렸다. 긴 손가락이 땀에 젖은 목덜미를 긁었다. 갈고리 같은 감각이다.

그리고 이어서 나온 침착하게 가라앉아 있는 목소리에 그녀는 바짝 얼어붙었다.

"착하군. 하마터면 성가셔서 죽여 버릴 뻔했잖아."

지금 제 품에 안아 아이 어르듯 쓰다듬으면서도 태연히 뱉는 냉혹이 저 짝이었다. 이카릴은 그가 진심이라는 걸 너무도 쉽게 알 수 있었다. 그러니 이제 얌전히 있어. 그가 정중하게 그녀를 고쳐 안으며 중얼거렸다.

그녀는 살면서 무례함과 정중함이 공존할 수 있다는 것을 이때껏 상상도 못 했다. 훅 그의 체취가 밀려들어 왔다. 그가 고개를 숙인 탓이다. 이카릴은 천적을 만난 쥐처럼 납작 엎드려 저 먼 지평선만 박제된 듯 보고 있었다. 처음 만났던 때처럼 그의 콧등과 입술이 땀이 난 이마와 눈꺼풀, 귓불을 쓸었다. 머리끝이 곤두서는 것 같았다.

그 상태로 그는 뚜벅뚜벅 발길을 옮겼다. 보잘것없이 허공에 흔들리는 발등을 타고 핏덩이가 뚝뚝 떨어져 지나가는 길마다 자국을 남겼다. 그것은 하얀 다리를 피범벅으로 만든 것도 모자라 그의 옷까지 더럽혔지만 그는 신경 쓰지 않는 듯했다.

"옷, 갈아입어야겠어."

단지 이렇게 읊조렸을 뿐이다. 피가 계속 떨어졌다. 지나다 근무를 서는 선원들, 군인들의 아연한 인사를 받으며 두 번째 계단을 중간 정도 올라갔을 때, 그는 마침 생각났다는 듯이 입을 열었다.

"라크나 틸 아라하드앙 카자리아 에스페리스."

이카릴은 몇 초가 흐르고 나서야 그것이 사내의 이름임을 알았다. 대륙식의 이름은 너무나 길다. 아르고니아는 누구의 아들, 혹은 딸 이카릴 정도면 충분했다. 저 작은 섬나라에선 자신을 모르는 이가 없었다. 백성 전체가 그들의 고귀한 창녀에 대해 알았다.

그녀는 우물쭈물 입술을 옹알거렸다. 이카릴. 이카릴? 이카릴이라. 머리칼 사이로 제 이름을 품은 사내의 입김이 닿았다. 오싹 솜털이 바싹 선다. 이카릴은 더욱 움츠러들었다.

이윽고 그가 그녀를 안고 어떤 방 문을 열었다. 창문 하나 없는 턱 막힌 방이다. 그녀는 식인 사자와 함께 사방이 막힌 감옥으로 들어가는 기분을 느꼈다. 남자, 짧은 이름으로 라크나는 그녀를 삭막한 책상 위에 내려 두었다. 풀려나자마자 달아날까 잠시 생각했지만 달아나서 어디로 어떻게 간단 말인가?

이카릴은 쥐 죽은 듯이 그가 긴 외투와 와이셔츠를 벗고 새것으로 갈아입는 것을 지켜보았다. 라크나는 소매의 단추를 잠그면서 다시 다가와 목덜미를 잡듯 잡아 소녀를 자신의 무릎에 앉혔다. 귓불 아래를 왼손이 잡고 나머지 한 손이 여태껏 피가 떨어지는 가는 발목을 움켜쥐었다. 딱딱하게 굳어 꼼짝을 못 하는 그녀는 사람이 아니라 인형 같았다.

피로 더러워진 셔츠를 집어 피 묻은 다리를 닦는 손길은 제법 세심했다. 저 얌전한 움직임을 보면 살인자의 손이라 믿기지가 않는다. 양발을 닦고 점차 위로 올라갈수록 하얀 셔츠 자락이 말려 올라갔지만 이카릴은 긴장으로 그것조차 눈치채지 못했다. 길고 늘씬한 손가락이 골반까지 닿았을 때야 그녀는 몸을 뒤틀었다. 남자는 아무 감흥 없이 이카릴의 손목을 움켜쥐었다.

작은 힘이었지만 그녀를 위협하기에는 충분했다. 이카릴은 수치심으로 헐떡이며 붉게 상기된 얼굴로 눈물만 뚝뚝 흘렸다. 그 작은 훌쩍임에 무력한 몸을 담백하게 희롱하던 손이 우뚝 멈췄다. 라크나는 저가 안고 있는 여자를 약간 각도를 틀어 돌려 앉혔다. 벌게진 작은 콧망울이 보인다.

"너 몇 살이지?"

히끅 히끅 딸꾹질을 하며 간신히 대답했다. 어리군. 놀람도 부정도 없이 그는 담백하게 말하고 다시 물었다. 처음이야? 그녀는 울면서 덜 덜 고개를 끄덕였다. 곤란하군. 이곳에는 여인이 없는데. 라크나는 고개를 기울이며 이카릴의 슬립 안으로 손을 미끄러뜨렸다. 도축할 가축 살피는 듯한 태도였다.

그는 납작한 배를 쓸면서 이상하다는 듯 물었다. 여기로 애가 잉태되는 것 자체가 놀라운데. 네 오라비는 이런 널 가지고 싶다든? 이카릴은 대답치 않았다.

하티야의 그 이상한 집착은 그녀로서도 의아한 것이었다. 왕의 첫 번째 자식이고 미래의 지배자인 만큼 그의 주변에는 아름다운 여자들이 많았다. 가끔은 내키면 미동도 안는다 했다. 어쨌건 성별을 불문하고 그는 얼마든지 원할 만큼 미를 취할 수 있다는 것이다.

일단 정혼자인 공주만 해도 기형인 하관만 흠이었을 뿐 나머지는 훌륭했다. 그러니 당연하게도 하티야도 처음에는 이카릴에게 관심이 없었다. 보잘것없는 몸뚱이와 빼빼 말라 젖살도 겨우 있는 계집애를 위아래로 죽 훑어보고 눈길을 끊었을 뿐이다.

그러나 언젠가 비가 무척 쏟아지는 흐린 어느 날, 신전과 왕궁이 연결된 숲에서 혼자 놀고 있던 이카릴은 급히 비를 피해 달려가다 넘어져 다리가 부러졌다. 신음을 삼키며 훌쩍이는데 마침 말을 타고 사냥에서 돌아오던 왕자 일행에게 발견된 것이다.

수행원이 의원을 부르러 가고 귀찮은 듯 어린 누이동생 곁을 지키던 그는, 사람들이 늦어지자 짜증을 내며 누이를 내버려 두고 가 버리려 했다. 덜컥 겁이 났던 이카릴은 열과 아픔에 들떠 울면서 그에게 매달렸다. 그가 작은 손가락들을 거칠게 떼어 내자 바닥을 뒹군 소녀는 갑자기 뚝 눈물을 그치더니 살쾡이마냥 시뻘건 눈으로 하티야를 무시무시하게 노려보았다.

그러고는 말했다. 날 데려가지 않는다면 그는 평생 밤마다 사지가 찢길 고통에 몸부림칠 것이라고.

누이의 돌변에 벼락 맞은 듯 얼어붙은 하티야는 한참 그 아수라 같은 어린 얼굴을 홀린 듯이 보다 고개를 끄덕였다. 그리고 곧바로 이카릴은 평소의 유약하고 예민한 소녀로 돌아왔다. 빗물에 흠뻑 젖어 가닥가닥 달라붙은 머리칼과 몽롱한 붉은 눈으로 안개처럼 살포시 웃는다. 왕자는 잔비가 튀기며 투명하게 빛나는, 그리고 짙게 가라앉은 홍옥색 눈동자에 멍하니 시선을 뺏겨 있다 수행원들이 오고 나서야 엉거주춤 자리를 떴다.

그 후 그의 태도는 백팔십도 바뀌어서 누이가 아직 어려 당장이라도 갖지 못함을 애석해했다. 몸이 달은 듯 집요하게 일거수일투족을 쳐다보고 감시했으며 그녀를 보육하는 여사제들을 힐책했다. 포도밭의 포도가 어서 익기를 바라는 탐욕스런 여우와 다를 바 없는 행태였다.

어쨌건 결과적으로 이카릴은 어릴 적의 일을 잘 기억하지 못했다.

그저 어느 순간 고귀한 오라비가 저를 품지 못해 안달하는 것만 알았을 뿐. 지금의 그녀는 무력감에 몸서리치며 사내의 눈치를 보느라 이미 죽어 없어져 더 이상 그녀에게 관여할 수 없는 인물 따위는 안중에도 없었다.

라크나는 그녀의 충격적일 만큼 왜소하고, 힘주면 죽어 버릴 것 같은 허약하디허약한 육신이 매우 흥미롭고 신기한 모양이었다. 그는 그녀의 작은 귓불을 만져 보았고 뾰족한 턱과 보드라운 눈꺼풀을 톡톡 건드렸다. 정말 하등의 양심의 가책도 없이 가슴팍의 단추를 끌러 쇄골과 움푹한 목덜미를 쓸었다. 찬 손가락에 소름이 끼쳤다.

"정말 작고 약하다. 너희 왕가의 유전병 때문인가? 남자를 받기는커녕 시도라도 했다간 바로 죽어 버릴 것 같아."

라크나는 뿌리가 젖은 이카릴의 흰 머리카락에 코를 부볐다. 사람이라기보단 작은 들짐승 같은 여자였다. 말끝마다 움찔대는 것도 우습다. 이 공주에게서는 신경 한쪽을 건드리는 체취가 난다.

우선 피 냄새. 나쁘지 않다. 하루가 멀다 하고 맡는 냄새니까. 그리고 우기에 희미하게 공기 중을 떠도는 안개, 저 멀리 숲에서 날아온 듯한 흐릿한 플로럴향, 축축하게 비에 젖은 나뭇등걸과 맹수에게서 도망치는 어린 사슴의 땀 냄새. 그 모든 게 뒤섞인 체향이다.

손끝에 감기는 촉감도 얇고 부드러웠다. 뭐랄까, 풍만하지는 않지만 착착 감기는 게 손을 떼기가 힘든……. 이카릴의 옷자락을 아슬아슬하게 여미고 있던 마지막 단추가 툭 실밥이 터져 바닥으로 굴렀다.

이카릴이 와락 울음을 터트리자 라크나는 그제야 그녀의 옷가지가 전부 헤집어져 있다는 것을 알았다. 이래서야 아녀자를 희롱한 무뢰한이다. 그는 귀족적인 껍질 뒤로 온갖 비정상적이고 상식을 넘나드는 사건 사고와 작전, 행동을 거리낌 없이 저지르는 남자지만 이제 갓 초경을 한 계집에게 동할 정도로 성적 취향이 광범위하지 못했다.

그는 무미건조한 눈으로 눈물에 젖어 가는 벌건 얼굴을 들여다보다 이카릴에게는 포대 자루마냥 클 로브를 둘러 입혀 주었다. 속옷은 뭐, 대충 군용으로 주면 되려나. 다시 아기 안듯 옆으로 안아 단추를 하나하나 채워 주는데 눈물이 후드득 떨어지는 작은 턱이 보였다.

물기가 그렁그렁한 붉은 눈도. 단추를 잠가 가던 손길이 우뚝 멎었다.

나비 날개처럼 파르르 일렁이는 저 눈동자. 결 하나하나가 살아 숨 쉬는 장미 잎 같기도 거뭇하게 말라붙은 핏자국 같기도 한 요상한 눈이었다. 그리고 무엇보다,

본성 어느 한구석을 자극하는…….

말간 눈망울에 그가 봐도 이상해진 제 얼굴이 비쳤다. 그리고 그

순간 붉은 동공이 크게 열리더니 달아날 것처럼 그를 뿌리쳤다. 얌전히 위장하고 있던 독사가 풀숲에서 튀어나온 것을 보기라도 한 것처럼.

막 바닥에 내려서려던 앙상한 작은 맨발이 다시 공중으로 번쩍 들렸다. 손목이 갈퀴처럼 붙잡힌다. 떨림이 채 퍼지기도 전에 홱 끌려갔다.

그는 절박하게 흔들리는 붉은 눈을 짓이길 듯 응시하며 거칠게 이카릴의 입술을 삼켰다.

"이카릴. 아르고니아의 마지막 공주. 맞나요?"

물에서 얼굴을 건진 양 과거에서 빠져나왔을 때는 이 제국의 '고귀한 이들'일 게 분명한 이들이 이카릴을 각각의 표정을 띤 채 바라보고 있었다. 그녀는 곧바로 등줄기로 한기를 느꼈다. 이때다. 앞으로의 그녀의 운명이 결정 날 때가. 이카릴은 병자처럼 떨면서도 그녀로선 제법 그럴듯하게 대답했다.

"예. 그, 그렇습니다."

그러나 그 이상 그녀가 할 일은 없었다. 이카릴의 혼신의 힘이 실린 말 한마디가 채 끝나기도 전에 그들은 저들끼리 의논을 시작한 것이다. 지팡이를 든 자주색 옷의 노인들은 그녀를 연신 못마땅하다는 듯 흘겨보았다. 신의 무녀, 라는 말이 나오는 걸 보니 저들이 아마 제국 종교의 우두머리인 모양이었다. 한참 여러 의견이 오가던 중 상석의 아름다운 여인이 말했다.

"이 건은 에스페리스 후의 의견을 듣는 것이 좋을 것 같군요. 어쨌건 이번 전쟁의 공은 후의 것이니까요."

"영광입니다, 황후 폐하."

에스페리스 후라. 저 남자가 제국의 후작이었던가. 다시 시선이 맞부딪혔다. 이카릴은 황급히 눈을 내리깔았다. 다시금 그때의 산 채로 잡아먹혀지는 듯한 느낌이 뇌리를 장악했다. 그녀는 손톱을 다시 물어뜯으려는 충동을 억누르려 안간힘을 써야 했다. 그런 귓가에 느른하고 품위 있는 제국 억양이 들려왔다.

"제 의견을 물으신다면 앞서 피력했다시피 황제 폐하께 아르고니아의 마지막 핏줄을 바치고 싶습니다."

"바친다?"

"예. 병마로 기력이 쇠하신 폐하께 큰 낙이 될 것입니다."

수염을 허옇게 기른 사제와 귀족들의 얼굴에서 미묘한 표정이 떠올랐다 사라졌다. 그것은 얼핏 비웃음처럼 보였다. 이카릴은 귀로 듣고도 영문을 알 수 없었다. 나를 황제에게 바친다고? 불안감이 깃든 눈이 속을 알 수 없는 사내의 옆모습으로 향했다. 날, 황제의 노리개로 넘길 셈인가? 속에서 반의 불길과 반의 안도가 차올랐다. 고향과 같은 처지에 절망하면서도 산다는 보장에 안도가 된다. 어쨌건 중요한 건, 살 수 있다는 것이다.

"후. 장난하시오? 폐하께선, 오랜 열병과 발작으로, 음, 잉태를 하시기 어려운 몸이오. 그런 분께 저런 갓 난 병아리 같은 어린 계집을 바친다? 후는 폐하를 능멸하고 싶은 것인가?"

외알 안경의 성마른 중년인이 우습다는 듯 비아냥거렸다. 그 적나라한 말에 테이블이 다시 한 차례 떠들썩해졌다. 여러 공방이 오가고 흥분과 공포로 현기증이 나는 가운데 정작 분란의 당사자는 남 일인 양 팔짱을 끼고 나머지들의 분쟁을 방관했다.

그는 이카릴을 보고 있었다.

푸른 눈매가 설핏 가늘어지더니 다시 멀어졌다. 아마도 그건 미소에 가까운 것이었다. 그것을 보고 목숨이 걸린 한 그 누구보다도 예민하고 악착같은 집념을 지닌 이카릴은 생각했다.

저 남자. 자신이 이길 것을 알고 있다.

그리고 한 시간이 채 지나지 않아서 이카릴은 시본느라는 성을 하사받고 황제의 정부가 되었다.

❦

제국인은 이기利己의 '심장'과 긍지矜持— 혹은 오만의 '눈', 집념執念의 '머리'로 이루어졌다, 는 말이 있다.

한 번 목표를 가지면 그 한 가지 외에는 죄 개의치 않고 이기적으로 몰두하여 끝내 이루어 내고 마는 끈질긴 집착. 그로 인한 성취에 스스로 자부심을 느끼는 종자들이라는 뜻이다.

제국의 팽창 정책에 힘입어 세기가 더해질수록 짙게 드러나는 그들의 잔인성과 폭력성, 적에게 자비 한 푼 보이지 않는 냉혹함에 질린 많은 이들이 판케아트 민족의 인간미 없고 탐욕적인 본성을 풍자하며 비아냥거렸다.

절벽 아래로 떨어지면서도 먹이의 목덜미를 물어뜯을 이리 새끼들.

그에 대해 초대 황제 레뮬라부터 그의 후손에 이르기까지 그 뜻이 괘씸하다 한 극소수를 제외하면 대부분의 제국인은 이 말을 외려 긍정적으로 받아들였다. 제국의 기상과 패기를 절묘하게 보여 주는 비유라 여긴 것이다. 그리고 그들은 저 말이 실제와 다를 것이 없다는 것도 잘 알고 있었다. 목표를 향하여 포기를 모르고 저돌적으로 달려드는 그 민족성이야말로 제국을 이룬 근간인 것이다.

전시가 아닌 평화의 시기에도 제도 카릴에선 그들 특유의 냉담하고도 불처럼 호전적인 기질이 표출된 사건 사고가 이 고요하고 차가울 정도로 세련된 도시의 새벽을 깨우곤 했다. 대부분 바람피운 배우자의 애인을 '처형'했다거나 자신의 시력을 잃게 했다고 바로 다음 날 단도를 들고 찾아가 당사자의 아들을 애꾸로 만든다거나 밀린 집값에 그 집에 불을 지른 집주인 같은 이야기들이 허다했다.

눈에는 눈으로 피에는 피로. 제국인은 복수를 긍정하고 쟁취를 숭배했다. 동시에 그것은 공정하고도 매우 품위 있는 과정으로 이루어졌다. 적어도 그들의 생각은 그러했다.

명실공히 금인칙서金印勅書에 의해 성문화된 제국 7선제후七選帝侯 중 1인, 에스페리스 후작 라크나는 위의 요건들에 가장 적합한 이상적인 판케아트인이었다. 외조부로부터 말도 많았던 사건을 거쳐 무탈하게 성인식과 함께 후작 위를 계승받은 것도 그러하고, 정치적인 영향력, 인생의 절반에 가까운 시간을 머물렀던 전쟁터에서도 그러했다.

그는 실제로 실패란 것을 경험한 역사가 드물었다. 아직 젊기도 새파랗게 젊었지만, 지금보다 훨씬 어리고 더욱 순수하여 솔직하게 난폭했던 시절부터 보아 온 키제트 대사제의 기억으론 거의 전무에 가까웠다.

눈썹 한 올까지 하얗게 센 노인은 굵은 청동 반지를 매만지며 백금 지팡이에 기대 구부러진 몸을 비스듬히 세웠다. 그리고 오수를 즐기는 흑표범처럼 얌전히 눈을 내리깐 청년을 바라보았다.

정치적으로, 지위상 같은 위치의 대등한 귀족으로서 쓸데없는 감상일 수도 있으나 키제트는 어쩔 수 없는 그의 부모 대부터의 연으로 눈앞의 청년을 완전히 남이라 볼 수 없었다. 하기야 소년 시절의 그를 가르친 것도 본인이 아닌가. 형식적이라고 해도 사제 간의 정은 무시할 수 없는 것이었다. 나이가 들면 감상이 많아진다더니. 그는 혀를 찼다.

"에스페리스 후."

"무슨 말을 하시려고 그리 점잔을 떠십니까. 평소대로 하십시오."

여상히 대꾸한 남자는 눈길도 주지 않은 채 나이트를 움직여 말 하나를 거둬 갔다. 키제트는 이맛살을 찌푸렸다. 저리 집중하는 체해도 분명 딴생각을 하고 있음이다. 젖먹이의 울음부터 저 정갈한 푸른 눈으로 우리에서 달아난 토끼를 기어코 쫓아가 죽여 버렸던 어린 소년의 잔악한 천진함까지 봐 버렸던 그이기에, 미우나 고우나 모르기가 힘이 들었다. 치렁한 수단 자락을 여미며 팔짱을 낀 늙은이가 낮게 타박했다.

"좋네. 아라하드앙 군. 대체 자네 머릿속에 든 게 뭔가?"

"대사제께서 가르쳐 주신 대로 피와 육, 그리고 뇌가 있겠지요. 갈라 봐도 별다른 건 없더군요."

물론 '갈라 보았다'는 것은 본인이 아닌 타인의 머리를 뜻했다. 그 무지막지한 말을 한 라크나는 정작 무미건조하게 방금 얻은 비숍으로 체스 판을 툭툭 두드렸다.

무의미한 말장난질을 하는 걸 보니 확실히 정신이 딴 데 가 있군. 키제트는 단정 지었다. 이 젊은 제독은 군인답게 사적인 자리에서만큼은 입 발린 시간 낭비를 무척 싫어했다. 노쇠한 정적들을 상대로 매끄럽게 조소를 돌려주는 화법이 맞춘 듯 어울리는 남자건만 참으로 아이러니가 아닐 수 없다.

상아를 통째로 조각하여 만든 테이블 모퉁이를 알 수 없는 눈초리로 응시하고 있는 새파란 눈을 주의 깊게 보며 키제트는 입을 열었다.

"그 아르고니아의 공주를 굳이 이곳에 묶어 둘 이유가 뭐냔 말일세."

그건 그만의 의문이 아니었다. 사실 여섯 명의 선제후 모두가 그의 속내가 무엇인지 추측치 못하고 있었다. 병에 찌들어 발기 불능인 황제에게 정부라니. 겉뿐인 지위가 아닌가. 거기에다 그녀는 패전국의 마지막 왕족이라 하나 아직 너무 어려 보였다.

키제트는 약간 놀랐다. 상대의 벽안이 바로 올라왔던 것이다. 저 홀로 만의 바다에서 유영하던 상어가 돌연 수면 위로 닥치듯이. 라크나는 힐끗 노인을 쳐다보다 다시 체스 판으로 시선을 내렸다. 그가 중얼거렸다. 자는 척하더니 역시 다 보고 있었군.

마치 몰랐다는 듯이 말하지 말게나. 자칫 헷갈릴 것 같으니. 키제트는 주름진 눈가를 실룩이며 냉소적으로 웃었다.

"어떤."

"?"

"나비 유충이 있다 칩시다."

이제 속 모를 후작은 완연히 고개를 든 채 똑바로 키제트를 응시하고 있었다. 단정하고 멀쑥한 얼굴로 그는 체스 말의 얄팍한 목을 움켜쥐었다. 묘한 위화감이 느껴지는 행동이었다. 마치 어떤 생물의 숨통을 잡아 가둬 살살 어루만지는 것 같은. 선이 깔끔한 입매가 흠잡을 데 없는 곡선을 그렸다.

슬쩍 인상을 쓴 채 미심쩍게 그를 바라보는 노인에게 라크나는 엷게 미소 지었다.

"예컨대 나는 그 날개를 보고 싶은 겁니다. 여린 날갯짓을 할 때 어떻게 빛나는지, 무슨 색을 띠고 있는지, 껍질에서 벗어나려고 발버둥치는 그 바르작거림도요."

바르작거림, 이라는 단어를 말할 때의 그의 얼굴에는 기묘한 뒤틀림이 섞여 있었다. 오싹 소름이 돋는다. 맙소사. 나이 든 사제는 퍼렇게 질려 말문이 막혔다. 쌓아 온 지혜와 친밀함으로 단순히 그 겉치레뿐만이 아니라 그 안에 도사린 기이한 관심을 봐 버렸다. 그렇다. 관심. 열기와도 비슷한 이질적인 그것은 현재 그들의 위치와 사회적 통념, 그 어떤 것을 보더라도 금기시되어야 할 게 분명했다.

이자는 저가 무슨 말을 하고 있는지 알고나 있는 것인가?

"자네, 설마—"

"그만 가 봐야겠군요. 약속이 있어서."

라크나는 일어나 딱딱하게 굳은 홀쭉한 뺨에 입맞춤했다. 키제트는 본능처럼 그의 팔을 움켜잡았다. 무심히 돌아보는 얼굴을 올려다보며 목소리를 죽이곤 다급하게 윽박질렀다.

"자네는 목이 세 개라도 되는 건가? 차라리 황제에게 달려가 그가 천하의 머저리라고 소리 지르는 게 낫겠네!"

"내가 폐하를 도발하려고 안달하는 것처럼 보이나 봅니다."

하는 짓, 언사마다 제국의 노쇠한 절대자를 농락하기가 이를 데가 없거늘 정작 황제를 칭하는 명칭은 정중해서 우스운 노릇이었다. 그 능청스러움에 당연하게도 키제트는 더 속이 들끓었다. 그리고 사방을 둘러본 뒤 더욱 목소리를 낮추었다.

"지금 자네가 가려는 곳을 내 모를 줄 아는가? 그 하나로도 편히 죽지 못할 중죄이거늘 거기에 하나를 더함이라? 미쳐도 단단히 미친 것이 분명하네. 지금은 오늘내일 한다 하나 황제가 자비심이 없는 이라는 것을 누구보다 잘 아는 그대가 아닌가."

"이런. 아십니까? 아델라나가 생각보다 시끄럽긴 했지요."

단정한 푸른 눈에 피식 어둡고 질펀한 빛이 비아냥거림처럼 번뜩였다가 스러진다. 노사제는 망연한 얼굴로 그의 대자代子이자 제자의 태연자약한 비열함을 바라보았다. 아득하다가도 체념이 비친다. 그래. 넌 원래 그러하였지. 저가 어리석었다.

라크나는 기막힘과 체념으로 얼룩진 대부에게 다정하게 속삭였다.

"너무 앞서가지 마세요, 나의 상냥한 대부님. 난 그저 합당한 선택을 했을 뿐이랍니다."

"합당하다?"

"황제의 첩이 포로로서 소모되다 망가지는 것보다는 낫지 않겠습니까?"

사제의 미간에 새겨진 주름과 눈썹이 움찔거렸다. 아무도 무가치한 패전국의 소녀 따위에 관심이 없어 무심하게 지나친 사실이었다. 황제의 정부는 비굴했으나 동시에 어떤 것보다 가장 확실한 안전을 담보하는 신분 패였다. 그대로 방치했다면 그 공주의 신분은 이도 저도 아닌 채 붕 떠서 노예로 전락했을지도 모른다. 그녀를 구하는 방법이 그것만은 아니겠지만. 그러니 모순되는 거다.

키제트는 헛웃음을 터트리며 물었다.

"그래. 그리 마음에 들면 혼자 갖고 말 것이지 굳이 이리 복잡하게 만들 건 뭔가."

라크나는 황금 사자 머리가 장식된 의자에 비스듬히 걸쳐 두었던 모자를 집게손가락으로 집어 들었다. 숙인 그대로 키제트의 귓가에 몇 마디를 속삭인 그는 납빛으로 변한 대부를 내버려 둔 채 검은 삼각모tricorn를 깊게 눌러쓰고 떠났다.

키제트는 잠시 저가 들은 단어들을 입 속으로 읊조리다 입술을 열었다. 그러나 결국 다시 일자로 다문 채 이마를 감싸 쥐었다. 쭉 밀려 난 살가죽 덕에 찌그러진 시야에는 어느새 체크메이트 된 체스 판만 덩그러니 남겨져 있었다. 그는 지끈거리는 골을 붙잡으며 한숨처럼 읊조렸다.

"그 공주가 불쌍하군."

❧

황제의 정부라는 것은 최소한의 품위와 규제, 제국식 격식을 갖출 줄 알아야 함을 의미했다.

그래서 이카릴은 본의 아니게 몸에 맞지 않는 옷을 억지로 쑤셔 넣 듯 낯선 문화와 교양들을 허겁지겁 배워야 했다. 말이 좋아 황제의 여 자지, 골골거리며 아내와 자식도 가끔 못 알아본다는 늙은이가 자신 에게 갓 여자 태가 나는 어린 애인이 생겼다는 것을 알기나 할지 모 를 일이다.

황궁 하녀들의 숙덕임을 엿들으며 이카릴은 자연히 그녀가 보았던 아름다운 황후를 떠올렸다. 한 떨기 꽃 같았던 황후는 아무리 보아도 서른 이상이라 하기엔 너무도 싱싱하고 젊은 미모를 갖추고 있었다.

황제는 딸만 한 여자와 결혼을 한 것이다. 늙은 황제는 이카릴의 오라비처럼 호색한일까?

"말을 더듬지 마세요. 당신은 폐하의 여인입니다. 예의를 제대로 갖추도록 하세요."

이카릴에게 붙여진 귀부인들은 가면처럼 딱딱한 회색빛 낯과 목소리로 그녀에게 그럴듯한 외양을 하라고 매일매일 요구했다. 장애를 띤 눈과 부실한 몸을 지적하며 사제들이 강압적으로 교정과 교육을 시켰던 어린 시절이 떠오른다.

그때와 지금이 다른 점이라면 손찌검은 없다는 것이었다. 그들은 그것이 품위 없고 천박하다고 생각했다. 그래서 이카릴이 주어진 과제를 못 할 시에는 단지 밥을 굶긴다거나 그녀에게 배속된 어린 시동에게 혹독한 매질을 퍼부었다.

하지만 안 그래도 가뜩이나 마른 몸이 덜 먹여서 더 볼품없이 마를까 저어하여 금식은 괜찮은 체벌이 되지 못했다. 매질 또한 시동이 다리가 다 터져 세 명째 궁 밖으로 버려져도 이카릴이 관심 한 자락조차 보이지 않았기에 역시나 무위로 돌아갔다.

해서 새로 고안된 방법은 잠을 재우지 않는 것이었다. 이카릴은 황실 예법에서 손끝 하나를 틀린 죄로 밤새 졸릴라치면 벙어리 하녀들이 바늘로 온몸을 찌르는 고통을 감수해야 했다. 그녀는 잠을 이루지 못하고 억지로 제국의 역사나 황가의 가계도 따위를 외웠다.

결국 강제된 불면으로 신경이 예민해질 대로 예민해진 이카릴이 히스테리를 부리며 문진으로 제 또래 하녀의 왼쪽 눈을 찍어 버렸기에 그 처벌 역시 중단되었다. 이카릴은 침대에 앉아 보드라운 실크 쿠션을 끌어안은 채, 피를 쏟으며 비명을 지르는 하녀에게 다른 하녀들이 몰려들어 우왕좌왕하는 것을 눈만 깜박이며 구경했다. 그리고 헐레벌떡 피범벅이 된 방 안으로 뛰어 들어온 시녀장에게 말했다.

"꿀을 넣은 코코아가 먹고 싶어."

제아무리 표정 없는 제국인이라도 아연실색하지 않을 수 없었다. 그 후 이카릴에 대한 처벌은 현저히 수위가 낮아졌다.

눈 한쪽을 실명한 하녀가 퇴궁한 뒤로도 몇몇 하인과 시동이 이카릴이 무심코 떨어트린 찻물에 큰 화상을 입거나 승마 수업 중 말의 발길질에 채어 갈비뼈가 박살 나는 등 우연이라 보기 힘든 사건들이 벌어졌다. 황궁 시중인들은 점차 이 작고 벌레 하나 눌러 죽일 힘도 없어 보이는 소녀를 두려워하기 시작했다.

그녀는 자신의 행동으로 어린 소년 하나를 죽일 뻔했음에도 죄책감이라는 것을 느끼지 못하는 것 같았다. 오히려 다음 승마 수업 때 그 하인이 왜 나오지 않았냐고 천연덕스럽게 묻기까지 한다. 병상에 누워 있다는 대답에 그녀는 고개를 갸웃거렸다.

"그는 죽지 않았잖아? 내가 아는걸? 그런데 그 애는 왜 자기 일을 하지 않는 거야?"

시간이 화살처럼 지나갔다.

이카릴은 어느덧 익숙해진 제국식 발음으로 아르고니아의 잊혀진 노래를 불렀다. 세 번째 행의 가사를 입에 담고 나서야 그것이 진혼곡이라는 것을 깨달았다. 그녀는 고향의 멸망이 생각보다 빠르게 잊혀지고 있음을 자각했다.

어쩌면 현실감이 없는지도 모른다. 지금 당장 해협을 건너면 과거의 죽은 이들이 아직도 그 땅에 살고 있을 것 같은 착각이 드는 것이다.

요 몇 달간 필수적인 교양을 쌓느라 다른 생각을 못 했지만 요새 들어 이카릴은 문뜩문뜩 떠오르는 한 남자를 곱씹었다.

라크나, 에스페리스 후작. 제국의 푸른 독수리.

트라팔가해의 검은 제독. 제국 내 가장 고귀한 귀족 7선제후 중 1인. 창백한 얼굴의 단정한 살인자이자 속 모를 광기가 불쑥불쑥 튀어나오는 무서운 남자. 방금 전까지 무료하게 있다가도 순식간에 돌변하여 제 입술을 물어뜯을 듯 달려들어 거칠게 헤집던 그의 새파란 동공에는 심장 한쪽까지 아그작아그작 씹어 먹는 짐승의 광포함이 들끓고 있었다.

몸부림치던 손목을 부서질 듯 움켜쥐고, 달래듯 놓았다가 다시 잡아채는……. 긴 손가락을 움직여 여린 속살을 건드리던 손길을 떠올리자 몸서리가 쳐졌다.

조금 더 절제되었을 뿐이지 그건 저를 범하려 했던 하티야와 다를 것이 없었다.

하지만 둘 중 누가 더 공포스럽냐고 묻는다면 그 사내였다. 참 비참하게 도륙되었던 오라비가 몸뚱이만 취하고 말 것이었다면, 그 살인자는 껍질까지 갈기갈기 찢어 속 알맹이를 짓씹고 영혼까지 남김없이 들이마실 것 같았다. 신께 맹세코 다시 마주치기 싫은 자였다.

쉴 새 없이 몰아닥치는 격정이 힘에 겨워, 이카릴은 남자가 제 허리를 더 깊게 잡아당기며 고개를 틀 때쯤 정신을 놔 버렸다. 다시 눈을 떴을 때는 항구가 멀지 않았을 때였다. 조국에 대한 애도 따위 안중에도 없이 이카릴은 겁에 질려 오들오들 떨었다.

당시 기절해 버려 그 '행위'가 중단된 것 같지만 그렇지 않았을 시 무슨 일이 일어났을까. 애초에 신성한 창녀로 났다지만 역시나 앳된 여인에게 약탈당하는 밤은 끔찍했다.

놀랍고 이해가 안 되는 건, 그 남자가 자신을 황제의 옆으로 밀어 넣은 장본인이라는 것이다.

눈을 뜨고 육지에 발을 딛는 그 순간까지 내내 배 위에서 마주칠 때마다 뒷골이 쭈뼛한 시선으로 응시했던 주제에 무슨 이유로?

이카릴은 혼란스러웠다. 궁정 복도에서 정부가 된 포로에게 지극히 정중하게 고개를 숙여 보였던 검은 머리를 떠올렸다. 참으로 우아한 위장이 아닌가. 만약 손등에 입 맞춘 뒤 시선을 들 때 마주친 눈빛이 익히 보았던 눈이 아니었다면 경각심이 조금은 덜했을지 모를 일이다.

아. 아니야. 그랬더라도 그는 무서운 사람이다.

어떤 초식 동물에게 천적이 있고 이카릴이 전자라면, 그 남자는 후자에 속할 것이다. 그만큼 그는 존재만으로도 두려움과 경계라는 말초 신경을 자극했다.

태어난 이래 지금껏 악몽을 꾸지 않은 날이 없건만, 이카릴은 그자를 만난 이후 외려 꿈 없는 깊은 잠을 자는 날이 많아졌다. 어쩌면 당연하지 않을까.

그는 그 자체로 살아 있는 악몽 같았으니.

"판케아트 제국, 35대 프리가 12세께선 슬하에 전 황후 루크레치아 폐하와의 사이에서 얻은 황태자 알렉시온 전하와 아이리스 황녀, 현 황후 폐하 소생의 카이레 황자가 계십니다. 황녀께선 열일곱에 혼인 하셨으니 현재 남아 있는 황실 일원은……."

"전 황후께선 돌아가셨나요?"

궁정 내에서 가장 까다롭고 격식을 따지기로 유명한 베아트리앙 백작 부인은 눈썹을 올리며 무구해 보이는 표정을 한 이국의 공주를 돌아보았다.

일단 새로운 황제의 첩은 객관적으로 추녀는 아니었다. 그렇다고 제국 사교계가 추구하는 화려한 금발 미녀도 아니다. 이카릴 시본느는 뼈대가 가늘고 안개처럼 희미한 인상의 소녀였다. 물먹은 거미줄처럼 축 늘어진 머리카락은 은갈색으로 바랬고, 그 사이 말간 붉은 눈이 어둡게 빛나는, 의례적으로 아름답다 말하기도 볼품없다 평하기에도 뭣한 그런 여자.

미인의 조건대로 얇고 말랐으나 그것은 늘씬한 낭창함보단 톡 부러질 가냘픔이 맞을 것이다. 건강하고 하얗기보다는 저 먼 북방인처럼 창백한 피부에 약하디약하여 살짝만 스쳐도 붉게 물들고 멍이 들었다. 화사한 금발은커녕 희게 센 거나 다름없는 머리털은 핏줄이 비치는 얇고 하얀 살갗과 더불어 유령처럼 음산하고 기이하다. 흐릿하고 약한 이목구비와 허연 입술은 수면 위의 잔상 같았다.

죽은 장미 빛깔인 붉은 눈동자가 그 애매모호함에 야릇한 정점을 찍었다. 돌아서면 잊을 게 분명한데도 이상하게 잔상이 남는 것은 순전히 저 눈 탓이다. 속눈썹이 촘촘히 난 끝이 처진 눈꼬리는 순한 어린아이와 교활한 여우의 중간 그 어디엔가 서 있었다. 어떤 눈빛을 하냐에 따라 천차만별로 변화할 수 있는 백지장 같은 얼굴이었다.

피가 고인 듯한 저 눈이 백작 부인은 마음에 들지 않았다. 정확히는 그녀가 풍기는 체취, 분위기, 눈빛 뭐 하나 호감을 사는 것이 없었다.

처음에는 백작 부인도 이카릴의 사정과 어려 보이는 낯, 기아처럼 비쩍 마른 몸에 거북스럽고 깔보는 와중에도 일말의 동정심을 품었다. 그녀는 정말 불쌍해 보였다. 그러나 그것은 곧 이카릴과 얼굴을 맞대고 대화 몇 마디를 나눈 뒤 순식간에 사라졌다.

이 이상한 이교도 여자는 버려진 새끼 새처럼 깡말라서는 비굴한 눈빛으로 상대를 올려다보곤 했다. 그러다가도 한시도 동공을 바로 세우지 못하고 초조하게 시선을 피하면서 손끝을 꼼지락거렸다. 그 모양은 병적인 신경질과 매캐한 불안함을 띠고 있었다. 동시에 순수한 교만함이 묻어 나왔다. 그리고 그것을 숨길 줄도 몰랐다. 그녀만큼 상대를 불편하게 만드는 재주가 탁월한 이는 없을 것이다.

그런 주제에 괴상하게도 선의든 악의든 눈 마주치는 모든 이들의 신경을 끌었다. 갈망하듯 들끓는 눈빛이 애처로우면서도 기회를 엿보듯 음험한 몸짓이 고대의 간사한 요정 같았다. 꾀어 유혹하고, 갈증을 돋우며, 종국엔 파멸시킬 것 같은 괴이한 매력이었다.

문제는, 저 여자를 그다지 마음에 들어 하지 않는 백작 부인조차 거기에 이끌리고 있다는 것이다.

천진한 척, 살피는 척, 굴종하는 저 순하고 가련한 얼굴로 고용인 몇을 불구로 만들었는지 잘 알고 있음에도 불구하고. 부인은 인상을 찡그리지 않으려 입매를 딱딱하게 굳혔다. 처음엔 착각이라 생각했지만 저 꺼림칙한 소녀의 맑은 적색 눈을 빤히 볼수록 기분이 이상해졌다. 경멸이 불쑥불쑥 치밀어 몸서리치지만, 계속 신경을 자극해 대 벗어나기 힘들다. 그녀는 이제 익숙하게 이카릴의 눈에서 약간 엇나게 시선을 흐트러뜨렸다.

에스페리스 후는 왜 저런 사특한 여자를 죽이지 않고 데려왔단 말인가. 그나마 황제의 정부이니 저 불길한 눈빛에 홀릴 이는 적을지 몰랐다. 베아트리앙 백작 부인은 매스꺼운 속을 달래며 뇌까렸다. 이교의 악마가 낳은 창부 같으니.

"황실의 내사는 입에 담는 것이 아니랍니다."

"하지만 몰라서 실수할 수도 있지 않을까요?"

이제 이카릴은 말을 더듬지 않았다. 단지 똑바른 한마디를 단숨에 내뱉은 다음 괜스레 손톱을 뜯어 댈 뿐이었다. 마치 평소 징검다리로 건너던 개울을 냉큼 뛰어넘은 것처럼 숨에 차 하는 것 같았다. 그리고 즉시 눈치를 살피며 상대방을 힐끔대는 것이다. 백작 부인은 못마땅하게 혀를 찼다. 다른 건 다 고쳐져도 저런 사소한 몸가짐들은 고쳐질 기미를 보이지 않았다. 그녀는 다소 짜증스럽게 대꾸했다.

"예. 예기치 못하게 서거하셨지요."

이카릴은 떨떠름한 부인의 표정에서 '일반적이지 않은 무언가'를 알아챘다. 그러나 부인은 딱딱하게 그녀의 호기심을 잘라 내 버렸다.

"시본느께서 본분만 지키신다면 제가 일러 드린 것 외의 것에 관심을 표할 일도 없을 것입니다."

본분을 지킨다. 네 주제를 알고 처신 똑바로 하란 말과 진배없었다. 이카릴은 제 흐릿한 붉은 눈으로 가만히 그 냉랭한 낯을 올려다보다 천천히 고개를 끄덕였다.

✤

황제가 정무를 보던 중 쓰러졌다. 궁정이 발칵 뒤엎어지고 선제후들을 비롯한 주요 대귀족들이 소집되었다. 그들은 황위가 교체될 때가 된 것이 아니냐 조심스럽게 수군거렸다. 개중 황제의 병이 알려진 대로 심장병이 아닌 매독이 아니냐고 방정맞은 입을 놀렸던 철없는 어린 기사 하나가 지나가던 에스페리스 후작에 의해 혀가 도려졌다.

한차례 소동이 지나고 나자 제도 카릴 전체가 무덤처럼 적막해졌다. 그 침묵 속에서 황후를 비롯한 직계 황족들이 부랴부랴 황제의 거처인 카르뮬렌 궁으로 향했다.

그 대열에 합류하지는 못했지만 황후의 인가를 받은 황제의 첩실 자격으로 이카릴은 카르뮬렌 궁 후방의 작은 별궁에 덩그러니 끌려와 있었다. 그녀는 황제의 무사안일을 기도하는 수많은 애첩들 중에서 가장 어렸고 또한 아무 감정도 느끼지 못했다.

작은 홀을 가득 메우는 불안, 슬픔, 고통 속에서 이카릴은 철저한 이방인이었다. 굳이 한 가지를 꼽자면 앞으로의 미래에 대한 불안함. 그것뿐이다. 얼굴 한 번 못 본 황제가 죽는 것이 대수랴. 문제는 좋든 싫든 그녀의 주인으로 돼 있는 사람이 죽게 된다면 그녀의 소유권은 누구에게로 가게 되는가?

반사적으로 혼탁한 머릿속에 불쑥 떠오른 건 저를 고향에서 꺾어다가 이 진흙탕에 빠뜨리고 간 누군가의 서늘한 얼굴이었다. 이카릴은 서둘러 그 잔상을 지워 버렸다. 두렵다. 무엇 하나 확실한 것이 없었다. 언제나 그러했듯이.

피가 나도록 손가락을 잘근잘근 씹다가 비릿한 맛이 혀끝을 스치자

빨간 눈을 도르륵 굴리며 환하게 불이 켜진 황제의 궁을 응시했다. 사방에서 들려오는 흐느끼는 듯한 기도 소리가 팽팽히 당겨진 신경 줄을 갉아먹고 있었다. 그녀는 돌연 불타는 고향 한가운데에 서 있는 듯한 기분을 느꼈다. 주먹으로 쿵쿵 뛰는 심장을 툭툭 두드리다 더 못 참고 검은 정원이 드리워진 바깥으로 뛰쳐나왔다.

뺨을 할퀴는 밤공기가 묘지의 그것처럼 눅눅하고 음산했다. 이카릴은 웅크려 머리를 감싸 안았다. 시야가 어둠으로 덮이자 어머니의 자궁 속 같은 안도감을 느끼면서도 감옥에 갇힌 듯 갑갑함이 몰려왔다. 그녀의 삶은 언제나 미궁이었다. 빠져나갈 수 없는, 끝도 없이 펼쳐진 미로를 걷고 뛰고 헤매어도 절대 빠져나갈 수는 없다.

아르고니아가 불타도 달라진 것은 없었다.

그녀는 아직도 붉은 미궁을 헤매며 무형의 괴물에게 쫓기는 어린 소녀였다.

헉. 헉. 헉.

온갖 곳에서 짐승의 거친 헐떡임이 들려온다. 손이 덜덜 떨렸다. 죽은 망자들이 저 멀리서 손짓한다. 이카릴. 이카릴. 이리 오렴. 우린 이리 죽어 구천을 헤매는데 무슨 낯으로 숨을 붙이고 있니. 우리의 창부로 나 살인자들의 창녀가 되었구나. 더러운 것. 천박하기도 하지. 하긴 그 태생을 어찌 숨길까. 낄낄낄.

히익— 과호흡에 목덜미를 긁자 길게 핏줄기가 그어졌다. 적국 병사들에게 겁간당해 죽은 언니가 썩어 문드러진 팔로 손짓하고 있었다. 붉은 동공이 정처 없이 흔들린다. 생전 질투에 차 훔쳐보던 아름다운 청회색 눈이 안구가 툭 빠져 구더기가 이는 뺨에 대롱대롱 흔들렸다. 썩은 입술이 비틀린다. 씨—익.

누가, 나, 좀—

"이봐. 괜찮아?"

확 밀려들어 오던 죽음의 내음이 사그라졌다. 익사 직전에 구출된 사람처럼 이카릴은 땀에 흠뻑 전 채로 덜덜 이를 부딪치며 가까이서 저를 내려다보고 있는 소년을 바라보았다. 순간적으로 빛이 들어와 눈이 흐렸다. 사실 그녀는 날 적부터 시력이 그리 좋지 못했다.

당혹 반, 호기심 반의 말간 얼굴이다. 나이는 저보다 두어 살 많을까 싶은 정도. 그의 등 뒤로 너울거리는 연한 불빛이 비치고 있었다. 머뭇대는 것도 잠시, 안심시키려는 듯 엷게 웃는다. 이카릴은 생경한 벼락을 맞은 이처럼 입을 벌렸다.

이렇게 빛나는 사람은 처음 보았다.

그는 약간 망설이다 눈높이를 맞추려는 듯 바닥에 주저앉았다. 하얀 겉옷이 흙이 묻어 금방 더러워진다. 눈이 마주친다. 다정하고 온기가 가득한 적갈색이 어둠 속에서 반짝이고 있었다. 그 투명함에 저가 비치고 있었다. 눈물에 젖어 공포에 떨고 있는 연약한 계집아이.

왜 우니? 어디가 아프니? 울지 마렴. 부드러운 손가락이 조심스럽게 축축한 볼을 쓸었다. 어미 짐승이 새끼의 상처를 핥는 듯한 감각이었다. 따뜻하다. 그러나 낯설고 이질적이었다, 그것은. 적어도 이카릴에게는 그러했다.

마치 오랫동안 잊고 있던 책장을 펼친 듯 기이한 촉감이 뇌 한구석을 건든다. 그녀는 어린아이처럼 코를 훌쩍였다. 상대가 작게 웃는다. 울보구나, 너는.

"난 카를. 넌 이름이 뭐니?"

물 맞은 듯 화들짝 답했다. 이카릴. 이카릴? 특이한 이름이네. 이방인이니? 고개를 끄덕이며 꿈처럼 빛나는 금발을 쳐다보았다. 표정이 그대로 드러나는 환한 얼굴. 예쁘다고 생각했다. 이카릴은 순간 가슴 저 언저리가 따끔거려서 한쪽 입매를 짓씹었다. 한없이 빠져 있고 싶으면서도 뿌리치고 싶은 모순이란 괴물이 꿈틀거린다. 입술을 잘근잘근 짓이기다 그것을 봐 버리고 말았다.

그 남자였다.

저 멀리 정원수가 가로 그은 맞은편 정원의 2층. 셔츠를 걷어붙인 강인한 팔이 테라스에 늘어져 있었다. 밤바람에 나긋이 흔들리는 검은 머리칼. 달빛이 내리쬐인 흰 광대뼈 위로 돋아난 푸른 눈이 무표정하게 빛나고 있었다. 이카릴은 그가 순간적으로 웃었다고 생각했다.

그리고 그가 뒤돌아 들어가 버릴 때까지, 그녀는 칼에 꿰인 듯 그 검은 옷자락과 푸른 눈의 궤적을 좇았다. 의아한 듯 봐 오는 금발 너머로 멀어져 가는 검은 빛은 가슴이 섬뜩할 만큼 대비적이었다. 그리고 그 독약 같은 불길함은 그날 잠자리에 들 때까지 내내 따라오며 그녀를 괴롭혔다.

어쩌면 훗날 일어날 참극을 그녀는 그때 알았어야 했는지도 몰랐다.

❧

보름달이 환하던 그 밤, 황제는 결국 죽지 않았고 그의 늦춰진 죽음은 또 다른 전쟁을 불러일으켰다.

극우파에 속하는 키제트 대사제가 반도 왕국 아카디아의 불경함을 질타했고 강경 파벌, 렉토파의 검인 에스페리스 후작을 위세로 한 총 3인의 선제후들이 이에 찬성표를 던졌다. 황태자의 후견인이자 온건파의 수장인 잉카르트 공작公爵이 강력하게 반대를 외쳤지만, 설사 에스페리스 후작의 친형이자 중도파인 테오도르 백작이 가세한다 해도 수적 열세를 면할 수 없었다. 결국 황제를 대신한 황후 아델라나의 공표로 제5차 펠로아르 전쟁이 발화되었다.

제국군의 총사령관으로는 여느 때와 같이 판케아트의 검은 제독, 에스페리스 후작이 임명되었다.

그는 황제의 침실에 들어 노호老虎의 주름진 손등에 입 맞추며 경건히 맹세했다. 야만적인 아카디아의 목을 치고 그 심장을 뽑아 황제께 바치겠노라고. 열이 들끓어 피가래를 뱉은 노령의 황제는 음산한 웃음을 띤 채 무감동한 젊은 후작의 뺨을 쓸었다. 그 후 일언 하나 없이 눈을 감아 버렸기에 황제의 의도는 공이 혁혁한 이 유능하고 용맹한 제독에 대한 호의와 신뢰의 표시로 받아들여졌다.

시끌벅적한 카르뮬렌을 나오며 라크나는 빈정거리듯 미소 지었다.

✤

갑작스럽게 황후가 찾는다는 전갈에 이카릴은 바짝 얼은 상태였다. 그녀를 그 고귀하고 아름다운 이가 왜 부른단 말인가? 저 같은 것에게 무슨 볼일이 있다고?

하지만 수업 중이던 백작 부인과 이하 시중인들은 태연한 기색이었다. 그리고 말했다. 처음으로 궁정에 발을 디디는 귀한 핏줄들은 전부 약식으로나마 제국 가장 귀한 여자의 발과 손을 씻겨 주는 게 예의라 하였다. 이카릴은 해괴한 전통이라 생각했다.

제국에선 귀인들의 몸에 손을 대는 것 자체가 영광이라 하나 아르고니아에선 발을 씻기는 것은 노예나 하는 일이었다. 불쾌감이 몰려왔지만 어쩌겠나. 그게 옳다는 데 긍정하며 따를 수밖에 없었다.

그녀는 답답한 코르셋으로 허리를 죄고 약식의 하얀 베일을 쓴 채 사뿐사뿐 황후의 거처로 들어섰다. 무뚝뚝하고 말이 없는 황후의 시녀장이 바늘 같은 눈초리로 이카릴의 머리부터 발끝까지 살펴보다 그녀를 데리고 조용한 마호가니 나무 문 안으로 들어갔다. 때는 거뭇하게 붉은 노을이 지는 초저녁이었다. 이카릴은 오늘따라 그 붉음이 짙다고 생각했다. 마치 그녀의 눈처럼.

궁은 이상할 만큼 고요하고 조용했다. 마치 적막한 숲 한가운데 같았다. 아름답게 가공된 물푸레나무 기둥과 수 세기는 된 고풍스런 수제품과 그림들, 유리 벽장 안의 은과 유리 세공품이 그 관 속 같은 침묵을 치장하고 있었다. 이카릴은 화려하고 인공적인 실내를 티 나지 않게 두리번거리며 초조하게 입술을 오므렸다. 텅 빈 복도에는 문지기 같은 시녀장의 미세한 발걸음 소리와 제 긴 그림자만이 얼룩덜룩 맴돌았다. 그 시간 동안 이카릴은 사람 한 명과도 마주칠 수 없었다.

이윽고 긴 통로를 거쳐 자주색의 빈 방에 도착하자 이카릴을 데려온 여자는 말없이 빈 소파를 가리키더니 밖으로 나가 버렸다.

홀로 남은 이카릴은 숫자를 거듭 세며 자리에 앉았다가 서는 것을 반복했다. 엄숙하게 조각된 어떤 남자의 흉상과 금으로 장식된 날짐승의 상, 발치에 감기는 두꺼운 양탄자가 보였다. 그녀는 괜스레 넝쿨무늬 탁자를 건드려 보다 다시 웅크리고 앉아 주변을 정신 산만하게 두리번거렸다.

시간이 계속 지나갔다. 이카릴은 짜증이 났다. 황후는 저를 얼마나 기다리게 할 셈인가? 그까짓 발쯤이야 아랫것들을 시켜도 될 일이었다. 그녀는 어젯밤도 악몽으로 잠을 설쳐 몸이 노곤하고 피곤했다. 무심코 분노를 삼키며 하얗게 흔들리는 벽의 커튼을 보다 이카릴은 멈칫 다시 시선을 돌렸다.

두꺼운 진녹색 커튼 사이로 언뜻 문고리를 본 것 같았다.

이카릴은 벌떡 일어섰다. 그리고 답지 않은 용감함으로 바로 앞까지 다가갔다가 멈칫거린다. 두려움과 호기심, 들끓는 짜증이 갈팡질팡한다. 이카릴은 초조하게 서성이다 결국 다시 제자리로 돌아와 얌전히 앉았다. 그리고 또 시간이 지난다.

이제는 허기까지 닥쳐온다. 신경이 바짝 서서 딱딱 이가 갈리고 머리가 아팠다. 이카릴은 신경질적으로 발을 구르고 손톱을 물어뜯었다. 몰상식하고 거만한 여자 같으니! 걷잡을 수 없이 일어난 화가 적의를 띠고 찬탄했던 황후의 얼굴을 갈기갈기 찢었다. 졸려! 배고파! 지치고 피곤해. 자고 싶단 말이야!

무릎을 세운 채 탁자 위 허공을 노려보던 이카릴은 눈을 크게 떴다.

참 믿을 수 없게도, 붉은 공단으로 된 냅킨을 들춰 보니 금빛 금속이 툭 떨어졌다. 푹신한 카펫 덕에 소리 없이 묻힌 그것은 섬세하게 조각된 열쇠였다. 반짝, 금빛이 이카릴의 둥근 눈에 비쳤다.

또다시 위험한 유혹이 시작되었다.

이카릴은 눈을 굴리며 손을 물어뜯었다. 이번 고민은 조금 더 빨리 해결됐다. 그녀의 인내심은 바닥이 났던 것이다. 벌떡 일어나 총총 커튼 뒤로 숨어 있는 문 앞에 다시 섰다. 그녀의 예상대로 열쇠는 딸깍하며 아주 꼭 들어맞았다. 누가 이걸 저기에 놔뒀을까? 마치 열어 보란 듯이. 함정일지도 모른다는 생각이 들었지만 이카릴은 겁이 많은 만큼 모순적으로 호기심도 많았다. 사실 목전에 닥친 위협을 제외하면 매사에 눈먼 아이처럼 둔감하기도 했다.

이카릴은 이상한 충동에 휩쓸려 조심스럽게 문을 열었다. 끼이익—

궁금한 열망을 띠고 순수하게 커졌던 눈망울이 탁, 잡힌 듯 얼어붙었다.

하아— 탁한 한숨 소리.

더운 열기가 훅 뺨에 닿아 화끈거린다. 처음에는 무슨 일인지 잘 몰랐다. 그러나 질척하고 음탕한 웃음소리를 모르기란 힘이 들었다. 애초에 그녀는 성스러운 척 음란한 가식을 쓴 고향의 은밀한 꽃, 몰락한 왕가에서 태어난 타락의 결정체였다. 이카릴은 딱딱하게 굳어 문 너머에서 행해지는 이상하고도 기이하고, 색정적인 광경을 멍하게 서서 바라보았다. 반쯤 열린 문이 끼익 악마의 손길에 밀린 양 오른쪽으로 비켜섰다. 더 열리려는 것을 얼른 본능적으로 손을 뻗어 움켜쥐었다.

그리고.

그리고……

어떻게 해야 하지?

"아— 아— 좋아."

이성을 잃고 자지러지는 저 여자가 그 고귀하던 여자가 맞나, 의심이 들었다. 침상에 이리저리 머리채가 늘어진 채 쾌락의 비명을 지르며 상대의 목을 감싸 안는다. 늘씬한 다리는 근육질의 날렵한 허리에 뱀처럼 칭칭 감겨 있었다. 혼탁하게 흐려진 얼굴이 이카릴이 알던 창녀와 다를 바가 없었다.

황제가 아닌 남자와 뒹굴고 있는 저 여자는 분명 황후 아델라나였다.

커다란 손이 그녀의 하얀 나신을 지분대다 젖무덤을 움켜쥐자 허리가 낭창하게 휘고 질척한 비명이 이카릴의 뺨을 때렸다. 하얀 이부자리가 엉망으로 헝클어져 있었다. 쾌락의 흔적들이 점점이 번진 그 위로 남녀의 알몸이 격렬하게 섞여 간다.

야릇한 구역질이 치밀어 이카릴은 입을 손으로 틀어막았다. 어서 이 자리를 피해야 한다. 이건, 이건 질 나쁜 장난이며 속임수, 함정이 분명했다. 울컥, 끔찍하고 역겨운 게 머릿속까지 혼탁하게 엉망으로 만들어 갔다. 그래. 어서. 어서 빠져나가야.

그리고 그때, 끔찍하게 익숙해져 버린 벽안과 정면으로 맞닥뜨렸다. 그녀는 이번에야말로 온몸이 마비되어 감히 움직일 수 없었다.

남자의 늪처럼 가라앉은 짙푸른 시선이 느릿느릿, 새파랗게 질린 이카릴의 얼굴을 훑고 있었다. 경련하는 눈썹, 푸들거리는 뺨, 갓 잡은 물고기마냥 펄떡이는 목울대. 떨림이 번져 가는 손끝과 크게 울렁이는 가슴팍까지. 도로 올라온 눈이 거칠게 일렁이는 붉은 눈동자를 보며 기이하게 비틀린 미소를 띠었다.

그녀가 알기론 광인의 것과 다른 것이 없는.

"아르?"

파트너의 시선이 분산됨을 느꼈는지 갑자기 느려진 남자의 어깨를 잡으며 아델라나가 속삭였다. 라크나는 그저 빙그레 웃었다. 그리고 거칠게 허리를 움직였다. 짧게 울리는 비명에도 아랑곳 않으며 그는 계속 격렬하게 여자를 안았다. 여자의 허연 다리가 나뭇가지처럼 정처 없이 흔들리고 있었다. 그리고,

강렬한 시선이 이카릴을 더듬었다.

홀쭉하고 가냘픈 얼굴과 마른 어깨, 가는 허리, 발간 복숭아뼈까지. 서서히. 천천히. 살점 하나하나 빠짐없이 온몸을 핥듯이 쳐다본다. 이카릴은 몸서리치며 주춤 물러났다. 또다. 정작 손끝 하나 대지 않았는데도 머리부터 전부 다 잡아먹혀지는 기분이다. 공포감에 사지가 달달 떨렸다. 자신은 창에 꿰인 사슴이었다. 저 사내는 칼을 든 채 그물에 잡힌 그녀를 찌르러 다가오는 사냥꾼. 힉— 목구멍 저 속부터 바람이 샜다.

그의 눈이 이카릴의 가는 목덜미를 훑고,

여자의 목 언저리를 물어뜯었다.

팔딱이는 가슴께까지 내려와 응시하며,

여자의 가슴골을 핥는다.

갓 난 사슴의 툭 불거진 다리를 움켜쥐듯 형편없이 떨리는 흰 발목을 덧그리고는,

여자의 다리를 잡고 어깨에 걸친 채 거칠고 깊게 허리를 움직였다.

남자가 혀로 자신의 입술을 핥으며 킥킥 웃음을 터트리자 이카릴은 미쳐 버릴 것 같았다.

그녀는 필사적으로 형편없이 떨리는 다리를 움직여 달음박질쳤다. 황후에 대한 예고 자신의 위치고 다 상관없었다. 한시라도 저 미친 곳에 더 있다간 정신이고 영혼이고 저자에게 먹혀 버릴지도 모른다. 미쳤다, 저 남자는! 미쳤어! 미쳤다고! 등 뒤로 악마의 조소처럼 여인의 비음 사이로 즐거움에 찬 광소가 들려왔다. 이카릴은 부들부들 눈물

을 흘리면서 귀를 틀어막고 필사적으로 도망쳤다.

사내가 입 모양으로 중얼거린 말이 귓가에 대고 박는 것처럼 음험하게 울렸다.

'기다리고 있어.'

✤

추악하고 미친 짓거리가 벌어지는 궁을 뛰쳐나온 이카릴은 비틀거리며 달려가다 화단에 먹은 모든 음식물을 게워 냈다. 비릿함이 턱 끝까지 올라와서야 구역질이 조금이나마 잠잠해졌다. 아직 그녀는 그 미친 자의 영역 안에 있었다. 금방이라도 달려 나와 제 목덜미를 잡아 질질 끌고 갈 것 같았다.

도망가야 해.

머리 한구석 골방에 웅크리고 있던 그림자가 귓가에 속삭였다. 이카릴은 병자처럼 벌벌 떨리는 손으로 정신없이 입술을 긁어 대며 휘청휘청 발걸음을 재촉했다. 온통 흔들리는 시야가 제 덜떨어진 다리 탓인지 대굴대굴 돌아가는 눈알 탓인지는 모르겠다. 그저 한시라도 더 가고 싶어 발광하나 계속 제자리걸음이다. 사방에 고목처럼 길게 뻗은 황궁의 그림자가 감옥처럼 도사려 그녀의 목을 조여 왔다. 호흡이 가빴다.

도망가야 해.

"힉!"

결국 제 다리에 걸려 넘어졌다. 무릎께가 화끈한 것이 따끔거리고 아팠다. 주룩 떨어지는 선혈을 눈에 담자 닭똥마냥 눈물이 후드득 떨어졌다. 아니다. 사실 그 전부터 온 얼굴이 젖고 있었다. 이카릴은 어린애처럼 앙상한 무릎을 부둥켜안고 엉엉 울었다. 흙바닥에 주저앉아 우는 게 모자라 보여도 상관없었다. 불안감이 한계에 다다르니 어찌 억누를 수 있는 선을 넘어 버린 것이다.

그리고 그녀는 애초에 그런 한계 자체가 지나치게 얄팍하고 보잘것 없었다.

어쩌다 손가락 하나가 베이면 참 같잖은 그 통증을 부여잡고 스스로를 위하느라 바로 눈앞에 불이 나도 모를 정도였다. 그래서 어릴 적부터 그리 아프다 울어 젖혀도 그 어린 계집애를 돌아보는 이 한 명 없었다. 그런 무관심에 발악하려 더 크게 울었는지는 몰라도. 아르고니아 신전과 왕궁에서도 이카릴의 엄살은 알아주던 것이었다.

"괜찮아?"

그래서 평생 이런 말은 꿈꾸지도 들어 보지도 못했다.

이카릴은 새끼 토끼처럼 불긋한 콧망울을 훌쩍이며 내밀어진 신기루 같은 손, 다정한 하얀 얼굴을 흘끔거렸다. 생전 처음 보는 생명체를 발견한 것처럼. 경계가 심한 기색에 상대는 겸연쩍은 듯 웃더니 상체를 낮췄다.

속이 훤히 들여다보이는 적갈색 눈동자.

이카릴은 깨달았다. 일단 이 소년과는 이것으로 두 번째 만남을 가지고 있으며 다음 깨달음에 비하면 전자가 비교도 할 수 없이 하잘것 없다는 것. 전적으로 이기적이고 치졸한 인성과는 다르게 그녀는 이따금 진정 신의 여자답게 어느 현자보다 더 재빠르고 강렬한 직감을 느끼곤 했다. 그것은 여느 현명한 자들의 이지가 모인 도출이라기보단 짐승이 살고자 발버둥 치며 본능적으로 알아채는 그런 감각적인 것에 가까웠다.

친언니가 어릴 적 질투심에 그녀를 오래된 우물에 빠뜨리려 했을 때 기적적으로 살아 나왔던 것처럼, 이번에도 그랬다. 이카릴은 생각했다.

이 사람은 위험하다.

에스페리스 후작과는 다른 의미로 위험한 사람이었다. 보통 다감하고 햇살로 가득한 밝은 이는 언제나 다른 사람들에게 환영받고 아낌받는 존재이나 다 그런 것은 아니었다. 봄볕 아지랑이도 흐린 진눈깨비에는 치명적이다. 이카릴에게 그가 그러했다.

그는 따뜻한 칼이었고 그녀도 모르는 새 슬금슬금 다가와 그녀를 중독시키고 이내 나락으로 떨어뜨릴 것이다. 독 발린 포근한 침상, 달콤한 수은이다. 심지어 머리끝부터 발끝까지 한 점 더러움 없는 호의로 다가와도 마찬가지다. 아니야. 그러니 위험한 거다. 그것이 순수한 호의라서 더 무서웠다.

넌 날 위험에 빠뜨릴 것이다.

벼락 맞은 듯 굳어 눈을 홉뜬 채 멀거니 보고만 있자 소년은 몇 마디 말을 걸다 그녀의 가는 겨드랑이를 들어 올려 불편한 자세로 어깨에 둘러업었다. 보기보다 힘이 센지 성큼성큼 발을 옮기는 것도 어렵지 않다. 그녀는 희게 질려 반쯤 뒤집어진 눈을 데굴데굴 굴리면서 소년의 진한 초콜릿 같은 어깨를 두드렸다. 불편하다는 뜻으로 알아먹었는지 어린아이 어르듯 자세를 고쳐 준다. 이카릴은 이제 꼼짝도 못하고 멀거니 가장 포근한 가시방석에 턱을 묻었다. 코끝에 소년의 금발이 몇 가닥 묻었다.

그에게선 위험할 정도로 달콤한 향이 났다. 양귀비 즙, 녹아 고인 설탕물, 꿀이 묻은 사과처럼.

뇌까지 마비될 것 같다. 너무 달아서 정신을 차릴 수가 없었다. 바닷물을 마시지 않으려는 민물고기처럼 이카릴은 흡 숨을 참았다.

"우리 만난 적 있지? 난 너 알아. 이카릴."

이카릴은 양손으로 코와 입을 막은 채 눈만 끔벅거렸다. 접혔다 달히는 세상에 온통 금빛이 가득했다.

"네가 누구일까, 한참 고민했어."

"……."

"그러다 알아냈지. 갓 전쟁이 끝난 상황에 이국인 여자애라니. 어쩌면 너무 뻔하잖아."

"……"

"황제의 정부. 이카릴 시본느."

움찔하며 이번에는 조금 반응이 나왔다. 소년은 바싹 언 작은 몸뚱이를 흘끔 보더니 킥킥 웃어 버리며 경직된 등을 토닥였다. 바짝 졸아든 숨결이 뒷덜미에 뿜어져 나왔다. 발걸음이 처음으로 약간 멈칫거리다 다시 이어졌다. 이카릴은 눈치채지 못했다. 그는 대수롭지 않게 말했다.

"너같이 어린 애를 정부라고 들이다니. 황제가 노망이 들었다더니 정말인가 보지."

엄밀히 말해 어린애는 아니었다. 그러나 이카릴은 그냥 입을 다문 채 그의 황금 종소리 같은 혼잣말을 듣고만 있었다.

"화들짝 놀랄 필요 없어. 이래 봬도, 친아버지는 아니지만 아버지 비슷한 양반이라서. 그 노인네가."

아, 내 이름은 카를이야. 알지? 그는 딱히 대답이 없어도 쾌활하게 혼자서 말을 이어 나갔다. 태생적으로 해바라기처럼 활짝 트인 당당한 자존감과 크든 작든 전폭적인 애정을 받고 자란 강한 자아의 소유자임이 분명했다. 연못 속 투명한 자갈처럼, 꾸미지 않은 맑음이 있었다.

이카릴은 저도 모르게 멍하니 그 재잘거림에 귀 기울이다 이유 모를 수치심을 느꼈다. 그 빛남이 질투 나고 싫었다. 이와 같은 밝음은 태생적으로 음험하고 비틀리게 자란 그녀 같은 사람들에게는 치명적인 종류다. 너무 반대라 힘겹고 역겹다. 존재 자체만으로 저를 초라하게 만든다. 이유 모를 적개심이 안개처럼 몰려들었다.

그러나 또한 너무 다르기에 끌리는 건 부정할 수 없다.

"음, 따지고 보면 너한테는 지아비일 테지만, 너도 그 늙은이 안 좋아하잖아? 그렇지? 이르기 없기야."

이를 능력도 없었다. 이카릴은 실제로 미화가 가미되었을 젊은 시절 황제의 초상화를 제외하면 현 황제가 어찌 생겼는지도 몰랐다.

여전히 반응이 없자 슬슬 심통이 났는지 카를이 장난처럼 으름장을 놓았다.

"약속해. 만약 이르면 알렉스 형에게 이를 거야."

자긴 이르지 말라면서 저는 또 이르겠다니. 적반하장이 따로 없었다. 하지만 이카릴은 주억주억 고개를 끄덕였다. 소년이 키득거리며 하얀 새끼 사슴 같은 이카릴의 머리를 쓰다듬었다. 낭창한 향나무 가지에 안긴 듯 청아한 내음이 옮겨 왔다. 손끝이 뺨을 살짝 스치자 데인 듯 화끈거린다. 이카릴은 덜컥 겁이 났다.

"걱정 마. 거의 다 왔어."

심장이 쿵쿵 뛰었다. 왜 이러지?

"저기 저 붉은 지붕……. 아얏! 너?"

도망치듯 다섯 발자국 걷고 나서야 저가 상대방의 목덜미를 날름 물어 버리고 달아났다는 걸 알았다. 정신없이 뛰다 힐끗 뒤돌아본 자리에는 카를이 황망한 얼굴로 그대로 서서 그녀를 멀거니 바라보고 있었다. 불긋한 수치심이 확 몰려와 양 뺨이 화끈거렸다. 그녀는 달아나는 초식 동물처럼 달음박질쳐 방 안에 들어와 이부자리로 숨어들었다.

불이 무서워 볏짚에 대가리를 처박는 강아지와 다를 바 없는 행태에 담당 하녀들이 전전긍긍 왜 그러시냐 주변을 거위처럼 맴돌았지만 이카릴은 눈길 한 번 주지 않았다. 조심스레 제 몸에 손을 대기에 빽— 다 나가라 소리치자 성가신 무리들이 황급히 방을 떠났다.

아찔한 금빛이 사방을 맴돈다. 그녀는 신음을 흘리며 얼굴을 베개에 묻었다.

하얗게 흐트러진 머리칼 사이 귀가 붉었다.

✤

그 날 이후 이카릴은 방 안에만 틀어박혀서 검은 제독이 제도를 떠나 출전했다는 소식이 들려왔을 때까지 침대 위를 한 발자국도 벗어나지 않았다. 승리를 기원하는 성대한 파티 후 모든 제국민의 환호 속에서 떠났다 했다.

그러고도 이카릴은 군대의 나팔 소리가 저 멀리 수도의 성벽을 넘고 이틀이 지나서야 스산한 겨울을 피해 땅굴에 숨어 있다 봄볕에 삐죽이 기어 나온 새앙쥐처럼 살금살금 걸어 나왔다.

그때는 미리 비밀리에 선발대로 출발한 에스페리스 후작이 국경에서 아카디아의 사주를 받은 반도의 해적들과 맞닥뜨렸을 시기였으나 이를 이카릴이 알 리가 없었다. 조국이 침탈당하던 때 울린 포탄 소리조차 남 일과 같았던 그녀였다. 이카릴은 오직 그 무서운 남자가 자신과 멀어졌음에 안도했을 따름이다.

정부로서의 기초적인 교양 수업마저 다 끝나고 나자 예상했던 대로 이카릴은 방치되었다. 내세울 가문의 힘은커녕 망국의 공주에 황제의 총애조차 입을 수 없는 처지이니 아무도 그녀에게 주의를 기울이지 않았고 관심도 없었다. 초반의 멸망한 아르고니아의 마지막 왕족이라는 호칭조차 시간이 지나고 나니 유행처럼 흥밋거리가 떨어졌다.

그러나 아이러니하게도 이카릴은 생전 처음으로 거대한 자유와 안전, 평화를 얻었다. 사람들의 감시와 경시 어린 눈길에서 벗어나니 이렇게 살맛 난 적이 없다. 먹고 자는 데도 문제가 없고 외려 수발을 들어 주는 아랫것들과 진기한 음식과 비단옷, 많지는 않지만 최소한의 패물도 주어졌다. 아르고니아가 창창할 땐, 신전의 가식적이고 허영스런 전통에 따라 강제적 청빈함이 요구되었고 그나마도 언니의 질투와 괴롭힘 탓에 변변찮은 향락이었거늘 참으로 우스운 노릇이다.

적의 첩 자리가 제 나라보다 안락하다니. 이리도 모순적인 것이 어디 있겠는가.

하지만 어차피 그녀의 일생 자체가 죄 모순으로 점철되어 있었다.

평온함 속에서 나른한 오후의 오수를 즐기면서 이카릴은 장난처럼 의미 없는 몸짓으로 인장이 찍힌 제 발목을 돌려 보았다. 거뭇하게 죽어 있는 문신은 이제 그저 문양에 지나지 않았으나 때때로 오래된 흉터처럼 콕콕 쑤셔 왔다. 몸에 각인된 고통이 아직 다 사라지지 않은 것이다. 울부짖는 소녀의 살갗에 멍에를 씌우면서 늙은 사제들이 쉴 새 없이 속닥였던 말들.

— 공주여, 그대는 신의 여인으로 태어났다.

— 네 몸은 네 것이 아니다.

— 만고의 영광이다. 고통도 감수할 것이며 이것이 신의 쾌락이라면 그대 또한 즐겨야 한다.

— 만약 신이 허락지 않은 사내에게 몸을 열었다간, 죽을 때까지 고통에 몸부림치며 저주받을 것이다.

백내장으로 허옇게 뜬 눈을 치켜뜨며 노사제가 누렇게 뜬 입술을 벌리곤 웃었다. 그림자 괴물처럼 징그러웠다. 끈적끈적한 속삭임이 여린 귓가에 와 달라붙었다.

— 행복해지려 하지 마오, 공주. 그럴수록 그대만 고통스러울 터.

애초에 마음을 끌 만한 것들을 눈에 담지 마라. 네가 삿된 것을 본다면 어차피 그것은 파멸할 테니까. 입술을 맞추면 그 부위부터 불에 타고, 손을 뻗어 만지면 재 가루가 될 것이다. 네가 웃을수록 배의 고통이 따르리라.

공주여, 기억하오. 우리의 신은 투기가 심한 분이오.

우리의 아름다운 공주— 큰 눈에 눈물이 그득하네. 울지 마오. 울지 마오. 지금 울면 앞으로의 천릿길은 어찌하려고— 우리의 아름다운 공주. 울지 마오. 울지 마오.

찬송가라 하기에는 거뭇한 흉부처럼 잔인하고 음험한 노랫소리는 차라리 이교도의 기도문에 가까웠다. 원시의 미신을 닮은 그림자들이 길쭉하게 늘어져 주변을 맴돌았다. 우리의 아름다운 공주. 초승달처럼 가녀린 발로 어디를 그리 가는가. 울지 마오. 울지 마오. 음산한 울림이 웅웅 동굴 같은 벽을 타고 축축하게 스며들었다.

그 어린 날의 이카릴은 자신이 점점 없어지는 기분에 몸서리쳤다.

싫어. 싫어. 없어지기 싫어! 죽기 싫어! 그만해! 그만 좀 괴롭히라고! 언니도 왕의 딸인데 왜 나만 이렇게 살아야 해?!

독기 어린 붉은 동공이 앙상한 무릎 위로 비집고 올라왔다. 피를 닮은 눈물이 오른쪽 눈매를 타고 떨어진다.

차라리.

전부 다 죽어 버렸으면.

그래. 날 내버려 두고 다 없어지라고. 죽어 버리란 말이야!

아…… 아. 기억한다. 정신이 성한 자가 없던 그 기이한 달밤을.

달이 유독 붉어 이상하던 그 밤, 그녀는 모든 이들의 멸망을 기도했다.

그리고…….

그들의 말에 따르면 그녀를 끔찍하게 사랑한다던 신은 그녀의 수만 가지 기도 중 유일하게 그것만을 들어주었다.

갑작스레 확 뜬 눈꺼풀 사이로 햇볕이 바늘처럼 찌르고 들어왔다. 이카릴은 본능적으로 쓰린 눈덩이를 문지르면서 비명처럼 호흡을 가다듬었다. 먼 어릴 적의 과거가 해일처럼 밀려와 몸이고 정신이고 전부 다 엉망진창이었다. 따뜻하고 뭉근한 것이 움푹하게 들어간 마른 등을 어미 닭이 알을 품듯 쓸어 주고 있었다. 진땀으로 흥건한 와중에 이카릴은 어느덧 익숙해진 향을 맡았다. 너무 지친 탓인지 경계심은 반쯤 고개를 들다 수그러들었다.

"넌 볼 때마다 아파하는 것 같아."

카를이 말했다. 이카릴은 제 궁 정원에 놓인 간이 의자에 드러눕듯 머리를 기댄 채 땀에 젖은 머리를 쓸어 넘겨 주는 소년을 빤히 쳐다보았다. 이 사람은 왜 계속 내 눈앞에 나타나는 걸까. 어쩌면 그저 인간 소년의 형상을 한 태양신의 잔재, 햇볕일지도 모른다.

시간이 지나도 이유를 모르겠지만, 그때의 이카릴은 이 신비한 소년에게 이렇게 말했다.

"여긴 들어오면 안 돼."

"나도 알아."

소년은 선선히 긍정했다. 하지만 덧붙였다.

"그치만 난 괜찮아."

"왜?"

"알렉스 형이 황제와 황후의 궁만 아니면 안 죽는다고 했거든."

지나치게 이분법적이고 단순한 구분이었다. 이번에도 알 수 없는 이유로 이카릴은 전혀 쓸데없는 질문을 했다.

"알렉스 형이 누구야."

"내 형. 아버지는 다르지만 내 형 맞아."

동복형제同腹兄弟라는 단어는 생각보다 빨리 떠오르지 못했다. 이카릴은 다음으로 무슨 말을 할지 고민하는 스스로가 신기하고 낯설었다. 잠이 덜 깬 것이 분명하다. 그저 제 앞에서 호기심과 상냥함을 갖고 웃어 주는 눈동자, 잔잔한 금발의 움직임 등이 예쁘다 여겼다.

태양처럼 아름다운 소년이 오롯이 저를 봐 주니 이카릴은 흥분했다. 대놓고 따라가진 못하겠고 소극적으로 고개를 움츠린 채로 빠끔히 눈을 들어 흘끗대는 것이다. 그런 그녀에게 그림자가 말했다.

— 행복해지려 하지 마오, 공주. 그럴수록 그대만 고통스러울 터.

"넌 좀 특이한 것 같아. 그런데 계속 네 생각이 나서 보러 왔어. 나랑 놀래?"

일생 누려 왔던 두려움보다 강렬하게 떠오른 일순의 호기심에 한쪽 발을 디딘다. 이는 어쩌면 그녀에게 처음일 도전이고 몇 달째 계속된 평화 덕분에 눈먼 돼지 같은 안락함에 취한 탓일 것이다. 이카릴은 손을 뻗기만 한 채 잡지는 못하고 머뭇거렸다. 이래도 되는 걸까? 이상하게도 고향의 잔상 뒤로 그녀를 사로잡은 것은 끔찍할 정도로 무서운 그 사내, 라크나였다. 손가락이 움찔 움츠러든다. 하지만 햇살은 그녀를 더 기다려 주지 않았다.

성큼 잡힌 손목에 주춤주춤 따라간다. 뿌리치지 않았다. 저쪽 마리아 정원 한쪽에 오래된 별궁이 있는 거 알아? 내 아지트지만 너에게도 특별히 알려 줄게. 재잘거림과 쾌활한 웃음소리에 꿰인 듯 같이 뛰었다. 두근두근 심장 소리가 작은 북마냥 뛴다. 아주 잠깐이다. 이제 아무도 그녀를 신경 쓰지 않는데. 또래 아이와 어울리는 게 무어 대수란 말인가.

아르고니아는 이미 멸망했는데.

이카릴은 목뒤의 칼날을 모르는 순한 양처럼 작게 웃었다.

그날 저녁, 황제가 다시 한 번 발작하고 잉카르트 공을 위시하여 황실 종친 셋이 카르뮬렌 궁에 난입했다. 공작은 황제의 처소 시종 다섯을 죽이고 황후의 사촌동생이자 시종장직을 맡고 있는 브란테 남작을 유폐시켰다.

황후의 히스테리가 새벽까지 소란하여 잠 못 들던 하녀들은 이튿날 허겁지겁 종아리가 보일 정도로 치맛자락을 든 채 전쟁터로 보낼 전서를 부치기 위해 마구간으로 달려갔다. 오후 티타임이 채 되기도 전에 황태자의 은 티스푼이 검게 변색되었고 당시 주변에 있던 귀족과 평민 열셋의 목이 달아났다. 사람들은 적장의 목뼈를 잘라 뱃머리에 매달고 있을 에스페리스 후작이 이 사실을 언제쯤 알게 될지 내기를 걸었다.

물론 국경 너머는커녕 코앞에 멀거니 앉은 이카릴은 이 모든 것을 알지 못했다.

2.
미궁에 갇힌 영웅

밤하늘의 별과 달이 땅과 멀지 않았던 먼 옛날.

나라의 존망을 짊어진 왕자가 아리따운 처녀가 아무도 빠져나갈 수 없는 곳에 갇혀 있다는 소문을 듣고 용맹한 칼과 거인과 같은 방패를 든 채 찾아들었다.

처녀는 왕의 누이였다. 왕자는 미궁의 왕에게 그녀를 달라 했으나 왕은 비웃었다.

내 누이를 데려가겠다고? 그녀는 저 미궁 속에 있으니 새벽달이 뜰 때까지 구출해 오시오. 그렇다면 내 누이를 주리다.

왕자는 그러마 하고 약조했다. 그리고 용감히 검붉은 미궁 속으로 뛰어들었다.

그 안에 어떤 괴물이 도사리고 있는지도 모르는 채⋯⋯.

〈아르고니아 건국 신화 — 미궁의 영웅 이야기〉 1장 2절

꽃 장식

퍽 오랜만에 이카릴을 찾아온 백작 부인은 그녀가 누누이 말하던 '사교적인 방문'과는 거리가 먼 표정을 짓고 있었다.

하지만 그녀의 몸 깊이 배인 품위가 요구하는 대로 하녀들에게 차를 내오라 한 뒤 이카릴의 맞은편 자리에 앉았다. 이카릴은 이렇듯 경멸과 혐오를 우아하게 감추는 사람을 일찍이 보지 못했다. 그녀를 길러 준 고상한 사제들과 친애하는 혈육들은 감추는 것조차 적나라하고 난잡했었다.

부챗살이 딱 접히는 소리가 시작점인 것처럼 부인은 싸늘하게 입술을 열었다.

"전 도대체 시본느께서 무슨 생각이신지 도무지 모르겠군요."

그리고 다음을 기다리며 이카릴의 몽롱한 붉은 눈을 도려내듯 내리깔아 보았다. 그녀의 머릿속 대본에 있을 다음 대사인 '무슨 말씀이신지요, 백작 부인.'을 기다리는 것이겠지만 이카릴은 그저 멀뚱히 그녀를 쳐다보는 것으로 답했다. 베아트리앙은 거슬리는 무언가가 콧등을 건드리는 것처럼 코끝을 실룩거렸다.

"대체 황실의 사자私子와는 왜 어울리시는 겁니까?"

"무슨 말이에요?"

이카릴은 깜짝 놀랐다. '사자'라는 단어가 띤 의외성보다는 저 자신이 눈치 보지 않고 제 궁금함을 먼저 채우려 들었기 때문이다. 이것은 매우 드문 일이었다. 그러나 백작 부인은 이카릴이 놀라건 말건 그런 것은 관심이 없는 듯했다.

"카를…… 영랑, 그러니까 그분 말입니다."

부인은 눈살을 작게 찌푸렸다. 먹기 싫은 음식을 억지로 씹고 있는 것만 같은 표정이었다. 그녀는 심지어 영랑슈郞이라는 단어에조차 불쾌감을 숨기지 못했다. 이카릴에게는 익숙한 시선이었다. 경멸을 애써 감추는, 고상함으로 억지로 억누른 혐오감. 존재 자체로 죄를 짓는 것을 보는 눈빛이다.

생소한 감각이다. 다른 세상에 있는 듯 그리 빛나고 반짝이던 사람이 저와 같은 취급을 당하는 것을 안 기분은. 만약 제 고귀한 오라비가 길가의 부랑아만도 못하게 되면 이와 흡사할까.

아. 그렇지. 이카릴은 약간은 시큰둥하게 생각했다.

그것은 이미 보았다. 라크나, 그 미친 작자가 내 오라비의 잘린 목을 짓밟고 으깨진 잔해마저 돼지 오줌보마냥 걷어찰 때 이러한 기분을 느꼈던가.

사실 그리 감흥은 없었던 것 같다. 이카릴 그녀 자신의 예상보다 첫 오라비는 그다지 감정적으로 영향력 있는 존재가 아니었다. 마치 지도상에서 지워진 고향 아르고니아처럼.

"그 사람이 사생아라구요?"

하지만 이는 달랐다.

멍한 와중에도 충혈된 눈처럼 바짝 날이 선 그 눈을 꺼림칙하게 내려다보며 베아트리앙 백작 부인은 선선히 고개를 끄덕였다.

"이쯤 되니 말씀드리지 않을 수가 없군요. 그분은, 황태자 알렉시온 전하의 동복동생이십니다. 황실 내사라 궁내에서 쉬쉬하는 일이어서 말이 나돌지는 않습니다만, 가까이하셔서 좋을 게 없습니다. 지금의 생존조차 불가사의한 일이니까요. 황태자께서 비호치 않으셨다면 벌써 궁 밖으로 쫓겨나거나 목숨을 잃었을 거예요. 그러니……."

"카를이 황제 폐하의 자식이 아니에요?"

부인은 무례하게 말을 자르고, 거기다 애써 피하던 정곡을 직설적으로 묻는 이카릴의 방자함에 기가 막혔다. 그녀는 부글부글 끓는 속을 가라앉히며 예민한 속살을 헤집고도 태연한 이카릴을 불쾌한 듯 노려봤지만 당사자는 그조차 못 느끼는 것 같았다. 당장이라도 이 방을 나가고 싶지만 참아야 했다. 저 여자를 교육시킨 것은 그녀였으니 이카릴의 행동거지는 곧 사교계에서 백작 부인 자신의 흠이 될 수 있었다. 역시나 이국의 야만적인 왕족 따위 맡는 것이 아니었는데!

찻잔을 들어 우아하게 기울이는 손끝이 미세하게 떨렸다. 고질적인 수족 냉증 탓에 따뜻한 잔을 쥐고 있어도 찬기가 가시질 않았다. 부인은 짜증스럽게 툴툴거렸다. 사지가 저리면서도 그녀는 공작새처럼 고고하게 고개를 틀어 올렸다.

"사실만 말하자면, 그렇답니다. 진정 황실의 귀한 피를 이어받았다면 크리스털처럼 투명하고 찬란한 푸른 눈을 지녔겠죠. 그 탁한 적갈색이 아니라. 정말이지 망측한 일이죠! 루크레치아 황후께서 죄를 뉘우치며 사죄하셨기에 망정이지, 그때 폐하의 분노란! 다시 떠올리기도 끔찍하군요. 그러니 이 일은 입에 올리지도 말고 다시는 그분을 만나지도 마세요! 자칫 폐하의 진노를 샀다간 제게도 피해가……"

"폐하가 그렇게 무서운 분이세요?"

이번에도 이카릴이 말끝을 끊어 먹었지만 부인은 화를 내지 않았다. 이카릴은 가면처럼 두껍게 바른 분이 더 하얗게 뜨는 것을 신기하게 바라보았다. 베아트리앙은 차를 마시는 척 시선을 내리깔았다. 이번에도 장갑 낀 손이 덜덜 떨린다. 하지만 그것은 단지 손이 차기 때문만은 아니었다. 부인은 애써 헛기침했다.

"만승지존, 제국의 주인이시지요. 당연한 것 아니겠습니까. 그분은 용서를 모르고 무자비하며 질서를 어지럽히는 자들을 싫어하세요. 이점, 주의하세요, 시본느."

"용서를 모른다구요? 그럼 카를은 왜 살아 있는 건데요?"

이번에도 상황 판단 안 하고 끼어드는 호기심에 불쑥 물었지만 그건 옳은 선택이 아니었던 모양이다. 하얀 얼굴이 희다 못해 새파래진다. 산송장처럼. 깐깐하고 오만한 여인의 두려움을 예민하게 읽어 낸 이카릴은 자라처럼 뺐던 목을 움츠렸다. 괜스레 겁이 나 소맷자락의

리본을 만지작거린다. 그녀는 돌연 제 손목을 강하게 움켜쥐는 손길에 소스라쳤다.

바로 눈앞에 부릅뜬 중년 여자의 동공이 있었다. 제국 궁정의 최신 유행답게 흔하고 엇비슷하니 퍼렇게 칠한 눈매에 시커먼 마스카라가 번졌다. 인조 속눈썹이 껌뻑껌뻑 파르르 떨린다. 우스꽝스러울 정도로 과장된 화장은 지금 이 순간 그 무엇보다 괴기스럽게 비쳤다. 백작부인은 반쯤 쉰 목소리로 속삭였다.

"다시는, 다시는 폐하와 전 황후 폐하를 같이 입에 올리지 마세요. 알았어!? 잘못했다간 너뿐만이 아니라 나도 목이 날아갈 테니까!"

힘줄이 돋은 눈가와 목을 흘끗대며 이카릴은 목 졸린 동물처럼 굳어 버렸다. 겁먹은 얼굴로 정신없이 고개를 끄덕였다. 백작 부인은 을러대듯 그녀를 노려보다 이카릴이 맹세의 말을 중얼거리고 나서야 얼굴색이 정상으로 돌아왔다.

이카릴은 약하게 숨을 할딱이며 부인이 드레스 자락을 털고 다시 우아한 척 가면을 쓰는 것을 지켜보았다. 그녀는 다시 커다란 호랑나비처럼 타조 깃털 부채를 펄럭이며 인위적인 미소를 지었다.

"루크레치아 황후께선 명예롭게 스스로 죽음을 택하셨어요. 하여 죄를 저지르고도 용서받았지요. 폐하께서 냉혹하신 면이 있으시지만 자비 없는 군주는 아니랍니다. 알아들었지요? 그러니 행동거지를 똑바로 하셔야 돼요. 시본느의 차후 평판에 제 명예가 달려 있으니 발걸음 하나부터 식사 예절까지……."

제국의 검은 제독, 에스페리스 후작이 전장으로 떠난 지 어느덧 반년에 접어들고 있었다. 한 달이 더 흐르면 6개월이 정확히 채워지니 얼추 맞는 셈이다.

전쟁 영웅인 그가 제도를 비우자마자 일어난 자질구레한 사건들은 어느덧 잊혀져 가는 듯했다.

적어도 겉으로는 그러했다.

그 시간 동안, 잉카르트 공작의 달변에 의해 고위 귀족 다섯의 작위가 박탈되고 변경 쪽으로 쫓겨났으며 황태자 알렉시온은 부친의 간병을 친히 도맡아 하며 카르뮬렌 궁에서 두문불출했다. 황제의 호위라는 명목으로 부쩍 늘어난 공작가의 군사가 황제의 처소를 겹겹이 둘러싼 것은 물론이다.

아침 미사를 위해 황제를 방문한 키제트 대사제는 황태자의 효심이 '그리 뛰어날 줄은' 미처 몰랐다며 어린 청년을 치하했다. 장성한 의붓아들에게, 미령해진 옥체를 보전하라며 지아비의 마른 손가락 하나 잡아 보지 못하고 축객령을 받은 황후는 아침 이슬처럼 영롱히 미소 지었으나 그날, 황후의 처소에서 노예 셋이 반쯤 죽어 거적때기에 실려 나갔다.

아카디아와의 전선은 처음 일진일퇴를 거듭했다. 정적들이 제국 의회 테이블에서 '기적적으로 거듭된' 후의 선전도 이제 멈추고 말았으며 다른 유능하고 노련한 지휘관을 보내야 한다며 채 한마디를 끝마치기도 전에 반도 해적의 손목들과 아카디아 해군 준장이자 변경백 일람의 잘린 목이 제도에 도착했다.

아델라나 황후는 기쁘게 그 트로피를 성도에 내걸었다. 제국인들은 성벽에 걸린 적장의 목을 올려다보며 그 밤 축제를 벌였다. 이윽고 다음 날, 검은 제독이 아카디아 군함 100척을 침몰시키고 2천여 명을 불태운 소식이 황제의 귀에 들어갔다.

노련한 맹수의 만족스러움은 꾸준히 후작위 계승 문제를 꼬집는 전 에스페리스 후작의 자식들이 궁정 재판소의 패소 판결을 받는 것으로 나타났다. 간만에 배부른 얼굴로 조아린 귀족들을 내려다보며 황제는 중얼거렸다.

없는 딸이라도 만들어서 그에게 주고 싶군. 나의 젊은 벗이 내 반푼이 아들이라도 받겠다면 기꺼이 줄 텐데 말이야.

내내 웃던 황태자의 얼굴이 백지장처럼 질리는 모습을 그 자리에 선 꽤 많은 귀족들이 보았다. 그 낯빛만큼이나 하얗게 센 수염을 족히 다섯은 될 반지가 끼워진 메마르고 주름진 손으로 만지작대던 황제는 주먹을 부르르 떠는 아들의 심장에 다시 한 번 무신경히 칼을 찔러 넣었다.

"내 아내가 다른 건 몰라도 미모는 볼만했지. 후작이 금발 취향이던가?"

특별히 황제가 연 아침 조찬이 파하고 내내 눈치를 보던 이들은 황궁을 다급히 빠져나오며 저들끼리 쑥덕였다. 맙소사. 나는 황제께서 그리 대놓고 말씀하실지 몰랐다네! 후작의 손을 들어 주셨다면 카이레 황자께 승산이 돌아가는 건가? 분명 수일 내로 아쟁티올의 해안을 제국군이 차지하게 된다면 판도가 달라지겠지. 그 전쟁에 미친 작자라면 가능할 거야. 그나저나, 황태자께서 참으신 게 용하군.

"애지중지 아끼는 동생을 남창으로 주겠다는 말을 면전에서 하는데 말이야."

그것도 상대가 '그' 후작이라니……. 황제가 죽을 때까지 원한을 잊지 않는 이라는 것을 실감하며 그들은 굴에 숨어드는 쥐 무리처럼 재빨리 흩어졌다.

✤

그녀를 잡아 온 남자의 눈처럼 서늘하던 겨울에 제국 땅에 들어섰던 이카릴은, 어느덧 봄과 여름을 지나 초가을에 접어들고 있다는 것을 느꼈다. 하지만 지독한 장마의 여파가 아직 남아 땅은 축축했다. 이카릴은 치맛자락을 붙잡고 살금살금 고양이처럼 걸었다. 바스락한 낙엽이 발에 부딪혀 나비 박제처럼 바스라졌다.

오늘 아침 아쟁티올의 해안과 주변 항구 도시에 판케아트의 검푸른 깃발이 꽂혔다고 했다.

사실 정확히 무슨 말인지는 몰랐지만 이카릴은 흥분해 떠들던 하녀들의 표정이나 그 남자의 칭송을 지껄이는 것에 짐작하건대 승전보라는 것을 알고 있었다. 그리고 그것이 꽤 대단한 업적이라는 것도. 그녀는 얼굴을 찡그리고 우두커니 서서 지리학 시간에 배웠던 대륙의 영토를 아주 잠깐 떠올리려 했으나 그 나라 수도가 아주 조금 위에 찍혀 있다는 것을 빼면 모든 것이 흐릿했다. 담당 시동이 다디단 푸딩을 들고 왔기에 그마저도 금방 잊어버렸다.

하긴 그 모든 게 그녀와는 상관없는 일이었다.

대신 이카릴은 다른 것을 생각했다. 살쾡이같이 땍땍거리는 베아트리앙인가 백작인가 하는 여자가 말했던 흥미로운 사실들. 그리고 시중인들을 꼬드겨 내뱉게 했던 이야기들을.

전 황후는 음독자살을 했다고 한다.

황제가 지켜보는 가운데 가장 고통스런 독을 마셨기에 시체는 정중히 화장되어 황실 내에 안치되었다고. 이카릴은 고개를 끄덕였지만 속으로는 갸웃거렸다. 아르고니아에서 왕의 아내에게 불륜이란 있을 수 없는 일이었다. 물론 인간의 금기를 탐하는 욕망으로 뒤덮인 긴 역사에 그런 이 하나 없겠냐마는 그녀가 알기론 그랬다. 일단 왕부터 노예까지 자잘한 행동과 언사에 대한 수천 가지의 벌과 규제가 있었지만 유일하게 그 부분만 관련된 법이 없었다. 마치 도려진 것처럼.

왕가의 신성한 혈통에 대해 침을 튀기며 설명하던 사제의 보랏빛 안색을 쳐다보며 어린 이카릴은 밤마다 신전의 어두컴컴한 두려움을 못참고 몰래 어머니의 침소로 숨어들면 나곤 했던 괴이한 소리들을 떠올리고 있었다. 어머니가 아끼는 시녀—한 계절마다 항상 바뀌던—는 지극히 아름다웠으나 그녀는 그 시녀들의 가슴을 본 적이 없었다. 하나같이 가슴팍을 싸매고 다니는 것도 아닐 텐데.

어쩌다 한번은 혀가 없는 벙어리 하녀가 작고 새빨간 병을 들고 어머니의 방에 들어갔다가 잠시 후 검붉게 물든 천을 한 보따리 싸 들고 나오는 것을 본 적이 있다. 그 후는 보지 못했지만 아마 그것을 태웠으리라 짐작하고 있다.

그 연탄재로 문질러진 듯한 유년의 기억을 이리 생생히 기억하고 있는 이유는, 한 달에 한 번 정식으로 허락받고 어머니의 궁을 방문할 때마다 그 가슴 없는 키 큰 시녀들을 보고 있노라면 어린 이카릴은 알 수 없는 수치심에 시달리다 몇 마디 말도 못 하고 신전으로 돌아와야 했기 때문이다. 그녀는 어머니가 그 시녀의 시중을 받고 있는 장면을 보는 것조차 무척이나 싫어했다.

개중 유독 어머니의 총애를 받다 오라비의 손에 죽은 세 번째 시녀는 꽤 멋진 금발을 가지고 있었다. 그녀는—혹은 그는—다정하고 상냥해서 어린 이카릴을 보면 주머니에 과자와 단것들을 챙겨다가 건네주고는 했다. 한없이 증오하는 자가 주는 사탕도 여느 것과 다름없이 달다는 것을 알고 있는가?

이카릴이 그의 죽음에 기여한 것은 몇 푼 되지 않는다.

그저 저에게 노골적으로 집착하는 오라비가 방문하는 날짜에 맞춰 그날따라 그의 품에 안기고 뺨에 키스했을 뿐이다. 그녀의 아주 사소한 의도대로 하티야는 그 광경을 목격했고 그날 이후 그 달콤한 금발은 다시는 볼 수 없게 되었다.

대수롭지 않은 몇몇 기억들을 넘기면서 이카릴은 다시 조용히 걷는 것에 집중했다. 말랑한 흙이 발바닥 사이로 느껴졌다. 후원에 들어선다. 그녀는 이내 찾던 것을 발견했다. 붉은 꽃처럼 흩어져 내리는 낙엽 사이로 애틋한 금빛이 아른거린다. 언제부턴가 숨 쉬는 공기처럼 당연시된 광경이었다.

노랗게 부채꼴로 팔락이는 은행잎을 피해 발소리를 죽인다. 아린 향이 가깝다. 이카릴은 그날따라 기분이 좋았다. 하늘은 파랗고 식후 나온 케이크는 맛있었다. 그리고 그녀를 즐겁게 하는 소년이 눈앞에 있다. 지상에 떨어진 별처럼 반짝이면서도 혼외정사의 결과물인 그가. 결국 그 모순이 그녀를 기쁘게 만들었다.

저열한 희열에 들떠 이카릴은 소년의 눈을 가렸다.

"누구게?"

들국화 향을 머금은 바람이 소년 소녀를 지나쳤다. 이카릴은 한껏 미소를 머금었다가 이내 눈꽃처럼 그 잔향을 지웠다. 붉은 눈이 깜박였다. 더 이상 웃음이 나지 않았다. 손끝이 축축하다.

"……카를?"

손을 떼려 했다. 하지만 다른 손길이 다가와 보잘것없는 손목을 붙잡았다. 잔떨림이 은근한 진동을 띠고 전해져 온다. 이카릴은 어찌 할 바를 모르고 꽃송이처럼 손가락을 움츠린 채 닿아 오는 감정의 수분들을 매만졌다. 반년이 넘어가는 시간 동안 언제나 웃던 카를이 지금 울고 있었다.

이런 상황은 그녀에게 무척 낯설었다.

그녀는 그저 우두커니 서서 카를의 젖은 얼굴을 가리고 있었다. 바람이 지나가듯, 이 비가 그칠 때까지. 알 수 없는 물이 저 밑바닥부터 올라왔다. 이카릴은 그게 어떤 감정인지 알 수 없었다. 말했다시피, 그런 종류의 것은 그녀에게 익숙지 않았다. 그냥 거부하지 않아야 한다는 단편적인 사실만 알았고 그렇게 했다.

두 미성숙한 존재들은 그렇게 본능적으로 서로의 온기에 기댄 채 위로를 나눴다. 무지에 쌓인 것이라도 그것은 분명 앞으로의 관계에 방향키가 될 터였다.

언제나처럼, 그녀는 알지 못했지만 말이다.

핏빛 단풍 가지에 앉아 있던 검은 새가 푸드덕 저 멀리 남쪽으로 날아갔다.

✤

라크나 틸 아라하드앙 카자리아 에스페리스, 귀하貴下

전쟁터의 사선에 있을 사람에게 안부를 묻는다는 것은 어쩌면 가장 필요함에도 부질없는 일이 아닐까 하네. 그대가 다음 답장을 주는 것으로 그대의 안전과 평온은 유지되고 있는 것일 테니까.

……(중략)……

어느덧 그대가 카릴(제국의 수도)을 떠난 지도 3년이 지났군. 모든 것이 신의 뜻이오, 이 강보다 빠른 흐름 또한 그분의 손길이나 때론 그 덧없음에 야속함이 느껴진다네. 아라하드앙 군, 자네라면 내 넋두리에 팔자 좋은 소리를 한다고 비웃겠지만 말일세. 쓸데없는 헛소리는 집어치우고 어서 필요한 말을 꺼내 보라 하겠지.

그 뒤로 두 줄 정도 대자의 매정함에 대한 한탄이 이어진다.

이곳 카릴은 여전히 변함이 없다네.

더위가 극성이라 시민들이 우리의 선조부터 물려받은 뜨거운 혈기를 주체하지 못하고 있다는 사소한 일을 제외한다면 말일세. 자네가 실상을 본다면 어떤 말을 할지 궁금해지는군. 아마 그건 '살 만하군요.', 같은 뒷골 잡을 말이겠지만 말이야. 모두들 피를 원하고 있어. 나 또한 그대의 개선식凱旋式을 손에 꼽게 기다리고 있다는 것을 알아주게.

사실 이 늙은이도 오늘 아침 하녀 아이가 아끼던 자기를 깨뜨렸을 땐 그 귀여운 손을 잘라 버리고 싶은 충동이 들었으니까. 하지만 그것은 너무도 가혹한 일이야. 10여 번의 매질이면 응당 만족할 만한 죄를 평생 불구로 살게 만들다니(물론 훌쩍이는 주근깨 가득한 얼굴이 못내 보기 싫기도 했지만 말일세, 가엾지 않나).

친애하는 아라하드앙 군, 자네도 이 어리석은 대부처럼 충동을 잘 억제하길 바라네. 물론 수틀렸다간 자네를 걱정하는 대부의 당부 따위는 쓰레기통에 처박을 거란 건 잘 알고 있지. 못된 녀석 같으니. 혹시 지금 이 편지에 불을 붙이고 있는 건 아니겠지?

각설하고, 이번 무더위는 정말이지 신의 저주같이 느껴질 지경이야. 자네는 북부에 있다는 것을 축복으로 알아야 해. 엊그제만 해도 불쾌감을 못 참은 귀족 자제들이 성벽 안에서 살인을 저질러서 물의를 빚었다네. 다행히도 황제 폐하께선 겨울 내내 저장한 얼음으로 애써 평정을 유지하고 계시기에 망정이지 작년처럼 석빙고에 화재라도 났다간 사형수가 남아나질 않았을 게야. 심기가 조금 불편하시긴 하지만 폐하께서 많이 강녕해지셨네.

최소한 그 잔혹하고 기발한 두뇌는 조금의 쇠약함도 없는 게 분명해(군이 그분께서 상상도 못 할 방법으로 황태자 전하와 황후 폐하에게, 모종의 영향력을 끼치는 것을 보아야 하네. 그대라면 무슨 말인지 알겠지).

……(중략)……

전쟁이 예상외로 길어지고 있어. 그대가 가장 잘 알겠지만. 이곳 탁상머리에 앉은 귀족들은 하루가 멀다 하고 자네를 저평가하기 위해 애쓰고 있다네. 그들이 말하면서도 그것을 믿고 있지 않다는 게 가장 큰 문제점이지만 말일세. 드라쿠스 왕제의 저항이 예상보다 걸출하니 그러겠지? 이미 1년 전 수도가 함락되었음에도 그대가 이리 시일을 끌고 있는 것을 보면. 하지만 이 편지가 도착할 때쯤이면 이미 판케아트를 향해 뱃머리를 돌리고 있을 거라 믿네.

여담이지만, 시종장이 음울한 얼굴로 자네가 언제 돌아오는지 묻더군. 폐하께서 습관처럼 종종 자네를 찾으시는 모양이야. 나 또한 하루

빨리 다시 볼 수 있기를 바라네.

아래의 다섯 줄 정도는 공백으로 남아 있었다. 특별한 이만이 볼 수 있는 색소로 쓰인 글은 다음과 같았다.

자네가 떠난 이후 황제의 변덕이 죽을 끓고 있어. 그는 나날이 정신적으로 쇠약해지고 있네. 최근 유일하게 황제를 배알한 라비에라 대사제의 말에 의하면 죽음이 멀지 않은 것 같더군. 몸은 일시적으로 건강해 보이나 날이 갈수록 더해지는 그 광기와 편집증이 문제야. 그가 애꿎은 열여섯짜리 금발 머리 정부를 때려죽인 것을 알고 있나?
잉카르트 공이 초조해하고 있네. 재작년에 그와 결혼한 자네의 조카딸이 이틀 전 임신 중독증으로 사망했어. 일단 자네의 사촌 누이와의 혼사를 주선했으나 그가 어찌 나올지는 모르겠네. 결혼 무효나 이혼이야 이 몸의 전문이 아닌가. 조만간 테오도르 백이 이 늙은이를 잡아먹을 기세로 쫓아올 날이 멀지 않았군. 엘쿤의 12단과 영지군이 움직일 조짐이 보여. 신전 기사단을 징집하고 있네. 시기가 멀지 않았음이야. 최대한 빨리 서둘러 아르곤 강을 건너게. 어서! 한시가 급하네!
그럼 건투를 비네.
신의 미소와 자비가 그대와 함께하길.

— 애정과 신뢰를 담아, 키제트 율리아드 아르벨리니

이후의 글씨는 내키지 않는 일을 마른기침처럼 순식간에 해치우듯 짧고 간결했으며 잉크가 짙었다.

ps. 자네가 전 서신에서 질문했던 것에 대해서 나도 아는 바가 그리 없으니 짧게 말하겠네.

시본느께서는 전번의 고뿔이 다 나으셨다고 들었네. 애초에 워낙 쇠약한 분이시니. 아래에 이번에 새로 그린 그녀의 초상화를 동봉하네. 보는 것처럼 이제 제국 나이로도 성년이 되셨고 많이 성장하셨지. 이번에 폐하의 명으로 모든 처첩들의 초상화를 새로 제작케 하여서 구하기 쉬웠네.

…….

헌데 황실의 사생자私生子에겐 왜 관심을 갖는 겐가?

⚜

검은 날개가 홰를 친다.

그림자가 걷힌 자리에는 가뭇하고 긴 그림자가 서 있었다. 그것의 까만 머리채를 그녀는 멀찍이 서서 지켜보았다. 까만 밤의 그것처럼, 죽은 미역처럼 스산한 새까맘이다. 길게 흔들린다. 죽음처럼 아득한 실루엣의 어깨에 털이 검고 반지르르한 새가 날개를 접고 내려앉았다. 검은 것이 전부인데 녹아들듯 같음에도 달랐다. 물고기 비늘처럼 말간 눈을 빛내며 시체 쪼아 먹은 듯 붉은 부리를 '그것'에게 문지른다.

저 멀리서 바다의 하얀 거품 안은 파도가 보였다. 바윗돌에 부딪히고 덧없이 쏟아지는 청회색이 시리다. 그녀는 정적인 소름을 느꼈다. 아무 소리도 들리지 않는 것을 이제야 깨달았기 때문이다. 나부끼는 찢어진 깃발이나 상복 풀은 실처럼 흩어지는 검은 머리칼, 파도의 비명이 들림 직함에도 바람조차 살해당한 듯 먹먹하다. 고요함이 이리 무서울 줄이야.

그녀는 겁에 질려 '그것'을 바라보았다. 아직 그녀는 '그것'의 눈을 보지 못했다. 가늘고 낭창한 하얀 손이 영원히 닿지 말아야 할 듯 검은 새를 쓰다듬었다. 서늘한 백색의 눈이 따갑게 들어왔다. 익숙한 두려움이 몰려온다.

이내 '그'가 고개를 들었다.

정적이 깨지고 처음으로 목소리가 들린다.

— 기다려.

⚜

이카릴은 식은땀을 흘리며 잠에서 깼다. 3년 전보다 상대적으로 작아진 호화스러운 방 안에 거친 숨소리가 오르락내리락 퍼졌다. 그녀는 축축한 머리칼을 쓸어 넘기고 잠깐 호흡을 가다듬었다. 허리 끝에 닿을 듯 자란 머리카락이 땀에 젖어 달라붙은 천 위로 닿자 절로 인상이 찡그려졌다. 기분 좋은 감각은 아니었다. 후덥지근한 날씨임에도 겨울 호수에 빠진 듯 온몸이 춥고 차갑다.

한참을 이불 고치 속에서 벌레처럼 웅크린 채 손톱을 물어뜯던 그녀는 갑자기 발작처럼 벌떡 일어나 침대 옆에 매달린 초인종을 잡아당기곤 화장대로 가 앉았다.

최근 몇 년 새, 이카릴은 그녀를 기른 사제들의 병 걸린 암말 보는 듯하던 시선과 달리 꽤 성장해 있었다. 그녀는 손끝까지 얼어 버릴 듯하던 혹독한 겨울에 고요한 생일을 보냈고, 이제 네 달 후면 열아홉 번째를 남겨 두고 있었다.

이카릴은 거울에 비친 제 눈을 빤히 쳐다보며 희끄무레하게 빛나는 제 머리를 한 줌 움켜쥐었다. 볼품없는 오리가 제 몸 비치는 수면을 피하는 것처럼 그녀는 어릴 적부터 거울만 눈에 들어오면 죄다 깨 버릴 만큼 그것을 싫어했으나 최근에는 그런 성향이 정반대로 바뀌어 한시도 거울을 떼어 놓는 적이 없었다.

이카릴은 자신의 외모 중 성김 하나 없이 유하게 등 뒤를 덮는 긴 머리카락을 유일하게 좋아했다. 어릴 적 동경하던 언니의 고상한 고수머리와는 천차만별이었으나 어쨌든 공기처럼 감겨 오는 게 좋았다.

그 외에도 이카릴은 1년 전 여름부터 억눌러 왔던 가지가 기를 펴듯 키가 꽤 자랐다. 구부정하던 허리도 반듯해졌다. 지속적인 영양가 있는 식단 덕에 핏줄이 비칠 정도로 창백하던 피부는 양 뺨에 생기라 볼 정도로 발그레한 빛이 감돌았다.

하지만 여전히 사지의 뼈대와 목, 턱선이 부서질 정도로 가냘팠고, 새치름한 눈매 안의 동공은 불안정하게 흐린 빛으로 흔들렸으며, 한 달에 한 번 달거리를 치를 때면 궁이 떠나갈 정도로 고통을 호소했다. 근소하게 붙어 있던 젖살이 빠져서 더욱 얄팍한 선이 드러난 콧날과 광대뼈, 이따금 삐죽이는 붉은 입술은 하얀 눈 위에 떨어진 핏방울처럼 음울한 매력이 있었다.

열아홉을 맞이하는 이카릴은 특유의 이교도적인 마력이 살짝 벌어진 꽃봉오리마냥 피어나고 있었다. 그것은 특별히 달라진 점은 없으나 은밀하고도 조용한 변화였다.

그녀는 코가 닿을 듯 거울에 얼굴을 들이민 채 제 멀건 눈을 들여다보며 제멋대로 뒤엉킨 속눈썹을 잡아당겼다. 꽃물을 열 손가락에 물들인 채 들판을 뛰어다니는 시골 아이처럼 천진하게 깜박이는 스스로의 낯을 불만스레 쳐다보며 이카릴은 신경질적으로 분첩을 내던졌다.

도대체 난 언제 다 자라지? '그 애'는 키도 훨씬 크고, 코도, 입술도……. 거의 은발로 센 머리칼에 파묻혔던 귀가 화륵 불난 듯 벌겋게 달아올랐다.

그리고 연이어 들려온 잔소리에 그녀 얼굴은 장난이 들통난 님프마냥 일그러졌다.

"시본느! 제가 물건을 집어 던지지 말라고 몇 번이나 말씀드렸을 텐데요?"

웬만한 사내보다 큰 하녀 하나가 불려 들어와 눈치만 보고 서 있는 하녀들을 밀치고 들어서서 이카릴이 홧김에 던진 분가루 통을 집어 들었다. 파수꾼 힐랄. 이카릴을 유일하게 통제할 수 있는 괄괄한 하녀였다. 베아트리앙 백작 부인의 추천으로 2년 전 이카릴의 직속이 된 그녀는 군병 같은 대담함과 힘으로 이카릴의 짜증과 분노, 변덕을 받아 주고 때론 맞받아침으로써 모두의 평온을 유지하는 데 큰 기여를 하고 있었다.

신경질적인 잔악함이 작은 악마와도 같은 이카릴조차 이 범상치 않은 하녀가 쉽지 않은 인물이라는 것을 알고 반쯤 타협하고 있었다. 하지만 언제나 그랬듯이, 원한을 잊지 않는 그녀는 이 모든 것을 한구석에 담아 두었다. 언젠가는 제대로 본보기를 보여 줄 생각이었다.

사실 이 건방진 하녀는 그녀를 마치 보듬어 기를 철없는 어린 여우마냥 대했던 것이다. 소리를 지르고 할퀴어도 덤덤히 받아 주다 부리부리한 눈으로 으름장을 놓는다. 당연하게도, 이카릴은 힘으로는 그녀를 도저히 이길 수 없었다.

"어서 기도실로 갈 채비를 하세요. 미사 시간이 다 되었답니다."

고향에서나 제국에서나, 기도란 정말이지 따분하고 구역질 나는 일이다. 하지만 변하지 않는 것은 그녀는 거부할 권리가 없다는 것이다. 어린 살쾡이처럼 달아오른 눈으로 노려보는 이카릴을 힐랄은 가소롭게 쳐다보며 채비를 해 오겠다 통보하곤 하녀들을 이끌고 나가 버렸다.

재수 없는 수캐 같은 년 같으니라고!

이카릴은 닫히는 문에 꽃병을 집어 던져 버린 후 급격히 우울해져서 쭈그려 앉아 무릎 사이에 고개를 파묻었다. 울적한 무력감이 몰려온다. 모든 것이 짜증스러웠다. 카를은, 지금 무엇을 할까?

해사하게 빛나는 금발을 떠올리자 가슴이 두근거린다. 그 부근에 한 손을 댄 채 이카릴은 어느덧 벌게진 제 뺨을 쓰다듬었다. 이상하다. 그들이 같이 보낸 시간이 몇 해를 달려가고 신장 차이가 크게 벌어질수록 그를 볼 때마다 설레고 기쁘다. 최근 그가 변성기가 시작된 이후로는 더 그랬다. 처음엔 병에 걸린 줄 알았다.

이건 무슨 감정일까?

"……릴! 이카릴!"

이카릴은 번쩍 고개를 들고 후다닥 일어나 창가로 달려갔다. 물에 딱 한 방울 흘린 피를 알아본 동물처럼 그녀는 어쩔 줄 모르며 창유리를 잡은 채 아래를 내려다봤다.

아. 그 사람이다.

심장이 다시 기분 좋게 맥박 친다. 한껏 설렘에 찬 채 이카릴은 환하게 웃었다.

"카를!"

창문 밑에서 훤칠하게 자란 카를이 손을 흔들고 있었다.

한 계절 후 져 버릴 붉은 장미처럼 환하게.

⚜

아직은 자각치 못한 애틋한 감정에 서서히 꽃 피고 있다 하나 이카릴은 제 몸이 다칠 일은 죽어도 못할 종자였다.

결국 카를이 담쟁이덩굴을 잡고 올라와 손을 내밀고서야 그녀는 조심스럽게 그에게 업혀서 내려왔다. 이카릴이 조마조마함에 아래위를 쉴 새 없이 번갈아 보자 카를이 킥킥거리며 웃었다. 확 뺨이 달아올랐다. 특유의 부드러운 향기가 그의 목덜미와 머리칼에서 훅 풍기자 그 것은 더욱 배가 되었다.

"자, 다 왔다."

제 심장 소리가 들리지 않을까, 문득 걱정이 올라오던 찰나 카를이 말했다. 그녀는 얼른 그에게서 몇 걸음 멀어졌다. 빙글 몸을 돌린 카를은 멀찍이 떨어져서 멀뚱히 보고 있는 이카릴에게 웃으며 손을 내밀었다. 머뭇거리다 손이 올라오자 활짝 웃고는 꼭 깍지 껴 잡는다. 그는 그의 밝은 성격대로 손을 잡는다든지 머리를 만진다든지 같은 스킨십을 좋아했다.

그것이 누군가의 속을 어찌 흔드는지도 모른 채.

다정한 소년은 말 없는 이카릴을 평평한 바위에 조심스럽게 앉힌 채 그녀의 안부를 챙겼다.

"어때. 잘 지냈니?"

"잘 지냈어, 상냥한 카를. 하지만 그 말은 엊그제도 했는걸."

이카릴은 우물거리는 것처럼 고개를 갸웃거렸다. 뻔한 말을 왜 묻냐는 듯. 카를은 소리 없이 웃었다. 그 표정은 한없이 명랑했으나 이카릴이 읽기 힘든 어둠이 묻어 있었다.

맞아. 네 말이 옳아. 그는 잠시 입매를 다문 채 고민 어린 시선으로 싱싱한 처녀로 피어나고 있는 소녀를 쳐다보았다. 그러나 카를이 보기엔 아직도 그녀는 여리고 어렸다. 궁 안에서만 지내며 세상 물정 모르는 무구한 얼굴을 담는 적갈색 눈이 미세하게 흔들린다. 이카릴은 알 수 없는 무수한 애정, 슬픔, 고뇌와 번민, 그 속의 저편에 깔린 흐린 갈망 등의 많은 감정들이 섞여 있었다. 카를은 그것을 능숙하게 미소로 덮어 버렸다.

"난 항상 널 걱정해, 순수한 이카릴."

"난 순수하지 않아."

이카릴은 정해진 것처럼 바로 부정했다. 하지만 불쾌하지는 않는 눈치였다. 희미하게 붉어진 홍조를 알아본 카를이 킥킥거렸다. 그는 몇 년 새 커다래진 손으로 그녀의 머리칼을 익숙하게 헤집었다. 머리를 쓰다듬는 것은 아이에게나 하는 짓이다. 예전에는 그의 그런 손길이 좋았으나 이제는 아니었다. 이카릴이 불만스레 입술을 삐죽이며 카를의 손을 쳐 냈다.

"난 이제 성인이야. 숙녀의 머리카락을 멋대로 만지는 건 무례해."

"나도 알아. 그렇지만 넌 아직 어려."

"어리지 않아!"

작은 놀림에도 이카릴은 민감하게 반응하며 소리를 질렀다. 3년 전이나 지금이나 그녀는 참을성이 부족했다. 게다가 홧김에 카를을 떠밀어 넘어뜨렸다. 우스꽝스럽게 넘어진 채 그가 피식 웃음을 터트리자 더욱 골이 나 씩씩거렸다. 달래듯 뻗은 손길에 날카롭게 가시를 세워 기어코 생채기를 내고야 말았다.

카를은 한숨을 쉬며 벌게진 손등을 문지르고 자리에서 일어섰다. 갑자기 상대의 시야가 높아지자 이카릴은 뚱한 얼굴로 한 걸음 물러섰다. 잔뜩 날 선 하얀 얼굴은 성이 가라앉지 않아 아직 불긋했다. 카를은 미미하게 인상을 썼다. 아, 제기랄. 사실 그녀의 말은 맞았다. 이카릴의 정신이 아직 어릴지라도 그녀의 '몸'은 이제 더 이상 어리지 않았다.

목 언저리가 갑자기 뜨겁게 느껴졌다. 저도 모르게 시선이 성장한 그녀를 훑는다. 눈가가 벌게진 희고 가냘픈 낯과 하얀 치아가 언뜻 보이는 빨간 입술은 미묘하게 이성을 자극하는 면이 있었다. 가쁘게 오르락내리락하는 가슴팍이 보인다. 카를은 잠시 홀린 듯 눈앞의 작고 매혹적인 여자를 정신없이 바라보았다.

"카를?"

유례없이 심각한 표정에 겁을 먹었는지 부르는 목소리는 가냘팠다. 카를은 손으로 입술을 덮은 채 퍼뜩 고개를 들었다. 그의 눈치를 살피는 갓 난 여우처럼 약고도 사랑스런 저 얼굴이란! 그는 쿵쿵 뛰는 심장을 모른 척 억지로 미소 지었다.

"괜찮아. 이카릴. 그리고 넌 이제 어리지 않지. 네가 맞아. 그리고……"

할 말을 찾던 소년은 말간 붉은 눈과 마주치자 대뜸 진심을 내뱉고 말았다.

"……그래서 위험한 거야."

"왜?"

"왜냐면, 그러니까, 얼마 전 황제의 어린 정부가 맞아 죽었다는 거 알고 있어?"

말하고도 카를은 곧바로 후회했다. 순진한 이카릴에게는 할 말이 아니라고 생각했기 때문이다. 하지만 의외로 이카릴은 순순히 고개를 끄덕였다. 카를은 어렴풋이 느끼고 있을 뿐이지만 사실 이카릴은 자신이 아닌 타인의 피에는 비인간적으로 무감각했다.

"형의 말로는 요새 들어 황제가 점점 정상이 아닌 것 같다고 했어. 그러니까 그를 최대한 피하도록 해. 알았지?"

"그는 내가 여기 있는 줄도 모를 거야."

"그게 아니야……. 그러니까……."

제국에서 여성은 열아홉 살이면 성인이 되고 밤마다 황제의 시중을 들 시침녀의 명단에 오르게 된다는 암묵적인 사실을 어찌 말해야 된단 말인가. 카를은 이카릴이 황제의 침소에 내던져지는 것을 볼 자신이 없었다. 그는 복잡한 심정으로 이카릴의 손을 잡았다. 그녀는 그저 멀뚱히 마주 봐 올 뿐이었다. 이 잔인하고 냉정한 궁에서 살기엔 이 여자는 너무도 천진하고 무지했다. 바로 앞에서 벌어지는 수많은 난투도 그녀에게는 다른 세상의 일일 뿐이었다.

아니, 아무 힘도 권력도 없는 이카릴에게는 사실 그게 맞았다. 문제는 그 자신일 뿐이다. 그의 형 알렉시온의 보호가 없다면 카를은 바람 앞의 등불 신세였다.

내가 만약 잘못된다면 넌 어쩌지?

"이카릴 잘 들어. 지금부터 말할 것들은 아주 중요한 일이야."

이카릴은 카를이 사방을 둘러보며 주위를 살피는 것을 이상하게 쳐다보았다.

"지금 정국은 몹시 불안해. 황제가 오락가락하니 전부 날뛰는 거지. 넌 모르겠지만, 이카릴. 판케아트인들은 고개를 숙인 늑대들과 같아. 우두머리가 건재하면 눈치를 보며 얌전히 엎드리겠지만 그 반대일 경우엔 그런 지옥이 따로 없어. 원래도 마르키넬리파派와 렉토파派로 나뉘어서 지금 황제가 등극하기 전까지 난리가 아니었다고 해. 곧 황위 계승 건으로 문제가 생길지도 몰라. 아니, 분명 그럴 거야."

"하지만 황태자께서 계시잖아?"

그녀가 알기로 태자, 라는 건 다음 황위를 이을 자라는 것을 뜻했다. 이카릴이 상황의 심각성을 모르는 말을 하자 카를은 낮은 신음 같은 소리를 길게 내뱉었다.

"그 지위는 형이 황제의 장자인 데다 어머니와 누님이 황제에게 대가를 치르고 얻어 낸 것일 뿐이야. 그 작자가 원하면 당장 흔들릴 자리라는 거지. 게다가 황후는 만만한 여자가 아니야, 이카릴. 사실 그녀의 친정보다는 그 뒤의 에스페리스 후작이 문제지만. 황태자의 오른팔인 잉카르트 공은 마르키넬리파지만 후작은 렉토파거든."

익숙한 이름이 나오자 이카릴은 바싹 얼어붙었으나 카를은 눈치채지 못했다. 그는 어느새 자신의 얘기에 빠져 우울하게 속삭였다.

"형한테 듣기로는 아카디아와의 전쟁이 쉽게 끝날 조짐이 안 보인다고 들었어. 어쩌면 1년은 더 끌지도 몰라. 이쪽엔 잘된 일이래. 본인이 부재하고 황제의 비호가 옅어진다면 작위 승계 재판에서 승소할 확률이 높아질 테니까. 사실 후의 작위는 일반적인 승계 방식과 달랐거든. 전 후작에겐 슬하에 5남매가 있었는데 자기 자식들이 아니라 외손자에게 작위를 물려줬대. 그들은 지금도 궁정 재판소에서 싸우고 있는데 그들의 주장으로는 전 후작의 장남과 손자까지 전부 현 후작에 의해 살해당했다는……."

"시본느 님!"

저 멀리서 그녀를 부르는 소리가 들리자 이카릴은 벌떡 일어나 입술을 삐죽였다. 잘 아는 목소리, 파수꾼 힐랄이다. 도대체 그녀가 여기 있는 줄은 어떻게 알았단 말인가. 지긋지긋한 여자! 불안한 붉은 눈빛이 소리의 근원지와 저를 번갈아 보자 카를은 자리를 털고 일어나 씨익 웃었다.

"오늘은 재미없는 소리밖에 안 했네. 잘 가, 이카릴."

"이제 언제 만나?"

"시본느 님!"

이카릴은 초조하게 뒤편을 힐끔거리면서 성큼성큼 멀어지는 카를을 종종걸음으로 쫓았다. 금빛이 아스라하게 멀어지고 있었다. 그녀는 자기도 모르게 다급함에 그의 소매를 붙잡았다.

"카를!"

"삼 일 뒤 보름달이 뜰 때 여기서 만나."

삼 일 뒤 보름. 삼 일 뒤……. 행여나 잊어버릴세라 입 속으로 중얼거리는 그녀를 애틋하게 내려다보다 카를은 충동적으로 이카릴의 이마에 입을 맞췄다. 달콤한 촉촉함. 이슬에 젖은 장미 잎처럼. 이카릴은 딱 굳어 환하게 웃는 얼굴을 멀거니 올려다봤다.

"너에게 꼭 할 말이 있어. 그때 보자."

환한 햇살 아래 핀 금잔화처럼 화사한 잔향이 아련했다.

❈

"시본느 님. 제가 누누이 말씀드리지 않았던가요?"

결국 이카릴은 힐랄에게 붙잡혀 간단한 치장을 한 채 미사를 드리러 출발했다. 몇 분 후 예배 종이 울리기에 바삐 걸음을 옮기면서도 그녀는 힐랄의 매서운 잔소리에 시달려야 했다. 역시나 이카릴은 몇 마디 못 참고 신경질을 냈다.

"지금 가고 있잖아! 입 다물어! 안 그럼 찢어 버릴 테야!"

"몰래 방을 나가신 건 묻지 않겠어요. 창살을 새로 달면 될 테니까요. 그것보다, 카를 님과는 만나시지 말라고 말씀드렸잖아요."

능히 질릴 만한 협박에도 힐랄은 역시나 꿈쩍도 하지 않고 제 말만 했다. 외려 그 억척스러움에 이카릴이 질렸다. 그러나 그녀는 지지 않고 소리쳤다.

"내가 누굴 만나건 어딜 가건 내 마음이야."

"카를 님을 만나시는 건 옳지 않아요. 사람들이 좋지 않게 보겠죠. 그분은 너무나도 불안정한 지위를 가지셨어요. 미래가 불확실한 사람과 친분을 유지해 보아야 좋을 것이 없습니다. 무엇보다 시본느 님은 황제 폐하의 여인이십니다."

뒤로 하녀 셋을 거느리고 빠르게 걷던 이카릴이 복도 한가운데서 우뚝 멈춰 섰다. 작달막한 그녀의 뺨이 무표정하게 경련했다. 심상치 않은 분위기에 하녀들이 더 깊게 고개를 조아렸다. 이카릴은 투명한 베일이 휙 소리가 날 정도로 뒤돌아 힐랄을 쏘아보았다. 가늘어진 붉은 눈에 묵묵히 시선을 마주하고 있는 덩치 큰 하녀가 비쳤다.

흥부를 건드린 승냥이처럼 교활한 음산함이 깃든 얼굴이 간사하게 일그러졌다. 사실 그것은 미소였으나 이 자리에서 그것을 미소 그대로 보는 이는 전무했다. 이카릴의 신경질적인 손짓에 아랫것들이 재빨리 뒤로 물러섰고 남은 이는 힐랄 하나였다. 그녀는 먹이를 노리는 상어처럼 사뿐사뿐 치맛자락을 올리고 코가 닿을 정도로 바짝 다가갔다. 교태 어린 몸짓으로 아슬아슬하게 발끝을 들어 올리는 모양새가 가까스로 핀 양귀비 같다. 그녀는 무뚝뚝하게 선 힐랄의 귓가에 속삭인다.

"내가 폐하의 여인인 것과 카를과의 만남이 무슨 상관이 있지?"

이카릴은 자칫 상냥할 만큼 조용히 물었다. 지난 3년간 그녀를 지켜본 이들은 지금이 매우 위험한 상황이란 것을 충고할 것이나, 힐랄은 역시 보통 하녀가 아니었다. 그녀는 단색조의 회색 눈을 굴려 교활하게 탐색하고 있는 붉은 눈을 주시했다.

"그건 시본느께서 잘 아실 테지요."

"난 너한테 물었어. 말해 봐."

"……."

"어서. 응? 내가 묻잖아."

힐랄은 사탕을 보채는 어린아이처럼 을러대는 소녀를 한참을 내려다보다 작게 한숨을 쉬었다. 그리고 말했다.

"황제의 여자가 다른 이를 마음에 담는다는 것은 용서받지 못할 중죄입니다."

이카릴은 침묵했다. 그녀는 평소처럼 울거나 발악하지 않았다. 정반대로 매우 조용하고 무감각해 보였다. 흰 새의 깃처럼 날렵한 눈썹 하나 꿈쩍하지 않는다.

아니, 아주 잠깐 동안은.

하얀 손이 뒤에 선 하녀가 들고 있던 벨벳 주단을 낚아챘다.

"꺄악!"

눈치만 보고 있던 하녀 아이들이 일제히 비명을 지르며 기겁했다. 이카릴은 신전에 시주할 의전주儀典酒가 와장창 쏟아진 바닥을 힐끗 보고 깨진 유리 조각을 피해 한 걸음 물러섰다. 그러곤 병목만 남은 것을 이마에 술과 피를 뒤집어쓰고 있는 힐랄의 발치에 쓰레기 버리듯 내던졌다. 부서진 조각이 발등에도 튀어 생채기가 났다. 빨갛게 달아오른 눈매가 분기일지 흥분일지 모를 감정으로 가늘게 경련하고 있었다. 벌건 피가 은옥색 대리석에 점점이 떨어진다. 쌕쌕 호흡을 가다듬는다. 저보다 덩치 큰 이를 유리병으로 세게 내려치는 큰 동작을 했기에 힘에 부쳤다.

이카릴은 부들부들 약하게 헐떡이며 건방진 하녀의 흉부를 움켜쥐었다. 힐랄의 낮은 신음 소리를 듣고 나서야 그녀는 웃음을 띄웠다.

"한 번만, 헉, 헉, 더 내게 그딴 소리를 지껄이면, 후, 진짜, 죽여 버릴 거야. 알겠어?"

큰 체구가 고개를 숙이자 찢어진 이마에서 핏덩이가 후드득 떨어졌다. 그것은 마치 짐승의 복종의 표시처럼 비쳐졌다. 이카릴은 만족스럽게 하, 숨을 뱉고는 하녀의 치마에 피 묻은 손과 얼굴을 닦았다.

그러고는 아무렇지 않게 예배에 참석하고 기도를 드렸다.

✤

미쳐 버린 황제가 불과 한 시간 전, 어린 외손자의 새끼손가락과 왼쪽 귀를 잘랐다는 소식에도 추밀원에 모인 귀족들은 생각보다 놀라지 않았다.

언제고 이런 일이 있겠거니 싶었던 것이다. 광기의 피해자가 언제나처럼 황제의 선량하고도 기구한 장자나 평상시 괴롭히는 것을 즐기는 그의 어린 부인이 아니었다는 것이 의외일 뿐. 첫 손주의 탄생에 드물게 기뻐하며 친히 이름을 지어 주었던 이가 우는 소리가 듣기 싫다는 이유로 그 어린것을 불구로 만든 것은 아이러니한 비극이었지만 애초에 황궁 자체가 정상적인 것이 드물었다. 그리고 그 정점에 점점 죽음의 공포에 쫓기며 미쳐 가는 황제가 있었다.

괴물의 먹이가 된 가여운 어린아이를 제외하고도 피해자는 많았다. 하기야 그는 어젯밤도 예쁘장한 소년 시동을 고문에 가깝게 매질하다 죽였다. 소식을 들은 황후는 짜증스럽게 질색을 하더니 궁에 처박혀 두문불출했다.

호시탐탐 서로를 물어뜯느라 바쁘던 귀족들은 입맛 쓴 침묵을 지켰다. 그들은 탐욕과 질시, 투쟁심까지 한순간 혹 말려 버릴 만큼의 앞뒤 분간 없는 광기에 일순간 압도된 상태였다. 파벌과 남녀노소 가릴 것 없이, 모두가 이 피 마르는 시간들이 어서 빨리 끝나길 바랐다.

"황녀께서 충격이 크시겠군."

"아니, 제정신인가. 사리 구분 못 하는 어린 분을 왜 폐하 앞까지 가게 내버려 두었단 말이오? 아랫것들은 무엇을 했기에."

"유모가 말리려다 되레 양손이 날아갔다 합니다. 나머지 사지까지 잃을 판에 어린아이 보호할 정신머리나 남아났겠소."

"으흠."

길게 신음 소리를 내뱉은 귀족이 인상을 쓰며 고개를 돌려 버렸다. 아마 비슷한 또래의 제 혈육이 떠오른 탓일 것이다. 나머지도 그와 별반 다르지 않았다. 잉카르트 공은 어두운 얼굴의 그들을 사냥터를 감지하는 매마냥 싸한 눈으로 훑었다. 칙칙한 그림자가 회장 전체를 안개처럼 뒤덮고 있었다.

나쁘지 않은 분위기다. 의장인 그가 의장봉으로 탁자를 두드리자 자연 시선이 몰렸다. 그는 결단코 모처럼 찾아온 기회를 그대로 날려 보낼 어수룩한 이가 아니었다.

"이로써 우리는 선택의 순간을 맞았습니다."

이리 같은 입매가 가늘게 휘었다. 참으로 송구하게도 전……

"황태자께서 노령이신 폐하 대신 섭정을 해야 할 때라고 생각합니다."

한순간 찬물을 끼얹은 양 삽시간에 회의장 안이 써늘해졌다. 이윽고 벌집을 건드린 벌 떼처럼 와 소란이 일어났다. 공작의 반대 파벌들이 일제히 일어나 고함을 지르며 비난을 퍼부었고, 가장 오래된 렉토파의 귀족 한 명은 '감히 그런 말을 지껄이다니!' 하며 핏대가 설 정도로 악을 썼다.

마르키넬리 측은 조용히 입을 다문 채 거친 질타에도 외려 느긋이 의장석에 기대는 그들의 수장을 힐끔거렸다. 중도파조차 시커멓게 죽어서는 당장이라도 칼을 빼 들고 뛰어들지 모를 미친 황제를 경계하며 좌불안석인데 그는 무엇을 믿고 이리 태연자약한가.

차츰 모든 이들은 회의장 내에 덩그러니 놓인 텅 빈 황금 독수리 의자를 인식해 갔다. 황제가 움직일 수 있는 가장 강력한 칼. 유유히 창공을 거닐다 단박에 적들의 목줄을 물어뜯는 제국의 푸른 독수리. 시퍼런 눈에 서린 살기가 거짓이 아님을 모르는 이는 이 추밀원 안에 없었다.

그러나 그 위명 자자한 검은 제독은 현재 국경 너머에 있었다.

그들은 점차 깨닫고 있었다. 점점 광란에 젖어 가는 황제. 아비와 지아비에게 치를 떠는 황족들. 퍼져 가는 불안한 민심까지. 공작이 마음먹고 단번에 밀어붙인다면 현재의 그를 아무도 막을 수 없었다. 꺼져 가는 불씨처럼 조용해지는 좌중을 둘러보며 공작이 느긋이 양손을 깍지 꼈다. 그는 내내 침묵하는 말쑥한 흑발의 남자를 응시했다.

"테오도르 백작. 그대는 어찌 생각하시오?"

불안에 떨며 속닥이던 시선들이 죄 정갈한 푸른 눈과 창백한 피부를 덮는 검은 머리를 주시했다. 에스페리스 후작의 친형인 그는 지닌 색이나 얼굴이 동생과 엇비슷했으나 검은 난초처럼 단정한 인상이 늘씬한 흑사자 같은 후작과는 반대였다. 게다가 그는 선천적으로 다리가 불편했다. 제국 제일 검인 강인한 아우의 신체가 기이할 정도였다. 한 태만 빌렸을 뿐 전혀 무관한 다른 종의 짐승들처럼. 테오도르 백작은 그의 혈육이 없는 틈을 타 빈집을 장악하려는 잉카르트 공작을 무심히 쳐다보았다. 끼릭— 철 휠체어가 맞물리는 소리를 냈다.

백작은 건조하게 대꾸했다.

"우선 폐하께서 응하셔야겠지요."

"온전치 않은 폐하께서 그런 중대한 결정에 옳은 판단을 하실 수 있다고 보오?"

온전치 않다, 라는 말 앞에 정신이란 단어가 생략되어 있다는 것을 모르지 않았다. 반세기 동안 대륙을 지배한 절대자를 단칼에 정신병자로 모는 그 패기가 대단하다. 하기야 공작이 틀린 말을 하는 것은 아니었다. 황제는 미쳤다. 그는 요사스런 괴물처럼 주변의 공포와 환멸을 즐겼고 그 피를 취했다. 황제의 수명이 늘어날수록 죽어 나자빠지는 시체도 늘어날 터다.

그러함에도 백작은 눈썹 하나 꿈쩍하지 않았다.

"그러나 여전히 황제시오."

그의 목숨이 다할 때까지.

그렇기에 황제는 황제였다. 정확하게 확고부동한 진리를 내뱉는 잿빛 회안은 얼음처럼 차갑기만 했다. 잉카르트 공은 무표정한 백작을 무서운 얼굴로 노려보았다. 슬쩍 움직이는 것만으로도 칼에 베일 듯한 공기다. 모두 숨죽인 채 그 대치를 지켜보는 가운데 공작은 실소를 지었다.

"참 신기한 일이야. 그리 정론만 따르면서도 아직껏 그 목이 붙어 있으니 말이지."

"무례하오!"

"하지만 그렇기에 그대가 그자의 형일 테지. 참 대단하구려. 후작이 그대를 죽이지 않은 이유를 알겠소."

이제 내킬 것도 없다는 듯 공작은 유쾌하게 미소 지었다. 저를 따르는 이들이 양쪽에서 공작의 무도함을 소리 높여 힐난하는데도 테오도르 백작은 한결 흐트러짐 없는 얼굴로 그를 싸늘하게 쳐다보았다. 무표정한 눈썹이 올라간다. 무슨 꿍꿍이지. 그리고 이내 상대의 속내가 드러났다.

"안타깝지만 나의 형제들이여. 이 문제는 이미 황태자 전하와 황녀 전하는 물론이거니와 황후 폐하의 재가도 떨어진 상태요."

"뭐라고?!"

렉토파의 지오반니 후작이 의자를 박차고 쩌렁쩌렁 고함을 질렀다. 그는 7선제후 중 최고령이며 건강상의 문제로 불참한 마벨 변경백邊境伯의 매제이기도 했다. 목젖이 튀어나올 만큼 격노한 지오반니가 삿대질을 하며 으르렁거렸다.

"뒤에서 무슨 협잡질을 했기에 황후께서 그 말도 안 되는 공갈에 넘어가셨단 말이오?!"

"말이 심하군. 누가 들으면 이 몸이 황후께 칼이라도 들이댄 줄 알겠소."

"하! 혹시 아나! 공께서 그런 천하의 무뢰배일지!"

"무뢰배라!"

내내 침착하던 공작이 벌떡 일어나 탁자를 내려쳤다. 흡사 호랑이 같은 그 기세에 지오반니 후작이 흠칫 물러서자 그의 송곳 같은 눈동자가 활활 탈 듯 모두를 노려본다. 갖가지 적의와 분노, 경계가 서린 이리 떼들을 향해 공작이 거침없이 일갈했다.

"우는 게 듣기 싫다 세 살배기의 귀를 자르시는 분이 정녕 정사를 제대로 보실 거라 생각하오! 그것도 그분은 혈육이셨소! 3년째 소국을 상대로 질질 끌고 있는 하등 쓸모없는 전쟁은 물론이거니와 하루가 멀다 하고 죽어 나가는 시종들과 자제치 못하고 중구난방 날뛰는 시민들을 보란 말이오! 한번 가슴에 손을 얹고 말해 보시오. 황제가 정상이라고 생각하나. 황제께선 제정신이 아니란 말이오. 어디 내 말이 틀리다고 말해 보시지!"

불 화산 같은 역정에 곧바로 덤벼들 만한 담을 가진 자는 얼마 없었다. 게다가 그리 틀린 말도 아니니. 그러나 판케아트인은 도망치다 죽을 바에야 마지막까지 싸우다 죽을 족속들이었다. 적지 않은 숫자의 귀족들이 분노하며 목소리를 높였다.

"감히 폐하께 그 무슨 망발이오!"

"미쳤군! 황태자의 후견인이라고 눈에 뵈는 것이 없나!"

"하등 쓸모없는 전쟁이라니. 그건 동의하기 힘들군. 아카디아 반도가 제국 지도 안에 포함되는 게 하등 쓸모없다는 것인가?"

이제껏 이상할 정도로 별말이 없던 노인이 조용히 읊조리자 사방이 잠시 훅 수그러들었다. 공작은 붉은 수단을 여민 채 끝자락에 앉아 있는 키제트 대사제에게 뒤틀린 웃음을 보냈다. 키제트 대사제는 신을 모시는 이들 중 유일하게 추밀원에 출입할 수 있는 자였다. 그는 야유하듯 말했다.

"오, 그 망할 진흙탕을 만드신 장본인이 아닌가."

"진흙탕이라. 아예 틀린 말은 아닌 듯하오."

키제트의 깊은 눈이 찬찬히 난장판이 된 회의실을 훑었다. 아주 점잖은 방식의 야유였다. 그에 상대의 냉소가 돌아왔다.

"후의 늙은 파수견인 주제에 거만 떨지 마시오."

"안타까운 사실이지만 개처럼 짖기엔 목청이 그리 좋지 못하오. 소 싯적에는 한 곡조 하는 몸이었소만 공의 말대로 늙으니 무엇이든 하기 벅차지."

대사제는 유들유들하게 웃으며 등받이에 기대었다. 여행자가 나무에 기대 쉬듯 얼핏 여유로운 모양새에 잉카르트 공작이 눈살을 찌푸렸다. 공작은 종교에 귀의한 주제에 권력에서 손을 놓지 않는 대사제의 행동을 경멸하며 혐오했고 어쩔 땐 후작보다 더 오래된 능구렁이가 도사리고 있는 그의 속내를 증오했다. 무얼 믿고 저리 여유만만인가. 저주받을 늙은이 같으니.

아니나 다를까 키제트는 가느다란 눈으로 공작을 정면으로 노려보았다.

"어린 황자 전하를 어디다가 숨겼소?"

"무슨 말을 하는지 모르겠군."

공작은 눈 하나 깜짝하지 않고 거짓말을 했다. 실로 낯빛 하나 변하지 않았다. 키제트는 짧게 혀를 찼다.

"아이를 숨기고 어미를 협박하다니. 그대는 참으로 야비한 자요."

"노망이 났거든 시골로 가 요양을 하시오. 답할 가치도 없군."

"좋아. 그건 그렇다 치지. 전쟁이 곧 승전을 눈앞에 두고 있다는 건 알고 있소?"

"승전? 하! 왜, 그대의 대자가 그리 말하던가? 수도가 함락된 지가 언젠데 아직도 속수무책 적에게 끌려다니는 주제에?"

그는 날카롭게 재차 쏘아붙였다.

"어이없다 못해 이제는 불쌍할 지경이군! 후작은 내후년에나 국경을 밟을 거요! 칼질밖에 모르는 허풍쟁이…… 억!"

무언가 둥글고 검은 것이 공작의 뺨을 세게 치고 테이블 위로 떨어졌다. 둥글게 탁자에 모여 있던 이들이 악 비명을 지르거나 기겁하며 뒤로 후다닥 물러났다. 데구르르 구르다 테이블 끝머리에서 멈춘 것은 반쯤 썩은 시체의 머리였던 것이다! 지독한 악취에 몇몇은 손수건을 꺼내 코를 쥐었다. 하지만 난데없이 죽은 이의 목이라니. 오싹한 바람이 느릿느릿 그들을 휘감을 때, 누군가의 나른한 목소리가 웃음기를 띤 채 울렸다.

"미안하지만 내후년은 무리일 듯싶은데."

설마— 경악이 범람하는 가운데 뚜벅뚜벅 찬 구둣발 소리가 울렸다. 군화가 대리석을 짓밟는 침략자의 소음. 어느새 회의장 문이 활짝 열려 있었다. 바깥의 빛을 등진 채 뒷짐을 지고 선 흑발의 남자가 사냥 전 먹잇감을 훑는 듯 눈을 번뜩이고 있었다.

박제 같은 하얀 얼굴에 천천히 미소가 새겨지자 사방의 숨통이 조여지는 듯했다.

"보다시피 이 몸은 지금 여기에 있으니 말입니다."

딱. 걸음이 정확히 원탁 앞에서 멈춰 섰다. 그들은 이제야 생생한 혈 향을 느낄 수 있었다. 싸늘하고 차가운 벽안이 내리깔아 응시하자 귀족들은 자기도 모르게 시선을 피했다. 원래도 베일 듯한 예기가 은연중에 도사리고 있던 사내였지만 지난 3년의 전쟁은 그를 더 냉엄하고 메마르게 바꾸어 놓은 것 같았다. 매끄럽고 귀족적인 얼굴은 그대로였으나 약간 마른 듯한 몸은 바싹 굶주린 이리를 보는 듯했고 눈가의 그늘과 광대뼈가 두드러진 홀쭉한 뺨은 신경질적으로 보였다. 마치 무언가에 잔뜩 억눌린 것처럼.

금욕적일 정도로 단정한 새카만 제복과 길게 늘어진 붉은 망토가 바짝 날이 선 몸체를 감싸고 있었다. 깔끔한 겉과 형형한 빛이 서린 눈빛이 기이한 대조를 이루어 더욱 위압감을 준다. 그러나 그는 그 모든 것과 상관없다는 듯 새파랗게 질린 정적들을 향해 나긋이 웃으며 키제트 대사제의 어깨에 손을 올렸다. 뼈마디가 두드러진 손마디가 살점을 파고들었다. 키제트는 힘이 들어간 그 손등을 보다 까끌한 수염이 돋아난 대자의 얼굴을 힐끔거렸다.

3년간 잔뜩 피맛을 보고 와 포만감에 차 있을 줄 알았던 라크나는 생각보다 그리 만족스러워하지 못하는 것 같았다.

잉카르트 공작은 거의 경련을 일으킬 듯 분노를 억누르고 있었다.

"그대가 어떻게 여기 있지?"

"공의 하해와 같은 성원에 힘입어 모든 정복을 끝마치고 귀환했습니다. 공작의 밤 선물도 매우 도움이 됐지요."

밤 선물이 암살자를 의미함을 모르는 이는 없었다. 라크나가 가볍게 웃었다.

"이번엔 어렵게 얻은 내 선물을 드렸습니다만, 마음에 드십니까?"

"그래. 말 잘했군. 이게 무슨 금수만도 못한 짓이오!"

공작의 고함에 그는 이를 드러냈다.

"빈집을 털려던 쥐새끼만도 못한 짓보단 나을 듯싶은데."

"황제께선 그대의 귀환을 알고 있소? 왕제 드라쿠스는?"

"왜, 내 조카딸보다 반도의 사내놈이 취향이셨나? 보기에 예쁘장하긴 하더이다."

푸르죽죽 죽어 가는 얼굴을 흥미롭게 바라보며 라크나는 팔을 벌려 손끝으로 탁자 가장자리를 짚었다. 숙인 맹수처럼 음산한 낯이다. 그가 무료하게 속삭였다.

"목을 베기 전에는 확실히 그러했지."

"……!"

확 부릅뜬 눈들이 반쯤 썩은 머리로 향했다. 비위 상한 몇은 고개를 돌리고 구역질을 참고 있었다. 라크나는 그 모든 광경들을 희극을 감상하듯 표정 없는 눈으로 둘러보다 이내 희게 질린 공작에게 고정시켰다.

"폐하께는 이미 보여 드렸으니 취향이면 가지시던가."

"……."

"그럼 난 이만 물러나겠습니다. 여독이 풀리지 않아 피곤하군요."

에스페리스 후작은 정중히 오른손을 가슴에 대고 고개를 숙이더니 휙 뒤돌아 나갔다. 붉은 망토가 남은 이들을 조롱하듯 휘날리고 점차 멀어져 간다.

키제트는 진물이 흘러나오는 아카디아 마지막 왕족의 머리를 찡그린 눈으로 힐끗 보다 라크나를 따라 나왔다. 무언의 눈짓으로 그를 불러내는 대자를 알아채었던 것이다. 그는 두꺼운 돌로 조각된 회의장 문을 나서자마자 말없이 멈춰 서 있는 후작을 닦달했다.

"이리 올 거였으면 온다고 연락을……!"

"일주일 후 시본느를 저녁 미사 집행인으로 부르십시오."

"……하고 오면…… 아니, 그게 무슨 생선 먹다 목에 걸릴 말인가. 시본느를 어쩌라고?"

키제트는 기가 막혀 멀뚱히 메마른 들짐승 같은 낯을 노려보았다. 말도 안 되는 말이기도 했지만 그 시기도 참 엉뚱했다. 3년 만에 본 대부에게 한 첫말이 다짜고짜 요구라니. 화낼 기력도 없어 키제트는 이마를 짚었다.

"그걸 왜?"

"그녀가 시침녀 명단에 올랐습니다."

"……."

늙은 대사제는 멍청하게 그걸 어떻게 알았냐고 묻지 않았다.

"……좋아. 하지만 미사 집행인이라니. 그건 선제후의 직계 미성년

자녀나 어린 황족이 주관하는 것이 아닌가. 일개 황제의 정부를 어찌……."

"프리가 6세와 클레오 14세의 정부들은 성녀라도 되었습니까?"

라크나가 냉소적으로 이죽거리자 키제트는 못마땅한 표정을 지었지만 마지못해 수긍했다. 폭압적인 황제의 권위에 눌려 신성한 미사를 정부들에게 맡겨야 했던 몇 세기 전 과거는 사제들에게 수치의 역사로 남아 있었던 것이다. 어차피 앞서 깨진 전통, 차라리 본국의 무녀였다던 소녀이니 정책적인 차원이라 에둘러 댈 수 있을 것이다.

무엇보다 키제트는 그가 거절한다면 눈앞의 사내가 당장 황제를 죽이기라도 할까 봐 덜컥 겁이 났다.

그만큼 막 전쟁터에서 돌아온 이 청년의 눈빛은 바싹 말라붙어 이상한 광기로 일렁이고 있었다. 겉모습은 지독히 말짱해 보이니 그게 더 기묘했다. 얌전한 양의 탈 속에 웅크리고 있는 맹수, 고요히 피어 있다 갖은 산 것을 잡아먹는 식인 꽃, 시체 품은 고요한 호수처럼. 10년 넘게 속에서 잠자고 있던 내면의 폭압성이 올라온 듯해 진땀이 났다. 도대체 전쟁터에서 늑대 인간에게 물리기라도 했단 말인가?

노인은 애써 들끓는 마음을 자제시켰다.

"알겠네. 알겠다고! 그럼 이제 필요한 얘기들을 해 보지. 황후 폐하께서 카이레 황자 전하의 납치에 대해……"

"그는 이미 제 어미 품에 있을 겁니다."

라크나는 매끄럽게 잘라 말했다. 쌀쌀맞은 그 목소리엔 짙은 성가심이 서려 있었다. 제 감정을 숨길 여유가 없는 건지 아님 그도 귀찮은 건지 모르겠다. 저와 살을 맞댄 여인임에도 그는 그의 비밀 연인에게 그리 관심이 없어 보였다. 하루가 멀게 그의 안부를 묻고 애닯아하던 황후와는 달리. 하지만 원래 생겨 먹은 성정이 저러니 키제트는 납득했다.

그러나 다음 한마디에 그는 소스라치게 놀라 버렸다.

"시본느가 지금 저녁 미사에 참석했습니까?"

뭐?

"대부."

"어? 그, 글쎄. 아마 그렇겠지. 그건 왜 그러나?"

"그렇습니까?"

라크나의 날카롭게 마른 옆얼굴이 어느덧 보름달이 뜬 밤하늘을 올려다볼 때, 키제트는 짙은 혼란을 느꼈다. 저 냉정한 사내가 누군가의 근황을 물어? 물론 편지로도 끊임없이 그녀에 관한 것을 요구하던 그였으나 이렇듯 대놓고 물을 줄은 몰랐다. 그 관심조차 주기적이지 않아서 그저 그다운 변덕이겠거니 여겼던 것이다. 예부터 제 손에 들어온 장난감 하나 버리지 않고, 굳이 버릴 때면 본인이 직접 벽난로에 집어 던지던 이가 아닌가.

이번에도 그런 소소한 집착일 뿐인가?

문득 라크나가 휙 고개를 돌리자 키제트는 생각에 빠져 있다 화들짝 놀랐다. 서늘한 콧날이 냄새를 맡는 늑대처럼 달이 걸린 숲 언저리를 향했다. 밤 별처럼 식은 눈이 차갑게 빛난다.

"그럼 가 보겠습니다. 좋은 밤 되세요, 대부."

늘씬한 형체가 순식간에 어둠 속으로 사라진다. 키제트는 어지러운 머리로도 그가 사라진 방향이 그의 저택이나 군부, 심지어 황후궁도 아니란 것을 알아챘다.

노인은 그가 소년 시절부터 보아 왔던 남자가 처음으로 낯설게 느껴졌다.

아니 어쩌면, 당연함을 지금껏 보지 못했을 뿐인가?

❦

이카릴은 저녁 미사에서 도망쳐 나왔다.

투명한 베일을 쓰고 초저녁부터 고개를 수그리고 있다 기회를 봐서 겁을 준 시녀 아이의 머리 위에 뒤집어씌운 채 빠져나온 것이다. 심장이 쿵쾅쿵쾅 뛰고 있었다. 그것은 의외로 기분 좋은 설레임이었다. 그녀는 소녀 아이처럼 키득이며 살금살금 정원을 밟았다. 달에 젖은 풀이 축축했다.

어느새 날이 완전히 지고 까매진 하늘엔 별이 총총 떠 있었다. 여신의 진주 목걸이가 차르르 흩어진 듯 아름다운 밤하늘을 카를은 좋아했다. 그래서 그녀도 밤하늘이 좋았다. 카를은 별도 좋아하지만 은은한 달과 그 빛도 참 좋아했다. 너를 닮아서라고. 그러니 이카릴도 달이 좋다.

언제나 밤을 가져오던 달이 그리 끔찍했건만. 참 변덕스런 계집이라. 이카릴은 나그네를 홀려 연못에 빠뜨리는 장난꾸러기 요정처럼 키득대며 뛰었다. 상앗빛 원피스 자락이 젖어 들어도 물장구를 치는 양 기껍다.

'삼 일 뒤 보름달이 뜰 때 여기서 만나.'

걸음이 나는 듯 빨라져 그녀는 마리아 정원의 낡은 별궁에 도착했다. 그들의 보금자리에 자리한 벽돌담이 흐드러진 달빛에 은은히 빛나고 있었다. 군데군데 핀 들꽃과 깨진 자국대로 자라난 이끼를 만지작대며 무너진 벽에 걸터앉았다.

그는 언제 올까?

달 공기를 달게 삼키며 이카릴은 미소 지었다. 상쾌하고 차다. 달 이슬을 즙을 내어 마시면 이런 맛일까. 카를의 입술이 닿았던 이마를 괜스레 만지작대며 작게 웃었다. 아마 얼굴이 빨갛게 달아올랐으리라.

그의 입술은 어떤 맛일까?

이카릴은 불현듯 생각했다. 그리고 순식간에 거기에 빠져들었다. 기묘한 갈망이 머릿속을 장악했다. 그를 가지면 어떤 느낌일까. 정신적인 것을. 육체적인 것을. 그녀의 욕망은 밤이면 새어 나오던 어머니와 정부의 더럽고 음탕한 것과는 차원이 달랐다. 그래. 비교할 수 없이 깨끗하고 귀했다.

아. 그가 그 아름다운 입술로 입 맞추고 나를 불러 준다면!

풀이 밟히는 소리가 났다.

그가 왔다! 그녀는 기쁨에 몸을 떨며 벌떡 자리에서 일어났다.

"이카릴."

그러나 그가 아니었다.

그는 '그'였다.

이카릴은 얼어붙은 듯 그 자리에 멈춰 섰다. 새파랗게 얼어붙은 보름달은 소름 끼치게 푸르렀고 그 아래 서 있는 남자는 3년 전의 그 남자였다. 그녀의 나라를 짓밟고 그녀의 영혼을 탐욕스럽게 바라보고 지분거리던. 검은 과거의 실루엣이 천천히, 잔인할 정도로 빠르게 눈앞에 덧그려졌다. 기억 속의 그 얼굴보다 야위고 바싹 성마른, 혈 향이 깃든 저 얼굴. 자라난 흑발이 뒤에서 불어온 바람에 휘날리고 있었다. 창백한 뺨. 달빛과 같은 빛의 눈. 깨질 듯한 색감이 그녀를 찌를 듯 몰아붙였다.

남자는 잠시 그 자리에 서서 그녀를 느긋하게, 혹은 다급하게 머리 끝부터 발끝까지, 손가락 하나하나를 집어삼킬 듯 응시했다.

3년 동안 주변의 모든 양분을 죄 빨아 피어난 붉은 꽃 한 송이처럼 가녀리게 자라난 발목, 흰 어깨, 얄팍한 얼굴, 얇은 허리를 덮는 은빛 머리카락, 겁에 질린 붉은 눈동자⋯⋯. 가녀린 관능.

푸른 눈에 얼핏 열기가 차올랐을 때, 이카릴은 저가 입 밖으로 무언가 알 수 없는 신음을 흘리고 있다는 것을 깨달았다. 자각치 못한 사이 저 밑바닥부터 끓어오른 공포와 혐오.

그녀는 정신없이 뒷걸음질 쳤으나 그가 다가오고 있었다. 그녀의 필사적인 한 걸음이 이리 쉬운 것이었다니.

이카릴은 결국 더는 못 참고 뒤돌아 도망치려 했다. 그러나 채 뒷모습을 보이기도 전에 손목이 강하게 낚아채였다. 입이 소리 없이 벌어지고 비명이 튀어나오기 전, 그녀는 흡사 짓이겨지듯 끌어안겼다. 허리가 으스러질 것 같았다.

투명하게 들끓는 푸른 눈과 마주쳤을 때,

라크나는 사흘 밤낮을 굶주리다 과일 한 점을 들이켜는 이마냥 급박하게 이카릴의 작은 얼굴을 부여잡고 잡아먹듯 키스해 왔다. 남김 없이, 머리 한 올까지 통째로 씹어 삼킬 것 같다. 앙다문 입술을 억지로 벌리고 뜨거운 혀가 들어왔다. 그녀는 눈을 크게 뜬 채 마구 발버둥 치며 그의 어깨를 긁었다.

라크나는 그녀의 몸부림을 내버려 둔 채 작은 살구 속 같은 입술을 유린하는 데 정신이 팔린 것 같았다. 그는 미친 사람처럼 이카릴의 작은 혀를 긁으며 큰 손으로 반짝이는 은발과 목덜미를 거쳐 엉덩이에 이르기까지 유려한 등줄기를 확인하듯 강하게 쓸었다.

너무도 강렬하다. 잔인할 정도로 격렬해 죽을 것 같았다. 그가 그녀의 작은 턱을 붙잡고 고개를 틀었을 때 마구잡이로 휘갈긴 손이 그의 뺨을 때렸다. 순간의 충격으로 휙 젖혀진 얼굴 탓에 이카릴의 이에 긁혀 입술에 피가 흘렀다. 라크나는 그제야 맞물린 얼굴을 떼어냈다.

이제 끝났나. 그러나 그는 무표정하게 입술을 핥고는 허리에 감긴 손을 내려 잔뜩 흐트러진 치맛자락 속으로 손가락을 미끄러뜨렸다. 미친놈! 헉— 숨을 들이켜는 입술을 다시 물어뜯는다. 거친 손이 그녀를 답삭 들어 풀밭에 눕혔다. 싸늘한 한기가 훅 온몸을 내달렸다.

심장이 미친 듯이 뛰었다. 속수무책으로 벌린 입으로 그를 받아들이며 눈물을 흘렸다. 콩콩 뛰는 맥박을 음미하듯 라크나가 움켜잡은 손목을 엄지로 쓸었다. 말려 올라간 치마 아래서 긴 손이 흰 살결을 더듬었다. 산 채로 잡아먹히는 감각이었다.

길고 난폭하리만치 극렬한 키스가 끝나자 라크나는 거칠게 숨을 몰아쉬며 힉— 힉— 흐느끼는 이카릴의 얼굴을 어루만졌다. 달빛 아래 드러난 젖은 얼굴을 눈에 담으며 마른 손목을 들어 안쪽에 짙게 키스했다. 일거수일투족을 감시하는 듯한 그 눈초리에 이카릴은 홱 고개를 돌려 버렸다. 곧바로 이를 세워 동맥이 뛰는 살결을 깨문다. 악— 소리를 지르고 결국 잘못했다며 울먹이고 나서야 그는 벌겋게 달아오른 부분을 느른히 혀로 핥았다.

"잠들 때나, 음식을 씹어 삼킬 때나, 딴 계집을 안을 때도. 심지어 사람 죽이면서도,"

"……."

"정신 나간 듯이 너만 생각했어."

"……."

"널 닮은 아카디아의 왕녀를 내가 어찌했을지 궁금하지 않나?"

사내는 낮게 웃으며 움츠러드는 여자를 붙잡고 키스했다.

거뭇하게 덮여 가는 어둠 속 여린 울음소리가 숨죽여 들려왔다.

❖

황후궁은 몇 년 만에 여인의 히스테리와 외로움 섞인 울부짖음, 짜증 어린 비명이 없는 아침을 맞았다. 얄팍한 하얀 달이 희미하게 남은 새벽, 혀가 없는 벙어리 시녀들이 은밀하게 움직이며 장작을 한 아름 날라다 뜨거운 목욕물을 데우고 모처럼 기분이 좋은 주인을 위해 완벽한 기침 준비를 마치고 있었다.

그 소리 없는 부산스러움을 흘려들으며 라크나는 맨상체에 셔츠를 걸친 채 좌악— 커튼을 끌어당겼다. 파르란 새벽이 서슬 푸르게 방 안으로 들이닥쳤다. 그 싸늘함에 싸늘함을 덧댄 사내의 벽안이 날이 밝아 오는 황궁의 지붕과 첨탑들을 말없이 응시했다. 물길 속에 한 자국 더 깊이 팬 구덩이 같은 눈빛이었다. 그는 먹이를 찾는 맹금류처럼 무언가를 확인하듯 시야를 쭉 되짚었지만 원하는 것을 눈에 담지는 못했다. 남향인 황후궁에서 북쪽의 별궁이 보일 리 만무하다.

그 사소한 사실이 아주 조금 거슬렸다.

3년 만에 퍽 늙은 것 같은 황후의 시녀장이 공손히 은대야에 세숫물을 떠다 바쳤지만 라크나는 거들떠도 보지 않고 커프스단추를 마저 채웠다. 조끼와 코트, 크라바트까지 완벽히 조여 맨 그는 마지막으로 망토를 찾았지만 어젯밤 흡사 달려들듯 매달리던 황후의 손에 반쯤 찢겨졌던 걸 기억해 내곤 쉽게 포기했다.

언제 나체였냐는 듯 말끔한 신사의 모습으로 돌아온 그의 모습이 맞은편 거울에 냉소적으로 비췄다. 와인빛 커튼으로 반쯤 가려진 사내의 차디찬 얼굴은 흡사 벽걸이에 걸린 태피스트리처럼 현실감이 없었다. 라크나는 아직껏 침대에 늘어진 여자의 나체를 없는 것처럼 감흥 없이 지나쳐 방문을 나섰다. 그녀는 오후가 다 돼서야 눈을 뜰 것이었다. 하기야 동틀 때까지 없는 물을 찾는 목마른 이처럼 욕망을 채운 남자 덕에 얼마 전에야 눈을 붙인 참이다.

깊은 밤중에 난데없이 들이닥쳐 가타부타 말도 없이 다짜고짜 안아오는 후작의 행동에 아델라나는 3년의 외로움만큼 그에게 열렬히 안겼으나, 당장 닥친 불을 의무적으로 끌려는 양 무감각하고 거친 그의 기세에 지쳐 나가떨어졌다. 반쯤 기절한 여자였으나 사실 그는 상관이 없었다. 그에게 그 밤에 필요했던 건 뒤탈이 없고 얌전히 몸을 맡길 '여자'였지 황후가 아니었다.

슬슬 터 오는 여명 아래 부지런히 새 하루를 시작하는 궁인들이 복도에서 그에게 공손히 고개를 숙이고 지나쳤다. 개중엔 투명한 베일을 쓴 채 아침 일찍 미사를 가는 황제의 여인들도 몇 있었다. 그 하늘하늘한 천을 보자 냉혈 동물처럼 차갑던 목덜미에 왈칵 열이 올랐다. 라크나는 긴 손가락으로 제 입매를 쓸며 남모르게 입맛을 다셨다.

제 손에 완전히 갇혔던 작은 새. 하얗고, 깨지기 쉬운……. 아, 그 붉은 눈망울이란.

'그리 마음에 들면 혼자 갖고 말 것이지 굳이 이리 복잡하게 만들 건 뭔가.'

진정 모르는 것인가? 라크나는 진심으로 의문이 들었다.

"후. 등청登廳하시는가?"

길들이는 것과 죽여 가죽을 취하는 사냥이 어찌 같단 말인가?

여우의 교활함과 너구리의 넉넉함이 같이 공존하는 사내가 샐쭉이 웃으며 라크나에게 알은척 인사했다. 그는 그저 눈썹을 약간 움직였을 뿐 별다른 변화 없이 남자를 스쳐 보았다. 브란테 남작. 몇 시간 전까지 함께 뒹굴었던 여자의 사촌이건만 그 사실이 눈에 밟히지는 않았다.

그의 과한 호의적인 태도로 저자가 그의 귀환으로 득을 본 많은 이들 중 하나였음을 점심 메뉴를 떠올리듯 기억했을 따름이다.

그리고, 황제의 시종장이었지.

에스페리스 후작의 새파란 눈이 계단참 머리에 뒷짐 지고 선 채 싸늘히 입매를 다물고 있는 어린 청년을 발견하고 조소를 머금었다. 이른 여명에 물든 금발이 희미하게 반짝이고 있었다.

꼭 같은 금사로 장식된 걸 외투를 걸친 그와 검은 제복 차림의 후작이 마주하는 건 황금 독수리와 검은 독수리의 대결처럼 뒷골 싸한 예기가 흐르는 광경이었다. 물론 실제로도 그리 다르진 않다. 라크나는 청년의 투명한 크리스털빛 눈매가 저를 보자마자 확 찡그려졌다는 것을 알고 있었다.

"황태자 전하를 뵙습니다."

라크나는 너무도 공손해 연극 같을 태도로 고개를 조아렸다. 이내 눈을 치켜뜨며 상대를 쳐다보는 게 황태자가 계단 위에 있어 올려다보는 자세임에도 그 오만함이 전혀 덜해지지 않았다. 황태자 알렉시온

108

은 유감스럽게도 그와 같은 것을 모를 정도로 멍청하지 않았다. 청년은 매서운 미소를 지었다.

"후. 무사히 귀환했군."

"예. 몇몇의 기대와 달라 애석하지만, 그렇습니다."

후작의 겸손한 대꾸에 알렉시온은 코웃음 쳤다. 소문난 미녀였던 전 황후에게서 물려받은 아름다운 입매에 온화한 비소가 맺혔다.

"애석하다라. 그럴 리가 있나. 난 그대를 매우 반기고 있네."

"그렇습니까?"

"물론이고말고. 내 오늘도 친히 하문할 게 있어 그대를 기다렸지."

"이거 기대되는군요."

나긋이 속눈썹을 내리깔며 입을 여는 라크나의 얼굴은 삼촌이 조카를 대하듯 일견 다정해 보이기까지 했다. 뭣 모르는 자들이 보았다면 그들의 사이를 친근하다 착각할 만했다. 알렉시온의 주먹 쥔 손이 순간 거세게 경련하다 가라앉았다. 라크나는 그것을 모른 척 살살 상냥하게 웃었다.

"전하. 소신이 무엇을 답하지 못하겠습니까. 괘념치 마시고 하문하십시오."

"그대 또한 내가 할 말을 알고 있다. 내 굳이 입 아프게 놀려야 할까."

"이런. 전쟁터에서 몇 년을 구르던 머리인지라 전하의 심중을 모르겠군요."

"모른다?"

하얀 얼굴에 희미한 분기가 치밀었다. 라크나는 쯧쯧 혀를 차고픈 충동을 억눌렀다. 그 나이치곤 쓸모 있었으나 아직 그의 상대가 되기엔 황태자는 어리고 경험이 부족했다. 차가운 푸른 눈에 얼핏 따분함이 올라왔다.

"실로 그러합니다."

그는 순한 새처럼 고개를 기울였다. 그 순박한 모양과는 다르게 광대가 쓴 가면처럼 무표정한 얼굴이 조롱하는 듯하다. 라크나는 그대로 눈앞의 상대를 재보듯 쳐다보다 미련 없이 목을 풀며 시선을 거뒀다. 고개를 까딱하곤 대리석 계단을 구둣발이 짓밟는다.

"뜻이 없으시다면 전 바빠 이만."

"거기 서라, 후."

후작은 중간쯤에서 발을 멈췄다. 그는 이제 성가신 표정을 숨기지도 않았다. 입가심을 하듯 머릿속을 맴돌던 감상들이 하등 하잘것없는 것들에 의해 가로막히고 있었다. 알렉시온은 분노에 새하얗게 질린 낯으로 성큼성큼 그에게 다가왔다. 그는 결국 몇 계단 내려와 지척이 된 라크나의 가느다랗게 접힌 눈을 맹렬히 노려보았다. 낮게 으르렁거린다.

"내 동생에게 무슨 짓을 했지?"

까만 외투를 무료히 털고 있던 긴 손가락이 희열에 들뜬 사냥꾼처럼 멈칫 경련했다. 여상히 손깍지를 낀다. 오만방자한 농락이 그 찰나를 거쳐 공손함으로 뒤바뀌었다. 라크나는 생각을 수정했다. 성가시다니. 귀찮은 것치곤 황태자의 방금 질문은 그를 기쁘게 했다. 아, 이런. 어젯밤이 너무도 달콤해 그 전에 빼 든 칼을 잊고 있던 참이다. 사내는 뒤틀린 만족감을 느끼며 고상한 입매를 휘었다.

"무슨 짓이라. 카이레 황자께 변고가 생겼을 때 전 막 국경을 넘었습니다."

"황자를 말하는 게 아니다."

황태자는 차갑게 말을 잘랐다. 바싹 다가온 얼굴 탓에 콧대가 부딪힐 것 같았다. 후작은 황태자의 수려한 눈꼬리 안에서 움직이는 황제를 빼다 박은 푸른 동공을 차갑게 쳐다봤다.

"원래도 무도한 자임을 알았으나 어린아이에게까지 손을 뻗쳐? 흉악하고 비열한 자 같으니."

"그 말 그대로 잉카르트 공에게 전해 주십시오."

정말이지 상상 이상이더군요. 일각의 동요도 없이 대꾸하자 알렉시온의 눈길이 한층 더 사납게 변했다. 어린 사자가 기를 써 이를 드러내는 것을 지켜보는 이마냥 라크나는 피식 웃었다.

"부정하게 얻은 핏줄도 혈육이라 챙기시는 게 가상합니다마는, 정 그것이 소중하시면 잘 챙기셨어야지요. 영문 모르는 이에게 따지시면 곤란합니다."

"네 이놈……!"

"굳이 대답을 원하신다면 한마디 해 드리겠습니다."

라크나는 한 계단 더 올라갔다. 비로소 그들은 같은 수평선 위에 서게 되었다. 부들부들 떠는 알렉시온의 귓가에 대고 그는 부드럽게 입꼬리를 말아 올렸다.

"주제를 알고 눈에 거슬리지 말라 이르십시오."

달콤한 독이 슬금슬금 귓바퀴를 핥고 지나간다.

"남은 손가락 아홉 개도 곱게 지키고 싶다면."

태생이 비천하면 몸 사릴 줄 아는 것도 지당한 의무가 아니겠습니까? 핏대가 선 관자놀이를 비웃듯 쳐다보다 후작은 말끔히 물러서 궁정식 절을 올렸다. 그럼 이만 물러가겠습니다. 폐하께서 찾으시는지라.

이내 까만 머리채가 카르뮬렌 궁의 어둠 속으로 사라졌다. 계단서 우두커니 남은 알렉시온은 분을 못 참고 벽에 주먹을 내질렀다.

⚜

심장이 졸린 이처럼 비명을 지르며 깨어났다. 치덕치덕 땀에 젖은 머리칼이 축축하게 목덜미와 잠옷에 들러붙었다. 그녀는 부들부들거리는 손으로 뺨과 어깨를 할퀴듯 문지르다 작게 신음 소리를 냈다. 온

몸이 타박상이 난 것처럼 아렸다. 입술을 습관적으로 씹으려다 바늘 끝으로 쑤시듯이 아파 와서 그만두었다.

'이카릴.'

힉— 그녀는 하마터면 비명을 지를 뻔했다. 정신 빠진 사람처럼 사방을 둘러보다 아무도 없다는 것을 다시 확인하고 나서야 이카릴은 안도의 한숨을 내쉬었다. 어찌 된 건지 이곳은 그녀의 방이었다. 아니, 그보다는…….

그녀는 침을 꿀꺽 삼키며 이불을 움켜쥐었다. 식은땀이 흘렀다. 손마디마다 진땀이 배여 끈적거릴 지경이었다. 천천히 느릿느릿. 깊게 심호흡을 한 후 확 이불을 들췄다.

속옷과 치마엔 어떤 흔적도 없이 말끔했다. 누누이 밤 시중에 대해 교육했던 여사제들이나 백작 부인이 말해 왔던 대로 허리의 결림도 없었다. 짙은 키스, 숨 막히게 끌어안겼던 뜨거운 품, 그 숨결. 그 남자에게 정신없이 탐해졌지만 그의 손이 되돌릴 수 없는 곳까지 침범하진 않았다는 걸 겨우 기억해 냈다. 이카릴은 새하얀 허벅지에 남은 손자국에서 절제하듯 세게 움켜쥐던 손아귀를 떠올리곤 진저리 쳤다.

정말 다행한 일이지만, 완전히 자제력을 잃은 것 같던 그자가 그녀를 끝까지 범하지 않은 것에 이카릴은 내심 놀라고 있었다. 미친 자라도 최소한의 이성은 남아 있었나 싶었다. 어쨌건 이카릴은 황제의 여자였다. 거기까지 생각한 그녀는 혀를 씹는 기분으로 결국 다른 모순점을 발견해 내고 말았다.

하지만 황후는? 황후도 창녀처럼 부리던 남자가 맘만 먹으면 첩실인 그녀를 건들지 못할까?

뿌리치는 것처럼 세차게 고개를 저었다. 더 이상 생각하지 말자. 일단 지금은 무사하지 않은가.

이카릴은 짐승이 물어뜯고 간 듯 헌 입 안을 혀로 핥으며 비틀대면서 일어났다. 붉은 비단 이불 자락이 쥐어뜯어 대는 손바닥에 짓밟힌 장미 모양으로 군데군데 헝클어졌다. 가냘픈 발이 겨우 시린 바닥에 닿았을 때 그녀는 잠깐 휘청거렸다. 가까스로 두 발을 내디딘 이카릴은 멍하니 길 잃은 아이처럼 텅 빈 방 안을 둘러보다 본능적으로 거울을 찾았다.

수은이 칠해진 긴 거울엔 혼이 빠진 것처럼 하룻밤 새 핏기가 싹 가신 처녀가 수척한 얼굴로 서 있었다. 그러나 반면 기이한 열기에 차 홀로 거뭇하게 번뜩이는 붉은 눈과 미세하게 열기 어린 눈가, 발그레한 광대뼈가 피폐한 몰골과 야릇한 대비를 이뤘다. 섬세하고 얄팍한 극세사를 마구 자극해 보풀이 일어난 것처럼. 짓밟힌 장미에서 처절한 생기를 느끼듯 이카릴이 태생적으로 지니고 있던 교묘한 향이 가련한 모양새로 도드라지고 있었다.

가느다란 손끝을 잘근잘근 씹으며 이카릴은 붉은 멍울이 진 목덜미를 멍든 손목을 움직여 피가 날 정도로 긁어 대었다. 지워 내고 싶은 것처럼. 핏방울이 맺힐 때까지.

하지만 그 행동은 흔적을 더 짙게, 깊게 만들 뿐이었다.

❧

영웅이여, 지금의 그대에게 발길을 되돌리라는 충고는 전혀 소용이 없겠지.

쓰러진 고목처럼 허리 굽은 노파가 낮게 혀를 찼다. 그녀의 탁한 눈에는 정의롭고 용감한, 그리하여 어리석은 왕자가 감옥마냥 갇혀 있었다. 젊디젊은 왕자는 자신 있게 말했다. 꼭 그녀를 찾아오겠다고.

어쩔 수 없군. 그렇다면 이 세 가지를 꼭 지키도록 하시오.

노파는 왕자에게 몇 가지 조언을 해 주었다. 그러고는 쉰 목소리로 예언이며 저주가 될 말을 읊조렸다.

하지만 명심하시게. 저 미궁 속으로 들어가는 순간, 그대는 나와도 나온 것이 아니며 영원히 저 미로 안을 헤매게 될 테니.

〈미궁의 영웅 — 아르고니아 민간 설화〉 中 일부 발췌

3.
미궁 설계자

……(상략)……왕께서 나라를 여시고 열하루 해가 되던 날, 나라 안에서 제일가는 장인을 불러오라 하셨다. ……수소문하니 모두가 한목소리로 저이라 칭하는 자가 그날 저녁 궁으로 들어와 왕을 배알하였다.

네게 명할 일이 있다. 받잡겠는가.

하찮은 목장이가 어찌 왕의 바람을 거절하리오.

좋다. 너는 거미줄보다 복잡하고, 탐욕마냥 끝이 없으며, 지나가 버린 세월처럼 절대 되돌아 나올 수 없는 건물을 만들 수 있는가.

어렵습니다.

불가능인가, 희박한 가능성인가?

시간을 주십시오.

다음 밤이 올 때까지 답을 가져오라.

남자는 고심 끝에 그린 설계도를 다음 날 왕께 바쳤다. 그의 머리는 하루 사이 희게 세어 있었다. 왕께서는 그가 바친 것을 보고 무척이나

*기꺼워하셨다. 장인에게 큰 상을 내리고 축조를 명했다. 왕께서 흡족
해하시니 온 나라가 기뻐하였다.*

〈아르고니아 왕조실록 — 미치광이 왕 해터〉

✤

황실의 유리창엔 건국 신화와 관련된 늑대 문양이 진기한 유리 공
예로 세밀하게 새겨져 있다. 금사로 정교하게 수놓아진 거푸집에 색
색깔의 보석을 부어 놓은 듯 다채롭게 빛난다.

새파란 여명부터 자줏빛으로 짓무른 노을, 은근한 달빛에 이르기까
지 단순한 빛 한 줄기만으로도 이 아름다운 인간의 창조물은 세상에
서 가장 아름다운 절경을 덧그리곤 했다. 죽음을 앞둔 순교자 이리아
도마저 끌려온 적국의 보화를 눈에 담고는 찬탄했다 한다.

아! 신이 제국에게 승리와 명예, 부와 지고의 보물을 선사했지만 자
비심은 주지 않으셨구나!

서른 개에 달하는 이 유리 태피스트리에 스며든 것은 전설이며 이
야기였다. 제국 역사서 첫 줄로 시작되는 늑대 신화는 앞으로의 줄기
가 그러하듯 잔혹하고 기이하다.

먼 옛날 전쟁과 분노의 신이 그의 나가(신화 속의 길이가 땅 전부를 감
을 정도로 커다란 뱀)에게 제물로 바쳐진 처녀와 교접하여 알을 잉태했
다. 부인이 투기하여 알을 뱀에게 잡아먹히라 던져 주었다. 이를 알아
챈 신이 뱀을 찢어 죽이고 황금 늑대에게 그 알을 삼키게 하였다.

보름 후 늑대의 옆구리를 찢고 사내아이가 태어났다. 아이는 어미
인 늑대의 피와 살점을 젖 삼아 먹고 열하루 만에 성인이 되어 나라를
세우니 이를 판케아르드라 했다. 제국이 되기 이전, 초창기 왕국의 형
태였다. 전 제국민들은 늑대 신화를 알고 있었고 스스로를 늑대의 후

예라 일컬었다.

사제인 키제트 또한 제국의 주된 정체성인 이 전설을 알았다. 하지만 모든 전설의 첫발은 구전으로 전해 내려오는 법. 정통적인 이야기는 저것이지만 그는 달리 이어진 설화를 더 일리 있다 여겼다. 그것은 다음과 같다.

제국의 건국 왕은 신의 핏줄이 아니라 처녀가 신에게 받쳐지기 전 통정한 아비드arvid(독수리) 왕의 자식으로 이에 분노한 신이 아이를 밴 여인을 나가에게 먹이로 주었다. 나가는 아이의 아비인 왕을 두려워하여 임부를 죽이기를 주저하였고 신의 명령을 어기기도 꺼려졌다. 교활한 뱀이 용맹한 황금 늑대를 꼬드겨 늑대는 처녀를 통째로 삼켜 버렸다. 이후의 이야기는 앞선 신화와 일맥상통하다. 단지 건국 과정에서 영웅이 그의 친부와 나라를 불에 태우고 짓밟는 것만이 추가될 뿐.

신을 섬기는 자이면서도 키제트가 황가에 흐르는 신의 피보다 후자의 고담을 더 좋아하는 이유는 아주 간단했다. 알에서 인간이 태어나고 신이 처녀와 관계를 가진 것보다는 현실적이지 않은가. 애초에 신화를 두고 진실성을 논하는 것 자체가 우스운 일이리라.

그러나 사내가 계집을 하룻밤 노리개로 품었다 버리고, 간사한 자가 중간에서 이득을 꾀하는 일들은 지금도 왕왕 있는 일이며 미래에도 계속 반복될 역사였다. 여인의 배에 제 씨를 심어 적을 농락하는 것 또한.

키제트는 늑대의 배를 가르고 빠져나온 소년의 형상을 주름진 손으로 문질렀다. 저를 길러 준 짐승의 피를 뒤집어쓴 파르란 동공이 오싹하다. 잠시 말없이 서 있자 낡고 녹슬었으나 꼬챙이처럼 쨍한 음성이 그의 뒷덜미를 긁었다. 노쇠한 맹수가 뱃속부터 그르렁거리는 것 같았다.

"흔하디흔한 이야깃거리가 새삼 흥미롭나, 대사제?"

나이 든 사제는 스스로가 광인과 한자리에 있다는 것을 불현듯 자각했다. 동시에 긴장과 공포를 밖으로 꺼내 들 정도로 어수룩하지도 않았다. 아니, 되레 현명하다고 해야 하리라. 키제트는 부드러운 미소를 지은 채 허리에 손을 얹고 조심스럽게 몸을 돌렸다.

상대는 그의 늙수레한 행태를 꽤 마음에 들어 했다. 신체조차 주체하기 힘들어 어수룩하게 굴고 낯빛에 생을 구걸하는 어쩔 수 없는 인간의 비굴함도 묻어 나온다면 금상첨화다. 황제는 예상대로 키제트가 그의 고질병인 허리 통증과 날이 궂은 날이면 불편해지는 다리를 드러내자 기뻐했다. 제국의 주인은 타인의 허약함과 불행에 매우 관대했다.

"그대에겐 새 지팡이가 필요할 것 같군."

"오, 그렇지 않습니다, 폐하. 어차피 반쯤 망가진 것, 사제로서 신의 순리를 따라야지요."

"아니, 아니지. 키제트. 그대가 그럴진대 어찌 내 맘이 편켔나. 나는 그대가 오랫동안 짐의 곁에 머물기를 바라오."

황제는 그의 사지를 안마하고 있던 소년 소녀들을 손짓으로 물렸다. 죽음의 그림자에 짓눌려 있던 그들은 재빨리 고개를 숙인 채 소리 없이 물러났다. 키제트는 뒷짐을 진 채 냉담하게 도망가는 잔벌레들과 황제의 관을 쓴 노인이 시종의 부축을 받아 황금 의자에 앉는 것을 지켜보았다. 노회한 하이에나가 몰락해 가는 늙은 사자를 지켜보는 것과 흡사한 광경이었다.

물론 키제트는 죽은 맹수의 살점 따위보다 더 큰 것을 원했다.

"그래, 대사제만 한 인물이 어디 있겠는가. 내 그대에게 선물을 줄까 해⋯⋯. 물론 마음에 들겠지?"

"맹세코 당연한 바입니다. 폐하의 종복인 제가 그것이 무엇인들 귀하지 않으리까."

준비된 듯 유려하게 나온 공손한 대답에 황제는 기껍게 웃었다. 둥글게 눈을 접은 채로 쇳소리처럼 쇠약해진 숨소리를 자세히 귀담아들으며 키제트는 황제가 언제쯤이나 고꾸라질지 시간을 재 보았다. 그리 멀지는 않았다. 허나 지금 당장은 아니다. 적절한 시기가 될 때까지는 이 미치광이가 살아 있어 주어야 했다. 죽는다 해도 다른 수가 없는 것은 아니지만, 키제트의 입장에선 황제가 산송장이나마 숨을 붙이고 있는 게 더 수월했다.

황제는 이런저런 잡담을 하고 만족할 만한 대답들을 듣고 나서야 자리를 권했다. 키제트는 기분 상한 내색도 없이 연방 겸손과 존경을 띤 얼굴로 조용히 황제의 맞은편에 앉았다. 혀가 없는 아름다운 시종이 테이블에 진한 향의 차를 따랐다. 박제된 듯 고운 생김새가 거세된 황제의 인형 중 하나일 게 분명했다. 두 권력자는 별다른 수치심이나 혐오 한 점도 없이 무관심하게 대화를 시작했다.

"짐을 위한 시문을 읽어 준다 했던가?"

"미흡하나마 폐하의 공덕과 대대손손 내려올 폐하의 이름을 칭송하며 찬양하는 송가頌歌이옵니다. 트리앙 신학서 13구절에 실린 송가를 약간 수정하고 보완한 것이지요."

"으음, 계속해 보게."

"실례하겠습니다."

침묵을 넘어 정적이 스민 공기에 노후하지만 힘 있는 목소리가 울렸다. 시와 노래가 진심으로 닿기 위해선 감정을 악센트와 어조에 싣는 데 상당한 심혈을 기울여야 했다. 정치가로서 다년간 연설을 한 웅변가이자 존경받는 시인으로서 어렵지 않게 존경심을 꾸며 내었다.

키제트는 마지막 구절을 읊조리며 흘낏 반쯤 졸듯 눈을 감은 황제와 그 너머의 황금 새장을 보았다. 황제가 평소 아껴 재잘대던 새의 새장이 텅 비어 있었다. 훌륭하다는 의례적인 황제의 치하 이후 키제트는 일상적인 대화거리로 빈 새장을 꺼내 들었다.

"그런데 폐하의 진귀한 새들은 어디에 있는지요?"

"새?"

"폐하 소유의 날짐승 말이옵니다."

몇 번이나 되풀이하고 참을성 있게 설명하고 나서야 황제는 그 짐승들을 기억해 냈다. 그러곤 대수롭지 않게 대꾸했다.

"아아. 시끄러워서 다 땅에 묻어 버렸소."

"아. 그렇습니까?"

한때 애지중지하던 생물을 상한 물건 버리듯 했다. 키제트는 그저 약간 따분해진 것 같은 황제에게 다정한 눈길을 던지며 수긍했다. 갑자기 황제는 기분이 좋아진 듯—평소에도 수십 번씩 그러는 것처럼—턱을 괴면서 온화한 얼굴의 사제에게 짓궂은 웃음을 지었다.

"새라는 게 참으로 계집과 닮았다 생각하지 않소?"

"어떤 뜻인지 이 무지한 노인은 모르겠습니다."

"하하하. 대사제. 생각해 보시오. 처음 볼 때는 그 귀여운 소리와 아름다운 깃이 무척 탐이 나지 않소. 그런데 정작 가지고 나면 영 시끄럽고 불쾌하단 말이야. 짐의 아비는 여인에 대한 정만큼 부질없는 것이 없다 하였지."

"허허허. 선제께서 그리 말씀하셨습니까."

그렇다오. 참으로 옳은 말이지. 황제는 즐겁게 고개를 기울였다. 혹자가 보면 고인이 된 아버지를 그리는 아들이라 볼 것이나 그 아비의 목을 벤 자가 그 아들이니 그리움과 공경이라 보기엔 퍽 무리가 따를 것이다. 추억을 회상하듯 탁해진 벽안이 허공을 응시하다 뚝 정갈한 노사제에게 떨어졌다. 파란 칼이 숫돌에 갈리는 것 같다.

"그러함에도 내 계집에게 취해 눈이 돈 적이 있었어. 어찌나 미색이 짙은지 한번 품지 않고서는 배길 수가 없었다오."

"황후께서 매우 절색이시지요."

"아니, 아니! 그 계집 말고. 쓸 만은 하지만 그 여자보단 못해. 한번 눈길이 꿰이면, 그러면 말이오, 대사제. 온몸에 불이 붙은 듯 이성을 찾을 수가 없었지. 여인이 품은 꿀을 그 자리에서 맛보지 않으면 돌

것 같은 거야. 그런 여자가 있다오. 다른 계집 따위와는 비교도 안 되는 그런 여자. 하하하!"

"그렇습니까?"

"큭큭. 사내라면 응당 가져야 할 꽃이고말고. 아, 하긴 그대는 사제라 이 맛을 모르겠군."

언뜻 깔보는 것처럼 들릴 언사에도 키제트는 사람 좋은 미소를 짓고 있었다. 저만의 생각에 빠진 황제는 턱을 쓸며 눈을 가늘게 떴다. 신화 속의 뱀처럼 교활하고 음산한 빛이었다.

"그게 남의 꽃이면 더 달콤하다지."

키제트는 눈을 내리깔고 차를 한 모금 머금었다. 그러든가 말든가 늙은이의 신경질적이고 들뜬 휘파람 소리가 알현실에 어지럽게 흩어졌다. 황제는 정신을 놓고 나서는 기본적인 예의마저 거의 잊은 듯이 굴었다. 하긴 절대자에게 누가 뭐라 하겠는가.

금반지 여러 개가 꿰인 손가락이 톡톡 테이블을 두드리다 멈췄다. 냉혹하고 무신경한 잔인함을 품은 얼굴에 가벼운 미소가 고였다. 연방 웃는 얼굴이던 키제트의 표정에 약간의 균열이 갔다.

"그러고 보니 그대의 대자가 내게 계집을 바쳤지?"

"……그렇습니다. 패전국의 왕녀로 어린 소녀라 들었습니다."

"흐응, 후는 성혼을 하지 않는 건가?"

어린 계집이란 말에 약간 든 충동마저 사그라졌는지 별 의심 없이 화제가 바뀌었다. 키제트는 내심 안도를 삼켰다. 그 또한 라크나가 망국의 포로이자 황제의 정부인 여자에게 품은 기이한 관심을 알고 있었다. 더 과감히 말하자면 이해 안 갈 정도의 집착과 진득한 사심까지도. 황제를 앞에 둔 채로 순간 눈앞이 아찔해져서 키제트는 주먹을 꾹 쥐었다가 폈다. 자신의 귀한 제자이자 대자이지만, 이때만큼은 어쩔 수 없었다. 미친놈 같으니라고!

"글쎄요. 본인은 아직 생각이 없는 듯합니다."

"끌끌. 내게 남은 딸이라도 있다면 내줄 텐데. 사내라 치기에도 참 아름다운 사내가 아니오."

찰나 스친 황제의 표정은 옛날 잃어버린 보석을 다시 쥐어 보듯 아련한 탐욕이 서려 있었다. 황제는 여러 의미로 에스페리스 후작을 총애했고 아꼈다. 신하이자 정치적 파트너, 가장 확실한 칼, 조언자, 쓸 만한 젊은 체스피스chess piece.

잔인하고 비정한 황제의 성정에 안 맞게 후작이 정치가로선 어린 나이에도 특별 취급을 받을 때가 많다는 것은 공공연한 비밀이었다. 그 총애가 다른 의미가 아니냐 혀를 놀리는 이도 있었지만, 그리 괘씸하지 않다. 소문의 당사자에 의해 이미 그 혀는 없어진 지 오래기 때문이다.

황제의 홀린 듯 취한 번뜩이는 눈빛에 키제트는 다시 긴장했다. 그러나 이윽고 황제의 뜬금없는 물음에 가까스로 평정을 유지했다.

"그대의 시를 듣다 생각난 건데, 어떤 구절이었지? 그것 말이오. 세상사는 하나의 공과 같다……."

늙은 광인이라 하나 황제는 황제. 그는 별 힘들이지 않고 신하들을 우롱하고 핍박하며 멋대로 이용했다.

"세상사는 하나의 공과 같아 시대와 사람이 바뀐다 해도 같은 것이 반복되어 굴러가니 이를 인과의 굴레라—"

"그래. 그것."

황제는 맛 좋은 초콜릿을 음미하는 것처럼 눈을 감았다. 용이 잠깐 숨을 고르듯. 그리고 이내 웃는다.

"참으로 맞는 말이 아닌가."

개선식을 한다고 했다.

이카릴은 유리관 너머의 세상에서 불어온 바람을 아무 사념 없이 바라보듯 무감각하게, 혹은 다소 짜증스럽게 그 소식을 들었다. 제국이 또 하나의 힘없는 가축들을 도륙하고 그 피로 축제를 벌인다 한들 그녀와 무슨 상관이 있단 말인가? 그것은 어떠한 동정심도, 희열도, 즐거움도 일으키지 못했다. 전리품 중 일부가 기념적인 의미로 그녀에게 바쳐지기 전까지만 해도 그랬다.

호기심의 빛깔에 불그스름하게 물든 탐욕이란 놈을 머리에 인 채로 어린 처녀는 힐끔힐끔 바다 궁전에서 건져 온 듯한 아름답고 진귀한 보화들을 훔쳐보았다. 보석에 끌리는 게 여인의 본능이라면, 이카릴은 여태껏 그 본성을 누릴 기회를 죄 박탈당하며 살아왔다. 그전에는 신분은 되나 처지가 그러하질 못했고 지금은 신분이 여인의 사치를 누릴 주제가 못 되었다.

한참 눈을 굴리다가 냉큼 한 움큼 집어다 거울 앞으로 달음박질쳤다. 빛나는 물건을 단순한 탐욕에 그저 가치도 모르고 제 굴로 집어 온 까마귀처럼 약간 어색하게 만지작댄다. 예민한 귀에는 어떤 소리도 들리지 않았다. 긴장하고 흥분한 작은 짐승의 숨소리뿐. 이카릴은 가냘픈 목에 걸린 루비 알 목걸이를 얇은 손톱 끝으로 쓸었다. 비둘기의 핏방울처럼 붉다. 영롱하고 아름답지만 불길한 빛깔이 그녀의 다른 눈동자 같았다.

홀린 듯이 거울 속의 앳된 처녀를 본다. 손을 갖다 대자 수면이 일그러지듯 옅게 김이 서렸다.

"시본느 님. 미사 시간입니다."

움찔 어깨가 떨리더니 부랴부랴 숄을 싸매 벌거벗은 어깨에 둘렀다. 칠석의 미사는 성녀 아르찬을 기리는 의미로 예복이 조금 달랐는데 어깨가 얇게 파이고 가슴께를 꼼꼼히 단추로 조여 맨 드레스였다. 가슴 쪽이 갑갑했기에 이카릴은 이 옷을 좋아하지 않았다.

그러나 형식적으로나마 미사 집행의 의무를 맡았으니 입지 않을 수도 없는 일이다. 저가 한때 무녀였다는 사실도 망각하고 있었던 그녀는 어색하게 하얀 옷자락을 만지작거렸다.

솔을 브로치로 고정하자마자 하녀들을 이끈 힐랄이 들어왔다. 무뚝뚝한 시녀는 석고상 같은 시선으로 창백한 뺨에 약간의 홍조를 띤 채 허리를 빳빳이 곤두세운 주인을 쭉 훑었다.

힐랄의 눈이 틀어 올린 머리 모양을 보았다가 나직한 한숨을 쉬었다.

"머리가 미사에 맞지 않습니다."

"황후께서도 전번 미사 때 머리를 틀어 올리셨어!"

"예. 그때는 칠석이 아니었으니까요. 더불어,"

기도문 읽듯이 조잘대던 힐랄의 두꺼운 입술이 꾹 다물렸다. 그녀는 두말하지 않고 손을 들어 시녀들에게 지시를 내렸다. 이카릴의 눈살이 찌푸려졌다. 어린아이마냥 무시당한 것 같아 기분이 나빴다.

"더불어, 뭐?"

"그분은 황후십니다. 시본느 님과는 격식과 예절이 다르답니다."

그건 그분은 안주인이고 넌 애첩에 불과하니 엄연히 다르다― 이런 뜻처럼 들렸다. 적어도 이카릴에겐. 분에 못 이겨 작은 주먹을 쥐고 부들부들 떠는 그녀에게 이럴 줄 알았다는 듯 힐랄은 한숨과 함께 삐딱하게 쳐다보았다. 이카릴은 제 머리에 장식된 핀을 뽑아 드는 시동을 세게 밀쳤다. 악 소리와 함께 나자빠지든가 말든가 이카릴은 성을 내었다.

"첩년이 주제를 알아라, 이거야?!"

"아닙니다. 곡해하지 마십시오. 황후 폐하께선 내명부의 주인이자 황제 폐하의 반려자로서 주어진 권리와 맞는 예법이 있습니다. 시본느 님께 주어진 인사법과 처신이 있듯이요."

"그게 그 말이잖아!"

시녀들이 시퍼렇게 질려선 한 걸음씩 뒷걸음질 쳤다. 그들 사이에도 이카릴의 변덕과 분노, 신경질적인 발작은 유명했다. 어차피 총애 없는 첩이라 하나 약간이라도 반기라도 들면 후에 간질 발작을 일으키는 척 연기해서 어떤 죄라도 뒤집어씌우거나, 청소나 시중에 흠을 잡아 일을 그만두도록 만들어 뒷감당이 무시 못 할 지경이었다. 그래도 그 정도면 양반이다. 말발굽에 짓밟혀 사경을 헤매다가 결국 목숨이 끊긴 어린 시동의 이야기는 그들 사이에서 유명했다. 어리고 연약한 계집의 잔인성과 끔찍한 보복에 그들은 이 작은 악마를 이젠 두려워했다.

그중에 유일한 예외인 힐랄이 눈썹을 추켜세웠다.

"그럼 시본느 님의 말씀은 시본느 님과 황후 폐하가 동격이란 말입니까?"

"그, 그런 말은 안 했어!"

날카롭게 권력자의 이름을 빌어 찍어 누르자 이카릴은 금세 목을 집어넣는 자라처럼 눈을 굴리면서 어린아이마냥 칭얼거렸다. 악랄하고 영악스럽다 하나 이카릴은 기본적으로 겁이 많고 자신보다 강한 자들에게 매우 소극적이고 순종적이었다.

힐랄은 이러한 이카릴의 성정을 알아 누구보다 효과적으로 활용해 이카릴을 달래고 겁도 주며 그녀의 뒤처리와 일정을 담당했다. 그녀는 냉담한 태도로 입을 꾹 다물고 발치를 노려보고 있는 이카릴을 재촉했다.

"저도 시본느 님이 그런 생각을 하고 있을 것이라 생각지 않습니다. 곧 미사 시간입니다. 서두르시지요."

이카릴은 입술을 삐죽이며 시녀들이 그녀를 치장하는 것을 내버려 두었다. 하얀 분이 엷게 발라지고 핏기 없는 입술에 분홍 꽃물을 입혔다. 결국 머리를 내렸지만 이카릴의 고집으로 가는 은비녀로 반만 틀어 올리기로 합의를 보았다.

은갈색 머리 타래를 이마 아래로 빗어 모양을 정돈하는 내내 이카릴은 무표정한 제 담당 시녀를 노려보았다. 망할 년. 언젠간 진짜 죽여 버릴 거야. 그녀는 무표정하게 독기를 품었다. 이가 득득 갈리고 뭐라도 물건을 던지고 싶지만 참았다. 대신 손톱을 잘근거리면서 맨발에 하얀 비단신을 신었다.

'그럼 시본느 님의 말씀은 시본느 님과 황후 폐하가 동격이란 말입니까?'

황후? 코웃음을 치고 싶었다. 아름답고 고고한 제국의 어머니. 그래 봤자 다른 사내 밑에서 천박하게 울부짖던 여자가 아닌가. 창녀 같은 계집! 그딴 싸구려가 황후랍시고 고귀한 취급을 받는데 나는 왜 이 모양이지? 이카릴은 싸늘하게 입매를 비틀었다. 시녀 하나 맘대로 못 하는 저와는 처지가 비교도 안 될 여인을 생각하니 배알이 뒤틀리고 속에서 득득 열이 끓었다.

잔뜩 상한 마음을 억누르며 이카릴은 새침하게 예배당에 들어섰다. 여러 귀부인들과 신사들, 시종들이 이곳에서만큼은 성결한 듯이 고개를 숙이고 나직한 기도문을 외우고 있었다. 그 신실한 분위기에 괜스레 소외감이 든 이카릴이 콧등을 찡그릴 때, 은은한 찬송가가 화음으로 울려 퍼졌다. 진주 가루 같은 햇빛이 쏟아지는 가운데 소녀 합창단의 멜로디가 인어의 노랫소리처럼 신비하다.

사제의 미사 집전이 시작되었다. 첫 기도문 낭송 외에 따로 이카릴이 할 일은 없었다. 언제나처럼 그녀는 들러리에 불과했다. 하긴 이따위 이교도들 예배 따위. 남몰래 코웃음 친 그녀는 경건하게 두 손을 모으면서도 딴생각을 이어 갔다. 아련한 찬송가가 하얀 파도처럼 밀려와 귓가에 연신 뽀얀 포말을 남기고 부서졌다. 아득하다. 사제가 무어라 가식적인 교리를 읊조렸고, 그가 성호를 긋는 서슬에 긴 묵주가 은색으로 번뜩였다. 이카릴의 붉은 눈이 느리게 깜박거렸다. 점차 문질러 지워지듯 소리가 멀어진다······.

사제의 붉은 로브가 점차 자줏빛 이불로 변했다. 하얀 제단 천은 나

굿한 나신으로. 이카릴의 동공이 흐릿하게 몽롱해졌다. 아, 아. 좋
아……. 여인의 음탕한 신음 소리 위로 차갑게 쏟아지던 사내의 조소.
살갗이 찌릿했다. 마치 당시의 강렬한 시선이 살아난 듯. 먹이를 노리
는 범처럼 집요한 눈길에 뒷골이 오싹했었다. 그때가 두려움이었다
면, 지금은 공포만이 전부는 아닐 것이다. 이카릴은 가슴께와 아랫배
가 당기는 것 같아 작게 인상을 썼다.

불현듯 달밤 아래 그 일이 생각났다.

천 일간 굶은 괴물에게 머리끝까지 잡아먹히던 그 감각. 정신없이
탐해지고 찍어 눌러지던. 이카릴은 저도 모르게 멍하니 손끝을 잘근
잘근 씹었다. 다리를 계속 들썩거리는 그녀를 힐랄이 이상하게 쳐다
보는지도 모른 채 그녀는 몰입해 있었다. 갑자기 어떤 손이 그녀를 붙
잡았다. 확, 모든 꿈이 깨졌다.

"시본느 님, 개인 기도 시간입니다."

"알았어."

약간 짜증 어린 대꾸에도 주변은 이상하게 생각하지 않았다. 이카
릴은 원래 그랬으니까. 오늘따라 유독 예민하다, 여길 뿐. 이카릴은
인상을 쓰면서 성큼성큼 치맛자락을 부여잡고 폐쇄된 작은 기도실로
들어갔다. 그녀는 낡은 문을 닫고는 눈매를 가늘게 좁히곤 사방을 둘
러보았다. 종교적 청빈함을 유세라도 떠는 것 같다. 우습게도. 신경질
적으로 문틈에 끼인 치맛자락을 잡아당기는데 똑똑똑— 노크 소리가
울렸다.

"뭐야?!"

"시본느 님, 의자에 앉아 기도를 행해 주십시오. 신께서……"

"알았으니 가 버려."

날카로운 목소리에 상대는 조용해지더니 발소리가 멀어졌다. 사방
에 희미한 성서 낭독음과 나직한 노랫소리를 제하고는 조용한 어둠이
붙어 있었다. 이카릴은 숨이 턱턱 막히도록 좁은 작은 방 가운데에 덩

그러니 앉아 두 손을 맞잡았다. 그녀는 애초에 기도라는 것을 싫어했다.

이 이기적이고 나약한 소녀가 어쩔 수 없이 기도를 드릴 땐 상황이 급박하거나 지독히 절망적일 때뿐이었다. 그리고 온갖 불운을 타고난 듯한 제 팔자에 그 비굴한 기도를 신이 들어주는 법은 없었다. 이카릴은 급격히 우울해졌다. 어린아이가 세상 모든 것으로부터 도망가고 싶은 것마냥 무릎을 끌어안고 눈을 감았다. 귓가에 조롱하는 듯한 찬송가가 덧없는 거품처럼 부서져 내렸다.

과거 아래 과거가 그림자를 타고 다시 들이닥쳤다. 악몽처럼. 말이 좋아 왕족이지 예견된 성 노예나 다를 바 없는 생. 그런 저와 너무도 다른 위치의 언니. 모두 고귀한 언니만 아름답다 칭송하고 보잘것없는 이 이카릴은 거들떠보지도 않았다. 나도 같은 왕의 딸인데. 그래 봤자 그년은 죽어 버렸지만. 언뜻 희고 가는 얼굴에 광기 어린 득의양양한 미소가 걸렸다가 사라졌다. 조국이 망하고도 달라진 것은 없다. 그녀는 여전히 못나 빠진 이카릴이고 고귀한 여인이 아니었다. 마치 태생처럼.

똑똑똑.

익숙하게 한없는 자기 연민에 사로잡혀 본인의 비극을 홀로 음미하고 있던 이카릴은 노크 소리가 열 번에 이르러서야 바짝 약 오른 붉은 눈을 떴다. 막 밀려오는 서러움에 눈물이 고이던 참이다. 이카릴은 정말이지 하잘것없는 것들에게 이 시간을 방해받고 싶지 않았다. 웅크려 인내하다 성가신 딱따구리 같은 소음이 계속될 성싶자 발칵 소리쳤다.

"알았다고 했잖아! 그만해!"

다시 시작된 고요함에 이카릴은 만족했다. 후우……. 작게 한숨을 쉬고는 다시 눈을 감았다.

"슬퍼 보이는군."

"······!?"

커다란 사내의 그림자, 짙은 체향이 훅 끼침과 동시에 가는 몸이 뒤로 끌어안겼다. 목덜미에 뜨거운 숨이 닿는다. 음미하듯 후, 내뱉고는 날카로운 콧등이 여린 살결을 맛보듯 쓸었다. 이카릴은 딱딱하게 굳어 입술을 벌벌 떨렸다. 쉬이. 익숙한 향, 익숙한 목소리. 달래듯 음성은 다정한데도 사내의 손은 거침없이 앞섶을 풀어 헤치고 있었다.

"무슨 생각을 하고 있었지?"

난 네 생각을 했는데. 지금도. 라크나가 큭큭 장난스런 웃음소리를 내며 잘게 떠는 소녀를 달래듯 관자놀이부터 뺨까지 잘게 입을 맞췄다. 어린 짐승을 다독이는 것마냥. 다정하고 섬세하게. 헌데 하는 짓은 천양지차다.

"시, 싫······! 헉!"

짧게 숨을 몰아쉬었다. 긴 손가락이 드레스 겉자락을 헤치고 안으로 침범했다. 꽁꽁 싸매져 있던 촘촘한 단추 몇 개가 데구르르 마른 바닥에 떨어지는 소리가 섬뜩했다. 서슴없이 앳된 젖무덤이 움켜쥐어지자 이카릴은 맹수에게 물린 것처럼 비명이 터져 나오다 먹혔다. 빈틈없이 맞물린 사내가 솜털이 곤두선 귓바퀴에 소곤거렸기 때문이다. 공포와 전류 같은 짜릿함이 섞여서 온몸이 마비되었다.

"응? 왜 대답을 안 하나."

라크나는 큭큭 웃으며 귓불을 깨물었다. 질척한 소리가 고막에 웅웅 메아리친다.

그는 능란하게 그녀를 옭아매었다.

짐승 숨소리처럼 거친 호흡이 전신을 내달린다. 이카릴은 아기처럼 너른 품에 안긴 채로 범해졌다. 단단한 손끝이 흰 꽃밭을 헤집듯 속곳을 끌어 내리자 더 못 참고 훌쩍이기 시작했다. 사제의 기도 소리가 울리는 기도실에서 차마 눈 뜨고 볼 수 없는 음탕한 일이 벌어지고 있었다. 라크나가 붉은 눈에 맺힌 습기를 느른히 핥았다.

그의 혀가 가느다란 눈썹을 스쳤을 때, 노크가 울렸다.

"이카릴 님?"

그 소리는 제법 컸기에 두 남녀는 우뚝 멎은 채 동시에 굳건한 오크 나무 문을 주시했다. 한쪽은 희망과 두려움으로, 나머지 한쪽은…… 사내는 피식 웃었다. 이카릴은 자신이 덥석 들어져 벽으로 밀쳐지자 공포감이 엄습했다. 잠시 현실 판단이 서지 않았다. 다시 노크한다. 똑 똑 똑. 공황 상태에서 자신의 이름이 불려지는 것을 들으며 그녀는 남자의 손이 성가시다는 듯 제 속치마를 찢는 것을 느꼈다. 덜덜 땀방울이 맺힌 목덜미에 라크나가 키스했다.

"……!?"

이카릴은 그 어느 때보다 심하게 버둥거렸다. 미쳤어! 지금 문밖 한 뼘도 떨어지지 않은 거리에 그녀의 시녀가 서 있을 것이다. 마구 반항하는 손목이 잡혀 약하게 꺾이고 벌린 입으로 혀가 들어왔다. 찍어 눌러진 채로 키스당하면서 이글거리는 파란 눈과 마주쳤다. 새카만 까마귀의 그림자. 짐승 너머 불그스름한 촛불이 빛났다. 여린 유방을 휘어잡히자 고개를 꺾고 신음했다.

"이카릴 님. 괜찮으십니까?"

황급히 입을 틀어막았다. 귓전에 대고 사내가 킬킬거렸다. 그가 속삭였다. 소리 내. 이카릴은 고개를 세차게 흔들었다. 그래? 라크나는 강요하지 않았다. 단지 그녀의 발목을 잡아 올리고 더 깊이 침범했을 뿐. 창백한 이마에 핏줄이 서고 주륵 땀이 흐른다. 똑. 똑. 똑. 아…… 저 소리. 반쯤 정신 나간 채로 생각했다. 어쩌면 그 시녀는 대답이 없자 문가에 귀를 대어 볼지도 몰라. 무슨 일이냐고 물으면 뭐라고 대답하지?! 아니, 열쇠 구멍으로 상전이 모욕당하고 있는 모습을 훔쳐볼지도 모른다. 아니, 아니야!

혹여 저 문이라도 열었다간,

"하아…… 짜릿할 거야. 그렇지?"

낮게 가라앉은 신음이 고막을 꿰뚫고 그녀는 비명을 지르고 싶었다. 길쭉하고 고상한 손이 그녀의 아래를 범하고 희롱하고 있었다. 미친 교향곡이 정신 사납게 온 감각을 할퀸다. 그것은 감각의 향연으로 이루어진 미치광이의 세레나데. 점점 물들고 통째로 먹혀 간다. 그렇게 극단으로.

몸부림치는 이의 밑으로 사라지는 긴 손가락은 일순 백사처럼 번들거렸고, 희었다. 풀밭에 앉은 순박한 처녀의 치마 속으로 기어 들어가 농락한 뱀의 성화를 형상화한 것마냥 짙고 퇴폐적이다.

"그만, 그만!"

다리를 타고 뜨거운 것이 흘러내렸다. 끔찍하다. 불투명한 격자무늬 틀 유리에 비친 제 모습에 이카릴은 절망했다. 쾌락으로 일그러진 제 모습을 인정하기 싫었다. 뇌리에 죽은 언니와 오라비의 조소가 짜랑짜랑 울리고 있었다. 벽을 세차게 긁는 작은 손가락들에 일일이 입을 맞추면서 라크나가 웃었다. 똑. 똑. 똑. 저 빌어먹을 노크 소리! 거기에 섞여 들어가는 숨죽인 사내의 웃음.

"네 시녀가 계속 너를 부르는구나. 불러 주랴?"

"시, 싫어."

"좋아. 그럼 네가 대답해."

그가 그녀의 위로 은근히 제 몸을 눌렀다. 사내의 계속되는 지분거림을 참으면서 이카릴이 입술을 떨었다.

"이카릴 님?"

"……뭐야!?"

그의 손길이 마침 예민한 곳을 스쳤기에 말끝이 쇳소리처럼 갈라졌다. 허리를 움찔 떨었다. 제 속의 음험하고 타락한 불이 끝을 향해 달려가고 있었다. 그녀는 결국 무너지듯 남자의 가슴에 기대 교태를 부리는 새처럼 머리를 문질렀다. 이제는 저가 미친년이건 창녀건 상관없었다. 빨리 이 지옥 같은 감각이 끝나기만을 바랐다. 끝을 보기를.

그녀는 본능적으로 그 환희를 갈구했다.

"이상한 소리가 났습니다만, 괜찮으십니까?"

"괜찮, 으니까, 가!"

마디마디가 뚝뚝 끊어졌다. 이카릴은 더 못 참고 라크나의 손목을 잡았다가 정신없이 눈먼 손으로 더듬듯 올라간다. 그의 목에 달라붙 듯 마른 손가락을 붙이면서 휘청휘청 벽을 짚었다. 뒤엉킨 그들은 한 쌍의 뱀 같았다. 악몽처럼 그가 키득거렸다. 시녀가 멀어지는 발소리 가 울리고 이내 이카릴은 절정을 느꼈다. 순간 왼쪽 젖가슴이 아프게 쥐여 잡혔다.

"아⋯⋯!"

이카릴은 길게 신음을 내질렀다. 신성한 찬송가가 두꺼운 벽 너머 로 은은히 울려 퍼지는 가운데 가장 음탕한 고해가 토해졌다. 배덕감 이 몰려왔다. 그녀는 흐느꼈다. 투명한 눈물방울이 툭 턱에 맺혔다 낙 화한다.

쾌락인지 절망일지 모를.

낭떠러지로 추락하듯 아득한 감각에 골이 울렸다. 이카릴은 헐떡이 며 축 사내의 팔에 걸리듯 무너져 내렸다. 이런— 그가 나직하게 혀를 찼다. 짤막한 그 푸념이 땀에 젖은 머리 위로 툭툭 떨어졌다. 찬 빗방 울이 옷 사이로 스며 들어온 듯 마른 어깨가 움찔 떨렸다.

"너무 약해."

이래서 더한 것도 할 수 있겠나? 라크나는 마치 그녀가 염려스럽다 는 것처럼 말했다. 그 말이 가식적인 이유는 진정 상대를 걱정하는 이 라면 '더한 것' 따윈 애초에 하지 않기 때문이다. 그는 어르듯 그가 잇 자국을 내놓은 여자의 목덜미를 쓸면서 축축한 제 손끝을 핥았다.

열띤 사내의 단단함과 욕망에 데인 것처럼 이카릴은 화들짝 경련했 다. 젖은 천 너머로 더듬어 보듯 적나라했다. 그가 지금 이 자리, 이 순간, 짓밟고 탐하고 싶은 게 무언지. 그날과는 또 달랐다. 채 초경을 치르기도 전부터 일평생 날 선 경계심으로 살아왔던 본능이 속살거렸다.

이 남자는 날 꺾고 말 거야. 충분히 족하고도 남을 때까지.

그녀가 누구의 여자이건, 심지어 황제의 아내라 할지라도 상관없었다. 장소와 시간 또한 무의미하다. 그러면 황제의 면전이라도 거리낌 없을 것 같은 불길함을 닮은 막연한 확신이 들었다. 그것은 둔부에 마찰되는 사내의 욕정만으로도 충분히 증명되었다. 몸을 낮춘 짐승처럼 억눌린 한숨이 목덜미를 할퀴었다.

이카릴은 익숙한 절망과 공포, 알 수 없는 전율의 채찍질에 움찔대며 벽을 짚은 길고 단단한 손마디에 푸른 핏줄이 불거지는 것을 보았다. 살갗 아래에 숨어 있던 괴물이 튀어나올 것만 같았다. 힘아리 없는 그녀의 몸은 인내심 없는 거친 몸짓만으로도 휘청휘청 하느작거렸다.

초점이 잡히지 않는 시야도, 부질없이 나무 벽을 긁어 대는 손가락도, 남자의 손에서 벗어난 반대쪽 젖무덤도 위태로운 항해를 시작한 조각배마냥 흔들린다.

"이렇게 목이 타 본 적이 없어."

악마의 숨결 같은 속삭임이라.

"이리 인내해 본 적도 없지."

아득한 고백은 자욱한 안개 빛이었다.

"대체 넌 뭘까……."

"하웃!"

간사한 손끝이 유두를 긁자 결국 이카릴이 참지 못하고 비음을 냈다. 홀로 곱씹듯 읊조리며 그녀를 내려다보는 라크나의 표정은 여전히 읽기 힘든 무감동이었으나 푸른 벽안에 언뜻 불티가 튀었다. 잘못 본 것이 아니다. 그렇지 않고서야 저 냉랭한 색이 저리 들끓을 수 있을까. 그가 녹슨 음성으로 명령한다.

"똑바로 서서 다리 붙여."

등골이 오싹했다. 짙은 반항심보다도 두려움에 굴복하는 나약하고 비겁한 천성이 먼저였다. 벌 서는 아이처럼 딱딱하게 굳은 반라의 등선을 찬 손가락이 홈을 패듯 길게 선을 그렸다. 오목한 등허리가 갓 잡은 물고기처럼 후들거렸다. 땀방울이 고인 피부를 유려하게 쓸다 짐짓 부드럽게 골반을 쥔다. 살인자가 피살자가 될 이에게 예의 바르게 유언을 묻듯이.

"네 오라비의 말이 맞을지도 몰라."

엉덩이를 가르고 불덩이처럼 뜨거운 성기가 쐐기를 박았다. 헉! 이카릴은 헛숨을 내쉬며 헐떡였다. 모아 붙인 허벅지 사이로 사내의 것이 물뱀마냥 진득하게 유영했다. 사내가 짧은 신음을 뱉었다. 쾌락이 짓무른 소리다.

온 뇌리가 멍해진 채로 젖은 음모에 닿는 열기와 음부를 꿰뚫을 듯 가랑이를 파고드는 딱딱한 남성을 생생히 느꼈다. 달아오른 바위를 치마폭으로 감싼 듯 선명했다. 더 이상 희미한 찬송가조차 들리지 않았다.

라크나는 축축한 이카릴의 귓불을 잘근잘근 씹으며 빠르고 눅눅하게 속살을 탐했다. 그의 느긋한 한숨이 고막에 달라붙는 것 같았다. 출렁이는 여린 유방을 쥔 손에서 땀이 배어 나왔다. 미끄덩거려 촉감이 더 바짝 달아올랐다. 이카릴은 속절없이 위아래로 흔들리며 희희거렸다.

범하지 않았으나 범해지고 있었다. 단번에 삼키는 게 아니라 액체 한 방울까지 뭉근히 녹여 먹듯이.

"네 눈을 보면, 기분이 이상해져."

"흐으! 흐!"

"순진한, 큭! 아이 같다가도 닳은 창녀 같고, 벌벌 떨며 움츠러드는 척…… 도발한단 말이야. 알고 있나? 응?"

"아아! 그, 그만……."

화인을 찍듯 양쪽 엉덩이를 쥐고 더 거칠게 들어선다. 이카릴은 비명을 삼키며 덜컥덜컥 벽에 부딪쳤다. 쥐여 잡혔던 가슴 끝이 찌릿하고 아렸다. 하얀 팔에 울긋불긋 멍이 들었다. 배앓이하듯 아랫배가 조여들었다. 축축하게 물먹어 가는 밑이 비참했다. 음부가 화상 입은 양 뜨거웠다. 이율배반적인 쾌감이 전신을 죄 집어삼킨다.

그녀는 흐릿한 이성 너머로 어느 순간부터 미세하게 허리를 흔들고 있는 자신을 자각했다. 소름이 돋았다. 저 바닥에 가라앉아 있는 본성이 소리치고 있었다. 더! 더! 이건 부족해. 더한 걸 원해! 미친년처럼 비명을 지르고 싶었다. 입 닥쳐! 씨발 년아! 가식 떨지 마, 교활한 계집아. 너도 원하잖아? 내면에 퍼지는 조소는 독과 같았다.

그녀를 희롱하는 오라비, 어서 첫 생리혈을 비치길 기다리던 늙은 사제들, 밤마다 사내를 바꿔 가며 놀아나던 어미가 사방을 유령처럼 떠돌았다. 그들이 한결같이 손가락질한다. 신의 창녀. 우리가 죽고 아르고니아가 멸망한다 해도 변함이 없어. 넌 타고나길 우리에게 바쳐진 창녀야!

아니야. 아니야……. 이카릴은 길게 울부짖으며 몸부림쳤다. 마구 도리질 치는 그녀의 다리 사이를 성난 성기가 유린했다. 기도실 바닥에 휘청이는 가늘고 허연 다리와 검은 짐승 같은 다리, 두 쌍이 뒤엉켰다. 거친 숨결이 뿌옇게 떠도는 이 색정적인 광경은 타락한 악마가 그린 춘화도春畵圖였다. 비음처럼 소리친다.

"싫어! 아! 싫어!"

"헉, 싫다고? 크……."

"그래! 싫어!"

사정이 몰려오는지 뺨을 실룩이던 라크나는 질척하게 침범하던 것을 멈추고 상처 입은 새만치 축 늘어진 이카릴을 돌려 세웠다. 파랗게 질린 얼굴에 바짝 달아오른 뺨이 붉었다. 짓씹어 터진 그녀의 입술에 대고 그가 나직하게 말했다. 잡아. 그가 굳이 눈짓하지 않아도 검붉게 드러난 그것을 말한다는 걸 모를 정도로 이카릴은 순진하지 않았다.

눈물이 그렁한 붉은 눈이 약탈자를 노려본다. 그에 남자는 웃었다. 투둑 볼을 타고 떨어지는 눈물을 고개 숙여 핥는 모양이 피를 마시는 늑대 같았으나 기이하게 다정해 보였다. 그들은 서로의 눈을 마주한 채 잠시 침묵했다.

이카릴은 소리 없이 울음을 터뜨리며 살기가 천성인 양 차가운 푸른 눈을 올려다보았다. 날 적부터 그녀의 영혼, 자아, 미래, 모든 것을 겁탈하던 아르고니아를 죽인 건 이 남자였고, 그 시체를 밟고 그가 새로운 약탈자가 되었다.

숙명이란 건 이런 걸지도 모른다. 타고난 운명이 그러하다면, 사실 이카릴은 거기에 맞설 힘도 의지도 부족했다. 약하게 바르작거리며 투정처럼 반항하다 순순히 끌려가는 게 그녀다운 행동이었다. 원망과 불평을 늘어놓는 것만큼 항쟁은 그리 쉽지 않다.

이카릴은 훌쩍이면서 파들거리는 손을 움직였다. 거의 닿기 전 머뭇거리며 움츠리자 라크나가 달콤하게 되물었다. 물론 의견을 묻는 게 아닌 협박이었다.

"아님 입으로 물 텐가?"

핏기가 싹 가신 그녀는 얼른 성급하게 두렵고 끔찍스런 그것을 쥐었다. 남자가 목울대 너머로 신음했다. 이카릴은 힐끗힐끗 그의 눈치를 보며 손을 움직였다. 엉성하고 서툴렀지만 그건 그거대로 돋우는 맛이 있었다. 라크나는 미간을 찡그린 채 낮은 웃음을 흘리며 바들대는 이카릴의 머리를 감싸 쥐었다. 얄팍한 입술부터 젖은 눈가와 오목한 뺨, 두피까지 한 손에 죄 덮여진다.

그는 이 연약한 생명체의 곳곳에 입을 맞추며 천천히 허리를 움직였다. 가쁜 숨과 질척한 소리가 교차한다. 이카릴은 겁먹은 쥐처럼 힘을 주라면 주라는 대로, 손을 움직이라면 그러라는 대로 비굴할 만큼 순순히 따랐다. 입 안에 마른침이 고였다. 까닭 모를 흥분에 귓등이 붉었다.

어지러운 눈앞에 힘이 들어간 남자의 목울대와 턱선이 왔다 갔다 한다. 언젠가 왕국의 연회에서 보았던 술에 얼큰히 취한 칼춤만치, 그 동물적인 장면이 은근하게 자극적이었다. 벌어진 칼라 너머로 땀이 얼마간 고인 탄탄한 쇄골을 풀린 시선으로 응시했다. 처음 만났을 때부터 온몸을 긴장시켰던 그의 체향이 지나치게 짙다. 코가 아릿했다. 광기와 피가 맞물려 극단으로 치닫는다.

그리고 정점에 이른 순간, 라크나가 이카릴의 턱을 잡아 올리고 삼키듯 키스했다. 혀와 체액으로 난도질당하는 양 격정적이고, 급박하다. 동시에 쓰라린 두 손이 뜨신 액체로 가득 흥건해졌다. 질척하고 비린 무언가가 후드득 벌거벗은 복숭아뼈와 발등 위로 떨어졌다. 뚜렷이 새겨진 문신에도 상흔처럼 묻었다. 영영 지워지지 않을 또 다른 문신인 양 그 모든 부위가 화끈거렸다.

이카릴은 목 졸린 이처럼 입을 벌리고 울었다. 사내가 만족스레 웃으며 불긋한 입술을 깨문다.

진한 밤꽃 향기에 머리가 어질했다.

✤

인세에 찌든 타락한 신의 종이라 손가락질하는 정적들의 비난과는 달리 키제트는 제법 신실한 사제였다. 사제의 권위를 빌려 금전을 탐하고 몰래 여인을 품고 사생아를 낳는 것은 흔하고 남색을 범하기까지 하는 여타 속물적인 이들에 비하면 외려 키제트는 사적으로 봤을 때는 매우 청렴한 편이었다.

그는 인간의 세속적인 욕망보다는 지고한 것을 탐하는 권력욕이 더 넘치는 자였다. 내키지도 않는 짓을 해 가며 굳이 정치적으로 흠잡힐 일을 할 짓이 무어 있겠는가. 물론 하지 않은 죄도 죄가 되는 게 황궁이었지만 말이다.

하여 오늘도 칠석을 맞아 몸가짐을 정돈하고 느긋하게 미사에 참석하러 가던 그는 뜻밖의 소식에 가던 걸음을 멈춰야 했다. 흰 올빼미 같은 눈썹과 주름 자글한 미간에 옅은 골이 패었다.

"에스페리스 후가 왔다고?"

어린 사제가 속살거리는 말을 음미하듯 잠시 거미줄로 덮인 듯 낡은 창가를 바라보던 그는 휘휘 손짓해 소식꾼을 물렸다. 익숙한 불안감이 몰려왔다. 그의 대자는 신앙적인 것과는 거리가 멀었다. 황제가 종교를 업신여기고 깔본다면, 후작은 경시했다. 그 쌀쌀맞은 무관심이 어찌나 지독한지 때론 키제트는 저가 사제인 것도 그가 종종 망각하지 않나 생각하곤 했다. 그런데, 의무적인 예배조차 밥 먹듯 불참하는 이가 보랏빛으로 짙은 오늘 같은 저녁에 예배당에 왔다라. 무언가 꿍꿍이가 있는 것이 분명했다.

키제트가 잘 아는 라크나라면 이 시간에 차라리 황후를 남모르게 불러들여 아래에 깔고 진탕 가지고 놀지 친히 그 비싼 걸음을 행차했을 리가 없었다.

황후를 떠올리니 줄줄이 엮인 주름마냥 새로운 계집이 떠올랐다. 하얗게 바랜 가는 머리카락과 그보다 더 위태로운 흰 얼굴, 흐릿하게 힐끔거리는 홍옥안이 인상적이었더랬다. 얼핏 보기에는 볼품없었으나 그 특이한 눈을 가까이서 마주 보자마자 키제트는 속으로 혀를 찼다. 소박한 척하는 요화였군.

일평생 여인에 관심을 두지 않은 대사제조차 찰나 시선이 꿰일 정도로 기이한 동공이었다. 피가 번진 늪만치 위험하고 매혹적이다. 하늘하늘 이리 오라 낭창하게 손짓하는 것 같다. 마찬가지로 여자를 그저 쾌락을 주는 소유물 정도로 취급하는 대자가 집착하고 기묘한 관심을 보일 만했다. 돌아서고 나서도 이따금 문뜩문뜩 뇌리를 지지듯 비집고 올라오는 신비한 미였으니 오죽하랴.

잇따라 치미는 불길한 예감을 고개를 저어 지웠다. 설마, 이런 자리에서마저 불손한 짓을 저지를까. 애써 부정하는 것과는 달리 비 올 때마다 쿡쿡 쑤시는 다리의 이동이 빨라졌다. 키제트는 차갑게 식은 양손을 넓은 소매 아래로 잡고 비비적거리며 예배당 안으로 들어섰다. 어두운 그림자 진 모퉁이에서 기도문 외는 관례가 한창인 수많은 이들을 죽 살펴본 바로 에스페리스 후작은 역시나 없었다. 꺼림칙한 '그 여자' 또한. 휴— 길게 안도를 삼키자마자 득달같은 깨달음이 스쳤다.

라크나와 달리 황제의 애첩인 이카릴은 의무적으로 이 자리에 참석해야 했다.

그런 그녀가 없다? 눈칫밥에 의례적 행사도 거절 못 할 힘없는 패국의 왕녀가.

키제트는 억눌린 신음을 흘리면서 급히 몸을 돌려 개인 기도실로 향했다. 어쩌면 그곳에 있는지도 모르지. 왕녀이건 그의 망할 대자이건. 둘이 같이 있는 게 더 문제이려나. 시니컬한 조소가 터졌지만 그리 유쾌하지는 않았다.

딱딱하고 절제된 나무 벽들과 검은 문고리를 암담하게 노려보다가 걸음을 멈췄다. 베일이 나긋이 떨어지듯 경건한 음이 잔잔히 반들한 바닥에 내려앉는 가운데 저 멀리서 밀려오듯 이상한 소리가 들려왔다. 파충류가 뒤엉켜 증기 같은 울음소리를 흘리듯, 저변에서 일렁이는 소음들.

그는 본능적으로 주변을 둘러보았다. 작위적인 연극 뒷무대마냥 불안전한 적막이 흐른다. 뻣뻣한 목을 한 번 주무른 뒤 노크한다. 똑. 똑. 똑. 아무 대답이 없었다. 그때 진흙을 비집고 튀어나온 벌레처럼 미약한 여인의 비명이 울렸다. 키제트는 화들짝 놀라 뒷걸음질 쳤다.

내가 방금 무얼 들은 거지? 바늘로 귓가를 찔린 양 화끈거렸다. 고뇌하던 노인은 결국 문고리를 잡고 조심스럽게 안을 들여다보았다.

기우뚱 아가리를 벌린 내부에서 야릇한 내음이 풍겼다. 어린 창부의 은밀한 침실만치 검붉게 달아오른 향내였다. 진득하게 탄 설탕 같아 키제트는 코끝을 찡그렸다. 짤막한 투덜거림이 채 비집고 나오기 전, 곧바로 눈에 들어온 광경에 그는 헉, 입가를 손으로 틀어막았다.

한데 모여 자란 빨간 꽃이 핀 허연 덩굴, 달을 잡아먹어 가는 검은 밤이었다. 구슬픈 울음을 내지르는 여자의 가는 손이 허공에서 허우적거렸다. 이내 그 작은 바르작거림마저 제압되고 검은 등과 비릿한 헐떡임에 가려졌다.

짐승 같은 음란한 광기에 키제트는 문을 쾅 닫고 정신없이 마른세수를 하다가 그만 엉덩방아를 찧고 말았다. 워낙 경황이 없어 저가 볼썽사나운 짓을 하고 있는지도 몰랐다. 온몸이 찬 얼음물에 던져진 듯 싸늘했다. 오, 신이시여. 대체 방금 내가 무엇을……! 잠깐의 회고 만에 얼굴이 시뻘겋게 달아올랐다.

아까 전 미치광이처럼 정사에 몰두한 사내가 누구인지 실루엣만 보아도 알 수 있었다. 모를 리가 있는가. 그리고 키제트는 그 사실이 끔찍할 만큼 불운하다 여겼다. 미친놈! 미친놈 같으니! 스스로도 온전한 정상인이 아니라 여겼지만—그를 포함 거의 모든 제국인이—그의 대자는 정도가 심했다. 가끔 그 속에 어떤 괴물이 들어앉아 있는지 짐작도 가지 않으니…….

잠깐 사이 진정이 되었는지 경련하던 사지가 점차 멎었다. 그는 길게 한숨을 쉬며 일어나 사제복을 털었다. 그나저나 이를 어찌한단 말인가. 이건 너무나도 위험한 불장난이었다. 누군가 우연히 지나가다 만에 하나 저 문이라도 열었다간…….

"키제트 대사제?"

심장이 덜컥 내려앉았음에도 태연자약 멀쩡한 표정을 지어낸 건 이 대중없는 불상사를 예고 없이 맞닥뜨린 늙은 노인을 칭찬해 줄 깜냥이었다. 키제트는 평소의 온화한 낯빛을 한 채 뒤돌아보았다가 내심

낭패를 곱씹었다. 그자는 보통의 귀족도 아니고, 만만한 상대도 아니었다. 잉카르트 공작이나 그 하수인이 아닌 게 어디인가마는 그는 정말이지 이런 상황에서는 마주 보기 싫은 얼굴이었다. 키제트는 점잖은 욕설을 삼키며 만면에 미소를 덧그려 냈다.

"여긴 어쩐 일이시오, 테오도르 백?"

"어쩐 일이긴, 오늘이 칠석 예배일이 아닙니까."

라크나의 형인 테오도르 백작은 길쭉한 눈썹 하나 움직이지 않고 대꾸했다. 단정하게 빗어 묶은 흑발에 정갈한 인상이 하얀 가르마를 타고 퍼진 반듯한 도자기 같았다. 아우와 비슷한 듯 전혀 다른 인물이 오늘따라 더더욱 대조적이다.

키제트는 힐끔 휠체어에 앉은 그의 무릎 위 묵주를 응시했다. 에스페리스 후작과 그의 형이 또 하나 다른 점이 있다면, 백작이 매우 신실한 종교인이라는 점일 것이다. 백작가를 이을 다른 혈손이 없었기에 망정이지 그는 사제가 되었더라도 꽤 그럴듯하게 어울렸으리라. 키제트는 사람 좋게 헛헛 웃었다.

"하긴 그렇군. 내 정신 좀 보게. 허허허."

"대사제야말로 왜 이런 한적한 복도에서 우두망찰하고 계십니까?"

"조용한 곳에서 개인 기도를 하려 하오. 신께 죄를 고해할 일이 많아 부끄러운 일이지요."

"그렇습니까."

아직까지는 별다른 기미를 눈치채지 못했는지 테오도르 백작은 시큰둥하게 말했다. 성품이 냉정하고 결벽적인 탓에 사람 대하기가 기본적으로 쌀쌀맞았으나 사제인 키제트에게는 평균보다 더 예의를 차리기에 말을 섞고 있는 것에 가까웠다. 이를 잘 아는 키제트는 어서 그가 돌아가길 바랐지만 백작은 그의 기대를 저버렸다.

"저 또한 홀로 기도를 할까 하였습니다. 우연히 마음이 통하였군요."

짙은 회색 눈이 키제트 너머의 문을 향하였다. 왠지 그 목소리는 발치를 적시는 밤이슬처럼 고요하나 서늘했다.

"다음 차례를 기다리고 계십니까?"

"……그렇소이다."

"빈방이 많을 터인데."

"하하. 늙어서 그런지 한 군데만 고집하는 몹쓸 버릇이 생겨서 말이오."

빤한 시선에도 키제트는 능글맞게 둘러대었다. 그의 능청스런 대답은 제법 그럴듯하여 테오도르 백작도 더 묻지 않고 고개를 돌렸다. 별시답지 않은 노친네라고 여기고 있을지도 모른다. 물론 그렇다 해도 이대로 백작이 의문 없이 넘어가 주기만 한다면야 키제트는 노망난 늙은이가 된다 해도 별 유감이 없었다. 다행히 상대는 짤막한 밤 인사를 건네고 돌아섰다. 휠체어가 끼리릭 쇳소리를 내며 굴러갔다.

"신의 축복이 내릴 좋은 밤 되십시오, 대사제."

"그대 또한."

"예. 제 불손한 아우와 저 방에 있는 사람을 위해서 기도하겠습니다."

대사제는 얼어붙은 듯 굳은 채 쇠가 마찰하는 소음이 점차 멀어지는 것을 들었다. 남자의 무감동한 검은 뒤통수를 날카롭게 주시했다. 어느 파에도 속하지 않고 중립파로서 불안전한 입지인 그를, 거기다 장애인이기까지 한 백작을 많은 이들이 무시하지 못하는 건 그가 남동생과는 다른 의미로 속 모를 걸출함을 지녔기 때문이다.

그가 완전히 자취를 감추고 나서야 키제트는 긴 한숨을 토해 냈다. 신성한 예배당이었음에도 절로 욕지거리가 튀어나왔다. 그는 신경질적으로 발칙한 문짝을 쾅쾅 두드린 후 사제복을 펄럭이며 자리를 떴다. 이쯤 시간을 벌어 줬으면 알아서 잘 처리할 것이다.

"아이쿠, 너무 놀랐더니 속이 다 아려. 끌끌."

형제라는 것들이 쌍으로 늙은이를 놀리는군. 버르장머리 없는 것들 같으니. 노인은 기침을 터뜨리며 투덜거렸다.

⚜

눈을 뜬다. 카를은 얼기설기 칭칭 꼬여 있는 밧줄처럼 복잡한 문양을 쳐다보았다. 장식이라기엔 지나치게 혼란스러워 보는 이가 어지러울 정도다. 하지만 눈을 돌리기도 그랬다. 그것은 천장의 무늬였고 그는 지금 누워 있었기 때문이다. 느리게 꺼졌다 다시 피는 눅눅한 눈꺼풀 너머로 소용돌이가 밀려들어 오고 뒤로 물러섰다.

구역질이 났다. 그는 뿌리치듯 일어났다가 풀썩 앞으로 고꾸라질 뻔했다. 커다란 침대에 움츠리듯 앉아 제 손을 생전 처음 보는 물건인 듯 멀거니 들여다본다. 그럴 수밖에.

그 손에는 손가락 한 개가 보이지 않았다.

카를은 어색하게 주먹을 쥐었다가 폈다. 기이하다. 빈자리가 눈에 훤한데도 마치 그대로 붙어 있는 것 같았다. 속에서 드글드글 구토감과 흡사한 감각이 내장을 건드렸다.

'그거 아나? 천한 자가 타인의 물건에 손을 대면 손이 잘리는 거.'

순식간에 어두운 밤, 손목을 짓밟던 구둣발 아래 다시 밟혔다. 그자의 검은 그림자 너머로 하얀 달이 둥근 칼처럼 떠 있었다. 그는 발버둥 치는 소년의 머리채를 잡더니 부드럽게 웃었다. 지고하신 황제 폐하께서 만든 존경할 만한 법률이지.

'그리고 난 내 물건을 훔치는 이를 매우 싫어해.'

불로 지지듯 생각나는 건 길게 찢어지던 웃음, 서걱대던 고통, 몸부림, 비명. 그는 그 순간 인간도 뭣도 아닌 한 마리 짐승, 벌레였다. 바르작거리는 흰 뺨에 피 묻은 칼날을 닦은 사내는 미끄러지듯 자리를 털고 일어났다. 돌아서다 무슨 생각인지 발끝으로 카를의 턱을 들어

이리저리 돌려 본 그는 따분한 감상평을 던지고 떠났다. 카를은 잘린 손가락보다 그의 얼굴 위로 던져진 그 한마디가 더 소름이 끼쳤다.

'그녀가 좋아하는 게 이건가?'

이걸 부술 걸 그랬군.

뒷말은 더 듣지 않아도 알 것 같았다. 평생을 짓밟혀 왔던 이로서의 직감이었다. 발소리가 멀어질 때까지 카를은 풀을 짓이기며 숨을 죽이고 잔인하고 건조한 그 소리를 들었다. 저벅, 저벅, 저벅…… 물시계의 초침이 예민한 귀로 흘러오듯, 정확하게. 피가 철철 흐르는 손을 덜덜 떨며 귀를 틀어막았다. 카를은 이를 악물고 나락 같은 비참함과 공포를 견뎠다.

푸르게 질린 새벽이 핏물마저 얼릴 무렵, 실종된 아우를 찾기 위해 황태자가 푼 사람들이 후원에 쓰러진 그를 발견했다. 반쯤 넋이 나간 소년은 살아 있는 게 기이해 보였다.

"카를. 오늘은 기분이 어때?"

멍하니 과거로 침잠해 들어가던 카를은 가까스로 수렁에서 기어 나왔다. 조금 떨어진 거리에서 알렉시온이 걱정스런 낯으로 서 있었다. '그자'와 비슷한 훤칠한 키에 무의식적으로 어깨를 떨었다가 형의 환한 금발에 놀란 속이 조금씩 가라앉았다. 느리게 고개를 끄덕이니 나직한 한숨이 들렸다. 알렉시온은 의자를 끌어다가 앉았다. 어린 카를이 궁정 귀족들의 수군거림과 손가락질에 상처받고 구석에서 훌쩍이거나 아파할 때 언제나 그러했던 것처럼.

황제의 장자이자 후계자인 황태자 알렉시온은 카를에게 있어 유일무이한 빛이었다. 그는 저와 달리 어머니의 부정으로 태어난 게 아닌 정당하고 자랑스러운 아들이었으며 온화하고 총명했다. 알렉시온이 아니었다면 사생아인 카를이 이 황궁에서 살아남을 수 없었을 것이다.

카를은 당연하게도 이런 형을 온 힘을 다해 사랑하고 존경했으나 한편으로는 이해가 가지 않기도 했다. 어미의 외도의 증거물이자 결과적으로 그녀를 죽인 근본적인 원인인 저를 어찌 애정을 다해 돌볼 수 있을까. 그라도 못 했을 터다.

해서 카를은 언제나 형에게, 누이에게 죄스러웠다. 날 적부터 점지된 죄인이리라.

"괜찮아."

"안색이 좋지 않아."

"괜찮대도."

걱정스런 푸른 눈이 제 빈 손으로 움직이자 카를은 얼른 소매를 끌어당겨 가렸다. 그는 애써 어설프게 웃었다. 오늘따라 안쓰럽게 쳐다보는 형의 표정이 견디기 힘들었다.

"미안하다."

"형이 왜 내게 미안해?"

고개를 절레절레 흔들었다. 아마 알렉시온은 그 남자가 제 손가락을 잘라 버린 게 본인의 탓일 거라 여기고 있을 것이다. 하지만 틀렸다. 그는 카를이 알렉시온의 동생인 것은 그리 중요하지 않았다. 그 사실이 조금은 끔찍한 유희의 즐거움을 더했을지 모르지만, 진짜 이유는 따로 있었다.

'그녀가 좋아하는 게 이건가?'

죽은 황후의 사생자가 접촉하는 여인은 그리 많지 않다. 해서 문제는 어렵지 않았다. 구해질 답도. 허나 아직 안개에 둘러싸인 것들이 많았다. 몰이해와 두려움을 깔고 앉은 채로 카를은 붉은 눈을 지닌 소녀를 떠올렸다. 도대체 왜? 어째서? 그가 아는 이카릴은 단지 볼모로 잡혀 온 가엾은 여자애였다. 그런 미치광이 같은 사내의 관심을 살 일이 없었다. 그 애는 단지……

조금 시선을 끄는 여자일 뿐이다.

잿빛 낙엽 무덤 위에 핀 한 송이 붉은 꽃처럼.

마치 변명처럼 중얼거린 제 독백이 우스워서 카를은 고개를 저었다. 조금 눈이 가는 여자? 그럴 리가. 이카릴은 형언할 수 없는 무언가가 존재했다. 약하고 가느다란 선, 나약하고 보잘것없으나 툭 건드리면 깨질 것 같은 기묘한 관능이 공존했다. 마치 설원 저 멀찍이 멈춰 선 경계심 많은 들짐승이 살랑살랑 눈짓하듯, 어느새 정신을 차리고 보면 넋을 놓고 순진한 교태가 서린 뒷모습을 보고 있는 것이다. 이유 모를 목마름을 느끼며.

그는 저도 모르게 제 빈 목덜미를 긁었다. 그녀가 너무 선명했다. 자신의 무력함을 호소하는 듯이 우울하고 어딘가 교활한, 불안정한 그 표정을 보고 있노라면 저 안에서 알 수 없는 충동이 치밀었다. 안아 주고 싶고, 지켜 주고 싶으면서도, 다른 한편으로는 완전히 손아귀에 쥐고 싶다. 바스락 꽃잎이 검붉게 뭉개질 만큼 세게. 남김없이. 지나간 밤들 중에 그 애를 온전히 가지는 상상을 하지 않았다고 말할 수 있나? 그러기엔 수치스러울 정도로 여러 밤이었다. 언젠가부터 공연히, 갈구하며 수십 수백 번을.

그녀가 점점 여인으로 성숙해 가면서부터였나. 시작은 무의미했다. 뿌연 밤안개에 이미 온몸이 흠뻑 젖어 버렸다.

카를은 두려움에 떨면서 고통스럽게 번민했다. 혹시 그 남자도 저와 같은 동류가 아닐까. 소리 없이 피어난 처녀를 남몰래 탐하는 저열함과 집착. 단지 차이라면 카를이 욕심 없는 척 가식을 떠는 것과 달리 그는 제 욕망에 솔직하다는 점이다. 그럴 의도와 의지도 충분했다. 그는 이카릴이 황제의 여자라는 사실에도 조금의 거리낌도 없을까? 진정 단 한 줌도? 황제가 몰래 정을 통한 아내와 그 상대를 어떻게 잔인하게 짓뭉갰는지 모를 리가 없을 텐데.

이때껏 지존의 것을 건드려 좋은 끝을 본 이는 없었다. 제 온 일생이 불행했던 것처럼.

"전하."

나직한 노크 소리가 정적을 깼다. 알렉시온은 조금 곤란한 듯 인상을 쓰다가 의자에서 일어섰다. 그는 몸을 돌리다 말고 고개를 숙여 동생의 뺨에 키스했다. 소년이 어미에게 입 맞추듯 지극히 다정하다. 헝클어진 머리카락을 쓰다듬어 준 후 문을 반쯤 열었다. 잉카르트 공작은 불만스레 상품을 평가하는 상인처럼 팔짱을 끼고 있다가 자세를 바로 하고는 정중히 고개를 숙여 보였다. 황태자는 건조한 표정으로 제 신하를 내려다보았다.

"무슨 일인가."

카를의 '사고' 이후 내내 심기가 불편했던 황태자는 이를 공작의 앞에서 굳이 숨기려고 하지 않았다. 사생자에 대한 총애가 너무 각별하면 해가 될 것이라며 카를에게 붙인 시종과 기사도 물리라 청한 것이 공작이었기 때문이다. 잉카르트 공작은 이 무언의 시위에도 별다른 내색을 하지 않았다. 비슷하게 그 또한 황태자가 애틋하게 여기는 동생 아닌 동생에 대한 못마땅함을 감추지 않았기 때문이다. 그는 송구한 듯 눈을 내리깔고 공손히 입을 열었다.

"황후가 오찬을 함께 하자 하십니다."

"그녀가?"

무슨 꿍꿍이지. 그녀의 성격상 그저 슬슬 여우처럼 약을 올리며 떠보려는 확률이 높았다. 알렉시온은 영민하게 빛나는 푸른 눈을 어두운 저편의 복도에 고정시키곤 눈살을 찌푸렸다. 간사한 계집. 얼굴 마주할 때마다 그리 선한 계모가 없다는 양 살살 눈웃음치면서도 뒤로는 의붓아들을 죽일 생각에 골몰한 년이었다.

물론 알렉시온 또한 그녀가 그의 차에 독을 타고 침실에 암살자를 밀어 넣을 동안 황후의 가문과 혈육들의 머리를 째고 감옥에 처넣었다. 그들은 서로를 공평하게 경멸하고 증오하는 사이였다.

이 감정의 골은 황후가 황제의 늦둥이 아들 카이레 황자를 출산하면서 더욱 깊어졌다. 처음이 개인적인 적의보다 생존에 대한 경계가 짙었다면 후자는 말 그대로 뼛속 깊은 혐오였다. 황제를 꼭 닮은 이복 동생의 얼굴을 보고 있노라면 울분이 치솟았다. 그 아이는 탄생과 함께 저는 물론이요, 가엾은 동생 카를의 목숨까지 위협했다. 늘그막에 태어난 정통 황자의 존재는 그 앞의 불순물 같은 사생자의 존재를 확연히 대비시켰으니까.

황제가 되는 순간 그것들을 남김없이 태워 죽일 것이다. 역겨운 버러지들. 그 모자는 정신 나간 제 아비가 젊음에 집착하며 발악해서 얻은 찌꺼기들에 불과했다. 황후니 뭐니 해도 결국 늙은이의 비싼 장난감들이다. 갖고 놀 주인이 사라진다면 쓸모없어진 물건을 죄 쓸어 담아 버려야 하지 않겠는가.

그때까지는 인내해야 한다. 알렉시온은 길게 침음성을 흘리더니 지친 듯 고개를 끄덕였다.

"알겠소. 그리 알고 있을 테니 이만 가 보시오."

"이만 귀궁하심이 어떠한지요."

"……공, 내 행보까지 일일이 간섭할 셈인가?"

날카롭게 벼려진 벽안이 무표정한 잉카르트 공작을 노려보았다. 주군의 불편한 심기를 감지한 이상 평소라면 조용히 물러나겠으나 공작은 이번만큼은 그의 의견을 피력하기로 마음먹었다. 그는 차갑고 냉정하게 젊은 황태자를 똑바로 응시했다.

"혈육의 정이 강한 것은 마땅한 일이나, 그것이 위정자의 눈을 가리고 위해를 끼친다면 멀리하셔야 옳습니다."

"그대는 에스페리스 후와 꼭 같은 말을 하는군."

"……."

"내 혈육이고 내 책임이다. 전번에도 말하지 않았던가. 이는 내 소관이니 공은 더 이상 괘념치 말라."

옅게 분노가 묻은 청년의 표정에 잉카르트 공작은 입을 다물었다. 그득 쌓인 말이 8척은 될 것 같았다. 그는 희게 질린 입술을 깨물며 황

148

태자의 어깨 너머 비스듬히 열린 문 사이로 그들의 대화를 남김없이 듣고 있을 소년과 시선이 꿰였다.

뚫린 창을 넘어왔을 하얀 빛이 창백한 낯을 둥글게 비췄다. 화사한 금빛 머리카락이 묻은 흰 얼굴, 꽃물이 든 무늬처럼 고왔다. 어쩔 수 없는 실수로 지상에 떨어진 천사 같다. 익숙한 그 얼굴을 한동안 무감동하게 쳐다보던 그는 알렉시온이 시선을 돌린 사이 소리 없이 입을 움직여 속삭였다. 독사의 그림자마냥.

더러운 것.

카를의 아름다운 눈이 일그러지는 걸 확인하고 나서야 잉카르트 공작은 한결 여유롭게 황태자에게 조아렸다.

❧

어떤 정신으로 돌아왔는지 모르겠다. 이카릴은 덜덜 떨면서 젖은 수건으로 제 팔과 다리를 박박 문질러 닦았다. 허연 피부가 벌겋게 부어오르고 생채기가 나 따끔거리자 훌쩍이며 그만두긴 했지만 그녀는 계속 씻고 씻는 것을 반복했다. 강박적인 발작이었다.

머릿속에 불붙은 화로가 굴러다니듯이 지난 과거가 울긋불긋 점철되어 날뛰었다. 손톱을 물어뜯으며 그녀는 불안하게 눈을 굴렸다. 날 적부터 점지된 공창公娼. 살고자 하는 욕구가 큰 탓에 거의 잊고 있었을 뿐, 이카릴은 제 태생이 역겹고 혐오스러웠다. 해서 한참 잊고 있었던 부정한 사내의 욕정에 고스란히 노출되고 나니 거부 반응이 돋은 것이다. 결국 이카릴은 후다닥 달려가 빈 항아리를 부여잡고 토악질을 했다. 신 위액이 올라와 속이 쓰렸다.

그러다 이카릴은 아이처럼 와악 울음을 터트렸다. 아프고 쓰라리다. 모든 것이 원망스러웠다. 그녀는 보다 더 깊은 지옥 구렁텅이에 빠진 새끼 악마처럼 씩씩거렸다. 분했다.

"죽여 버릴 거야. 전부 죽어 버려."

까득 손톱을 깨무니 물렁한 살에 자국이 남았다. 히끅히끅 딸꾹질이 나왔다. 그녀는 아이마냥 질질 짜다가 조심스레 방에 고개를 들이민 시녀에게 물건을 집어 던지고 거울이며 유리며 저가 비치는 모든 것들을 깨부수면서 횡포를 부렸다. 겁을 집어먹고 미처 자리를 못 피했던 시동의 이마를 거하게 찢어 놓고 나서야 이카릴은 조금 분이 풀렸다.

아니, 정확히는 날뛸 만한 기력이 죄 고갈된 것이 맞았다. 그녀는 찢어진 치맛자락을 꾹 집은 채 바닥에 주저앉아 입술을 잘근거렸다. 시중인들은 도망간 지 오래였고 휴화산 같은 이카릴만 빈방에 홀로 남았다.

무덤마냥 적막에 덮이고 나자 괜히 더 마음이 불안정하게 흔들렸다. 이카릴은 무릎을 모아 얼굴을 묻었다. 금방 내면에 수그린 작은 목소리들이 틈타 기어 나왔다. 이카릴. 이카릴. 우리의 신녀. 우리를 정화시켜 줄 공주. 그 작은 발로 어디를 도망가려 하오. 어디를 가든 같은 붉은 땅, 미궁일 텐데. 킥킥킥.

"그만해. 그만하라고."

이카릴은 머리를 쥐어뜯으며 웅얼거렸다. 혼미해진 동공이 초점을 잃고 사방을 두리번거렸다. 나이를 먹을수록 점점 희게 세어 가는 허연 머리칼이 겨울 마녀의 찢어진 베일처럼 뒤엉켰다. 그리 서리 맞은 송장마냥 얼어붙어 있던 이카릴의 표정이 변한 건 한순간이었다.

'이렇게 목이 타 본 적이 없어.'

열에 들뜬 지독하게 낮은 속삭임.

'네 눈을 보면, 기분이 이상해져.'

기이한 일이었다. 그 사내를 생각하자 기분 나쁘게 달라붙던 수군거림과 환영들이 싹 사라졌다. 더 지독한 불길에 작은 불씨들이 죄 잡아먹힌 모양새였으나 돌아 버릴 것 같은 그것들이 꺼졌으니 아무래도 좋았다. 저를 씹어 삼킬 듯 탐했던 남자의 정염이 아직도 몸 어딘가에 남은 것 같았다.

첫 만남부터 지금까지의 그의 행보를 봤을 때 정말이지 두려워할 게 없는 섬뜩한 사내였다. 벌써 이카릴이 본 것만 해도 그는 수많은 터부와 금기를 어겼다. 도덕도 법도 금제도 불필요하다. 그는 보란 듯이 그 선을 짓밟고 비웃으며 농락했다. 겉으로는 말끔하고 수려하기 짝이 없는 모습으로.

헌데 아이러니하게도 그는 이카릴을 완전히 범하지 않았다. 충분히 몇 번이고 가지고 유린할 기회가 많았는데도.

뒤늦게 이 사실을 알아차린 이카릴은 왜인지 더더욱 불안해졌다. 무슨 꿍꿍일까. 뭘 원하는 걸까. 마치 길을 들이고 간을 보듯, 점차 목이 조여 오는 기분이다. 제 빌어먹을 처지 탓에 사내 경험은 없어도 그녀는 수컷이란 동물을 잘 알았다. 한눈에 봐도 색욕에 이성을 잃은 눈빛이 적나라했거늘 왜? 그와 같은 상황에 라크나처럼 인내하는 사내는 드물었다. 짐승처럼 달려드느라 바쁘면 바빴지…… . 그리 중얼거렸다가 이카릴은 헛웃음을 내질렀다. 인내? 인내라니! 이게 대체 말이나 될 법한 소리인가?

상대, 장소 불문하고 저 하고 싶은 대로 희롱했던 인간에게 너무 과분한 단어였다.

하지만, 그러함에도 의문은 남아 끝까지 괴롭혔다.

이카릴은 이따금 저에게 홀린 듯 육욕 가득한 눈길을 고정했던 사내들을 세어 보듯이 떠올렸다. 이상했다. 정말 그러했다.

왜 그는 나를 안지 않았을까?

그때 잔뜩 겁에 질린 시녀의 목소리가 상념에 가득 찬 작은 머리 위로 떨어졌다. 황후의 부름이 있었다는 것이다. 말이 부름이지 수발을 들러 오라는 것이다. 이미 이카릴은 궁내부의 아랫사람으로서 의례적으로 불려 가서 수건을 들고 있거나 차를 우리는 등 황후궁의 자질구레한 시중을 든 적이 몇 번 있었다. 전번 발을 씻으러 오라는 것과 흡사하게, 고귀한 황족을 섬기는 건 영광스런 일이니 감사히 여겨야 한다며 시녀들은 쑥덕거렸다. 물론 이카릴은 기가 막혀 부글부글 끓었다. 그네들이나 하는 천한 일을 왕의 씨인 자신에게 시키다니. 제국은 정말이지 야만적인 나라였다.

분이 났지만 어찌 거부할 힘이 없기에 오늘도 가서 바보짓을 하고 와야 할 것이다. 이카릴의 시녀들에게는 다행히도 외출을 나갔던 이카릴 담당 시녀 힐랄이 돌아왔기에 이번의 부름에는 좀 더 신속하게 입궁이 이루어졌다.

산발이 되었던 머리칼이 단정히 빗겨지고 머리칼 한 올 나올 틈 없이 하얀 천으로 꼼꼼히 싸매졌다. 손에는 하얀 레이스 장갑을 끼었고 목 끝까지 올라오는 감색 단추의 긴 드레스를 입었다. 마치 정결한 수녀나 할 법한 차림새였다. 이카릴은 그 여주인의 사생활이 그렇게 추잡한 주제에 우습다고 생각했다. 창녀 같은 년, 욕설을 지껄이는 내면과 달리 그녀는 물을 마시러 온 흰 사슴처럼 고아하게 눈을 내리깔았다.

"시본느. 오늘은 내부 응접실로 가세요."

이카릴은 조금 놀랐다. 황후의 용안을 직접 마주하고 시중을 드는 것은 황제의 첩 중에서도 품계가 높거나 까다로운 심사를 통과한 귀족 여인들의 영역이었다. 저같이 어리고 품계도 낮은 이가 들어갈 만한 자리가 아니었다. 물론 이에 우월감을 느끼기보다는 불편함과 거부감이 더 강해졌을 뿐이지만, 충분히 이 상황은 낯설었다.

사실 황제의 정부 몇 명이 황후의 눈 밖에 나 궁 밖으로 내쫓긴 탓에 오늘 하루 일시적으로 자리가 빈 것이었지만 외부 사정에 어두운 이카릴이 이를 알 턱이 없었다. 괜히 꾸물거리다가 날카로운 재촉에 못 이겨 조심스레 총총 걸어 들어갔다.

아름다운 황후궁의 내벽을 보니 불긋한 잔상이 뇌리를 스쳤다. 발끝이 딱딱하게 굳었다. 끈질기게 저를 꿰뚫던 새파란 시선, 짙게 번지던 땀과 한숨. 잘 짜여진 육체가 격정적으로 뒤틀리는 움직임이 물먹은 얄팍한 종이로 덮은 듯 선명하게 떠올랐다. 짜릿한 오한이 등골을 지나간다. 이카릴은 어떤 내색도 하지 않으려 부단히 애썼다.

산란한 마음을 다잡는 사이 어느덧 수정 구슬로 잘잘하게 엮은 주렴이 드리워진 방 앞에 다다랐다. 귀를 간질이는 간드러진 음악이 향기처럼 은은히 흘러나왔다. 고개를 조아린 채 얌전히 서 있던 그녀의 눈길이 슬쩍 보일 듯 말 듯 가려진 내부로 향했다. 낭창하게 늘어진 그림자 몇이 움직이고 있었다. 검은 천이 너울거리듯 사뿐사뿐 흔들린다. 귀족 처녀들과 시녀들의 시중을 받는 황후의 우아한 옆 선이 도드라졌다. 아름다운 보석 사이로 드러난 그녀는 하늘거리는 고귀한 여왕 나비 같았다.

이카릴은 묘하게 뒤틀리는 심사에 볼 안쪽 살을 씹었다. 원체가 저보다 강한 이들에게는 납작 엎드리는 그녀였으나 왜인지 저 계집은 오물처럼 역하고 싫었다. 기이한 질투가 서린 붉은 눈빛은 제 어미나 언니를 보던 것과 한 웅덩이에서 자란 가지마냥 겹쳤다. 본인은 깨닫지 못했지만.

길게 늘어뜨린 황후의 머리카락을 빗어 내리던 시녀 몇이 황후의 손짓에 공손히 물러나고 은으로 된 세숫대야에 말린 허브와 꽃잎을 넣은 물이 담겨 들어왔다. 바위만치 표정 없는 시녀장이 눈짓하고 나서야 이카릴은 조심조심 발을 걷고 안으로 들어갔다. 짙은 사향과 장미 향이 코끝을 건드렸다.

상상대로 황후는 네글리제와 가운 차림으로 의자에 비스듬히 기대앉아 있었다. 허공에 뻗은 채로 미동 없이 내깔린 하얀 손마디를 무릎 꿇은 계집 시동이 조심스레 잡고 손톱을 다듬었다. 한쪽에서는 값비싼 향을 피우고 귀한 새의 꽁지깃 부채로 살랑살랑 부채질을 하고 있었으나 여주인의 심기는 어딘지 불편해 보였다. 잘 뻗다 엇나간 붓질

처럼 살풋 찡그려진 눈썹을 힐끔대며 이카릴은 이죽거렸다. 저 자리
도 과분한 년이 유세 떨기는.

"이름은?"

속에 웅크린 질시가 키득거리느라 하마터면 대답하는 것도 잊을 뻔
하였다. 이카릴은 시녀장의 따가운 눈총에 어깨를 움찔거리며 조그맣
게 말했다.

"이카릴, 시본느입니다."

"아. 그래. 아르고니아의 공주."

황후의 섬세히 매만져진 듯한 속눈썹이 팔랑이다 그녀 쪽으로 힐끗
던져졌다. 품평하는 눈길이 마른 체형과 가느다란 팔다리, 꽁꽁 싸맨
드레스를 거쳐 희끄무레한 얼굴에 오랫동안 머물렀다. 특히 파르르
떨리는 내리뜬 눈매를. 비스듬히 턱을 괸 황후가 나른히 중얼거렸다.
목소리는 온화하기 짝이 없었지만 표정은 다른 곳에 정신 팔린 듯 나
태하고 약간은 신경질적인 면이 묻어 나왔다.

"아름답게 자랐군요."

"감사합니다, 폐하."

마지못해 예의상 내리는 포상처럼 건성 어린 말투에 성질이 났지만
이카릴은 치맛자락을 잡고 고개를 숙였다. 그나마 말을 붙이는 것도
그게 끝이었다. 황후 아델라나는 바로 현악기를 연주하는 악공에게
눈을 돌렸고 시녀장의 채찍질 같은 눈치에 떠밀려 움푹한 은대야 앞
에 꿇어앉았다. 걷어붙인 치마 아래 고생이라고는 모르고 컸을 하얀
발이 보였다. 그것이 뜨겁게 달궈진 쇠와 가시덤불 위에 던져져 피로
엉망이 되는 걸 상상한다. 이카릴은 조금 기분이 나아졌다.

두툼한 수건을 깔고 물의 온도를 쟀다. 딱 적당히 식어 있었지만
일부러 밍그적거리며 시간을 끌었다. 저 여자의 발을 씻기라니, 메슥
거리기 짝이 없다. 그녀는 굴욕적으로 이를 갈면서 더운물을 천천히
발등에 끼얹었다.

그리고 핏방울 같은 장미 잎이 이카릴의 가는 손목에 묻었을 때, 낮게 깔린 목소리가 잡아채듯 나른한 공기를 깨고 울렸다.

"치장하기엔 너무 늦은 시간이군요."

손이 우뚝 멈춰 섰다. 심장이 바닥에 툭 떨어진 것 같았다. 황후가 반색하며 남자의 이름을 부른다. 에스페리스 후, 어서 와요. 이카릴은 혈색이 싹 가신 채로 입술을 푸들거리다 뿌연 발밑으로 보이는 사내의 검은 구두코를 곁눈질했다. 반질한 까만 광택이 그녀를 노려보는 또 다른 눈 같았다. 얇은 장막에 늘씬한 맹수 같은 그림자가 고스란히 내비쳤다. 보이지 않는 시선을 피해 천박하게 재잘거리는 여자의 발에 눈을 고정했다. 가슴이 미친 듯이 뛰고 있었다.

시야 없는 밤 속에서도 서로의 존재와 갈급한 숨소리를 인지하는 야생의 천적처럼— 기이한 흥분과 불안이 고여 갔다. 불과 몇 걸음 떨어진 거리, 은밀하고 짙게.

"조금만 기다려 주세요, 후. 내 몸이 안 좋아 준비가 늦어졌답니다."

황후는 간드러지도록 나긋나긋하게 말했다. 긴장으로 정신이 없는 와중에도 이카릴은 뒤집어지듯 바뀐 황후의 태도가 꼴사납다고 생각했다. 길가의 코스모스가 하늘하늘 교태를 부려도 저것보다는 귀하리라. 첫 대면부터 이유 없이 싫어지는 사람이 간혹가다 있기 마련인데, 어쩌면 그녀가 이카릴에게 있어 그런 이일지도 몰랐다.

아니, 보면 볼수록, 알면 알수록 지나치다 싶은 악의가 쌓여 갔다. 가축값 매기듯 끌려간 곳에서 고귀한 자리에 앉아 고고하게 내려 봤던 것은 물론이요, 늙은 황제의 부인이랍시고 갖은 권세를 당연히 누리는 것도 싫었다. 그리고…… 저 남자와 살을 섞는 여자란 것도 혐오스러웠다.

정확히 말하자면 막연한 비호감이 명백한 적개심으로 발전한 건 그들의 은밀한 밀회를 몰래 훔쳐보고 나서였다. 끔찍하다. 그녀는 저가 경멸하고 질시하는 모든 것을 한데 모아 빚은 것 같은 존재였다. 마치 죽은 이카릴의 어미처럼. 그래서 그런 탓이다.

라크나가 저 여자를 안는 광경을 다시 떠올리자 이때까지의 야릇한 배덕감 대신 울컥 역함이 올라왔다.

황급히 입을 틀어막았다. 잘게 떠는 그녀의 머리 위로 황후의 밀실이 아닌 황궁 복도에서 우연히 마주치기라도 한 양 황후와 후작 사이에 주거니 받거니 태연자약 대화가 오갔다. 이런 여인의 민감한 장소를 대수롭지 않게 밟고 있는 후작이나 이를 방조하는 골 빈 황후나 무슨 생각인지 알다가도 모를 일이었다.

"괜찮습니다. 전쟁터에서 돌아온 후 요양이나 하는 처지인데 남는 게 시간입니다."

요양이라니. 그가 입에 담은 단어가 다른 뜻이 있는 게 아니라면 참으로 어처구니없는 빈말이었다. 병자가 기도실에 들어와 아녀자를 찍어 누른단 말인가. 기막혀 하는 귓가에 황후의 교태 어린 목소리가 울렸다.

"저런. 후에게 그런 고충이 있는지는 몰랐군요. 내 언젠가 풍광 좋은 별장으로 초대하겠습니다."

그건 걱정과 염려라기에는 창부가 은근슬쩍 가슴팍에 끼워 넣는 초대장 같았다. 이카릴은 저도 모르게 날렵한 실루엣만 보이는 라크나를 힐끔거렸다. 희미하게 뜬 그의 입술을 주시한다. 입매가 둥글게 휘었다.

"친절하시게도……."

그럼 그렇지. 계집질을 마다하는 사내가 어디 있겠나. 이카릴은 경멸스럽게 중얼거렸다. 불쾌감이 눈덩이처럼 불어났다. 허나 이어진 말에 그녀는 입술을 오므렸다.

"아쉽지만 거절하겠습니다. 분에 넘치는 호사로군요."

"에스페리스 후……."

"폐하. 마저 치장을 마치십시오."

얼핏 굳은 황후가 은연중에 투정 부리듯 말을 이으려 했으나 라크나는 부드럽고 단호하게 말허리를 잘랐다. 형식의 겉껍데기를 벗기면 적나라한 명령에 가까웠다. 황제의 아내를 제집 소유물인 양 간단히 휘두르는 것이다. 더 웃긴 건 그걸 곧이곧대로 순한 아이처럼 듣는 황후였다. 그녀는 자못 짜증스럽게 미간을 찡그리며 사내의 그림자를 원망스레 노려보다가 제 손톱을 손질하고 있던 계집종을 쌀쌀맞게 떨쳐 내었다. 주인의 불편해진 심기를 바로 알아차린 시녀들은 일제히 숨을 죽이고 눈치를 보았다. 황후가 싸늘하게 축객령을 내렸다.

"전부 나가."

하얀 인형들이 일사불란하게 일어나듯 작은 소리 한 점 없이 물러난다. 이카릴 또한 앞치마에 손을 닦고 얼른 자리를 뜨려 하였다. 하지만 태연자약한 음성이 그녀의 발목을 잡아챘다.

"불청객 탓에 아름다운 황후의 발을 더럽힐 수는 없지 않겠습니까."

시를 읊듯 유했으나 거기에 담긴 뜻을 모를 리가 없었다. 여기에 있어. 이카릴은 흠칫 놀라 물그릇을 엎지를 뻔하였다. 오한이 오소소 돋았다. 조심스레 눈치를 본 황후는 다행히 그들 사이의 미묘한 기류를 눈치채지 못한 것 같았다. 외려 그 번지르르한 말에 기분이 좋아진 게 분명했다. 바깥에서는 그리 우아하고 현명한 국모로 보였거늘 저 남자 앞에서는 천진한 열일곱 소녀와 다를 바가 없었다.

이카릴은 주춤주춤 앉아 다시 가지런하게 뻗은 아델라나의 발을 씻겼다. 순식간에 이 공간에는 그녀와 황후, 속 모를 사내만이 남았다. 그 사실을 자각하자 숨이 턱 막히는 것 같았다. 세상에, 내가 이 여자의 존재를 고마워할 때도 있다니. 아이러니했다.

"그래서,"

그리고 곧바로 라크나의 말투가 바뀌었다. 겉껍질은 그대로였으나 미세하게 위장했던 공경을 거두니 속 알맹이의 오만함, 경시, 무도함이 적나라했다. 저벅, 저벅 한 걸음씩 가까이 다가오는 발소리가 심장 뛰는 소리와 맞물린다. 주렴 바로 앞에서 멈춰 선 그가 뒷짐을 쥔 채로 엷게 웃었다.

"황태자를 초대하셨다고요?"

"그래요. 가끔은 모자 간의 교류가 있어야 하지 않겠나요. 호호호."

"모자母子라. 물론 그러하지요."

묘한 뉘앙스였다. 이를 드러낸 표범이 목 아래로 가르릉거리는 듯했다. 조곤조곤 말을 붙이고는 고개를 기울인다.

"그럼 나는 그에 대한 선물입니까?"

"어머, 꼭 그렇지만은 않아요. 아는 걸 물으시다니 짓궂으시군요."

이카릴은 그들이 저를 두고도 거리낌 없이 대화를 나누는 이유가 궁금했다. 벽에도 귀가 달려 있다는 황궁인데, 이들은 겁도 없는 것인가. 현 황제와 불륜을 저지르고 죽음으로 내몰린 전 황후의 이야기는 모르는 이가 없었다. 그런데 대체 왜 이리 대담하게…… 그러다 답을 알아챘다.

간단했다. 그만큼 이카릴이 보잘것없는 존재였기 때문이다. 황제의 첩이라 하나 승은 한 번 못 받아 봤고 궁 안의 세력도 없는 계집아이, 거기다 우월감이 심한 제국인들에게 있어 그녀는 제국인도 아닌 이방인 포로였다. 신뢰할 만한 증언자도 아니요, 조금 거슬리면 소리 소문 없이 죽여도 상관없을. 조금씩 식어 가는 물에 담긴 손을 내려다보았다. 울긋불긋 물든 손가락이 서러웠다. 분해서 눈가에 눈물이 고였다.

그런데 왜일까. 그 순간 갑자기 불에 지지듯 강렬한 시선이 그녀의 얼굴에 머무르는 것 같았다. 하지만 퍼뜩 고개를 올리니 에스페리스 후작은 여전히 황후와 이야기를 나누고 있었다. 아마도 착각이리라. 이카릴은 무력하게 다 씻은 황후의 발을 매끄러운 비단 천으로 닦고 향낭을 넣었던 어린 양가죽 양말을 신겼다.

확실히 기분이 좋아진 듯한 아델라나에게 후작이 친근하게 제안했다. 이만 옷을 갈아입고 오심이 어떠십니까. 태자께서 오실 테니 서두르시지요. 흔쾌히 고개를 끄덕인 황후는 이카릴은 거들떠도 보지 않고 커튼을 젖히고 사라졌다. 온몸에서 짙은 사향내를 풍기던 그녀가 나가고 나자 이카릴은 무의식적으로 길게 한숨을 쉬었다가 흠칫 굳었다.

이제 이곳에는 그와 그녀밖에 없었다.

이카릴은 딱딱하게 굳은 팔을 움직여 은대야와 다 쓴 천들을 정리하기 시작했다. 모두 자리를 뜬 지금 이걸 치울 사람은 자연히 그녀가 되었다. 들릴 듯 말 듯 신경을 건드리는 사내의 고요한 숨소리를 듣지 않으려 노력했다. 애써 아까부터 미동이 없는 그림자를 무시하며 빠르게 허겁지겁 뒷정리를 마친 이카릴은 도망치는 사슴처럼 방을 빠져나가려 했다. 그 순간, 수정 구슬이 바다 갈라지듯 흐트러지면서 손아귀가 불쑥 덮쳐 와 그녀를 잡아채 끌고 갔다.

수면을 깨뜨리고 숨 막히는 수중에 던져진 것처럼 이카릴은 헐떡거렸다. 잡힌 손목이 화상 입은 듯이 뜨겁다. 허리가 강하게 감겼다. 뱀이 먹잇감을 칭칭 옭아매듯 라크나는 겁에 질린 이카릴을 그리 붙들어 둔 채 빤히 들여다보았다. 그가 고개를 숙여 바짝 밀착될수록 이카릴은 미칠 것 같은 초조감에 사로잡혔다. 시린 벽안이 가까이 다가선다. 시퍼런 독물을 부어 넣은 것 같다.

"네가 왜 저 여자 시중을 들고 있는 거지?"

꾸밈이 가신 어조는 바삭 메마른 사막만치 건조하고 냉했다. 동시에 열이 끓었다. 옳은 비유였다. 낮의 따뜻함과 밤의 차가움. 라크나가 이카릴을 대하는 감정은 언제나 그런 극단에 치우쳐 있었다. 어쩌면 후자로 전자를 위장한 것인지도 모른다. 허나 달달 떨고 있는 이카릴은 이런 분석 따위 할 겨를도 없었다. 그녀는 히끅거리며 저를 주시하는 무감동한 눈에 대고 더듬더듬 말을 뱉기 바빴다.

"그, 옥지玉趾 시중을 들려……."

"아. 그 멍청한 전통 말이군."

라크나는 바로 납득한 듯 고개를 끄덕였다. 별로 마음에 들어 하는 것 같지는 않았지만. 이카릴의 붉은 눈에 눈물이 가득 찼다가 후드득 제 턱을 쥔 거친 손마디 위로 떨어졌다. 울음을 멈춰야 한다는 생각이 들었지만 그러기 힘들었다. 이 남자 앞에서는 저 자신을 주체하기가 어려웠으니까.

그는 그녀의 훌쩍임을 물끄러미 지켜보다 검지로 여린 눈가를 쓸었다. 언뜻 녹아날 듯 다정해서 딸꾹질이 나왔다. 젖은 눈꺼풀을 스친 손길이 툭 머리를 감싼 두건을 끌러 바닥에 떨어뜨렸다. 서리 낀 오동나무 빛깔의 긴 머리카락이 출렁 허리 끝까지 내려온다. 얇은 머리칼을 휘감은 그가 조용히 말했다.

"계집이 울면 난 더 동하던데."

흠칫 경련하듯 입을 벌린 그녀를 사내의 검은 그림자가 삼켰다.

저 먼 바다뱀은 먹이를 한 번에 삼키지 않고 천천히 공을 들여 식사를 한다고 한다. 조금씩 야금야금. 이카릴은 마치 저가 그 괴물의 먹잇감이 된 것 같았다. 느릿느릿 다가와 답답한 두건에 덮여 옅게 땀이 배어 나온 두피에 키스한다. 그다음 물이 흐르듯, 깨질 듯 흰 이마를 거쳐 파르르 흔들리는 눈두덩을 핥고, 말랑한 뺨을 이를 세워 깨물자 약한 신음이 터졌다.

노크 다음은 진입이었다. 입술을 가르고 뜨거운 숨결이 칼처럼 찔러 들어왔다. 억세게 잡힌 턱이 아렸다. 그녀의 입 안을 탐하며 그의 큰 손이 은발을 흐트러지도록 쥐고 둥근 머리를 받쳤다. 농밀하고 거친 키스에 그녀가 헐떡이며 고개를 젖혔던 것이다. 그리 잡아 가둔 채 라크나는 남김없이 맛보고 헤집고 즐기며 약탈했다.

흐리게 뜬 시야로 눈을 감고 몰입한 수려한 사내의 얼굴이 보였다. 잔뜩 취한 듯 격렬한 무언가가 지배하는 그 표정은 약하기 짝이 없는 의식과 영혼을 압도했다. 하아. 짙은 한숨이 예민한 피부를 할퀸다. 주룩 눈가에 고인 눈물이 낙하했다. 축축이 젖은 그 뺨을 그녀의 정복자가 핥듯이 쓸었다.

그리고 그가 천천히 눈을 떴다. 서늘히 파인 눈매 안에 웅크린 새파란 시선이 그녀를 주시한다. 맞물린 입술이 살짝 떨어지고 뜨신 혀가 경련하는 작은 입매를 문질렀다. 숨을 몰아쉬는 이카릴을 관찰하듯 보면서 살짝 부어오른 입술을 빨았다. 검은 독수리가 결핍한 종달새와 부리를 비비고 있는 모양새였다. 물기 어린 소음이 청각을 자극했다.

이카릴은 휘청대며 라크나의 소맷자락을 부여잡고 겨우 무너지지 않고 버티고 있었다. 저 안에서 기이한 신음이 들끓었다. 입을 틀어막고 싶었으나 사내의 입술이 다시 부딪쳐 왔다. 아. 이어서 제게로 꽂힌 시선이 무엇을 기다리고 있는지 알고야 말았다. 이상했다.

강제적인 키스인데도 온몸이 덥고 짜릿했다.

마냥 싫고 징그럽다기에는 간질임당하듯 기이한 감각이다. 이를 아예 모르지 않았다. 처음도 아니다. 그녀는 명백히 쾌락을 느끼고 있었다. 충격을 받아 주춤 물러섰으나 바로 붙잡혔다. 물러난 만큼 그가 한 걸음 다가와 불그스름한 입술을 물어뜯고 단추를 뜯어 흰 목에 이를 세운다. 헉! 이카릴은 끈적끈적하고 뜨거운 감촉과 야릇한 촉감에 몸서리치며 그의 어깨를 짚었다.

어지러운 시야에 남자의 등 너머로 드리운 방의 정경이 보였다. 황후의 취향대로 고풍스레 꾸며진 벽에는 값비싼 장식장과 그녀의 초상화가 걸려 있었다. 갓 황후로 책봉된 후 그린 그림이라 좀 더 앳되고 풋풋하다. 마치 이카릴 또래처럼 보였다. 그 정적인 눈과 마주친 순간, 기괴하게도 공포와 맞물려 있던 쾌감이 배로 증폭되었다.

황후의 방, 그녀의 연인인 남자와, 제도에서도 손꼽히는 권력자이며 황후조차 버릇없는 강아지 다루듯 하는 사람이 그녀를 갈망하고 있었다.

이는 날 적부터 억눌려 있던 그녀의 열등감과 억눌린 욕구를 뒤틀린 형태로 해소시켜 주는 비뚤어진 카타르시스, 검붉은 만족과 정복감이었다. 황후와 이 남자가 뒹굴었던 자리에서 뜨겁게 정사를 나눈다면 어떨까. 짜랑하게 비음을 내지르며 그녀, 아니, 그년들이 다 가지고 누리던 비단 금침, 화려한 드레스를 더럽히고 찢는 것이다. 그리고 절정에 이르며 비웃을 테지.

결국 너희는 아무것도 아니야. 모두 내 것이니까. 킥킥대는 광소가 뇌리에 메아리친다. 이미 내면 안에서 그들은 한 마리 짐승마냥 뒤엉켜 있었다. 그리고 그 타락을 제삼자인 양 지켜보고선 만족스레 미소 짓는 또 다른 그녀가 있었다…….

"그거 아나?"

정신이 뒤흔들리는 조용한 굉음 속에서 라크나가 그녀의 귓가에 속삭였다.

"넌 지금 웃고 있어."

"……!"

번쩍 이성이 비집고 튀어나왔다. 붉은 동공이 크게 확장되고 흔들리는 걸 라크나는 뚜렷하게 지켜보았다. 그는 킥 웃음을 흘리며 다친 나비 날개처럼 바르작거리는 눈꺼풀에 키스했다. 불안전하고 뒤틀린 그것이 지독하게 사랑스럽다는 듯이. 이카릴은 자기 부정과 경멸, 역으로 올라오는 행방 모를 증오와 공포심에 토할 것 같았다. 더듬더듬 뒷걸음질 칠수록 남자의 그림자도 함께 따라온다.

벽에 등이 막힌 채 결국 아이처럼 도리질 치며 엉엉 울었다. 뱃속에 저도 몰랐던 구렁이 알이 부화한 기분이었다. 싫고, 끔찍하고, 그리고……. 라크나는 무방비하게 울음을 터트리는 여자의 얼굴 여기저기에 잔키스를 날리며 소곤거렸다.

기분이 좋나? 어디가 가장 좋지? 갖고 싶은 건? 뭐든 말해 봐.

지금 기분으로는 하잘것없는 비루한 소원이라도 들어줄 것 같으니까.

대신 넌 영원히 내 품에서 울어야 돼. 새장 속 하얀 새처럼.

"날아가 버리면 날개를 꺾어 버릴 거야."

부들거리는 입술에 화인처럼 제 입을 겹친다. 이번에는 물방울이 강에 스며들듯 부드러운 입맞춤이었다. 혀가 녹아드는 것처럼 열고 들어왔다. 말랑한 속살을 희롱하고 치열을 질척하게 훑는다. 숨을 몰아쉬려 할딱이자 잠깐 물러났다가 움츠러드는 그녀에게 고개를 숙여 다시 유려하게 섞여 들었다. 아. 연약한 살점을 톡톡 두드리니 자연히 입이 벌어졌다. 그 사이를 더 파고들며 무릎이 다리 사이로 들어왔다. 하아. 짧게 내쉬는 사내의 한숨이 가슴께를 간질였다.

어느새 이카릴은 제 허리를 쥔 팔에 손을 걸고 어설프게 키스에 호응하고 있었다. 머리에 불이 붙은 듯이 어지러웠다. 저가 뭘 하는지 자각도 이성도 없는, 본능적인 무엇이 온몸을 집어삼켰다. 혀와 혀가 뒤엉키고 타액이 주륵 흐른다. 정신없이 신음을 흘리고 저를 탐하는 이의 목에 손을 둘렀다가 그가 나른히 얼굴을 떼고 나서야 불현듯 나갔던 얼이 돌아왔다.

지척의 열 오른 벽안에 잔뜩 흐트러진 제 모습이 비쳤다. 냉엄하게만 보였던 모양 좋은 입매가 축축하게 젖어 있었다. 아마도 그녀의 것으로. 얄팍한 냉소는 온데간데없이 야하게 번들거린다. 거기서 홀린 듯 눈을 못 떼는 이카릴에게 고개를 기울이면서 라크나가 물었다.

"괜찮나?"

물론 안부 인사는 아니었다. 확인이고 상냥한 통보였다. 이카릴은 그가 그녀를 지금 당장 가지려고 한다는 걸 눈치챘다. 차분하다 못해 조용한 낯이었지만 뜨겁게 달아올라 바짝 갈라진 눈빛, 갈급하게 검지로 드러난 목덜미를 쓰는 몸짓에서 억누른 갈망을 읽었다. 이미 이자의 무도함을 알고 있었으나 기가 찬 일이다. 황후가 잠시 자리를 뜬 사이, 궁의 내실에서. 저에게 목매는 그 여자가 보건 비명을 지르건 태연하게 계속 제 욕망을 채워 나가겠지. 물론 거부 따위도 존재하지 않았다.

대답 없는 이카릴의 이마에 키스가 내려앉은 뒤, 몸이 들쳐지다시 피 끌려갔다. 엉거주춤한 발이 카펫에 걸려 넘어질 뻔하고 문턱을 넘어섰다. 식사를 위한 긴 테이블이 하얀 천으로 덮여 있었다. 초와 식기가 없기에 마치 제단 같았다. 라크나는 아담한 그녀를 번쩍 들어 올려놓고는 입술을 깨물었다. 남녀의 손이 깍지 끼어 포개졌다. 옷 위로 가슴을 쥐는 손길에 이카릴은 앓는 소리를 냈다. 귓등에서 목선에 이르기까지 잘잘하게 키스를 하며 치마를 걷어 올린다. 매끈한 허벅지를 쓸고 손가락 끝이 속옷 끄트머리를 걸고 당겼다.

맙소사. 정말 할 생각인 거다. 이카릴은 거부해야 한다고 생각했다. 하지만 온 사지에 힘이 들어가지 않았다. 겁을 먹어서인지, 이자의 정신 나간 정욕에 압도된 탓인지. 그조차도 몰랐다.

거칠고 미끈거리는 손길이 가슴을 지나 배꼽, 납작한 복부와 은밀한 부위를 스치고 내려갔다. 그의 온기가 음부를 지나갔을 때 갑자기 데인 것처럼 아랫배에 열기가 고였다. 온 살갗이 울음기 터진 엄살쟁이 어린아이마냥 민감하게 달아올랐다. 이카릴은 낯선 감각에 놀라 힉 숨을 몰아쉬며 꽉 맞물린 손을 움찔거렸다. 창백하게 질린 얼굴께 위로 달래듯 약한 입맞춤들이 떨어졌다.

그리고 이내 속옷을 아래로 끌어 내리려는 찰나,

"후작? 어디 계셔요?"

쨍하니 여자의 부름이 울렸다. 황후가 돌아온 것이다. 덜컥 가슴이 내려앉은 이카릴이 힐끔 라크나를 쳐다봤을 때 그는 약간 짜증이 난 것도 같았다. 하지만 그도 잠시, 별다른 변화 없는 얼굴로 소녀의 가슴 끝에 입 맞추고 혀로 정점을 적셨다. 얇은 천이 타액에 젖어 간다. 은밀하고 간접적인 자극이라. 이를 악물었다.

"흐읍!"

"후?"

이카릴은 얼른 손으로 입을 틀어막았다. 그녀는 다급한 눈짓으로 그만두라는 애원을 던졌지만 라크나는 역시나 아랑곳하지 않았다. 그러나 이어진 다른 목소리에 눈물짓는 여자를 향한 희롱이 잠깐 멈췄다.

"후작이 이곳에 있습니까?"

"어머, 내 정신 좀 봐요. 함께 식사 약속이 있던 참인 걸 깜박 잊었답니다. 괜찮겠지요, 황태자?"

"……괜찮지 않으면 어쩌겠습니까. 그더러 가라고 할 수도 없는 일이지요."

잠깐의 침묵 후 쌀쌀맞은 대답이 울렸다. 그들의 발소리가 가까워졌다. 라크나는 잠시 사냥감의 기척을 재는 맹수처럼 눈썹을 올린 채 미동 없이 생각에 잠겼다. 천만다행히도 그는 누르듯 드리우고 있던 몸을 물리더니 이카릴을 안아 바닥에 내려놓았다. 당황한 그녀의 헝클어진 머리카락과 치마를 쓱 어루만지듯 정리한 후 테이블보를 들어 그 밑으로 그녀를 밀어 넣었다. 놀라 커진 붉은 눈에 무표정하게 천을 내리는 라크나의 표정이 비쳤다. 사방이 어둑해졌다. 그리고 문이 열렸다.

라크나가 반듯이 서자마자 황후와 황태자가 들어왔다. 황후는 언제나 그렇듯 우아한 척 몸이 단 샴고양이마냥 미묘한 미소를 보냈고, 그녀의 아들 아닌 아들은 무표정한 경멸을 띤 채 입꼬리를 올렸다. 라크나는 슬쩍 테이블 아래를 응시했다가 예의 바르게 웃었다. 푸른 눈꼬리가 모호하게 접힌다. 참 재미있는 상황이었다. 진심으로 그는 저 일그러진 황실 가족과 함께하는 이 식사 자리가 기꺼워졌다. 매우.

"황후께선 폐하의 신하들과 가까이하는 걸 즐기시나 봅니다."

황태자가 후작의 인사를 받는 둥 마는 둥 스쳐 지나가 상석에 앉으며 중얼거렸다. 별거 아닌 안부 인사 같았지만 뜻하는 바가 명확했다. 졸지에 경거망동하는 가벼운 여자가 된 황후는 미세하게 입술을 떨었지만 금방 상냥하게 대답했다. 폐하의 사람들을 잘 대하는 것이야말로 제대로 된 안주인의 역할이 아니겠습니까. 자리에 앉아 서로 마주 보며 한 차례씩 주고받는 그들은 겉보기엔 가깝지는 않아도 계모와 의붓자식치고는 정다워 보였다. 라크나는 제집인 양 의자를 빼고 느슨히 다리를 꼬고 앉아 턱을 괴었다. 무료한 관람객의 자세였다.

참 재미있는 부산물들이었다. 황제라는 광기가 고인 호수가 넓고 깊어 거기에 꼬이고 살고 있는 이들도 제각각 이상하고 괴이한 것들이 대다수다. 지아비의 제일가는 충신과 잠자리를 하고 제 것인 양 집착하는 여자와 부정한 어미를 혐오하고 배신감을 느끼는 대신 아비에게 모든 죗값을 떠넘기고 자위하듯 증오하는 아들. 버젓이 살아서 돌아다니는 사생아에, 권세를 움켜쥐는 데만 급급해 보이지만 실상 욕구 불만에 찌들어 저열하기 짝이 없는 그의 정적은 또 어떠한가.

권력이라는 큰 아귀다툼을 걷어 버리고 나면 드러나는 유아기적인 욕망과 탐욕, 애증이었다. 이 모든 괴물 같은 풍경을 그려 낸 장본인은 물론 황좌에 앉은 그 괴물이고.

아. 라크나는 문뜩 빙그레 웃었다. 저도 개중 하나인 건 마찬가지군.

"카이레 황자는 어떠합니까."

"많이 좋아졌답니다. 덕분에."

"별말씀을. 그 아이도 제 '아우' 가 아닙니까."

납치 이후 이따금 경기를 일으키고 잠을 못 자는 불안한 황자의 정서를 묻기에는 그 당사자로서 매우 뻔뻔한 안부 인사였다. 실행한 건 잉카르트 공작이었지만 그를 승인하고 명령한 건 황태자 알렉시온이었으니까. 전혀 안 닮은 것 같다가도 이런 걸 보면 황태자는 확실히 황제의 아들이었다. 아마 같은 생각을 했는지 황후의 얼굴도 영 좋지 않다. 그녀가 한창 입덧을 하던 때보다 더 속이 안 좋은 것 같은데—라고 라크나는 무료하게 생각했다.

잠깐의 정적을 뚫고 간단한 애피타이저가 나왔다. 은식기로 묽은 수프를 휘휘 저으며 그는 저희 다리 밑에 웅크리고 앉아 있을 그녀를 떠올린다. 거뭇한 어둠 속에서 혼자 뭘 하고 있을까. 겁 많은 앳된 여자의 흔들리는 눈빛, 잘근거리는 작은 입술, 위태로운 표정을 읽고 싶었다. 저를 안달 나게 만드는 그 얼굴을……

갑자기 이 자리가 지루하게 느껴졌다. 따분한 듯 스푼을 내려놓는다. 저 황족들의 심기를 볼 때 식사가 길어질 것 같지는 않았지만, 저들 말놀이를 죄 경청해 줄 정도로 그는 한가한 인간이 못 되었다. 대충 어울려 주다 자리를 뜰 요량이었다. 평소에도 그러던 참이라 황후와 황태자도 놀라지 않을 것이다. 그러다 라크나는 본인이 그럴 수 없다는 걸 곧 깨달았다.

아래에서 숨죽이고 있을 그녀의 가쁜 숨이 귓가에 들리는 듯했다. 차가운 벽안이 남모를 흥미로 가늘어졌다.

힐끗 불편한 심사가 은근히 비치는 황태자의 머리 위에 걸린 시계를 본다.

만찬의 주최자나 초대받은 이나 자존심 싸움 하듯 늑장을 부린 탓에 시계 침이 퍽 늦은 시간을 가리키고 있었다. 그가 아는 그녀는 끈기, 체력, 인내 그 어느 것 하나에도 소질이 없었다. 이카릴은 오랜 초조함이나 불안에 견딜 정도로 단단한 정신을 갖고 있지 못하다. 여릿한 신체도 그러했지만 특히 정신은 여느 범인보다도 가늘고 유약했다. 불완전한 붉은 나비, 찰나의 새벽— 하늘거리는 잿빛 안개였다. 그런 점이 기이하게 더 돋우는 맛이 있다는 건 그로서도 몰이해한 일이었지만.

살살 턱을 매만지다 라크나는 부드럽게 입을 열었다. 예상대로 제쪽은 보는 둥 마는 둥 하던 황태자의 날 선 시선이 대번에 이쪽으로 향

167

했다. 그들의 손에 들린 식기에서 고기 살점과 붉은 육즙이 뚝 떨어졌다.

"그러고 보니 안부를 물어야 할 동생분이 더 계시지 않습니까. 몸이 좋지 않다 들었는데 괜찮으신지요?"

적반하장의 장면이 다시 연출되었다. 같은 장소, 대화의 대상만 약간 뒤틀렸을 뿐 판에 박은 듯 똑같이. 아까 전 황후가 앉아 있던 자리에 저가 앉게 된 알렉시온은 입매를 뒤틀어 미소를 덧그렸다. 지었다고 하기에는 너무나 인위적이라.

"그것 참 상냥하군."

"별말씀을. 전하만 하겠습니까."

"……."

똑같은 크기와 날의 칼날이었다. 정확히 같은 곳을 찌르고 놀리듯 빠져나온다. 조용해진 공기에 수선스럽게 와인을 권하는 황후의 목소리가 입혀졌다. 은근한 득의양양함이 묻어 있는 게 영락없이 기세 오른 계집이다. 팔에 매달리는 철없는 소녀마냥. 아까 전 이카릴의 기묘한 미소가 그 위로 떠올랐다. 슬며시 베일 안을 들여다보며 웃는 악마처럼 은밀하고 관능 어린 빛깔. 목을 축이던 목울대에 바짝 열이 올랐다. 라크나는 얼핏 미간을 찡그렸다 펴면서 크라바트를 헐겁게 잡아당겼다. 톡톡 희고 긴 손가락이 테이블을 두드린다. 음식 대신 흰 여체가 올라가 있던 그 자리였다. 짙은 시선이 우윳빛 식탁보 아래로 향했다.

어느새 그의 관심에서 뒷전으로 물러나 있던 식사 자리에 챙그랑 소음이 울렸다. 나이프와 포크를 내려놓은 황태자 알렉시온이 건조하게 입을 열었다.

"저는 이만 가 봐야겠습니다."

"어머, 벌써요?"

"예. 입맛이 없던 차라. 다음에는 제가 대접하지요."

후, 그대도.

라크나는 와인 잔을 기울이며 피식 웃었다. 용케 단정해 보이는 척하는 게 장하다 여기면서. 유독 황태자는 그의 무릎에도 안 올 어릴 적부터 라크나를 싫어했다. 늑대 새끼 아니랄까 봐 유달리 코가 좋은 걸지도 모른다. 황제의 짐승 같은 감을 물려받았는지도. 어찌 되었건 그런 영민함은 싫지 않았다.

그래야 더 밟을 맛이 있지 않겠는가.

"이제 우리 둘뿐이군요."

황태자의 붉은 망토가 문 너머로 휙 사라지자마자 아델라나는 나긋하게 속삭였다. 무감하게 내리깔린 푸른 눈이 힐끗 다시 테이블 아래로 향했다. 쥐 죽은 듯 조용했다. 그런 그에게 또각또각 걸어온 여인이 가는 팔을 단단한 사내의 목에 둘렀다. 장미 향수를 깨뜨린 양 사방이 순식간에 야릇하게 잠긴다. 노골적인 유혹에도 그는 생각에 잠긴 듯 권태롭게 관자놀이를 괴고 있었다. 무미건조한 음성이 비스듬히 흘러나온다.

"보는 눈이 많습니다, 폐하."

"언제는 안 그랬나요?"

숨을 참는 것처럼 고요했던 덮개 천이 아주 조금, 미세하게 들썩거렸다. 라크나는 나른하게 입꼬리를 올렸다. 매캐한 연기에 쫓겨 굴 밖으로 도망쳐 나오는 토끼를 기다리던 사냥꾼마냥. 여자의 허리를 낚아채 테이블에 밀친다. 아델라나의 흥분에 들썩이는 가슴 선을 내려다보며 라크나는 검지로 갈빛 머리 타래를 쓸었다. 지나치게 짙은 색이다. 좀 더 연한 게 더 나을 텐데. 이왕이면, 하얀 젖빛이 섞인 묽은 빛깔로……. 무표정한 시선이 품평하듯 황후를 내려다보았다. 좀처럼 간만 보고 더 나가지 않는 그에 애가 탔는지 간드러진 여인의 손끝이 그의 몸 선을 쓸고 자극했다. 교태 어린 그 행동에 픽 웃음이 흘렀다.

"오늘따라 급하십니다?"

"저 끔찍한 것을 보고 나니 기분이 상해요. 아르, 어서 위로해 줘요."

"끔찍한 것이라……. 당신의 아드님일 텐데요."

"그런 말 말아요. 아닌 척 새침 떨어서 그렇지 황제를 꼭 빼다 박았어요. 징그러운 종자들 같으니."

황후의 진절머리 난 목소리에 라크나는 조금 흥미가 생긴 듯 이를 드러내고 입매를 올렸다. 허리를 뒤트는 움푹한 옆구리를 농염하게 자극하면서 되물었다.

"그리도 황제 폐하가 싫으십니까?"

"농담 말아요. 노망난 미치광이가 어디가 좋겠어요? 그 괴물 피를 물려받았으니 알렉시온도 분명 어딘가 비정상일 거야. 멀쩡한 계집들 놔두고 제 반쪽 남동생만 싸고도는 것부터가 이상해. 역겹고 지긋지긋해 미치겠어. 빨리 죽어 버렸으면 좋겠는데 명줄은 길어서 아직껏 살아 있으니……."

"무도한 아내로군."

"하아……. 애초에, 흐! 거기……. 아버지가 날 황실에 팔지만 않았어도 이런 괴물 소굴에 들어올 일은 없었어. 말이 황가고 신의 핏줄이지 광인들 혈통……. 아아!"

민감한 애무에 아델라나가 고개를 젖히고 젖은 한숨을 쉬었다. 라크나는 무신경하게 부르르 떠는 여자의 맨살을 쓸었다. 도중에 하다 멈췄지만 아까부터 쌓인 욕구가 없는 것도 아니다. 열을 식히고 가는 것도 나쁘지 않지. 손이 느릿느릿 움직였다. 달뜬 입술, 가파른 목선, 쇄골…….

"흑."

굴곡진 여자의 그것을 덧그리며 고개를 기울이던 그가 우뚝 멈췄다. 다가올 쾌감에 옅은 신음을 흘리고 있던 황후는 못 들었을지 모르지만, 처음부터 민감하게 기울어 있던 그의 청각을 피할 수는 없었다.

작은 생쥐가 말라 죽어 가는 울음 같았다. 라크나는 미련 없이 손을 물리고는 외투를 챙겨 들었다. 영문 모를 황후의 턱을 매만진 그는 부드럽게 말했다.

"지금은 아닌 듯합니다. 의관을 정제하시지요."

"하지만……."

"제가 조만간 찾아뵙겠습니다, 아델라나."

원만하지만 냉혹한 선이 도사린 말이었다. 아델라나는 입술을 깨물고 상한 자존심과 모멸감을 견뎠다. 원래도 그는 제멋대로인 남자였으나 전쟁 이후에는 더더욱 갈피를 잡을 수 없었다. 표독스러울 만큼 눈을 날카롭게 떴다가 라크나의 고요하지만 죽은 호수처럼 싸한 눈빛에 입을 다물었다. 황제와는 다른 의미로 속 모를 위험한 사내였다. 그래서 더욱 매혹적인. 어느덧 그녀는 새침히 고개를 끄덕이고는 자리에서 일어났다. 내민 손을 잡고 정중하게 키스하는 후작을 도도하게 내려 보다가 말 한마디 없이 휙 몸을 돌려 나갔다.

라크나는 잠시 그 자리에 서서 세 명분의 먹다 만 식사와 빈자리를 응시했다. 이후 뚜벅뚜벅 걸음을 옮겨 식탁 앞에서 한쪽 무릎을 꿇었다. 약한 훌쩍임이 미세하게 삐져나온다. 그는 천을 걷어 올렸다. 웅크린 채 수그리고 있던 고개가 흠칫 들린다. 눈물에 흠뻑 젖은 붉은 얼굴이 옅은 빛에 희게 떠오른다. 겁먹은 어린 짐승 같은 소녀는 제 앞에 내밀어진 손을 멀거니 보고만 있었다.

라크나는 마른 입술을 핥고 속삭였다.

"이리 와."

대답이 없다. 드문 인내심으로 재차 물었다.

"왜 우는 거지?"

크게 떠진 붉은 눈에서 닭똥 같은 눈물이 후드득 떨어졌다. 어둡고 무서워서? 비참한 우울함 때문에? 단순히 힘들어서일 수도 있다. 이유야 모래알마냥 많다. 들숨과 날숨 이후 목마름이 들러붙었다. 한참

후에서야 이카릴은 목 졸린 양 중얼거렸다.

"그 여자는⋯⋯."

"없어."

이미 아는 걸 확인하는 새처럼 이카릴은 입술을 오므렸다.

다행이었다. 그 여자가 내지르는 신음은 정말이지 듣기 싫었으니까. 그게 저 남자의 것과 뒤섞이는 건 더더욱 혐오스러웠다. 왠지는 모르겠지만 불쾌하고 역한 거슬림이었다.

여전히 저에게 뻗어 있는 손에 눈치를 보다 머뭇대며 제 손을 올렸다. 답지 않게 얌전한 기다림에 놀라움을 느끼면서. 차게 식은 작은 손끝이 닿자마자 먹이를 잡아채는 악어만치 다섯 손가락이 단단히 맞물려 획 당겨졌다. 그녀는 헉 소리를 내며 라크나의 품 안에 떨어졌다. 턱이 잡혀 올려지고 빤히 주시하는 눈빛에 잊었던 공포감이 올라왔다. 자신이 쇠 받침대에 갇힌 약한 유리구슬이 된 것 같았다. 조금 힘을 주면 바로 부서질.

훅 가까이 다가온 그를 피해 뒤로 몸을 빼려 했으나 식탁 다리와 사내 사이에 갇혔다. 당연한 듯 입이 열리고 뜨끈한 혀가 밀려 들어왔다. 이카릴은 질척한 키스를 받으며 얼굴께로 쏟아지는 남자의 숨결을 느꼈다. 미약을 끓이는 증기 같았다. 농밀하게 한차례 섞여 들더니 지척에서 멈춘 그의 벽안이 뺨이 붉어진 그녀를 바라보았다. 집게손가락으로 저가 헤집은 입술을 꾹 누르곤 속삭인다.

"내가 저 여자랑 몸 섞는 게 싫나?"

이카릴은 경련하듯 움찔거렸다. 아니라고 대답해야 했다. 하지만 아무 말도 못 한 이유는 그것이 거짓이 아니기 때문이리라. 작은 얼굴에 떠오른 요동치는 혼란과 감정의 찌꺼기를 죄 지켜본 라크나는 입꼬리를 당기더니 엄지로 그가 흰 목에 남긴 깨문 자국을 쓸었다. 느리게 몸을 숙여 다시 그 부위를 짓이기는 행동을 이카릴은 속수무책으로 보고만 있었다.

살갗을 잘근거리는 이와 부드러운 살덩이, 마지막으로 스치는 혀. 산 채로 피가 빨리듯 생생하다. 어쩌면 진정 그럴지도 모른다. 어지러운 시야, 사내의 자극적인 체향에 취하듯 질끈 눈을 감았다. 쿵쿵 맥이 뛰는 손목을 휘감은 손가락들이 팽팽하게 파고든다. 감미로운 읊조림도.

"고려해 보지."

❦

왕이 슬피 노래했다네.
네 하얀 살덩이를 씹어 삼키고 피를 쥐어 마시면,
너의 모든 것이 내 것이 되는가.
스스로 파멸로 걸어 들어가는지도 망각한 부질없음을.
시체와 남들의 절규, 비명 따위로 멈추기에는 땅을 적신 얼룩이 깊고 짙다네.
돌아갈 수 없다.
그곳이 동강 난 왕좌이건 바로 앞 여인의 품이건. 그는 영영 미로의 한복판이리라.
돌아갈 수 없다.
영원히. 영원히. 영원히.

― 저잣거리의 이름 모를 떠돌이 노래

4.
붉은 미궁

물레를 잣는 아름다운 처녀가 있었다.

처녀의 미모에 반한 용이 그의 연인으로 변해 하룻밤을 보냈다.

700일이 지난 후 사람이되 사람 아닌 것을 출산하고 나서야 처녀는 저가 속았음을 알았다. 치욕에 떨던 그녀는 아이를 죽이려 했다.

그러나 칠 일간 날카롭게 간 칼과 온 산천을 죽일 독도 그를 죽일 수 없었다.

목을 조를 수도 품을 수도 없으니 아이는 먼 낭떠러지로 던져졌다.

처녀는 안심한 채 잠에 들었다.

그리고 다시는 깨어나지 못했다.

밤새 벼랑을 기어 올라온 아이가 잠든 어미의 심장을 삼켜 버린 탓이다. 이로써 처녀는 제 육체를 먹임으로써 진정 괴물을 낳았다.

씨앗부터 탄생까지 원죄 아닌 원죄가 없으니 이 괴물은 세상을 멸하리라.

✤

하얀 들꽃이 피었다가 저물었다.

마리아 정원의 자작자작 금이 간 벽에 소담히 핀 꽃들이 하얀 쌀알만치 영글어 흔들렸다. 뽀얀 들꽃 씨앗이 하늘거리다가 수그린 가마에 내려앉았다. 거기에 씨앗 몇 알이 더 엉길 때까지 은갈빛 둥근 머리는 미동이 없다. 발치를 자잘한 잔디가 건들건들 물들이는데도 그랬다. 엷은 바람이 흰 손등을 스치고 소리 없는 치맛자락을 흔들었다.

'이카릴.'

이카릴은 번쩍 고개를 들었다. 익숙한 부름, 익숙한 목소리인 탓이다. 그러나 눈 든 자리에는 어떤 이도 없었다. 그녀는 풀이 죽은 듯 눈을 내리깔고 다시 팔에 얼굴을 묻었다. 아까보다 더 우울해졌다. 왜냐하면 방금 전 거의 잊거나 자각을 못 하고 있던 사실을 하나 더 깨달았기 때문이다.

카를이 보고 싶었다.

그의 다정함, 위로, 미소가. 지난 며칠간 어찌 잊고 살았는지 이상할 정도로. 그동안의 시간들은 악마에게 홀렸던 것 같았다. 그만큼 '그 남자'가 그녀에게 미치는 영향은 강대했다. 마치 정해진 것처럼, 불길에 끌리는 부나방마냥, 허우적거리기 바쁜 것이다. 어느덧 넋 나간 채 손톱을 물어뜯었다. 입술이 화끈거린다. 그가 마음껏 짓씹었던 자리다. 손끝으로 문지르자 열기도 옮아왔다.

이카릴.

"이카릴?"

멍하니 올려다본 시야에 남자의 그림자가 길게 늘어졌다. 이카릴. 홀린 듯이 손을 뻗는다. 그는 지는 해 그림자처럼 다가와 그녀에게 키스한다. 하아……. 뜨거운 한숨. 불씨가 번지다 싹 타들어 가 사라졌다. 재 한 줌 없이. 눈을 뜬다. 그리고 거기에는 낮은 냉소도, 검은 흑발의 사내도 없었다. 단지 소년의 금빛 머리가 아련히 빛나고 있을 뿐.

카를은 심상치 않은 얼굴의 이카릴에게 한달음에 달려와 그녀의 뺨을 감쌌다. 영혼이 빠진 듯한 표정에 애달픈 손으로 어루어만지는 걸 그녀가 마주 잡아 왔다.

"어디 갔었어?"

갓 알을 깨고 나온 새가 부르짖는 울음 같았다. 카를은 머뭇대다 매달리는 그녀를 달랬다.

"조금 안 좋은 일이 있었어."

"무슨 일? 나도 잊어먹을 만큼?"

이카릴이 씩씩대며 뿌리치자 무릎을 꿇고 양 볼을 잡아 눈을 맞추었다. 그는 호소하듯 고개를 저었다.

"그렇지 않아. 그럴 만한 사정이 있었어."

"널 기다렸어. 그런데,"

오히려 그 남자를 만났지. 순식간에 오싹 소름이 돋고 핏기가 가셨다. 부르르 떠는 이카릴을 카를이 끌어안았다. 그는 질끈 눈을 감고 제 나름의 고통을 견뎠다. 손가락이 욱신거린다. 한쪽이 망가진 손으로 벌벌거리는 약한 여자를 보듬었다. 저로 인해 잘리고 남은 네 손가락으로 위로받으면서 이카릴은 흐느끼듯 계속 카를을 원망했다. 널 기다렸는데. 왜 오지 않은 거야? 네가 나빠. 네가 나쁘다고.

"내가 그동안 얼마나……"

무서웠는데. 말끝을 잇지 못하고 흐렸다. 안개 같은 위화감이 도사렸다. 진정 무섭기만 했었나? 길게 찢어졌던 제 미소가 불현듯 머리 한편을 적셨다……. 이카릴? 맑은 소년의 눈동자에 비친 여인과 소녀의 경계에 선 이가 낯설다.

'그거 아나? 넌 지금 웃고 있어.'

"무슨 일 있었어?"

카를의 조심스런 질문에 이카릴은 생각보다 먼저 고개를 저었다.

"아니. 아무것도."

그 이유는 본인도 몰랐다. 외면하듯 눈을 굴리던 그녀는 뒤늦게 카를의 다친 손을 발견했다.

"왜 이래? 다쳤어?"

손가락질에 얼른 피하듯 손을 등 뒤로 돌린 그는 어색하게 웃었다. 아니. 별거 아니야. 그래? 본인이 아니라 하니 이카릴은 대수롭지 않게 수긍했다. 누군가를 좋아한다 해도 타인의 고통에 무감각한 천성은 어디를 가지 않는 법이다. 그녀는 뚜하게 한 번 보고 말 뿐 더 이상 관심을 가지지 않았다. 그러고는 변덕스럽게 활기를 띤 채 힐랄을 선두로 한 제 시녀들이 얼마나 게으르고 무례한지, 또는 황제의 다른 정부들의 주제 모르고 사치스럽고 방탕한 생활에 대해서 불평불만을 늘어놓았다. 어린애 투정 같은 그 무의미한 조잘거림을 카를은 인내심을 가지고 들어 주었다.

하지만 비인간적으로 무신경한 것과는 별개로 눈치가 빠른 이카릴은 금방 그가 딴생각을 하고 있음을 눈치챘다.

"카를! 내 말 듣고 있어?"

"물론이지."

"거짓말."

뾰로통하게 씩씩대는 그녀의 흰 낯은 새치름한 앵초꽃 같았다. 덜 피어 앙큼하게 몽우리가 진. 카를은 노을빛에 현혹된 어린 여우처럼 그 얼굴을 응시했다. 누구라도 조금 길게 저 붉은 눈과 눈을 마주한다면 사로잡히지 않을 수 없을 것이다. 그러니 그 남자도 아마도……. 그는 자신의 목소리가 평범하길 바라며 물었다.

"이카릴. 혹시 에스페리스 후작과 개인적으로 만난 적이 있어?"

이카릴의 작은 어깨가 미세하게 경련했다. 눈썰미 있는 이가 보기에 무시할 수 없을 정도로. 그리고 카를은 타인의 눈치를 보지 않을 수 없는 처지였기에 결코 그런 방면에서 떨어지지 않았다. 그건 긍정과 다름이 없었음에도, 이카릴은 고개를 저었다. 바로 앞에 놓인 깨진 도자기를 모른 척 저가 하지 않았다 우기는 어린아이처럼.

"아니. 왜?"

"······정말이니?"

"응. 몰라."

이카릴은 순진하게 입술을 삐죽이며 조그만 들꽃을 꺾어 만지작거렸다. 참으로 천진난만한 기만이었다. 은근히 제 눈을 피하는 그녀를 물끄러미 쳐다본다. 지금껏 저보다 어리고 약한 그녀에게 동정심이 들었을지언정 짜증 한 번 낸 적 없던 카를이었다. 그러나 이번에는 달랐다. 마치 악마 같은 그자가 그의 손가락과 함께 내면 어느 부분을 조각내 가져가 버린 듯이, 화가 치밀었다.

"거짓말."

놀라서 커진 붉은 눈과 처음으로 차갑게 변한 적갈색 눈이 맞닥뜨렸다. 단순히 거짓말 때문에 이리 격분을 주체할 수 없는 거라면 좋을 터다. 그러나 그 이상이었다. 무언가 정확히 정의하기 힘든, 어긋나고 비틀린 질척한 감정이 부글부글 끓었다. 태생이 비천해도 타고난 밝은 성품에 겸손한 성정으로 씁쓸할지라도 열등감에 찌들거나 한탄만 하고 살지 않았다. 박해도 많았지만 그 이상으로 소수의 사람들에게 사랑을 듬뿍 받고 자랐다. 그런 구김살 없는 사람이라 진흙탕처럼 매스꺼운 마음이 낯설고 어찌해야 할 바를 몰랐다. 무언가 걸린 양 토해내고 싶고 소리 지르고 싶다. 그녀의 어깨를 마구 흔들며 따지고 싶었다.

이런 카를의 상태는 까맣게 모를 이카릴은 빽 악을 썼다.

"거짓말 아니야!"

"거짓말이 아니면? 아니면 그자가 왜……"

내 손가락을 자른 건데?

끔찍한 분노와 원망이 튀어나오다 턱 걸려 겨우겨우 삼켰다. 저도 모르게 놀라 입을 틀어막고 뒷걸음질 쳤다. 이는 이카릴의 탓이 아니었다. 분명 알고 있는데……. 저에게 거짓을 말하는 걸 듣고, 없다 여겼던 혹은 감춰져 있던 어두운 찌꺼기들이 슬금슬금 기어 올라왔다. 방금 무얼 하려 한 거지? 저가 아닌 것 같았다. 카를은 화급히 이카릴을 돌아보았다. 눈물이 맺힌 눈가를 보자 심장이 덜컥 내려앉았다.

"왜 내게 화를 내? 난 잘못한 게 없는데."

"이카릴……."

"너 싫어."

망치로 맞은 양 황망히 굳었다. 이카릴이 울며 돌아섰다. 점점이 흩어지는 눈물방울은 바늘 같았다. 지끈거리는 걸음으로 화급히 쫓아가 그녀를 돌려 세웠다. 잔뜩 성이 오른 그녀는 단박에 카를의 손길을 뿌리쳤다. 얄팍한 힘이었음에도 몇 배로 충격이었다. 단 한 번도 그녀가 그를 심하게 내친 적이 없기에. 오늘은 여러 가지로 있을 수 없는 일들이 연이어 일어났다. 그들이 변하거나 서로를 향한 호감이 식은 것도 아니다. 이유는 단 하나.

그 남자 때문에.

카를의 뺨이 일그러지듯 경련했다. 그는 성큼성큼 걸어가 뒤돌아선 이카릴을 잡아 세웠다. 앙칼지게 날뛰는 그녀를 꽉 끌어안았다. 작은 새처럼 워낙 힘이 없는 인사라 이카릴은 쉽게도 결박되었다. 품 안 가득 차는 여린 숨소리와 바들거리는 몸체를 조심스레 고정한 채 머리칼에 입을 묻었다.

그자가 원하는 건 그녀에게서 떨어지는 거겠지. 그쯤은 알고 있다. 그러나.

어떻게 이것을 포기하라고. 이리 안고만 있어도 미칠 듯이 좋은데.

저를 죽일 독을 달콤함에 취해 계속 마시고 있는 기분이었다. 그녀에게 저가 없으면 어떡하나 걱정했지만 실상 그녀가 없으면 큰일 나는 건 본인이었다. 부덕한 태생으로 인한 경멸과 멸시, 사랑하는 형의 치명적인 약점, 황제가 언제 절 죽일까 남몰래 체념한 삶에 진정한 행복과 해방이 있을 리가 없었다.

홀쩍이며 저를 밉지 않게 흘기는 그녀의 뺨을 감싸며 카를은 말했다. 충동을 빙자한 소망으로.

이카릴.

"우리 도망갈까?"

아주 먼 곳으로. 누구도 우리를 찾을 수 없는 그런 먼 곳.

그 저택은 제도에서도 손꼽히는 아름다운 건축물이었다. 붉은 벽돌과 상앗빛 돌이 태피스트리처럼 균형 있게 쌓인 벽에는 담쟁이넝쿨이 자수처럼 피어 있었다. 암록색 벽지에 걸린 초상화의 인물들이 알 수 없는 삭막한 눈으로 응시하는 저택 내부에는 주인의 까다로운 성정 탓에 조용한 햇빛과 그림자, 말 없는 조각상만 응달에 잠겨 있을 뿐 사람 냄새가 극히 적었다.

그가 기혼자라면 최소한의 온기라도 돌 텐데, 사제라 해도 믿을 만큼 목석같은 성품이라 그의 친인척과 지인, 고용인들도 반쯤 안주인의 존재를 포기하고 있었다. 무엇보다 저택의 주인은 날 적부터 다리가 불편했다.

테오도르 백작은 익숙하게 휠체어를 움직여 낡고 반들한 복도를 지났다. 편치 않은 몸이나 수행원들이 붙는 것을 달갑지 않아 해 그는 혼자였다. 기실 고집스런 그는 거의 모든 일상생활을 홀로 해결하는 것이 편했다. 장애인이 모든 일들에 도움을 받아야 한다는 건 편견이다. 실제로 열 살 이후 그를 돕는 건 대부분 하인이 아니라 몸을 실은 휠체어와 쇠 지팡이가 전부였다.

끼리릭 굴러간 바퀴가 고동색 오동나무 문턱을 넘어갔다.

끼이익— 경첩에서 울리는 나무 비명을 들으며 아랫것들에게 새로 청소를 시켜야겠다, 마음먹는다. 사실 그조차 이 방을 너무도 오랜 기간 잊고 있었음에도.

백작은 텅 빈 방 한가운데에서 멈춰 섰다. 창문의 네모난 빛이 고이는 자리였다. 그는 아주 잠깐, 혹은 한동안 눈부심을 잊은 듯이 제 발치를 내려다보며 생각에 잠겼다. 옛것의 생경함에 젖어 오랫동안 들여다보는 것 같기도 혹은 외면하는 것도 같은, 어중간한 경계선이다. 그의 시선이 닿은 곳은 얼룩덜룩한 희미한 자국조차 지워진 나무 바닥이었다. 한때는 저것 위에 책상이 있었고 뒤에는 두꺼운 커튼이 밤처럼 드리워져 있었다. 소년 둘은 무리 없이 삼킬 만큼 커다랗게.

그는 팔에 힘을 주어 몸을 돌렸다. 이번에는 큰 초상화다. 초승달처럼 가느다랗게 웃는 듯 아닌 듯 기묘한 표정인 부부와 아이들의 가족 초상화는 먼지가 끼어 흐렸다. 그러나 개중 환하게 웃고 있는 아들을 품에 안은 귀부인의 미모는 여전히 고혹적으로 돋보였다. 그것이 시체 태운 잿물로 그린 양 음울할지라도 그랬다.

테오도르 백작은 저 당시에도 꼼짝없이 휠체어에 앉아 정면을 무표정하게 응시하고 있는 어린 시절의 저와 너무도 달랐던 그의 형제를 찬찬히 훑었다. 밝게 보조개가 핀 얼굴이 지금의 냉소와 천양지차라도, 그들 사이의 괴리감은 별반 다를 바 없이 판박이였다.

새삼 회상해 보자면, 그의 아우는 어릴 적엔 좀 더 쾌활했고 천진난만했으며 다소 건방질 정도로 겁이 없었다. 오만방자한 건 천성이 아닌가, 싶었다. 비상한 총명함과 갖가지 재능에 따른 특출난 성향들은 형제의 부모에게도 없는 소질이었다. 부친인 전 테오도르 백작은 그런 차남의 까만 머리를 흐트러뜨리며 말없이 미소 짓고는 했다.

때때로 그는 아버지의 그 웃는 얼굴이 거의 세월에 묻혀 망각하고 있다가도 가끔씩 생각이 났다. 질문할 수도 다시 되돌아볼 수도 없는 과거의 한 조각. 쓴맛이 물씬 풍기는 그 그림을 제 아우도 기억하고 있을까. 아마 그럴 거라 생각하지만서도 확신할 수는 없다.

한때 형의 바퀴를 가지고 장난을 치던 소년은 감히 짐작도 할 수 없는 '무언가'가 되었다.

백작의 뒤편에 그림자가 졌다. 그는 놀라지 않았다.

"여기 있을 줄은 몰랐는데."

"어쩐 일이냐. 연락도 없이."

우리가 약속 잡고 만나야 하는 사이던가? 웃음기가 섞인 말투는 바삭하게 메말랐다. 이 방 안에서 유일할 발소리가 먼지 위로 내려앉았다. 얼굴이 보이지 않는 방문객은 한 걸음 남기고 서서 백작과 함께 초상화를 바라보았다. 흐릿한 감탄사가 흘러나온다.

"오랜만이군."

그는 턱을 슬슬 쓸면서 낮게 웃었다. 빈 동굴에서 울리듯 공허한 웃음을 들으며 백작은 품에서 시가를 꺼내 불을 붙였다. 시선이 연기 뱉는 냉한 입가와 툭툭 재를 터는 손가락에 따라왔다. 재미있다는 듯 말한다.

"끊은 줄 알았는데."

"그랬지."

"속 타는 일이라도 있나?"

"덕분에."

"이런."

담배 머리에서 떨어진 재가 투둑 마른 바닥에 떨어졌다 한순간 빨갛게 빛나고 다시 죽어 갔다. 그들은 한동안 말없이 어릴 적 저들의 모습을 쳐다보았다. 그리움이나 추억을 곱씹는다 하기에는 무미건조한 경시와 냉정한 무감동함이 두 형제의 낯에 푸른 물감처럼 덧발라져 있었다. 라크나는 다정하게 입을 열었다.

"저게 아직도 여기에 있을 줄 몰랐어."

동생의 나긋한 신랄함에 형은 담배를 씹으며 대꾸했다.

"치울 건 또 뭐지? 그럴 이유도 없는데."

"아아. 물론 그렇지. 난 그저 형을 존중하고 존경할 뿐이야, 로만."

그 말에 그들은 동시에 비슷한 미소를 지었다. 이번만큼은 한배에서 나온 형제처럼 보였다. 어느덧 장내는 어둑해져 있었다. 아직 환한 대낮이니 곧 비가 오려 함이리라. 어릴 적 다친 무릎이 쇠붙이로 으깬 듯이 아려 왔지만 테오도르 백작, 로만은 묵묵히 담배만 태웠다.

사실 몰려오는 먹구름보다는 단순히 상처의 당사자와 함께 있는 탓인지도 모른다. 20여 년 전 어린 라크나는 로만의 다리 위에 강철 검을 떨어뜨린 적이 있다. 실수였으나 형제 둘 중 이를 그대로 믿고 있는 자는 없었다.

"재미있는 소리구나. 이제 네 용건을 꺼내 보지그래."

백작은 거울을 보듯, 초상화 속의 저와 시선을 마주한 채 느릿하게 제 어깨를 잡아 오는 하얀 손을 미동 없이 방관했다. 라크나는 밑에 있는 형의 왜소한 몸과 정수리를 응시하다 검은 뗏목이 침몰하는 것처럼 천천히 고개를 숙였다. 어두침침한 흑백의 정경에서 두 형제의 얼룩이 뒤섞였다. 귓가에 속삭인다.

"알고 있나?"

앞뒤 문맥을 다 잘라먹은 질문이었지만 어차피 전부는 필요 없었다. 라만은 동요 없이 한 번 시가를 빨아들이고는 짤막하게 되물었다.

"나? 아님 네 가여운 적?"

"둘 다."

"마찬가지야."

둘 다. 라크나는 허리를 폈다. 들린 얼굴에 길게 찢은 조소가 번진다. 조커 카드 속 광대처럼 유쾌함을 억누를 수 없는 그것은 광기를 닮은 즐거움이었다. 그는 킥킥거리며 여전히 석상 같은 형에게 말을 걸었다. 얼핏 소년 시절 천진함까지 묻어 있었다.

"어떻게 알았어? 맨 마지막에 알려 줄까 했는데."

"내 몸이 이래도 보는 눈까지 썩은 건 아니다."

"핏줄이라 이건가."

라크나는 점잖게 비아냥거렸다. 로만은 대답하지 않았다. 미치광이의 입김 같은 매캐한 연기가 전혀 닮지 않은 그들 사이를 비비 꼬며 흩어졌다.

"이거 참, 예상외로 기쁜걸. 그래. 이것도 나쁘지 않지. 나는 네가 이 놀음을 전부 다 보고 난 뒤에 죽었으면 해. 그때까지 몸 관리 잘 하세요, 형님. 구경거리가 많이 남았는데…… 빨리 가기에는 아쉽잖아?"

"너. 끝까지 갈 작정이겠지."

"시작은 끝과 같아. 중간 따위는 없어."

"그건 그렇군."

라만은 중얼거렸다. 그의 아우는 미쳤고, 그걸 그저 방관하며 지켜보는 저 또한 정상일지 그조차도 잘 몰랐다. 그는 못 움직이는 다리를 핑계 삼아 괴물이 모든 걸 삼켜 가는 장면을 관람하고 있을 뿐이다. 냉철한 무관심보다 더 환멸스러운 사실이 있다면, 내면 어딘가에 라크나가 그려 내는 그 '끝'을 궁금해하고 보고 싶어 하는 뒤틀린 욕망이 술렁이고 있다는 거다. 도착점은 다르나 그들의 시작점은 같았다.

그럼, 건강하시길. 형님. 라크나는 경직된 형의 뺨에 짧게 입맞춤한 후 돌아섰다. 문이 반쯤 열렸을 때 나지막한 목소리가 그를 불러 세웠다.

"너. 요즘 심취한 그 놀이는 그만두지 않을 생각이냐?"

내내 동요가 없던 라크나의 입매가 약간 움직였다. 그는 문고리를 연 채로 반쯤 돌아서서 백작의 뒤통수를 차갑게 응시했다. 그와 달리 입가에는 금방 연한 웃음이 올라왔다.

"무엇을?"

"네가 저 먼 섬나라에서 데려온 것 말이다."

"……의외군. 거기에 관심 가질 줄은 몰랐는데."

"나도 내가 이런 말을 할 줄은 몰랐다."

라만은 거의 타들어 간 시가를 팔걸이에 비벼 끈 후 수그린 맹수 같은 사내를 똑바로 주시했다. 이러니저러니 해도 혈육이었다. 서로를 가장 경멸하고 증오한다 하나 어쩔 수 없는 태생적인 유대와 이해로 그들만큼 상대를 뼛속 깊이 아는 이도 없었다. 라만이 죽는다면 앓던 이 빠진 듯 속 시원할 테지만 라크나를 온전히 아는 사람 또한 죽어 없어질 것이다. 반대의 경우도 마찬가지다.

여러 가지가 얽혀 있는 눈빛을 마주한 채로 라만은 단호하게 충고했다.

"그것. 내버려라. 더 깊어지기 전에."

"내가 왜?"

"너도 어렴풋이 느꼈을 텐데. 위험한 계집이야. 가까이 두었다가는 큰 화를 입을 거다. 버려. 어서."

일생에 얼마 없는 진심 어린 경고라는 걸 모를 수 없다. 그의 형제는 허튼소리를 할 위인도 아니었고 그들 사이에 걱정 따위는 거대한 숲에 딱 하나 있는 너무나도 희귀한 돌연변이 짐승 같은 존재였다. 그러니 아마도, 저건 틀린 말이 아니리라. 드물게 진지한 재색 눈을 가만히 내려 보다가 라크나는 피식 입매를 비틀었다. 하지만 말이다…….

"그런 건 예전에 했었어야지, 형."

따지고 보면 내가 한 수많은 미친 짓 중에 그녀는 너무도 사소한 것에 속할 텐데. 이제 와서 몸 사리는 것도 새삼스럽고도 우습지 않은가.

그는 킬킬 손을 흔들고는 저택을 나섰다. 그리고 경고를 발로 짓밟듯이 곧장 입궁해 이카릴을 찾았다. 이제 고질병처럼 익숙해진 목마름이 목울대를 적셨다. 스미고도 바로 증발하는 기묘한 감각이다. 허덕이는 짐승만치 갈급하게 황궁 복도를 걷다 후원으로 향했다. 예상대로 그녀는 거기에 있었다. 예상한 그대로의 충만함이 차오르다가,

"우리 도망갈까?"

동시에 바닥까지 갉아먹혔다.

라크나는 비스듬히 고개를 기울인 채 소년에게 끌어안긴 이카릴을 바라보았다.

'그것. 내버려라. 더 깊어지기 전에.'

나의 형제는 틀렸다.

이미 완벽히 삼켜 버린 후 남은 찌꺼기까지 핥아 먹고 있는데 어찌 잘라 내서 버린단 말인가.

그건 이미 내 피일 텐데.

✤

이카릴은 길 가다 부딪힐 뻔한 시녀에게 표독스럽게 쏘아붙이고 신경질적으로 빠르게 쫓기듯 걸었다. 그리 초조하게 내딛던 발걸음도 복도 기둥 두어 개를 지나고 나니 차츰 느려졌다. 외려 둥둥 떠다니듯 가는 둥 마는 둥 그녀는 멍하니 딴생각에 잠겨 있었다. 손톱에서 따끔함이 올라왔다. 무의식중에 길 잃은 아이마냥 물어뜯어서 피가 난 것이다. 짜증스럽게 입 속에 넣고 빨았다. 뜨끈한 혓바닥에 비린 향이 번졌다.

'우리 도망갈까?'

카를의 속삭임은 무서울 만큼 달콤했다. 그래서 더더욱 비현실적이라 잘못 들었나 했다. 당시 이카릴은 카를의 절박하고도 애틋한 얼굴

을 멍청하게 쳐다보았다. 그녀가 처음 만난 순간부터 찬양했던 금빛 머리칼이 미풍에 나부끼는 것을, 젊음의 풋풋한 축복이 가시지 않은 붉은 뺨, 달달한 말을 자아내는 그의 입술을. 한참 동안. 소년은 액자 속에서 영원히 생생할 듯 아름다웠다. 카를. 그녀는 몽롱하게 입을 열었다.

"너 미쳤니?"

부리부리하게 떠진 큰 눈은 얼빠진 병신 보듯 기이했다. 뿌리치는 것처럼 몇 걸음 물러났다. 풀썩 힘이 빠진 팔을 늘어뜨린 채 카를은 저를 이질적인 물건 구경하듯 하는 이카릴에게 입술을 달싹였다. 그러든가 말든가 소녀는 콧등을 찡그리며 연신 주변을 두리번거렸다. 약은 짐승만치 신경을 곤두세운 경계 서린 머릿속에 들어앉은 건 누군가의 일말의 용기와 희망을 단번에 으깨 버린 것보다는 누군가 이 위험한 대화를 듣지는 않았냐는 거였다.

저는 아무 잘못도 없는데 카를의 멍청한 말 때문에 벌을 받거나 감옥에 갇히는 건 정말이지 끔찍한 일이었다.

"이카릴. 난,"

"너. 바보야? 그런 말을 하면 큰일 나."

너뿐만이 아니라 나한테도. 그리고 그녀에게는 후자가 가장 중요했다. 황제의 수많은 첩과 전리품들 중에서는 당연히 남모르게 외간 남자와 눈이 맞은 소수가 있었고 또 그들 중 아주 극소수의 한둘은 야반도주를 하거나 상대에게 순결을 내주었다.

당연한 비극은 내명부의 찔러도 피 한 방울 안 나올 것 같은 여관女官들은 귀신같이 이 사실을 알게 된다는 것이다. 고발이든, 담벼락을 넘다 걸리든, 처녀성 검사에서 남자를 아는 몸인 게 드러나든, 결과는 매한가지다.

그들은 끔찍한 고문을 받고 알몸으로 거꾸로 매달려 가시 달린 나뭇가지로 마흔 번의 채찍질을 받았다. 이카릴은 입궁한 지 한 해가 넘어가던 즈음에 고운 머리카락도 바싹 흉하게 깎이고 등에 '더러운 계집'이라는 표식이 인두로 지져진 채 궁 밖에 던져졌던 그녀들을 기억하고 있었다. 옆에서 그 모양을 보며 한껏 치장한 채 키득거리던 여자들은 저리 쫓겨나도 저잣거리에서 돌팔매를 당해 죽거나 창녀로 팔려 갈 거라 말했다.

지금 나더러 그 계집들처럼 되라고? 순할 만큼 흐리멍덩하던 눈매가 매섭게 일그러졌다. 갑자기 카를의 빼어난 미모가 볼품없는 쓰레기처럼 느껴졌다. 미친놈 같으니라고. 죽으려면 혼자 죽을 것이지 왜 나를 끌어들여? 이래서 천한 태생이란⋯⋯. 마치 단 한 번도 그에게 호감을 품은 적도 없다는 듯이 뒤집어진 태도가 보호색으로 위장해 모른 척 시치미를 떼는 거미 같았다.

힐랄의 말이 맞았다. 저 애랑 계속 있다가는 너도 오해받을 거야. 내면에 웅크린 그림자가 빠르게 조잘거리는 걸 들으며 이카릴은 뒷걸음질 쳤다. 거의 적대감을 보이는 그녀의 행동에 카를은 큰 충격을 받은 듯했다.

그는 망연히 서 있다가 다급하게 다가가 손목을 잡아챘다. 벌레 붙은 듯 내팽개쳐졌다. 당혹과 상처, 거절에 대한 분노보다도 겁이 덜컥 올라왔다. 이카릴이 금방이라도 그를 버리고 가 버릴 것 같았다.

"이카릴. 이카릴. 왜 이러는 거야. 내가 싫어?"

"너야말로 나한테 왜 이래? 왜 날 죽이려 들어?"

"죽이려 들다니. 대체 무슨 소리야?"

어안이 벙벙한 얼굴이 정말이지 할퀴어 주고 싶을 정도로 혐오스러웠다. 이카릴은 앙칼지게 지껄였다.

"난 황제의 첩이야. 나더러 너랑 도망갔다 잡혀 죽으라고? 자살하려면 혼자 가서 죽어 버려."

곱기만 했던 입술이 내뱉은 단어들은 오래 품고 있던 독처럼 악랄하고 잔인했다. 언뜻 미소까지 서린 작은 얼굴의 독살스러움에 카를은 입을 다물지 못했다. 이때껏 알던 여린 계집아이가 아니었다. 어린 메두사 앞에 선 양 소름이 돋았다. 사실 카를이 떠올린 건 메두사 같은 추상적인 것보다도 좀 더 가까운 대상이었다. 푸른 달을 등지고 그의 살덩이를 도려내던 그 남자. 잘린 부위가 찢기듯 아파 덜덜 떨며 감싸 쥐었다.

지금 이카릴은 그때의 그자와 똑같은 표정을 짓고 있었다. 뒤통수가 얼얼했다. 하지만 애써 부정한다. 아니야. 착각이다. 카를은 이카릴을 몇 해가 넘게 보아 왔다. 그런 미치광이와 저 애가 같을 리가 없잖은가……?

그는 고개를 가로저었다.

"그렇지 않아."

"뭐가? 난 갈 거야."

"형이 안 들키게 도와줄 수도 있어."

당장 뒤돌아설 기세에 카를은 저도 모르게 형을 팔았다. 그러다 엉겁결에 확신도 섰다. 형이라면 그들을 도와줄 거라는 막연한 기대감. 왜냐하면 이때껏 알렉시온이 카를의 부탁을 거절한 적이 거의 없었기 때문이다. 그것에 내내 죄책감을 갖고 있었으면서 다급해지니 결국 매달릴 건 그게 다였다. 가슴께가 묵직하게 내려앉았지만 돌아본 이카릴의 시선 하나에 눈 녹듯 둔통이 사라졌다. 교활한 여우 같은 갸름한 눈이 재보듯 훑어 온다. 어리석게도 그 간사한 눈길 한 줌에도 마음이 술렁이는 저를 깨달았다. 탄식 같지 않은 탄식이 허파를 비집고 나왔다. 아. 그녀는 진정 달콤한 독이었다.

끝없이 추락하는 듯한 어지러움을 느끼면서도 카를은 감언이설을 늘어놓았다. 입이 닳은 듯 움직이고 있었다.

"이곳보다 훨씬, 행복하게, 부유하게 살 수 있어. 고생 한 번 안 하고."

붉은 꽃잎이 살랑살랑 춤추는 것처럼 이카릴의 시선이 저에게 머물렀다. 그 말간 것에 비친 본인을 본다. 제 온 일생이 바닥이었어도 이

만큼 비굴한 저는 본 적이 없었다. 그녀가 이 간절함을 알기를 바랐다. 머뭇거리는 이카릴의 입술만 보고 있을 수 없어 가는 팔을 잡고 채근했다.

그녀는 움찔대며 벗어나려 했지만 이때까지의 부드러움과는 다른 억제가 그녀를 붙들었다. 대답하지 않으면 내내 이러고 있을 태세다. 누가 이런 우릴 보고 있으면 어쩌지? 이카릴은 주변을 힐끔 곁눈질하다 건성으로 대꾸했다.

"생각해 볼게."

카를의 얼굴에 퍼지는 안도감을 본체만체하며 이카릴은 후다닥 치맛자락을 잡고 달아났다. 덫에서 놓여 야생으로 풀려난 토끼 같았다. 그 후 정처 없이 걸었다. 산불에 놀란 양 일단 자리를 피하긴 했으나 시간이 갈수록 가슴이 두근두근 뛰었다. 카를을 볼 때마다 은근히 설레던 것과는 또 다른 불안정함이었다.

도망가자니, 정말이지 말도 안 되는 소리였다. 이카릴은 칼이 목 끝에 걸쳐지지 않는 이상 저 스스로 위험을 자초할 수 있는 인간이 못 되었다. 조국이 멸망할 때까지 남 일처럼 무신경했던 과거처럼.

죄지은 사람마냥 두리번거리며 잰걸음으로 걷던 그녀는 누군가와 퍽 부딪쳤다.

단단함에 튕기듯 넘어질 뻔하다가 손목이 붙잡혔다. 그리고 그 순간, 벼락처럼 이 익숙한 구속의 감각이 전신을 자극했다. 화인처럼 남은 그의 손길. 입술이 부들부들 떨렸다. 놀라 위로 시선을 들었다가 차마 더 올리지는 못하고 굳은 시야에, 닫힌 칼집처럼 단정한 입매, 수려한 선을 그리는 턱과 목 끝까지 잠긴 은장 단추가 보였다. 딱딱 이를 부딪치기 시작한 그녀에게 놀랄 만큼 유한 목소리가 말을 걸었다.

"괜찮으십니까? 시본느."

그건 정말 그녀를 걱정하는 것처럼 들렸다. 그 정도의 상냥함이라 이카릴은 무의식중에 눈을 올렸고, 차가운 벽안과 맞닥뜨렸다. 두꺼운 성벽을 뚫고 나온 한 줄기 빛이 수려한 낯을 반으로 이등분하고 있었다. 흑백이 공존하는 얼굴. 단단한 엄지가 매끄러운 손등을 쓸었다. 떠밀리듯 고개를 주억거려 대자 얄팍하게 드리운 입가의 그림자가 움직였다.

허나 이카릴을 뚫어져라 주시하는 눈은 일절의 미동도 없었다.

겁에 질린 소녀를 가만히 주시하다가, 머리칼을 넘겨 주듯 천천히 훑고, 이내 낮달처럼 희미한 미소를 띠었을 뿐이다. 구름이 자리를 옮겼는지 이내 완벽히 빛이 거둬진 남자의 표정은 빛 아래서보다 훨씬 선명했다. 그는 '다행이군요.' 라고 말했다. 이카릴은 신사처럼 정중하게 제 손등 위로 허리를 굽히는 사내를 넋을 놓고 바라보았다.

이곳이 황궁 복도이며 그가 황제의 총신寵臣이라는 점을 볼 때 이는 어쩌면 당연한 일이고, 예전에도 에스페리스 후작이 그녀에게 인사를 올린 적이 없던 것도 아니었음에도, 매우 불길하고 공상적인 장면처럼 느껴졌다.

이내 뱀 껍질마냥 차갑고 매끄러운 입술이 살갗에 닿았다. 숙인 검은 머리, 덕분에 드러난 반듯한 목이 은밀한 무언가를 훔쳐보는 것같이 느껴졌다.

그렇게 점잖게 키스한 남자는 닿은 피부를 혀를 내어 핥았다.

"……!"

화들짝 놀라 떨치려 하였으나 언제나처럼 강하게 잡힌 탓에 부질없었다.

라크나는 정갈하게 내리깔렸던 눈만 들어 잔뜩 어지럽혀진 이카릴을 올려다보았다. 보일 듯 말 듯 그의 붉은 혀가 어렴풋이 드러났다. 아찔했다. 마치 음부를 애무하다 시선을 마주하고 있는 듯한 야릇함에 붉게 달아올랐다. 힘이 풀린 다리가 본능적으로 뒤로 물러설 듯 갈팡질팡한다. 그는 그 움직임을 힐끗 보다가 여유롭게 흰 손등에 잇자국을 새기고 나서 허리를 폈다.

공교롭게도 사방에는 아무도 없었다. 그러나 그렇다 해서 보는 눈이 없는 건 아니었다. 방금 전 카를의 위험한 발언이 다시 떠오르고 참으로 뒤늦게도, 그 위험성은 카를뿐만 아니라 이 사내와의 관계에서도 뒤따른다는 사실을 깨달았다. 물론 라크나는 이카릴을 안지 않았지만⋯⋯. 아.

욕정에 애가 닳았으면서도 결과적으로는 항상 인내하던 남자의 그르렁거림이 떠올랐다. 설마? 바로 부정했다. 찰나 말도 안 되는 생각을 했다.

사내란 참을성이 부족하고 욕심도 많은 족속이다. 특히 이런 남자가 누군가를 보호하려 제 탐욕을 죽일 치로는 보이지 않았다.

"아까,"

아무 일도 없었다는 듯이 입을 열었다. 하지만, 민감한 이카릴의 오감이 바짝 곤두서서 평소보다도 지나치게 조용한 남자를 경계했다. 습관 같은 공포가 다소 가라앉고 나니 억지로 잡아 누른 것처럼 꽉꽉 비틀린 그가 이제야 제대로 보이기 시작한 것이다.

그는 격노해 있었다.

지금까지의 그 어느 때보다 더.

두려움에 손을 뿌리치고 도망치려 했지만 단숨에 어깨가 잡혀 벽으로 밀쳐졌다. 그가 조금만 조심성을 거두면 부서질 것처럼 힘이 들어간 손아귀와 달리 그녀를 가둔 채 보고 있는 눈길이 지나치게 단조로워서 더 무서웠다. 서리가 정수리까지 쌓여 들러붙은 양 냉혈한 그런 눈이었다. 바로 얇은 유리그릇 깨지듯 훌쩍거리는 그녀의 뺨을 건드리면서 라크나는 짓씹듯 말했다. 이를 가는 것도 같았다. 그는 거칠고 메말랐다.

"산책을 갔다 오셨습니까?"

"흐으⋯⋯."

동시에 반듯했다.

라크나는 단 한 번도 속박하고 탐하는 것 외에 이카릴을 폭력적으로 대하지 않았으나 이성을 잃은 듯 들끓는 눈을 마주하고 있으니 덜컥 겁이 났다. 이카릴이 아는 사내들이란 제 욕심대로 안 되면 얼마든지 손찌검도 서슴지 않는 동물들이었다.

예전 왕국 왕녀 시절, 그녀의 오라비는 종종 손을 올리곤 했다. 물론 흔한 건 아니다. 이카릴은 신의 소유물이었으니 제 폭력성과 욕구를 대놓고 드러낼 만한 대상은 아니었으니까. 죽어 나자빠질 때까지 기껏해야 두세 번 정도. 거의 오락가락 잊혀질 때쯤 되새기듯 그렇게. 그녀조차 자위하듯 억지로 망각으로 가리고 있다 한 번 맞고 나서야 이렇게 떠올리곤 했다. 이유는 여럿이었다.

처음에 그가 어린 누이에게 미치기 전, 특유의 엄살로 빽빽 울어 대는 소리가 듣기 싫다며 한 번. 광증 같은 집착이 돋은 후 술에 잔뜩 취해서 밤중에 제 침소로 찾아와 짓누르고는 싫다 반항하자 한 번. 대사제가 밤 기도 중 기이한 여아의 울음소리를 듣고 달려와 이 패륜적인 광경을 발견하지 않았더라면 그녀는 초경도 하지 않은 어린 나이에 꺾여 버렸을지도 몰랐다. 추상같은 으름장과 달램으로 한동안 얼씬도 하지 않았지만, 저열한 광증이 그친 것은 아니었다. 언젠가 난교가 난무하는 술자리에 불러 놓고 울먹이는 걸 감상하다 입을 맞추려 했고 아득 물어뜯어 버린 그녀의 뺨을 때렸다. 그게 마지막이었다.

형태만 달랐다 뿐이지 그녀가 어서 크길 바랐던 사제들도 크게 다르지 않았다.

이 남자라고 다를 게 있을까. 평생 신전에 갇혀 기도문만 읽고 단식하던 치들도 저보다 약한 것을 괴롭힐 때는 그리 잔인했는데, 칼로 사람을 죽이는 게 일과인 자가 더하면 더했지 덜하지는 않을 터다.

아픈 건 싫다. 매질도, 맞는 것도 싫었다. 육체적 고통뿐만 아니라 그건 이카릴의 영혼도 멍들게 만들었다. 해서 그녀는 일생 강한 이들에게 굴복하고 슬슬 엎드리며 살았다. 같은 상처라도 어릴 적에 생긴 흉터는 잘 지워지지도 않았다.

이카릴은 힘겹게 침을 삼키면서 힉힉 고개를 끄덕였다. 저를 보는 푸른 눈이 가늘어졌다.

"누구와?"

"그,"

무심코 고분고분 말할 뻔하다 헉— 하고 입을 가렸다. 말 없는 라크나의 눈치를 살폈다. 그녀를 벗겨 놓고 마음껏 채찍질할 수 있는 표정 없는 여관들보다 눈앞의 사내가 더 두렵게 느껴졌다. 청명하게 빛나는 눈빛 아래서 그녀는 바짝 쪼그라들었다. 심장이 콩콩 뛰었다. 죄책감과 유사한 괴이한 감정이 속을 긁어내렸다. 초침이 느리게 흘렀다.

그는 그녀를 구석으로 몬 것 외에 어떤 행동도 하지 않았다. 그러함에도 그의 분노가 잡힐 듯 느껴져 점차 허덕거렸다. 저 홀로 과하게 겁을 집어먹고 벌벌거리는지도 몰랐다. 라크나는 지나치게 발작적으로 떠는 이마와 축축한 머리채를 쓸었다. 식은땀이 한가득 배어 나온다. 반듯한 미간이 찡그려졌다.

"이카릴."

맞을까 불안한 눈이 들리자마자 턱이 고정되고 훅 서늘한 체향이 덮쳐 왔다. 놀라 벌린 입으로 그가 들어왔다. 완만하게 감긴 두 눈덩이 아래 촘촘히 돋은 검은 속눈썹과 날카로운 콧날이 보였다. 시퍼런 벽안이 가신 그의 얼굴은 왠지 훨씬 유하고 어려 보였다. 숨을 불어넣듯이, 라크나는 그렇게 한참 그녀의 입술을 맛보고 핥았다. 사레 걸린 아이 진정시키는 것 같은 움직임에 곤두섰던 어깨가 서서히 내려앉았다.

이윽고 그들이 떨어졌을 때, 투명한 타액이 길게 이어졌다. 뺨이 뜨거워졌다. 시선을 피하는 소녀를 눈에 담던 라크나가 손톱 아래 부드러운 살로 작은 턱을 매만졌다.

"내가 널 죽일까 겁나나?"

수축된 동공을 빤히 보다 그는 턱을 놓고 은갈색 머리카락, 귓불을 쓰다듬었다.

"난 널 해치지 않아."

최소한 내가 정한 방식 외에 다른 걸로는. 붉어진 목덜미를 스치고 날개뼈를 더듬는다. 차갑기만 한 사내의 얼굴에서 발정한 맹수의 그 것을 읽었다.

"훨씬, 행복하게, 부유하게, 고생 한 번 안 하고 살기 위해 굳이 둥 지를 벗어나지 않아도 된다는 말이지."

"……!"

라크나는 노래하듯 중얼거리며 창백하게 핏기 가신 이마에 입 맞췄 다.

⚜

그날 밤, 밤늦게 잉카르트 공작의 내실에 손님이 찾아왔다.

검은 두건으로 살 한 점까지 꼼꼼히 가리고 연신 주변을 경계하며 작은 마차에서 내린 실루엣은 호리호리했다. 부리나케 걷다 돌부리에 걸려 상스러운 욕지거리를 내뱉는 목소리는 살쾡이처럼 가느다랗고 날카로웠다. 여인은 쓸모없는 하녀에게 매질을 퍼붓듯이 홀로 속살거 리다 손이 시린지 양손을 마주 잡고 매만졌다. 생각 같아서는 계집아 이들처럼 입에 대고 입김이라도 쐬고 싶었지만 품위 없다 여겨 그러 지 않았다.

쥐새끼처럼 숨어든 것과는 달리 그녀는 그래도 존중 어린 환대를 받았다. 차디찬 손발을 남몰래 동동 구르며 램프 등을 든 집사를 따라 안으로 들어갔다. 긴장되었지만 그것을 티를 내고 싶지는 않았다.

몇 개의 문과 통로, 벽걸이 자수로 가려진 작은 쪽문을 지나 둥글고 안락한 작은 방에 당도했다. 수십 번 이 저택에 들어왔지만 이런 비밀 스런 장소는 처음이었다. 뜨겁게 타오르는 벽난로와 모락모락 김이 피어오르는 찻잔이 있고, 반쯤 휘장에 가려진 금장 액자의 초상화가 걸린 보랏빛 벽지, 그리고 두꺼운 이국의 양탄자가 바닥에 깔린 방은 후덥지근할 정도로 주황색 불빛에 푹 젖어 있었다. 안락의자에 걸쳐진 검은 부지깽이마저 금빛으로 얼핏 반짝였다. 고양이 한 마리가 인기척에 노란 눈을 돌리더니 냉큼 의자에 몸을 누인 주인의 무릎 위로 올라갔다.

방문객, 베아트리앙 백작 부인은 중년 남자의 검은 뒤통수와 느릿하게 고양이를 쓰다듬는 반지 낀 손을 보자 나른하게 풀렸던 긴장이 다시 바짝 곤두서는 걸 느꼈다. 그는 그녀를 돌아보지도, 자리를 권하지도 않았다.

거기에 기분이 상하기에는 그녀는 너무나도 주제 파악을 잘 하고 있었다. 남자가 손등을 보이고 까딱이자 재빨리 입 속으로 내내 외우고 있던 것들을 풀어 내놓았다.

"공작님. 중요한 것을 알려 드리러 왔습니다. 그게,"

"에스페리스 후에 관한 정보라고?"

제 애완 짐승을 어르는 느긋함과는 달리 말허리를 단번에 자르고 치고 들어오는 음성은 성말랐다. 타닥타닥 타들어 가는 소리가 의인화한 것 같았다. 백작 부인은 찬 발을 덜덜 떨면서 보지도 않는 그를 향해 고개를 끄덕였다.

"네. 정말 놀랄 만한 것을 보아서……."

"어서 말해 보게. 보다시피 나는 쉬던 참이라."

이는 물론 공작의 기대에 미치지 못하는 정보라면 화를 면치 못하리라는 부드러운 협박이었다. 백작 부인은 핏기 없는 입을 움직였다.

"에스페리스 후가 시본느 부인에게 흑심을 품은 것 같습니다."

엎드려 있던 고양이가 눈을 떴다. 잠시 멈췄던 손길이 다시 움직였다. 진자줏빛으로 물든 등이 조금쯤 들썩거렸다. 이윽고 울린 목소리는 까끌했다.

"시본느, 라면……. 그가 황제에게 바친 아르고니아의 왕녀 말인가?"

"네. 제가 교육을 맡아 가르쳤습니다만……. 괴이한 계집입니다."

백작 부인은 덧붙이듯 부연했다. 공작이 말이 없자 그녀는 줄줄 이카릴에 대해 아주 사소한 것까지 늘어놓기 시작했다. 그녀가 저지른 자질구레하고도 잔혹한 사건 사고들, 어린애 같고 신경질적인 성품, 사생자 카를과 어울리던 일까지. 카를의 이름이 나오자 심기가 불편한 기침이 몇 차례 나왔다. 눈치 빠른 백작 부인은 그동안 입을 꾹 다물고 있다 공작의 너머에 걸린 초상화를 우연히 보게 되었다.

언뜻 떠오른 선만으로도 고혹적인 여인의 그림이었다. 어둑하고 불긋한 빛에 물들어 정확히 보이지는 않지만 곱게 한쪽 어깨로 드리운 아름다운 금발이 도드라졌다. 묘하게 고정돼 있던 시선은 공작의 날카로운 채근에 금방 아래로 떨어졌다.

"그래서, 그자가 그 계집을 맘에 두었다는 게 확실한가? 한 번 동해 건드리는 걸 착각한 건 아니냐는 말일세."

"아닙니다. 그렇기에는 너무,"

후작이 지었던 표정이 넘칠 만큼 극단적으로 몰입해 있었다. 언제나 돌가루가 듬성듬성 떨어질 듯 황량하거나 서슬 퍼런 귀족적인 살기만 말라붙어 있던 남자가, 전혀 다른 인두겁을 뒤집어쓰고 있는 듯했다. 두 번의 결혼과 오랜 사교 생활로 사내에 대해 잘 알고 있는 그녀는 지금 후작의 상태가 어떤 건지 단번에 알아챌 수 있었다.

앞에 있는 여자를 어찌하지 못해 안달이 난 수컷. 광증에 가까운 진득한 탐닉.

그럴 때의 사내들이 어떠한지 모를 리가 없었다. 그녀의 신중한 의견에 공작은 턱을 괴고 생각에 잠겼다.

"그 여자는 어떻던가."

"에스페리스 후를 두려워하는 것처럼 보였습니다."

"계집을 겁박할 정도로 집착한다라. 이거 우습군그래."

날카로운 울음이 길게 찢어졌다. 후다닥 달아난 고양이가 어둠 속에서 세로 모양 눈을 치켜떴다. 큭큭큭 낮은 웃음이 흘렸다. 그래. 제 놈도 사내라 이거지? 이 짐승만도 못한 자식.

"계집을 이용해야겠어."

"어찌……."

"자네는 내가 시키는 대로만 하게."

장작 먹은 불길이 그림자를 불사르며 붉게 타들어 갔다. 타닥. 타닥.

🙖

넓은 영토만큼 제국에는 신이 많았다. 먼 고대까지 올라가는 토착 신과 교단의 신화들, 신격화된 영웅과 위인들까지 열 손가락으로는 다 담을 수 없을 만큼 셀 수 없이 많다. 그런 다양하고도 복잡한 신앙에도 강물에 유등을 띄워 남은 해의 건강과 행운을 비는 풍속은 모든 제국민이 같았다. 하루를 마감하고 발을 씻는 것을 중시 여기는 것처럼, 그들은 강의 여신이 기도와 소망을 귀 기울여 듣고 더한 풍요를 가져다줄 것이라 믿었다.

하여 이카릴 또한 강물에 띄울 초와 유등을 고르고 있었다.

제국의 여러 미신들을 남몰래 경시하곤 하였으나 아르고니아의 왕실에도 유등놀이를 즐기던 풍습이 있었다. 이카릴은 오랜만에 나쁘지 않은 기분으로 연꽃 모양의 화사한 유등 잎을 만지작거렸다. 왠지 요즘따라 패악도 덜하고 우울하게 넋 놓고 있는 주인의 심사를 불안하게 살피던 시녀들은 조금 마음을 놓았다. 가진 성질을 드러내지 않음으로 인해 모시기 편하기는 했으나 저리 조용하다 언제 또 발작 같은 신경증이 돋을지 폭풍 전의 고요 같았던 것이다.

198

잔뜩 움츠러든 시동 하나가 다기를 내려놓고 쏜살같이 빠져나간 자리를 무뚝뚝한 시녀 힐랄이 지켰다. 현무암 같은 눈이 빛바랜 노루 같은 희끗한 뒷모습, 하늘거리는 양 나긋하게 움직이는 손가락들에 고정되었다. 하얀 옷을 입은 그녀는 우연히 떨어진 흰 꽃잎 한 장 같았다.

"시본느 님. 손님이 찾아오셨습니다."

봄 안개 같은 정적이 흐트러졌다. 뾰족한 눈썹을 꿈틀거린 힐랄은 몸을 돌려 문을 열고 나갔다. 고개를 숙여 보이고 뒤로 물러선 하녀 아이의 하얀 두건을 내려다보다 상대를 응시하는 태도는 단정했으나 그리 공경이 어려 있지는 않았다. 하기야 그녀는 이제 이곳에서 더 이상 얼굴 볼 일 없을 거라 여겼던 사람이었다. 힐랄은 고개를 치켜드는 베아트리앙 백작 부인에게 무표정하게 입을 열었다.

"어쩐 일이신지요."

"무슨 일로 왔겠나. 오랜만에 시본느께 안부 인사나 전하러 왔다네."

소매를 툭툭 털듯 매만지면서 백작 부인은 능청맞게 말했다. 힐랄은 나무 껍데기 같은 얼굴로 물끄러미 그 교활한 허연 낯을 보고 있었다. 백작 부인은 확 인상을 썼다.

"뭐 하고 있는 거지? 어서 안내하지 않고?"

아무 말 없이 고개를 숙이고는 다시 방 안으로 들어가는 시녀를 날카롭게 노려보았다. 그 주인이나 종이나 불쾌한 건 매한가지군. 흥, 코웃음 치고는 여우 털로 된 숄을 바짝 끌어당겼다. 주름지게 찡그려졌던 미간은 안으로 안내되고 나니 금방 매끄러운 자기처럼 빳빳해졌다. 그녀는 흙탕물에 발이 닿기 싫은 목 긴 새처럼 의자에 꼿꼿하게 앉았다. 그리고 맞은편 이카릴의 작은 얼굴을 보고 새삼 놀랐다.

좀 더 어릴 적에도 특유의 묘한 분위기를 가릴 수 없었는데 몇 년 만에 가까이서 보게 된 그녀는 흰 눈 속에서 철 모르고 일찍 핀 붉은 꽃 한 송이였다. 혹은 금방이라도 무너질 듯 가느다란 가지에 엉겨 붙은 희미한 눈꽃이리라. 사내들이 보기에는 한 손에 쥐기만 해도 바스러질 위태로움으로 보이겠지. 그러면서도 무구한 빛깔의 짙은 홍채는 불안정하기 짝이 없어 한 번쯤 꺾어 보고 싶은 욕망을 불러일으켰다.

사랑이나 애정 따위와 같은, 문명화된 감정보다는 야만스럽고 태초적 본능을 자극하는 종류였다. 짐승이 교미 시 풍기는 야릇한 향취처럼.

"백작 부인?"

흠칫 놀란 백작 부인은 슬쩍 몽롱한 동공에서 눈길을 돌렸다. 한편에 곱게 손질된 꽃 유등이 늘어져 있었다.

"유등을 고르고 계셨나요."

"네."

이카릴의 짤막하고 성의 없는 대응에 방문객은 눈살을 찌푸렸다. 사실 예법상 함께 앉아 있다 뿐이지 이카릴은 시종일관 딴생각에 빠진 것 같았다. 그녀가 의식하든 그렇지 않았든 무시하는 거나 다름없는 처사라 모멸감이 치미는 건 당연했다. 어쨌건 자존심 드센 백작 부인은 이게 의도적인 무례함이라고 해석했다.

"제가 찾아온 건,"

간드러진 목소리가 말꼬리를 흐렸다.

"시본느께 유익한 조언을 하러 왔답니다."

"조언이라니요?"

이카릴은 갓 난 순진한 여우처럼 고개를 갸웃거렸다. 백작 부인의 입매가 길게 찢어졌다.

"엊그제 궁정 복도에서 당신을 보았답니다."

이 말은 덩어리진 진흙처럼 느릿하게 귓바퀴를 기어 귓속으로 들어왔다. 아주 느리게 그 의도를 이해하고 나서야 곱고 자그마한 얼굴이 창백하게 경련했다. 못 알아들을 수 없었다. 지금까지도 그 일을 계속 곱씹고 있던 참인데.

깨진 꽃병의 물처럼 확 퍼지는 상대의 공포감을 느낀 백작 부인은 저열한 쾌감을 느꼈다. 덜덜 떨리는 손에 제 차가운 손을 겹친 채로 그녀는 뱀처럼 속살거렸다.

"이제 이 방의 사람들을 다 물리는 건 어떤가요?"

그게 당신을 위해서도 좋을 텐데. 이카릴은 제 찬 발끝을 보았다가 입술을 깨물고 불안하게 눈을 굴렸다. 재촉하듯 긴 손톱 끝이 살로 파고들자 발작처럼 소리쳤다. 다 나가! 시녀들은 전부 화들짝 놀랐지만 예의 변덕이 다시 돋은 거려니 치고는 다들 물러났다. 마지막으로 힐랄이 문틈으로 서로를 빤히 쳐다보고 있는 그녀들을 힐끔거리고는 문을 닫았다.

긴장 어린 침묵이 테이블 위를 맴돌았다. 바짝 날이 선 채로 이카릴은 태연하게 차를 마시는 백작 부인을 노려보았다. 뱃속에 웅크린 본성이 악다구니를 쓰며 날뛴다. 협잡꾼, 염탐이나 하는 개같은 년. 죽여 버려! 죽여 버려!

하지만 아무 힘이 없는 그녀는 이를 갈며 속으로만 저 계집을 몇 번이고 찢어 죽일 뿐 다른 방법이 없었다. 득득 성을 내는 안과는 달리 겉으로는 잔뜩 주눅이 들어 눈치를 살피던 이카릴은 백작 부인이 이윽고 찻잔을 내려놓자 흠칫 어깨를 떨었다. 인위적 느낌이 물씬 풍기는 하얀 분칠을 한 여자가 입매를 뒤틀었다.

"자. 잘 들어요. 내가 시키는 대로만 고분고분 잘 따른다면 아무 문제도 없을 테니까."

물론 그렇지는 않았다. 하지만 그걸 안다 해도 저가 안 따를 도리가 있던가. 담뿍 조소를 머금은 채로 품에서 작은 주머니를 꺼내 던졌다. 작은 구슬이나 들어갈 법한 어린애 바늘쌈지 같은 그것을 주시하는 소녀에게 마른 입술을 열었다.

"그것을 에스페리스 후작에게 먹이세요."

"!"

"자. 매질당하고 궁에서 쫓겨나고 싶은 건 아니겠지요?"

우아한 황궁 예절을 갖춘 상냥한 목소리가 염려하듯 되물어 왔다. 이카릴은 그런 협박을 웃어넘길 수 있을 정도로 대담한 이가 아니었다. 그게 제 신상과 목숨에 관련된 것이라면 더더욱.

이카릴은 손을 부들부들 떨면서 주머니를 향해 뻗었다.

삶에 허덕이는 이 순간, 제 목덜미에 얼굴을 묻고 흔적을 남기던 수려한 남자가 떠올랐다. 검푸른 바다에 떠오른 반쯤 갈린 초승달마냥 스르륵, 소리 없이. 모든 걸 삼킬 양 거칠면서도 한편으로는 얼마쯤 뭉근한 물 같았던 손길이 피부 위로 되살아났다. 툭, 허리 끝까지 떨어지는 머리채를 훑고 이내 고개를 젖혀 내려다보다 느른히 입술을 삼키는……. 차갑고, 뜨거운 파르스름한 벽안.

손끝에 찬 비단이 닿았다.

"이게 뭐죠?"

이카릴은 그것을 꾹 손에 쥐었다. 밤중 마주친 야생 동물의 눈처럼 기민하게 빛나는 붉은 눈 한 쌍을 꺼림칙하게 보면서 백작 부인은 쌀쌀맞게 잘랐다.

"알 필요 있나요, 당신이?"

이카릴은 더 묻지 않았다. 그저 힐끔 받아 든 것을 내려 보며 살필 뿐이었다. 식은땀이 나 흥건했다. 반대쪽 손을 치맛자락에 묻고 두려움에 배어난 습기를 닦아 냈다. 희게 다소곳이 겹쳐졌던 치마가 구겨졌다. 교수대에 선 사형수가 살기 위해 몸부림치는 밧줄 자국처럼 형편없이.

나라와 피붙이, 태어날 때부터 이루고 있던 모든 것이 박살 나도 살고 싶었을 만큼 깊은, 생존에 대한 갈망이었다. 그게 이제 와서 덜하거나 옅어지지는 않았다.

오히려 더하면 더했지.

그녀는 어설프게 향 없는 독화처럼 웃어 보였다.

"좋아요."

고발자가 건네준 독을 움켜쥔 흰 손등에 푸른 핏줄이 유독 짙었다.

⚜

"오늘따라 참 달이 밝군그래."

술잔이 이리저리 기우는 가운데 한량처럼 태평한 목소리가 깔렸다. 그의 말대로 눈앞의 강물에 녹아든 이지러진 달빛은 얼큰하게 취한 이들의 얼굴과 작은 술잔에도 맺혀 있었다. 여인의 교태 어린 웃음소리조차 영근 밤을 타고 나긋하게 풀린다. 귀족들의 비밀스런 놀이가 으레 그러하듯, 문란하고 향락적인 분위기에 함몰되지 않은 자는 적었다. 눈이 개개풀린 취한 자가 반라의 여인을 냉큼 끌어안고 지분거리자 떠들썩한 웃음이 번졌다.

머저리들 같군.

라크나는 자못 따분하게 턱을 괸 채 평했다. 술잔을 기울이다 조용히 눈을 내리깔았다. 무심히 처음 보는 것마냥 잔에 담긴 제 벽안을 응시하는 그의 주변에서는 고함 같은 폭소와 계집의 비음, 나긋한 악기 소리에 와자지껄한 소음이 불꽃놀이처럼 한데 뒤엉켜 펼쳐지고 있었다. 야단스럽고 요란하다. 이럴 때면, 값비싼 비단을 걸친 저들이나 개들이 교접하는 걸 보고 킥킥거리며 즐거워하는 천민들이나 다를 게 뭔가 싶기도 하다. 사실 똑같다. 칼로 목을 도려내 보면 귀한 피든 개의 피든 붉고 비리고 역한 게 놀랄 정도로 같으니 말이다.

마치 간 보듯 내리깐 눈이 가늘게 찢어지더니 술잔이 휙 강으로 던져졌다. 까만 물가가 말간 거품 몇 알 남기고 흔적 없이 삼킨다. 긴 상아 파이프를 꺼내 입에 물자 이때껏 내내 승냥이처럼 맴돌며 눈치를 보던 여인이 불을 붙였다. 거의 발가벗은 여자의 유혹적인 표정에도 삭막한 무감동함은 그다지 변화가 없었다. 담배심이 빨갛게 타들어갔다.

"왜 그렇소, 후? 도통 재미를 못 보는 것 같군."

라크나는 길게 연기를 뱉으며 눈만 움직여 뭉근히 웃고 있는 잉카르트 공작에게 시선을 두었다. 그는 속에 이를 숨긴 미소를 스쳐 보곤 그늘가에 눕는 백사자처럼 몸을 나른하게 기대었다. 반평생 보낸 전쟁터나 얼간이들 놀이터나 살기가 조여 오는 건 다를 바 없었다. 예의 바르고 건성 어린 대답이 돌아갔다.

"예. 피곤하군요."

"저런, 나이도 젊은 이가 그래서 쓰나?"

"그러게 말입니다."

염려하는 척 비아냥거리는 주름진 눈가는 언제 그에게 공개적으로 모욕을 당했냐는 양 넉넉해 보였다. 답지 않게. 라크나는 죽은 까마귀의 눈처럼 무기질적으로 공작이 제공한 향응에 빠져 접붙이고 킬킬대느라 정신없는 이들을 훑고는 이중 유일하게 정갈한 강물에 시선을 던졌다. 물비늘이 돋아난 강물에 하나둘 유등이 떠오를 터다. 크고 작은 하잘것없는 소망에 배가 부른 여신은 계속 떠내려가다 남부 식민지에서 이 탐욕들을 게워 낼지도 모르지. 물에 젖은 남쪽 사람들은 또 하소연을 수도까지 쌓아 올리고 늙은 황제는 그것을 죄 불사를 것이다. 해마다 반복되는 일들이었다.

그래,

"어쩐 일로 그리 들뜨셨습니까?"

얄팍하게 벌린 입가로 짙은 연기가 흩어졌다. 뿌연 새벽 물 아지랑이 같다. 차갑게 정적을 밟고 있는 푸른 눈은 안개 두른 호수다. 살얼음이 꽁꽁 얼었으나 살짝 잘못 내디디면 속절없이 익사할 그런 얼음물. 무슨 꿍꿍이인지 살피듯 상대에게 기울어진 눈초리는 가히 범상치 않았다. 어중간한 기력을 가진 이라면 절로 오금이 저릴 만큼 이 살인자가 지닌 서늘한 기세는 비인간적으로 무자비했다. 공작은 슬쩍 경직된 미소를 지었다.

가끔 이 애송이 같지 않은 애송이가 사람처럼 느껴지지 않을 때가 있는데 지금이 그랬다.

아니. 더 명확하게는, 그러지 않은 적이 드물었다.

저가 상대하고 있는 게 괴물인지, 인간은 맞는지. 단순하고도 본능적인 의문이 드는 거다.

쩍 찢어진 강바닥처럼 감정이 죄 말라 죽은 것 같다가도 발작적인 포악함과 광기를 보면 앞의 인상이 무색했다. 선명한 이성의 날에 말라붙은 질척한 미치광이의 피처럼 그에게는 양극단이 함께 존재했다.

해서 공작은 제 정적이 무언가에 그토록 실성해 있다는 게 듣고도 믿기지가 않았다. 하물며 겨우 계집 따위라니. 저 정갈한 광인狂人이? 너무도 하잘것없다. 차지도 뜨지도 않은 겨우 그런 것. 차라리 야망과 역심을 품었다면 신뢰라도 가지.

허나, 역사적으로 수많은 걸출한 자들이 여인 탓에 고꾸라졌던 과거, 그 우스운 진실성을 논하자면 이해는 간다. 그러하기에 공작은 바로 준비했던 칼 중 하나를 뽑았다. 머리가 아니라 육감이 이를 이해했기에. 같은 사내요, 수컷이라 그럴지도 모르지. 약간의 조소를 억누르고 공작은 느긋하게 후작을 직시했다.

"인척끼리 이런 자리를 가지는 것도 오랜만이 아닌가. 그간 제국을 위해 노고가 많았네."

건배하듯 잔을 들어 올리고 한 번에 들이붓는 모양을 라크나는 찬찬히 보고 있을 따름이었다. 인척이라. 제 어린 아내를 죽든 말든 방치하던 자와 단순한 장식용 시간 벌이로 혈육을 팔아 치웠던 자가 나누기에는 지나치게 친밀한 단어였다. 물론 낯 두꺼운 두 정치가 중 이를 상관하는 양심이라든가 하는 인간성이 있는 자도 없었다. 라크나는 피식 웃으며 잔을 들어 올렸다.

챙 칼날 맞부딪치는 소리 같다. 그들은 술을 마시며 서로에게서 눈을 떼지 않았다.

다 마시지 않는 라크나를 향해 공작이 능글맞게 물었다.

"왜, 독이라도 탔을까 겁나나?"

"글쎄요. 무서워해야 하나?"

라크나는 고개를 갸웃거렸다. 능청맞기 짝이 없었다. 그의 가벼운 응수에 왁자하게 서글한 웃음이 맴돌았다. 공작은 턱을 괴곤 피식거렸다. 조카를 대하는 숙부처럼 친근하게 말꼬리를 늘린다.

"내 그간 표현하지 못했지만 자네처럼 뛰어나고 제국을 위해 헌신하는 젊은 인재가 흔하겠나 늘 생각했다네. 비록 우리의 뜻이 달라 의기투합한 적은 드물지만 말일세. 아니 그러한가?"

"그렇군요."

찬 낯이 미약하게 뒤틀리더니 벙싯거렸다. 깎아지른 월장석만치 우아하나 안에는 냉소가 빼곡히 들어찼을. 공작은 눈초리를 둥글게 휘었다.

"자네를 보면 부친이 생각나. 작고한 테오도르 백작 말이야. 내가 아는 자 중 인품이 가장 훌륭했지."

"……."

"폐하에 대한 지고지순한 충성심이라든가 하는 것도 아비를 닮아 그런 것 아니겠나."

공작의 입바른 칭찬을 단조롭게 들으며 에스페리스 후작은 다 시든 담뱃대를 내려놓았다. 따분한 듯 흥분한 듯 의미 모를 미소를 띤 채 부드럽게 대꾸한다. 아닐 겁니다. 그분만큼 전 감탄 나올 숭고함을 지니지 못했으니 말입니다. 후대의 겸손함이라 들은 좌중은 하하 웃으며 고개를 끄덕였다.

현 후작의 혁혁한 공과 성과에는 비할 바도 못 되지만 선대 테오도르 백작은 황제의 오랜 동무이자 시동으로서 퍽 가까운 지기였다. 당시 아직 젊음이 짙었던 황제의 오른팔로서 궂은일도 마다하지 않았던 백작에 대한 황제의 신임과 애정이 얼마나 두터웠던지, 그 아들까지 총애하는 것이라 다들 짐작하는 게 정설이었다.

밤이 깊어짐에 따라 흥겨운 음악 소리도 커졌다. 한 남자가 테이블을 두드리면서 소리쳤다. 붉게 달아오른 얼굴이 인사불성 된 취객이건만 이에 웃을 만한 사람은 없었다. 모두 같았으니까.

"아버지를 위하여!"

"위하여!"

참으로 절묘한 건배사였다. 모두 그렇게 생각했다. 하나도 빠짐없이.

라크나가 돌연 웃음을 터뜨렸기에 놀란 시선이 모아졌으나 곧 손사래 치며 킬킬 술을 기울이자 취기가 너끈히 오른 그들은 자연스럽게 신경이 흩어졌다. 시녀들이 피운 향로 내음이 어지러이 사방을 맴돈다. 달의 짙은 날숨이 풍기는 듯했다. 찰나 몽롱해진 양 그는 멈추지 못하고 계속 웃음을 흘렸다. 우스워서 참기 힘들었다. 그걸 술기운이 올라 기분이 좋아진 거라 여긴 건지 살갗이 다 드러난 계집들이 슬금슬금 다가왔다. 그걸 모를 치도 아닌 터라 흥이 오른 김에 품어 볼까, 사내의 충동이 찰나 올라오긴 했다.

하지만 추상적인 뭉뚱그림일 뿐 그렇게 행동할 의지나 생각 뭐 하나 생기지가 않았다. 설사 안는다 해도 재미가 없으리라. 요새 그리 즐기던 황후 아델라나와 해 대는 그 짓거리도 감흥이 없는 걸 보면 퍽 신빙성 있었다. 오감을 건드리는 자극이 예전만 못했다.

그 이유가 대충 짐작이 되는지라.

'내가 저 여자랑 몸 섞는 게 싫나?'

비소誹笑와 엇비슷하게 일그러졌던 입매가 일자로 식었다. 어느덧 고요해진 눈이 강 저편의 유등 무리로 옮겨 갔을 때, 밖에서 대기하고 있던 부관 하나가 다가와 귓속말을 했다. 잉카르트 공작은 최상석에 앉아 그 모습을 빠짐없이 지켜보았다. 겉보기에 라크나는 아무런 변화가 없어 보였다. 그가 이만 가 보아야겠다 말을 꺼내자 공작은 사람 좋게 웃으며 고개를 끄덕였다. 내일 추밀원에서 보세나.

라크나는 인사 없이 자리를 떴다. 휑하니 싸한 공기 한 줌만 남기고 텅 빈 빈자리를 득의양양한 만족감이 채웠다.

그리고 공작은 내일도 그러길 바랐다.

✤

검은 물살이 하얀 발을 살라 먹었다. 물끄러미 저 발끝까지 훤히 비치는 투명한 검정을 본다. 달빛을 등에 업은 물살이 가는 다리를 휘감는 모양이 허옇고 까만 물고기 떼들이 달려드는 듯했다. 이카릴은 치마 끝을 잡은 채 소녀 아이처럼 물장구를 쳤다.

그녀 말고도 오늘 밤 강가에 나온 이들은 많았다. 저마다 벗은 발로 강물을 밟고 불을 밝힌 유등을 띄웠다. 흑색 눈동자에 내린 노을, 반지르르한 수면에 피어난 붉은 양귀비 꽃밭처럼 화려 창창한 밤이었다. 유려하게 흘러가는 소망들이 물결 따라 춤을 추는 걸 다른 세상인 양 멀거니 지켜본다. 실제로 강기슭 으슥한 귀퉁이에 홀로 서 있는 그녀와 저편의 그들은 멀고멀었다. 게다가 이카릴은 강에 띄울 유등도 없었다.

물에 발목이 다 잠기고 나서야 제 것을 두고 온 게 기억이 났다. 불안하게 등 뒤편과 앞의 강물을 번갈아 보다 비현실적인 야경에 홀려 그 자리에 우두커니 서 있었다. 길을 잃어버린 이처럼.

어두컴컴하게 내려앉은 물낯에 비친 제 얼굴과 마주하니 이유 모를 추위에 어깨가 시렸다. 그녀는 치마 젖는 것도 아랑곳 않고 양팔을 감싸 안았다. 번지듯 물먹어 간 옷자락이 얇은 피부에 서리처럼 들러붙었다. 시린 달빛을 제하면 훈훈한 날씨였다. 사실 이는 추위가 아니다. 속부터 그득그득 차오른 두려움에 휘영청거리고 있을 뿐이다.

이를 딱딱 부딪치며 이카릴은 계속 되뇌었다.

괜찮다. 그냥 그에게 그것만 먹이면 되는 거야.

그것만 하면 된다.

별일 없을 것이다.

나라가 망하고 죄 도륙당하는 아수라장에서도 살아남아 이토록 무탈하게 살고 있듯이.

피가 나도록 손톱을 물어뜯던 그녀는 불현듯 잊었던 사실을 우연히 박힌 가시처럼 떠올린다. 하지만 그녀를 살려 여기에 데려다 놓은 것 또한 그 사내가 아닌가. 오라비의 피를 한가득 뒤집어쓰고 마주쳤던 번뜩이는 푸른 눈을 떠올리자 온 살갗에 살얼음이 돋은 듯했다. 내내 숨죽이고 있던 죽음이 뒤편에서 불쑥 목을 휘어잡은 것처럼, 이카릴은 창백하게 질려 허겁지겁 처소로 달려 들어갔다.

하얀 대리석에 물 자국이 두서없이 찍혔다. 얄팍한 발걸음이 쿵쿵 가슴을 찌른다. 그에게 독을 먹여야 해. 그를 죽여. 그래야 네가 살아! 하지만, 하지만, 만약 들키면? 그는 이번에야말로 나를 죽이고 말 것이다. 그 칭송받던 오라비를 단박에 찢어발긴 것처럼. 이래저래 지옥이요, 공포의 벽에 가로막혀 꼴깍 질식해 버릴 것 같았다. 거친 헐떡임이 두개골에 가득 차 덜컹거렸다.

축 늘어진 치맛자락이 발에 계속 걸렸다. 그녀는 짜증스럽게 방문을 닫아걸고 구석으로 기어들어 가 부들부들 떨었다. 그냥 도망칠까? 하지만 어디로? 갑자기 평소 저 멀리 치워 두고 거들떠도 보지 않았던 물건을 허겁지겁 줍듯이 카를을 떠올리긴 했다. 그러나 라크나의 날카로운 속살거림이 다시 귀를 휘저었기에 고개를 휘휘 저었다.

기이하게 자라난 공포심이 카를과 떠나는 그 순간 잡혀가 목이 꺾일 것이라 소곤거렸다. 이카릴은 아주 쉽게 도망이라는 선택지를 문질러 지웠다. 살고자 악바리로 버티는 것과 별개로 그녀 자체가 이따금 피학적이리만큼 수동적인 불완전한 소녀인 이유도 컸다. 제대로 말을 하기도 전에 학대를 받고 살아 도피조차 어찌 해야 하는지 방법을 잘 몰랐다.

그녀는 날 때부터 한 땅에 뿌리박혀 향기만 피우도록 길들여진 미궁 속의 장미였다. 운명대로라면 그 자리에서 그대로 시들 때까지 벗어나지도 못했을 텐데, 뿌리째 뽑혀 와 강제로 다른 곳에 심어져 이도 저도 아닌 것이 되었다. 그녀조차 이제 저가 무엇으로 이루어졌는지, 무엇이 되었는지도 알지 못했다. 하루하루 죽는 게 싫어 그저 살 뿐.

이카릴은 돌연 공허하게 물기가 말라붙은 발등을 내려다보았다. 처절하게 어그러진 뒤틀린 생존 욕구가 괴물처럼 자라나 똬리를 틀고 있을 뿐 거기에는 인간이라면 당연히 있어야 할 기쁨, 희망, 행복 같은 것들이 없었다. 언뜻언뜻 치미는 허무가 개미 떼처럼 기어 올라와도 금방 시뻘건 욕망에 잡아먹혀 흔적도 없었다. 탐욕, 질시, 증오. 그러나 그것들은 결국 속을 갉아먹어 가는 결핍이다. 종국에는 아무것도 남지 않았다. 그녀는 한순간 그 끝없는 허공에 사로잡혔다.

그것은 생生이요, 동시에 죽음死이었다.

끼이익—

그때,

문이 열렸고

누군가 그녀를 발견하고 멈춰 섰다가

결국 다가왔다.

그의 그림자가 버석 말라 가는 물기 위로 새로 습윤함을 드리웠다. 익숙한 체향이 후각을 마비시켰다. 이카릴은 잘게 저미는 것 같은 시선이 저를 다 훑고 나서야 느릿하게 고개를 들었다. 사실 그럴 필요도 없었다. 바람 한 점 없이 다가온 손길이 그녀의 턱을 들어 올렸으니까.

라크나의 벽안은 파도가 질식한 바다였다. 난파된 뱃조각 같은 축축한 발과 미역처럼 늘어진 머리칼, 축 늘어붙은 옷이 그 푸른 눈 속에서 반쪽 같은 허연 얼굴과 함께 떠올랐다가 다시 침몰했다. 그는 왜 물귀신 같은 꼴을 하고 있냐고 묻지 않았다. 장갑 낀 손이 창백한 뺨을 만지작거리다 장갑을 벗고 무생물처럼 온기 없는 맨살갗에 닿았다. 녹은 진주 같은 촉감이었다. 그에게서는 언제나 이렇게 시리고 뜨뜻한 체온이 함께였다.

이카릴은 바닥에 떨어진 검은 가죽 장갑을, 까마귀 시체 같은 그것을 바라보았다. 어쩌면 그도 그녀에게서 느껴지는 특유의 무언가를 느끼고 싶었는지도 모른다는 생각이 들었다. 그녀는 저항 없이 그에게 안겼다. 남자는 조용히 흰 가마에 입술을 묻었다가 당연한 꿀을 취하듯이 키스했다.

들릴 듯 말 듯 숨을 쉬는 그녀의 귓불을 만지며 그는 입을 열었다.

"이대로 밖에 나간 건 아니겠지."

물에 젖어 아슬아슬하게 속이 비치는 살결을 빤히 쳐다본 그는 다시 짧게 온기가 돌기 시작한 입술을 깨물었다. 붉은 눈이 나른하게 고인 그의 눈빛을 불안하게 살폈다. 백작 부인은 그녀라면 아주 쉽게 그에게 독을 먹일 수 있을 거라고 말했다. 다른 모든 이들은 못할지라도 그녀만은 할 수 있다고. 그 기이한 확신이 어디서 솟아났는지 도통 모르겠지만 저에게 온전히 기울어진 눈을 마주하고 있자니 기이한 열감이 치솟았다. 비틀린 공포와 비명 같은 충동이었다.

그를 죽여 버리면 나는 이 공포에서 해방될 수 있어.

나는 자유야!

한계까지 몰린 나약한 정신이 발작을 일으킬 것 같았다. 손이 벌벌 떨려서 마주 잡으려 안간힘을 썼으나 라크나는 이미 신경질적으로 경련하는 걸 보고 난 뒤였다. 겉보기엔 일말의 동요도 없었다. 외려 무관심해 보이기까지 했다. 그가 싸늘하게 내뱉기 전까지는.

"낮에 한 번 아팠다고 들었어."

이카릴은 반쯤 정신을 놓은 채로 그를 멀거니 올려다봤다. 사실이다. 백작 부인이 가고 나서 이카릴은 한 차례 발작처럼 앓았다. 그녀의 가족력인 신경증이 돋은 것이라 편히 생각했던 시녀들도 깜짝 놀랄 만큼 상태가 좋지 않았다. 독한 술을 흘려 넣고 약초를 뜯어 와 간단한 응급 처치 후 바로 정신을 차리기는 했지만 아직 여파가 다 가라앉은 건 아니었다.

라크나는 수척해진 그녀를 가만히 응시하다가 허리를 끌어당겨 가볍게 들어 올렸다. 갑작스런 움직임에 놀라 마른 두 팔이 그의 목에 바짝 감겼다. 이카릴은 넋을 잃을 것처럼 제 머리와 뒷목에 얹힌 손길을 더듬더듬 읽었다. 붉은 물감이 짝 흩뿌려지듯이, 아르고니아를 짓밟고 그녀를 안아 들었던 그의 손길이 생경하게 되살아났다.

그녀를 유리 자기처럼 조심스럽게 앉히고 모포를 가져와 둘러 주는 그를 이카릴은 처음으로 이상하게 쳐다보았다. 저치가 저에게 욕정한다는 걸 잘 알고 있다. 모르면 모자란 년이다. 그리고 그런 사내가 지금껏 라크나 하나였던 것도 아니었다. 그녀에게 미쳤던 수컷은 죽은 오라비뿐만 아니라 광신도처럼 맴돌던 사제들을 비롯하여 부지기수였다. 자연스레 사내를 미혹하는 제 습성을 영 모르지도 않았다. 신에게 바쳐질 무녀는 응당 그래야 한다고 들었다.

그러니 저이가 그녀에게 집착하는 건 비정상적일 만큼 이해하기도 받아들이기도 쉬웠다. 단지 미칠 듯이 그가 두려울 뿐, 그 성질을 모르지 않다. 허나 저 남자가 언뜻언뜻 희미하게 드러내는 '탐욕' 이상의 '어떤 것'은 생소했다. 그건 카를의 다정함과 여우에게 홀린 듯 누이의 발치에 선물을 바치던 오라비의 열기 사이에 어중간하게 걸쳐진 기이한 종류였다.

축축한 눈가를 쓰는 접은 손마디 너머로 미로 같은 남자의 얼굴을 본다. 아이러니하게도 이제야 당연한 의문이 치고 올라왔다.

당신은 내게 왜 이러는 거지?

질문은 공허했다. 하긴 무슨 의미가 있나. 그를 죽이지 않으면 저가 죽는다. 이를 제외한 건 죄 쓸모가 없었다. 불붙은 생의 애증이 두려움도 죄 살랐다. 이카릴은 몸을 일으키는 라크나의 소맷부리를 붙잡았다.

"차. 마실래요?"

그녀는 살아야 했다.

단 한 번도 먼저 그를 붙든 역사가 없었기에 이는 무척 생소하고 낯설었다.

라크나는 한순간 얼어붙은 듯 초조해 보이는 이카릴을 물끄러미 내려다보았다. 그의 눈길이 저를 붙잡은 손으로 내려오자 지레 놀라 그걸 놓칠 뻔하였으나 물리지는 않았다. 심장이 쿵쿵 메아리치는 가운데 가까스로 그의 짙은 시선을 견뎠다.

흥미롭고도 단조로운 눈빛이었다.

"오늘따라 예상치 못한 말을 많이 듣는걸."

그 인간도 내 부친 얘기를 해 대고 말이야. 피식 웃는 얼굴이었지만 이카릴은 그게 진정 기꺼워하는 것인지 알지 못했다. 확실한 건 그녀의 돌발 행동이 그의 마음에 든 건 분명한 사실인 것 같았다. 밥을 먹을 때나 사람 죽일 때나 표정과 기색이 매한가지인 인간이라 득실을 따지기란 어려웠지만서도.

라크나는 몸을 돌려 의자에 깊숙이 몸을 묻었다. 그녀는 즉각 벌떡 일어나 총총걸음을 옮겨 다기를 챙기고 물을 따랐다. 평소 거의 안 하던 것이라 서투른 태가 났지만 오늘만큼은 예전 백작 부인이 가르쳤던 차 우리는 법을 실수 없이 시행해야 했다. 그녀의 교육을 빌려 그녀가 시킨 독약을 타야 한다는 게 어처구니없는 우연이었지만 말이다. 미세하게 떨린 탓에 우윳빛 자기가 달그락 소리를 내며 부딪쳤다. 희게 질린 입술을 깨물었다. 그녀의 뒤편에서 일거수일투족 집요하게 따라붙는 시선이 느껴졌다.

칭칭 목을 감아 오는 뱀을 업은 채로 자수를 놓던 동화 속 처녀가 된 것 같았다. 발목부터 불안이 덩굴만치 스멀스멀 휘감아 올라왔다. 차칙 가득 퍼진 찻잎이 우수수 하얀 다관 속으로 떨어졌다. 맨다리가 문득 시리게 느껴졌다. 차게 식은 온몸의 피가 메아리치고 있었다.

지금이다.

이카릴은 나팔 모양으로 뻗은 긴 소매 안에서 숨겨 두었던 작은 주머니를 몰래 꺼냈다. 식은땀이 흘렀다. 벌레 먹은 찻잎을 덜어 내는 척 흰 가루를 흘려 넣었다. 무색무취라는 그것은 흔적도 없이 녹아들었다. 사람의 보이지 않는 악의처럼.

당장이라도 기절할 듯 가슴이 정신없이 날뛰고 헛구역질이 날 것만 같았다. 백작 부인의 악랄하게 웃음 짓던 속살거림이 다시 떠올랐다. 길거리에 던져져 돌팔매질당하고 사창가에서 굴러다니다 죽는 비참함보다는 등한시된 황제의 첩이 몇천 배 나은 삶이라는 건 당연한 사실이었다. 이카릴은 정말이지 평소 하잘것없던 것들에게도 짓밟히고 더럽혀지는 창녀가 되는 건 죽기보다도, 아니, 결국 죽지는 못할 테니 그저 끔찍하게 싫었다. 과거와 다를 바가 없다. 아니다. 신의 무녀라는 공창公娼보다도 못하다. 나더러 이제는 그런 벌레 같은 것들에게도 꼼짝없이 기어 다녀야 된다고.

비굴함과 오만함이 두 갈래로 동등하게 자라난 그녀에게 그보다 혐오스러운 건 없었다.

어쩌면 라크나를 두려워하고 도망치려 애썼던 건, 그가 그녀를 얼마든지 나락으로 떨어뜨릴 수 있는 존재라는 걸 기민하게 알아차렸기 때문인지도 모른다. 사내의 충동적인 욕망만으로도 이카릴은 참 쉽게 파괴될 수 있는 나약한 생물이었다.

그러니 그를 죽여 버리자.

그러면 내게는 어떤 일도 일어나지 않겠지. 최소한 바닥까지 떨어지는 일은 없으리라. 죽더라도 나는 여기서 죽을 거야. 또 나더러 창녀가 되라고? 웃기지 마.

그의 창백한 눈을 마주한 채 이카릴은 자기도 모르게 화사하게 웃었다. 흐린 날 매화가 만개하듯이.

한 걸음씩 독을 든 채 사뿐사뿐 다가오는 여자를 보는 남자의 정적은 정오의 까슬한 땅볕처럼 무미한 열기가 도사려 있다. 그녀는 왕처럼 오만하고 나태하게 턱을 괸 그의 앞에 나비처럼 앉았다. 사방이 고요했다. 그리고,

말간 찻잔이 내려앉았다. 입꼬리가 천진하게 올라갔다.

아직 그녀는 처녀였다. 어떤 확실한 죄도 범하지 않은 순결한 몸이니 남은 흔적은 없었다. 아무 일도 없을 것이다. 아무 일도 없었다. 아무 일도 없어야 했다. 주문처럼 읊조린다. 그녀는 창녀가 아니었다. 맞아. 나는, 나는, 난, 난, 난……. 극단으로 치밀자 내내 웅크리고 있던 광기가 발작적으로 흐느끼듯 웃었다. 질척한 혈액이 혈관 속에서 미친년처럼 날뛰어 대고 온몸, 온 피부에서 비명을 질렀다.

죽어. 죽어. 죽어. 죽여 버려. 죽여. 죽여. 죽여!

그가 손을 뻗어 찻잔을 잡았다. 미소가 짙어진다. 이제 포화 상태에 다다른 뇌는 신음처럼 중얼거릴 뿐이었다. 제기랄. 저놈이 죽든 네년이 죽어 나자빠지든 어서 이 미친 짓을 끝내 버려. 이러다 누가 해코지를 하기도 전에 돌아 버릴 것 같다고.

알아. 나도 이미 내가 미친 걸 안다고.

서로의 속을 아무것도 모를 것 같은 남녀는 서로를 향해 희미한 미소를 그렸고, 그의 손이 다소곳이 테이블에 올려진 그녀의 손등을 건드렸다. 꽃을 꺾듯이 깍지를 낀다. 이카릴은 제 손이 완연히 그에게 갇히는 걸 느낀다.

그리고 그는 차를 마셨다.

빈틈없이 맞물려 있는 살갗에 땀이 순식간에 축축하게 배어 나왔다. 이카릴은 입술을 실룩실룩 비틀면서 잠시 멈춘 라크나가 다시 찻잔을 기우는 걸 부릅뜬 눈으로 지켜보았다. 한 번, 두 번, 마지막. 그

는 깔끔할 정도로 차를 모조리 비웠다. 마치 독주毒酒라도 되는 듯이.

라크나가 돌연 무너지듯 이마를 짚고 기울자 이카릴의 얼굴에 환희가 지나갔다. 효과가 벌써 나타나는가? 해냈어. 해냈다고!

그러나 단말마의 거친 숨을 내지를 듯 벌어진 입가에서 호탕한 웃음소리가 새어 나왔을 때, 이카릴은 무언가 잘못 돌아가고 있다는 걸 본능적으로 깨달았다. 후다닥 도망치려던 손이 덥석 움켜잡혔다. 헉! 놀란 비명은 으스러질 듯 쥐어 잡혀 휙 그의 품으로 떨어지고 나서야 토해졌다. 라크나는 발버둥 치는 그녀의 어깨를 잡아 가두면서 딱 붙은 귓가에 대고 속삭였다.

"어설퍼. 독사에게 독을 먹인다고 그게 듣겠나?"

하긴, 그건 그 골 빈 여자와 잉카르트 공작 그 인간이 멍청한 탓이지 네 잘못은 아니지. 안 그런가?

이어진 말에 이카릴의 작은 얼굴이 숫제 시체처럼 질렸다.

라크나는 공포에 질린 그 표정이 사랑스러운 것처럼 다시 웃음을 터뜨렸다. 그리고 몸부림치는 목덜미를 부여잡고 씹어 먹듯 키스를 퍼부었다. 방금 전 저를 죽이려고 했던 여자인 건 아랑곳없이. 그게 더 괴물 같아 두려웠다. 흐느끼는 소리, 타액이 질척대며 엇갈리는 비린 숨소리가 짙은 향수처럼 섞여 들었다. 흩어지고 뒤섞이는 남녀의 머리 위로 핏기 가신 하얀 작은 손이 비틀어 잡힌 채 그물에서 탈출하려는 물고기마냥 꿈틀거렸다.

치마 속으로 익숙한 차가운 손이 비집고 들어왔다. 소름이 쫙 끼친 이카릴은 그의 팔을 잡고 밀치려 안간힘을 쓰다 있는 힘껏 그의 혀를 깨물었다. 비릿한 맛이 입 안을 알싸하게 맴돌자 그가 잠깐 떨어져 나갔고, 그녀는 궁지에 몰린 쥐가 고양이를 물듯이 반사적으로 손을 올렸다. 짜악! 때린 이카릴이 외려 화들짝 놀랄 정도로 큰 소리가 났다. 아주 짧은 정적이 흘렀다.

서늘한 푸른 눈이 저를 주시하자 이카릴은 덜컥 겁을 먹고 울음을

216

터뜨렸다. 저가 저지른 일인 주제에 뒷감당할 엄두가 안 났다. 정말 나를 죽일 거야. 죽일 거라고! 부들부들 천식 걸린 어린아이처럼 울다 히끅— 숨을 끊고 헐떡거렸다. 사내의 손이 원피스 어깨 한쪽 부분을 찢듯이 벗겨 젖무덤을 감싼 얇은 속옷이 적나라하게 드러났던 것이다. 놀라 우는 것도 잊은 그녀를 껴안듯이 가슴에 딱 붙인 라크나는 거침없이 속곳을 무릎 아래로 끌어 내렸다.

밑이 허전한 서늘함과 그로 인한 다른 의미의 뜨거움이 폭죽처럼 찌릿하게 번졌다. 힉! 딸꾹질을 하는 그녀의 긴 머리카락을 느긋하게 쓸어내리면서 라크나는 조곤조곤 말했다. 놀랍게도 난폭한 손길과는 달리 그의 어투는 부드럽고 다정하기까지 했다. 그래서 더 사람 같지 않았지만.

"극소수의 유서 깊은 혈통에는, 가끔씩 특별한 이능異能이 있지. 들어 봤나?"

비비 꼬며 오므리려 애쓰는 두 다리를 유유히 잡아 더 벌리면서 그는 계속 친절한 설명을 이어 갔다. 난잡하게 올라가 붕 뜬 치마 아래 벗은 허벅지에 확연하게 흥분한 남성이 스치자 이카릴은 데인 것처럼 펄쩍 뛰었다. 닭똥 같은 눈물을 줄줄 흘리며 하지 말라 가는 목소리로 애원하는 건 죄다 무시당했다. 이카릴은 라크나의 어깻죽지를 쥔 채 훌쩍거렸고, 허리춤이 잡혀 둔부 사이로 그의 것이 비벼 올려질 때마다 비명처럼 흐느꼈다.

라크나는 뺨을 실룩이며 눈물, 콧물 범벅이 된 그녀의 얼굴을 감상하듯 훑었다. 젖은 뺨을 감싸듯 닦아 내 준다. 그러고는 남은 한쪽 원피스 어깨끈을 끊어 내듯 풀었다. 투둑— 이카릴을 감싸고 있던 흰 드레스가 남김없이 벗겨져 떨어졌다. 냉정한, 혹은 그리 가장하고 있던 사내의 눈이 가늘어지고 느릿느릿 여인의 나체를 응시했다. 눈물조차 거의 말라 버린 듯 그저 겁에 질린 흰 여자가 한 꺼풀 남은 가슴께를 가렸다.

눈을 고아 만든 미약 같았다. 곧 푹신한 침대 위에 그녀가 눕혀지고 그 위에 올라타듯 그림자를 드리운 남자는 미소조차 가신 낯으로 속삭였다. 입을 나와 귀로 들어가는 목소리는 저가 들어도 타인의 것인 양 거칠고 낮았다.

"예컨대 독약이 듣지 않는 피—처럼."

단지 사소한 부작용이 있다면, 계집을 안거나 사람을 죽여야 이 미칠 듯한 흥분이 가라앉는다는 거지. 무슨 말인지 이해돼?

이카릴은 멍하니 눈물을 주룩 흘리면서 어둡게 그늘진 남자를 올려다봤다. 예민해진 신경에 그의 평소 같지 않은 거친 호흡, 시근거리듯 작게 벌어진 입술 사이의 하얀 치열이 선명하게 찌르듯 들어왔다. 시린 날붙이마냥. 크게 일렁이는 목울대와 두드러진 핏줄에 성욕 이상의 날뛰는 충동이 담겨 있었다. 단지 그가 능숙하게 억누르고 있을 뿐, 이는 곧 튀어나와 그녀를 물어뜯을 야생 늑대나 다름없었다. 그는 그걸 대놓고 들이대고 있었다.

"난 널 아껴 줄 생각이었어."

왜인지 그러고 싶더군.

그는 천천히 손을 내려 남은 가슴께의 속옷을 벗겨 바닥에 던졌다. 하얀 가슴이 온전히 드러나자 그의 목소리가 끊겼다. 이카릴은 더욱 두려워졌다. 지금 그의 표정 때문에.

그러나 이내 그는 다시 말을 이으며 고개를 숙여 부드럽게 도드라진 유두에 입 맞췄다. 여신의 모유를 탐하는 전설의 늑대처럼 집요하고 진하게. 이카릴이 아— 작게 신음했다.

"넌 아직도 날 다 받기에는 작고,"

긴 손가락이 하얀 살결을 스치듯 내려가 수북한 아래의 수풀을 헤집었다. 길쭉한 중지가 예민한 속살을 가르고 민감한 부위를 살살 건드리고 문지르자 울컥 애액이 새어 나왔다. 기다리기라도 했다는 듯이. 기가 막혔다. 수치심에 붉어진 그녀에게 눈웃음치며 라크나는 잔뜩 젖은 제 손을 느긋하게 맛보았다.

"내가 원 없이 가지다 자칫 널 죽일지도 모를 정도로 약하니까."

갑자기 다리가 쫙 벌려지자 약한 비명이 터졌다. 다시 음부로 사내의 농락이 침범하자 이카릴은 이를 악물며 이마를 침대 시트에 비볐다. 그러다 문득 이런 생각이 들었다. 있는 힘껏 비명을 지른다면 누가 달려와 주지 않을까. 하지만 이 소망은 발목을 붙잡아 다리를 더 벌리며 손가락 하나를 더 밀어 넣는 그의 무언의 경고로 무산되었다.

소리 지를 테면 질러. 이 모습을 다른 이들에게도 보이고 싶으면.

황후를 가지고 놀던 무심한 남자의 표정이 뇌리를 스쳤다. 그의 거울처럼 매끈한 동공에 쾌락에 젖어 가는 제 모습이 고스란히 비쳤다. 아래가 점차 질척해졌다. 이카릴은 신음을 애써 삼키다 고개를 뒤로 젖혔다. 밑으로 음탕한 악마가 기어들어 오고 있었다. 물소리에 살이 붙어 간다. 아니야, 아니야, 아니야! 흐느끼며 고개를 흔드는 그녀의 젖가슴을 라크나가 물고 빨았다. 가슴 선을 둥글게 어루어 만지고 뭉그러뜨리다 부러질 듯 얄팍한 허리선을 더듬는다. 긴 다섯 손가락이 둔부를 파고들듯 움켜쥐는 것과 동시에 이카릴은 가벼운 절정을 느꼈다. 마약 바른 바늘로 찌르는 듯한 짜릿함이 전신을 내달린다.

헐떡이는 그녀를 정복자처럼 내려다보면서 라크나는 바지 혁대를 끌렀다. 옷자락이 추락하는 소리가 맹수의 발자국 소음처럼 고막을 들쑤셨다. 그는 잔뜩 젖은 애액을 그녀의 얇은 뱃가죽과 허벅지에 바르듯 어루만지다 무릎 안쪽을 잡고 다리를 넓게 벌렸다. 기진맥진한 채로 헐떡이던 이카릴은 위아래로 번지듯 닿아 오는 뜨거운 성기에 칼에 찔리지 않기 위해 달아나는 피해자처럼 발광하기 시작했다.

미친 듯이 고개를 저었다. 안 돼. 안 돼. 난, 난, 죽기 싫……

"하지만 지금 널 안지 않으면 죽여 버릴 것 같으니, 안는 게 낫겠지. 안 그러나?"

뭉툭한 끝부분이 아래를 벌리고 들어왔다. 이카릴의 붉은 눈이 커졌다. 아.

라크나는 경련하는 그녀의 골반을 움켜쥐고 더 깊이 허리를 박아왔다. 어느새 송골송골 맺힌 그의 땀이 광대뼈를 타고 흘렀다. 날렵한 눈매가 움찔거렸다. 빌어먹을. 고상한 입에서 욕설이 튀어나왔음에도 이카릴은 이를 알지 못했다. 첫 삽입의 고통으로 제정신이 아니었던 것이다.

그녀는 벙어리처럼 벌린 입을 뻐끔거리다 석탄 같은 남성이 푹 더 안쪽으로 치받자 다시 목소리를 찾은 양 마구 비명을 지르고 사지를 버둥거리기 시작했다. 아팠다. 몸이 두 쪽으로 갈라지는 것 같았다. 울고, 악을 쓰고, 할퀴려고 손을 휘둘렀다가 잡혀서 머리맡에 고정되었다.

라크나는 미간을 좁힌 채 엉엉 우는 이카릴의 온 얼굴에 입을 맞추고 잘근잘근 씹어 대는 입술에 키스했다. 그녀가 달려들듯 이를 세우는 탓에 생채기가 돋았으나 거칠게 입 안을 제 좋을 대로 헤집는다. 타액이 주룩 턱을 타고 흘렀다. 위아래로 전부 짐승에게 잡아먹히는 기분이었다. 그 와중에 탄탄한 그의 팔이 허벅지 안쪽으로 파고들어 접듯이 더 벌린 후 그의 것이 더 깊숙이 찔러 들어왔다. 얼얼한 통증 사이로 사내의 으르렁대듯 거친 신음이 들렸다.

갑자기 허리와 골반을 잡고 한 번에 꿰뚫는다. 낮고 새된 비음이 교차되었다.

"아흑!"

"큭!"

제 안에 불꽃을 품은 뱀이 한가득 들어와 똬리를 틀고 있는 것 같았다. 그녀를 완전히 정복한 사내의 존재가 영혼을 밟고 있듯이 강렬했다. 가랑이께로 비릿한 뭔가가 흘렀다. 돌이킬 수 없는 강을 건너 버렸다. 이카릴이 충격에 빠져 아예 얼이 나가 있는 사이 라크나는 턱에 힘을 주며 여리게 떨리는 목덜미에 얼굴을 묻었다.

하아. 오감을 건드는 달고 순한 날것의 냄새. 머리가 어지러웠다. 당장 질주하지 않으면 죽어 버릴 묶인 말처럼 갈급하게 내달리기 시작했다.

느리게 빠졌다가 안으로 깊이 내지르고 후진과 전진의 반복, 그리고 점차 불붙듯 미친 듯이 접붙인다. 완벽히 교합된 여자의 내벽이 그를 바싹 조여 왔다. 물먹은 독초가 사지를 쥐어짜며 달라붙는 듯하다. 그는 지옥처럼 빨아들이는 그 늪지에서 탈출하기 위해 발악하는 말처럼 헐떡거렸다. 살과 살이 부대끼는 소음이 얕은 빗소리처럼 침실에 잘게 울렸다.

짐승 같았다. 그의 손에 의해 발목이 잡혀 있던 이카릴이 몸을 뒤틀며 신음을 흘렸다.

"아! 아! 아흐……. 아, 아파. 그만! 그만!"

엉엉 울며 그만하라 빌기 시작한 이카릴의 목소리가 끊겼다가 길어지고 비명으로 이어지는 걸 반복했다. 더운 살덩이가 내부를 마구 유린해 대느라 온몸이 악을 질렀다. 음탕한 살 소리가 크기를 부풀린다. 아까와는 비교할 수도 없이 축축한 엉덩이께로 까슬한 음모와 음낭이 치대졌다. 그는 그녀를 통째로 으깨듯이 범했다. 억지로 가둬 두었다 풀려난 수컷만치 가지고 가졌다. 이 애끓는 정열이 몸이 열린 고통보다 더 그녀를 겁에 질리게 하고 취하게 만들었다.

라크나는 헉헉 숨을 몰아쉬며 훌쩍이는 이카릴의 귓불을 깨물고 흔들리는 젖무덤을 쥐고 정점을 애무했다. 그녀가 미약하게 비음을 흘렸다. 그것만으로도 쾌감이 배가 되었다. 아니, 울며 매달리는 그녀의 눈물, 바르작거리는 움직임, 애원이 서린 그 가냘픈 표정만으로도 돌아 버릴 것 같은 만족감이 치솟았다. 이걸 지난 시간 어찌 인내했는지 스스로가 기이할 지경이었다.

정사가 점차 격렬하고 깊어지자 이카릴은 헉헉대다가 그를 할퀴려고 했다. 라크나는 가뿐히 이를 제압하고는 완전히 성기를 빼내었다가 다시 깊숙이 들이닥쳤다. 이카릴의 사지가 둔통과 옅은 쾌락에 뒤흔들렸다.

라크나는 돌아누운 여자의 창백한 등에 입을 맞추었고, 흐느적거리는 다리와 둔부를 움켜쥐고 몸을 재차 붙여 왔다. 빠듯하게 들어차는 감각에 둘 다 전율했다. 그는 미친 사람처럼 이카릴의 뒷덜미와 날개뼈에 빼곡히 잇자국을 내며 허리를 돌리고 박아 대기 시작했다. 사내의 큰 손이 마구 흔들리는 가슴을 쥐었다. 동물이 교접하는 듯한 움직임이었다. 실제로도 다를 바가 없었다. 하얗고 가는 여체를 위압적인 육체가 짓누르고 유린한다. 유려한 등근육을 타고 주륵 땀방울이 고여 떨어졌다.

한 번에 쥐면 부러질 듯 가냘프고 투명한 등줄기에도 땀이 송골송골 맺혔다. 라크나는 혀를 내어 마시고 깨물고 키스했다. 목덜미의 잔털이 곤두섰다. 천사의 날개를 비틀어 꺾고 있는 듯했다. 뭉근히 허리를 돌리자 시트를 쥔 채 위아래로 흐느적대던 이카릴이 비음을 내었다. 얼얼한 하체에 차츰 쾌락이 연기처럼 떠돌았다.

"헉, 여기가 좋나?"

"아, 아앗!"

그녀가 풀썩 무너졌다. 작은 엉덩이를 쥔 채 근육 진 허벅지에 힘을 주어 거세게 박자 가느다란 몸이 덜덜 떨렸다. 라크나는 그녀를 따라 그녀의 등 뒤에 몸을 누인 후 골반과 젖무덤을 잡고 잘게 추삽질 했다. 다른 각도로 찔러 들어가니 이카릴의 표정이 묘하게 변했다. 그녀는 다급히 벗어나려는 듯 상체를 기울였으나 단단히 허리를 감아 고정시키면서 다시 연속으로 안을 침범해 갔다. 버둥거리며 기어가려는 죄수의 입을 억지로 벌리고 독물을 끼얹는 사형 집행인처럼.

크게 팽창한 남성이 빈틈없이 질벽을 건드리자 결국 이카릴은 참던 신음을 날카롭게 내질렀다. 내벽이 설탕으로 들어차 녹아내리는 듯했다. 죽을 것 같았다. 사람을 해치려 상처를 내는 게 아닌 다른 방법으로도 제 모든 걸 빼앗기는 감각이 있다는 걸 이제야 깨달았다. 더 오를 게 없는 고도로 떠밀리면서도 독과 흡사한 갈망이 온 감각을 중독시킨다. 눈먼 장님처럼 다급히 사방을 배회하던 손이 단단한 근육이 잡힌 팔과 견갑골을 스쳐 목을 휘감았다. 온전히 그녀에게 미친 남자의 평정 잃은 헐떡임을 들으며 그녀는 엉엉 울며 그에게 매달렸다. 어느 때부턴가 그녀도 잇따라 허리를 움직이고 있었다. 아아아……! 더! 더한 걸 원해!

흥건하게 더욱 조이는 그녀의 머리칼에 입술을 묻은 채 퍽, 마지막으로 깊숙이 들이닥쳤다. 치밀듯 안을 파헤치고 절정을 터뜨린다. 파정과 쾌감의 극단에 두 남녀는 땀에 젖은 육체가 빈틈없이 뒤엉킨 채 전율했다. 교미하는 암수의 뱀, 늪에 젖어 들어간 여인의 치마, 뒤섞여 자라난 장미 넝쿨처럼.

일렁이는 푸른 안광이 덮치듯 내려오고 단내 나는 입술 안으로 뜨거운 혀가 들어오는 걸 느끼며 이카릴은 까무룩 기절했다.

무덤처럼 어두컴컴한 복도에 횃불 대가리가 토해 낸 붉은 빛이 얼룩덜룩 기이한 그림자를 그리고 있었다. 어디선가 불어온 바람에 이 그을린 그림이 일렁거렸다. 스산한 정적이 고여 가는 밤이었다. 혹은 그랬어야 했다.

유일하게 빛이 새어 나오는 한 방에서 희미한 비명 같은 신음과 울먹임, 억눌린 거친 숨소리가 흘러나와 어두운 고요를 들쑤셨다. 난폭한 용에게 제물로 던져진 처녀의 말로를 보고 있는 듯하다. 그리고 그건 결단코 이 장소, 이 시각에 들려와선 안 되는 소리들이었기에 어린 시동은 새하얗게 질려서 뒷걸음질 쳤다. 침대의 삐꺽거림, 바닥에 길게 늘어진 야릇한 그림자의 움직임에 황급히 뒤돌아선 순간 아이는 누군가와 부딪쳐 엉덩방아를 찧었다.

이 무섭고 혼란스런 상황에서도 무뚝뚝하기 짝이 없는 얼굴을 발견한 순간 안도감이 치민 시동은 화급히 그녀의 치맛자락을 붙들었다.

"힐랄 님! 시, 시본느께서 어느 외간 남자에게……!"

힐랄은 무감동한 낯으로 밑의 다급한 이를 내려 봤다가 열락이 비스듬히 흘러나오는 방으로 눈을 돌렸다. 일말의 동요도 없는 그 표정은 이카릴의 직속 시녀이자 한때 황제의 여인으로서의 몸가짐에 대해 충고했다가 몰매를 맞은 적이 있는 사람의 것으로는 너무도 부자연스러웠으나 시동은 당황한 나머지 이를 깨닫지 못했다.

그래서 힐랄이 외려 저를 꾸짖자 꿀 먹은 벙어리가 되었다.

"이 늦은 시간에 어인 일이냐. 최근 시녀들의 물건이 없어진 것도 네 짓이냐?"

"예에? 그 무슨……!"

"아님 너같이 어린 시동이 이 시각에 도둑처럼 어슬렁거리며 돌아다닐 이유가 무엇이 있더냐."

"아니, 그, 무, 물을 떠다 놓으려고……."

졸지에 좀도둑으로 몰린 아이가 겁을 집어먹고 창백하게 질렸다. 재 보듯 아래위로 훑던 그녀는 도로 진흙이 말라붙듯 무표정으로 돌아와 딱딱하게 말했다.

"시시비비를 가려야 할 테니, 어서 빨리 서쪽 문 앞에 있는 푸른 두건을 쓴 경비병을 데려오너라. 옆으로 새지 말고 사정 설명을 제대로 해야 할 것이야. 그럼 아무 일도 없을 것이다."

"예, 예!"

시동은 힐랄의 눈치를 살피며 후다닥 도망치듯 자리를 떴다. 이미 머릿속에는 방금 전 본 충격적인 광경은 싹 사라져 있었다. 궁에서 도둑질을 한 자는 손목이 잘려 노예로 추락한다. 목숨이 간당한데 상전이 얼굴 모를 남자와 통정하든 말든 관심 밖의 세계였다.

물론 그는 손목이 잘릴 일도, 궁 밖으로 내쫓길 일도 없을 것이다.

그러기 전에 조용해질 테니까.

찢어진 비음이 검은 공기를 할퀴었다. 아! 아! 그만……. 아! 질척거리는 살 소리 사이로 애처로운 흐느낌이 간간이 들려왔다. 인간의 음탕한 호기심을 자극하는 기묘한 소리들. 특히 앳된 계집의 울음소리는 선원을 미혹한다는 세이렌의 노래처럼 선뜩하게 고막을 자극하는 데가 있었다. 힐랄은 문손잡이에 손을 올렸다.

"……누가, 도와, 줘……!"

"……."

문이 빈틈없이 닫혔다. 빛 한 점 비집고 나오지 못할 만큼. 무뚝뚝하나 주인의 충실한 종이었던 시녀는 어렴풋하게 메아리치는 구슬픈 애원을 외면한 채 뒤돌아섰다. 금세 어두컴컴함이 말 없는 뒷모습을 삼켰다.

그리고 아무도 남지 않았다.

괴물에게 잡아먹혀 가는 조용한 아우성만 제외하면.

⚜

키제트는 신경질적으로 다리를 떨었다. 길고 두꺼운 수단에 가려지고도 그 위에 긴 테이블이 있기에 그 성마름이 드러나지는 않았으나 노인의 신경은 예민하게 날이 서 있었다. 그러고도 태평하고 유유자적한 낯인 게 놀라울 정도였다.

아니나 다를까, 교활하기 짝이 없는 정적은 불편한 심사의 원인을 정확히 찔러 들어왔다.

"후계서는 등청하지 않으셨나 보오?"

뻔히 보이는 빈자리를 가리키는 게 다분히 의도적이었다. 속에서부터 그득 한숨이 올라왔다. 몇 번 엉덩이를 들썩여 자리를 편하게 잡은 후 시큰둥한 말소리가 느릿느릿 흘러나왔다.

"고뿔이라고 합디다."

"몸이 안 좋다라. 엊그제만 해도 멀쩡했던 인사가……. 허허허, 젊은이가 그런데 늙은이는 더 조심해야겠군."

잉카르트 공작이 수염을 쓰다듬으며 안타깝다는 듯 너스레를 떨었다. 키제트는 짧게 혀를 찼다. 너도 곧 뒈질 거란 소리를 참 고상하게도 하는구나 싶었던 것이다.

물론 희희낙락한 저자의 기대와는 달리 그의 대자는 멀쩡할 것이었다. 애석할 만큼. 키제트는 남모르게 눈살을 찌푸리며 아까부터 귀족들 수군거림의 대상이 되고 있는 텅 빈 의자를 쩨려보았다.

단지 그의 안위보다도 걱정되는 건, 그가 정말이지 그답지 않은 행보를 보이고 있다는 점이다. 어제 하루는 그렇다 쳐도 새로 돌아온 아침에 이르기까지 영문 모를 공석에 슬슬 의구심이 안개처럼 번지기 시작할 것이다. 이를 모를 놈도 아니면서.

추밀원이 폐회하자마자 키제트는 획 옷자락을 휘날리며 자리를 떴다.

사실 그가 어디에서 어떤 짓을 하고 있는지 모르지 않다. 설마설마하던 게 그 와중에 본인이 친절하게 보내 주신 전갈로 확인되어 기함하고 있던 차다. 하! 제대로 미친 자식 같으니!

라크나는 장장 이틀여간 시본느의 처소에 틀어박혀 있었다.

시본느도 연달아 아침 미사에 불참하고 몸이 좋지 않다 하는 걸 보면 이야기야 뻔하다. 별다른 표정 없이 몸져누우셨다 고하는 시녀를 보건대 처음부터 그 공주는 아르고니아에서 이 땅에 들어왔을 때부터 라크나의 손바닥 안에서 벗어난 전적이 없었다. 넘겨준 척, 풀어 둔 척 철저히 사육하고 있었던 거다. 누굴 만나고 무엇을 먹고 삼키는지, 어떤 대화를 나누는지, 모조리 그 귀에 들어갔겠지.

키제트는 우뚝 걸음을 멈췄다. 정오의 뜨신 햇볕이 주름진 목가를 그을리고 있었다. 송골송골 땀방울이 맺혀 긴 소맷자락으로 닦았다. 기분 탓일까 더운 날에 비해 땀은 차디찼다. 늦여름 다 죽어 가는 매미 소리가 귓가를 시끄럽게 울리고 있었다. 마지막 계절의 단말마 비명처럼. 짧아진 그림자가 발아래를 기고 있었다. 한기가 올라왔다.

그가 아는 라크나란 사내는, 혹은 소년은, 그 모든 과정과 성장의 단편들을 보아 왔던 그는, 정상에서 동떨어진 남자이기는 하였으나 제 목표를 잊고 무언가에 몰두하는 이는 결단코 아니었다.

영락없이 미쳐 보이는 광란조차 정교한 계산과 노림수가 숨어 있었다. 심지어⋯⋯. 아니다. 그것들을 새삼 돌이켜 봐야 씁쓸할 뿐. 키제트는 얼얼한 머리를 흔들었다. 두통이 쩽하니 올라왔다. 어디서부터 삐끗거리기 시작했는지 종잡을 수가 없었다. 황궁 안에서의 권력 암투의 말로란, 한 발 잘못 디디는 그 찰나의 실수로 결정된다. 아주 사소한 한 가지 빈틈만으로도. 정적의 굶주린 상어 떼 같은 집요함은 하나하나야 보잘것없다 해도 한순간 휩쓸리기 십상이다. 이래서 무리란 게 무서운 것이다. 그리고 라크나는 그 빠른 출세만큼이나 만들어 놓은 적이 많았다.

대관절 그 계집이 뭐기에.

어느새 목적지에 다 도착했으나 그는 들어가기를 꺼려했다. 한낮에도 음산한 적막이 붉은 지붕의 궁을 감싸고 있었다. 몇 번이고 망설이다 한숨을 쉬며 억지로 발을 들였다. 추밀원에서 오간 것들도 논의를 해야 했고, 이대로 두었다가는 그가 몇 날 며칠을 이곳에 있을 건지 이제는 감도 안 왔기 때문이다.

개미굴 같은 통로에는 어떤 인적도 없었다. 궁의 주인이 앓고 있는 병이 전염성이 있어 모두 내보냈다 하였나. 괜찮은 핑계다. 정작 그녀가 시달리고 있는 건 그런 질병 따위가 아닐 텐데.

정해진 듯 어두컴컴한 복도에서 유일하게 약한 빛이 고인 곳으로 걸음을 옮겼다. 방문 앞에 섰을 때 아무 소리도 들리지 않는 것에 안도감과 불길함이 동시에 올라왔다.

"오셨습니까."

보지 않았음에도 똑바로 저를 보고 말을 거는 것 같은 선명함이었다. 키제트는 저도 모르게 굳었다가 한숨을 쉬며 안으로 들어갔다. 방은 역시나 햇빛 한 줌 없이 두꺼운 커튼이 쳐진 어둠 속이었다. 검붉은 항아리 안에 갇힌 쥐가 된 양 희미하게 타들어 가는 촛불이 의미 없는 사물들을 붉게 덧그렸다.

키제트는 방 한가운데에 놓여진 소파에 앉아 있는 익숙한 남자를 발견했다. 그는 들어온 늙은 사제를 본체만체 포도주를 병째로 마시고 있었다. 여기만 해도 놀라웠는데 전쟁터에서 10여 년 굴러먹다 온 칼잡이마냥 사납고 성마른 기색, 단정치 못한 몰골이 기가 막힐 지경이었다. 불빛에 젖은 흑발이 마른 광대뼈와 팔만 꿰어 입은 셔츠 위로 늘어졌고 벽안은 안광이 형형했다. 휙 제 쪽으로 돌아왔다 가신 눈자위가 붉다. 그 눈길에 밤 짐승과 같은 푸른 궤적이 그려진 듯 착각에 빠졌던 키제트는 황망함이 채 가시지 않은 채로 가까이 다가갔다 뺨을 실룩거렸다.

아직 방 전체에는 지난 하루간 여기서 일어났던 일이 그대로 공기 중을 떠돌고 있었다. 눅눅하게 가라앉은 눈물과 땀자국, 비릿한 포도주 향, 거친 정사의 냄새.

이 적나라한 내음을 모를 이도 아니건만 라크나는 태연자약했다. 분명 방금 전까지도 그녀를 안았던 게 분명했다. 가까이서 본 그의 눈 밑이 짙었다. 무언가에 굶주린 퀭한 낯 같았다. 그게 잠인지 다른 무엇인지는 알고 싶지 않았다. 그리 붙잡고 정력을 쏟아 냈는데도 그것은 포만감과는 거리가 멀었다.

퍼도 퍼도 모자란 갈급함, 광기를 저민 듯한 중독.

"그녀는 어디 있나?"

키제트의 질문에 라크나는 포도주 병을 입에 가져다 대며 중얼거렸다.

"의외군요. 전 다른 말을 하실 거라 생각했는데."

"그래? 그럼 기대에 부응해 보지. 자네 진정 미쳤나?"

그가 진지하게 물으니 큭큭 낮은 웃음이 새었다. 일순 그 모양이 두려워진 탓에 노인은 입을 다물고, 고개를 숙이고 웃어 대는 대자를 멍하니 내려다보았다. 뺨에 들러붙은 검은 머리칼, 찢어진 붉은 입매가 미치광이 창녀만치 어딘가 색스러웠다. 그가 고개를 까딱이자 목덜미에 난 할퀸 손톱자국이 선명하게 드러났다.

독화 다섯 장 꽃잎이 내려앉은 듯이.

"너무 약해……."

라크나는 스스로에게 보내는 탄식처럼 중얼거렸다. 키제트는 그제야 그가 내내 어딘가에서 눈을 못 떼고 있었음을 알아챘다. 술기운을 빌려 초조함을 억누르고 있다는 것도. 이리저리 구겨진 이불 사이로 할딱이는 소녀가 거기에 있었다. 어둑한 곳에 무릎을 꿇은 시녀가 천을 짜 연신 땀을 흘리는 그녀를 간호하고 있었다. 놀라 침대 가로 황급히 다가간 노인은 인상을 굳히고 하루 사이 유리처럼 위태롭게 마른 여자와 무표정한 사내를 번갈아 본 다음 욕설을 내뱉었다. 은근히 비친 옷 사이로 탐욕스럽게 들어찬 붉은 잇자국이 선연했다.

"발정 난 짐승이 덤벼도 이보다는 사람 꼬락서니일 것 같군."

대답 없는 대자더러 들으라는 듯이 잘근잘근 씹은 듯 피딱지가 앉은 푸르스름한 입술을 내려다보며 그는 끌끌 혀를 찼다.

"대체 무엇이 그리 참지 못하겠던가. 그녀가 자네를 화나게 했나?"

"그녀는 날 화나게 할 만한 짓을 하지 않았습니다."

빈 포도주 병을 바닥에 던진 라크나가 말을 이었다.

"그저 내 차에 독을 탔을 뿐입니다."

어리석고 사랑스럽게도. 당사자가 지나치게 정갈한 어투로 말해 그의미가 퇴색했으나 이 방에 있는 이들 중 그나마 가장 일반적인 상식에 가까운 사고방식을 지닌 키제트는 기함했다.

"뭐?! 그게 정말인가?"

"아 참. 우리의 잉카르트 공께서는 건강하시던가요?"

마침 생각난 안부를 묻는다는 듯이 그가 읊조리자 방 안의 적막은 질식할 듯 짙어졌다. 환자의 열띤 숨소리와 음울한 쾌락의 후유증을 깊게 들이쉰다. 왠지 목이 마르다. 라크나는 생채기 난 왼 목을 주무르며 눈을 감았다.

그래. 진정 목이 말랐다.

버석 마른 황무지의 흙을 생으로 씹어도 이보다는 눅눅할 듯이, 칼칼하다. 매우.

❧

황후 아델라나는 점점 늘어 가는 초조함에 못 견뎌 하고 있었다. 정략의 희생물로 늙은 황제에게 팔려 값비싼 노리개로서 소녀에서 여인이 된 그녀에게 유일한 삶의 낙이란 게 있다면, 그것은 그녀의 부덕한 유희와 그 상대라 할 수 있을 것이다. 완벽해 보이는 이 여자만큼 효과적이고 충실하게 길들여진 이도 이 넓은 황궁에 흔치 않으리라.

그러나 최근 이 은밀한 밀회가 점차 뜸해지면서 그녀는 해소되지 못한 욕구와 되돌아오는 차가운 방치, 무심함에 아슬아슬한 수위까지 밀려나 있었다.

남몰래 틈마다 그녀를 안으러 찾아들던 밤의 방문도 뜨거운 관계도 언젠가부터 증발하듯 사라졌다. 아델라나가 유혹하면 차가운 눈은 변함이 없으나 순순히 응해 오던 그였는데 이제 뚜하다 못해 눈길도 주지 않는 듯 보였다. 그녀는 점차 한계에 도달했다. 반듯한 의지력이 설 자리가 좁아지자 가파른 감정들만 남아 도사렸다. 불만에서 분노로, 조마조마함이 의심으로 변질된다. 간절했고, 금화 한 닢 남김없이 빼앗긴 수전노처럼 강박감이 치밀었다.

그리하여 평소라면 도저히 하지 않을 행동을 하고 만 것이다.

요 며칠 잠적하다시피 궁에서 자취를 감췄던 에스페리스 후작은 얼어붙은 그늘마냥 온기 없는 눈으로 정각이 넘은 늦은 시각에 제 집무실로 찾아온 황후를 내려다보았다. 심지어 그녀는 잠옷 바람이나 다름없는 네글리제에 두꺼운 망토 한 겹만 걸친 모양새였다. 화난 듯 매서우나 축축하게 젖어들어 애처로운 그 얼굴을 라크나는 길가에 내놓고 잊었던 세간처럼 살피다가 입을 열었다.

"무슨 일입니까. 폐하."

이 야심한 시각에. 아델라나는 저를 천하의 머저리로 보는 그의 눈초리를 견디기 힘들어 눈을 내리깔았다. 하등 쓸모없다 질책하는 것 같아 수치스러웠다. 정작 그는 어떠한 비난도 하지 않았으니 이는 제 착각일 수도 있었다. 그러나 비극적이게도 그녀의 어느 한 부분은 착각이 아니라는 걸 알고 있었다.

이 남자가 그녀를 그가 내보이는 한결같은 정중한 공경의 반만큼도 존중하거나 귀히 여기지 않는다는 걸. 어찌 보면 아델라나야말로 일평생 전쟁을 치렀던 에스페리스 후작의 가장 화려한 전리품일 것이다. 개선문 아래 행렬에 서서 구경거리로 전락한 전쟁 포로나 그녀나 다를 게 뭔가 싶었다.

그가 생각하는 것만큼 아델라나는 멍청하지 않았다. 최소한 무시하고 평가 절하 하는 수준보다는 훨씬 나으리라. 목매는 사내가 그녀를 하찮은 장난감 취급을 함에도 모멸감을 감추고 모른 척 도도한 백조처럼 목을 뻣뻣이 폈던 것도 제 자존심이나마 지키려는 몸부림이었지 무지해서가 아니었다.

아델라나는 치마를 잡은 손을 구깃하게 움켜쥐었다.

"전갈을 보냈을 텐데요. 왜 감감무소식인 거죠?"

"송구합니다."

"그건 내가 원하는 대답이 아니에요!"

분기가 치민 그녀가 목소리를 높이자 라크나는 말을 멈췄다. 물끄러미 평정을 잃은 듯한 그녀를 훑다 몸을 돌려 문을 열고 밖의 인적을 살폈다. 어둡게 내려앉은 복도를 살피고 다시 문을 닫았을 때 아델라나는 기가 막혀 부들부들 떨고 있었다. 그녀는 잔뜩 꼬인 목소리로 빈정거렸다.

"다른 때는 하등 상관없는 듯 굴더니 이제는 남들 눈이 신경 쓰이나 보군요."

"지금도 상관없습니다."

"하. 웃기지도 않군요."

잔뜩 흥분한 탓에 목소리가 높아지자 라크나는 티 나지 않게 눈썹을 찡그렸다. 계집이 시끄럽게 앵앵거리는 건 질색이다. 개중 울듯 일그러져 흐느끼는 건 더더욱. 그것은 언제나 질 나쁜 습관처럼 이율배반적인 충동을 불러일으켰다. 다행히 황후가 질질 짜며 훌쩍이는 단계는 아니었기에 그는 인내심 있게 그녀에게 자리를 권했다. 예의라기보다는 확실히 거리감을 긋기 위해서였다. 안 그럼 충동적으로 그녀의 가는 목을 꺾어 버릴지도 모르기에.

황후는 일단 신사적인 그의 얼굴을 노려보다 마지못해 소파에 앉았다. 그녀는 모르겠지만 퍽 현명한 행동을 한 셈이다. 가운 차림으로 걸어와 맞은편에 느릿하게 앉는 그의 수려한 낯에 부드러운 금빛 음영이 졌다. 목탄으로 그린 초상화를 문지른 듯 거기에 서린 표정을 읽기 힘들었다.

팔걸이에 늘어진 긴 손가락에 맺힌 빛마저 아득했다. 저 손으로 죽인 사람의 명수가 산을 이룰진대 길쭉하고 고상하다. 그리고 얼마 전까지만 해도 저 손이 그녀의 옷을 벗기고 나신을 쓸어내리며 깊은 쾌락을 선사했다는 것도 지나치게 생생했다. 홀린 듯 그를 응시하다 상어의 눈처럼 무미건조한 눈빛에 시린 현실감이 돌아왔다.

그녀가 정신을 차리길 기다렸다는 듯이 라크나는 입을 열었다. 단조로웠지만 음성은 낮고 오싹했다.

"어리석게 굴지 마십시오, 아델라나. 당신은 황후입니다."

"날 이렇게 만든 건 당신이잖아요! 왜 나를 만나러 오지 않는 거죠? 이제 헌계집은 질린다는 건가요?"

"황제께서 최근 들어 병환이 짙어지셨습니다. 곁을 지켜야 하지 않겠습니까."

"아르!"

자중하라는 점잖은 방식의 거절에 입술이 떨렸다. 애욕에 중독되고 연모에 눈이 먼 여인으로서 모를 리가 없다. 그는 그녀를 잘라 낼 생각인 것이다. 대체 왜? 이제 와서…… . 뱃속에 아이가 들어선 상태에서도 그녀를 안았던 그이기에 이는 너무 갑작스러웠다. 아니, 황자를 품은 황후를 범할 때는 평소보다 더욱 즐거워 보였다. 태아가 아들이라는 점지를 들었을 때 그의 얼굴에 퍼지던 만족스런 미소를 그녀는 아직도 잊지 못했다.

황제의 앞에서는 누구보다 충절 깊은 충신인 듯 굴면서 뒤로는 밤마다 그의 아내를 가진다. 문제는 낮과 밤의 두 모습 중 어느 게 진짜인지 그녀조차 모르겠다는 것이다. 가짜인 양 진실처럼 행동하는 그의 속은 출구 없는 미로 같았다. 불현듯 오싹한 가정이 떠오른다.

혹여 둘 다 그에게 있어 모순된 참이라면, 그는 대체 어떤 인간인 걸까.

미지의 무언가를 앞에 둔 듯 압도되어 겁에 질렸지만 아델라나는 원망과 애증을 담아 그를 쏘아보았다. 나를, 나를 이렇게까지 깊게 끌어들여 여기까지 오게 만들었으면서. 그가 저에게 이러면 안 되었다. 그렇다면 황제의 광기에 찔려 울고 있던 그녀에게 손을 내밀고, 그가 없으면 살 수 없는 몸으로 전락시키지 말았어야지.

"당신은 비열해."

아델라나의 쥐어짠 비난에도 라크나는 무감동하게 대꾸가 없었다. 그녀는 발악처럼 이죽거렸다.

"다 죽어 가는 황제에게 새삼 죄스럽던가요? 참 들끓는 충성심이군요."

"아델라나."

"전부 집어치워! 야비한 인간! 딴 계집이라도 생긴 거겠지!"

발작적으로 악을 쓰며 이를 악물었다. 사랑과 증오는 한 끗 차이다. 순식간에 자라난 미움이 벌겋게 아가리를 내밀었다. 그러면서도 일말의 희망이 그가 부정해 주기를 바랐다. 사실 그의 이기적이고 명석한 계산으로 빈말로라도 자신을 달래 주기를. 꿀 바른 거짓이라도 기꺼이 삼킬 수 있을 것 같았다. 후일 그것이 내장을 갉아먹는다 하더라도, 지금 당장은……

그러나 라크나는 별다른 부정조차 하지 않았다. 가시가 목에 걸려 발광하는 짐승을 보듯이 그저 냉담하다. 모욕적인 비난에도 분노는커녕 온기 한 점 없었다. 그게 더 절망스러웠다.

완벽히 밀려나 끝으로 내몰린 아델라나는 멍하니 눈을 치떴다가 후드득 눈물을 떨어뜨렸다.

"어떻게 내게 이래."

"……."

"난, 난! 난 당신의,"

차마 말을 잇지 못하고 더듬거렸다. 아름다운 눈동자 가득 물기가 서려 애원하듯 바라본다. 라크나는 눈을 반쯤 내리깔고 방관하듯 입을 다물고 있었다. 아니, 외려 딴생각에 잠긴 것도 같았다. 서늘한 벽안에 비친 건 울부짖는 아델라나였으나 그의 안에 떠오른 건 그녀가 아니었다. 그녀를 보되 다른 것을 그 위로 떠올리듯 한 겹 가려진 무관심함. 매개체에 불과한 피사체. 어떤 의미도 가치도 없는.

이 남자는 대관절 왜 저를 안았던 걸까. 대체 왜……. 이를 악물었다. 그녀는 표독스럽게 중얼거렸다.

"우리는 이미 멀리 왔어. 한배를 탔다고. 당신도 이걸 모르지 않을 거예요."

거기에 섞인 위협을 귀신같이 읽은 그의 눈에 그녀가 이 방에 들어온 이래 처음으로 빛이 들어왔다. 그는 흥미롭다는 듯 입가를 기울였다.

"무슨 뜻입니까?"

"말 그대로예요. 우리의 관계는 당신의 변덕으로 끊어질 단계를 지났어."

"변덕이라……."

라크나는 되새김질하듯 읊조렸다. 아델라나는 그가 돌연 웃음을 터뜨리자 입술을 깨물었다. 놀랍게도 그녀의 협박은 그를 즐겁게 한 것 같았다. 최후의 발톱을 빼 들었음에도 상대가 별다른 타격이 없자 그녀는 점점 궁지에 몰렸다. 나른하게 턱을 괸 라크나는 추억을 회상하듯 말했다.

"그러고 보니 예전에도 이와 비슷한 사례가 있지 않았습니까."

"……!"

"방탕한 황후가 지아비를 배신하고 다른 사내와 통정한 데다 부정한 핏줄까지 낳았지요."

아델라나의 얼굴이 창백해졌다. 황실의 금기나 다름없는 그 사건은 몇십 년이 흐른 지금에도 황제의 역린으로 쉬쉬하는 이야기였다. 그녀의 기색을 즐겁게 구경하던 라크나는 노래하듯 말을 이었다.

"내가 좋아하는 시구에 이런 구절이 있습니다. 세상사는 하나의 공과 같아 시대와 사람이 바뀐다 해도 같은 것이 반복되어 굴러가니 이를 인과의 굴레라—"

"무슨 말을 하고 싶은 거야!"

"가엾은 아델라나. 그녀와 당신은 다릅니다. 같다고 봅니까? 같은 황후니까?"

오래된 조상처럼 일정한 선만 그리던 라크나의 낯에 처음으로 조롱 가득한 비소誹笑가 스쳤다. 은연중에 그녀를 가벼이 여기긴 했으나 언제나 정중한 가면을 쓰고 있던 터라 그 적나라한 속살은 더욱 날카롭게 아델라나를 후벼 팠다. 단정한 입매를 길게 찢은 채로 그는 큭큭 그녀를 비웃었다.

"귀히 여기진 않았다 하나 엄연한 제 '아내'와 갖고 놀려 비싼 값을 치르고 들여온 '장난감'이 어찌 같은 선에 있단 말입니까. 이미 알고 있을 텐데. 다른 사내의 씨를 죽이지 않고 살려 둘 정도의 증오는 그만한 배신감과 애착이 있기에 가능한 법입니다. 아니라면 그자가 왜 그런 제 살 파먹는 소모적인 짓을 죽을 때까지 반복하겠어? 안 그런가?"

"……입 닥쳐."

"참 아이러니한 사실은, 나는 그게 내내 멍청하다 여겼는데…… 이제는 알 것도 같아."

그 '증오'를.

라크나는 치욕과 모욕감을 주체 못 하는 여자에게 몸을 숙여 턱을 강하게 움켜쥐었다. 가벼웠으나 턱을 으스러뜨릴 듯 악력이 들어가 꼼짝없이 굳었다. 쉬이……. 달래듯 뭉근한 숨결이 얼굴께를 스친다. 솜털이 곤두섰다. 지척에서 뱀과 같은 사내가 미소 지었다.

"황제는 날 못 죽입니다. 그건 내가 무슨 짓을 하건 변하지 않아."

그리고, 노리개 따위보다 이 들끓는 충심을 가진 신하가 더 유용한 건 당연한 계산이 아닙니까? 늙어 정신이 오락가락해도 그 정도 이해타산도 헤아리지 못할 위인은 아닙니다. 아시다시피.

라크나가 말하는 바는 뻔했다. 잔뜩 공포에 질린 그녀를 내려 보다 던지듯 놓자 아델라나는 혼이 빠진 듯이 멍하니 앉아 있다 부리나케 방을 뛰쳐나갔다. 도망가는 귓전에 킥킥 조롱 섞인 광소가 메아리쳤다.

끼이익 탁, 문이 닫히자 웃음기가 뚝 멎었다. 그는 아무 일도 없었다는 듯 벽장으로 걸어가 크리스털 술병을 꺼냈다. 술이 필요한 밤이다. 굳이 아까의 소동 탓만은 아니고 요즘 들어 여러 밤이 그러했다. 달이 뜨고 사방이 어두워지면 목이 탔다. 아니, 밤은 물론이요, 낮에도 수시로 문뜩문뜩 치밀듯 바짝 말라 온다. 그 원인과 해결할 방법도 알고 있었으나 그는 아무런 행동도 하지 않았다. 인내하듯이.

술을 기울이는 그의 앞에 간단한 안주가 담긴 쟁반이 탁 내려앉았다. 마치 그림 속에 자연히 얹어진 낙엽처럼 자연스러운 삽입이었다. 별달리 놀란 기색이 없는 걸 보아 이는 익숙한 일상인 게 분명했다.

"저대로 두어도 되겠습니까?"

쪽문 너머에서 이 대화를 모두 들은 듯 그녀가 공손히 말했다. 아델라나가 가진 위험성에 비해 너무 경솔히 몰아세운 게 아니냐는 질책이었다. 라크나는 피식 웃었다.

"저 여자가 할 수 있는 거야 뻔하지."

"……."

"너무 뻔해서 따분할 지경이군."

그는 고개를 가로젓고는 붉은 술이 담긴 잔을 빙글 돌렸다. 피처럼 검붉은 액체가 주륵 빈 심장으로 흘러가듯 사라진다. 그 모양을 말없이 지켜보던 이는 음주가 과하다며 말리지 않았다. 대신 주전부리가 담긴 접시를 더 내밀었다. 언제나 그렇듯 묵묵히 지켜볼 뿐. 그리고 기다렸던 대로 언젠가부터 인사처럼 반복된 질문이 돌아왔다.

"그녀는?"

"많이 호전되었습니다."

여전히 걷지도 못하지만. 몸을 씻다 갑자기 아이처럼 울어 대던 이카릴을 떠올리며 힐랄은 건조하게 그녀의 보잘것없고 단조로운 하루를 보고했다. 그가 이것을 왜 빠짐없이 귀담아듣는지도 의문이었다.

그러나 라크나는 항상 힐랄에게 그것을 요구했고 그녀는 충실히 따랐다. 이카릴이 알게 모르게 불안해하고 문이 열릴 때마다 화들짝 놀라며 전전긍긍해하는 눈치라고 했을 때, 라크나의 기색을 살핀 힐랄은 그가 곧 그녀를 방문할 것임을 직감했다.

이번에도 힐랄은 무언으로 일관했다. 충실한 방관자로서.

⚜

카르뮬렌 궁이 한바탕 뒤숭숭했다. 그 원인은 언제나와 같이 황제의 광란과 폭주 때문이 아니었다. 드물게도 이 그림에서 한결같은 피해자였던 광인의 아들이었다.

분노와 흥분으로 분필처럼 창백하게 질린 그를 아무도 감히 말리지 못했다. 무도하게 성큼성큼 황제의 내실로 걸어 들어가는 황태자의 앞을 황제의 시종장이 가까스로 막아섰다. 오래된 가옥에 눌어붙은 곰팡이마냥 검버섯이 핀 늙수레한 그는 고개를 조아리며 고했다. 숙인 시야에 황태자의 부들부들 떨리는 주먹이 들어왔다. 모른 척 눈을 더 깊이 처박는다.

"어인 일이십니까, 전하."

"폐하께선, 안에 계시는가."

올라오는 더운 숨을 참기 힘든지 알렉시온은 찰나 말을 지체했다가 물었다. 시종장은 잠시 뜸을 들이다 황제께서 오늘따라 몸이 더 편치 않아 오수午睡에 드셨다고 아뢰었다. 황태자의 곧은 눈썹이 찌푸려졌다. 오수. 오수라고. 기가 막혀 끓인 기름을 끼얹은 양 속이 화끈거렸다.

"내 지금 당장 폐하를 뵈어야겠다. 비켜라."

"전하. 불가합니다."

"비키라 하였다."

알렉시온이 당장 목이라도 칠 듯 을러대었으나 기실 그럴 권리도, 지금 당장 저지를 무기조차도 없다는 것이 천불 날 일이었다. 귀족 나부랭이 인간 백정인 치도 칼을 차고 드나드는 황제의 침전에 검을 소지할 권리조차 부여받지 못한 황태자가 아니던가. 일찍이 황제의 불가사의한 총애를 한 몸에 받은 에스페리스 후작과 달리 그의 당당한 장남인데도 알렉시온은 아비의 애정 비스무리한 것도 받은 기억이 없었다.

짐승에 가까웠던 갓 난 아이 시절에는 그래도 제 핏줄이니 어여삐 여겼을지도 모른다. 그러나 어려서는 외도한 황후의 아들로서 눈엣가시였고, 크고 나니 모후를 너무 빼닮았다며 대중없는 미움이 날아들었다. 궁인들조차 이 비운의 황태자의 운을 가엾게 여겼다.

허나 이는 모르는 치들이 하는 헛소리다.

황제는 전 황후의 소생이라 알렉시온을 증오하는 게 아니었다. 그런 이유라면 정신을 놓기 전까지만 해도 어여삐 여겼던 황녀는 어찌 설명한단 말인가. 심지어 그녀는 어미의 판박이라 불릴 만큼 그 미모를 그대로 물려받았다.

단지 황제가 아들을 혐오하는 건, 결국 장성해 그의 자리를 빼앗을 '젊은 적'에 대한 공포와 적의였다. 쇠락해 가는 권력자의 두려움, 인간의 영원에 대한 갈망, 그를 몰아내고 채워질 미래에 대한 질투. 진정 인간다우며 괴물다운 가여운 추악함이리라.

이를 뼈저리게 아는지라 저 안에 자리한 노인이 더 끔찍스러웠다. 제 온 일생이 아비에 대한 인내와 기다림이었다. 아직은 때가 아니다. 아직은. 힘이 모자라니 기다려야 한다. 저 괴물이 쓰러지고 단번에 제 것을 차지할 때까지.

그러나 이 인내는 깎이고 깎여 바늘만큼 가느다란 위태로움이었다. 특히 오늘 같은 날에는. 이성은 이를 잘 타이르라 윽박질렀지만 그동안 쌓이고 쌓였던 울분을 연료로 날뛰는 분노가 죄 살라 먹었다.

잡아 찢을 듯 꿈틀거리는 손이 주름투성이 얄팍한 목을 꺾어 버리기 직전에 안에서 들려온 가느다란 부름은 누군가에게는 천운이었을 것이다. 황태자는 맨발로 얼음을 짓밟듯 미세하게 뒤틀린 얼굴로 휙 침전 안으로 들어섰다.

여러 겹의 휘장으로 가려진 낯설 만치 넓은 침대는 텅 비어 있었다. 알렉시온은 곧 눕다시피 안락의자에 몸을 묻고 있는 노인을 발견했다. 햇볕을 등진 채 어두운 음영에 덮인 노화한 육체는 얼핏 말라비틀어진 죽은 낙엽마냥 적막했다. 한순간, 단순한 소망의 발현일지 모르나 늙은 황제는 정말 숨이 멎은 것처럼 보였다. 목이 턱 졸리는 듯한 희열이 들끓으려는 찰나, 쭈글쭈글하고 냉소적인 입가에서 느린 숨결이 새어 나왔다.

알렉시온은 그 실낱같은 숨을 움켜쥐고 도려내고 싶은 충동을 느꼈다.

"시끄럽게 굴기가 계집 못지않구나."

황제가 느리게 구부정한 허리를 폈다. 그가 내뱉는 목소리는 가래가 낀 듯 탁했으나 독 품은 용의 한숨처럼 사이했다. 그에게 가진 증오와 맞먹는 또 다른 감정이 올라온다. 뼛속 깊이 학습된 은근한 두려움. 알렉시온의 반듯한 미간에 주름이 졌다. 이제 썩은 고목보다 못한 육체를 지닌 늙은이에게 위축된 본인이 한심했다.

그는 칫 볼 안쪽을 씹고는 딱딱하게 말했다.

"대체 무슨 짓을 하신 겁니까?"

"못 본 새 버릇이 많이 나빠졌군. 네 눈에 짐이 뒷방 노친네로 보이더냐?"

몸 상태가 좋지 못하다고 한 것과 달리 오늘 황제의 정신은 몇 년 전처럼 청명한 상태인 듯 보였다. 그렇지 않다면 대뜸 아들의 얼굴을 보자마자 문진을 집어 던져 이마를 찢어 놓고는 어린애처럼 킬킬거리곤 했던 폭력성이 아직껏 잠잠할 리가 없었다.

황제는 화는커녕 나른하게 눈을 내리뜬 채 백태白苔가 낀 시퍼런 눈빛만 옆으로 굴려 상대를 꿰뚫었다. 같은 벽안임에도 그것에 담긴 냉도, 수압, 깊이가 호수와 바다의 차이인 양 도드라졌다. 한 번에 몰아 찍어 누르는 위압감에 뺨이 굳은 청년을 황제는 슬슬 수염을 쓰다듬으며 재 보듯 훑었다. 고드름 같은 마른 손가락에 알알이 끼워진 굵은 반지가 흑백 속에서 번뜩였다.

노인은 쯧 혀를 찼다.

"모자란 놈. 뭐 하나 눈에 차는 게 없어. 네놈이 저 사생아와 다를 게 뭐지? 머리끝부터 발끝까지 넌 실패작이야. 가끔은 내 피가 맞는지조차 의문이 들어."

이내 피를 토할 듯 쿨럭쿨럭 기침을 했다. 시중을 들기에는 지나치게 하늘하늘한 차림새의 여자가 빠르게 다가와 타액을 닦고 물을 삼키게 했다. 아니, 여자라기엔 채 영글지도 못한 계집애에 가까운 그녀는 제 할 일을 마무리한 후 다시 벽 가까이 붙어 인형처럼 멈춰 섰다.

황제는 장식품처럼 완벽한 인간을 좋아했다. 혹은 어여쁜 인간으로 장식하는 걸 좋아했다. 황제의 이 괴상한 취미에 대해 반박하거나 말리는 자는 물론 없었다. 이는 역대 수많은 무소불위의 절대자가 자행했던 괴벽과 괴이한 수집벽, 광증에 비하면 퍽 건전한 취미에 속했다.

죽 끓듯 이는 변덕으로 '장식품'이 시체로 변해 치워지곤 한다는 걸 빼면 그랬다.

일상 같은 부친의 언어폭력에도 묵묵히 듣고만 있던 알렉시온은 사생아—라는 단어에 희번득하게 고개를 쳐들었다. 퍼런 불이 붙은 것 같았다.

"그 아이에게 기사 작위를 내리신다고요?"

"음? 아……. 그것. 퍽 재미있는 생각이 아니냐."

오늘 아침 하달한 명령을 망각한 듯 눈살을 찌푸리던 황제는 나직한 탄성을 지르며 고개를 끄덕였다. 쓸모없이 밥이나 축내는 것, 과분한 명예를 주는 게지. 어떠냐? 참으로 탁월하지 않나. 알렉시온의 표정이 무참하게 일그러졌다. 정말이지 악랄한 개수작이었다. 기사? 기사라고.

"생전 검도 못 들어 본 아이입니다. 대체 무슨,"

해코지를 벌이려고. 말문이 막혔다. 저들의 의도야 뻔하다. 허울 좋은 작위를 준 뒤 황태자의 뒤에 숨지도 못하게 질질 끌고 와 개돼지처럼 칼받이가 되게 하거나 모욕을 줄 의도겠지. 황제가 친히 내리는 명예를 준다는데 거절할 수도 없으니 잘 포장된 독극물과 다를 바가 없었다.

이런 독살스런 계획이 누구 머리에서 나왔을까.

떠오르는 이는 많았으나 대표적인 인물은 역시나 그자였다.

빠득 이를 갈았다. 이리 나온다 이건가. 교활한 사갈 같은 놈.

황제의 손짓에 한편에 인형처럼 서 있던 소년 시동이 바닥에 무릎을 꿇고 모포로 덮인 다리를 주물렀다. 게슴츠레한 시선이 창백하게 질린 알렉시온을 주시한다. 쌍방 다 대답을 알면서도 결국에는 한숨 같은 청원이 흘러나왔다.

"재고해 주십시오."

"내 아비는 늑대의 저울을 귀히 여기셨다. 자식이 태어날 때마다 갓난애의 귓불에 피를 내어 이를 저울에 매달았지."

알렉시온은 이를 사리물었다. 상대가 애가 타든 분기가 치밀든 황제는 싱글벙글 기분이 좋아 보였다. 어떠냐. 네 조부의 이야기이니 너도 궁금하지 않더냐?

늑대의 저울이라 함은 황가에 수 세기에 걸쳐 내려오는 가보로 혈통을 확인할 수 있는 고대의 마력이 서린 기물이었다. 이 옛 신화시대의 유산을 선대 황제 칼리굴라 2세가 아꼈다는 사실은 이제 아는 이가 드문 과거다. 칼리굴라 2세는 의처증이 심했다. 명석했으나 의심이 많았던 그는 곁에 두고 아끼던 애첩을 옷차림이 평소와 다르다는 등 사소한 걸로 공연히 추궁하여 베어 죽인 적이 있을 정도였다.

제 씨인 황가의 아이들조차 이 의심을 피해 가지는 못했는데 아직도 황제의 귀에는 부황이 단검으로 도려낸 흉터가 남아 있었다. 다행히도 이 심판에서 부정한 피라 나온 황족은 없었다. 그리하여 황제가 죽여야 할 형제들의 숫자도 자연 늘어났지만.

아비의 공연한 의심증을 졸렬하고 모자란 사내의 병증이라 내내 비웃었던 황제지만 저도 뒤통수를 맞고 나서야 그가 어느 정도 이해가되었다. 계집이란 정말이지 믿을 게 못 되었다. 그렇다 하나 무고하고 멀쩡했던 아내와 자식까지 계단 밑으로 던져 죽인 그치보다는 저가 낫다고 그는 생각했다.

하이에나가 사자보다 피를 덜 묻혔다고 하는 격이었다.

"짐이 그걸 몇 번 사용한 줄 아느냐? 딱 두 번이었다."

"……."

"네 누이와 너."

알렉시온의 눈에서 의문을 읽었는지 황제는 이를 드러내 웃었다.

"'그것'은 안 해 봐도 어차피 내 핏줄이 아니었어. 짐에게 필요했던 건 짐이 알던 진실이 참인가 거짓인가, 그것뿐이었으니."

노회한 얼굴에 섬뜩한 조소가 걸렸다.

"그러니 넌 네 어미에게 감사해야 할 것이다. 네가 내 핏줄이 아니었던들 그 사생아보다도 못한 신세가 되었을 테니."

묵직한 경고였다. 더 입을 놀리면 네가 천출이건 자식이건 개의치 않겠다는.

알렉시온은 끝없는 구덩이를 앞에 둔 듯이 오싹 오금이 저렸다. 피를 이어받은 혈육이라 하나 교활한 야수와 덜 자란 새끼의 차이일지도 모른다. 언제 변할지 모를 미친 자의 나직한 으르렁거림이라 누구든 무의미하겠지만. 그러나 그는 이를 악물고 말했다.

"기어코 그 가엾은 아이의 명을 끊어 놓아야만 속이 시원하시겠습니까. 어린것이 무슨 죄가 있겠습니까."

"재미있는 소리구나. 이번 기회에 잘 알아 두어라. 태어나는 것만으로도 죄가 되는 이가 이 황궁에는 부지기수니까."

"폐하!"

알렉시온이 소리쳤다. 황제는 제 아들을 괴롭히는 여흥도 질렸는지 손을 휘휘 저었다. 늙은 시종장이 한걸음에 다가왔다. 벽을 장식한 꽃처럼 서 있던 여인들이 미끄러지듯 다가와 일어서는 황제를 부축했다. 황태자는 시종장을 밀치고 굽은 등을 돌리는 부황에게 윽박질렀다.

"이럴 거면 애초에 왜 살려 두셨습니까! 차라리 배냇물이 마르기도 전에, 그때 죽이셨어야지요!"

그래, 죽도 제대로 얻어먹지 못해 퀭하니 굶어 죽어 가던 그 아이를 동정하게 되고 품에 안아 들기 전에. 어미를 죽인 원망보다 애정을 갖게 되기 전에 차라리……!

증기욕을 하기 위해 걸어가던 황제의 걸음이 멈췄다. 늙수레한 낯에 설핏 두꺼운 천 사이로 검광마냥 섬뜩하고 기괴한 미소가 번졌다. 양옆으로 길게 찢어진 입꼬리가 살라 먹어 가는 불꽃 같았다.

그는 말했다.

"그리 죽이면 고통도 모르고 죽을 것 아니냐."

"……!"

"알을 깨뜨린다 해서 생을 거두는 거라 볼 수 없지. 다 자란 짐승을 죽여 그 피와 가죽을 취하여야 여흥거리나마 되지 않겠느냐. 사냥이란 건 제철이 있는 게지."

노인은 푸르게 질린 알렉시온을 훑으며 비죽이 말하고는 고개를 돌렸다. 마지막 희망을 잡듯이 알렉시온이 이를 갈며 따졌다.

"어머니와의 약속은 잊으셨습니까? 분명 그분의 아이들은 건들지 않는다 약조하셨습니다."

"약속?"

허연 눈썹이 치켜 올라갔다. 병증이 깊어질수록 바로 앞전의 대화나 명령도 이따금 잊어버리곤 하였지만 이번 것은 그런 일상적인 망각과는 달랐다. 상대를 재 보듯이 농락하는 미적거림이다. 다섯 손톱이 파고들어 손바닥에 박혀 들었을 때야 그는 깨달음의 뜻으로 고개를 끄덕였다.

"아, 그래. 약속."

"허면……!"

"그러니 죽이지 않지 않았더냐. 내 언제 그것을 죽인다고 하였던가?"

"놓치지 마십시오. 아까 전 제게 하신 말씀도 잊으셨습니까."

이글이글 타오르는 저를 닮은 푸른 눈에 대고 황제는 조소했다. 옅은 기침이 비웃음처럼 튀어나온다. 그의 곁에 선 인형 미인이 얼른 마른 수건을 바쳤다. 그것으로 입가를 닦으며 허옇게 센 여우마냥 눈을 기운다.

"난 분명 내가 죽인다 한 기억이 없다. 오히려 과분한 명예를 준다 하였지. 이도 제대로 수행하지 못해 죽는다 한들, 어찌하겠는가. 제 명이 그 짝인 것을."

"말도 안 되는 말씀이십니다."

"황제가 하는 것 중 말이 되지 않는 것은 없다. 그리되게 행함이 있을 뿐."

다시 마른기침이 터졌다. 부랴부랴 뛰어온 시종의 손에서 물잔을 낚아챈 황제는 힘줄과 다 말라 비틀어진 살가죽으로 덮인 손을 까딱였다. 이리 가까이 오라는 뜻이다. 당장 뒤도 안 돌아보고 뛰쳐나가고 싶었으나 그리하면 아우의 목숨은 이번에야말로 풍전등화가 될 것이었다. 그 갈등이 뻔히 보이는지 황제의 눈가가 가늘어졌다.

황태자는 괴물의 아가리에 대가리를 들이미는 심정으로 느릿하게 걸어갔다. 더 가까이. 음산한 풍경처럼 노인의 손가락이 흔들렸다. 결국 더 다가간다.

아들이 악어가 도사린 물 바깥에서 머뭇되는 물소마냥 지척까지 왔을 때, 그의 검지는 아래를 가리켰다. 그리고, 물잔이 기우뚱 기울었다. 멀쩡한 물이 후드득 떨어진다.

"신이 더럽혀졌구나. 닦아 주련?"

온화한 목소리에는 진득한 심술과 악의가 서려 있었다. 알렉시온은 힐끗 물 몇 방울이 튄 황제의 가죽신을 응시했다. 쥔 주먹이 미세하게 떨렸으나 그뿐이었다. 이쯤은 아무것도 아니었다. 실로 아무것도.

결국 허리를 굽히는 청년을 황제는 즐거이 지켜보았다. 그러곤 정수리에 남은 물을 끼얹었다. 찬란한 금빛 머리칼 위로 물줄기가 후드득 쏟아졌다. 제국의 황태자가 당하는 처참한 수치에 놀란 나머지 새로 들어온 여인 한 명이 헛 소리를 냈다. 득달같이 시퍼런 눈길이 향하자 그녀는 부치던 부채도 놓치고 입술을 부들거리며 용서를 빌기 시작했다.

곧바로 들어온 창백한 시종들에 의해 도축 되듯이 질질 끌려 나간 후 희미한 비명이 침전에 메아리쳤다. 흥이 식은 듯 황제는 신경질적으로 물기 없는 손을 닦고는 모욕감에 뺨이 붉어진 황태자에게 축객령을 내렸다.

"네 어미가 낳은 남창은 후작에게 주었으니 죽이건 살리건 내 알 바 아니다."

"에스페리스 후, 말입니까?"

"그래. 달라 하니 낸들 어쩌겠느냐."

그가 짐에게 안겨 준 것들을 보건대 남은 딸이 있으면 죄 줘야 할 판이거늘.

결국 처음부터 끝까지 놀아난 셈이다. 푸들푸들 뺨을 경련하는 그를 지나쳐 황제가 방을 나갔다. 황태자는 분을 누르듯 씩씩거리다가 바닥을 닦는 여인을 향해 남몰래 눈짓했다. 그녀는 살포시 눈을 내리깔더니 휙 몸을 돌려 물러났다. 참는 것도 한계였다. 빌어먹을 미치광이 노친네. 그가 빠른 걸음으로 카르뮬렌 궁을 나서자 빙빙 초조하게 제자리에서 돌고 있던 잉카르트 공작이 바쁘게 걸어와 황태자를 살폈다.

그는 엉망으로 젖은 금발을 발견하고 침음성을 삼켰으나 굳이 상황을 묻지 않았다. 매우 뻔하니까.

"갈아입을 옷을 준비해 오겠습니다."

"아니. 어서 그것을 실행하게."

"예?"

잉카르트 공작은 게슴츠레 미간을 좁힌 채 주군을 보았다. 그사이 재빨리 주변을 살피는 것은 덤이었다. 침음성이 나왔다. 불행히도 알렉시온은 절절한 진심으로 보였다. 그는 낮게 속닥였다.

"지금은 때가 이르옵니다. 신중하셔야 합니다, 전하."

"내 모를 것 같나, 공."

"설마, 카를 공자 때문에 이러시는 건 아니겠지요."

의심스런 실망을 담고 은근히 질책하는 시선에 알렉시온은 짜증스럽게 얼굴을 일그러뜨렸다. 이를 드러내고 으르렁거렸다.

"공은 내가 사리 분별 못 하는 천치로 보이나?"

"송구합니다."

"저 노망난 늙은이는 더 살아 봐야 내게 더 득이 될 게 없다. 저래서야 후작의 꼭두각시 인형이 아니고 뭐란 말인가. 그가 달라면 황좌까지 줄 것처럼 굴더군."

"……지금 황제가 죽으면 렉토파의 귀족들이 각종 음모론을 들고 나올 것입니다. 향후의 여론이 안 좋으면 즉위에 부담이 가게 됩니다. 7선제후 중 다수가 후작에게 호의적이라는 건 잘 알고 계시지 않습니까."

"빌어먹을. 어쩌란 건가. 이래도 저래도 목을 졸라 버리고 싶은 놈들만 넘쳐 나니."

알렉시온은 빠드득 이를 갈며 죽일 듯이 거듭 반대하는 공작을 노려보았다. 지나가던 궁인, 귀족들의 시선이 하나둘 이곳으로 몰리고 있었다. 잉카르트 공작이 낮게 고갯짓하자 황태자는 휙 그를 스쳐 걸어갔다. 뒤따라 걸으며 그가 조곤조곤 읊조렸다. 기실 그는 이 말을 하기 위해 황태자를 기다리고 있었다.

"대신,"

"……?"

"제법 흥미로운 소식이 들려왔습니다."

별 감흥 없는 푸른 시선에도 공작은 입매를 움직여 미소를 지었다. 독사의 혀 놀림처럼 선뜩한 표정이었다.

"에스페리스에 관한 이야기입니다."

바쁘게 걷던 걸음이 약간 속도를 늦췄다. 황태자는 잠깐 말이 없다 입을 열었다.

"계속해 보게."

"그에게 꽤 깊은 관계의 계집이 있다는 걸 아십니까?"

"그치도 사내가 아닌가. 계집질이야 어련히 즐기겠지."

쌀쌀맞은 말투에 아까와 달리 흥미가 섞인 것을 기민하게 알아챈 공작은 고개를 끄덕여 동조했다.

"그 계집이 어떤 계집인가가 문제이겠지요."

"왜, 황제의 여자라도 건드렸다던가?"

흥 코웃음 치던 알렉시온은 공작이 말이 없자 설마 하며 멈춰 섰다. 여름 응달에 서늘히 젖은 바람이 그들 사이를 차게 누르고 흩어졌다. 의미심장한 심복의 눈빛에 작게 입을 벌린다. 공작은 사근사근할 정도로 여유롭게 말했다.

"그리고 아마도 이 사안은 우리의 지고하신 황제 폐하께서 아셔야 하지 않겠습니까?"

아직 정정히 살아 계실 때 말입니다.

⚜

모든 것은 그대로였으나 분명 변했다.

이카릴은 웅크린 채 제 푸른 핏줄이 붉어진 발등을 내려다보았다. 밤이슬로 여러 번 씻긴 목련처럼 희고 깨끗하다. 그러나 이 살갗에 불그스름한 손자국이 났던 밤이 불현듯 머리 한쪽을 지져 와서 그녀는 화들짝 놀라듯이 불안하게 손톱을 깨물었다. 고요한 방 안에 까득 손톱 갉아 먹는 소리만 희미하게 울렸다.

허나 머릿속에서는 다른 소리들이 가득 차 범람하고 뒤엉키고 있었다. 낮은 신음 소리, 거친 헐떡임, 하얗고 검은 육체의 향락.

'하아. 이카릴.'

와장창 화병이 깨졌다. 거기에 꽂혀 있던 붉은 장미가 물에 흥건히 젖어 가는 모양이 이상야릇하게 시선을 끈다. 이카릴은 붉어진 얼굴로 씩씩대며 유리 파편에 비친 제 눈을 노려보았다. 흩어진 장미 잎 사이로 내려앉은 꽃잎 한 장이었다.

그녀는 정신병자처럼 머리를 감싸 쥐고 앞뒤로 몸을 흔들었다. 그 밤이 저를 그녀 아닌 무엇으로 바꿔 놓은 것 같았다. 생존을 제외하면 새벽에 쌓인 눈처럼 백지인 소녀라 한바탕 몰아닥친 태풍의 여파가 너무 뿌리 깊었다. 마치 눈송이가 뭉치면 뭉치는 대로 모양을 바꾸듯이. 증오인지 공포인지 순응인지조차 갈피를 잡지 못했다.

확연하고도 끔찍한 사실은, 그날 그녀가 느낀 게 두려움과 아픔만이 아니라는 것이다. 그보다 더 난잡하고 본능 밑바닥에 속한 것들이었다. 제 안에 크고 있던 야생 짐승을 이제야 발견한 듯 생경한 오싹함에 이카릴은 몸을 떨었다.

그러다가도 문득 겁이 치밀었다.

이제 어쩌면 좋지. 여관들이 알게 되면 난 죽은 목숨일 텐데. 이리 제 안위를 걱정하다가도 '그 남자'에 생각이 미쳤다.

그가 날 또 찾아오면 어쩌지?

하루 종일 바짝 곤두선 채 신경증 환자처럼 충혈된 눈으로 여닫히 는 문짝을 바라보며 앉아 있었다. 그렇게 하루 이틀 시간이 흘러감에 도 조용하자 뻣뻣하게 힘이 들어갔던 어깨가 내려앉았다. 긴장이 눈 녹듯 녹아내리는 한편으로는 그의 의중이 궁금해 잠을 설치며 고민한 다. 기다리는지 도망칠 준비를 하는지 본인조차 몰랐다.

이미 몸까지 섞은 마당에 정조는 무의미해졌지만 이카릴은 막연하 게 무서웠다. 저가 뭘 무서워하는지도 모르면서 그저 무서웠다. 희미 한 열기를 띤 정체 모를 그것이 이카릴은 꺼림칙했다.

두문불출하며 꼬박 아흐레가 흐르고 나서야 우연히 카를이 생각났 다. 도망치자고, 바보처럼 애절한 소리를 늘어놓던 그날 이후 한 번도 본 적이 없다. 살려는 욕구에 뒤덮여 그 빛을 상실하긴 했으나 호감을 갖고 있던 소년의 고백은 사실 이 덜 자란 처녀의 마음에 파장을 일으 킬 만했다. 이만큼이나 흔적도 안 남은 게 외려 이상하다. 이카릴은 그 이유를 알고 있었다.

비루한 쥐가 맹금류의 발톱 아래 짓눌려 할딱이는 것처럼, 온통 그 로 물들어 다른 것 따위 비집고 들어올 틈이 없었다. 그를 보았다―기 보다는 눈을 돌릴 수 없다―가, 머물렀다―기보다는 붙들린 것―이 맞았다.

맙소사. 내가 어찌 된 걸까. 앞으로는 어떻게 되는 거지?

이때까지와는 다른 의미로 카를이 보고 싶었다. 아니, 그를 봐야 했 다. 그러면 이카릴이 이때까지와 다를 바가 없고 앞으로도 그럴 것임 을 증명해 줄 것 같았다. 그런 일상을 확인해 줄 사람이 이카릴 곁에 는 카를밖에 없었다. 그녀가 같은 처지의 애첩들이나 시녀들을 사람 으로 보지 않듯, 그들 또한 이 작고 포악한 소녀를 사람으로 보지 않앉기에.

이카릴은 그러고도 제 둥지에서 꾸물거리며 며칠이 더 흐르고 나서야 카를을 찾아 나섰다. 은밀한 초야 이후 보름이 지난 날이었다. 이제 온 사지가 짜부라진 듯한 욱신거림도 없어졌고 은밀한 통증도 많이 가라앉아 일정하게 걸을 수도 있었다.

역시나 담당 시녀인 힐랄에게는 아무 말도 하지 않고 몰래 나왔다. 이카릴은 사교계 귀부인들처럼 어느 학문에 빠삭하다던가 정세에 따라 줄을 설 만한 지식과 역량은 없었지만 어릴 때부터 숙달된 물밑 흐름과 본능적인 비상한 눈치가 있었다.

분명 모를 리가 없을 텐데 어떤 내색도 없는 게 이상하다. 힐랄은 묵묵히 그녀를 간호하고 울혈 자국이 난 살결을 물수건으로 닦아 주기만 했다. 이카릴은 불현듯 깨달았다. 이 여자도 그의 사람이야. 어쩌면 그 기도실에서도 알면서 모른 척……. 소름이 끼쳤다. 도망칠 구석 없이 한구석으로 몰려 갇힌 기분이었다.

더 거기에 있으면 분명 미칠 것 같았다. 이카릴은 필요에 의해 그녀의 빛을 찾았다. 카를. 반짝이는 금발과 다정하게 웃어 주는 적갈색 눈동자가 필요했다. 봄 햇살처럼 상냥한 호의만 담긴 그것이.

항상 만나던 후원으로 가서 한참 발을 동동 굴리며 기다렸으나 그는 어디에도 없었다. 새삼스레 지금까지 모든 만남에서 항상 카를이 그녀를 만나러 오거나 기다렸음을 알게 됐다. 오묘한 기분도 잠시, 신경질이 났다. 왜 없지? 날 데리고 나가겠다는 말까지 했으면서. 다 주겠다는 듯 굴더니.

불만족스럽게 발을 구르다 해가 뉘엿뉘엿 기울자 얼른 굴로 들어가는 다람쥐마냥 궁으로 되돌아갔다. 다음 날도 허탕을 치고 돌아오는 길에 궁 한편에서 시녀들이 떠드는 소리가 들려왔다. 자기도 모르게 기둥 뒤편에 숨자 참 우연히도 그녀가 원하던 사람의 이야기가 귓속에 들어왔다.

"그 얘기 들었어? 황태자 전하께서 폐하께 수모를 당하고 카르뮬렌 궁 밖으로 쫓겨났다는 말."

"어머, 정말이야?"

"맞아. 가엾은 황태자 전하. 그러게 대체 왜 그렇게 그 아이를 감싸는 걸까."

"누구?"

"그분 말이야. 전 황후님의 사생아."

카를. 누가 들어도 카를을 말함이 분명했다. 이카릴은 쫑긋 귀를 세웠다.

"폐하께서 기사 작위를 내리셨대."

"세상에. 대체 왜?"

"이상하네. 정말 너그러우신걸."

"너희는 그걸 곧이곧대로 믿니? 폐하께서 그럴 분이 아니란 걸 온 제국민이 아는걸. 지금도 들리는 소문이 범상치 않아."

"어떻게?"

"글쎄, 기사들이……."

이카릴은 우두커니 서서 카를이 당했고 지금도 실시간으로 겪고 있을 고초와 갖은 비인간적인 고문 아닌 고문들을 들었다. 그녀의 붉은 눈이 먼 곳을 향했다가 발밑의 그림자로 꺼졌다. 귓가에 벌레가 꼬인 듯했다. 윙윙 고막이 울렸다. 돌아가서 씻어 내야겠다— 멍하게 생각한다.

그녀는 하수구에 고이는 더러운 물소리를 피해 달아나는 쥐처럼 황급히 처소로 돌아왔다.

그리고 그 밤, 라크나가 찾아왔다.

그는 너무도 자연스럽게 문턱을 넘어 들어왔다. 마치 그 날 그랬던 것처럼. 거리낄 것 없다는 듯. 제 아내의 방에 들어오는 남편조차 이리 무덤덤히 걸음하지는 않을 것이다.

밖에 비가 내리는지 어두운 긴 외투 자락과 검은 머리카락에 밤새 서리 맞은 숲머리처럼 습기가 묻어 있었다. 이카릴은 붉은 음영이 드리워진 그의 깨진 도자기 조각 같은 얼굴과 빛이 비춰 일렁이는 듯 착각을 일으키는 푸른 눈을 보았다.

아니, 어쩌면 그의 눈빛은 착각이 아닐는지도 모른다. 모든 것이 지극히 현실감이 없었다. 그녀를 잊은 듯 발걸음하지 않았던 그 남자, 몽마에게 농락당한 것 같았던 그 밤의 몽환성, 그 모든 물결을 지나 현재에 그가 서 있었다.

어느덧 너무 가까운 곳에서.

홀린 양 멈춘 이카릴의 뺨에 긴 손가락이 닿았다. 어루만지듯 스치다 반응이 없자 이제 대범하게 볼을 가로질러 턱을 들어 올렸다. 손톱 아래의 부드러운 살마저 단단히 담금질 된 듯 딱딱한 엄지가 살살 그녀를 매만졌다. 달래듯 쓰다듬는 손길이 말랑한 귓불에 미치고 나서야 이카릴은 저가 미세하게 떨고 있음을 알아챘다.

"별로 놀라지 않는군."

생각보다.

맹금처럼 또렷한 새파란 시선이 그녀를 살피듯 주시하고 있었다. 사냥하려 주변을 맴도는 것이 아닌 몸을 낮춘 채 가만히 들여다보는 것에 가까워 기묘했다. 갑자기 밤을 치른 후 심하게 앓아누웠을 때 드문드문 느껴졌던 강렬한 시선이 떠올랐다. 그녀는 눈을 내리깔았다.

동시에 찬 숨결이 내려와 입술을 열고 혀를 섞었다. 흠칫 경련하는 어깨를 잡아 가둔 손이 등줄기를 쓸어내린다. 공포스럽고도 기이한 짜릿함이 등골을 달렸다.

이카릴은 가쁘게 숨을 쉬며 그의 키스를 받아 냈다. 여린 입천장과 속살, 나란히 돋은 진주조개마냥 희고 작은 치열까지 남김없이 탐하고 젖은 입술 위를 핥는다. 그리고 고개를 틀어 다시 덮쳐 왔다. 그녀는 자신의 목덜미를 쓰는 여태껏 차가운 손길을 느꼈다. 빗물에 담금질 되어 평소보다 더욱 차디차다. 그러나 이 냉한 체온이 뜨겁게 달아오르는 순간이 있다는 걸 이미 겪어 알고 있었다.

저도 모르게 취한 듯 몽롱한 감각에 정신이 흐려지던 차에 딸깍— 단추가 끌러지는 소음을 듣고 나서 번쩍 눈을 떴다. 어느덧 싸늘한 인상이 미미하게 흐트러진 남자가 그녀의 허리를 감고 번쩍 안아 올렸다. 오후에 시간을 때우기 위해 뒤적거렸던 펼쳐진 책과 딱딱한 책상이 엉덩이에 닿았다. 자질구레한 소품들을 치우듯 옆으로 밀치고는 먹이를 잡아채는 표범처럼 다리 선을 훑고 허벅지를 쓸었다. 책과 잉크병이 바닥에 쏟아지는 소리를 들으며 다급히 그의 손목을 잡았다. 열띤 정적 속에서 상황이 급박하게 돌아가고 있었다.

헝클어진 머리카락 사이로 달아올라 헐떡이는 그녀의 붉은 눈과 짙어진 벽안이 맞부딪쳤다. 그리고 라크나는 손을 움직였다. 스륵, 얄팍한 다리를 타고 뱀 허물 벗듯 하얀 속옷이 떨어져 내렸다.

흰 꽃잎이 낙화하듯.

그의 뜻은 명백했다.

이 남자, 또 나를 가질 생각이구나.

핏기 가셨을 입술을 깨물었다. 붉은 기가 서린 그 부위를 손마디가 다가와 쓸더니 슬쩍 벌어진 입술 사이로 손가락을 밀어 넣었다. 말랑한 혓바닥을 누르고 물기 일어나는 안을 배회한다. 그는 제 손가락을 품은 그녀를 온화하게 내려다보았다.

"몸은 괜찮나?"

의례적인 질문이었다. 그는 그녀의 상태가 회복되었음을 알고 찾아온 것이니까. 일례로 머리칼에 파묻힌 목덜미를 지나 원피스 끈을 푸는 것에 일말의 망설임도 없었다. 툭 떨어지는 천 자락을 방어하듯 움켜쥐는 걸 라크나는 고개를 기울인 채 부질없이 범람하는 물을 막아 보겠다고 애쓰는 어린 소녀를 보는 것마냥 내려다보았다. 곧 그의 그림자가 그녀를 집어삼켰다.

이카릴이 겁에 질린, 혹은 일평생 담아 두었던 질문처럼 물었다.

"당신, 나한테 왜 이래……?"

푸른 동공에 낮달처럼 그녀가 갇혀 있다. 입꼬리가 비스듬히 올라갔다.

"꽃을 꺾는 데 이유는 필요 없지."

연기마냥 다가온 손길이 그녀의 얄팍한 손을 쥔다. 다른 쪽으로는 허연 목덜미를. 손아귀에 그녀가 전부 잡혔다. 점차 빠르게 뛰는 심장의 고동, 다디단 숨결, 작은 힘 하나에 덧없이 꺾일 목숨까지. 죄다. 만족스런 소유의 감각에 희미한 전율이 혈관을 타고 번졌다. 그는 정중히 고개를 숙여 하얀 귀를 깨물었다. 아.

"……다른 계집들이라면 이게 다겠지만."

더운 입김이 후 귓바퀴를 핥았다. 청각이 그의 혀를 타고 뭉개지는 듯했다. 낮은 웃음이 흘러 들어온다. 주르륵.

"안지 않으면 내가 미칠 것 같으니까."

단번에 떠밀려 책상 위에 눕혀졌다. 라크나가 급박하게 이카릴에게 키스해 오며 드러난 젖가슴을 쥐었다. 제단에 놓인 신의 제물을 태우려 다가오는 불꽃처럼 격렬하다. 남은 옷가지가 후드득 주저 없이 벗겨지고 흰 나신 위를 그의 탐욕이 지나갔다. 이카릴은 입을 벌리고 할딱였다. 시뻘건 감각이 뇌를 갈가리 할퀸다. 가슴 둔덕 끝이 물어뜯기자 길게 신음을 내질렀다. 듣든 말든 다른 청중에 관한 건 더 이상 관심사가 아니었다. 몇 년째 모신 시녀들까지 죄 그의 사람일 텐데 저 혼자 전전긍긍하는 것도 우스웠다.

그리고 파도처럼 덮친 쾌락에 카를에 대해 물어보려던 것도 너무도 쉽게 잊혀졌다.

이카릴은 몽롱하니 풀린 눈으로 하아, 나른한 한숨을 쉬는 라크나를 올려다보았다. 겨울 여신이 한눈에 반해 납치했다던 사냥꾼 이소테처럼 서늘한 수려함이다. 검은 난초 잎처럼 누운 눈썹, 날카로운 눈매 안에 맺힌 벽안, 냉소적이며 우아한 입 모양은 황실의 고귀한 문양 같았다. 언뜻 학사처럼 단정한데 그 아래 숨은 흉포한 야수성이 기묘한 이중주를 이뤘다. 날붙이처럼 도드라진 손이 셔츠 칼라를 졸라맨 타이를 풀고 단추를 끄르는 걸 붉은 시선이 따라붙는다.

그의 실오라기 없이 드러난 탄탄한 육체가 그녀의 위로 덫처럼 드리웠다. 고개를 숙여 움푹 파인 나무줄기 같은 목덜미에 입술을 묻는다. 다리 사이를 가르고 허벅지가 얽혀 왔다. 매끈하고 진득한 손길이 말랑한 여체를 주무르고 움켜쥐었다. 낭창한 나신 위로 차가운 비늘의 백사가 칭칭 휘감듯 훑고 내려와 마른 발목을 쥐고 하체를 연다. 그의 얼굴이 두 젖무덤과 치모가 돋아난 지평선 아래로 떨어지고 이카릴의 눈이 크게 떠졌다.

젖은 치부에 뜨거운 혀가 닿았다. 이내 아가리를 벌리는 뱀처럼 핥는다. 야릇한 칼이 하반신을 거쳐 전신을 난도질한다. 이카릴은 까무러치듯 신음을 내지르며 버둥거렸다. 죽을 것 같은 수치심과 가장 취약한 부위를 짓눌린 어린 짐승인 양 이성을 잃은 귓가로 적나라한 질척거림이 연신 흘러 들어왔다. 힉힉 저 아닌 것 같은 소리가 비집고 나오는 입을 두 손으로 막았다.

그는 아주 쉽게 그녀를 쾌락의 극치로 내몰았다. 탐욕스런 악몽에서 태어나 밤마다 인간 처녀를 탐하는 타락 천사 아자젤처럼, 너무도 쉽게.

라크나는 가슴을 들썩이는 그녀를 응시하면서 붉은 혀를 내어 입술을 핥았다. 연한 횃불의 조영照影에 반쯤 침몰한 그의 얼굴에는 까마귀빛 머리카락이 젖은 깃털마냥 들러붙어 있었다. 아. 이 순간 그는 진정 아름다운 이교의 악마 같았다. 그가 속삭인다.

"벌려."

다음은 기억이 드문드문 희미했다. 벼락이 치면 일순 온 시야가 흑백으로 변하는 그 순간처럼, 강렬한 부분들이 까맣게 타 구멍이 뚫린 것 같았다.

이카릴은 음모가 비 맞은 소녀의 머리칼처럼 애액으로 흠뻑 젖은 걸 알았고, 그가 다시 제 안으로 들어오는 걸 느꼈다. 여전히 첫 시작은 미약한 고통이다. 찡그려진 미간 위로 다정한 입맞춤이 내려앉았다. 그래, 다정한. 정말 믿기지 않게도. 짧게 심호흡을 하기도 전 사내의 그것이 완전히 그녀를 정복했고, 비워졌다 다시 가득 채우기를 반복했다. 그녀의 이성, 경계, 평생 벗 삼아 온 공포도 생전 처음으로 죄하얗게 지워지는 순간이었다.

덜컥거리는 흐릿한 시야에 탄탄한 어깨에 올려진 채 흔들거리는 제 흰 다리가 보인다. 남의 것인 양 비현실적이다. 이카릴은 흐느끼듯 비음을 흘렸다. 얼굴 위로 후드득 그의 땀방울이 떨어지고 턱을 타고 이내 가슴골로 흘러 내려갔다. 그리 저로 젖어 가는 유방을 쥐고 라크나는 채찍질하듯 맹수처럼 허리짓 했다. 허연 살결이 붉게 멍이 들었다. 테이블 네 다리가 불안하게 끼익끼익 흔들리고 여자의 다리도 겨울날 마른 나뭇가지처럼 정신 사납게 나부꼈다.

"아, 아흑!"

"후……. 제기랄."

라크나는 이를 악물었다. 잔뜩 힘이 들어간 목에 푸른 힘줄이 꿈틀댄다. 달군 흉기 같은 남성이 연이어 난도질하듯 거칠게 찔러 대자 이카릴은 숨을 들이켰다. 강제로 열린 쾌감이 뇌를 후벼 파는 것 같았다. 그리고 딱딱한 나무에 문대지는 몸이 아팠다. 저도 모르게 아프다 칭얼대자 목선과 턱에 잔키스를 하던 남자가 그녀를 안아 들듯 앉히고 삽입한 채 느릿하게 허리를 돌렸다.

벌레에 물린 곳을 시원하게 꼬집은 양 섬광이 튀었다. 이카릴은 헉 소리를 내며 땀에 젖은 사내의 승모근을 붙잡듯 쓸었다. 숨 쉬기도 힘들어하는 듯 헐떡이는 그녀의 귓가에 반쯤 쉬어 그 아닌 늑대 인간인 양 거친 목소리가 말했다. 그 와중에도 연신 더운 열기가 내면을 유린한다.

"좋나?"

그녀의 몸이 계속 아래위로 튕겼다. 멀미할 것처럼 띵했다. 이카릴은 울듯 입을 작게 벌렸다. 대답 없는 그녀를 몰아세우듯이 라크나가 으르렁거렸다.

"너도 좋지? 그렇지?"

"아, 아, 아! 제발!"

흰 나체가 부서질 듯 마구 흔들렸다. 고개를 도리질 치며 흐느끼는 그녀를 쥐고, 그는 잔인할 만큼 완벽하게 그녀를 가졌다. 성난 그것이 그녀의 안을 드나드는 소리, 살과 살이 맞부딪치는 음란한 소음이 남녀의 신음과 뒤섞였다. 엉덩이에 갈퀴 같은 손끝이 파고들었다.

"말해. 어서."

"……좋아. 좋아!"

나직한 재촉은 마귀의 마술 같았다. 이카릴은 저가 무슨 말을 하는지도 모른 채 울며 말했고 머리 위로 만족스런 웃음이 떨어졌다.

그 후 사람 아닌 것 같은 시간이 이어졌다.

가지기 바빴던 첫날의 그때와 달리 그는 그녀의 정신마저 농락하고 길들였다. 그녀의 입에서 제 이름과 애원이 나올 때까지.

거센 빗줄기가 천둥을 동반해 요란하게 창문을 때리는 그 긴 시간들 동안 커튼에 반쯤 가려진 네모난 창문 안에서는 기묘하고 색정적인 광경이 계속되었다. 이카릴은 카펫 깔린 바닥에서 짐승처럼 엎드려 반쯤 도망과 정사를 반복했고, 그에게 매달린 채 벽에 박힐 못처럼 한참을 치대지다 훌쩍이며 첫걸음마 하듯 그가 원하던 단어를 내뱉고 나서야 편한 침대에 누울 수 있었다. 눈이 까무룩 감겼다가 뜰 때마다 그의 품 안이었다.

벗어날 수 없는 늪, 수단 방법을 가리지 않는 사육사, 거미줄에 걸린 나비마냥. 점점 이지를 상실하는 몽롱한 붉은 눈가를 핥은 남자가 입꼬리를 올려 웃었다. 오직 그의 입술만이 유독 선명했다.

즐거움과 포만감이 가득 담긴 그 입술.

"라크나."

"착하군."

어느덧 그의 한 손에 잡혀 있던 두 발이 그의 허리에 감겨 있었고 두 손도 그의 목에 덩굴마냥 감겨 있었다. 모르겠다. 확실치 않았다. 헌데, 그게 중요한가? 멍청하게 중얼거렸다. 어차피 그녀는 나길 창녀가 아니었던가. 머릿속에 죽은 혈육들의 웃음소리가 옅게 메아리치다 금방 사라졌다. 라크나가 여전히 그녀에게 몸을 묻은 채 땀으로 번들거리는 가슴에 키스하고 있었다. 이카릴은 유두를 애무하며 뚫어져라 자신을 보고 있는 푸른 눈에 대고 희미하게 웃었다. 중독되어 반사적으로 퍼지는 쾌락이 다른 모든 걸 마비시켰다.

아니, 애초에 저에게 남은 것이나 있었던가……?

한 꺼풀 강제로 탈피되고 나니 벌거벗은 양 허탈한 자유가 찾아왔다. 그녀는 진정 이제 저가 무엇인지 알지 못했다. 유리되어 있던 나약한 자아가 알 수 없는 미지로 흘러간다. 저도 모르고 누구도 모를.

낄낄거리며 근육질 허리에 감긴 다리를 조였다. 그녀를 가진 남자가 목 아래로 끓듯이 신음했다. 예상대로 붉게 달아오른 입술에 달려들듯 키스한다. 촘촘하고 빽빽한 힘줄과 육체가 꿈틀거리고 열기 빠지지 않은 성기가 재차 들이닥쳐 왔다. 광견처럼 몸이 흔들릴 만큼 범해 오다 깊숙이 고개를 드밀고 또 한 차례 사정한다. 그들은 입술을 맞댄 채로 소리 없는 신음을 토해 냈다.

진정 죽을 것 같았다. 난잡한 광란이 한구석에서 폭소하는 걸 흘려들으며 이카릴은 멍하니 고개를 돌렸다. 치매 걸린 노파의 울음마냥 그칠 기세 없는 빗줄기가 까만 창에 가득 내리치고 있었다.

그리고 여기저기 멍들고 다친 카를의 얼어붙은 얼굴도.

일순 숨이 멎었다. 콰광! 번개가 친다. 찰나의 백야 이후 금빛 머리카락은 한 가닥도 없었다. 잘못 보았나?

　이카릴. 라크나의 농밀한 입맞춤을 받으며 이카릴은 한동안 카를이 사라진 창가에서 눈을 뗄 수 없었다.

5.

실타래와 안개, 광기

　폐허에 걸린 거미줄처럼 꼬여 있는 미궁에서 헤매던 왕자는 공포의 이틀, 환멸의 사흘, 혼란의 하루를 보낸 후 미궁의 끝에 다다랐다.

　두툼한 벽을 더듬던 손에 이끼가 만져졌다.

　귓가를 때리는 물소리도 오아시스가 샘솟는 소리 같았다.

　지독한 환희가 덮친다.

　살았어! 드디어 공주를 구출해 돌아갈 수 있는 거야!

　왕자는 환희에 차 출발선에 매어 두고 왔던 실타래를 당겼다.

　실은 끊겨 있었다.

〈미궁의 괴물 ― 절망〉中 47p

　달도 채 차지 못한 어두운 밤이면 어린 이카릴은 쉬이 잠들지 못했다. 아니, 잠은 들었으나 그것은 정신에 한할 뿐 그녀의 육체는 생령처럼 방황했다. 호숫가 근처에서 우두커니 서 있는 그녀를 새벽 기도 중이던 수습 사제가 발견하고 나서야 그녀의 몽유병이 알려졌다. 왕가에서는 흔한 질병이었으나 이는 결단코 아름다운 질병은 아니었다.

그리하여 보육 사제들에 의해 잠자리에 들면 소녀는 침대에 칭칭 묶였다. 자다 깨면 고삐 매인 짐승 같은 제 행색에 이카릴이 엉엉 울었으나 밤새 누구도 달려오지 않았다. 그러다 언제 한 번 물에 빠질 뻔했던 그녀를 도와준 이가 다시 그녀를 발견했다. 총명하고 나어린 수습 사제는 왕녀를 가엾이 여겨 몇 가지 꾀를 알려 주었다.

그녀가 알려 준 대로 넋 없는 육신이 밧줄에 매여 고통도 모르고 버둥거리는 것처럼 피가 날 만치 살갗을 긁어 대자 그들은 아연실색해 풀어 주었다. 이후 이카릴은 이 여사제를 졸졸 따라다닐 정도로 따랐다. 사이좋은 자매 같았다.

이름은 기억나지 않는다. 그녀가 희게 핀 히아신스를 닮아서 꽃 이름으로 불렀던 것도 같다.

이제 사제들은 공주의 약에 독한 수면제를 몰래 타 먹게 했다. 육신마저 재우려는 것이다. 이카릴 또한 이 잔인한 처사를 알고 있었으나 잠자코 약을 삼켰다. 밤마다 미친년처럼 잠든 채 돌아다니는 제 꼬락서니가 끔찍했으니까.

그러다 하루는 약을 먹는 걸 깜박했다. 참으로 불운한 실수였다.

어느 순간 선잠에서 깨어나 보니 어슴푸레한 달빛이 비집고 들어온 기도실이었다. 벗은 맨발에 섬뜩한 한기가 옮아왔다. 새끼 짐승이 내지르는 듯한 은근한 소리를 들었다. 이카릴은 보지 않았어야 했을 광경을 보고 뒷걸음질 쳤다. 수도원 원장 수녀와 히아신스였다. 그들이 하고 있는 행동을 온전히 이해하지 못했으나 열렬한 입맞춤이 종교적 자매간 우정의 선을 넘는 짓이라는 건 알고 있었다.

놀란 탓에 의자를 건드렸고, 그건 큰 소리를 냈으며, 그들이 간특한 목격자인 작은 여자아이를 발견한 원인이 되었다. 이카릴은 곧바로 뒤돌아 뛰었다. 속이 느글거리는 이 감정이 뭔지 몰랐다. 달려와 붙잡는 히아신스의 손을 개에게 물린 듯이 내팽개치고 나서야 이것이 혐오감인 걸 알았다.

아름답고 순한 얼굴 가득 눈물을 흘리며 애원했다. 모른 척해 달라고. 그녀를 사랑한다고 했다. 그녀가 그녀를.

당시의 어린 이카릴은 그 고백에 동정보다는 더더욱 역한 역겨움과 기이한 뜨거움을 느꼈다. 그리 깨끗한 척하더니. 결국 이 여자도 이 신전 사람들, 어머니나 방탕한 오라비, 교활한 언니와 다를 바 없는 인간이었다. 배신감에 가까운 실망이 심장을 조여들었다.

더러워.

이카릴이 그녀에게 한 모욕 중 생각나는 단어는 이게 다였다. 그날 이후 최대한 그녀를 피하고 벌레 보듯 기피했다. 청아한 미소가 매력적이었던 그 여자는 어느 날 자살했다. 손목을 그어 방에 피가 낭자했다고 했다. 그녀가 죽고 곧이어 원장 수녀가 수도를 떠났다는 소식이 들려왔다.

그날 밤 이카릴은 난데없이 끙끙 열병을 앓았다.

마치 쌓인 오물을 일거에 태우고 흰 재만 남은 듯, 그녀는 더 이상 밤중에 돌아다니지 않게 되었다. 싹 가신 몽유병 증세에 사제들은 기뻐했다.

열병은 병만 가지고 사라진 게 아니었다. 다 나은 소녀는 부분 부분 기억이 비어 있었다. 어차피 어린아이 기억 중 중요한 것은 없기에 아무도 이를 중요시 여기지 않았다.

그러나 물밑이 출렁이면 이따금 가라앉았던 부유물도 떠다니는 법이다.

이제 과거의 그 여자만큼이나 성장한 이카릴은 길게 누워 침대 가에 놓인 화병을 물끄러미 응시하고 있었다. 희끄무레 달빛에 뜬 흰 꽃을 어디서 보았나 했다. 히아신스였다. 강가에서 물 진주를 건져 올린 양 고왔다. 그녀는 손을 길게 뻗어 쥔 꽃송이를 바닥에 떨어뜨렸다. 보이지 않게.

"꽃이 별로인가."

활짝 핀 히아신스만큼 흰 그녀의 나신을 뒤에서 뻗어 온 손가락이 덧그리다 허리를 안아 왔다. 이제 이카릴은 경기 일으키듯 놀라지 않았다. 타성에 젖는 건 쉬웠다. 밤마다 찾아와 그녀를 취하고 제 체취와 체온을 묻히고 가는 사내를 방관하는 건. 어쨌건 그는 그녀를 해치지 않았다. 오히려 아끼는 편이었다.

때론 거칠지만 그녀의 몸을 열 때면 은연중의 조심스러움이 느껴지는 건 착각이 아니었다. 찰나에 불과하더라도 밤새 살을 맞대다 보면 알아지는 것들이 있었다. 하긴 이카릴은 툭하면 앓아누웠으니 그가 이리 나오는 것도 이상하지는 않았다. 당장 조금의 자제심만 잃어도 와장창 깨질 유리 조각처럼, 그녀는 너무도 약했다.

이카릴은 아무 말도 하지 않았다. 점차 가랑비에 젖어 가듯 그에게 길들여질수록 이카릴은 말수가 없어졌다. 옳은지 그른지 이지를 상실한 채 표류했다. 다시 몽유병이 돋은 것마냥 몸을 맡긴 채 의식은 저 깊숙이로 침잠했다. 때때로 쥐어뜯듯이 라크나가 그것을 억지로 끄집어낼 때도 종종 있었지만 초조하고 목마른 양 그리 몰아닥치는 시간들이 지나고 나면 한동안 괜찮았으니 뚜하니 넘겼다. 사실 이카릴은 스스로도 제 정신이 흐릿한 건지 외려 더욱 또렷한 건지 헷갈렸다. 그도 아닌 것 같기도 하고, 둘 다인 것 같기도 하다.

충동처럼 작은 입술을 열었다.

"난 히아신스가 싫어요."

얄팍한 등에 키스하고 있던 라크나가 고개를 들었다. 그는 조금 놀란 것 같았다. 잠시 말이 없던 그가 흥미로운 듯 흐트러진 흰 머리칼을 쓸며 물었다.

"왜?"

"기억하기 싫은 게 생각나서."

가마에 묻었던 입술이 내려와 귓불을 물었다. 이카릴은 나른하게 눈을 깜박였다. 슬슬 잠이 몰려왔다. 내일 아침 미사에 늦지 않기 위해서는 조금이나마 눈을 붙여야 했다. 지금도 많이 늦은 참이다. 몽롱한 청각에 그가 물들어 갔다.

"네가 기억하기 싫은 게 누구지?"

"사람, 아닌데."

그는 믿는 눈치가 아니었다. 하기야 저 스스로 듣기에도 참인 게 이상했다. 그러나 그는 너그럽게 넘어갔다. 사실 라크나가 이카릴에게 놀라울 정도로 관대한 것에 대해 그녀도 차차 알아 가는 중이다. 어떤 때는 남보다도 까다롭고 엄격했지만, 그런 것과 그렇지 않은 것의 차이와 경계선에 대해 어쩔 수 없는 적응력으로 숙달되어 갔다.

예컨대 언젠가 결국 카를에 대해 물어봤을 때 이카릴은 저가 그가 정한 선을 넘었다는 걸 절절하게 깨달았다. 그는 역시나 손가락 하나 대지 않았지만 그녀는 라크나가 저를 해할까 봐 바들바들 떨었다. 훌쩍이는 이카릴을 눕히며 그는 상냥히 충고했다. 그녀의 입에서 그 이름이 한 번씩 나올 때마다 그의 사지를 하나씩 잘라 주겠다고.

제 피가 아니니 최악의 경고는 아니었지만 그렇다고 좋지도 않았고, 무엇보다 분노한 라크나가 무서웠기에 이카릴은 얌전히 고개를 끄덕이고 그와 섹스하고 잠을 잤다. 훈련받는 하얀 비둘기처럼. 가둬진 철장에 익숙해져 가는 것이다. 그가 원했던 대로.

이카릴은 제 말간 어깨에 입맞춤하는 남자를 반쯤 고개를 돌려 보았다. 그의 입술이 어디로 향할지 알았다. 눈 녹은 물기가 흘러 내려가 목련 꽃잎 겹겹이 싸인 몽우리에 맺히듯 가슴 끝 망울에 뜨신 살덩이가 닿았다. 반대쪽은 손아귀에 가득 움켜쥐어졌다. 하아. 이카릴은 숨을 몰아쉬었다.

다음 차례로 긴 손가락이 배꼽을 지나 아래로 내려왔다. 고개를 저었다. 오늘은 더 이상은 무리였다. 지친 듯 숨을 내쉬는 그녀의 얼굴께에 달래듯 잔키스가 내려앉았다. 민감한 속살이 문질러지고 자극되자 신경질적인 울음이 터졌다. 아이가 예민하게 짜증을 내는 듯한 바르작거림과 부드러운 천의 움직임, 새털 같은 입맞춤이 고요한 밤의 정적을 울렸다.

이윽고 부질없는 실랑이가 잦아들 무렵 그의 성기가 하부를 꿰뚫었다. 느릿하고 짙게. 이카릴은 익숙하게 소리 가신 신음을 내며 입을 열었고 라크나가 혀를 섞어 왔다. 아랫배를 쓸고 잡더니 천천히 허리짓 한다. 그에게 활짝 개방된 육체가 기뻐 날뛰듯 열이 올랐다. 넋이 약에 취한 양 몽롱했다. 둘로 분리되는 괴리적인 쾌감이 퍼진다. 기묘한 기시감이 들었다.

정사가 깊어짐에 따라 욕망이 범람하고 감각 중추가 짜릿하게 전율했다. 인내심 따위와는 애초에 거리가 멀었다. 결국 정해진 듯 응해 오면서도 이카릴은 점차 격렬하게 안아 오는 라크나의 팔뚝에 손톱을 세우고 할퀴었다. 앙탈 부리는 살쾡이처럼. 라크나는 피식 입꼬리를 올렸다. 열락의 시간이 흘렀다.

땀에 푹 절은 채 안겨 오는 그녀에게 한동안 조용히 몸을 섞던 라크나가 마침 생각났다는 듯 말했다.

"한동안 시끄러울 거다."

풀린 붉은 눈이 물끄러미 보아 온다. 그는 창백한 뺨에 묻은 머리카락을 떼어 냈다.

"제법 흥미로운 일이 생길 것 같거든."

곧 알게 되겠지. 참 기쁘게도.

라크나는 사막 독사에게 키스하는 여인처럼 할딱이는 입술을 삼켰다.

테오도르 백작은 전혀 생각지 못한 방문객을 맞았다. 그는 갓 바람에 풍화된 현무암보다 무미건조한 얼굴로 저택 회랑에 뒷짐 지고 서 있는 중년 신사를 보았다. 희끗한 머리가 초상화 속 검붉은 귀부인의 드레스 위로 돋아 있었다. 마치 포도주 위로 뜬 바랜 낙엽 같았다. 뒤돌아선 면면은 마른 잎새라 하기에는 지나치게 냉소적이었지만. 반갑지 않은 손님은 주름 번지는 미소를 지었다.

"어머니께서 매우 미인이시군."

어느 귀족가의 예방禮訪 자리에서건 상투적으로 나오는 인사말이었다. 그 인사치레가 가식이라 보기엔 너무도 뚜렷한 진실이라는 게 다른 점이긴 할 것이다. 백작은 대수롭지 않게 대꾸했다.

"감사합니다. 정작 본인께서는 그리 달가워하지 않으셨지만요."

"미인이란 언제고 피곤한 법이지."

"……."

"참으로 안타까운 일이야. 그렇지 않은가, 백작?"

"저는 무뚝뚝한 아들인지라 그녀의 심정을 죄 헤아리는 살가운 자식은 못 되었습니다."

휠체어에 앉은 여인을 닮은 듯 닮지 않은 남자가 말했다. 그리고 그는 서론이 더 길어지는 걸 원치 않았다.

"여긴 어인 일이신지요, 잉카르트 공?"

공작은 금빛 수염이 돋은 까칠한 턱을 매만졌다. 그는 노쇠한 야호野狐와 용맹한 불곰의 그림자 어디엔가 서 있는 것 같은 사람이었다. 태생적인 인상은 그렇지 않았으나 어쩔 수 없는 세월과 사건에 의해 이리저리 휘고 깎여 완성된 그런 어중간하며 그다운 것. 보통 그 나이쯤 되면 젊은 시절의 모양새는 다 흐려지고도 남음인데 아직 공작에게는 드문드문 남아 있었다.

"여기서 한가롭게 이럴 시간이 있냐고 묻는 겐가?"

"좋으실 대로."

"자네 형제는 놀라워. 솔직히 말해 볼까. 소싯적의 나는 이리 늙은 내게 이토록 건방지게 나올 젊은 귀족이 있을 거라곤 짐작도 못 했다네."

비난 같은 신랄한 친근함은 날카로우며 은근했다. 상대의 서늘한 눈빛에 백작은 입매를 틀어 경직되게 웃었다.

"그때와는 시대가 많이 달라졌지요."

"그래. 그렇고말고. 당시에는 상상도 못 할 일들이 버젓이 벌어지고 있지. 추밀원, 귀족들의 집, 황궁에서 말이야."

백작의 조용한 눈이 벽에 걸린 초상화들을 굽어보는 공작을 살피듯 주시했다. 보이지 않는 속내를 차분히 되짚어 보는 것처럼. 대뜸 상대는 주제를 바꿨다.

"베아트리앙 백작이 오늘 아침 변사를 당했다지."

"자진이라 들었습니다."

"쯧쯧. 안타까운 일이야. 그치도 아직 창창한 젊은이거늘."

공작은 남 일처럼 혀를 찼다. 하지만 새벽같이 유서를 남기고 투신한 이가 오랜 기간 렉토파와 마르키넬리파 사이를 저울질하다 최근 그의 뒤로 줄을 선 것을 백작도 알고 있었다. 인상이 흐릿한 남자를 떠올렸다. 평범하고 적당한 가문의, 능력과 그릇도 출세하기에는 거리가 멀어 줄타기에 전부를 걸어야 하는 정치판의 널린 인물상. 아마도 이번 꼬리 자르기에는 그를 포함한 다수가 절단되어 떨어졌을 것이다. 달콤한 케이크에 몰려든 개미 떼들처럼, 빠르게 모이고 한순간 스러진다. 권력은 달으나 오래가는 단맛은 드물다.

그만큼 수도에서 하루아침에 몰락한 귀족 가문은 흔하고 널렸다.

하지만 그것을 두려워해야 하는 건 이제 당신도 마찬가지일 텐데.

테오도르 백작은 그도, 당사자도 아는 사실을 속으로 중얼거렸다. 잉카르트 공작은 위기에 몰려 있었다. 몇몇 젊은 군인들과 평민회平民會에서 재기된 탄원으로 밝혀진 몇 가지 스캔들은 거드름 피우며 앉아 있던 추밀원 의자 몇 개를 갈아치웠다. 그 밖에 공작이 평소 총애하던 조카는 과거 저질렀던 횡령죄를 물어 국외로 쫓겨났고, 그가 천거했던 외국 대사는 원인 모를 풍토병으로 돌연 급사했다. 그리고 이게 끝은 아니리라.

현재 상륙한 태풍은 그리 어설프게 들쑤시고 가라앉을 종류가 아니었다. 이때껏 그랬던 역사도 없었다.

백작은 이제 저 교활한 작자가 꺼내 들 반격이 뭘지 궁금했다. 사실상 언젠가부터 기울기 시작한 추는 확연하게 한곳을 향했고 이제 그것이 적나라하게 드러나기 시작한 것뿐이다. 붕괴는 순식간이다. 마지막까지 처절하게 반격을 가할 것인지, 아님 아무도 예상치 못한 반전이 있을 것인지. 그는 전자든 후자든 개의치 않았으나 끝까지 지켜볼 마음은 충분했다. 의문인지 의무일지 모를 그런 고집으로.

공작은 아래 등나무가 비죽이 고개를 들이민 창가를 내려다보고 있었다. 날이 유독 으스스한 날이었다. 잿빛 햇살이 여즉 꼿꼿한 대귀족의 등을 묵직하게 누르고 있다. 저 하늘 멀리 이름 모를 철새가 떼 지어 날아가는 검은 점이 유리에 찍혀 있었다. 창문은 빈틈없이 닫혀 있는데도 희미하게 우짖는 소리가 들리는 것도 같았다.

"백작."

"예, 잉카르트 공."

"내 언젠가 자네에게 제안을 한 적이 있지."

"그렇습니다."

"나는 사실 그때 무척 기분이 상했지만 요즘 들어 문뜩문뜩 그 생각이 나. 자네가 했던 대답을 기억하나?"

"물론입니다."

공작이 뒤돌아봤을 때 백작은 여전히 누군가의 회색조의 기억에서 그대로 도려내 걸어 둔 것처럼 다를 바 없는 모습이었다. 성인 남자의 허리쯤에나 닿을 듯 제대로 서지도 못하는 불완전한 장애, 그러나 거리낌 없는 또렷한 직시, 반듯한 서릿발. 처음 출사出仕하여 황제의 알현실에 들어온 그를 본 이들마다 은연중에 그의 불편한 신체를 깔보고 비웃었으나 10여 년이 흐른 후 저 나름의 세를 이룬 이 작은 거인을 무시할 수 있는 자는 드물었다. 있다 해도 어리석은 치들일 터.

잉카르트 공작은 일찍이 그의 자질을 알아보고 손을 내밀었으나 거절당한 적이 있었다. 좀 똑똑하다 하나 목이 뻣뻣하고 오만에 차 있군. 저러다 홀로 도태되겠지. 이것이 자존심이 상한 공작의 평가였다.

하지만 글쎄. 당시에는 공작도 아직은 젊었던 걸지도 모른다. 지금에 와서 돌이켜 보면, 그 또한 백작이 아주 틀렸다고 확신할 수 없었다.

정확히 절반이다. 이 결말이 어찌 날지는.

물론 공작은 이대로 이야기를 끝낼 생각은 전혀 없었다. 정치인의 인생이란 게 그런 거였다. 끝은 목이 날아갈 때. 피가 도는 한은 혀를 움직일 수 있으니 되었다. 그는 아직 쉴 때가 아니었다.

"'곧 불이 붙을 배에 올라탈 취미는 없다' 라고 했지."

먹구름이 몰려왔다. 실내가 얼룩덜룩 어둑해진다. 이번 제국의 우기는 유독 길었다.

"왜 그리 말했나? 내 골칫거리인 자네 아우조차 애송이 기사이던 시절인데."

크리스털 묵주를 천천히 세던 손가락이 멈췄다. 우박 내리듯 비가 쏟아져 창을 때렸다. 무릎에 덮인 모포에 볕을 받지 못한 하얀 손이 번졌다. 소리도 물먹은 공기에 번져 간다.

"공이 그날이 아닌 며칠 전에 내게 그런 제안을 했다면 받아들였을지도 모릅니다."

"……."

"하지만 불과 사흘 전 공은 황태자 전하의 후견인이 되었습니다."

"그게 이유다?"

공작은 이해할 수 없다는 표정을 지었다. 그 몰이해에도 백작은 굳이 긴말을 보태지 않았다. 단정한 입매가 벌어지고, 10여 년 전 얼핏 드러났던 선견先見, 뚜렷한 경고가 흘러나온다. 빗소리가 점차 거세졌다. 그러나 공작이 이를 알아듣지 못할 정도는 아니었다. 움푹한 턱이 딱딱하게 굳는다.

"그런 거였군."

"그렇지요."

"왜 내게 이를 말해 주는가?"

"공작께서 아시는 이유입니다."

이런 교활한 놈. 공작은 유쾌하고도 불쾌하게 웃음을 터트렸다. 이자는 철저한 방관자였다. 그에게 처음으로 호의를 비쳤던 공작도 혈육인 아우의 편도 아니었다. 그는 그 자리에서 그저 지켜볼 뿐이다. 이 개판에서 마지막까지 살아남는 이는 어쩌면 이 약은 불구자 한 사람일지도 모른다는 생각이 불현듯 들었다. 그렇다면, 만약 그리된다면, 참으로 재미있는 아이러니가 아닌가.

"좋아, 답례로 나도 재미있는 걸 알려 주지."

번뜩이는 공작의 시선이 다시 처음 향했던 곳으로 향하자 날렵한 눈썹이 쓱 올라갔다. 불길함이 엄습했다.

"카이레 황자 전하를 뵌 적이 있나?"

"……일전에 잠깐 그분에게 역사를 가르친 영광이 있습니다."

"그래? 그 작은 얼굴을 어디선가 본 적은 없던가?"

"예?"

병약한 탓에 바깥출입을 삼가는 황후 소생의 어린 황자를 떠올린 얼굴이 굳어졌다. 공작은 찬찬히 그 낯을 살피며 파충류마냥 입가를 찢었다. 역시나. 그는 한편으로는 득의양양하고 우습다는 듯, 성장이 멎은 채 과거에 갇혀 있는 그림 속 소년을 가리켰다.

활짝 웃고 있는 어린 라크나를.

"이래서 씨도둑질은 못 한다는 게지."

설마.

"또다시 이런 일이 생길 줄이야. 황제 폐하께서 아시면 얼마나 노하시겠나. 벌써 두 번째인데."

안 그런가?

❧

새벽 어스름에 물든 벽안은 또렷하다. 눈보라 치는 들판에 엎드린 늑대의 눈빛처럼 선명한 그것은 한참 미동 없이 허공을 응시하다 아래로 떨어졌다. 새벽까지 내렸던 비는 그쳐 있었다. 라크나는 품 안에서 흐트러진 은갈색 머리칼을 쓸다 머리끝에 입 맞췄다. 죽은 들꽃 향이 났다. 처음 그녀를 보았던 그때처럼.

깊은 밤 내내 안겼던 이카릴은 꺾인 장미처럼 자고 있었다. 반듯한 중지와 검지가 입술에 붙은 머리카락 몇 가닥을 유리 위에 맺힌 물방울처럼 쓸어 떼어 냈다. 드러난 핏기 가신 입술 선이 초췌하고 청초하다. 마음껏 탐한 주제에 다시 입 맞추고 싶었다. 그러다 하얀 목덜미에 눈이 간다. 잇자국을 새기고 그의 혀가 지나갔던 자국이 붉은 나비처럼 살결 위에서 들숨, 날숨을 따라 움직이고 있었다. 그는 그 흔적을 매만졌다.

'그 계집을 죽이게.'

설원에 찍힌 제 발자국 위에 다시 제 것을 겹쳐 보는 것처럼. 혼자만의 야릇한 자위였다.

'무슨 뜻이십니까?'

'말 그대로일세. 불길하고 사특한 여자야. 이미 늦었지만 더 늦지는 않아야 하지 않나!'

'재미있는 교리로군요. 힘없는 여인을 죽이라 직접 주문하시다니.'

스칠 듯 말 듯 지나간 손길이 쇄골과 조가비 모양 귀를 건드렸다. 들풀처럼 흐트러진 머리칼이 살갗에 묻었다.

'이 늙은이가 무슨 말을 하는지 모르나? 정신 차리게. 자네는 지금 이성을 잃었어.'

'언제고 그랬습니다.'

신이시여, 탄식하던 우려와 불안이 섞인 노인의 얼굴이 말갛고 무고한 천사처럼 자고 있는 얼굴 위로 흩어졌다. 그가 천천히 고개를 숙일 때, 그녀가 눈을 떴다. 그의 영혼을 단번에 꿰뚫었던 그 눈동자. 사내를 미혹해 익사시키는 요정같이 매혹적이고, 무감각한 발걸음 하나에 짓이겨질 제비꽃마냥 무력한 붉음이 흔흔했다. 새벽의 불완전함 아래 더더욱 요사스러웠다. 머리에 떠오르는 경고에도 결국 내려뜨린 입술이 맞닿았다. 그다음은 어떤 통제도 무용했다.

뿌연 입김이 도로 안으로 빨려 들어가듯 그들은 키스했다. 잠이 덜 깼는지, 기세에 압도되었는지 미적거리는 작고 붉은 혀를 휘감고 뒤섞는다. 으응, 이카릴이 버거운 신음을 흘렸다. 하아— 짙은 한숨, 달래는 것 같은 쓰다듬, 그리고 다시 키스.

라크나는 남김없이 물을 들이켜듯 입을 맞춘 후 상체를 일으켰다. 언제나 두려움에 질려 눈을 피하던 적안이 몽롱하게 그를 따라오고 있었다. 이 또한 다른 변화다. 마치 반사 신경에 새겨진 듯 그녀는 그에게 익숙해졌다. 잡아 가두고 진한 색의 물감을 머리끝부터 부어 제 색깔도 잊어버린 축 젖은 날개의 새처럼.

속에서 들끓는 만족감이 입꼬리까지 치밀었다. 한 손에 죄 움켜쥐고 싶을 만치 이 덜 자란 듯 비틀린 여자에게는 연약한 사랑스러움이 있었다.

"가나요?"

라크나는 말끔하게 옷을 차려입고 있었다. 긍정 대신 그녀의 힘없이 늘어진 손목을 잡아 올려 키스했다. 잘근 씹고 정성스러울 만치 핥는다. 그는 허연 살에 마지막으로 입술을 꾹 누른 후, 그녀를 내려다보았다. 가느스름하게 떠진 붉은 눈이 어슴푸레하게 푸른 경계선을 두른 사내를 응시하고 있었다. 시선이 붉고 푸른 줄처럼 이어졌다.

정복 차림의 그는 불을 삼킨 맹수처럼 몰아닥치는 모양이 전혀 예상이 안 될 만치 첨예했고, 말쑥했다. 그러나 저 이면에 자리한 무언가는 밤마다 그녀를 집어삼켰다. 느리게 눈꺼풀을 움직일 때마다 그의 모습이 흐려졌다가 뚜렷해지기를 반복했다.

이제 그의 차가운 얼굴 못지않게 도사린 다른 모습들을 면면이 알고 있었다. 모르기가 힘들었다. 그녀가 이 남자를 두려워하건 애증에 떨며 안주하고 싶어 하건 상관없었다. 그저 자연히 그리되었다. 이카릴은 애초에 살기 위한 바르작거림을 제외하면 신경질적인 무기력함이 지독히 학습되어 있는지라 떨어뜨려 가지는 것도 사실 그리 어렵지 않았다. 그것도 라크나처럼 집요한 애욕과 압도적일 만큼 강한 의지를 가진 남자에게는.

동시에 그는 잔혹한 바다의 신처럼 매혹적이었다.

그를 증오하는 자들조차 쉬이 잊거나 외면치 못하는 사내이니 이는 비단 이카릴의 나약한 심성 탓은 아니리라. 라크나의 타고난 강한 인력에 휩쓸려 인생이 바뀌거나 나락으로 곤두박질친 이는 적지 않았다. 그리고 그가 그런 부가적인 피해들을 꺼리지 않는 것도 한몫했다. 제 목적을 이루기 위해서라면 타인의 고통들은 그에게 매우 소소한 문제들이었다.

이카릴은 그런 것들을 그저 어렴풋이 알았다. 무서운 남자. 그는 무서운 사람이었다. 당장은 지금 그녀의 머리맡에 상륙한 거친 태풍에 납작 엎드려 있는 것이다. 그것 외에는 방법을 몰랐다. 아니, 우선 벗어나고 싶어 하긴 하는 건가? 그녀는 그조차도 몰랐다. 새파란 시선을 피해 눈을 내리깔았다.

잔인하도록 전아典雅한 긴 손가락이 저보다 작은 것을 삼키듯 어루만지고 있었다. 그녀를 대하는 남자의 태도는 난폭한 광기와 나긋한 유함이 얼룩덜룩 뒤섞여 있다. 거친 밤과 이렇듯 깨질 유리처럼 다루는 조심스러움이 한데서 나오는 게 기이하다.

뒤엉킨 나무뿌리처럼 맞물린 손을 응시하고 있자니 그의 툭 불거진 약지가 유독 눈에 띄었다. 여러 곳 중 한 군데만 유독 빛이 몰린 부분처럼 새삼스레 눈이 갔다. 그를 이루는 모든 것이 눈썹 한 올조차 유려한데 정갈한 손 모양 중 저것만 다르니까. 그 시선을 안 라크나는 입술 끝을 올렸다.

"특이한가?"

말을 해야 하나 조금 고민되었다. 결국 이카릴은 작게 고개를 끄덕였다. 그는 그 불거진 손마디를 움직여 꽃대 같은 그녀의 손끝에 입맞췄다. 제국의 검은 독수리, 황제 이외에는 고개를 숙이지 않는 남자이기에 그건 순간 경애를 담은 엄숙한 서약처럼 놀라운 광경이었다. 그러나 그는 굴종 따위 어울리지 않는 인간이었다.

"내 골격은 조부를 닮았다고 하더군. 격세유전隔世遺傳이라지."

예전 베아트리앙 백작 부인에게 귀족 명부에 대해 배울 적, 따분하고 지루하기 짝이 없는 그녀의 주절거림을 듣다 에스페리스 후작가의 차례가 되자 마치 정한 것처럼 잠이 달아났던 기억이 났다. 일부러 귀를 닫고 사는 것처럼 무신경하기가 이루 말할 수 없는 이카릴이더라도 라크나가 외조부의 작위를 이었고 이 사안에 대해 끈질기게 항의하던 그의 사촌들 몇이 최근 의문사를 당했다는 건 알고 있었다.

'후작께선 외가의 혈통이 짙으시답니다.'

백작 부인은 이런 복잡한 뒷사정을 이 한마디로 뭉뚱그려 말했다. 하긴 부친이신 테오도르 백작님과는 여러모로 닮지 않은 부자라 유명하니까요. 도도한 척 시끄럽게 굴던 그 여자의 말들에 흥미로운 반면 짜증도 많이 났었더랬다. 그러고 보니 그 여자는 왜 아무 소식이 없을까. 독살에 실패했다는 걸 알고 어떻게든 해코지가 오지 않을까 불안에 떨었건만 작위적일 만치 고요했다.

'하긴, 그건 그 골 빈 여자와 잉카르트 공작 그 인간이 멍청한 탓이지 네 잘못은 아니지? 안 그런가?'

불현듯 섬뜩해졌다.

"눈 좀 붙여."

망연한 표정이 피곤한 탓이라 여겼는지 라크나는 얇은 눈덩이 위를 살짝 눌렀다. 흐릿하게 눈이 감겼다. 하긴 잠이 오는 것도 같다. 그래, 그런 것 같아……. 그녀는 이불이 벗은 몸 위로 뭉근히 구름처럼 내려앉는 걸 느끼며 까무룩 잠에 빠져들었다.

라크나는 훅 꺼지는 촛불을 보듯 익숙하게 수면에 잠겨 가는 그녀를 지켜보았다.

사실상 빈약하게 태어난 육체와 정신 모두 위압적인 사내를 온전히 감당하기에는 그리 강인하지 못했다. 라크나가 첫눈에 알아보았던 것처럼, 그녀는 늦겨울 철 모르고 일찍 핀 꽃, 손아귀에 떨어진 싸라기눈이었다.

마땅히 가지고 태어나야 할 것들조차 어미의 태중에서 빼앗긴 채 세상 밖에 던져진 새끼 짐승처럼, 아주 작은 자극과 내면의 뒤틀린 미움만으로도 여린 신체가 금방 말라 죽을 것 같은 그런 여자. 말발굽에 짓밟혀도 땅에 번진 피에서 장미 덩굴이 돋아날 것 같은, 기이하게 오감이 자극되는 여자.

결국 그 주변을 맴돌다 그것을 꺾어 가졌다. 아직도 코끝을 맴도는 향이 짙었다. 그게 오래갈 것임을 라크나는 알았다.

'허리만도 되지 못할 때부터 자네를 보아 왔어. 단 한 번도 이런 적이 없었어. 다른 것을 제쳐 두고 계집을 취한 것부터가 자네답지 않아.'

대부의 걱정스런 말은 틀리지 않았다. 이러한 내력이 없었다. 그러나 라크나는 개의치 않았다. 그가 한 대답에 키제트는 노엽고도 안타까우며 동시에 공포에 질린 표정을 지었다. 참으로 우스운 표정이었다.

'내가 내 할 일을 다 못 하고 거꾸러질까 두려우십니까?'

'아라하드앙 군.'

'두려워 말아요, 대부. 나는 결국 이길 테니까.'

이길 수밖에 없었다. 결국 남은 건 미친 광인과 괴물밖에 없을 테니까.

그리고 참 유쾌한 진실은, 라크나는 이 중 둘 다에 해당되었다.

그가 이길 수밖에 없는 게임이 아닌가? 그는 기분 좋게 킬킬거렸다.

'그러할지언정 현혹되어 결국 스스로를 잃는 건 두렵지 않단 말인가?'

진정 역사를 반복하고 싶은 겐가. 돌이켜 보게. 과거를.

늙은 사제는 과연 현명했다. 다른 건 무심하게 넘길지라도 이것은 라크나의 심장 귀퉁이에 박힐 것임을 알았다. 그는 분명 비범한 모방자였으나 동시에 답습을 경멸했다. 키제트의 의도대로 이는 작고 날카로운 가시처럼 내내 거슬렸다.

지금 이카릴은 어느새 곤히 잠들어 있었다. 그 뽀얗고 약은 자그마한 얼굴을 보았다. 미약하고도 치명적인.

역시나 숨이 미세하게 움트고 있는 목은 한 번에 잡혔다. 다 감기고도 손끝이 겹친다. 그는 소리 한 점 없이 무방비한 그녀의 맥을 세었다. 사방은 조용하고, 미치광이 같은 시간만 흘렀다. 라크나의 푸른 눈이 알 수 없는 빛을 띠고 가라앉는다. 이러고 있으니 정말 사람이 아닌 한 가닥 가냘픈 양귀비를 쥐고 있는 듯했다.

단 몇 초일 것이다. 이 얄팍한 숨을 꺾어 버리는 건.

그러나 그는 미동 없이 멈춰 있었다. 희게 튼 여명이 침대보와 그 위로 늘어진 그녀의 머리카락 한 점까지 죄 물들이도록 그리 긴 한 호흡을. 이윽고 남자는 여기서 더 손을 움직이지 못할 것이라는 걸 인정한다. 자신의 승리를 아는 것과 같은 맥락, 비슷한 짙음과 크기로.

라크나는 고개를 숙여 목덜미를 움켜쥔 여자의 입술을 핥았다. 기어코 부러뜨리지 못할 묘목의 어린 잎사귀를 가져가듯이. 한참을.

✤

여자는 불안하게 손을 모아 잡다가 손톱을 까득 물어뜯었다.

잘 다듬질한 모양이 울퉁불퉁해졌지만 그딴 사소한 것에 신경 쓸 여력이 없었다. 만인지상, 올려다볼 이가 하나 외에는 전무했는지라 언제 어느 때고 고고했던 모습은 온데간데없다. 이 황궁에서 가장 고귀하다 한들 그녀만큼 비참한 여자도 없을 테니.

저승사자 기다리듯 숨죽이고 있던 문이 열리고 누군가 들어왔다. 그녀는 치마 안에서 다리를 덜덜 떨기 시작했다.

"황후 폐하. 늦어서 죄송합니다."

"그대를 기다린 것이 아니오."

일단 상대의 정중한 사죄에 황후 아델라나는 매몰차게 대꾸했다. 그러나 그녀의 분 바른 얼굴은 아까보다 더 창백하게 질려 있었다. 그 기색을 귀신처럼 알아챈 공작은 속으로 냉소 지었다.

"유감이군요. 하지만 저와 대화를 나누셔야 할 테니 달라질 것도 없겠지요."

"……"

"제 서신은 받으셨습니까?"

마른 손이 치맛자락을 구깃 움켜쥐었다. 아델라나는 살쾡이처럼 쏘아붙였다.

"무엄하기 짝이 없군. 감히 어느 안전이라고……"

"황후 폐하."

잉카르트 공작이 부드럽고 서늘하게 부르자 그녀는 말을 멈췄다. 공작의 교활한 눈이 가늘어졌다. 당신도 내가 무슨 말을 하는지 알고 있지 않은가? 무언의 위협에 황후는 바들바들 입술을 떨었다. 수치심이 몰려왔으나 어찌 대응해야 할지 까마득했다.

왜냐하면 공작의 협박은 사실이었기 때문이다.

그가 앞으로 할 짓, 그가 비난하는 죄,

그로 인한 결과물까지.

"전 황후께서도 다른 사내의 씨를 황실의 피라 속이지는 않으셨습니다."

황제의 비를 상징하는 금빛 반지가 의자 팔걸이에 긁혀 듣기 싫은 소리를 냈다. 피가 안 통할 정도로 손아귀에 힘이 들어간 탓이다. 뺨따귀를 얻어맞은 것처럼 일말의 표정조차 도려내진 희멀끔한 그 얼굴을 공작은 가소롭고도 묘한 경멸을 담고 노려보았다. 그녀인지 그 너머의 누군가인지 모를 그런 강한 혐오감이 일순 범람했다가 싹 사그라졌다.

그 노골적인 적의에 외려 정신을 차렸는지 아델라나는 싸늘하게 읊조렸다.

"역겨운 소리 지껄이지 마시오. 그 입이 도려내지기 싫다면."

"누가 그리하겠습니까. 당신의 연인인 에스페리스 후?"

"……."

연인이라는 단어에 황후의 입이 염낭처럼 오그라들었다. 우스운 칼날이 속내를 갈가리 할퀴었다. 연인이라니. 저와 그 사내가 단 한 번이라도 그런 관계인 적이 있기나 했던가?

"내 아들, 카이레는 황제 폐하의 자식입니다. 지금껏 너무 어처구니없고 경황없어 그대의 미친 소리를 마냥 들어 주었으나 이 이상 나와 황자를 모욕했다가는 가만있지 않겠소."

"과연 황제 폐하께서도 그리 생각하실까요?"

의심 많은 그 황제가.

불길한 침묵이 감돌았다. 검붉은 안개마냥 쇳소리와 쇠 내음 가득한 그런 정적이리라. 황제는 그런 존재였다. 존재의 이름만으로도 일순 사람들의 피를 말리는 그런 광인. 패왕. 그는 말하는 것이다. 황제에게 알리는 건 시간문제이며 어쩌면 이미 그도 알고 있다는 것을. 황후에게는 충분한 메시지였다.

잉카르트 공작은 마른 입가를 경련했다.

"기록을 찾아보니 카이레 황자께서는 유월에 수태되어 팔구 삭 만에 태어나셨다지요. 후작이 제법 손을 쓰긴 한 모양입니다만. 이보시오, 황후. 당시만 해도 황제 폐하께서는 자손을 볼 수 있는 능력을 상실한 상태셨소. 폐하의 주치의가 갑작스레 교체되었을 때부터 이상타 여겼어야 했거늘……."

오랜 기간 황제를 모셨던 그 의사는 고향으로 낙향한다 하였으나 도중에 소리 없이 증발해 버렸다. 전 제국을 뒤져도 그의 흔적을 찾을 수 없었다. 건강 검진 기록도 조작되었다. 후작이 몇 겹으로 쳐 놨을 조작과 은폐를 파헤치며 공작은 끌끌 혀를 찼다. 회심의 미소를 지으면서도 그는 의아했다. 왜 낙태시키지 않았을까. 혹은 쥐도 새도 모르게 계집을 입막음하던가. 그것이야말로 후작다운 깔끔한 처리였다. 만약 과정이야 어찌 되었건 제 씨라는 이유로 싸고돌았던 거라면……. 정말이지 우스운 일이 아닐 수 없다.

"혹은 황실의 유서 깊은 가보家寶가 어떤 판단을 내려 줄지 두고 봐야 알겠지요."

"잉카르트 공!"

"황후 폐하. 인정하십시오. 폐하는 속일지언정 모두를 속일 수는 없지 않습니까."

전 황후의 부정을 밝히는 데는 필요치 않았으나 이번에는 다를 것이다. 절대 기만할 수 없는 고대의 유물. 공작은 당장이라도 그녀를 겁박하고 저울에 그녀의 피를 반절은 쏟아 올릴 듯 냉엄했다. 그리고 이 위협은 꽤 유용했다.

"내게 왜 이런 말을 하는 것인지 모르겠소. 그렇다면 더더욱 나는 인정하지 않을 터인데."

황후의 커다란 눈에 절망이 스미는 걸 관찰한 공작은 이를 드러내 웃었다.

"똑똑하게 처신하세요, 폐하. 혹여 수치스럽게 다른 사내를 받아들였다 하나 강압으로 인한 것까지 어찌하겠습니까?"

"……허면,"

"후작이 당신을 겁탈했다고 증언하도록 하십시오."

"……!"

빠져나갈 틈 없이 꽁꽁 조여 매 포위해 죽일 생각이구나. 저는 그 도구일 뿐이고.

희게 질린 낯을 차갑게 내려다보며 공작은 회유를 계속했다.

"어린 황자나 그 아비 되는 자야 어차피 목숨 부지도 못할 터인데. 사셔야 하지 않겠습니까."

"……."

"설마, 다른 계집에게 빠진 사내를 편들겠다고 목숨을 내던지지는 않으시겠지요?"

떠보듯 던진 말에 꾹 다물려 있던 입가가 벌어진다. 지금까지의 모든 대화보다도, 제 자식의 생이 달린 것보다도 더한 감정의 소용돌이가 뒤엉키고, 진흙탕을 뒹굴다 그 질척한 늪을 뚫고 번들거리는 가시가 돋아났다.

시퍼런 독기가 도사린 여자의 얼굴이 악귀처럼 짓씹는다. 공작은 그 어느 때보다 광분한 그녀를 보며 비웃었다. 아들이 죽게 생겼는데 그자가 딴 년이랑 놀아나는 게 중요하단 말인가? 계집이란.

그러나 이는 비단 계집뿐만이 아니다. 애정에서 변질된 증오만큼 광적인 독은 없었다. 그는 그녀를 경시하나 동시에 이해했다.

"복수하고 싶다면 내 제안을 받아들이는 게 좋을 겁니다."

독주를 건네는 악마처럼 공작은 눈을 휘어 웃었다. 그는 여자가 제 손을 잡을 것임을 알고 있었다.

❧

그로부터 사흘 후, 황궁 내에는 괴이한 소문이 돌기 시작했다. 어린 황자에 관한 악질적인 추문이었다. 렉토파의 귀족들은 근원지를 파악해 그 사지를 찢어야 한다고 말했고 마르키넬리 측은 아니 땐 굴뚝에 연기 나랴, 속속들이 겸연쩍은 정황들을 꼬집었다. 하루도 본당이 조용할 날이 없다 어느 순간 무덤처럼 고요해졌다. 마치 예전의 폭풍 전야와 흡사하여, 궁 안의 모든 이들은 숨을 죽였다.

그리고 제국의 검은 독수리, 에스페리스 후작 휘하의 8사단이 수도 근처로 집결하기 시작했다.

❧

황제의 시중을 들던 여자 하나가 죽었다 했다.

아마 또 돼먹지도 못한 이유 탓에 죽었을 것이다. 이카릴은 그런 자질구레한 것에 관심이 없었다. 단지 또 황족이랍시고 그녀가 직접 뒤치다꺼리를 해야 하는 게 성가시고 화가 치밀었다. 게다가 황제는 정신을 놓은 미친 노인네라고 들었다. 치매가 돌아 이따금 제정신이 아니었던 부친인 아르고니아 왕을 떠올리고 이카릴은 고운 콧등을 찡그렸다. 쭈글쭈글하여 흉측한 거죽을 쓴 채 정신 놓은 소리만 지껄이는 그 모습이란. 손발에 소름이 돋았다.

힐랄이 긴 머리카락을 하나로 모아 또다시 답답하기 그지없는 수녀의 것 같은 두건을 씌워 주는 걸 거울 너머로 지켜보면서 이카릴은 입술을 깨물었다.

요새 들어 농익은 여인마냥 선이 도드라진 얼굴을 손톱으로 긁었다. 뽀얀 우유에 뜬 야살스런 어린 꽃잎 같았다. 그리 크게 달라진 건 없으나 기이하게 시선을 잡아끄는 묘한 분위기가 서렸다. 껍질을 벗고 도드라진 흰 과육처럼, 왠지 모를 불그스름한 향취가 짙어진 탓이다. 그 남자와 첫 밤을 보내고 오랜만에 들여다보는 거울 앞에서 이카릴은 전보다 짙어진 듯한 적안을 응시했다.

불투명한 등에 불이 들어온 것처럼 기이하게 반짝인다. 누구나 시선을 떼기 힘든 그 눈빛에서 억지로 눈을 돌렸다.

처소를 나서 안개를 밟듯 소리 없이 걸어가는데 궁인들이 쑥덕쑥덕이다 바쁘게 어디론가 향하는 게 신경을 건드렸다. 이런 어수선한 분위기는 이따금 행사처럼 황제가 발작을 할 때면 으레 있는 것이었으나 이번은 평소와 무언가 달랐다. 이카릴은 눈살을 찌푸리며 뒤에서 묵묵히 따르는 힐랄을 채근했다.

"무슨 일 있어?"

힐랄의 무표정한 얼굴이 불안과 긴장이 가득 담긴 사람들을 훑었다. 그녀는 곧 꺼질 촛불이 흔들리는 거라는 양 대수롭지 않게 말했다.

"곧 끝날 일입니다. 신경 쓰지 마십시오."

자못 성의 없는 대답에 이카릴은 약간 성이 나 인상을 썼지만 결국 넘어갔다. 아이러니하지만, 라크나가 정기적으로 방문하기 시작한 후부터 그 순간은 울음과 떼쓰는 악이 넘치더라도 후에는 얌전할 만큼 조용해졌다. 일상적인 신경질조차 조금씩 줄어들고 있는 참이다.

한 떼의 시녀들이 치맛자락을 잡고 바쁘게 몰려들어 지나갔다. 일반적으로 뛰면 안 된다는 궁의 예절은 전부 무시된 사례였다. 경박스럽기는.

이카릴은 흥 코웃음 치고는 사뿐사뿐 카르뮬렌 궁으로 들어섰다.

그곳은 검은 동굴처럼 어두운 공기가 눅눅하게 사방에 발라져 있는 곳이었다.

제국 내에서도 가장 화려한 곳이 그리 음울해 보일 수 있다는 것이 놀랍다. 좀 더 묘사해 보자면, 겉은 멀쩡하니 아름다우나 만져 보면 살아 있는 사슴이 아닌 박제라는 걸 알아차리는 느낌과 유사하리라. 이카릴은 서늘한 그늘이 묻은 정교한 놋쇠 장식과 창문을 반쯤 가리고 있는 커튼을 보았다. 부리부리한 눈의 청동 독수리 뒤로 동강 난 흑과 백이 섬뜩하도록 또렷했다.

유령 같은 인기척이 가까워지자 얼른 고개를 조아렸다.

하얀 두건을 쓴 빼어난 미녀들이 각각 수건과 침구, 은대야를 손에 들고 소리 없이 움직였다. 하나같이 희미하게 그린 눈썹 외에는 이마가 훤하게 벌거벗어 사람보단 관절 인형 같았다. 저게 황제의 취향인가. 괴물이라 칭송 자자한 황제에게 이는 막연한 공포감도 적지 않았으나, 이카릴은 옅은 경시와 혐오감이 더 강했다. 그녀에게는 실제적인 공포인 '그 남자'가 있었으니까.

게다가 황제를 직접 모시지는 않을 거라고 했다. 어쨌건 그녀는 품계가 낮았다. 그런 영광 아닌 '영광'이 저에게 주어질 리가 없었다. 틈만 나면 죽어 나가는데 시체가 돼서도 그게 영광일지는 의문이지만.

고개를 숙인 채 오늘따라 겨울날 물가에 서 있는 양 시린 발을 남몰래 동동 굴렸다. 어린애처럼 입술을 삐죽거렸다. 어서 빨리 끝내고 돌아가 따뜻한 벽난로의 불빛을 쬐고 싶었다. 번번이 이런 하잘것없는 일에 동원되어야 한다니! 이카릴은 짜증스러웠다.

"시븐느, 부인께선 저쪽 일을 거들어 주세요."

대꾸 없이 몸을 돌려 결벽증처럼 흰 천을 반듯하게 개고 있는 시녀 곁에서 제 몫의 천을 집어 들었다. 허옇고 평평한 면면이 흰 수의 같다. 그 위에 놓인 금빛 침의寢衣는 곧 목이 꺾일 노란 새가 앉아 있는 모양새였다. 황후 외에는 감히 누구도 손을 대지 못한다지. 이카릴은 괜한 역함이 몰려왔다.

"황제 폐하 드십니다."

서리가 몰려온다 해도 한순간에 이리 한기가 서리지는 않으리라. 시녀들은 일사불란하게 장신구처럼 모여 섰다. 이카릴도 그 무리에 합류하기 위해 급히 천을 모아 쥐었다. 예상보다 황제가 빨리 들어선 탓이다. 덜컥 다급한 겁과 욕지거리가 치밀었다. 그러나 너무 여유가 없었던 탓일까.

쨍그랑—!

이카릴은 실수로 테이블 위에 놓여 있던 유리잔을 깨뜨리고 말았다. 천에 걸려 바닥으로 떨어진 것이다. 와장창 산산조각이 났는데도 미동이 없는 사람들이 더 기이했다. 아니, 그들은 그럴 수밖에 없었을 것이다.

"무슨 일인가."

잔에서 샌 물이 주륵 화려한 가죽신 앞까지 흘러갔다. 동상 걸린 손으로 움켜쥔 듯 심장이 시려 오자 이카릴은 새파랗게 질린 낯으로 잔뜩 쉰 그르렁거리는 목소리를 들었다. 궁에 살며 이때껏 한 번도 듣지 못한 음성, 그러나 단 한 번으로도 그가 누구인지 단박에 이해되는 그런 음산함이었다.

신이시여. 이카릴은 퍽 오랜만에 편리한 신을 찾았다. 혹 난롯불이 꺼진 방에 우두커니 서 있는 양 온몸의 피가 식었다. 흔들거리는 시야에 옆으로 선 시녀의 다소곳이 모은 손이 덜덜 떨리는 게 들어왔다. 목 졸린 공포감이 온 방을 장악하고 있었다. 눈앞이 캄캄했다.

그녀는 깨달았다. 지금 이 순간만큼 죽음에 가까웠던 적이 없다는 것을. 심지어 라크나가 하티야를 벤 칼을 저에게 드리웠던 순간조차 이토록 퀴퀴한 사기死期에 숨이 막히지는 않았다.

미치광이 황제는 작은 계집 하나 죽이는 데 전혀 거리낌이 없으리라.

오줌을 지릴 듯 사지에 힘이 빠졌다. 그녀는 가까이 다가온 잔인한 물 자국이 점점이 번진 가죽신과 알알이 낀 반지로 독수리 발톱만치 번뜩이는 쭈글쭈글한 손을 본다. 질끈 눈을 감았다.

"네 이름이 뭐냐?"

이는 기이한 즐거움이 섞인 물음이었다.

기어코 이 사태까지 치달은 원인에 대해 누구를 원망해야 할지 키제트는 헷갈렸다. 그는 누구라도 자신의 허약한 심장과 노쇠해 가늘어진 심신을 신경 써 주지 않는 현실에 대해 참담한 욕설을 되씹고 있었다. 그렇게 한참 원망과 비난을 너덜너덜할 만치 쪼아 대다 결국에는 푸념 섞인 한숨을 내쉬었다. 늙으면 그냥 나가 죽어야지.

그런 짜증스런 속내와는 달리 반쯤 피곤하고 쌀쌀맞은 온화함을 덧입힌 그의 입술이 열렸다.

"그래서, 결국에는 이런 장난질을 기어코 하겠다는 말이오?"

때는 어둑한 정오, 장소는 추밀원의 근엄한 테이블 위였다. 그는 여기에서 자신이 춤을 추는 광대가 되었다는 게 믿기지가 않았다. 누군가가 멋대로 끼워 넣은 대본 속 오페라 극의 조연처럼, 늙은 사제는 결국 약간의 신경질을 참지 못하고 본인이 할 말을 내뱉었다.

"장난질이라니. 이런 엄중한 사안에 대해 말씀이 경박합니다, 대사제."

그에 맞상대한 잉카르트 공작이 그의 언사를 지적했다. 웃기는군. 이보다 더한 막말도 지껄인 바 있는 도적 같은 놈이. 키제트는 콧방귀가 나왔지만 건성으로 손사래 치듯 성호를 그으며 사죄했다. 공작은 눈을 가느다랗게 떴다가 각각 적대적인, 흥분한, 긴장한 좌중을 둘러 보았다. 개중 오늘 일어날 일에 대해 미리 언질을 받은 이들이 소수, 예상하고 있는 자들이 다수, 전전긍긍 눈치를 보고 있는 자들도 다수 였다.

상관없다. 어차피 오늘로서 승기는 그가 쥐게 될 것이었다.

"최근 들어 황실에 관련된 불미스런 소문에 대해 다들 익히 들으셨 을 거요."

잠깐의 술렁임 이후 찬물 맞은 개미 떼처럼 우글거리는 침묵이 이 어졌다. 그것은 공작이 지휘자마냥 상냥하게 두 손을 펼쳐 보이자 더 더욱 바닥으로 치달았다.

"이는 분명 묵과할 수 없는 문제입니다. 황제 폐하와 반려의 명예가 땅에 떨어졌고, 제국 1등 공신이 수치스런 추문에 시달리고 있지 않 소. 아니 그렇소이까?"

"지금 그딴 헛소문을 이런 자리까지 끌고 온 저의가 뭐요? 설마 저 잣거리에서 떠도는 그런 낭설에도 일일이 추밀원을 소집해야 한다고 보시는 건 아닐 거라 믿소만."

참다못한 듯 렉토파의 성질 급한 문관, 지오반니 후작이 이를 드러 냈다. 대부분 첫 칼을 뽑을 이를 예상한 터라 의외는 아니었다. 공작 의 오른편에 서 있던 마르카 백작이 못마땅한 듯 혀를 찼다. 지긋한 보수파인 그조차 이 회당에 나온 것을 보면 수도 안의 거의 모든 귀족 이 이 자리에 모여 있다 해도 과언이 아니었다.

"백. 자중하는 게 좋겠소. 의장이신 공께 무례하오."

"무례는 저 점잖은 척하는 무뢰배가 하고 있소이다. 감히 황자의 핏 줄을 의심하다니. 대체 공이 어떤 짓을 벌이고 있는지 제대로 알고나 있는 거요?"

"말씀을 삼가라 하지 않소!"

"하! 이 자리에서 예의를 따지려거든 전부 이 길로 귀가해야 할 거요. 이 자리에 모인 것 자체가 말이 안 되는 일이니."

잔뜩 흥분한 후작이 큰 소리로 빈정거리자 사방에서 옹호와 비난의 목소리가 거세졌다. 개중 모욕적인 발언이 섞이자 지오반니 후작이 벌떡 일어나 고함을 질렀다. 소란은 묵묵하던 주름진 손이 올라오고, 의회장 문이 열리며 휠체어에 몸을 실은 테오도르 백작이 등장하자 한풀 수그러들었다. 매제를 잡아 진정시킨 노인이 늙수레한 몸을 펴고 느릿느릿 지팡이로 탁자를 두드리자 많은 이들이 입을 다물었다. 회장 내 가장 최고령이자 최근 건강 악화로 요양 중이었던 7선제후 중 1인인 마벨 변경백의 위상은 아주 잠깐일 뿐이더라도 파벌 상관없이 주의를 모을 정도의 존경을 받고 있었다.

한때 제국 최전선에서 싸웠던 이의 음색은 카랑카랑 거칠었다.

"소란이 필요 이상 크군. 좀 더 주의해 주시오. 우리 모두 앞으로 흘릴 피와 땀이 더 많을 테니."

변경백은 숨이 찬 듯 길게 한숨을 뱉었다가 먼지 낀 칼 같은 시선을 공작에게 던졌다.

"내 매제의 무례는 대신 사과하지."

"뭐, 받아 둔 셈 치지요."

"착각하지 마시오. 그렇다고 그가 한 말이 틀리다는 건 아니니까."

차갑게 일침을 놓은 그가 입이 근질거리는 듯 어깨를 들썩이는 마르키넬리의 젊은 귀족들을 무시무시하게 노려보자 모두들 오래 묵은 범에게 쫓긴 강아지들처럼 죄 입을 닫쳤다. 그리고 채 날카로움이 가시지 않은 눈길은 공작의 건조한 미소로 다시 되돌아왔다.

"설마 돼먹지 않은 뜬소문으로 이런 자리를 만든 건 아니리라 믿소. 긴 시간 끌지 맙시다. 설사 그 추잡스런 가설이 사실일지언정 '감히' 우리가 여기에 엉덩이 붙이고 앉아 갑론을박을 떠들 주제는 아니오. 이는 온전히 황제 폐하께서 결정하고 결단하실 일이지. 이 늙은이가 궁금한 건, 마땅히 그 주인께 허락은 받고 이러는 거냐는 거요. 알아

들으셨소?"

변경백의 태도에 일말의 호의도 없었으나 이번만큼은 모든 귀족들이 그의 언사가 옳다는 걸 알고 있었다. 그는 전쟁터를 거치지 않은 제국인은 반푼이라 생각하는 뼛속까지 무인武人인 인사이니 태도야 그렇다 치더라도 정확히 핵심만 찔렀던 것이다. 모두의 의문 섞인 시선에 공작은 팔걸이에 손을 걸치고 실소했다.

"내 그리 간 큰 인사로 보였나? 당연히 황제 폐하의 허가를 받았소이다."

"……!"

이번은 확실히 의외였다. 어쩌면 당연한 것이었지만, 평소 황제의 후작에 대한 남다른 총애를 돌이켜 봤을 때 선선히 이에 긍정하거나 뒤로 물러나 지켜보기만 하는 황제의 태도는 매우 의외였다.

그 특유의 광기를 내세워 후작을 죽이겠다 '더 특별히' 길길이 날뛰거나, 킬킬 기분 좋은 듯 웃으며 개소리를 지껄인 공작의 귀를 자르라 했을 터였다. 그게 백번 미친 절대자다웠다.

혼란스러운 듯 웅성거리는 인사들 사이에서 홀로 조용한 테오도르 백작의 눈이 의기양양한 공작에게 고정되었다. 황제, 그 제정신 아닌 자의 속내가 무얼까. 그의 시선에 묘한 감정이 스쳤다.

조용해질 기미가 보이지 않는 장내를 향해 공작이 부드럽게 일갈했다.

"그리고 그분의 뜻을 받들어 참관인으로 참석하실 분도 계시오."

무심코 그의 손을 따라 고개를 돌린 귀족들은 어느 때보다 경악했다. 뒤의 장막을 걷고 나타난 여자, 그녀는 잠든 황자를 품에 안은 황후였다.

전혀 예상치 못한 인물의 등장에 철퇴 같은 공황이 내려앉았다. 심지어 꼿꼿한 마벨 변경백조차 굵은 흰 눈썹을 꿈틀거렸다. 누구도 어떤 말을 꺼내지 않았다. 키제트는 침입자를 발견한 너구리처럼 허리를 편 채 공작이 정중히 권하는 자리에 가 앉는 황후의 표정을 꼼꼼히 살피고는 짙고, 아주 길게 한숨을 쉬었다. 그녀의 드레스는 순교자처럼 희었다.

"대체……. 이게 어떻게 된……."

"나와 관련된 문제가 아닙니까. 이리 왔으니 내게 물으세요."

어떤 이가 멍하니 반문하자 황후는 또렷하게 대꾸했다. 비참함인지 번뜩이는 살기인지 모를 어떤 것이 매캐하니 짙게 화장한 얼굴에 분가루처럼 들러붙어 있었다.

대다수 귀족들은 이 추문의 최대 피해자와 고발자인 공작이 무슨 공감대를 이루고 있는 것인지 모를 상황에 아연한 듯했다. 제 실추된 명예의 억울함을 호소하기 위해 나왔다기에는 황후에 대한 공작의 태도가 무언가 아귀가 맞지 않았다.

아까보다 확연히 조심스런 태도로 모두를 대신해 지오반니 후작이 질문했다. 그의 주름진 미간에는 '설마 황후도 미친 것인가?' 하는 의구심이 은근히 배어 있다.

"그럼, 황후께서는…… 본인의 결백함을 주장하려 하십니까?"

"하늘에 맹세코, 저는 제 의지로 지아비 이외의 사내를 받아들인 적이 없습니다."

묘한 불안감에 빠져 있던 렉토파의 귀족들은 그제야 안도했다. 하긴, 미치지 않고서야 제 목 조를 짓을 누가 하겠는가? 그러나 다음 이어진 말은 그들 모두를 혼돈으로 내몰았다.

"허나 몸을 더럽힌 죄인인 것은 명백한 사실입니다."

펄펄 끓는 기름을 닭 우리에 들이부은 양 거대한 소란이 일어났다. 화상 입은 듯이 잠시 망연해져 있다 후다닥 벌 떼처럼 와글거린다. 그들은 지독히 놀라 서로를 번갈아 보고 충격적인 고백을 한 황후를 녹색 이끼가 돋은 괴물처럼, 혹은 보기 힘들 정도로 망가진 꽃다발을 보듯 멀거니 쳐다봤다. 이 사태가 이해가 안 되어 멀뚱멀뚱 눈만 떴다

감고 있는 이들도 네댓 되었다.

그러다 냉정한 톤의 말투가 넘실거리는 소리의 파도를 가르자 모두 진정되면서 진실로 경악했다. 그의 한마디가 현 사태를 강제로 이해시키고, 정리했기에.

"폐하의 말씀은, 겁간당하셨다는 뜻입니까."

이 순간에조차 차분한 테오도르 백작의 태도는 뜨겁게 과열된 주변조차 얼마간 식히는 재주가 있었다. 거의 죽일 듯 재촉하는 시선에 황후 아델라나는 수치스러운 듯 눈을 내리깔다 고개를 끄덕였다. 툭 떨어진 눈물방울이 일으키는 파급 효과는 컸다. 그 모양을 냉정히 지켜보던 백작은 잠시 입매를 일그러뜨렸다가 감추었다.

"오, 신이시여."

"세상에, 어찌 이런 일이."

"설마, 그 파렴치한이."

마치 받은 대본을 들고 그대로 따라 부르는 합창단처럼 귀족들의 얼굴에 뜬 감정과 반응들은 확연했고 분명했다. 그들이 하나둘 떠올리는 상대는 다르지 않았다. 황후는 차마 말을 잇지 못하고 손수건으로 눈물을 훔쳤고, 이제 공작이 나설 차례였다.

"자, 자. 조용히들 해 주십시오. 이제 아시겠소? 그자가 얼마나 불충하고 악질적인 인간인지!"

"아니 잠깐, 분명히 합시다."

황후가 등장한 이래 내내 입을 다물고 있던 마벨 변경백이 손을 들었다. 그는 닭똥 같은 눈물을 뚝뚝 흘려 대는 황후에게 숫제 도끼를 내려치듯이 강단이 센 어조로 재차 물었다. 또박또박, 두루뭉술 눙치는 것 없이 완벽하게 정돈된 단어들이 나열되었다.

"황후 폐하. 잘 대답하십시오. 그러니까, 폐하께서는 카이레 황자 전하께서 황제 폐하의 핏줄이 아니라 에스페리스 후에게 겁탈당해 잉태한 소생이라 말씀하고 싶으신 겁니까?"

"……그렇소."

아주 잠깐 망설임이 스쳐 지나갔던 것도 같았다. 그러나 아델라나는 공작과 눈이 마주친 후 결연하고 좀 더 의연해진 태도로 이와 같이 긍정했다. 마벨 변경백은 허, 헛숨을 내쉬고는 몸을 의자 위에 늘어뜨렸다. 사상 초유의 사태였다. 온갖 산전수전을 겪어 온 대귀족들조차도 이런 비상식적인 사건에는 평정을 찾기가 힘들었다. 확인 사살은 아까보다 견고한 침묵을 낳았다.

"너무 어렵게 생각하실 것 없지 않은가? 뭐든 확실한 게 좋은 거요. 우리가 할 일은 단지, 확실히 참인지 거짓인지를 가려내기만 하면 될 일이오."

공작이 여상스럽게 말했다. 이곳에서 그 혼자만 즐거워 보였다. 키제트는 속으로 상종 못 할 개자식이라고 실컷 욕설을 지껄였다. 거의 절망에 가깝게 말문이 막혀 있던 지오반니 후작이 날카롭게 으르렁거렸다.

"퍽이나 간단하겠군. 대체 무엇으로 참인지 아닌지를 가려낸단 말이오?"

"그대는 아까 내가 한 말을 잊은 게요?"

공작은 조금 짜증스럽게 말했다.

"'늑대의 저울'로 판단해 보면 정확하지 않겠소?"

황태자 전하께서 누명을 벗으신 것처럼 말이지. 물론 이번만큼은 저울이 다른 결과를 내뱉을 것이다. 그의 일깨움에 좌중 사이로 깨달음의 탄식이 퍼졌다. 실로 간단했다. 황자의 피 한 방울과 황제의 피 한 방울이면 모든 게 결판날 테니까. 하지만 잉카르트 공작이 저리 자신만만한 걸 보면 역시 저 폭로가 진실이란 말인가?

황후가 전번처럼 겁박당하거나 결국 황제의 학대에 제정신이 아니라 밀어붙이려던 렉토파는 그의 제안에 모두 싹 입을 닫았다. 반대할 이유가 없었다. 말 그대로 그럴듯한 이유. 만약 거짓이라면 이보다 좋을 수는 없겠지만, 만약, 만에 하나 저 엄청난 사실이 진짜라면…….

맙소사. 상황은 수습 불가의 파국으로 치달을 것이다.

꿀 먹은 벙어리 같은 그들을 살피며 공작은 품에서 작은 유리병을 꺼냈다. 엄지손가락만 한 작은 병 안에는 붉은 액체가 들어 있었다.

"친히 황제께서 내리신 그분의 피요."

"그걸 어찌…….."

"믿지 않겠지. 하여 직접 이를 증명해 줄 증인이 있습니다."

중도파이자 앞뒤 꽉 막힌 청백리로 유명한 마르카 백작은 생전 처음 본인에게 향한 열렬한 시선들에 눈살을 찌푸렸다가 천천히 고개를 끄덕였다. 오늘 아침 황제가 제 손을 베어 피를 내는 장면을 그가 두 눈 똑똑히 본 참이다. 지독히 불미스런 두 번째 사건임에도 외려 즐거워 보이던 그의 광소에 의아함과 꺼림칙함을 동시에 느끼면서.

마르카 백작은 목에 칼이 들어와도 이런 유의 일에 비리를 섞거나 속임수를 쓸 인물이 못 되었다. 그럴 성정도 안 되거니와 딱히 그만한 야망도 없었다. 그의 대쪽 같은 성미를 익히 아는 모든 이들은 마뜩지 않음에 불만스레 입매를 굳혔다.

"자. 그럼, 모두 동의한 걸로 알겠소."

이번에야말로 어떤 대꾸도 나오지 않았다.

황제의 시종장이 고풍스런 푸른 비로드로 덮인 은쟁반을 가져왔다. 머리털 하나라도 떨어지면 뎅그렁 소리가 날 듯한 소름 돋는 침묵이 겨울 성에처럼 사방에 돋아났다. 그리고 청명한 목소리가 시종장의 움직임을 제지했다.

"내가 하지."

"황태자 전하."

설전이 오가는 사이 들어와 있는 듯 없는 듯 물러서 있던 황태자가 뚜벅뚜벅 걸어 나왔다. 몇몇 귀족들이 고개를 조아리는 걸 고개를 까딱여 받아들인 그는 성큼성큼 의장석으로 가 덮개를 빠르게 걷어 냈다. 그것은 어찌 보면 지독히 평범한 저울이었다. 낡고, 녹슬어 보이는 청동 저울. 정교하게 깎여 나가 번뜩이는 것처럼 보이는 늑대 문양을 제외하면 이 기물의 가치를 한눈에 알아보기란 어지간한 심미안으로는 힘들 것이다. 알렉시온은 낡은 저울을 냉랭하고 조소 섞인 눈으로 내려 보다 빙글 돌아섰다.

심각하게 굳은 얼굴들이 전부 그를 바라보고 있었다.

"이는 분명 황실의 치부. 몸이 편치 않으신 아버님을 대신해 나라도 이 자리를 지켜보아야 하지 않겠소."

황제가 진정 이 '재미난 구경거리'를 못 볼 만큼 상태가 안 좋은지는 아무도 몰랐으나 누구도 황태자의 의사에 반대하지 않았다. 그는 굳은 눈으로 잠시 지체하다가 단검을 뽑아 들고, 약탈당한 처녀처럼 처량하게 앉아 있는 황후는 거들떠보지도 않고 축 늘어진 어린 황자의 손을 잡아 들었다. 약을 먹였는지 아님 깊이 잠들었는지 황자는 미동이 없었다. 까만 머리칼이 동그란 진줏빛 이마에 늘어진 소년은 폭풍의 핵임에도 유일하게 이곳에서 평온하고 무구한 조각이었다. 곱게 눈 감은 어린아이가 비친 벽안에 찰나의 심란함이 스쳤다가 가셨다.

단검의 날이 여린 피부에 닿자, 금방 피가 몽글 맺혔다.

황태자는 준비된 작은 잔에 그 피를 받았다. 황후가 아이를 껴안고 울고 있었다. 제 입으로 제 자식을 시궁창에 처박은 주제에, 피 흘리는 모습은 우습게도 마음이 저리나 보지. 모순된 모정이 역겨웠으나 원래 그런 여자, 그런 황궁이었다.

갓 흘러나온 핏방울이 기울어진 잔에서 저울 위로 떨어지고, 반대편에도 일견 평범해 보이는 괴물의 피가 올려질 것이다. 황제의 피가 주륵 따라지려 투명한 유리 끝에 망울졌다.

"이런, 주인공 없이 시작한 파티도 다 있나?"

그리고 그때 문이 열렸다.

이카릴은 목 졸린 듯이 입을 뻐끔거렸다. 그리고 겨우 정신을 차리고 제 이름 석 자와 하사받은 성을 말하려는 순간, 그녀는 제 옆을 무생물인 양 스쳐 지나가는 황제를 감지했다. 마치 100여 년 묵은 뱀이 스르륵 옆을 기어가는 기분이었다. 오싹 소름이 돋아 이카릴은 두 손을 말아 쥐었다.

느리게 움직이는 모양이 잡힐 듯 길어질 무렵, 긴 의자에 앉은 황제가 명령했다.

"저 아이를 빼고 다 나가 보아라."

썰물 빠지듯 모든 이들이 지체 없이 물러났다. 그들이 한 줌의 시선조차 던지지 않았음에도 제 몸을 찌르는 약자들의 동정과 껄끄러움이 지나치게 생생했다. 이카릴은 비명을 지르고 싶었다. 딱딱하게 굳어 발치만 크게 뜬 눈으로 쳐다보고 있는 그녀에게 늙은 황제가 말했다. 무엇 하고 있느냐. 이리 오지 않고.

마치 손녀를 부르듯 친근한 어투였다. 순간 이카릴조차 그게 잔혹한 군주의 음성인지 햇볕을 쬐고 있는 노인의 그것인지 헷갈릴 만큼.

그녀는 고개를 숙인 채로 차마 떨어지지 않는 발을 움직여 상냥한 괴물에게 걸어갔다. 왜인지 그가 웃고 있으리란 예감이 들었다. 고개를 들어라. 그러나 천천히 눈을 들어 황제의 얼굴을 정면으로 보았을 때, 이카릴은 제가 틀렸다는 걸 알았다. 그는 평평한 가죽을 벗겨 뒤집어쓰고 있는 것처럼 일말의 표정도 없었다. 그것이 좋은 징조인지 아닌지는 알기 힘들었다.

"네 이름이 무어냐고 물었는데."

"이, 이카릴, 시본느입니다."

다만 뱀의 허물처럼 우그러진 입가가 냉소적인 빛을 띠고 열렸을 때, 채찍에 얻어맞은 듯 황급히 입을 주절거렸을 따름이다. 그제야 황제는 웃었다.

"이카릴이라. 재미있는 이름이로고."

이카릴은 고대 아르고니아 왕가의 언어다.

'벗어날 수 없는', '미궁의 꽃', '빠질 수밖에 없는 함정', '덫'.

칭칭 감기는 쇠사슬만치 비릿한 이 이름을 이카릴이 기꺼워한 역사는 없었다. 그녀는 경계심 어린 눈으로 황제의 비릿한 입매를 보았다. 그리고 중요한 건, 아르고니아가 멸망한 지금 이 고대의 언어를 아는 이는 이카릴이 전부라는 것이었다. 저도 모르게 튀어 나가는 의문을 막지 못했다.

"제 이름의 뜻을 아시옵니까?"

"알다마다. 젊은 시절 짐에게 그에 대해 알려 준 이가 있었지."

무척 의외로운 일이다. 아르고니아는 매우 폐쇄적인 나라고, 그런 나라의 풍토상 외부인에게 이를 알려 주기란 보통의 신뢰나 인간관계로는 어려웠다. 게다가 왕실 언어 자체가 왕족과 극소수의 사제들을 제외하면 구사할 수 없는 비밀스런 언어다. 즉, 황제에게 알려 준 사람은 못해도 아르고니아의 상류층이거나 왕족일 확률이 높았다.

대체 누구지? 이카릴은 머리를 이리저리 굴렸다. 두려움에 목덜미의 털이 곤두설 지경인데도 요상스런 호기심이 덥석 발목을 움켜쥐고 놓아주지 않았다. 황제가 이상스러울 만큼 이카릴에게 관대한 태도를 보이고 있어서 그럴 테지만. 앞에 기웃거리는 나비를 향한 일말의 흥미도 관대라고 한다면 관대일 것이다. 그는 곧바로 사람이 앞에 서 있는 것을 잊어먹은 것처럼 혼잣말을 했다.

"아르고니아는 제법 매력적인 땅이지. 선대에서도 이루지 못한 숙원을 내 대에서 이루게 될 줄 누가 알았을까. 나는 그 녀석이 언젠가는 그 섬으로 가게 될 줄 오래전부터 짐작했었단다."

이카릴은 그녀가 황제의 말 상대를 해야 하나, 입 다물고 얌전히 황제의 변덕이 식기를 기다려야 하나 고민했다. 허나 황제의 흥이 가시면 자동으로 폐기 처분 될지도 모른다는 자각이 곧바로 머리를 들쑤셨기에 필사적으로 눈치를 살피며 조심조심 입을 열었다. 이미 컵을 깨뜨렸을 때부터 보통의 시녀라면 그 자리에서 즉사했을 것이다. 이조차 놀라운 기복이니 달달 떨고만 있으면 따분하다며 죽일 것만 같았다.

"그…… 녀석이라 하심은……."

"라크나, 에스페리스 후작 말이다. 너도 잘 알고 있지 않니?"

황제는 놀랍게도 정상적으로 답변해 주었다. 이카릴은 흠칫 이는 놀라움을 가라앉혔다. 노인의 희멀건한 얼굴이나 그가 말한 상대도 전부 그녀를 위축되게 만들기는 충분했다. 그러나 이 기이한 호기심, 고양이도 죽일 듯한 이 갈증 같은 궁금함이 미친년처럼 그녀를 닦달하고 있었다. 제 이런 속내에 당황과 겁이 올라왔으나 결국 그녀는 이를 이기지 못했다.

"예. 그가, 제 오라비를 죽였지요."

악몽조차 꾸지 않았던 그 장면을 충동적으로 읊조렸다. 누군가를 죽이는 것, 살해당하는 것, 살인 그 자체에서 풍기는 자극적인 피비린내는 이 미친 노인을 즐겁게 만들었음이 분명했다. 황제는 재미있어 했다.

"짐은 그에게 왕족들을 사로잡아 오라 명했다."

'안됐지만 네 가족은 이미 늦은 것 같다. 황제가 싫어할 텐데, 곤란하군.'

이카릴은 물론 똑똑히 기억하고 있었다. 윤간당하고 짓밟혀 죽은 언니와 어머니는 갈가리 찢긴 꽃만치 처참하고 끔찍했다. 낭자한 핏자국 위로 간헐적으로 버르적거리다 피 웅덩이에 잠겨 가던 흰 손가락, 핏발 가득하게 부릅뜬 채 멈춰 있던 눈동자, 생전 모습이 무엇이건 그건 도륙된 짐승 사체와 다를 바가 없었다. 무어라 말할 듯 벌어져 있던 입술에서 무언가 시커멓게 도사린 것이 튀어나올 듯해 차마 더 보지 못하고 정신을 잃었었다. 십중팔구 저도 그리될 줄 알았다. 그녀는 그들보다 날 적부터 뭐 하나 더 고귀해 본 기억이 없었으니.

"그런데 공주를 살려서 데려올 줄이야. 이래서 운명이란 놀라운 게야. 끌끌."

"무슨⋯⋯."

"짐의 선친은 뛰어난 정복 군주였지. 제위에 오른 이래 전쟁이 없던 시절이 없었는데 내가 얻은 땅은 이제 겨우 그가 쟁취한 것에 비등해졌어. 내 아비는 겨우 마흔 안팎에 요절했는데도."

느닷없이 황제가 딴소리를 시작했다. 무도하게도 이카릴은 울컥 짜증이 치밀었지만 참는 수밖에 별도리가 없었다. 나이가 들수록 저가 죽인 아비에 대해 줄기차게 떠들곤 하는 노망난 황제의 버릇에 대해 카르뮬렌 궁의 시종들은 모르는 이가 없었으나 처음 그 앞에 선 이카릴이 이에 대해 알 수 있을 리가 없었다. 아이처럼 킬킬대던 황제가 돌연 웃음을 뚝 그치자 기다리고 있던 서늘한 정적이 그 위로 덮쳐 왔다. 길게 늘어진 불길한 그림자에 이카릴은 침을 삼켰다. 어느 장단에 맞춰야 할지 종잡을 수가 없어 그녀는 숨이 차기 시작했다. 아니, 기실 황제가 처음 그녀를 불렀을 때부터 쭉.

"그림을 보고 싶군."

"채비하겠습니다."

어느새 소리 없이 다가온 시녀장이 억양 없이 공손히 절했다. 다시 딴생각에 빠진 황제나 몸이 굳어 경련도 못 한 이카릴이나 인간답게 놀라거나 하지는 않았다. 그녀는 땅에 박힌 말뚝처럼 서서 눈만 굴려 노구老軀가 힘 좋은 시종들에 의해 조심스럽게 휠체어에 옮겨 태워지는 것을 지켜보았다. 멍한 한구석으로 이제 저 정신 나간 영감이 이 자리를 벗어나고 아무 일 없었던 것처럼 풀려날지도 모른다는, 미약한 희망이 되살아났다.

"뭐 하느냐? 따라오지 않고?"

그리고 채 형태를 갖추기도 전 단박에 구겨져 나락으로 처박혔다.

❧

마치 막이 오르는 휘장도 구둣발로 뭉개는 듯한 기세로 라크나는 태연자약하게 안으로 걸어 들어왔다. 천하의 악랄한 도적이라 비난했던 이들조차 그의 압도적인 존재감에 슬쩍 길을 터 주었다. 적대감 서린 따가운 시선조차 햇볕인 양 일절의 주눅 듦도 없으니 외려 군중들이 기세에서 밀린 셈이었다. 뚜벅뚜벅 앞에 선 그를 차갑게 노려보는 황태자에게 라크나는 정갈하게 인사까지 올렸다.

"황태자 전하를 뵙습니다."

"경은 낯짝이 참 두꺼워서 좋겠어."

"이런. 제게 화가 나셨습니까?"

흠잡을 데 없는 궁정식 절을 한 뒤 반듯이 허리를 편 후작은 저보다 조금 작은 덩치의 황태자를 내려다보며 웃었다. 아니, 당사자들만 아는 찰나의 조소였으니 깔보는 것에 가까웠다. 알렉시온의 푸른 눈에 일순 주저 없이 죽여 버릴 듯 살의가 튀었으나 그는 내색치 않았다.

"나를 농락하는 게 아니라면 농은 그만두지. 이 상황에서는 자식 된 자로서 도저히 웃어지지 않는군."

라크나는 이해했다는 듯 고개를 끄덕였다. 약한 감탄이 매끈한 입매에 걸쳐졌다.

"나무랄 데 없는 효자시군요. 황제 폐하의 큰 홍복입니다."

"······."

"이런 무가치한 일에도 심혈을 기울이시는 아들이 그리 흔한 건 아니지 않습니까."

"에스페리스 후작!"

잉카르트 공작이 대노하여 으르렁거렸지만 황태자의 올린 손에 제지되었다. 라크나는 그 모양새를 같잖은 연극 보듯 구경하다 정중하게 조아린 뒤 좌중을 쓱 훑었다. 냉한 흉기가 목덜미를 핥고 지나간 듯 귀족들은 저마다 시선을 피했다. 무미한 푸른 눈이 긴장한 듯 턱에 힘이 들어간 키제트 대사제와 굳은 얼굴의 형, 테오도르 백작을 지나 어린 아들이 구명줄인 양 꼭 부여잡고 있는 황후를 흘낏 바라보았다. 그녀의 간구하듯 간절한, 동시에 미움과 증오가 가득한 얼굴은 의미 없는 가로수처럼 시선 뒤로 밀려났다.

라크나는 의심에 차 눈을 가늘게 뜬 황태자를 빤히 응시했다. 체스 상대를 보듯 주의 깊고도 새삼스러운 묘한 주시였다. 이내 후작은 픽 입꼬리를 올렸다.

"내가 황후를 겁간했다? 황실의 피를 더럽혔다? 퍽 재미있는 농간이군."

주장을 했으면 증명을 하셔야지요? 시작하시지요.

그는 저에게 주어진 의자에 몸을 붙이면서 온순하게 손짓해 보였다. 현 상황에 비춰 볼 때 유하기 그지없었으나 마치 정복지에 감찰하러 온 감찰관인 양 여유 만만한 오만함이 기저에 깔려 있었다. 청문회의 대상이 뒤바뀌기라도 한 것 같았다.

공작의 확신 어린 선도에 거의 기정사실화되었던 여론이 일순 들풀 만치 흔들렸다. 웅성거림이 심해지는 가운데 나른히 등받이에 기댄 라크나와 공작의 서슬 퍼런 눈빛이 마주쳤다. 잉카르트 공작은 주름진 눈가를 찡그렸다.

대체 무슨 속셈이지.

어느 모로 보나, 황자의 출생은 명확했다. 그러니 이를 당사자가 모를 리가 없다.

공작은 자신이 이길 거라 확신했다.

"좋소. 그리 직접 눈으로 확인하는 게 소원이라면."

바라는 바지. 끈적거리는 피는 어느덧 겉이 굳어 가고 있었다. 다시 기울여진 잔을 따라 붉은 피가 비스듬히 영원처럼 기어가다, 그리고 마침내 뚝— 용이 흘리는 혈루만치 느리게 떨어졌다. 핏방울이 금속에 닿는 순간 저울이 움직였다.

한순간 모든 공기가 훅 말려 들어가는 듯했다.

"맙소사."

낮은 탄식이 터졌다. 저울은 완벽한 수평을 이루고 있었다. 황실의 피와 같은 무게를 지닌 유일한 피. 그것은 고대 시원의 건국제 시절부터 내려온 고결한 핏줄이자 동족同族의 피.

황자는 황제의 혈육이 맞았다!

귀족들은 눈을 부릅뜬 채 벌떡 일어서다 화들짝 귀를 틀어막았다. 황후가 찢어져라 비명을 지르고 있었다. 그녀는 흡사 악몽 속에서 튀어나온 괴물을 보듯이 저울을 노려보다 태연하기 짝이 없는 라크나를 툭 튀어나올 듯 눈을 부라리고, 이내 안고 있던 제 아들을 바닥에 내팽개쳤다. 갑작스레 어미에게 던져진 아이가 깨어 엉엉 울음을 터뜨렸다. 그에 아랑곳없이 황후는 제정신이 아닌 것 같았다. 아름다운 얼굴 거죽이 부들거렸고 붉거진 눈알이 데굴데굴 구르다 마침내 여자가 침을 튀기며 삿대질을 했다. 그러고는 줄 끊어진 마리오네트처럼 기절했다. 황후의 광란에 놀라 굳어 있던 귀족들이 우왕좌왕했다. 아비규환이었다.

그런 광적인 소란이 옆에서 일어나든가 말든가 후작은 무미건조한 표정으로 흥미로운 듯 턱을 괸 채 뚫어져라 늑대의 저울을 응시하고 있었다.

그의 입꼬리가 피식 올라갔다.

"이건, 이건 무언가 잘못된 거요!"

뒤늦게 입이 터졌는지 잉카르트 공작이 날카롭게 말했다. 이 완벽한 반전에도 그리 냉정함을 유지하는 게 가상타 여기며 라크나는 검지로 톡톡 팔걸이에 양각된 늑대 머리를 두드렸다.

그가 굳이 나서지 않아도 키제트 대사제가 차갑게 공작을 비웃었다.

"참으로 변변찮은 변명이구려. 이런 소란을 일으킨 주제에 대체 무엇이 잘못되었다는 게요? 아까 전 본인 입으로 떠든 것들은 죄 어디에 버리고 온 겐가?"

"좋아. 방금 전 그대들이 제기한 황제 폐하의 피에 대한 불확실성을 인정하는 바요. 도중에 시종이 바꿔치기를 했는지 내가 눈이 어두워 실수했는지 어찌 확신한단 말이오?"

"이런 뻔뻔한! 잉카르트 공! 지금 그걸 말이라고 지껄이는 게요?!"

이번에야말로 격분한 지오반니 후작이 의자가 뒤로 넘어갈 듯 거칠게 일어나 노호성을 질렀다. 아무도 그를 말리는 자가 없었다. 이미 전세는 역전되었다. 들끓고 계산이 오가는 공기에 찬물을 끼얹어 소각시킨 것은 기민하게 흐름을 읽은 황태자였다. 알렉시온은 차갑게 입을 열었다. 모두 조용히 하시오.

"늑대의 저울은 명명백백한 황실의 가보. 이로써 판가름이 났군."

"전하."

"그만, 잉카르트 공. 그대의 황실에 대한 충성심은 알겠으나 이번 일은 과했소. 정신을 놓으신 황후께서 제아무리 하소연하셨다 한들 잘못된 것을 충언으로 말리는 게 신하 된 도리가 아니겠나. 공은 이 점을 간과했군. 설사 그녀의 상태를 모른 실수라 그대가 저지른 과는 크오. 후작에게 정중히 사죄하시오."

과연 황태자는 영리했다. 그의 말 몇 마디에 공작은 단지 황후의 거짓 고백에 휘둘려 이를 충실히 따른 곤란한 치가 되었고 이 모든 것은 미친 황후가 홀로 과대망상에 빠져 저지른 추태로 전환되었다. 하기야 본인이 직접 추밀원에 행차해 증언까지 줄줄 늘어놓은 셈이니 황후는 빠져나갈 길이 없었다. 공작의 협박이 있었다 한들 제국의 영웅에게 무고한 겁간 죄를 씌웠으니 렉토파의 전 귀족들에게서 호의를 받기란 요원하리라. 차라리 미쳤다고 하는 게 안위라도 온전할 것이다.

황태자의 빠른 대처에 주춤거리던 마르키넬리 귀족들은 덩달아 너나 할 것 없이 황제와 황자에게까지 욕을 보인 황후를 비난하기 시작했다. 그런 약삭빠른 작태에 눈살을 찌푸린 몇몇 대귀족들이 무어라 공작의 경솔함에 대해서도 책임을 물었다. 어느 정치극이건 핵심을 잘라내지 못하고, 꼬리 자르기나 하는 건 언제고 있는 일인지라 이 세기의 치정 스캔들 또한 이렇게 마무리되는 듯 보였다.

언뜻 보기에는.

"안 될 말이지요."

부드러운 냉기였다. 느슨한 봄에 들이닥친 꽃샘추위처럼 진정되어 가던 사방이 도로 싸늘하게 경직되었다. 에스페리스 후작이 자리에서 일어났다. 그는 어떤 일도 없었다는 듯 한가로운 표정이었으나 눈가에는 숨길 수 없는 기묘한 빛이 번뜩이고 있었다. 그랬다. 이렇게 끝나는 건 그의 취향이 아니었다.

"'충신'의 말에는 단어 하나라도 쓸 만한 게 있다지요. 그래, 잉카르트 공이 딱히 틀린 말을 한 것도 아니지 않습니까?"

"아라하드앙 군!"

"그게, 무슨……?"

갑작스레 라크나가 외려 정적을 편들자 렉토파 귀족들은 당황했다. 그들 중 유일하게 그의 의도를 읽은 키제트가 만류하듯 일어났지만 라크나는 그를 향해 빙그레 웃을 뿐이었다. 그래, 그토록 즐겁게. 온 일생 동안 생전 처음 보는 그 미소.

호시탐탐 기다리던 생일 케이크를 자르기 위해 방방 뛰는 어린아이처럼.

"굳이 황제 폐하의 피라는 걸 확인할 필요가 있습니까."

지금 이 자리에 살아 있는 표본이 있는데. 번거롭게 말이지.

잠시간 누구도 이게 어떤 뜻인지 알아차리지 못했으나 라크나가 단검을 뽑고 미간을 찌푸리고 있는 황태자의 어깨를 움켜쥐자 자동으로 알게 되었다. 황제의 살아 있는 피. 그건 황제의 장남인 황태자 알렉시온이었다. 후작은 당장 알렉시온의 살덩이를 째 저울에 올릴 속셈인 게다! 모두 경악에 차 입을 벌렸고 알렉시온이 기가 막혀 새파랗게 질린 입을 벌렸다.

"이런, 무엄한!"

"쉬이, 전하. 진정하십시오."

설마. 사내가 피 보는 걸 두려워하지는 않겠지요?

놀리듯 던지는 말에 알렉시온은 화들짝 놀라 입을 벌렸다. 그걸 어떻게……? 어린 시절, 밖에서 장난감 칼을 가지고 놀다 손이 베여 울고 있는 그의 뺨을 후려친 부황은 사내 주제에 피 보는 걸 두려워한다며 한심하다 윽박질렀다. 한때 아비의 사랑을 갈구했던 소년으로서 씻을 수 없는 상처이자 트라우마였다. 그날 밤 잠도 들지 못하고 경기를 일으킬 지경이었다. 당시 황제 궁에 있던 시종장과 두 부자 외에는 알지 못하는 일화였다.

그런데 어떻게 이치가…….

후작의 광대마냥 기괴하게 웃고 있는 얼굴 위로 황제의 세상 모든 업신여김과 비웃음, 증오, 개중 가장 짙은 약한 이를 깔아뭉개는 가학적인 즐거움이 뒤섞인 웃음이 겹쳐졌다. 닮았다. 아니,

둘은 하나였다. 한 치의 엇나감 없이 완벽하게 겹쳐지는 한 쌍의 가면이었다.

부릅떠진 푸른 동공에 어떤 본능적인 깨달음이 지나가려던 그 때, 라크나는 도축장에 개를 끌고 가듯 황태자의 손목을 잡아 쥐고 저울 위에 올려 두었다. 알렉시온이 무어라 소리치기도 전에 단검이 세게 잡혀 피가 몰린 손아귀를 푹 찔렀다. 피가 팍 튀겼다. 살갗이 쩍 벌어지고 붉은 피가 흐른다. 이 무도한 장면에 모든 귀족이 경악했다. 그

러나 차마 아무도 말리지 못했다.

피가 점점이 튄 채 비죽이 웃고 있는 라크나의 표정이 실로 괴물 같았기 때문이다.

여전히 피는 몽글몽글 떨어지고 있었다. 금방 저울이 흥건하게 젖었다. 저울은 아직도 수평을 이루고 있었다. 맞은편 한 방울의 피보다 몇 배의 피비린내가 자욱하게 쌓여 가도. 조금의 움직임도 없이. 속에서부터 괴이한 웃음이 가래처럼 올라온다. 큭큭큭. 이것 좀 보라고. 결국 내가 이기지 않았는가.

라크나는 뺨에 튄 피를 핥고는 모욕감과 공포심으로 부들부들 떨고 있던 황태자를 놓아주었다. 마음껏 가지고 놀던 날개 꺾인 새를 버리듯 놔주듯이. 키제트가 황급히 다가와 알렉시온의 상처를 지혈했다. 다행히 상처는 경미했다. 기술적으로 찌른 탓에 흉터도 없으리라. 그러나 키제트는 과연 라크나가 알렉시온에게 상처 입힌 게 이것뿐인지 의문이 들었다.

여즉 단검을 쥔 채로 가만히 테이블에 손을 올리고 반듯한 저울을 응시하던 라크나는 취한 듯 미소 지으며 주변을 둘러보았다. 아무도 입을 열지 않고 어떤 이도 감히 눈을 마주치지 못했다. 그는 온화하게 말했다.

"연극이 끝났으면 모두 집에 가야지요?"

그 뒤 라크나가 등을 돌려 장막 너머로 사라지는 순간까지 홀에는 쥐 죽은 듯 침묵만이 남았다.

⚜

이카릴이 끌려가듯 따라간 곳은 천장이 구름처럼 막연할 정도로 끝이 보이지 않는 거대한 회랑이었다. 쪽빛 그림자에 적신 붓으로 그린 듯 싸한 응달에 잠긴 그곳은 초상화 속 인물들의 무덤이 발아래에 있는 게 아닌가 착각이 들 만큼 으스스했다. 들어서자마자 발끝이 시려와서 그녀는 흠칫 주춤거렸다. 머뭇거리는 그녀의 정신을 쉰 목소리가 일깨웠다.

"아름답지 않느냐."

"예?"

버려진 오랜 궁처럼 춥기만 한 이곳이 을씨년스러웠던 이카릴은 이해가 되지 않아 신경질적으로 되물었다가 창백하게 질렸다. 다행히도 황제는 저만의 공상에 빠져 있었기에 이를 눈치채지 못했다. 그녀는 꾸물꾸물 손가락을 꼬다가 떠밀리듯 주변을 둘러보았다. 소리 없는 탄성이 목구멍에 걸렸다.

걸린 초상화가 수백여 개에 이르는 거대한 홀이었다. 크고 작은 황금 액자 틀 속 영원히 멈춰 있는 인물들이 연기 같은 흐릿한 낯으로 그녀를 내려다보고 있었다. 그들의 오만하고 차가운 눈과 황관, 발치에 엎드린 늑대만으로도 그들의 고귀한 신분을 능히 짐작할 수 있었다. 역대 황제와 황족들의 초상화였다. 황제가 '그림'을 보고 싶다고 한 말을 그제야 이해했다.

"제국의 온 역사가 여기에 잠들어 있지."

이카릴은 희게 바랜 노인의 굴곡진 옆모습에서 꿈꾸는 듯, 희미한 안개를 닮은 회환을 발견했다. 일순 그가 세월의 힘에 얼어붙은 석고상으로 보였다. 바랜 먼지가 서리처럼 내려앉고 어린 묘목이 고목이 되어 스러질 그런 긴 시간 동안 붙박여 있는 그런 존재로. 그녀는 유성이 스쳐 지나갈 아주 짧은 찰나의 이해로, 이 노인도 언젠가 이 방의 한편에서 역사로 장식될 것임을 섬뜩하게 깨달았다. 살아 숨 쉬는 화석을 앞에 둔 느낌이다.

지금 이다지도 저를 섬뜩하게 하고 죽일 수 있는 황제가 언젠가는 결국 죽어 나자빠지고 박제된 그림 한 점으로 남게 된다고. 그것은 정말이지 터무니없는 거짓말 같았다.

갑자기 그 남자가 떠올랐다. 라크나. 그녀가 아는 생물 중 가장 강인하고 무자비하며 잔혹한 사람. 그도 그렇게 될까? 언젠가는 먼 후손들이 그런 인물이 있었노라, 감정 없이 읊게 될 그런 단어 한 조각으로. 이카릴은 이상하게 심장 한구석이 오싹하다고 여겼다. 그건 그리 달갑지 않은 감각이었다.

"내 증조부인 일라쿰 13세. 평생에 걸쳐 온순하신 분이었으나 돌연 당신 몸에 불을 지르고 자살하셨다 하지. 조부님도 나를 무릎에 앉혀 두고 그가 왜 그랬는지 도통 이해가 안 갔노라 이야기를 해 주곤 했단다. 아, 할머님이 여기 있군. 내 아비가 가장 끔찍하게 사랑하고 증오한 분이란다. 그녀가 쓴 시아빌레 철학서는 제국 역사에서 가장 월등한 것이었지. 진정 여걸이었어. 사내로 태어나지 않은 게 아까울 정도로. 최소한 그랬다면 내 아버지가 열 살 때까지 억지로 어미의 젖을 먹지 않아도 되었겠지. 그녀는 그녀의 첫 며느리를 질투해 독살한 적이 있단다."

근엄하고 엄격해 보이는 황족들의 얼굴을 일일이 가리키며 황제는 동화를 읽어 주는 할아버지처럼 자애롭게 설명했다. 대신 그 화려한 이면의 것들은 인간의 본능 한구석이 뒤틀린 그런 잔혹한 이야기들이 다수였다. 질투와 집착, 애증, 탐욕, 광기. 무소불위의 권력을 둘러싼 타락과 끝내 나락 끝에서 붉게 번진 욕망과 애욕.

황제가 신나 할수록 이카릴은 보이지 않은 수천 개의 시선들과 손에 목이 졸린 듯 숨이 막혀 갔다. 그의 성긴 목소리가 쩌렁하게 텅 빈 공간을 울렸다. 수십 명이 함께 소곤대는 것 같았다. 수 세기에 걸친 잔학한 야사들. 갓 태어난 딸을 질식시켜 죽인 아름다운 황비와 차마 눈 뜨고 못 볼 추녀나 기형의 여인만 안았다는 희대의 성군, 연달아 같은 날 같은 시에 의문사를 당한 세쌍둥이 황자들까지. 그리고 드디어,

"아. 여기 계시는구나."

황제의 가장 열렬한 관심을 사는 그림이 등장했다. 말 위에 앉아 오만할 만치 무료하게 아래를 내려다보는 남자. 그의 폭풍을 한 움큼 도려내 빚은 듯 사납고 동시에 소름 끼칠 만큼 온기 없는 눈빛은 이카릴의 내면 어딘가를 자극했다. 의식 못 한 걸음이 몇 발자국 그에게로 다가갔다. 화상처럼 머리에 새겨질 독특한 인상의 소유자였다. 단순히 그가 미남이거나 매력적인 눈 빛깔을 가졌기 때문이 아니라.

남자의 머리카락은 그의 자손들이 가진 금발과 달리 밤처럼 사나운 흑발이다. 그가 어떤 사람인지 안다. 칼리굴라 2세. 현 황제의 부친이자 그의 손에 비명횡사한 비운의 암황暗皇. 식사하는 은식기보다 피가 얼룩진 칼을 쥔 시간이 더 길었다는 정복 군주의 위명은 그가 죽은 지 오랜 세월이 흐른 뒤에도 모르는 이가 드물었다.

"내 아버지를 죽일 때 말이야,"

나서부터 정상적인 환경이란 것을 모르고 자란 이카릴조차 한 사람의 초상화를 애정 섞인 눈으로 보면서도 그를 죽이던 순간을 회상하는 감정이 도무지 짐작도 가지 않았다. 어느 정도로 미쳐야 저런 양극의 감정과 행동이 동시에 가능할지, 어렴풋한 이해조차.

"그는 술에 취해 있었어. 이리 온, 내 아들아—라고 하셨지. 평생에 걸쳐 그런 적이 없으셨는데 말이다. 그는 내 형제들의 피가 범벅된 내 꼬락서니가 퍽 마음에 들었던 듯해. 그렇지 않고서야 내게 그리 웃었을 리 없지 않느냐?"

그래, 내가 그를 찌르는 그 순간까지도. 수십 번을 말이다. 황제의 번들거리는 눈동자가 어느덧 이카릴을 향하고 있었다. 그녀는 주춤 뒷걸음질 쳤다. 뒤편에 놓인 딱딱하고 거친 캔버스의 질감이 두피를 건드렸다. 찔린 듯 고개를 돌렸다가 다시 죽은 이와 눈이 마주친다.

시퍼렇게 질린 달빛을 채워 넣은 듯, 악마의 푸른 피가 번질거리는 듯한 눈동자.

익숙한 칼에 찔린 양 가슴이 싸늘해졌다.

그리고 도리질 치듯 시선을 내렸다가 이카릴은 어떤 것을 발견했다.

⚜

라크나는 황궁 서쪽 탑에 유폐된 황후를 '발견'했다. 찾았다고 하기에는 그가 짓는 표정이 너무도 무성의했기에.

사람이 아니라 사물을 보는 낯이었다. 그러나 그는 그녀를 보고 싶었다. 이때껏 이만큼 그녀를 그리워한 적이 없었다. 그립다는 단어는 저 아래서 끓어오르는 거무튀튀한 감정과는 어울리지 않았지만, 라크나는 상관없다고 여겼다. 그는 삐딱하게 생기를 잃은 여인을 내려 보았다. 기다렸다는 듯 곧바로 황제의 근신 명령이 떨어진 그녀를 찾아오는 사람은 없었다. 아까의 극에서 중요한 상대 배역을 맡았던 그를 제외하고는.

"아델라나."

입술이 벌려지고 미끈한 식도를 거쳐 혀에서 배어 나온 목소리는 예상보다 달콤했다. 그가 그 수많은 밤 중 내뱉었던 것들 중 단연 1등이라 손꼽힐 만큼. 본인도 놀랐다. 그는 세상에는 인간을 현혹시키는 독이 많다고 무심하게 생각한다.

그리고 그 음성에 그녀가 반응했다.

몸이든 마음이든 만신창이가 된 아델라나는 멍하니 이지를 상실한 동공을 눈꺼풀로 지우기를 반복하다 이내 그를 발견하고 눈을 홉떴다. 거의 눈꼬리가 찢어질 것 같았다. 그녀는 자기도 모르게 그에게 달려들려다 채 몸을 반듯이 세우지도 못하고 고꾸라졌다. 밟힌 애벌레처럼 꿈틀 뒤로 물러섰다. 결국 공포가 원망과 증오도 이긴 것이다. 거기에서 라크나는 익숙하게 상대의 본성을 읽어 낸다.

이 여자, 아직도 살고 싶어 하는군.

그것도 꽤 절절하게. 어쩌면 그것은 그가 친히 이 자리로 그녀를 찾아왔기 때문에 얼마간 영향을 줘 도출된 결과일지도 모른다. 그는 다정하게 실소했다. 그가 건 오랜 세뇌와 길들임은 사람을 망가뜨리는 데에도 퍽 효과적이었다.

라크나는 미약한 기대에 부응하듯 그녀를 안고 엉망으로 헝클어진 머리카락을 쓰다듬었다. 헐떡이듯 몸을 들썩이다 이내 매달리고픈 감정을 못 이기고 결국 기대고 만다. 흑흑, 눈물을 쏟으면서. 아, 가엾은 아델라나. 그는 건조하게 탄식했다.

아, 불쌍할 정도로 멍청한 아델라나.

거기에는 어떠한 감흥도 없었다. 이 사실이 여자에게 불행일지 그 반反일지는 모르겠지만 그는 그것을 말하지 않기로 했다. 한 가닥 치민 동정 따위는 아니었다.

우선, 그는 할 일이 있었다. 보고 싶은 것도.

"아르. 아르……."

"아델라나."

"이, 이게…… 난! 난 그저……."

"그러게 왜 그러셨습니까."

난 분명 얌전히 있으라 충고했던 것 같은데. 나직한 음성 저 구석에 밴 냉기를 깨달은 아델라나는 뱀에게 먹히기 직전의 먹잇감처럼 얼어붙었다. 그녀의 짠 눈물이 범벅된 턱을 들어 올리며 라크나는 말했다.

"내 나름대로는 당신에 대한 마지막 배려였는데."

"흐, 흐!"

"뭐 이 그림도 꽤 재미있는 것 같아. 나는 이 결과가 더 마음에 듭니다. 신이 당신께 드린 행운이라 여기십시오. 완성된 그림이 별로였다면 곱게 죽지는 못했을 테니까."

살기가 바싹 목을 조여 왔다. 그녀는 그가 저를 죽이는 걸 상상하고 있다는 걸 알았다. 아델라나가 허우적대며 도망치려 하자 라크나는 더 바싹 끌어안았다. 쉬이. 황태자의 손을 난도질할 때처럼 그는 뭉근한 숨을 내쉬었다. 여인의 눈물이 어깨를 적셨다. 흥분제처럼 몸이 달아오른다. 욕정보다는 살의가 치미는 게 유감이었다.

"난, 난 당신이 시키는 대로 했어!"

"그랬지요."

고분고분 수긍하자 아델라나는 멍하니 그를 올려다보았다. 그는 여전히 그림처럼 웃고 있었다. 하긴 이 남자는 언제고 그랬다. 보일 듯 말 듯 희미한 미소가 옅게 떠올랐다가 속이 아릴 만큼 흔적 없이 잠긴다. 끄트머리 하나 안 남을 듯이. 그것에 더 목이 말라 간곡히 갈구했다. 갈증이 집착적인 종속으로, 슬픔이 광적인 애착으로 변질되어 차차 그녀는 어느 것 하나 남지 않고 그에게 죄 삼켜졌다. 그녀를 삼킨 후 그가 만족스레 배를 두드렸을지 입 속을 헹궜을지조차 그녀는 모른다. 그를 정면으로 볼 시력조차 먹혀 버렸으니.

아델라나는 그를 밀치고 벌떡 일어나 주춤 물러섰다. 악에 받친 눈이 쏘아본다.

"당신이 하라는 대로 살았단 말이야! 그런데 어떻게 이래. 아까, 아까 그 저울은 뭐였지? 대체 무슨 짓을 한 거야!"

"아무것도 하지 않았습니다만. 당신과 잉카르트 공작이 벌인 일에 나는 장단을 맞춰 줬을 뿐입니다."

"그럴 리가, 그럴 리가 없는데……?"

"결과가 마음에 들지 않습니까?"

그녀의 혼란과 절망을 살펴보며 라크나는 느긋하게 그녀의 곁을 지켰다. 벽에 기대선 그의 시선은 시종일관 황후의 표정 변화를 관찰하고 있었다. 그는 자신이 구상하던 작품의 마지막 완성 단계에 다다라 짙은 물감으로 마무리 손질을 하는 화가가 된 것 같다고 여겼다.

"그 애가, 그 애가 황제의 아이일 리 없어!"

손가락을 잘근잘근 씹던 여자가 멈칫 그를 보며 선명하게 말했다.

라크나가 처음 그녀를 안았던 날 귓가에 불어넣었던 속삭임이 뇌를 비집고 튀어나온 창처럼 또렷했다. 음절 하나, 단어 하나까지.

아델라나. 당신은 딱 하나만 내게 주면 됩니다.

"카이레는 당신 아들이잖아!"

'내 아이를 낳아.'

기왕이면, 아들이 낫겠군.

여자의 절규를 들으며 라크나는 환하게 웃었다. 비집고 나오는 웃음을 참기 위해 입가를 틀어쥐었다. 잔인할 만치 반들반들한 손매에 유독 손마디가 억센 약지가 희게 드러난 이를 가렸다.

❦

그것은 언뜻 기사보다 학자를 닮은 손이었다. 네 번째 마디가 중지와 엇비슷할 정도로 길었다. 기시감이 들었다. 이카릴은 멍하게 오래된 살인자의 손을 보다가, 아주 느리게, 흰 종이에 먹이 번져 가듯 어떤 형체가 머릿속에 잡히는 걸 느꼈다. 어디선가 보았다. 분명히. 그녀는 불현듯 고개를 들어 칼리굴라 2세의 얼굴을 낯설고도 이상스런 친밀함으로 훑었다.

그리고 그 얼굴 또한 아는 것임을 깨닫는다.

그리 살을 섞고 눈을 마주했으면서 이때껏 알아차리지 못한 게 놀라울 정도로. 그들은 그저 보기에는 타인이었으나 몇 가지 점들을 잘라 내고 같은 선상에 놓고 보면 무서울 만큼 흡사한 구석이 있었다.

마치 핏줄처럼.

'내 골격은 조부를 닮았다고 하더군. 격세유전隔世遺傳이라지.'

알아차린다. 이카릴은 터져 나오는 거친 숨을 삼키며 뒷걸음질 쳤다. 그러나 바로 뒤에 도사린 황제의 그림자에 화들짝 놀라 다시 물러섰다. 케케묵은 저주가 발치에서부터 기어 올라오는 듯했다. 그녀는 쿵쾅쿵쾅 광견병 걸린 개마냥 덜컹대는 심장을 부여잡고 가쁘게 심호흡했다. 세상에. 그가, 그 남자……

"나는 내 아들이 나를 닮길 바랐다. 내 아비로부터 물려받은 검은 피를 그대로 이을 그런 완벽한 아들 말이야."

황제는 유서를 읽는 시인처럼 눈을 가늘게 뜬 채 혼잣말을 했다. 살날이 얼마 남지 않은 패륜아의 흐릿한 눈이 부친의 살아생전 모습을 주시하고 있었다. 그는 실망스럽게 속삭였다.

"알렉시온은 실패작이었어. 그때부터 이상하다 했지. 나는 분명 '완벽한 첫째'를 점지받은 운명인데, 그것은 영 아니란 말이야. 내 핏줄이 아닌 것도 아닌데 그리 모자란 데다─ 결국 그런 반푼이가 짐의 자리까지 물려받는다니 가소로워서 눈이 뒤집힐 지경이었다고. 죽여 버리고 다시 낳아 볼까─ 하는 번거로운 생각까지 들었다."

속사포처럼 떠들어 대던 노인의 입가에 불현듯 만족스러운 웃음이 걸렸다.

"그리고 그런 내게 그 애가 찾아온 거다. 내 진정한 첫 아이가."

그는 아이처럼 웃으며 뭔지 모를 감정으로 잔뜩 일그러진 이카릴에게 채근했다.

"그게 어떤 기분이었을지 상상이 되느냐? 첫눈에 알아보았어. 그리 가까이 두고도 바로 보지 못해 그 아이를 몰랐던 거야. 그 여자가 내 눈을 가렸던 거지. 큭큭. 제 남편이나 내가 영영 몰랐을까 봐?"

⚜

아델라나는 엇나간 현악기마냥 비명을 토했다. 매끈한 나무가 돌연 가시 가득한 쇳붙이가 된 것처럼 그녀는 발버둥 치며 물러났다. 방금 전까지 매달렸던 것 따위 있지도 않았다는 것처럼. 라크나의 미소가 그려진 무심한 눈길이 그녀를 따라갔다.

발을 질질 끌며 살인자에게서 도망가는 처녀처럼 겁에 질린 아델라나가 정신 나간 듯 떠들었다.

"카이레는 당신 아들이 맞아. 그럴 수밖에 없어. 황제는 아이를 잉태할 능력조차 없었다고."

말끝이 가루처럼 부식되다 어떤 생각이 뇌리를 후려쳤다.

'아무것도 하지 않았습니다만. 당신과 잉카르트 공작이 벌인 일에 나는 장단을 맞춰 줬을 뿐입니다.'

하지만, 하지만 만약에 진정 라크나가 어떤 수작도 부리지 않았다면?

아까의 그 결과가 말 그대로의 진실된 결과라면…….

이 남자는 도대체 뭐지?

차츰 아델라나는 알아 버리고야 말았다. 그녀가 사랑한 남자가 어떤 자인지, 어떻게 만들어진 괴물인 건지. 그리 끔찍해하던 괴물을 피해 그녀를 안아 줄 남자를 찾았는데, 알고 보니 그 남자도 괴물이었다. 같은 피가 흐르는. 그리 혐오하고 증오하던 황가의 핏줄.

'그리도 황제 폐하가 싫으십니까?'

'애초에 아버지가 날 황실에 팔지만 않았어도 이런 괴물 소굴에 들어올 일은 없었어. 말이 황가고 신의 핏줄이지 광인들 혈통…….'

언젠가 남편이 싫다 하는 그녀에게 라크나가 가만히 물어 왔다. 아델라나는 거기에 솔직히 답했다. 역할 만치 끔찍하다고. 그녀의 대꾸에 그는 기묘하게 입술을 뒤틀며 웃었다. 지금에서야 안 사실이건만, 그것은 진심으로 즐거워 보였다…….

창자를 통째로 들어낸 듯 구역질이 치밀었다.

"당신, 당신 대체 정체가 뭐야!"

발악하듯 악다구니를 쓰는 여자에게 라크나는 고개를 기울였다. 목마른 자의 얼굴 위로 숨 구멍을 틀어막을 물을 왈칵 쏟아붓듯이.

"글쎄. 이제 와 그게 중요합니까?"

"말해!"

우물처럼 벌어진 그의 입에서 몇 마디가 흘러나왔고, 아델라나는 지옥으로 떨어졌다.

어머니, 그래도 우리 즐거웠잖아?

❧

"그렇단다. 내 모든 것을 물려받고 태어났지만 황위만은 갖지 못할 아들이지. 가엾은지고."

이카릴은 저 불가해한 황제의 눈에 저리 진심 어린 애정이 있다는 것 자체가 기이하게 여겨졌다. 그건 마치 잔뜩 일그러지고 망가진 들짐승이 피가 난 제 상처를 핥는 것 같은 광경이었다. 저 사랑을 받아도 받는 이가 미칠 것 같은. 아니, 분명 그럴 것이다. 예컨대 라크나도 범상한 인물은 아니지 않은가?

본능적인 공포심에 뒤로 물러났다. 그런 연약한 움직임을 찬찬히 훑으면서 여전히 황제는 제 좋을 대로 지껄였다. 그의 형형한 안광은 마치 촛불이 꺼지기 직전 마지막으로 거세게 타오른 불빛처럼 강렬했다.

"아르고니아 계집이라고. 참 속 모를 녀석이야. 제 어미와 같은 뿌리라 그런 겐가? 그리 닮지는 않았는데. 아니, 아니야. 분위기가 비슷한 것도 같구나. 기특한 내 아들이 왜 널 내게 바친 건지 궁금해서 잠을 잘 수 있어야지."

황제의 입에서 나오는 것들은 죄 눈 없는 칼이었다. 이카릴은 정신을 차릴 수 없었다. 처음 보았을 때부터 얽매였던 그의 눈빛이 떠올랐다. 그녀는 어지러운 머리로 중얼거렸다.

"왜 날, 바쳤냐고요……?"

"그래…… 바로 어제 내게 그러지 않겠느냐. 고얀 녀석. 어리다 했는데 다 큰 계집이잖아?"

"······."

이카릴이 제국에 끌려와 황제의 첩이 된 건 4년 전이다. 그녀는 황제의 정신이 온전치 못하다는 걸 다시 알아챘다. 시간 감각이 오락가락하기 시작한 건 좋은 징조가 아니었다. 이따금 황제를 모시러 갔다가 머리가 깨져 돌아온 애첩 하나가 복도에서 훌쩍이며 떠들던 소리가 생각났다. 황제가 대뜸 헛소리를 지껄이기 시작하면 무조건 도망쳐야 한다고. 징조 이후 미치광이만치 포악해지니 아무도 말릴 자가 없다고 했던가.

그녀는 콧노래를 부르기 시작한 황제에게서 천천히 떨어진 다음 초상화가 두서넛쯤 그들 사이에 걸렸을 때 냅다 달려 문고리를 잡았다. 저 미치광이가 더 떠드는 것도 못 들어 주겠고 이 미칠 듯한 불안감도 더는 못 견딜 것 같았다.

문을 나서기 전 끊긴 노랫소리가 거슬려 뒤를 돌아보았다. 그녀는 헉 소리를 냈다.

바닥에 번진 각혈이 선명했다.

황제가 쓰러졌다.

❧

갑작스레 몰아닥친 군중에게 따귀라도 얻어맞은 것 같았다. 모든 일이 순식간에 지나갔다. 이카릴은 어벙벙하게 서 있다 다리가 저리다는 걸 느끼고 나서야 급박한 사안이 어느 정도 마무리가 되었다는 걸 깨달았다. 그녀는 멍청히 과부의 까만 머리채가 풀어 헤쳐진 듯 어두워진 창을 쳐다보았다. 곧 달도 뜰 것이다.

다급히 달려온 어의가 경련을 시작한 황제를 진찰하고 가져온 약을 투약하자 당장이라도 심장이 멎을 것 같던 노인은 급격히 진정되었다. 그제야 카르뮐렌 궁의 사람들은 한시름 던 듯 안도한 표정을 지었다. 과연 그 안에 안도 외에 아쉬움은 없었는지는 정녕 모를 일이지만.

황제의 상태가 완전히 호전된 것이 아니기에 시중드는 자들의 밤샘은 확정된 것이었다. 저가 아직 살아 있는 것에 의아해하는 눈초리를 신경 쓰지 않으려 애쓰며 이카릴은 더운 타월을 접었다. 모락모락 올라온 김이 허연 안색을 투명하게 물들였다. 갓 퍼 온 맑은 물이 담긴 병을 내려놓고 물러가는 시녀와 교차하듯 침대 곁에 선 이카릴은 독을 뿜어내는 용처럼 느리게 숨을 쉬는 황제의 이마를 닦았다. 젖은 천 너머로도 비석처럼 찬 체온이 얼음 만지듯 생생했다.

이카릴은 본능적으로 이는 예감에 몸이 부르르 떨렸다.

어쩌면, 정말 어쩌면, 황제는 오늘 밤을 넘기지 못할 것이다.

평생을 나락과 죽음 사이의 비스듬한 벼랑에서 살아온 자로서의 본능이 속살거렸다. 황제는 정말 죽을지도 몰라. 내게 그런 엄청난 비밀을 털어놓고는. 손이 지독한 감기에 걸린 환자마냥 떨리고 있었다.

어떻게 해야 하나. 어쩌긴 무슨. 어차피 알더라도 그녀 같은 계집이 무언들 할 수 있는 게 있겠는가. 그저 입을 다물어야 했다. 깊숙이, 아무도 모르게. 이카릴은 라크나가 더 두려워졌다. 그녀가 이 사실을 알아차린 걸 그가 알아 버린다면 어떻게 나올지 감히 짐작도 되지 않았다.

죽일까?

기어코 이 불운하고 힘없는 계집을 죽이고 말까?

매캐한 상념에 빠져 있던 그녀는 돌연 제 손목을 잡아채는 강한 악력에 소스라치게 놀랐다. 황제가 핏줄이 불거진 눈을 형형하게 뜨고 노려보고 있었다. 염을 하던 시체가 살아난 양 비현실적이었다. 말라비틀어진 관짝 같은 입이 쩍 벌어졌다.

"그년! 황후 그년은 분명 죽였겠지?"

"무, 무슨……."

"내 아내란 계집 말이다. 그 싸구려……."

어서 대답하라 윽박지르자 이카릴은 완전히 겁에 질렸다. 아마 시간 감각이 없는 황제는 전 황후와의 기억에서 헤매고 있는 게 분명했다. 급히 다가온 시녀장도 그리 생각했는지 비교적 침착하게 황제의 보챔에 공손히 대꾸했다.

"황후께서는 승하하셨습니다."

"크크큭. 그렇지?"

그러면 그렇지. 황제는 킬킬거리며 다시 썩은 나무토막처럼 베개에 기대었다. 겨우 놓아진 손목을 주무르면서 이카릴은 남몰래 인상을 썼다. 벌겋게 손자국이 난 곳이 아렸다. 내일이면 퍼렇게 멍이 들지도 모른다. 입술을 삐죽이며 다른 시녀들처럼 물러나려던 그 순간, 기묘한 단어가 귓속으로 박혀 들었다.

"두 번째야."

뭐? 이카릴은 망치로 한 대 맞은 듯 멍청하게 뒤를 돌아보았다.

도망가는 사슴 무리의 낙오된 새끼 사슴처럼 다들 우르르 나간 텅 빈 방에 황제와 단둘이 남은 그녀는 무언가 새로운 사실을 깨달았다.

"보기 좋다 하여 사들이는 게 아니었는데…… 클클……. 천박한 싸구려 년."

황제가 말하는 건 죽은 전 황후가 아니었다.

"발칙한 년. 쿨럭! 근본 모를 것을 내 자식이라 속여……."

그가 죽어 가면서도 분노를 태우는 것, 그건 현 황후 아델라나였다.

자연스레 연결된 실타래를 찾아가듯 이카릴은 황후의 유일무이한 자식 카이레 황자를 떠올렸다. 전 황후는 죄를 인정하고 자살했을지 언정 카를을 언감생심 황자라고 기만한 적은 없었다……. 아델라나가 침실에서 사내와 뒤엉켜 울부짖던 모습이 섬광처럼 번뜩였다. 현기증이 인다. 무언가 이상야릇하고 형언할 수 없는 거대한 악마의 한 부분을 눈이 가려진 채 더듬고 있는 기분이었다.

그러다 문득 기이한 결론에 다다르기 직전, 이카릴은 입을 틀어막았고—

"뭘 하고 있는 거지?"

누군가의 품 안에 떨어졌다. 제 뿌리를 감싼 늪처럼 익숙한 온도, 아, 그의 향기. 코가 마비될 것만 같은, 계속 콧속 여린 점막을 건드는 연한 피비린내. 이카릴은 마비된 쥐처럼 얼어붙는다. 동시에 녹아내렸다. 라크나는 가는 허리를 감고 턱을 들어 올렸다. 그는 고개를 숙여 짧게 입 맞추었다. 불그스름한 불빛이 번진 병자의 방, 벽에 걸린 그들의 그림자는 먹이를 옭아맨 채 아가리를 벌린 구렁이의 형상 같았다.

이내 혀가 입술 속으로 깊숙이 들어와 섞인다. 속수무책 멍하니 저를 내어주다가도 이카릴은 이곳이 제 처소도 아니요, 지엄한 황제의 침소라는 걸 기억해 낸다. 불과, 몇 걸음도 안 된 저곳에⋯⋯. 황제가⋯⋯!

"신경 쓰이나."

라크나는 평온하게 물어 왔고, 그리고 그녀는, 그가 그딴 것을 전혀 신경 쓰지 않는다는 걸 알게 되었다. 아니 외려,

들뜰 만큼 기뻐한다는 것을.

이 완벽히 조각나고 어긋난 그림 속에서 이카릴은 기이하게 유지되는 평정심을 느꼈다. 마치 애초에 뒤틀려 있던 그녀의 균열의 결과 그대로 짜 맞춰 세상이 그 결대로, 똑같은 간격으로 비틀어진 것 같았다. 그러니 마치 제 마음처럼, 고향처럼.

그리고 이 모든 걸 만든 사람은 그녀를 탐하는 이 남자였다.

독은 예전부터 계획되었을 것이다. 어쩌면 저는 헤아릴 수도 없이 아주 오래전부터. 어느 정도의 증오여야 이런 광적인 채색화가 완성될 수 있는지 알 수 없었다. 공포를 넘어선 일종의 경이였다. 속절없

이 무릎 꿇고 굴종할 수밖에 없는. 그녀는 물었다.

"그 여자를 죽였나요?"

황후를 죽였니?

"아니."

"왜죠?"

"그럴 이유가 없으니까."

필요도 없고.

여자는 걸인처럼 웅크리고 있다가 더듬더듬 일어났다.

약에 취한 듯 휘청휘청 걷는 폼이 아슬아슬하다.

그러다 깨진 거울 속에 있는 여자를 발견한다.

괴물과 몸을 섞고 괴물 핏줄을 낳은 계집을.

으아아아아아아악!

심장을 통째로 토해 낸 듯한 울부짖음이다. 그리 악을 쓰다가, 깨진 유리 조각에 베인 발로 사방을 돌아다니다가,

자신이 무엇을 해야 할지 생각해 낸다.

잠자코 대답해 준 라크나는 이카릴의 콧등을 깨물고 눈꺼풀, 이마, 뺨에 차고 뜨거운 입술을 내려뜨렸다. 작열하는 태양 빛 아래 우박이 내리는 듯했다. 이카릴은 헐떡인다. 이번에는 그가 물었다. 그게 싫은가. 아니. 딱히.

이제 그 여자는 시기나 질투를 할 만한 것도 되지 못했다.

가엾게도.

이카릴은 그런 생각을 하는 자신에게 놀랐다.

라크나는 움푹한 허리선을 지나 둔부를 쓰다듬다 목덜미에 입술을 파묻는다. 하아. 양귀비에 중독되어 꽃밭에 온몸을 던진 소년처럼, 갈급하게 흰 살을 핥았다. 어렴풋이, 그녀는 어떤 방식으로는 그를 완벽히 정복했다는 것을 자각한다. 끝없이 갈구하고, 없으면 미칠 것처럼 보이지 않는 거미줄에 그들이 한 몸으로 뒤엉켜 있다는 것을. 여자로나 저 밑바닥에 잠재되어 있는 야릇한 욕망이 충족되었다. 아. 원시적인 본능과 인간의 가장 근본적인 무의식이 환성을 지른다. 이 남자는 내 거야.

이 끔찍하리만큼 공포스런 이 사내가, 나라의 지존마저 농락하고 부서뜨린 이 괴물이 내 것이라고.

그것은 정말이지 이기적이고 저열한 만족감이었다.

그는 그녀를 안고 침대 위로 넘어졌다. 바로 옆에 숨이 경각에 달린 노인이 있다는 것도 아랑곳하지 않았다. 그들은 서로를 미친 듯이 탐닉하느라 정신이 없었다. 가는 다리가 허리를 휘감고 사내의 손길이 치마와 가슴팍을 헤집는다. 거칠게 젖무덤을 움켜쥐자 그녀는 길게 흐느꼈다.

바깥에서는 들릴락 말락 병장기 소리와 비명이 들렸다. 분명 저 '피'들의 장본인일 라크나는 무관심하게 그녀의 비음에 집중했다. 반라의 몸이 된 이카릴은 그의 목을 껴안으며 질문했다.

"대체 무엇이 당신을 그렇게 만들었어요? 흡!"

가느다란 목이 뒤로 젖혀진다. 푸른 정맥이 흐르는 부분을 혀로 길게 핥으며 음부 속으로 들어간 손가락을 더 깊이 움직였다. 그는 중얼거렸다. 아주 긴 이야기인데. 찢겨진 옷자락이 툭 바닥에 떨어진다. 그녀는 그의 마른 뺨을 쓸며 속삭였다. 밤도 길어요. 역시나 그의 입꼬리는 만족스레 올라갔다. 그녀가 한 말이 그를 매우 흡족하게 만든 게 충분했다.

라크나는 여체에 바짝 문질러졌던 상체를 들어 '그것을' 확인했다. 아직 죽지 않았다. 그리고, 그는 보고 있었다. 이지를 상실했는지 아닌지 모를 퀭한 눈을 하고서. 정말이지 완벽했다! 킥킥 광소가 짓밟듯 흘러나왔고, 보름달을 본 늑대 인간만치 눈앞이 핏빛으로 물들었다.

"내 '아버지'가 친우이자 주군을 위해 전쟁터에 나가 피를 흘릴 때, 황제는 그의 아름다운 아내를 겁탈했고,"

노인의 부릅뜬 눈에서 실핏줄이 터졌다. 라크나는 부드럽게 웃었다.

"그렇게 잉태된 내 태생을 충성스런 신하가 알게 될까 봐 두려웠던 거다. 그래서, 비열하게도, 제 죄를 덮기 위해 무고한 충신을 죽여 버린 거야."

참 흔하고도 구차한 이야기지. 그렇지 않나? 비명 없는 비명으로 쭈글쭈글한 입이 벌어지고, 그의 미소가 각혈마냥 확 짙어지는 그 순간, 달군 창처럼 뜨거운 것이 이카릴을 부수었다. 여자가 내지르는 교성을 연주하듯 라크나는 거칠게 헐떡이며 벗은 양 발목을 쥐고 짐승처럼 허리짓 했다. 그의 살덩이가 파도처럼 여인을 때리고 잘게 쪼갰다. 그 어느 때보다도 비교할 수 없는 광기가 각성제처럼 온 혈관을 할퀸다. 마귀가 춤추는 지옥도였다. 질척거리는 야살스런 정사 소리가 황제의 침실에 메아리쳤다.

지고한 황궁의 내실, 황제의 앞에서, 차마 있을 수 없는 일이 태연히 벌어지고 있었으나 그는 묻는다. 과연 이 긴 미친 역사에서 저 같은 이 하나 없었을까? 혹은, 앞으로도 없을까.

글쎄.

인간이란, 가벼운 충동과 탐욕만으로도 전부를 망가뜨리는 데 아주 능하니 영 불가능하지만은 않으리라.

라크나는 푸들거리는 볼 안쪽 살을 씹은 채 퍽— 허리를 박았다. 이카릴이 광풍에 띄운 연처럼 마구 흔들렸다. 하얀 손이 꽃이 하늘거리는 모양으로 절박하게 매달려 왔고 그는 거기에 정신없이 입 맞췄다. 광인처럼 범하고 삼킨다. 죽음 같은 섹스가 계속되는 동안 바깥은 점차 고요해지고, 병자의 마지막 숨결도 멎어 가는데, 남녀의 신음만 점차 높아진다. 그리고 미친 남자의 이를 악문 웃음이 불협화음처럼 터졌다.

"그래도 내가 낫지 않습니까? 헉, 난 당신 아내를 겁간하지는 않았거든."

색정적인 환락이 뛰놀고 그의 눈물 같은 땀방울이 붉은 눈매로 떨어지는 그 때, 이카릴의 안으로 들이닥친 그가 사정했다. 그녀는 울음을 터뜨렸다. 절정에 올라 붉어지고 일그러진 그 얼굴에 키스한다.

그리고 드디어 간헐적으로 들려오던 황제의 숨이 끊어졌다.

채 눈도 감지 못한 시선이 어떤 지옥을 보고 있을지는 누구도 모르리라.

✤

여자는 자신이 무엇을 해야 할지 잘 알고 있었다.

이곳은 탑이었고, 어떤 것이 완벽한지는 너무나 분명했다.

이윽고 그녀는 낙화하듯 떨어졌다.

그 자리에는 대신 붉은 꽃이 번졌다.

처참하고 덧없이.

✤

카르뮬렌 궁이 후작의 군대에 의해 장악되었다. 귀족 중 그 누구도 황제의 모습을 본 이가 없었다. 석고 마스크가 둥실 떠 있는 것 같은 표정 없는 시종장만이 간간이 황제의 전언과 후작의 입김이 들어갔을

게 뻔한 칙령들을 높낮이 없는 어조로 반복해서 주절거렸을 따름이다. 악화된 건강 상태도 잇따라 첨언하면서. 철저히 황권과 황궁 전체가 분리되어 있는 상황에서 오직 황제를 대면할 수 있는 건 후작뿐이었다.

에스페리스 후작이 강독을 장악한 사막의 정복자처럼 수도의 모든 흐름을 좌지우지하게 된 건 어쩌면 당연했다.

이런 암울한 시기에도 잉카르트 공작은 이렇듯 태연함을 가장한 채 후작의 집무실에 앉아 있었다. 금방이라도 문밖에 대기한 기사들이 그의 목을 베어 버릴지 모르는데도 지독한 대범함이었다. 그는 뻣뻣한 나무처럼 앉은 채로 시계를 꺼내 시간을 읽었다. 벌써 작은바늘이 한 칸을 넘기고 긴바늘이 바지런히 그 위를 지나가고 있는데도 방의 주인은 소식이 없었다. 방자한 무례함이라 질책할 수도 있다. 이론상으로는. 그러나 이론은 이론이기에 현실과는 다르다.

상황이 바뀌었다.

공작은 느긋하게 시가를 꺼내 불을 붙였다.

사실상 그를 포함한 마르키넬리파 귀족들이 목숨을 부지하고 있는 이유는, 수도 맞은편에 버티고 있는 황태자에게 충성을 바친 길리아센 기사단과 수도 내의 시가전을 막기 위해 이번만큼은 젊은 후작에게 맞서 중간에서 조율하고 있는 노호老虎 마벨 변경백의 존재 덕분이었다. 무도한 검은 독수리도 변경백을 꽤나 존중하는 편이기에 아직은 아슬아슬한 평화가 계속되고 있었다. 살았는지 죽었는지도 의문인 황제의 존재는 이제 무의미했다.

공작은 황제의 시체가 언제 밖으로 꺼내질지 예견해 보았다. 아마 적당한 때이겠지. 그게 진짜 시신이건 '승하'라는 고상한 말로 포장된 선전 포고이건 간에.

사실 이전에도 이미 시체가 하나 나왔다.

이 황궁이 두려운 건 누구 하나의 죽음 따위는 통째로 삼켜 버리고 잔잔한 척 시치미를 떼는 변덕 때문이다. 작은 것이 크게 번지고 능히 처참한 비극이 아무것도 아닌 게 되어 버린다. 상식이 상식이 아니게 되는 이 생리는 분명 끝없는 망망대해를 보듯 절망적이리라. 권력이라는 생물이 원래 그러했다. 절대적이고 압도적이며, 동시에 무너질 때는 부질없다.

잉카르트 공은 숨 쉬듯 이 사실을 잘 파악하고 있었다. 절벽 아래로 던져진 뿌리째 뽑힌 복수초처럼, 덧없이 죽어 버린 황후의 소식은 곧 반나절도 되지 않아 안개마냥 퍼져 갔지만 질식하듯 태가 나지 않았다. 기민한 인간들은 죽은 여자보다는 자연스럽게 어미 잃은 황자의 후견인이 된 에스페리스 후작의 눈치를 살피기 급급했다. 그녀가 살아생전 저지른 거나 한 짓거리에 심사가 불편할 권력자의 앞에서 요란하게 국장을 치르기도 저어했던 것이다. 지아비인 황제조차 별다른 내색을 안 하는데 다른 이들은 오죽했겠는가. 몇몇 귀족들만이 황자의 위신을 위해서 소극적으로 애도를 표하고 장례 절차를 논했을 뿐이었다.

물론 그녀의 죽음에 후작 다음으로 가장 큰 원인을 제공했던 공작은 거기에 따른 죄책감이 미미했다. 결국 저 살자고, 혹은 투기에 눈이 멀어 스스로 자초한 일이 아니던가. 저 스스로도 주체 못 하던 여자 몸이 산산조각 나건 말건 그가 알 바는 아니었다. 무엇보다 이 사태의 뒷감당은 꽤나 크게 잉카르트 공작을 따라왔다. 황태자가 시기적절하게 잘 처신하긴 하였으나 바로 다음 날 황후가 뒈져 버렸으니 역으로 그녀에 대한 동정론이 떠오르기라도 한다면 책임을 면키 어려울 터다. 마르키넬리 측 귀족들은 이 자살이 그녀의 불안정한 정신 상태를 증명한다며 여전히 황후의 광증으로 모든 것을 떠밀기 위해 의회와 추밀원에서 끊임없이 설전을 이어 가고 있었다.

빌어먹을! 상스러운 욕지거리가 벌레처럼 목에서 우글거렸다. 노련한 정치가답게 곧바로 일을 무마시키고 다음 획책을 하기 위해 분주히 움직였지만 여전히 머리 한구석에는 청문회 결과에 대한 의구심이 가시처럼 남아 있었다.

어차피 버린 패, 미련을 가져 봤자 어리석은 시간 낭비일 뿐이다. 그러나 어쭙잖은 미련이라 하기에는 무언가 켕겼다. 아주 중요한 사실을 모르고 넘겨 버린 듯한 껄끄러움. 내내 의식 한구석을 긁어 댄다.

하긴 이상했다. 모든 정황과 증거들이 카이레 황자의 불순한 태생을 가리키고 있었다. 일단 황후와 에스페리스 후작 간에 밀회가 있었던 건 분명한 사실이었다. 설사 황후가 진짜 미쳤다 하더라도 매수한 시녀까지 같이 미쳤다고 보기는 힘들었다. 게다가 황제와 황후의 합방일, 황자 탄생일의 어긋난 시일들, 황제의 건강 상태 등······.

이런 제기랄, 카이레 황자는 태어날 수 없는 아이였다.

하지만 저울이 거짓을 말하기도 불가능했다.

이게 대체 어떻게 된 일이란 말인가? 공작은 귀신에게 홀린 듯 섬뜩한 기분보다는 정적이 무슨 술수와 속임수를 썼는지에 대해 의심하고 있었다. 악마의 농간이라 해도 흔적은 남을 터.

불현듯 공작은 그자의 유일무이한 친혈육과 나누었던 대화가 떠올랐다.

'공이 그날이 아닌 며칠 전에 내게 그런 제안을 했다면 받아들였을지도 모릅니다.'

하지만 사흘 전 공은 황태자 전하의 후견인이 되었습니다. 테오도르 백작은 먹물처럼 검은 눈으로 그리 말했다.

'공. 침몰이 예견된 배에 올라탈 선원은 없습니다. 내 아우는 이미 오래전부터 황제의 아드님을 거꾸러뜨리고 망가뜨릴 열망에 목말라 있었지요. 그리고 내가 알기로 그는 원하는 것을 얻어 내지 못한 적이 없습니다.'

'그가 왜 전하를 해치길 원하는 거지?'

'글쎄요. 그는 모자란 주제에 분에 넘치는 걸 가진 자들을, '정당한 자격이 없는 자'를 경멸합니다. 예컨대, 그 녀석이 가장 혐오하는 것 중에는 나 또한 포함이지요. 병신인 주제에 백작위를 물려받았으니까.'

어떤 면으로는 그의 '정당한 기준'은 매우 합당합니다. 사자가 보기에 다른 짐승들은 죄 하찮아 보일 테니. 그는 음울하게 미소 지었다……. 모호하고도 은밀한 백작의 충고에는 상대방은 알지 못하는 어떤 비밀이 도사려 있으리라. 백작이 그것을 알려 줄 리도 없고.

그리고 그 순간, 어떤 가설이 하나 떠올랐더랬다.

모든 아귀가 맞고 조각이 맞아떨어지는, 그런 미친 가설.

공작의 깔깔한 손마디에서 투둑 담뱃재가 떨어져 내렸다. 다 타고 남은 화산재마냥 시커멓고 텁텁한. 그는 어떤 변화도 없이 그저 입에 다시 담배를 물었다. 연기가 어지럽게 토해졌으나 그의 손은 여즉 덜덜 떨리고 있었다. 실소를 흘리며 불씨를 비벼 껐다. 마지막 불빛을 훅 불어 끄듯이.

"오래 기다렸습니까?"

왜 이때껏 몰랐을까.

공작은 눈뜬장님이나 다름없는 시선으로 어슬렁거리는 맹수마냥 소리 없이 자리에 앉는 사내를 쳐다보았다. 골격이 굵고 날렵한 제국인 중에서도 유독 도드라지는 훤칠한 청년은 아직 젊디젊었다. 예전 황금기를 구사했던 젊은 시절의 황제처럼. 푸른 기가 돌듯 새카만 흑발과 눈앞의 상에 고정된 채 천천히 움직이는 새파란 동공, 짐승처럼 깊은 저 눈, 매서운 눈. 뿌연 눈보라 속에서 마주했더라도 온몸이 얽힐 듯한 새파란 안광을 어찌 몰라봤을까.

공작은 위명 자자한 선대 황제를 딱 한 번 가까이서 보았던 기억이 있었다. 스치듯 지나는 걸음을 조아리듯 배알했던 것뿐이지만, 사람 아닌 듯 섬뜩한 기도는 얇게 베인 살가죽처럼 선연하게 남았다. 낮고 쇳비린내 나는 부드러운 음성, 말려 올라가던 잔인한 입꼬리. 칼리굴라 2세는 뒷짐을 쥔 채 사람을 찍어 누르듯 굽어보는 버릇이 있었다. 마치 지금의 라크나가 깔보듯이 눈만 내리깔아 주변을 살펴보는 것처럼 말이다.

라크나는 선대 황제를 꼭 빼닮아 있었다.

지금껏 아무도 이를 눈치채지 못했던 게 이상할 만큼. 어쩌면 그럴 법도 하다. 칼리굴라 2세는 반평생을 전쟁터에서 보냈고 언제나 투구를 쓰고 있었으며 그를 모시던 측근들은 귀한 이 낮은 이 할 것 없이 죄다 현 황제에 의해 사형대에서 핏물로 사라졌다. 추밀원에서 가장 고령인 마벨 변경백도 칼리굴라 2세의 충실한 신하였으나 용안을 뵙고 모신 기간이 덧없이 짧았다. 그도 수도가 아니라 제국 변경에서 일생을 산 인사이니.

결국, 모든 자들이 이 사내의 손에 놀아난 셈이다.

황후든, 황태자든, 공작이든. 어쩌면 황제마저도. 공작은 이미 시체가 되었을—그의 생존을 믿을 정도로 공작은 긍정적이지 못했다—황제가 무난한 죽음을 맞았을지 잠깐 궁금해졌다. 저 괴물의 속을 알 리야 없으나, 지금까지 후작의 행보로 보았을 때 그가 제 친부에 대한 애정이나 공경심이 티끌만큼도 없다는 건 너무도 쉬운 추측이었다.

"그래, 무슨 일이십니까. 공사다망하실 텐데."

조롱 같은 안부 인사에 공작은 웃지 못했다. 방금 전 깨달은 것만으로도 등골이 서늘하고 내장이 납덩어리로 변한 듯 묵직했다. 선웃음이 나올 것 같았다. 그는 실로 멍청한 짓을 벌인 것이다. 답이 뻔히 정해져 있는 것을.

애초에 늑대 새끼였거늘 잡견의 새끼라고 우겨 봐야 같은 답만 나올 뿐이었다.

늑대의 저울은 황실의 피를 증명할 뿐, 친자 관계를 증명하는 도구는 아니었다.

라크나는 다리를 꼬고는 턱을 괸 채 가느다랗게 벌어진 입에 걸린 공작의 실소를 빤히 쳐다보았다. 그는 그가 자신이 낸 아주 쉬운 문제를 이제서야 알아맞혔다는 걸 눈치챘다. 꽤 볼만할 거라 여겼는데, 기대한 것보다는 별 감흥이 없었다.

"원래대로라면,"

"……."

"서부에 주둔하고 있는 뮈아센 사단과 우리 쪽 귀족들이 소유한 평야를 가지고 후와 거래를 할 생각이었네만,"

공작은 설핏 웃었다. 죽어 가는 패잔병의 잔해 같은 미소였다. 라크나는 미동 없는 눈으로 그가 새 시가를 꺼내 불을 붙이는 걸 응시했다.

"방금 전 부질없는 짓이라는 걸 깨달았어. 일말의 양보도 하지 않을 생각이란 걸 알고 있네."

"다행이군요. 굳이 입 아플 필요가 없으니."

남자의 얼굴 위로 겨울 독수리의 빙빙 도는 그림자처럼 그늘 껍질이 일렁이는 묘한 표정이 걸려 있었다. 냉하고, 바싹 말라붙은, 그러나 귀족적이고 자상한. 부자연스러웠으나 놀랍도록 매력적인 허울이었다. 잘 다듬어 벽에 장식한 오색 짐승의 가죽 같았다.

그는 어쩌면 이 상황을 몇십 번이고 머릿속에 그려 보았을지 모른다. 사사건건 부딪쳤던 최후의 정적이, 그의 실체를 알아보는 순간을. 요 며칠의 사건들을 돌아보건대, 퍽 인상 깊게 회자될 역사적인 연출이었다.

현실적으로 고려해 보면 에스페리스 후작이 제국을 온전히 지배하기 위해서는 일단 공작과의 협상도 제법 괜찮은 방안이었다. 평소 그가 추밀원에서 매끄럽게 입에 올렸던 '모든 것은 제국을 위하여'라는 그 언사가 진심이라면. 그러나,

"그대가 원하는 건 제국이 아니라 복수가 아니던가. 아니, 보복이라

해야 하나."

"……."

"호시탐탐 황태자 전하를 노렸겠군. 마땅히 제 자리라 여긴 것을 그가 가졌기에 분노했나? 그래서 황후에게서 씨를 보았겠지. 정말이지 획기적인 모욕이야. 황가를 이리 능멸한 자는 앞으로도 없을 것이네."

허탈하게 치하하는 음성에 허무한 감탄이 스몄다. 라크나는 빙그레 입꼬리를 올렸다.

"공의 말은 틀렸습니다."

그는 초연한 공작을 살피듯 기운 눈으로 주시하면서 검지로 제 뺨을 두드렸다. 잠깐 생각에 빠진 듯이. 그러나 그게 사지 중 어느 것부터 뜯어먹을까, 생각하는 정도의 고민이란 걸 모를 리가 있나. 이어진 말은 가식적인 부정은 아니었다. 교활한 고백이자 농락이었다.

만약 당신이 말한 가설대로 가정해 본다면, 하고 운을 띄운다.

"내 목표는 황태자가 아니라 항상, 언제고 황제였습니다."

이제 라크나에게서는 예의를 차리는 기본적인 기색조차 가셨다. 배부른 포식자처럼 나른한 기운만이 요요하게 감돈다.

"설마. 전하를 해치는 데 내가 그 정도로 노고를 들였을 것 같습니까? 이리 오래 걸리지도 않았겠지. 그건 너무 쉬워."

방자하다. 그러나 사실이었다.

"황태자는 가는 길목에 우연히 거슬리게 놓여 있는 잡초에 불과합니다. 눈에 띄어 짓밟았을 뿐이고. 내가 군이 그것을 피해서 가 줄 친절을 베풀 이유는 없으니까."

"나도 그 잡초 중 하나겠군."

"겸손하시기는."

그는 부정은 하지 않았다. 이복동생과는 천양지차인 푸른 벽안이 깨진 유리창에 낀 새벽만치 싸늘했다.

"당신에게는 유감이 없습니다. 덕분에 꽤 즐거웠으니."

"내 광대 짓이 흡족했다니 영광이라고 해야 하나."

"조금 더 기뻐해도 좋습니다. 설마 잊지 않았겠지요? 우리가 함께 한 일은 이번이 처음이 아니지 않습니까."

"무슨 말이오?"

공작이 날카롭게 되물었다. 썩은 낙엽 태우듯 뿌연 연기가 그들 사이를 맴돌았다. 그 구불구불한 강을 통과해 비치는 상대의 의심스럽고, 탐욕스런, 흡족한 눈을 마주한다.

"루크레치아 황후."

무방비하게 쥐고 있던 나무에서 돌연 가시가 돋아난 듯했다. 과거로 역행하는 칼이 단번에 심장을 꿰뚫고 지나갔다. 공작의 표정을 본 라크나는 실소했다.

"뭘 그리 놀라십니까. 못 들을 거라도 들은 사람처럼."

왜 하나같이 제 죄를 묵혀 둔 채 숨기느라 급급한지 모를 일이다.

정말이지…….

부수고 싶어지게.

"어떤 뜻으로 그 이름을 꺼내는지 모르겠군."

"진정 모르시지는 않을 텐데요. 당신의 전 약혼자가 아닙니까. 절절했다지요."

"네놈……!"

이번에야말로 뒤틀린 얼굴 근육에서 형언할 수 없는 분노가 스며 나왔다. 라크나는 상냥하게 오래 묵은 치부를 까발렸다.

"다른 사내에게 빼앗긴 게 그리 원통하셨는지, 배신당했다 여기셨는지는 모르겠습니다만— 그녀의 외도를 직접 황제에게 달려가 고해 바친 게 당신이란 걸 우리 둘 다 알고 있지요. 설마, 잊으셨습니까?"

그리고 그걸 당신한테 알려 준 게 나고.

길쭉하게 찢어진 미소가 조커 카드의 악마만치 선연했다. 흑백 그림 위로 떨어진 새빨간 장미다. 공작은 벼락 맞은 양 우두커니 언제부터 자라 왔을지도 까마득한 독화를 보고 있었다. 대체, 이 증오는 언제부터 시작된 걸까. 탄생? 원죄로부터? 하긴 그렇다. 제 친아비를 쥐어 잡고 거꾸러뜨린 인간인데 그게 보통의 증오겠는가.

아이러니하게도 눈앞의 이 사내를 소년 기사 시절부터 아껴 왔던 황제의 애정이 아마도 진심 어린 부정父情이었듯이, 이자의 소리 없는 혐오도 뼛속까지 진심이었겠지. 뿌리부터 차근차근 줄기를 뻗어 옭아매 와 기어코 100여 년의 고목도 말려 죽인 덩굴풀처럼, 짐작도 되지 않는 함정이었다.

공작은 뒤늦게 등골 싸한 섬뜩함을 느꼈다. 인간으로서의 본능적인 공포이리라. 그 부패하고 진득하게 뒤엉킨 시커먼 것을 정면으로 마주하고 나서야 뒤늦게, 이리 적나라하게.

테오도르 백작이 공작의 손을 잡기를 거부한 것도 당연했다.

이런 괴물의 적이 되는 걸 어떤 정신 나간 이가 흔쾌히 받아들이겠는가. 공작은 흐흐 흐느끼듯 웃음을 터뜨렸다. 우스웠다.

"네놈이 진정 황제 그자의 핏줄이 맞구나. 이리 기괴하고 비틀린 종자가 그네의 자식이 아님 사람 자식일까."

탄생부터 괴수였거늘 인간 대하듯 적대했던 스스로가 웃겼다.

전 황후, 눈을 멀게 할 듯 어여뻤던 그 여자, 루크레치아가 늦봄의 목련만치 거뭇하게 져 버렸을 때, 에스페리스 후작은 아직 앳됨이 파릇한 소년이었다.

종기사 수련을 위해 황실 궁정에 입궁해 비올란테 황녀의 시중을 들었던 시기와 맞물렸다. 어떻게 그 비밀을 알았는지는 모른다. 다만 멀쩡한 척 심중 깊은 곳에 절망을 안고 살았던 한 사내의 뒤틀린 시기심을 어린 라크나가 단박에 꿰뚫어 보았던 건 자명한 사실이리라. 참 좋은 도구였겠지. 질투에 미쳐 있던 어리석은 남자는.

이미 그는 한 번 망가졌다. 보수적인 기사였던 그가 길을 잃고 방황하다 마벨 변경백 등의 동료와 무관들의 비난을 뒤로한 채 문관으로 전환한 것은 그 방증이었다. 그러나 그는 기사가 될 수 없었다. 주군에 대한 존경심, 애정 그 무엇 하나 염오厭惡로 바뀌지 않은 게 없는데, 어찌 제 목숨을 바치겠는가.

그래도, 그때까지만 해도 돌아갈 길이 있었는데…….

그때는 공작도 어렸고, 감정을 주체하질 못했다. 결국 모욕당한 젊은 혈기가 황제에 대한 충심으로 위장한 채 그의 부인을 밀고했다. 충심? 하하하! 충심이라니! 세상 어느 충심이 하루에도 수십 번 주인을 찢어 죽이고 싶어 하겠는가.

지독한 자기혐오에 시달리면서도 저를 버리고 갔던 그녀가 죽었다는 소식을 들었을 때 한순간 가득 치민 환희는 거짓이 아니었다. 그러나 그것이 끝나지 않는 제 살 파먹는 자학의 시작이었다는 걸 당시엔 몰랐다. 찰나의 지독한 기쁨이 꺼지고 난 뒤에 그의 영혼은 완전히 몰락했다. 바닷물 바른 피부가 뙤약볕에 쩌적 갈라지듯, 부서졌다. 다시는 그 전과 같이 돌아갈 수 없다는 걸 너무 뒤늦게 깨달았다. 더 이상 젊은이의 꿈과 호기도, 순수한 열망도 가질 수 없었다.

저 자신의 추악함을 너무 절절히 봐 버려서.

"그래…… 내게 왔던 그 편지. 나는 아직도 그것을 가지고 있어. 나를 완벽히 죽여 버렸던 그것을 누가 보냈을까, 때때로 궁금했다네."

대체 어떤 악마가 내게 이것을 보냈을까. 밤마다 칼을 갈듯 수백, 수천 번을. 그 오랜 세월 동안.

"이제 이리 보니 어떻습니까."

잉카르트 공작은 거미줄 같은 나이테가 빼곡히 새겨진 늙은 나무처럼 한동안 물끄러미 이 매혹적인 맹수를 바라보았다. 지금의 그를 빚은 창조주였다. 독을 불어넣고 정갈했던 뼈를 조각조각 부러뜨려 전혀 다른 인간으로 만든. 심지어 그저 편리해 이용했을 뿐 이후 그가 어떻게 망가지건 관심도 없었을 터다.

당장 달려들어 목이라도 졸라야 당연하겠지. 그러나 시간이란 중독되는지도 모르고 영혼을 마비시킨다.

자갈도 흙으로 변할 세월이 흘렀다. 그는 씁쓸하게 중얼거렸다.

"아무 감각도 없군."

나락을 찍고 올라온 탄식이었다. 허탈한 회한 빼고는 남는 찌꺼기도 없다는 게 서글프다. 그는 지금껏 스스로 이룩해 온 수많은 일과 과거들을 전부 후회하지는 않았다. 그런 인간은 있기 힘들 것이다. 좋은 것도 있고, 나쁜 것도 있었다. 피상적으로 제 타락에 절규했을지언정 이제 와서 전부 부정하기에는 그는 이미 세상에 많이 찌들어 있었다. 너무 늦었다. 전부 늦었어.

공작은 해묵고 빛바랜 원망의 눈빛으로 허허롭게 담배를 피웠다. 어쨌건 한때 목숨처럼 사랑했던 여인을 비열하게 죽음으로 몰고 간 건 자신의 선택이었다. 그는 오랜 애증과 후회 속에서 본인에 대한 환멸을 받아들였다. 그리고 그녀의 아들에게 제 온 정치 인생을 걸었다. 속죄인지 자기만족인지는 모른다. 그저 그나마 그게 족했을 뿐이다.

그의 죽은 새 같은 눈을 들여다보며 라크나는 빙그레 웃었다. 소년처럼.

"이미 당신은 졌습니다."

"그래서? 지금 당장 목이라도 칠 텐가."

"황태자를 설득하건 무슨 수를 쓰건 알 바 아닙니다. 당신이 기르는 개새끼들을 정리해서 바치고 무릎 꿇는 게 낫지 않겠습니까? 나는 이제 이 놀이도 싫증 나던 참입니다. 더 중한 것이 생겼으니까. 혹시 압니까. 알렉시온을 내가 살려 줄지."

"진정 개소리로군."

잉카르트 공작은 기어코 코웃음 쳤다. 설마 변덕이더라도 제 아비의 정당한 아들, 카이레 황자의 황위 계승에 걸림돌이 되는 황태자를 살려 둘 리 만무했다. 다 포기하고 도망간다 해도 추격해 죽일 인사가 답지 않게 자비로운 척하니 기가 막혔다. 라크나 또한 공작의 '다소 거친 의견'에 태연하게 동조했다. 물론 농담입니다.

대신 세상에서 가장 고상한 말투로 부드럽게 어르듯 협박했다.

"하지만 공. 곧 다 같이 뒈지더라도 알렉시온이 당신이 진짜 어미의 원수라는 사실을 아는 건 바라지 않겠지요?"

말라붙은 정적 속에서 교활한 입술만 둥근 칼처럼 선명했다. 그들은 침묵 속에서 마지막까지 달려가는 살의를 교환했다. 공작이 말했다.

"진작 자네를 죽여 버렸어야 했는데."

"후회는 언제나 늦지요."

"전하께서 포기하실 리가 없어. 그건 내가 직접 죄를 고하고 그분 앞에서 독을 마신다 해도 마찬가지지. 그래, 자네가 원하는 걸 알겠어."

중년 귀족은 그 어느 때처럼 차분하게 일어나 옷차림을 정돈하고 후작에게 고개를 까딱이고는 방을 나갔다.

그들의 조용한 면담이 있고 사흘 뒤, 수도의 가장 호화로운 저택 한 채에 큰불이 났다. 잉카르트 공작의 사체는 그의 저택 깊은 방 안에서 발견되었다. 다 탄 액자를 끌어안고 죽어 있는 기이한 그 모양을 아는 이는 유족들의 입단속에 의해 많지 않았다. 공작의 장례식에 그의 피후견인이자 가장 가까웠던 황태자 알렉시온이 참석하지 않은 것에 대해서는 많은 호사가들의 입담이 오갔다.

얼마 안 가 황제가 독살되었다는 소문이 돌았다. 황실의 어의가 황가 대대로 독에 중독되기 힘든 체질에 대해 입장을 밝혔으나 황제의 찻잔과 이부자리에서 독이 발견된 것은 사실이었다. 아주 드물게도, 중독되어 서서히 죽어 간 황족이 긴 역사에 아예 없지는 않았으니 의혹이 일기는 충분했다. 카르뮬렌 궁의 차 시중을 들던 시녀의 입에서 익숙한 이름이 튀어나왔고, 그게 모진 고문 끝에 내뱉은 헛소리인지 아닌지는 중요하지 않았다. 수도에 전운이 감돌았다. 이제 아무도 앞으로의 사태에 대해 안심하지 못했다.

그렇게,

늦여름이 한창 갈빛으로 말라 죽어 가던 그 어느 날,

내전이 발발했다.

⚜

"시본느, 날이 춥습니다."

창틀에 팔을 걸친 채 눈을 맞고 있던 그녀의 어깨 위로 두꺼운 숄이 걸쳐졌다. 이만 창문을 닫으라는 뜻이다. 아마 예전의 이카릴이라면 왈칵 성질을 내며 아기의 머리칼처럼 부드러운 모피 숄을 바닥에 내팽개쳐 버렸을지도 모르나 그녀는 그러지 않았다. 이카릴은 무감동하게 숄을 여민 채 힐랄이 창을 닫는 것을 지켜보았다.

감정 조절을 못 하고 이따금 온 사방의 약한 것들을 짓이겨 놓거나 화풀이를 하던 소녀는 잠들고, 그 자리에 푸르게 질린 여인이 서 있는 것 같았다. 물론 때로 광기가 치밀어 잔혹한 행동을 일삼는 게 아예 사라진 것은 아니다. 매우 뜸해졌을 뿐이지.

그녀의 어깨를 덮고 있는 숄은 명실공히 현 제국의 실권자인 에스페리스 후작이 친히 그녀를 위해 사냥해 온 은빛 여우의 모피였다. 그의 앞에서는 손안에 쥐인 꽃만치 얌전한 편이었기에 시녀들 입장에서는 그나마 퍽 다행한 일이다. 그게 온전히 저를 지배하는 자에 대한 약고도 무기력한 순종인지, 아니면 저항도 못 할 길들여짐인지는 저 자신도 모르리라. 아마 둘 다일 것으로 예상했다.

이제 온 황궁에 제국의 검은 독수리가 아르고니아의 마지막 왕녀 이카릴을 총애하다 못해 유별나게 아낀다는 것을 모르는 이가 없었다. 그는 실권을 잡자마자 그녀와의 관계를 거리낌 없이 까발렸고 좀 더 적나라하고 분명하게 그녀를 취했다. 공식적으로는 서거한 황제가 죽기 전에 마지막으로 제 첩을 그에게 하사한 것으로 되어 있었다. 물론 설사 그게 거짓이더라도 수도 밖의 '반란군'을 제외하면 전 제국이 후작의 것이나 다름없는 이 시점에서 거기에 대해 무어라 할 사람은 없었다.

오늘도 고뿔이 나 시름시름 앓고 있는 그녀의 새장 같은 처소에 귀한 약재와 몸을 보하는 희귀한 보약, 아름다운 짐승의 털가죽과 오색 깃털이 도착한 참이다. 보름 전 친히 군대를 이끌고 전투에 나갔음에도 그녀를 신경 쓰는 씀씀이에 대해 궁내부 여인들이 부러움과 질투로 수군거렸다.

"그는 언제 오지?"

안락의자에 작은 짐승처럼 웅크려 벽난로 불을 쬐고 있던 이카릴이 벌써 몇 번째인지 모를 말을 반복했다. 의식도 없이 목줄에 이어진 손을 보채는 듯한 말투였다. 힐랄은 라크나를 유별나게 두려워하고 꺼려했던 그녀의 이런 변화를 볼 때면 그가 소년 시절 강제로 길들였던 야생마가 생각났다. 말발굽으로 짓밟으려 들고 날뛰며 안간힘을 쓰던 그것은 어떤 과정을 겪었는지는 모르지만, 후에는 필시 저를 어르고 또한 학대했을 소년이 아니면 누군가를 태우기는커녕 음식도 받아먹지 않았다. 참 기이한 변화였다. 어쨌건 라크나는 이를 매우 흡족해했다.

그랬던 그가 저에게 알맞게 교요敎擾되고 있는 작고 교활한 여자를 애지중지하지 않을 리가 없다고 힐랄은 막연하게 생각했다. 고개를 젓는다. 쓸데없는 생각.

"달포 후에나 오십니다."

"어제도 그랬잖아."

"예. 그때도 지금도 제 대답은 같습니다."

"그럼 내일은? 모레는?"

"그래도 같습니다."

이카릴은 대답 없이 찻물이 담긴 찻잔을 집어 던졌다. 어깨에 부딪치고 바닥에 쨍그랑 떨어지는 걸 힐랄은 재빨리 다른 시녀들을 시켜 치우게 했다. 아릿한 통증 따위 아랑곳하지 않는 것처럼. 그게 거슬려 씩씩거리는 대신 재수 없다는 듯 화병도 밀쳐 깨뜨렸다. 꽃이 와스스 떨어진다. 요란하게 번진 물감처럼 고운 빛깔들이 망쳐지는 걸 보고 나서야 기분이 조금 나아졌다.

대신 이제는 손톱을 뜯으며 멍하니 창가로 시선을 옮겼다. 어느덧 몽롱하게 풀어진 아리따운 옆얼굴을 시녀들은 두려움에 질린 얼굴로 힐끔거렸다. 퍽 조용해졌으나 요사이 그녀는 점점 기분 상태가 종잡을 수 없어지고 참을성이 없어졌다.

그나마 라크나가 옆에 있을 때는 무방비한 소녀 아이같이 조금 칭얼거리고 말았는데, 그가 황궁을 떠나고 나서는 때때로 불안해하고 불면에 시달리거나 별안간 울음을 터뜨리기도 했다. 하도 죽은 듯 고요하다 돌연 그러니 주변인들은 죽을 맛이었다. 이카릴이 조금이라도 다치거나 잘못되었다간 검은 제독의 노여움을 피해 갈 수 없을 테니까. 그들은 세상 두려울 것 없는 무자비한 사내의 가장 예민한 역린이 이 불안정한 여자라는 걸 차차 깨닫고 있었다. 그의 그녀에 대한 집착은 어딘가 비정상적으로 지나친 감이 있었다.

"각하가 보고 싶으십니까?"

아까 일은 있지도 않았다는 듯이 힐랄이 차를 다시 우려 오며 물었다. 이카릴은 손톱을 뜯어 대다가 멍하게 풀린 눈을, 제 시녀가 조심스럽게 헌 손을 손수건으로 감싸는 것에 고정한 채 말했다.

"아니."

안개가 뭉친 소리였다. 그러다 그녀는 다시 말했다.

"그가 필요해."

그러고는 두 손으로 모아 쥔 무릎 위에 고개를 괴고는 입을 다물었다. 꽁지에 불붙은 새처럼 파르르 떨어 대더니만 이제는 다시 조용하다. 힐랄은 익숙하게 얄팍한 조개껍데기 같은 이마에 손을 대고 열을 쟀다. 가벼운 미열이 있다. 답을 알지만 결국 오늘도 권한다.

"의원을 불러오겠습니다."

"싫어."

앙다문 작은 입술에서 나오는 목소리에 서린 고집은 예사롭지 않았다. 하기야 아프다고 울먹이면서도 의원은 한사코 싫다 내치는 게 벌써 한 달이 넘었다. 워낙 악까지 쓰며 질색하는 터라 라크나마저 그녀에게 더는 강요치 않았다. 버릇 같은 그녀의 꾀병을 익히 알고 있고, 열과 증세가 그리 심각치 않은 탓에 가능한 결과였다.

라크나. 이카릴은 이제 제 이름처럼 익숙해진 단어를 혀끝으로 더듬었다. 지금처럼, 얌전히, 가만히 여기서 기다리라고 속삭이고 떠난 남자는 지금 남하하여 어딘가의 평원에서 잔뜩 피를 묻히고 있다 했다. 언제 오려나. 조금이라고 했으면서! 거짓말쟁이 같으니. 앞에 있어도 못 뺄 원망을 짓씹으며 입술을 치맛자락에 묻었다. 마지막 밤에도 그녀 깊숙이 들어와 낙인을 찍듯 씨를 뿌리고 갔던 사내가 미워 죽을 것 같았다. 힐랄에게 한 말은 거짓이 아니다. 그가 필요했다. 당장.

방향을 돌려 그녀는 새끼손톱을 질겅질겅 씹으며 벌써 몇 달째 나오지 않는 달거리를 생각한다. 워낙 월경 자체가 불규칙했던지라 신경 쓰지 않았는데, 이번 달에 들어서는 원인 모를 날 선 예감이 신경을 잔뜩 긁어 대고 있었다. 입맛도 없어 안 그래도 적은 식사량이 더더욱 줄었다. 점차 날카로워지고 말라 가는 그녀를 보는 시녀들의 속만 타들어 갔다. 물론 이카릴은 그러든가 말든가 관심이 없었다.

여기저기 몸이 아팠으나 의원은 싫었다. 이유는 저도 모른다. 그냥 싫었다. 왠지 진맥을 받기가 꺼껍지 않았다. 마치 듣기 싫은 말이 나오는 걸 애초에 차단하듯이.

지금은 그저 그 남자가 어서 돌아와 부서질 것 같은 저를 완벽히 붙들고 안아 주기를 바랐다. 그는 강하고 무엇이건 확고했으며 그의 본성적인 잔인성과는 별개로 그녀에게는 상냥한 편이었으니. 단단한 거목 아래에 숨고자 하는 약자, 혹은 무의식적이고도 본능에 가까운 기댐이었다.

아. 한 달이라고.

너무 길었다. 대체 무엇 때문에 나를 이리 두고 인간 사냥질이나 하고 있는 거지? 불만스럽게 이 내전을 시작한 폐태자廢太子 알렉시온에게 욕설을 퍼부었다. 그는 그녀에게 해를 가한 적이 없으나 이 상황을 만들어 낸 장본인이니 곱게 보이지 않았다. 정당한 자격이건, 목숨을 건 투쟁이건 알 바 아니다. 그저 모든 소란이 조용해지고 평온이 찾아오기를 바랄 뿐이다.

기묘한 일이었지만 완전히 그 미친 사내의 그늘 아래로 들어가고 나자 이카릴의 일생에서 유례를 찾아보기 힘든 안정이 찾아왔다. 이따금 이슬비 부슬부슬 내리는 날 거미줄마냥 흔들리기는 하였으나 전의 언제 깨지거나 터질지 모를 정신과 포악성에 비하면 놀라운 변화였다. 압도적인 무형의 형체에 움직일 틈도 없이 갇힌 것처럼. 순응하니 예상 못 한 편리함을 선물받았다. 그녀는 안주를 택했다. 애초에 삶 빼고 처절한 게 없었으니 어쩌면 당연한 순리이리라.

냉정히 평가해 보자면, 뿌리 없는 약함 그대로보다는 기생하는 게 이 나약한 생물에게는 더 나은 선택지였다. 그런 의미에서 이카릴은 운이 좋았다고 할 수도 있었으나, 터무니없이 최상위 맹수인 그녀의 보호자에게 엎드릴 사람들에게는 불운이었다.

예컨대, 이 여자의 참 같잖은 충동도 재앙이 될 수 있었다.

이렇게.

"황태자가 그리 미남이라지?"

"예?"

이카릴의 뜬금없는 높은 목소리에 힐랄이 멈춰 섰다. 안중에도 없이 변덕스럽게 즐거워진 그녀는 높은 목소리로 소곤거렸다.

"은쟁반에 받쳐진 그 얼굴을 보고 싶어. 대체 어떻게 생겼기에 그럴까. 카를보다 잘생겼나?"

이카릴은 그녀의 작은 말 한 조각도 전부 라크나의 귀에 들어가게 된다는 걸 몰랐다. 알았다 해도 큰 신경을 쓰지 않으리라. 게다가 그녀는 저가 한 말도 곧 잊어버렸다. 그리하기에 결국에는 백색 해변까지 밀리고 밀리다 최후의 전투에서 후작의 검에 심장이 꿰뚫린 황태자의 시신이 모욕적으로 참형까지 당하고 잘린 목이 각종 선물과 함께 제 고운 발 앞에 당도했을 때도 영문을 몰랐다. 그녀는 향나무 상자에서 나온 수급에 놀라 질겁하고 그럼에도 아직 화사한 그 미모에 조금 감탄했다가 금방 흥미가 식어 내던졌다. 어쨌건 죽음을 떠올리게 하는 물건은 기껍지 않았다.

그리고 금방 그 사실마저 잊었다.

그로 인해 곪은 애증이 터진 누군가가 그녀 앞에 다시 나타나기 전까지.

모순이 선사하는 근사한 조형미에 따라 부합해 보자면 한가로운 맑은 날이야말로 비극이 일어나기에는 좋은 날일 것이다.

이틀 후면 수도에 당도할 에스페리스 후작을 기다리며 모두 승리자에 대한 재빠른 축배를 드는 한산한 오후, 이카릴은 낮잠을 자고 있었다. 그녀는 이상하게 열이 오르는 몸을 오므리고는 할딱거렸다. 허연 이마에 송골송골 땀이 번졌다. 자궁에서 빠져나오려 발버둥 치는 새끼 고라니처럼, 악몽의 장막에서 버르적거렸다. 빨간 입술이 벌어지고 거친 숨이 토해지는 순간 붉은 눈이 부릅떠졌다.

듣기 싫은 비명 소리에 귀를 감싸 쥐고 끙끙대다 그만 닥치라고 소리치려 입을 벌리려다가, 한 박자 늦게 그 소리가 제 것이라는 걸 깨달았다. 이카릴은 숨을 몰아쉬며 텅 비어 있는 넓고 호화로운 방에 드리워진 낮은 햇빛을 보았다. 공기 중에 떠다니는 하릴없는 먼지와 익숙한 풍경이 현실감을 일깨웠다. 그녀는 주변을 이리저리 둘러보았으나 시원한 물을 떠다 줄 시녀는 나타나지 않았다. 게으른 것들. 짜증스럽게 이불을 쭉쭉 늘렸다.

비단 천과 잠옷 원피스가 다리에 얼기설기 엉킨 감각이 싫증 났다. 그러다 문뜩 아랫배에 손을 가져갔다.

머리께가 얼얼할 만큼 또렷한 꿈이었다.

저 멀리서 시종들이 떠드는 웃음소리가 말갛게 멀어질 때까지 그 몽환적인 환상에 취해 있던 그녀는 뒤늦게 깨달았다. 하얀 발걸음마다 붉은 꽃이 피었던 그녀. 검은 베일을 쓴 채 다가와 달의 눈물을 머금고 자란 검은 나뭇가지를 꺾어다가 제 배를 찔렀었다. 이카릴이 찢어져라 비명을 질러도 멈추지 않았다. 하늘거리는 천 아래 비스듬히 올라갔던 붉게 칠한 입술. 깨지듯 말간 웃음. 이카릴을 찢어발긴 가지에서는 금방 빨간 덩굴장미가 피었다.

그녀는 히아신스였다.

한때 온 마음을 다해 따르고 동경했던 사람. 가장 추악한 방식으로 배신했던 그 여자. 순결하고 더러웠던 이중성. 하얀 종이 문양을 뒤집어 보니 온통 검게 칠한 것처럼 극단적인 양면성은 혐오스러웠다.

친어미도, 언니도 아니고 하필 그 여자라니. 차라리 죽은 언니가 나왔으면 이해라도 했을 것이다. 이제 와서는 아무 의미도 없는 그녀가 왜 제 꿈에 나타났는지 의아했다.

재수 없게. 이카릴은 입술을 자근자근 씹다가도 바람에 덜컹 창문이 흔들리자 칼에 찔린 양 화들짝 놀랐다. 마치 죄라도 짓고 숨어 있는 사람 같았다. 더 불쾌해졌다. 윙윙거리는 머리를 흔들었다. 오므린 발끝을 억지로 바닥에 드리웠다. 나가서 산책을 하고 싶었다.

그녀는 문득 아주 오래간만에 한 금발의 아름다운 소년과 시간을 보내곤 했던 후원을 떠올린다. 라크나의 심기를 거스를까 발걸음도 하지 않은 지 반년은 훌쩍 넘은 것 같았다.

아주 괴이한 충동으로, 이카릴은 그곳에 가 보고 싶어졌다.

라크나의 비호를 받고 나서부터는 그녀가 하고자 하는 일에 토 다는 이가 거의 없었기에 그녀의 의지는 금방 실행되었다. 다만 여전히 뻣뻣한 힐랄만큼은 탐탁지 않은 내색을 숨기지 않았다. 정 그러시다면 기사들을 대동하시지요. 번잡하다. 하지만 고개를 끄덕인다.

그렇지 않으면 힐랄이 물러서지 않을 테고 그녀는 두 주인에게 눈치 보지 않고 충고할 수 있는 거의 유일무이한 사람이었다. 거슬리기 짝이 없는 사실이었으나 라크나 또한 그녀를 존중했기에 참았다. 이카릴은 스스로의 참을성에 아이 같은 뿌듯함을 느꼈다.

황궁의 화려 창창한 복도는 곧 새로 등극할 황제를 위해 한껏 치장에 물이 오르고 있었다. 좀 더 정확히 말하자면, 모든 명예를 차지할 그의 젊은 후견인을 위한 것이겠지만. 카이레 황자는 어렸고 유약하다는 평이 자자했기에 그가 성장할 때까지 다년간 실질적인 제국의 통치자는 에스페리스 후작일 터였다.

전과 달리 마주치는 이들마다 새파랗게 어린 이카릴에게 고개를 숙이고 안부를 묻는 등 말을 붙이려 애쓰는 건 나쁜 기분이 아니었다. 라크나는 그녀가 권력의 달콤함에 도취되어 평생의 열등감을 게걸스레 채우는 걸 말리지 않았다. 우선, 그는 항상 이카릴에게 주는 모든 것에 너그러웠다. 제 말만 잘 듣고 제 울타리 안을 벗어나려 하지만 않는다면. 이 얼마나 달콤한 감옥인지.

이카릴은 짧게 콧노래를 불렀다. 곧 돌아올 사내의 푸른 눈웃음, 서늘한 손길을 상상하자 희미한 전율이 스쳐 지나갔다. 순전히 굴종과 두려움 탓은 아니리라. 그녀는 이미 그가 주는 감미로운 것들에 서서히 중독돼 가고 있었다. 그가 원했던 것처럼.

그가 주는 부드럽고, 선별한 귀한 것들만 받아먹으며 점차 그나마 있던 빈약한 날개마저도 퇴화되는지도 모른 채 온화한 하루하루가 계속되고 있었다.

그랬기에 정말 오랜만에 보는 피에 적응이 되질 않았다. 조금 한적했던 궁정 뒤뜰이었다. 이카릴은 제 앞에 걸어가던 기사들이 복부가 꿰뚫리고 목이 날아가자 놀라 굳었다. 너무 놀라서 비명도 지르지 못했다. 아까 꾸었던 꿈보다도 현실성이 없다. 힐랄이 그녀의 한 줌도 안 되는 손목을 쥐고 도망가라 소리치고, 저와 달리 악을 고래고래 쓰던 시녀가 푹 고꾸라지고 나서야 정신이 번쩍 들었다. 힐랄이 맞았다. 도망가야 했다.

이카릴은 복면 쓴 사내들을 피해 죽어라 도망갔다. 벌린 입에서 침방울이 튀었다. 저 밑바닥에 잠들어 있다 튀어나온 공포감 탓이다. 저게 뭐야. 저게 뭐지?! 내가, 내가 누구인 줄 알고! 그가 가만두지 않을 텐데!

라크나가 최고 권력자인 만큼 적도 많다는 걸 이카릴은 잘 몰랐다. 바로 옆의 사람조차 하루아침에 사라지고 새 사람으로 교체되어도 모르는 무신경성에 그 같은 것을 알 리가 없지 않은가. 그렇게 달리다 이카릴은 어쩌다 보니 원래의 목적지에 도착했다. 카를과 그녀의 비밀 후원. 익숙한 곳을 보니 어쩐지 안심이 되어 더 뛰려다 말고 숨을 몰아쉬었다. 심장이 터질 것 같았다. 그녀는 이런 노동에 익숙하지 않다. 주인보다는 상태가 나은 힐랄이 반쯤 주저앉은 이카릴을 재촉했다.

"어서 더 가셔야 합니다. 기사들을 불러와야 해요."

"히, 힉! 힘들어. 힘들단 말이야!"

"시본느! 어서……!"

다음 순간 무슨 일이 일어났는지 이해하는 데는 시간이 걸렸다. 시야가 붉어서 이카릴은 눈을 깜박이다 얼굴을 문질렀다. 가득 피가 배어 나온다. 덜컥 겁이 났다. 안 그래도 돌을 깎아 만든 것 같던 힐랄의 얼굴이 더 딱딱하게 굳어 있었다. 그녀는 벽돌이 무너지듯 넘어졌다. 미약하게 바들거리는 그녀의 시체 위로 다시 칼이 꽂혔다. 푸욱! 고깃덩이가 으깨지는 소리에 온갖 소름이 돋았다.

"이카릴."

지옥에서 벼려진 악기 같은 음성에 이카릴은 눈을 크게 떴다. 한때 꽃향기가 난다 여겼던 거기에는 자욱한 유황 냄새가 났다. 실로 얼마 만에 보는 카를인지 모른다. 그리고 그가 아닌 것 같았다.

키가 더 껑충하게 크고, 수염이 자잘하게 돋았으며, 맑기만 했던 눈동자에 핏발이 서 광증이 맴도는 저 얼굴이 어떻게 그 카를이란 말인가. 세상 모든 불운을 가득 떠안은 것 같은 사내에게서 과거의 모습은 바닷물 속에 섞인 민물마냥 희미했다. 주춤 물러난다. 이카릴은 양손을 입가로 가져가며 속삭였다. 카를?

그녀의 부름에 칼자국이 난 흉패한 낯에 미소가 서렸다. 자상이 양쪽으로 새로 패인 것같이 웃는다. 예전의 총기를 상실하고 집착과 악만 남은 눈이 가냘프게 떠는 여자를 훑었다. 그와 달리 그녀는 아직도 소녀 같았다. 탐스럽게 어깨를 덮는 안갯빛 은발과 조그맣고 간사하게 빚어진 얼굴, 애처롭고 사랑스런 그녀. 그리고 먹이 사슬 저 밑바닥에서 조아린 양 비굴하고, 여왕처럼 오만한 붉은 눈.

저 눈을 어찌 잊겠는가. 그를 홀리고 파멸로 몰고 간 저 눈동자를. 지난 시간 더욱 짙어진 농밀한 여인의 체취를 들이켜며 카를은 짙어진 눈을 가늘게 휘었다.

이카릴은 이상함을 느꼈다. 카를의 노골적인 시선에서 기시감이 느껴졌다. 그건 마치, 예전 제 오라비가 저를 보던 시선과 흡사했다. 역하고 핥는 듯한 눈빛.

그런 감각을 카를에게서 느낄 줄이야. 이카릴은 경악했다. 아니, 그가 카를이 맞기는 맞나?

더구나, 신이시여. 그는 힐랄을 죽였다. 무뚝뚝하나 충실했던 시녀를, 무기 한 점 없는 여인을 저 카를이 죽였어. 무언가 단단히 잘못되었다. 이카릴은 겁에 질려 엉엉 울었다.

"카를, 카를. 대체 왜 이래. 힐랄을, 힐랄이……."

"어차피 후작의 개야. 놀랐어?"

카를이 다정한 척 웃었다. 그가 너무 무서워 차라리 저게 진짜인 것처럼 믿고 싶을 지경이었다. 하지만 저리 직설적으로 저에 대한 살의가 드러나는 눈을 보고도 어찌 믿는단 말인가. 제 목숨이 걸린 상황에서 이카릴은 바로 알아챌 수 있었다.

카를은 그녀를 증오했다.

목에 가시나무가 돋은 듯 턱 막혔다.

"너, 에스페리스 후작의 여자가 되었다지?"

그가 한 걸음 더 가까이 다가온다. 이카릴은 저가 무어라 하는지도 모른 채 고개를 세차게 저었다. 카를이 비틀린 웃음을 지었다. 거짓말.

"또 거짓말을 하는구나, 이카릴. 하긴 넌 여기서도 내게 거짓말을 했어."

"아니야. 아니야."

"후작을 모른다고? 그렇게 그놈 밑에서 울던 주제에!"

바락 고함을 지르자 이카릴은 딸꾹질을 했다. 카를은 고통 어린 신음을 지르며 제 머리를 감싸 쥐었다. 마구 범벅된 애증이 그를 지금도 망가뜨리고 좀먹고 있었다. 어쩌다 이 지경까지 왔을까. 간단하다. 전부 그들 때문이었다. 이카릴과 검은 독수리. 그녀는 제 마음을 처참히 짓밟았고, 그자는 그를 망가뜨린 것도 모자라 끝내는 사랑하는 형까지 죽이고 말았다. 아아아, 나의 자애로운 형님. 치가 떨렸다.

두 연놈을 모두 짓이겨 죽이고 부술 것이다. 가장 끔찍하게.

그리 곱씹고 되씹으며 적의 심장 한복판인 여기까지 왔다. 그러나……. 마구 울며 용서해 달라 해치지 말라 흐느끼는 그녀는 치 떨리게 고왔다. 잔이슬에도 떨듯 여린 꽃이었다. 꼭 꺾어서 품속에 집어넣고 싶어질 만큼. 혹은, 잔뜩 손아귀에 쥐고 짓이기고 싶을 만큼.

증오 가운데서도 그녀가 혹시 그저 그자에게 농락당하고 강제적으로 취해진 건 아닐까, 일말의 미련에 흔들리는 건 어쩔 수 없었다. 그녀는 약하니까. 지켜 줘야 하니까.

그러나,

"대체 왜 그랬어. 왜 날……. 내 가엾은 형님은 왜……."

카를은 슬프게 검날을 이카릴에게 겨눴다. 이카릴은 힉힉 겁이 나서 아무 소리나 지껄였다.

"너, 너 이러면 안 돼. 그가 널 가만두지 않을 거야."

조금이라도 이성이 있다면 꺼내지 말아야 할 말이었으나 이미 뱉고 난 뒤였다. 카를의 표정이 더욱 흉악해지자 이카릴은 눈물을 쥐어짜며 그에게 애걸했다. 살려 달라고. 죽고 싶지 않다고. 라크나가 원망스러웠다. 그가 옆에 없는 것이, 카를이 그녀를 증오하는 게 전부 그의 탓인 것 같았다. 그러다 불현듯 내내 의심하고 있었으나 피했던 것을 지껄였다. 착한 카를이라면 봐주지 않을까. 어쩌면 그럴지도 몰라.

"나 아이를 가졌어. 제발, 살려 줘."

"뭐?"

그러나 그녀의 고백은 내내 아슬아슬하게 버티고 있던 카를의 정신을 무너뜨리기 충분했다. 애써 억누르고 있던 갈망과 질투심이 용처럼 포효한다. 지금, 그녀가, 제 입으로 다른 사내의 아이를, 그것도 그놈의 자식을……. 반쯤 정신이 나간 남자는 으르렁 입매를 찢었다. 최소한의 인성과 도의, 양심조차 가루처럼 사라졌다. 오직 증오가 장작이 되어 비뚤어진 욕망이 벌건 혀를 날름거렸다.

"그거 잘됐군."

마침 가장 좋은 방법이 여기 있었잖아?

이카릴은 저를 넘어뜨리고 위에서 찍어 누르는 무게감에 억 소리를 냈다. 카를이 꺄아악 악을 쓰는 입을 틀어막고 옷가지를 헤집었다. 가장 순수했던 소년이 악을 먹고 자라 가장 비열하고 혐오스런 짓을 저지르려고 하고 있었다. 시기심에 검게 좀먹은 카를이 이를 갈았다. 저 자신이 짐승 같았으나 그녀의 나부끼는 흰 살결이 일말의 제동을 무력하게 만들었다. 욕정인지 미움인지 분간도 가지 않는다. 그저 전부 망가뜨리고 싶었다.

"제 아이를 품은 여자를 욕보이면 어떤 기분이려나, 그자는. 응?"

"싫어! 살려 줘. 살려 줘."

"죽이진 않을 거야."

카를이 드러난 목덜미에 입 맞추었다. 다디단 독사과를 갉아 먹듯 입술이 아렸다. 미칠 것 같았다.

네 아이는 괜찮을지 모르겠지만. 그의 중얼거림에 이카릴은 새하얗게 질렸다. 돌연 어지러운 눈앞에 죽은 혈육들이 보였다. 비참하게 눌려 죽은 벌레 같던 그들. 썩어 문드러진 언니 뒤로 히아신스가 씨익 웃는 게 보였다. 너도 어서 이리 와.

제 치마를 걷어 올리며 홀린 양 고개를 숙인 카를의 옆얼굴은 무방비했다. 저 밑바닥에 침잠해 있던 애증에 취해 정신이 없어 보였다. 굶주리다 만찬에 취한 양 눈이 풀려 있다. 구역질이 날 새도 없었다. 이카릴은 살아야 했다.

그 당시의 일을 설명해 보자면, 혈관 속에 잠자던 광기가 불을 쥐고 튀어나온 것 같았다. 이카릴은 정해진 것처럼 사방을 더듬거리다 잡히는 단단한 것으로 있는 힘껏 그의 머리를 내리쳤다. 공교롭게도 정확한 살의였다. 찍힌 머리에서 피가 철철 흐르고 억, 억, 거리는 그가 옆으로 쓰러지고, 그럼에도 다시 내리쳤다. 피가 분수처럼 튄다. 설명할 수 없는 동물적인 격정에 휩싸인 채 이카릴은 이번에는 저가 벌레처럼 꿈틀대는 그의 위로 올라타 눈을 내리쳤다. 아악! 한때 아름답다 감탄했던 두 개 중 하나를 박살 내 놓고도 멈출 줄 몰랐다. 이카릴은 미친 것처럼 연신 주절거렸다.

죽어. 죽어. 죽어. 죽어!

이윽고 조금의 경련도 멈춘 채 곤죽이 된 시체를 멀쩡해진 시야로 마주하고 나서야 툭 손에서 돌이 떨어졌다. 헉헉헉. 사방에서 숨을 몰아쉰다. 라크나가 그녀를 껴안고 퍼부었던 입맞춤이 끝난 뒤처럼, 사방에서 짐승의 소리가 들렸다. 그러나 동시에 고요했다. 자신이 살아남았음을 깨닫는다. 제 온몸이 피에 흠뻑 젖었다는 것도. 이카릴은 붉게 물든 두 손과 끔찍하게 죽어 있는 남자를 번갈아 보았다. 납득하고, 현실이란 독극물이 눈과 귀, 혀를 타고 넘어왔다.

내, 내가 사람을, 카를을 죽였어.

이카릴은 아이처럼 어쩔 줄 모르다가, 이내 작게 울고, 그러다 찢어진 옷가지를 부여잡으며 안도의 웃음을 터뜨렸다. 어떡하지! 하지만 살았잖아! 카를을 죽였어! 저놈이 먼저 나를 해치려 들었잖아! 종국에는 갈팡질팡도 멎고 킥킥 웃음을 터뜨렸다. 무엇이 옳은지도 몰랐다. 그저 살았으니 족하다. 그리 만족해야 했다.

죽기 싫으면.

곧 몰려온 사람들에 의해 발견된 이카릴은 반쯤 정신을 놓은 상태였다. 피가 범벅이 된 채 멍청히 혼 빠진 이처럼 서 있는 게 말라 죽은 잎 없는 장미 같았다. 그 기괴한 침묵을 건들기도 꺼려졌다. 그리 멀거니 굳은 걸 억지로 끌고 와 씻기다 보니 뒤늦게 정신을 차린 것도 같았다. 점차 깨끗해진다.

그러나 이카릴은 제 허벅다리를 타고 다시 눈물처럼 떨어지는 핏물을 보았다. 하혈. 아.

'나 아이를 가졌어. 제발, 살려 줘.'

그게 사실이었구나. 상실도 모르는 소녀는 멍하게 고개를 끄덕거렸다.

복사뼈에 새겨진 미궁 문신 안에 붉은 핏방울이 고였다.

히아신스 꽃다발이 만개하듯 어디선가 여인의 말간 웃음소리가 들리는 것 같았다.

⚜

왕자는 그림자 속에 가려진 그녀의 얼굴에 몇 번이고 입 맞추며 사랑을 고백했다.

그대를 위하여 괴물이 우글거리는 바다를 건너 이 먼 길을 왔노라,

그의 순수한 사랑으로 구애했다.

이 미로를 빠져나가 함께하자고 봄꽃의 첫 향기, 어린 비둘기의 보드란 깃털, 황홀한 여명이 섞인 세상의 모든 애정을 속삭인다.

공주는 달 아래에서도 그 마음이 변치 않는다면 함께하겠노라 달콤한 목소리로 속삭였다.

꿈결 같은 사랑을 나누고, 이윽고 달이 떴다.

왕자는 주저 없이 공주를 죽였다.

미궁의 괴물은 공주였다.

그리고 그는 영원히 그곳에 갇혔다. 길을 알려 줄 그의 실타래는 끊어졌기에.

〈미궁의 괴물 — 괴물〉 中 127p

종막

　내전이 완벽히 종료되었다. 황궁에 침입했던 반란 분자들은 다소 피해가 있긴 했으나 완벽히 정리되었다는 호외가 광장 바닥에 뿌려졌다. 어린 황제의 등극은 만인의 축복 속에서 이루어졌다. 대사제의 손길에 의해 황관이 씌워지는 그의 머리는 너무도 작았다. 자칫 짓누르는 무게 덕에 앞으로 기울 뻔한 것을 길쭉하고 고상한 손마디가 잡아세웠다. 검은 제독, 에스페리스 후작이 한쪽 무릎을 꿇은 채 소년 황제의 귓가에 몇 마디 말을 아뢰는 장면은 여러 진실을 상징하는 장면이었다.

　얼핏 그들은 군신지간이 아니라 부자지간처럼 친밀해 보였다.

　이윽고 드물게 냉한 후작의 얼굴에 온후한 미소가 걸린다. 가볍게 어린 손등에 키스한 그는 다정히 속삭였다.

　경하드립니다, 폐하.

　고맙소, 경.

　한순간 맞잡은 그들의 손은 머리는 붙은 채 한쪽만 자란 조개 잎 같았다. 10여 년이 흐른 뒤면 참 놀라울 정도로 들어맞을지도 모르지.
라크나의 입꼬리가 기묘하게 올라갔다가 자취를 감췄다.

즉위식장의 그 수많은 눈들 중 그의 조소를 본 이는 아무도 없었다.
바야흐로 늑대 아닌 독수리의 독재가 막이 올랐다.

⚜

그녀가 또 사람을 해쳤다.

이번 주만 들어 벌써 두 번째였다. 세간에서는 선황이 죽은 뒤 새로
나타난 귀신이라며 남몰래 수군거리곤 했다. 제 혀가 안전한 범위 내
에서 했기에 이카릴의 악명은 황궁 내에서만 그쳤다. 또한 그리 악랄
하게 굴다가도 겁이 많아 소스라치며 저 혼자 울며불며 히스테리를
부렸으니 그녀의 소소한 악행이 더 커질 확률은 적었다. 어중간해 전
부 대적하기도, 용납하기도 애매하니, 이게 다행인지 불행인지 몰랐
다.

섭정의 통치 아래 그의 위명이 높아지고 있는 것과 반비례로 그녀
가 드리우는 그림자도 그렇게 짙어지고 있었다.

이카릴의 패악을 당해 내는 자가 드물었고, 정신 발작과 함께 이따
금 간질처럼 광란을 떨면 온 궁이 풍비박산이 나곤 했다. 그녀는 가끔
헛것을 보았고 환청을 듣기도 했다. 밤에는 온전히 잠에 못 들고 몽유
병을 앓았다. 전부 그만두고 홀로 훌쩍훌쩍 어린애마냥 방구석에서
울기도 하였다. 동정과 공포를 동시에 사는 것도 그녀의 능력이라면
능력이었다.

극도로 오르락내리락하는 조울증과 잦은 눈물을 어의는 유산의 후
유증이라 진단했다. 큰 정신적 타격으로 이를 회복하는 데 오랜 시간
이 걸릴지도 모른다고 했다. 어쩌면 영영 그럴지도 모른다. 애초에 이
카릴의 자아는 불안정했고 유리 막처럼 약하기 그지없었다.

미치광이처럼 구는 그녀의 상태에 궁정인들은 전부 남모르게 손속이 잔악한 후작이 그녀를 버리거나 죽일지도 모른다고 예상했다. 그는 어린애 같은 충동과 악 지름을 참아 줄 만한 인사가 못 되었다. 그럴 인내심은 있을지 모르나 분명 대가가 지독할 터였다. 그래서 그가 눈 하나 깜짝하지 않고 그녀를 어르고 제 손인 양 구는 것에 모두가 경악했다. 그녀의 자해와 광증을 막기 위해 감금하듯 제 방에 가두었을지언정 검은 독수리는 제 여자에게 큰 유감이 없어 보였다.

어쩌면 저만 찾고 매달리는 유아기로 퇴락한 소녀 아닌 소녀가 퍽 입맛에 맞았는지도 모를 일이다.

그녀가 반쯤 짐승이나 다름없어질 때, 이를 다룰 수 있는 것도 라크나뿐이었다. 방 안 모든 물건을 찢고 부수며 난리를 치다가도 요란하게 부서지는 방 안으로 그가 들어가고 난 뒤면 무덤처럼 고요해졌다. 이후 이따금 흐느낌과 진한 한숨이 간간이 들려오다 완전히 문이 닫혔다. 후작가의 고용인들은 귀머거리인 양 언제나 이 방을 돌아서 지나갔다.

망가진 가엾은 그 여자보다 그녀에게 저리 광증 같은 집착을 보이는 저 사내가 더 미쳐 있을지도 모른다는 사실은 많은 이들에게 외면당했다.

그러나 물론, 이카릴도 제정신을 차릴 때가 있었다.

아주 가끔, 검은 수면 아래에 가라앉아 있다 문뜩문뜩 이지를 차리거나 감정 상태가 안정기에 접어드는 날도 없지는 않았다. 단지 들쭉날쭉이라 문제였지. 그렇다 해도 그녀가 어미 찾는 어린 병아리처럼 라크나를 찾는 건 변함이 없었다. 오히려 정신이 말짱하면 잔뜩 뒤엉킨 죄책감과 공허함으로 영혼마저 갉아먹을 외로움이 덮쳐 왔으니까.

그녀가 부르면 그는 언제나 그녀에게로 왔다. 소리도 말살된 채 울고 있는 덜 자란 여자를 안아 들고 정갈한 숨소리를 귀와 입술에 불어넣었다. 날숨을 불어넣어 꺼져 가는 불꽃을 살리듯, 죽어 가는 병자에게 새 숨을 붓는 것처럼. 책을 읽어 달라면 책을 읽어 주었고, 배고프다 하면 음식을 먹이고, 잠들고 싶다 하면 같이 안고 잠이 들었다.

그녀는 예전보다 훨씬 자주 먼저 라크나에게 안겨 들었다. 안아 달라 보채면 그는 강렬하고, 자극적인 방식으로 거기에 응했다. 정신 놓은 여자를 탐하던 것과 같은 듯 전혀 달랐다. 수십 가지 다른 색으로 색칠해 가듯 일정 이상 각기 다른 농도로 몸을 섞었다. 부드럽고 애틋하게, 농밀하고 느긋하게, 때론 으깨듯 격렬하게.

그러던 어느 날, 이카릴은 한밤중에 눈을 떴다.

옆에는 눈 감은 사내가 죽음처럼 자고 있었다. 그녀는 피부에 직접 문질러 보듯 잠시 멈춰서 그의 숨소리를 만졌다. 그저 듣는다 하기에는 하나하나 꼽아 보는 집중이 절박해서. 그리 피를 받듯이 가만히 있다가 천천히 주위를 둘러본다. 적막했다. 무엇이 바뀌는 건 질색하는 터라 결벽적으로 변화가 없는 방 안은 언제나 그대로다. 없는 건 끓는 겨울 바다만치 조용한 그의 푸른 시선뿐이다. 그녀의 영혼을 꿰어 지상과 저를 연결하는 푸른 실이었다. 세상 어떤 날도 자르지 못할 그런 연결 고리.

침대 시트를 쥐고 일어나자 욕망의 흔적이 남은 벗은 나신이 달빛에 적셔진다. 혼을 비추듯이 뿌옇게 떴다. 그런 탓일까. 육체는 여전히 누워 있고 영혼만 일어나 맨발로 서 있는 듯했다. 바닥에 떨어진 흰 잠옷을 주워 입은 이카릴은 느릿느릿 밤도둑처럼 걸었다. 현실인지 꿈인지 헷갈리는 표정이다. 달이 걸린 창가가 있었고, 여느 때처럼 작은 테이블 위에는 포도주와 뇌조의 다리를 자르기 위한 무딘 칼이 놓여 있었다. 날붙이는 전부 치우는 게 원칙인데, 오늘따라 열띠게 매달리는 그녀에게 라크나의 신경이 쏠린 탓에 깜박 놓친 것이었다.

이카릴은 그것을 집어 들었다. 새파랗다. 무자비한 그 빛이 무서워 팔이 덜덜 떨리면서도 천사의 깃털처럼 아름다웠다. 그녀는 다른 손으로 포도주 병을 집어 들었다. 의미 없이 거꾸로 드니 진한 포도주가 바닥으로 죄 쏟아지며 이곳저곳에 튄다. 옷자락에 달큰한 향이 물들었다.

그녀는 초점 없는 눈으로 다시 칼날을 보다가 깊은 잠에 빠져든 사내를 물끄러미 응시했다.

⚜

복도는 차디찼다. 추위가 걸어도 걸어도 가시지 않는다. 언젠가 어린 날의 의지 없는 밤 산책처럼. 모든 것이 시렸다. 다시 둥지로 돌아갈까, 잠깐 생각이 든 것도 같았으나 결국 전진한다. 이카릴은 유령처럼 떠돌았다. 한참을.

그러다 활짝 열린 채 투명한 커튼이 나부끼는 창을 발견했다. 아니야, 저가 열었던 것 같기도 하다. 모르겠다. 모든 게 분명하지 않았다. 그녀는 창틀에 기대고는 아래를 내려다보았다. 황후 아델라나는 탑에서 떨어져 죽었다 했다. 아팠을까. 이 또한 모를 일이다. 죽은 자는 말이 없다.

어머니도, 언니도, 오라버니, 황제, 힐랄, 황후도. 심지어 카를조차도.

헌데,

왜 내 귀는 아직도 이렇게 간지럽단 말인가.

시도 때도 없이 계속되는 말소리 때문에 성가실 지경이었다. 칼을 든 손으로 귀를 긁었다. 날이 그대로 스쳤나 귓불이 따끔거린다. 아픈 건 싫었다. 다시 창 아래를 응시한다. 떨어질 듯 가는 몸이 기울다가 작은 다섯 손끝이 벽을 움켜쥐었다. 하루 살고 죽을 바알간 채송화 꽃잎 다섯 장이 핀 것 같았다.

그녀는 결국 한 발자국 물러났다. 검푸르게 저문 밤과 시퍼런 달의 눈이 저를 내려다보고 있었다. 허연빛에 붉은 물이 잔뜩 튄 펄럭이는 원피스가 도드라졌다.

이카릴은 손목에 칼을 대 보았다. 차갑다. 비스듬히 세우자 살거죽이 움푹 들어간다. 뿌연 붉은 눈은 미동이 없다. 조금만. 조금만 더.

그러나 거기에서는 어떠한 피도 나오지 않았다.

힘 자체가 들어가지 않았던 것이다. 잔뜩 힘줘 모아 잡은 손가락이 덜덜 떨렸다. 칼이 뚝 떨어져 요란한 소리를 냈다. 밤마다 이 사태를 본 달이 '역시나'라며 혀를 차는 것 같다. 이것은 스스로를 위한 자위 행위에 지나지 않다.

죽음은 너무 멀었다.

그녀가 달려가기엔.

그리고 중요한 건, 그녀는 달려가고 싶지도 않았다.

이런 명확하고도 확고한 환멸이 있나.

길고 긴 한숨이 새어 나왔다. 전멸해 가는 모든 살아 있는 것들의 탄식처럼.

이카릴은 문득 고개를 들어 사방을 둘러보았다. 달도 숨을 죽인 양 고요하다. 그녀는 끝없는 긴 통로의 어둠 속에 선 채 아주 느리게, 아주 당연한 것을 깨닫는다. 발목이 조이듯 아렸다.

그녀는 이 미궁을 영원히 나갈 수 없을 것이다.

작은 그림자는 다시 제 굴로 되돌아갔다. 족쇄 찬 죄수가 낭떠러지를 기어가듯 절뚝거리며.

다시 모든 것이 조용해졌다.

完

외전 1.
재생再生

세월이란 참 허망한 것이다.

올해로 예순셋이 된 테오도르 백작, 로만은 야트막한 담배 연기를 내뱉었다. 그의 하얗게 센 머리와 같은 빛깔의 숨 한 줌이 실타래처럼 이리저리 흩어졌다. 그것이 바닥까지 내려앉는 한숨인지, 다 타고 남은 회한인지는 그조차도 알지 못했다.

나이가 드니 눈이 먹먹하고 쭈글쭈글한 가죽처럼 늘어진 몸은 하루가 다르게 노화돼 갔다. 다행히 육체의 불편함은 그에게 별다른 장애가 되지 못했다. 본래도 고장 난 몸뚱어리, 장애는 이제 천성과 같았다. 나무토막처럼 딱딱하게 굳어 버린 다리를 주물렀다. 비가 오는 궂은 날이었다. 평소 있는 줄도 몰랐던 살덩이가 아려 왔다.

덕분에 로만은 온 제도에 스산하게 비가 올 때면 어김없이 소년 시절 다리가 찢어졌던 고통을 다시금 생생하게 느끼곤 했다. 불덩어리가 떨어진 것처럼, 혹은 독사가 허벅지 위에서 꿈틀거리듯이 아찔하고 식은땀이 났다. 하루하루 육신이 닳아 가는 걸 자각하는 것보다 더 끔찍한 감각이었다.

네가 이런 나를 본다면 분명 기꺼워할 테지.

싸늘하고 모진, 사람 아닌 듯 잔인한 푸른 눈을 떠올린다. 얼마의 세월이 흐르건 여전히 생생한 눈빛이었다. 가끔은 거울 속의 흐릿한 눈이 등 뒤에 선 그 서늘한 한 쌍의 동공과 마주치기도 한다. 그럴 때면 표정 없는 남자는 입술만 찢어 웃었다. 뒷덜미가 섬뜩했다. 황급히 돌아본 자리에는 아무도 없었다. 나이가 들면 심신이 허약해진다더니.

동생 아닌 동생이 역사에서 그리 사라진 뒤 종종 헛것을 보았지만 예순을 넘긴 후로는 부쩍 그 횟수가 늘었다.

아이러니하게도 평생에 걸쳐 쫓겨 온 살의의 부재는 치명적인 부작용을 남긴 모양이었다. 장애가 없는 저는 더 이상 스스로가 아닌 것처럼. 웃긴 일이지. 피식 조소했다.

역시 이 또한 기뻐할 테냐, 라크나.

"로만."

등골이 서늘하다. 로만은 담배를 비벼 껐다. 그가 휠체어를 움직이기도 전 하얀 손가락이 늙어 왜소해진 어깨를 짚었다. 낮은 숨을 토했다. 놀랍게도 까다로운 노백작의 입술 사이로 나온 목소리는 온난했고 일견 자상하기까지 했다.

"폐하."

"굳은 날씨에 창가에서 뭐 하는 건가. 외투라도 챙겨 입지 않고."

젊은 군주는 혀를 차며 신하를 타박했다. 꾸짖음보다는 조부를 걱정하는 손주에 가까운 태도였다. 그는 시종장에게 따뜻한 물주머니를 가져오라 이르며 손수 백작의 무릎에 제 망토를 벗어 덮어 주었다. 젊은이의 온기와 어우러진 값진 모피는 금방 늙은이의 앙상한 육체를 데워 주었다.

로만은 주름진 손으로 황제의 손을 모아 잡고 입 맞추었다. 아주 귀하고 그리운 것을 만지듯이, 조심스럽고 경건하게. 그가 천천히 휠체어를 움직여 몸을 돌리자 황제가 등진 비 맞은 태양이 눈을 정면으로 찔렀다. 탁한 벽안이 눈을 느리게 감았다가 떴다. 새파랗게 벼린 동공이 찰나 저를 쏘아보는 것만 같았다.

'오래 사세요, 형님.'

냉소적인 덕담이 귀를 어지럽혔다. 우아하게 휘어지던 그 입술.

'내가 뿌린 씨앗이 어떻게 자라고 망가지는지는 끝까지 지켜봐야지. 안 그래?'

"테오도르 백?"

잔혹하고 고상한 누군가의 그림자가 사라지고 난 자리에는 단정한 눈썹을 치켜올린 황제 카이레가 서 있었다. 로만은 아연한 눈으로 점점 기억 속의 누군가와 흡사해져 가는 매끈한 얼굴을 바라보다 얕게 미소 지었다. 찔러도 피 한 방울 안 나올 위인이라 소문 자자한 노귀족이 유일하게 웃음을 띠는 순간이었다.

"미욱한 소신이 귀와 정신이 어두워 잠시 한눈을 팔았습니다."

"엄살은."

카이레가 혀를 찼다. 백작은 황제가 어린 황자였을 때부터 그를 가르친 연이 있었다. 그리 길지는 않았으나 당시 잔병치레가 많아 세상사에 어두웠던 소년에게 무표정한 스승 테오도르 백작은 몇 안 되는 유년 시절의 좋은 기억이었다. 아무도 진실을 말하지 않으나 냉혹한 현실에 발맞춰 움직이는 황궁에서, 그만이 유일하게 어린 황자를 그 나이 또래의 소년으로 대우해 주었다. 아주 짧은 웃음, 자세히 보아야 알게 되는 온기 어린 눈, 모후의 철저한 과보호를 피해 몰래 쿠키 두 개를 남겨 두는 상냥함이라던지. 추억에 잠긴 황제가 웃음 섞인 목소리로 말했다.

아마, 이런 비 오는 날이었던 것 같은데.

"내가 잠 못 드는 밤이면 따뜻한 우유를 주던 그대가 생각나. 기억나는가?"

"물론입니다."

꿀 한 숟가락, 풍성하고 고소한 크림이 넉넉히 올라가고 그 위에 계 핏가루가 주근깨처럼 뿌려진 따끈한 우유 한 잔. 그 말랑하고 달콤한 것이 머그 컵 가득 담겨 있는 게 서늘한 남자와 어찌나 모순되던지.

"내 어머니도 주지 않던 것을 그대가 주었어."

"덕분에 폐하께서는 그나마 쓸 만했던 역사 선생을 잃으셨지요."

"애석한 일이지."

카이레가 나긋하게 대꾸했다. 푸른 별처럼 새파란 눈가에 촘촘히 돋아난 속눈썹이 날렵한 눈매에 아련한 그림자를 드리웠다. 여우마냥 나른한 웃음이었다. 생김새만 보면 새초롬하니 귀족적으로 미끈한 것 이 역대 황가의 많은 이들처럼 인간미 없는 준수함이나 야생 맹수 같 은 활기, 위압적인 조소에 일견 가까워 보인다. 그러나 이 젊은 황제 는 항시 짓는 웃음 탓에 검은 늑대의 후예라든가 대제국의 주인보다 는 낭만적인 시구를 읊는 시인이나 하프를 켜는 가인이 더 어울리는 남자였다.

어쩌면 그가 옷감의 색과 질, 사소한 보풀 하나 흐트러지는 것에도 민감한 세련된 취향의 소유자이며, 음악과 미술, 발레에 이르기까지 가리지 않고 다양한 예술을 사랑하는 군주이기에 그런 온화한 인상이 또렷한 걸지도 모른다. 저 말간 낯으로 종종 애절한 오페라를 보며 눈 시울을 붉히기도 했으니.

참 단순한 착각이었다. 하기야 인간의 인지력이란 금 간 안경처럼 결함이 있고 편파적인 것을.

"로만, 로만. 궁재직에서 사임한다지?"

본론이라기보다는 문득 생각났다는 것처럼 가벼운 말투였다. 황제 의 갸름한 손이 노인이 몸을 실은 휠체어를 잡고 천천히 걸음을 옮겼 다. 물 흐르듯 자연스러운 움직임이었다. 부슬부슬 비가 쏟아지는 가운데, 수십 개의 기둥이 받치고 있는 황궁의 복도를 두 군신이 걸었다. 자박자박 가죽신이 오래 묵은 황궁의 돌 타일을 짓밟는 소리를 들으며 노백작은 희미한 예감을 느꼈다. 마른 입술에 맺힌 엷은 미소처럼 희끄무레한 확신이었다.

어쩌면 이번에도 이 친손주 같은 황제에게 질지도 모른다는.

"그렇습니다."

"흐응, 짐의 마음이 못내 좋지 못해."

카이레가 짧게 탄식했다.

"나는 그대에게 온갖 부귀를 다 누리게 해 주고 싶은데, 이리 계속 뒷방으로 물러나기만을 바라서야 어찌 그 모든 것을 다 안겨 주겠어?"

"이미 분수에 넘치게 죄 누려 본 것들입니다. 과분합니다."

"그 분수를 누가 정한 건지는 모르겠지만 짐은 동의한 적이 없는데."

네 쓰임과 효용을 재고 판단하는 것도 제 권한이라는 자상하고도 오만한 선고였다. 로만은 당황하지도 황송해하지도 않고 무던하게 대꾸했다.

"이미 늙어 보잘것없는 몸, 보잘것없는 인사입니다."

"내 보기엔 아직 정정한걸?"

"그거야 폐하께서 썩은 나무보다 쓸모없는 제 맨몸뚱이를 보지 못해서 그렇지요."

"썩은 나무치고는 입은 살았군."

"사지 잘린 시체도 꿈틀거리기는 한다더군요."

저 자신을 비유하는 거라기에는 잔인하고 섬뜩한 예시에 뭇 인사라면 질색하며 두 손을 들 것이었다. 그러나 이 온화하고도 교활한 황제는 범상한 인물이 아니었다.

"그럼 그 잘린 토막을 주워 와 화장해야겠어. 죽은 이를 태운 연기를 마시면 영혼이 심장에 깃든다지?"

카이레는 대수롭지 않게 바르작거림을 밟아 짓이기듯이 빙그레 웃었다. 그러고는 제 소름 돋는 지껄임이 농조라도 되는 양 노구가 추위를 타겠다며 모포를 단단히 여며 주었다. 로만은 시력이 쇠한 눈으로 황제의 말간 손과 저를 향해 내리깔린 정갈한 눈매를 주의 깊게 바라보았다. 속눈썹 그림자가 솔잎처럼 달라붙은 도자기색 뺨이 서느렇다.

저도 모르게 이런 말이 튀어 나갔다.

"참 닮으셨습니다."

카이레는 제 검은 머리칼과 대비되어 또렷하게 도드라지는 푸른 눈으로 고개를 기울였다.

"무슨 말인가?"

"부친과 많이 닮으셨다 고하였습니다."

카이레는 흥미를 보였다. 의례적인 인사말에 혹한 것은 아니다. 상대가 테오도르 백작이기 때문이고 더불어 그가 거짓을 말하지 않는다는 것을 잘 알기 때문이었다. 그는 빙긋 미소 지었다. 하얀 뺨에 얕은 볼우물이 패였다.

"선제께서는 복도 많으시지. 이리 오랜 세월이 지나도 기억하고 있는 신하도 있고 말이야."

백작은 그저 무의미하게 마주 미소 지었다. 카이레는 지나가듯 말했다.

"말년이 좋지 않다 들었는데."

선대 황제 프리가 12세는 늙어 갈수록 정신이 혼미하고 포악해지는 광증을 앓았다. 광기가 대물림되는 황실에서 크게 놀랍지 않은 최후였다. 그리고 어린 나이에 즉위한 카이레는 우울증을 앓다 탑에서 몸을 던졌다는 모후보다도 가계도상 아버지라는 선황제에 대한 기억이 없었다. 자아를 찾기 시작했을 때는 이미 황제였고 평생의 대부분이 황제였다. 황좌가 요람보다 편할 만큼 황제가 아닌 시절보다 황제인 시절이 길었으니 그 전 시절의 황족들은 멀고 먼 동화 속 이야기처럼 인지되는 것도 무리가 아니리라.

"당시에는 폐하께서 많이 어리셨지요."

"그래. 덕분에 내 대부께 신세를 졌지."

황제의 긴 검지가 툭툭 옥좌 팔걸이를 두드리듯 휠체어를 건드렸다. 창백하고 고상한 손가락. 늙은 백작은 아릿한 기시감을 느꼈다.

"그가 내게 모든 것을 가르쳐 주었지. 정치와 황제로서의 처신, 전쟁과 통치……."

회상 속의 그 사내와 달리 이 손에는 검보다는 펜과 리라가 들릴 일이 잦았음에도.

"'암투는 뱀과 같이, 적을 섬멸할 때는 굶주린 늑대처럼.'"

낮고 부드러운 목소리가 빗소리에 섞여 감겨들었다.

"'사람을 다루고자 할 때는 그들의 신이 되어야 한다. 태양만치 관대하되, 거두고자 할 때는 주저 없이, 잔인하게, 비정하게 취하라.'"

감히 기어오를 절벽조차 존재치 않을 것처럼.

사람 아닌 듯 몰인정한 독백을 읊는 황제의 말간 낯은 온화하다. 저 하늘을 찢을 듯 내리는 비와 먹구름은 드리울 일이 없을 듯이, 쨍한 날의 해마냥. 로만은 뙤약볕 아래 오래 서 있는 것처럼 목이 탔다. 느리고 고요하게 눈을 깜박이는 백작에게 카이레가 이어 말했다.

"이상한 일이지."

날 가장 잔인하게 대한 사람인데,

"그가 마치 내 창조주처럼 느껴져, 로만."

황제는 묘한 얼굴로 중얼거렸다.

"가끔은 진심으로 그리워질 때가 있어."

"……."

"그 사람이 날 진정 아낀 적이 있을까?"

한순간이라도. 그의 야망과 목적을 위해서가 아니라. 제 머리보다 큰 황관에 짓눌려 무력하게 손을 뻗는 게 다였던 그 어린 소년에게 정녕 일말의 감정도 없었을까. 아주 약간의 호의, 책임감, 동정 한 조각이라 할지라도.

로만은 죽은 이의 진심을 묻는 무구한 푸른 눈을 물끄러미 올려다보았다. 그는 이 젊은 군주가 아직도 종종 잠꼬대처럼 그를 찾는 걸 알고 있었다. 악몽에서 깨어날 때 땀에 젖어 오들오들 떠는 사내아이를 안아 주던 혈 향 가득한 품을 그리워하는 것도. 참으로 아이러니였다. 그러나 기만 같은 모순은 이 검푸른 핏줄에 항시 존재하는 그림자였다. 결국 현 황제도 그 피를 이어받았다.

향수에 젖은 오래 묵은 종이처럼 버석한 향이 나는 목소리가 눅눅한 공기를 두드렸다.

"모르지요."

늙은 스승을 바라보는 황제의 파란 시선은 한 치의 깜박임도 없었다.

"제 아우는 혈육인 저도 속을 모를 인사였으니까요."

로만은 회한 가득한 미소를 지었다. 낙엽으로 지은 배처럼 바람 한 점에도 바삭 부서질 듯 메말랐다.

"아주 어릴 적부터 그랬습니다. 그 녀석은."

종종 자상한 섭정은 어린 황제에게 오래된 해적의 노래를 자장가로 불러 주다가도 필요에 따라 그 소년의 식사에 환각제와 수면제를 탔다. 카이레가 죽을 뻔했던 여러 사건 중의 대다수는 그의 방관이나 의도로 일어났다. 아직도 카이레의 날개뼈에는 독 바른 화살이 남긴 흉터가 남아 있고, 머리끝부터 발끝까지 우아한 황제의 옥체에는 왼쪽 발가락 하나가 없다. 예술을 사랑하는 군주는 평생 춤 한 번 추지 못하리라.

라크나는 어린 황제를 충실히 아꼈지만 그 애정은 칼을 품은 마왕의 은밀한 속삭임처럼 위태롭고 음산한 종류였다. 아직도 로만은 카이레가 그에게 어떤 존재였는지 알지 못했다. 가끔 텅 빈 눈으로 까맣고 보드라운 머리칼을 어루만지는 그 표정에, 그 새카만 동공 안에 어떤 뱀이 도사리고 있는지 범인이 어찌 헤아리겠는가.

다만, 카이레가 그의 일생에서 빼놓을 수 없는 무언가였다는 건 분명했다.

"폐하께서는 그에게 유일무이한 분이셨습니다."

"그런가?"

"물론입니다."

비록 가끔 망가뜨리고 싶은 애증에 들끓었다 하나 가장 반짝이는 트로피, 단 하나뿐인 한 송이 꽃, 다시는 얻지 못할 전리품임은 분명하니.

로만의 말에 황제는 기쁜 듯 웃었다. 섭정 시대가 끝나자마자 권력을 쥐고 피의 숙청을 벌인 무소불위의 권력자답지 않게 순진하고 깨끗한 미소였다. 애정 어린 음산한 학대에도 창조주를 사랑하는 사생아처럼 무구한 감정, 판에 박은 듯 똑같은 저 얼굴로. 늙어 무감각한 살갗에 소름이 돋았다. 백작은 지난 수십 년간 그랬듯 이번에도 가까스로 울렁이는 무언가를 도로 삼켰다. 시체 태운 매캐한 연기를 삼킨 양 속이 울렁거린다.

로만.

"그가 정말 죽었을까?"

순진한 아이 같은 질문이었다. 이번에도 로만은 대답하지 않았다.

"백작은 궁금하지 않나? 그 대단한 사내가 겨우 그런 걸로 죽었을 리고. 시체도 남기지 않고 말이야."

"그야 친히 그 일대에 전부 불을 지르셨으니까요."

폐하께서 직접.

카이레는 다시 얕게 웃었다.

"그가 그러라고 했는걸."

뭐든 정적을 치울 때는 그 흔적조차 말살하라, 그가 그리 가르쳤다. 검은 독수리의 날개 아래서 그의 젖을 먹고 자란 새 괴물은 그 말을 충실히 따랐다. 그러고는 가장 존경하고 사랑하는 이를 죽였다는 것에 기뻐하고, 그를 다시 볼 수 없다는 것에 다시 슬퍼했다. 실제로 황제는 검은 제독의 잔당들을 친히 사형시키고서는 사흘 밤낮 아무것도 먹지 않고 홀로 방에 틀어박혔다. 어린 짐승이 친아비를 잃어도 그리 통곡하지는 못하리라.

카이레는 아직도 침대맡에 대부이자 최대의 정적이었던 에스페리스 후작의 유품들을 놔두고 침수에 들었다. 패전국에서 바친 애첩이 실수로 그것을 건드렸다가 황제의 침실이 피바다가 된 건 유명한 일화였다.

카이레는 잠시 생각에 잠겼다가 말했다.

"사실 그는 무엇이든 상관없었을지도 몰라. 그 여자가 죽고 난 후 어떤 것에도 관심이 없어 보였는걸."

에스페리스 섭정의 유일한 여자이자 아내였던 그녀는 청초하고 가녀린 미인이었다.

아스라한 빛깔의 머리카락과 우유 같은 피부, 연홍색 입술과 손톱까지 죄 먼 이방인의 피가 분명한 사람. 그 몽환적인 눈으로 물끄러미 보아 오기만 해도 타는 듯한 노을과 찬란한 햇살조차 깨질 듯 가련한 월광으로 만드는 여자. 목소리는 종달새처럼 얄팍하고 고운 미성이었지만 그녀가 직접 입을 여는 건 손에 꼽았다. 어린 카이레가 혹시 대부가 부인의 성대를 망가뜨린 게 아닌가 의심했을 정도로 후작 부인은 살아 있는 게 신기할 만큼 산 사람 냄새가 적었다.

그런 인형 같은 여자가 발작을 할 때란…… 장성한 지금도 그 섬뜩하고 충격적인 광경이 생생했다.

대부가 끔찍하게 사랑하는 아내에게 잘 보이고 싶어 직접 꺾은 꽃다발을 들고 갔더랬다. 처음 얼마간은 그녀도 퍽 멀쩡해 보였다. 보일 듯 말 듯 했지만 어린 꼬마 황제에게 희미하게 웃어 주기까지 했다. 광란은 갑작스레 발병했다. 향긋한 히아신스를 본 직후였다. 창백한 얼굴에서 천천히 미약한 핏기마저 가시고 하얀 가면 같은 얼굴에 덩그러니 붉은 눈만이 뜨여 소년을 똑바로 쳐다보았다.

오싹 소름이 끼쳤다. 그러함에도 꼼짝도 할 수 없었다. 눈 같은 백사가 발목부터 칭칭 감아 오듯이.

카이레는 무력하게 멍한 얼굴로 그녀가 악을 지르는 것을, 미친 듯이 눈을 부라리는 걸 망연자실 바라보았고 그 벌레 하나 못 죽일 것 같던 손이 집어 던진 물건에 얻어맞았다. 깨진 유리에 베인 뺨이 따끔거렸다. 시종들이 능숙하게 부인을 부드러운 비단 천으로 감싸고 후작을 부르러 가는 동안 너무 놀란 아이는 자리를 뜰 생각도 못 했다. 모두들 다친 소황제보다도 최고 권력자의 심장 같은 여자를 진정시키는 데에 더 집중했다.

덕분에 소년은 시시각각 시들어 갔다 다시 생생하게 피어나는 듯한 여자를 또렷이 눈에 담을 수 있었다.

여자는 죽어 가는 사슴처럼 비명을 질렀다. 그러다 아이처럼 울면서 주변 모든 이의 목을 조르려 들고 다시 히끅히끅 남편을 애타게 찾았다. 라크나, 라크나, 라크나! 처참하고 지독했다. 장미 태운 재 가루가 눈에 들어온 양 시야가 아찔했고 달이 젖어 든 바다에 익사하듯 숨이 막혔다. 미친 여자는 신화 속의 메두사와 같은 괴물이었다. 무력한 아이이기에 두려웠다. 그러나…….

눈을 뗄 수 없었다. 공포에 몸이 마비되었기 때문만은 아니었다. 깨끗한 머리가 엉망이 되고, 투명한 피부를 제 스스로 쥐어뜯고 거품을 물며 눈에 광증이 일었어도 그녀는 기이하게 아름다웠다. 스스로가 미쳤나 싶었다. 하지만 정신없이 내쫓겨 그날 밤 오들오들 잠자리에 들었어도 계속 생각이 났다. 핏발이 선 붉은 눈동자, 발광에 깨진 여린 손톱, 바들거리는 입술을 적시던 짠 눈물까지.

소년은 원인을 모르면서도 기이한 죄악감에 괴로워하며 잠을 설쳤다. 스스로가 파렴치한처럼 느껴지면서도 생각을 멈출 수가 없었다. 카이레는 지금껏 본 것 중 가장 다급한 걸음으로 아내 방에 들어서던 대부를 떠올리고 있었다.

라크나는 덜덜 떠는 카이레를 본 척도 하지 않고 손을 뻗는 여자를 안아 들었다. 신기할 만큼 그녀는 금방 진정되었다. 패악을 떨던 요사스런 악마가 저보다 더 사납고 포악한 악 앞에서 순순히 순종하는 것처럼. 이조차 무섭고 기이했다.

라크나는 제 소매를 잡고 흐느끼는 여자의 두서없는 중얼거림—발음조차 유아처럼 뭉개진—을 주의 깊게 들으며 연신 핏기 없는 그녀의 이마와 젖은 두피에 입을 맞추었다. 그러고는 소녀처럼 조그만 귓가에 대고 무어라 속삭였다.

보고서도 현실감이 없는 광경이었다.

타인의 은밀한 침실에 숨어든 도둑처럼 카이레는 옴짝달싹 못 한 채 그 모습을 모두 지켜보았다. 아름다운 미친 여자, 제 여인을 품는 다정한 얼굴의 폭군, 사향처럼 지독한 애정과 그 밑에 깔린 질척한 어떤 것.

카이레에게 시선이 돌아간 건 한참이 지난 후였다. 그 새파란 시선을 카이레는 도저히 잊을 수가 없었다.

'폐하.'

그는 정중하고 상냥하게 돌아가라고 '명령' 했다. 그림처럼 다정한 얼굴이었지만 눈빛만은 그렇지 못했다. 처음이었다. 속이야 어쨌건 항시 자상했던 대부의 눈에서 살의를 느낀 건.

사랑하고 존경하는 대부는 지금 그를 죽이고 싶어 했다.

동시에 직감적으로 자각했다.

이런 충동 또한 처음이 아니라는 것을.

어쩌면 자주, 아니, 언제고 항상.

심장이 화끈거렸다. 절망인지 고통인지 죄책감일지 모를 괴상한 감정에 어린 육체가 장악되어 카이레는 결국 끙끙 앓았다. 버리지 말라고 매달리고 싶기도, 비명을 지르며 도망을 치고 싶기도 하다가 다시 잘못을 빌고 싶었다.

화내지 마세요. 제가 잘못했어요. 네? 저를 버리지 마세요.

열병에 쓰러진 소년에게 그의 유일한 보호자는 찾아오지 않았다. 서러웠다. 그렇게 까무러치고도 하루가 지나서야 퉁퉁 부은 눈을 들어 올리니 무표정하게 내려다보는 라크나를 발견했다. 핑 눈물이 났다. 훌쩍이는 소년의 이마를 큰 손이 덮고 있었다. 안도와 공포가 동시에 몰려온다. 작은 새끼 사자의 목덜미를 짓누르는 거대한 숫사자의 모양처럼, 사내의 커다란 그림자가 소년을 집어삼켰다. 필사적으로 매달리는 푸른 눈을 온기 없는 푸른 눈이 가만히 지켜본다.

이윽고 가면 같은 얼굴에 익숙한 미소가 그려졌을 때, 탄력감을 띤 안정감이 잠식해 온다.

길들여진 어리석은 개가 된 기분이었다. 잔인한 사냥꾼이 공들여 훈련한 어여쁜 사냥개처럼.

카이레는 영민했다. 그래서 대부가 저를 손바닥 위에 올려놓고 언제고 저울로 재며 길들이고 있다는 걸 자각했지만, 속절없이 거기에 익숙해져 갔다. 아니, 이미 익숙해져 있었다. 어린 황제는 살기 위해 강인하고 잔혹한 그자에게 순종하고 굴종했다. 그러면 보상처럼 애정과 안전이 뒤따라왔다. 비굴함에 젖은 그것들은 지독히 달았다.

'대부, 잘못했어요.'

라크나는 달램도 용서도 내뱉지 않았다. 그저 나른한 손길로 제 손에 뺨을 비비는 어린 황제를 방관하듯 쓰다듬었다. 그러고는 열이 조금 내린 것 같다고 말했고, 무엇을 먹고 싶냐고 물었다. 카이레는 아무것이나 좋다고 말했다. 그가 주는 건 무엇이든. 아무것도 모르고 한 말이지만 분명 그것은 정답이었던 것 같다. 냉정한 눈가에 약한 웃음기가 돋아났기 때문이다. 어쨌든 대부의 기분이 좋아졌으니 다행이었다.

'제 아내는 병을 앓고 있습니다.'

소년이 묽은 죽을 다 비웠을 때 제국의 섭정이자 황제의 후견인인 남자는 나어린 군주를 제 무릎 위에 올려 두고 조곤조곤 이야기해 주었다. 아들을 달래는 아비처럼, 다정한 표정과 나긋한 쓰다듬이었음에도 카이레는 이상스레 뒷덜미가 서늘했다. 그럴수록 더 그의 품에 파고들었다.

후작은 그런 그를 꼭 안아 주었다.

'후작 부인이 많이 아픈 건가요?'

'평소에는 괜찮지만 이따금 병증이 심해집니다.'

유산을 하고 난 뒤 그렇다 하였다. 그녀는 심약하고 몸 또한 허약하기에 조심스레 대하여야 한다고. 카이레는 열심히 고개를 끄덕였다. 착한 아이처럼. 라크나가 드물게 소리 내어 웃었다. 기특하다는 뜻인지는 모르겠다. 순종적인 소년에게 사탕을 주듯 그가 비밀을 말해 주었다.

'특히 지금은 더 조심해야 합니다.'

'왜요?'

'그녀의 뱃속에 아이가 있답니다.'

카이레의 눈이 커졌다. 작은 심장이 콩닥거렸다. 그는 꼭 후작 부인을 조심히, 더 상냥하게 돌보고 지켜 주리라 다짐하듯 열심히 종알거렸다. 뱃속의 새 생명 또한. 그 까만 정수리를 내려다보는 라크나의 푸른 눈이 가늘어졌다. 그러고는 그 위를 쓰다듬었다.

'꼭 그래 주어야 합니다.'

폐하께는 혈육이나 다름없으니.

그의 묘한 당부가 잔상처럼 귓가에 남았다.

카이레는 문득 고개를 들어 우르릉 울부짖기 시작한 잿빛 하늘을 바라보았다. 그 시절의 소년은 자라 적절한 폭력과 피, 선정을 베풀 줄 아는 제국의 통치자가 되었고 어린 날의 지배자는 그 잔혹함이 무색하게 소멸했다. 지금 이곳에는 늙은 그의 형과 그가 빚은 완성품만이 덩그러니 남아 있을 뿐이다.

그리고 가장 귀하고 소중한 유품인 '그녀'도.

"아일사는 어떻게 지내고 있나?"

로만은 이것이야말로 황제가 가장 꺼내고 싶은 질문이었다는 걸 한숨처럼 인정했다. 로만의 사임, 추억 어린 잔혹사를 회상하는 느긋함과 적당한 유쾌함도 위장이었을 뿐이다. 그는 어두침침한 눈으로 통곡하는 하늘을 응시했다. 죽음과 같은 피로가 몰려왔다.

"잘 지내고 있습니다. 유약하고 심성도 소박한 아이니까요."

"그 애는 대부보다는 후작 부인만 골라 닮은 것 같아."

카이레가 약하게 혀를 차며 중얼거렸다. 그 무서운 양반을 조금만 닮았으면 그렇게 약하지도 않을 텐데. 한탄 끝에는 불그스름한 입술 끝이 옅게 휘었다.

"물론 그래서 더 사랑스럽지만."

"……."

"그런 맹수의 유일한 자식이 희고 나약하고 말랑하고…… 상냥한 계집아이라니. 놀랍지 않나, 로만?"

"제 조카딸은 총명한 아이입니다."

"알아."

카이레가 흥얼거리듯 말했다.

"쉽지 않단 말이지. 내게 가장 큰 수수께끼이자 미궁이 있다면 그 아이일 거야."

짐짓 겸허한 인정이었지만 열띤 목소리였다. 저 바닥부터 켜켜이 쌓여 온. 결국 이리되고 말았다. 로만은 감각 없는 다리가 아려 오는 걸 느꼈다. 그는 우두커니 제 휠체어가 밀려나는 것을 방치하다가 소리 없이 덥석 황제의 손을 움켜쥐었다. 쇠바퀴가 끼리릭 울며 멈춰 섰다. 사방이 폭우 소리로 저세상처럼 아득하게 잠긴 가운데 두 군신 사이만 고요했다. 로만은 가까스로 차분함을 가장해 입을 열었다.

"폐하."

바닥으로 꺼지는 듯한 부름이었다.

"그 아이는……. 아일사는……. 그 애는 제게 남은 유일한 혈육입니다."

"알아."

"여린 아이입니다. 그 아이는 과분한 어떤 것도 바라지 않습니다. 그건 그녀에게 불행이 될 겁니다."

얼핏 간결했지만 절박했다. 높낮이 없는 진언을 가만히 듣고 있던 카이레는 늙은 백작의 손이 덜덜 떨리고 있는 것을 바라보았다. 안타까웠다. 그는 힘없는 스승의 어깨를 다독였다.

"로만, 로만."

그 애정 어린 부름에 외려 로만은 눈을 질끈 감았다.

"마음이 아프군. 하지만 나의 경애하는 스승이여."

"……."

"아무리 그대가 가엾다 하나 내 것을 누군가가 도둑질하게 놔둘 수는 없지 않나?"

세상에는 다정해서 더 잔인한 것도 존재한다. 탄식처럼 주름진 손이 눈가를 짚었다. 절망이 무감각한 발끝부터 차올라 목까지 집어삼킨다. 아. 어찌해야 하는가. 또다시 눈앞에서 비극이 시작되려 하고 있었다. 라크나, 라크나. 로만은 눈먼 방랑자처럼 죽음이 데려간 아우를 불렀다.

너는 이리될 줄 알았을까. 너라면 어찌할 테냐.

아이를 낳고 몇 년간 시름시름 앓던 아내를 결국 떠나보낸 후 라크나는 여전히 냉혹하고 비정하게 제국을 통치해 나갔지만 로만은 알았다. 그는 이미 제정신이 아니었다. 정상으로 보이는 미친 자가 진정 무서운 것은 언제 야만적인 광인이 될지 도저히 예측할 수 없다는 것이었다. 본인도 겸허하게 제 광기를 인정했다.

'하지만 말이야, 형님.'

아내의 무덤에 꽃을 바치고 온 사내는 어두컴컴한 방에 앉아 새파란 안광을 빛내며 읊조렸다.

'나는 생에 처음으로 가장 생생하게 느끼고 있어. 놀랍게도.'

'무엇을?'

'적절한 통증과 고통.'

나도 사람이긴 했군. 정말 대단한 여자야.

라크나는 킬킬거리며 죽은 연인을 치하했다. 부인이 작고한 후 그의 일생은 불행했으나 그 순간만큼은 분명 즐거워 보였다. 평온하고 수려한 낯이라 더 분명한 그 광기에 로만은 아연해졌다.

아, 그리고 그 아이.

부모의 광란과는 동떨어져 있는, 진흙탕 속에 핀 연꽃과 같은 그녀.

손으로 만지면 깨져 버릴 눈꽃처럼 아리따운 그녀는 얄궂게도 어미의 비극적인 미모와 함께 고단한 운명을 물려받았다. 얼음 심장도 녹일 매혹이었다. 안타깝게도 그 향기에 홀린 이는 결코 이어져서는 안 되는 사내였다.

"아일사의 약혼자를 죽인 게 폐하이신 걸 압니다."

"지나친 단정인데."

"그 전에도 그러셨으니까요."

제국 제일 독재자의 외동딸로 태어나 어린 황제와 오누이처럼 자란 아일사는 그 신비로운 미색과 더불어 '웃지 않는 공주님'으로 불렸다. 그녀를 사랑하는 사내는 많았으나 가까이 다가가면 전부 죽음을 맞았다. 전부 그녀를 애틋해하고 '친누이처럼' 아낀다 곧잘 말하는 이 온화한 황제의 손에. 카이레가 빙그레 웃었다. 아늑한 늪과 같은 속삭임이었다.

"그 아이는 태어날 때부터 내 것이었어."

그 애를 처음 발견하고 마음에 담은 것도 나라고. 그 오랜 시간 기다려 왔는데. 왜 내가 가지면 안 되는데?

"대부도 내게 말했어. 그 애를 보살피고 지켜야 한다고."

"어디까지나 오누이로서 말이죠."

실제로도 그랬다. 그들은 이뤄져서는 안 된다……. 천륜을 어기게 되리라.

로만은 다시 의문이 들었다. 정말 그의 아우는 아무 대책 없이 순순히 죽음을 맞았을까? 설마 코앞에서 벌어지는 이 참극을 몰랐으려고. 죽은 아내만큼은 아니어도 어린 딸에게 애착이 없지 않았는데.

사실 카이레의 말처럼, 로만도 가끔 생각하곤 했다.

어디엔가 저와 같은 피가 흐르는 짐승이 살아 있지 않을까, 하는.

그걸 희망하는지 우려하는 건지는 그조차도 잘 몰랐다.

"오누이라……."

카이레는 부드럽게 툭툭 손끝으로 스승의 손등을 두드렸다. 생각에 잠긴 푸른 눈이 툭 떨어진다.

"그래, 그럴 수도 있겠지."

"폐하."

"걱정하지 않아도 돼, 백작."

로만은 아연하게 황제가 제 손을 잡아 올려 경건하게 입을 맞추는 걸 보았다. 젊음과 권력, 광적인 열기가 어린 청년에게는 어떤 죄악과 터부, 두려움도 없었다. 감히 멈추지 못할 행성의 추락을 목도한 듯 머리가 아득했다.

"그대가 걱정하는 무엇도 그 애를 불행하게 하지는 못할 테니."

내가 그리 만들 거야.

'아…….'

늙은 백작은 탄식했다.

모든 인간의 굴레가 항상 그러하듯, 생의 뒤안길에 선 늙은이는 젊은이의 열정과 목적, 그 무엇도 막을 수 없었다.

언제고 그러하지 않았던가.

오래지 않아 테오도르 백작이 작고했다. 제국의 큰 별이 지자 모든 이들이 슬퍼하였다.

그의 질녀인 에스페리스의 아일사가 백작의 장례를 주관했다.

애도보다는 눈물에 젖은 그녀의 청초한 얼굴에 홀린 이들이 더 많다는 것은 애석한 일이었다.

황제는 국장을 선포하고 친히 유족인 그녀의 곁에 머물렀다.

"폐하."

"이제는 오라버니라 부르지 않는 것이냐."

"그리 부를까요?"

"아니. 어릴 적 호칭이 더 좋다."

"……카이레."

"넌 가끔 나를 구제 불능처럼 볼 때가 있어."

"저를 그리 만드는 건 폐하십니다."

"나를 이리 만드는 것도 너뿐이고."

"……"

"황궁으로 오렴."

"카이레."

"내게 와. 어릴 때처럼, 그렇게. 오순도순 같이 있자. 이제 우리 둘뿐이 아니니."

"……버겁습니다."

"내가 다 감당하는데 대체 무엇이."

"폐하의 모든 게요."

"나는 네 아버지보다 훨씬 못난 사내인데도?"

"어떤 면에서는 더하신 분이니까요."

"그럴지도 모르지."

"그래서 두렵습니다."

"나는 네가 두려운데."

"두렵다 하시면서 저를 원하세요?"

"그래."

"이해하기 어려워요."

"그건 내가 온전히 감당할 몫이고. 내가 꺼려지면 어떻게 할까. 그래, 내 목숨을 줄까?"

"농이 과하세요."

"진담인데."

"바라지 않습니다."

"황제가 거짓을 말할까. 후일 어떤 일이 있건 간에, 전부 내가 짊어지마. 너는 그저 내 옆에서 웃으면 된다. 내 제국이건 심장이건 다 내어주겠다."

"……후회하실 거예요."

"그럴지도 모르지. 왜 웃어?"

"어릴 때 생각이 나서요. 카이레와 장난을 치다가 황실의 보물을 부순 적이 있잖아요? 그때도 같은 말을 했죠. 내가 다 짊어지겠다고."

"……네가 다쳤었지."

"카이레도요. 피 조금 난 것뿐인데 백지장처럼 창백하게 질려서는!

그때 아버지께 혼쭐이 날 줄 알고 무서워서 떨고 있는데, 나보다 카이레가 더 겁에 질린 것 같아서 눈물이 쏙 들어가지 뭐예요."

"그랬나?"

"네. 카이레가 그런 얼굴을 하는 건 처음이었어요."

"……."

"그 후로 한동안 날 만나 주지 않아서 얼마나 속이 탔던지……. 내가 미워졌나, 하고……."

"겁먹은 건 아니야."

"그럼요?"

"놀란 거지. 많이."

"그 가보. 귀한 물건인가 봐요."

"별거 아니야. 조금 오래된 저울일 뿐이니까."

넌 신경 쓰지 않아도 된단다.

아무것도 몰라도 되니 웃어 주렴.

항상, 지금까지처럼, 앞으로도. 내 옆에서.

외전 2.
뻐꾸기 둥지

어떤 이야기가 처음 시작되는 순간은 계절이 지고 피는 것처럼 확연하게 눈에 띄지 않는다.

그것은 한 인물이 태어나던 날일 수도 있고, 아니면 담배 연기와 시시껄렁한 잡담이 오가는 테이블 위일 수도, 나라가 무너지거나 무고한 누군가가 교수형에 처해지던 해 질 녘일 수도 있다. 설화와 전설, 옛이야기들은 목적지 없는 방랑자이고 살인자와 성인聖人을 전부 품고 있는 어린아이와 같아서 수원을 알 수 없는 강줄기처럼 어디에서 스며 나와 어디로 흘러들어 가는지 모호하다. 아주 오래된 이야기일수록 더 그렇다.

그러니 평이하게 어느 화창하고 평화로운 날부터 시작하자.

증오와 살인, 시체를 파먹어 가는 구더기 따위와는 아무 상관도 없는 명랑한 웃음, 경쾌한 말발굽 소리, 정갈한 파랑으로부터.

여기 두 필의 준마, 끙끙거리는 사냥개 두 마리, 젊음이 찬연한 청년 둘이 있다.

새 울음이 높은 울창한 숲을 비추는 햇볕은 잘 말린 밀짚처럼 바삭바삭거렸다. 한여름과 같은 무더위는 아니었다. 새벽에 내린 이슬비 탓에 바람은 선선했다. 사냥하기 좋은 날씨다.

"따분한 날씨야."

유독 청명한 하늘을 올려다보던 일라드는 고개를 돌려 투덜거리는 친우를 돌아보았다.

"또 뭐가 불만이실까."

"따분한 것!"

애정 섞인 한숨에도 상대방은 아랑곳없이 지껄였다. 슬쩍 벌어지는 불그스름한 미소 사이로 하얀 이가 드러났다. 소년 같은 웃음이었으나 저치가 저런 얼굴로 태연히 간사하고 잔인한 짓을 하는 것을 여러 번 보았다. 결정적으로 그는 일라드 앞에서는 더더욱 속내를 숨길 줄을 몰랐다.

"따분한 것 자체가 마음에 들지 않는다고."

"오늘 사냥감은 차고 넘쳤는데."

"그러니까. 쉬운 사냥 따위 무어 재미있다고?"

무의미한 투덜거림이었다. 일라드는 타성적으로 고개를 끄덕이며 여우나 토끼 따위를 잡아 어머니에게 드려야겠다 생각했다. 아직 겨울이 멀었음에도 질 좋은 모피로 만든 장식들이 한창 수도에서 유행할 시절이었다. 수도의 변덕스럽고 탐욕스러운 유행 따위 고지식하고 진중한 그가 알 턱이 없었지만 말이다.

"어때, 일라드."

동행의 목소리는 낮고 부드러웠지만, 숲의 새소리를 환기시킬 만큼 짙고 또렷한 음색을 띠고 있었다. 눈이 마주치자 웃는다.

"뭐가?"

"내기 말이야."

또 그 말인가. 절로 한숨이 나오려 했다. 그의 고귀한 혈통에 도박

꾼의 피가 흐르는 것도 아닐 텐데 그는 유독 내기를 좋아했다. 그리고 그가 두 번째로 말을 꺼냈다는 건, 번복은 없다는 뜻이다. 대개의 경우, 아니 언제나 일라드는 저 악동 같은 미소에 지고는 했다.

그러나 이번에도 작은 반항을 해 보았다.

"프리가, 오늘은 칠석날이야."

"오."

상대는 작게 고개를 기울이더니 되물었다.

"그런데?"

"제발, 신학서를 읽어 보라고. 도박과 술, 여자는 금하는 게 교리……."

"이 숲에는 아무도 없어. 우리 둘이 입을 다물면 아무도 모른다는 거지."

님프처럼 짓궂은 입술이 여인의 것처럼 얄팍하게 휜다. 그것을 피하듯이 일라드는 무의식적으로 도로 고개를 위로 틀었다. 일라드. 저보라는 듯 다시 부른다. 응답하지 않으면 언제까지고 저러고 있겠지. 이런 고약한 녀석.

돌아보는 한숨 섞인 눈은 그가 보던 하늘만큼 푸르렀다. 아니 그 자체가 올곧은 푸름을 닮았다. 종마처럼 단단한 몸체와 가지런한 이마와 눈매, 곤란함을 띤 입술마저도 쪽빛 먹으로 그린 것처럼 전아하다. 그를 가만히 감상하듯 바라보던 프리가는 야트막하게 웃으며 고개를 저었다.

"별거 아니잖아? 각자 진짜 원하는 걸 들어주는 거야."

"또 무슨 고약한 걸 시키려고."

"저런, 친구여. 내가 언제 너를 곤란하게 한 적이 있던가?"

"많지. 아주."

그들은 사리 분별 못 하는 어린 시절부터 함께 자랐다. 황자와 시동이라 한들 당시에는 함께 놀 놀이 친구에 가까웠다. 그리고 일라드는 자연스레 그의 신하가 되었다. 일라드의 가문이 대귀족 중 손에 꼽히는 유서 깊은 테오도르 백작가라는 것도, 프리가 적자임에도 마땅한 대우를 받지 못하는 수많은 황자 중 하나에 불과할지라도 그랬다.

아마도 그것은 야생 맹수들이 한 무리 안에서 자연스레 서열이 정해지는 것처럼, 본능적이리라.

소년 황자와 어울려 놀던 일라드는 그의 악동 같은 매력 탓에 당연한 듯 그를 좋아하고 따르게 되었지만, 덜 여문 머리로도 이따금 프리가 사뭇 다른 아이라는 걸 인지할 때가 있었다. 사례는 많았다. 예뻐하던 개가 새끼를 낳은 이후 저에게 이를 드러내자 그 새끼를 빼앗아 연못에 던져 버리거나, 못마땅한 궁인을 주도면밀하게 손 하나 대지 않고 내쫓기도 하고, 기상천외한 방식으로 타인—종종 그 타인은 일라드가 되었다—의 성과물을 가로채어 제 것으로 만들었다.

이런 일도 있었다. 프리가의 모친에 이어 황후가 된 계모가 새 기르는 걸 좋아하는 황자에게 화려한 새장과 아름다운 황금새 한 쌍을 보내 주었다. 그리고 얼마 안 가 암컷이 죽었다. 상심한 수컷은 둥지의 알도 모조리 깨 버린 후 스스로 머리를 부딪쳐 죽었다. 황금새라는 종이 원래도 한 쌍 중 하나가 죽으면 그리된다 하였다. 죽은 암컷의 배를 갈라 보니 놀랍지 않게도 독이 나왔다. 병으로 일찍 죽은 생모와 아들들을 제 자리를 빼앗을 원수처럼 여기는 부황을 두고 비꼬는 것이었다. 너는 어미도 잃고 아비에게도 버림받은 자식에 불과하다고.

그 날 예의 바르게 선물을 받아 들었던 소년은 무구하게 웃으며 답례를 하겠다고 공손히 인사를 올렸다. 후에 곱고 어여쁜 새 한 쌍이 든 우리가 황후궁으로 갔다. 아무리 살펴도 값지며 진귀한 멀쩡한 새였다. 당연한 의심과는 별개로 새들은 건강했고 이후 알도 낳았다. 그쯤 일라드를 대동한 채 문안 인사를 간 황자가 사랑스럽게 미소 지으며 말했다.

'새가 어여쁘십니까? 마음에 드셨으면 좋겠습니다.'

'색이 고와 어여삐 여기고 있습니다.'

'다행이군요.'

태기가 있는 황후는 부른 배를 쓰다듬으며 어린 의붓아들을 수상쩍게 노려보았다. 황자는 아무것도 모른 양 아우의 탄생이 기대된다며 재잘대었다. 그를 익히 아는 일라드도 헷갈릴 만한 천진함이었다.

얼마 안 가 알에서 새끼가 태어났다. 그리고 곱게 지저귀던 새들은 전부 죽임을 당했다. 새가 정성껏 품고 있던 것이 뱀의 알이었기 때문이다. 시녀들의 비명에 놀라 새장을 들여다본 황후는 끔찍한 광경에 까무러쳤고 충격으로 사산을 하고 말았다. 당시 프리가의 나이 열다섯이었다. 그는 둥지 속의 알을 다른 알과 바꿔치기한 것을 태연하게 털어놓았다. 어쩐지 섬뜩하여 미간을 찡그리고 있는 일라드에게 프리가는 평소와 다를 것 없이 웃으며 말했다.

'뻐꾸기라는 새는 남의 둥지에 알을 낳는다던데. 그 둥지의 진짜 새끼들은 모조리 밀어 죽이고 말이야. 그래도 원수 새끼를 제 새끼로 알고 키우는 것보다는 뱀이 더 낫지 않겠어?'

'어째서?'

'기만보다는 죽음이 낫지.'

일라드는 종종 왜 자신이 얄궂고 모질며 가장 저를 가차 없이 휘두르는 프리가와 친구로 지내는지 모르겠다고 여겼다. 이 젊은 황자는 주위의 모든 인간을 통틀어 일라드를 가장 좋아하는 것처럼 보였지만 그러함에도 때로 아무렇지 않게 그를 곤경에 빠뜨렸다.

"네 어여쁜 약혼녀를 내놓으랄까 봐 그런 거야?"

"프리가."

이렇게 말이다. 일라드가 드물게 난색을 표하자 농담이라고 대꾸한다. 골치가 아파 온다. 한숨이 나왔다.

"혼담이 오가는 것뿐이야."

"그러겠지."

프리가는 관심 없는 듯 말했지만 그게 아니란 걸 안다.

"언제까지 그럴 거야?"

"뭐가?"

"여섯 살 난 아이처럼 심술부리는 것 말이다."

며칠 전 테오도르 백작저에 들렀다가 혼사 얘기를 들은 프리가의 표정은 시시각각 변하는 새벽 그림자처럼 미묘했다. 우연히 본 일라드가 흠칫할 정도로 미세하지만 분명한 감정이었다. 프리가는 질투가 많았다. 쾌활한 그를 아는 모두가 깜짝 놀랄 만큼. 고약하게도 노골적인 티도 내지 않았다. 그 독점욕과 소유욕은 성년이 된 뒤에도 여전했다. 하지만 제 혼사에도 이런 반응을 보일 줄은 몰랐다.

"정 불안하면 네가 이기면 되잖아."

네가 원하는 모든 걸 들어줄게.

고약한 심술맞음이 고인 벽안이 곱상하게 휘어졌다. 저와 같은 색임에도 참 낯선 빛깔이었다. 일라드는 종종 그를 이루는 색은 전부 독특하고 독보적인 뭔가가 섞여 있는 것 같다는 생각을 하곤 했다. 생김새만 따지면 잘 세공한 상아 조각에 가깝다. 그러나 북부 늑대처럼 짙은 머리카락과 반질거리는 두 눈이 얼핏 여성처럼 섬세한 얼굴을 강렬한 무언가로 탈바꿈시켰다. 화려한 미색에 그를 낮잡아 보던 이들도 형형하게 번뜩이는 안광을 마주하면 저도 모르게 자세를 달리하곤 했다.

하긴 이 사내는 암황暗皇의 피를 이어받은 자다. 위험한 혈통을 물려받은 그의 형제들도 범상치 않은 이들이 허다하게 많았다. 정확히 말하면, 비범하지 않으면 살아남지 못했다.

마침 일라드는 그에게 원하는 것이 있었고, 프리가에게는 말이 되지 않는 것도 그럴듯하게 들리게 하는 말재주가 있었다. 항상 거기에 혹하는 저도 멍청하다고 여기며 혀를 찼다.

"좋아."

"가장 값진 것을 잡아 오는 자가 승리하는 걸로 하지."

검은 말의 고삐를 쥔 청년이 찡긋 윙크를 하고는 먼저 말을 달려 앞으로 쏘아져 나갔다. 질세라 뒤쫓아 갔다. 둘의 사냥 실력은 비등비등했으나 일라드가 조금 더 나았다. 하여 다른 때보다 더 자신이 있었던 것이다. 사냥의 신도 그의 편인 듯했다. 일라드는 얼마 안 가 황금빛을 띤 붉은 여우와 잿빛 늑대, 아름다운 깃을 가진 새를 잡았다. 그러나 프리가는 내도록 한 마리도 잡지 못했다.

"이번에는 내가 이길 것 같은데."

의기양양한 목소리에 활을 쥐고 있던 프리가의 얼굴이 그의 쪽으로 돌아갔다. 지고 있음에도 어쩐지 여유작작한 눈을 본 순간 일라드의 땀에 젖은 피부에 일순 소름이 돋았다. 보통 그가 저런 눈을 할 때에 일라드는 어김없이 안 좋은 일을 겪고는 했다. 무어라 입을 열기 전 프리가가 말했다.

"그래?"

프리가는 유쾌하게 웃었다. 창공을 가르는 매의 날갯짓처럼 매섭고도 쾌활한 웃음 소리였다. 그러고는 저 멀리 능선을 향해 활을 겨눴다.

그러나 그 방향에는 일라드가 있었다. 아니, 정확히 그를 향하고 있었다. 벙벙한 입이 벌어지고 경악한 눈이 저를 뻔히 보는데도 하얀 손은 주저 없이 활시위를 놓았다. 죽음이 뺨을 할퀴고 지나간 것 같았다. 고막이 얼얼하고 얼음이 등줄기를 훑듯 섬뜩했다. 비릿한 냄새가 났다. 가느다란 생채기가 번진 귓불을 더듬거리던 일라드는 울컥 화가 치솟아 태평하게 연주하듯 활시위를 튕기는 상대에게 노성을 질렀다.

"이게 무슨 짓이야!"

"사냥했지."

가느스름하게 뜨인 눈이 저 먼 곳을 보다가 뒤늦게 씩씩거리는 친우를 돌아보았다. 찰나 그의 푸른 눈이 기이하게 번들거리는 것만 같아 분노조차 잊고 얼어붙었다. 아직도 그의 손에는 활이 들려져 있었다. 사방이 바람 한 점 없이 조용했다. 다가오는 말의 발굽 소리. 미미한 나뭇잎의 바스락거림. 어느덧 차게 식은 뺨에 길쭉한 손이 얹혀졌다.

"안색이 창백해."

날 선 공기가 일시에 허물어졌다.

"너."

"그나저나 안 봐 줄 건가?"

잡은 것 같은데. 서운하다는 어조로 근처에서 속살거리는 그를 확 떠밀듯 밀쳐 냈다. 프리가는 연신 배를 잡고 킥킥거렸다. 놀아난 것처럼 기분이 엉망이다. 일라드는 이를 갈면서 말 머리를 돌렸다. 그제야 프리가는 활을 등 뒤로 메고 그를 따라왔다. 건성 어린 태도였지만 보나마나 명중이란 걸 안다. 프리가는 검술에 조예가 깊지는 않았으나 자식에게 인색한 황제가 지나가듯 칭찬할 만큼 활 솜씨가 뛰어났다. 아니나 다를까. 풀썩 어떤 것이 쓰러져서 눌린 풀들과 미약한 버르적거림이 낚은 숭어처럼 시야 한쪽에서 들썩거렸다. 프리가가 장난스럽게 말했다.

"난 목에 걸지. 테오도르 백작께서는?"

"……."

"이런 아직 토라졌나?"

"입 다물어."

"하하하. 뭘 무서워하는 거야, 일라드. 내 손으로 널 다치게 할 리가 없지 않니."

유쾌한 손길이 아이 달래듯 머리칼과 어깨를 문지르자 더 화를 내는 게 무색했다. 최소한 프리가가 이만큼의 신경을 기울이고 다정함을 보이는 건 일라드가 유일했다. 일라드는 깊게 한숨을 쉬었다.

"의미가 있는지는 모르겠다만, 다리?"

발버둥이 심한 걸로 봐서는 다리를 맞은 것이라 추측했다. 프리가는 코웃음 쳤다.

"후하기도 하시지."

일라드는 짜증스럽게 어깨를 으쓱했다. 그들은 말을 몰아 사냥감이 있는 곳에 도착했다. 붉은 핏자국이 으깬 석류처럼 풀 잎사귀 군데군데에 흩어져 있었다. 마지막까지 살고자 발버둥 친 흔적이었다. 이미 죽었는지 피는 식어 있고 사방은 고요했다. 프리가는 훌쩍 말에서 내려 성큼성큼 풀숲으로 들어가 사냥물을 집어 들었다. 눈 속에서 태어난 것처럼 털빛이 하얀 어린 사슴이었다. 뭣 모르는 이가 봐도 승패가 명확했다.

황실 사냥터에서도 희귀하여 잡기 힘든 짐승이었지만 프리가는 재미있다는 듯 웃기만 했다.

"백사슴이 왜 귀한 줄 아나, 일라드?"

"그야 가죽 때문에?"

황자의 손아귀에 가느다란 목이 죄 잡힌 죽은 사슴은 순결한 제물처럼 가련해 보였기에 살생에 익숙한 기사임에도 일라드는 눈가를 조금 찌푸렸다. 핏방울이 질척하게 뚝뚝 흰 털을 적시고 바닥에 떨어졌다.

"가죽도 물론 귀하지."

푸른 눈이 가늘어졌다.

"왜냐하면 이 짐승이 신의 것이기 때문이야."

일라드가 눈살을 찌푸리자 프리가가 손을 휘저으며 낄낄 웃었다. 그 탓에 붉은 피가 이리저리 마른 땅에 뚝뚝 떨어졌다.

"이런 독실한 작자 같으니라고! 아카디아에서는 매번 신년이 되면 눈처럼 하얀 사슴을 잡아 제단에 올린다는 것도 못 들어 봤나?"

"그건 미개한 이교도들의 풍습이 아닌가."

농을 걸려는 의도가 확연히 드러난 말에 일라드는 못마땅하게 한숨을 섞어 대꾸했다. 기사도에 충실한 청년은 종교에도 신실했다. 여러모로 도덕성이 부족한 친우와는 다르게 음주가 과하지도, 여색을 밝히지도 않으니 이 얼마나 반듯하고 정갈한가. 그러나 프리가는 보수적이라며 혀를 찼다. 그러고는 파란 눈으로 상대를 멀뚱히 쳐다보며 이리 말했다.

"미개하다라. 그런 것으로 따지자면 가장 미개한 건 이 나라가 아니야?"

"말조심해라."

낯색을 바꿔 일갈했음에도 프리가는 나른하게 말을 이어 갔다.

"선전 포고 후 가차 없이 국토를 짓밟고 유린하지. 사내는 죽이고 여인은 취하고, 아이들은 노예로 파는 데다, 정복한 땅을 불사르는 것도 모자라 소금까지 뿌리니 이 얼마나 무자비하고 야비한가."

전래 동요를 부르듯 가벼운 어투가 무색하게 신랄한 내용이었다. 일라드는 저도 모르게 주변을 둘러보았다. 그의 조심스러운 태도에 프리가는 실소를 지었다.

"오, 겁먹었나?"

"제발, 폐하의 귀에 들어가면……"

"기특하다 하실걸? 사내라면 마땅히 제 생각을 말할 줄 알아야 한다고."

"……그럴듯하군."

"그리고 제 눈에 안 차면 차라리 죽는 게 나을 쓸모없는 개 취급을 하겠지. 참 눈물 나는 부정이야."

냉소적인 어투로 대꾸하는 프리가의 표정은 시큰둥했으나 정작 속까지 그렇지는 않다는 걸 일라드는 알고 있었다. 아버지를 뛰어넘기를 원하며 동시에 인정을 갈구하는 건 모든 아들들의 당연한 욕구 아니겠는가. 그러나 프리가는 격렬한 적대감과 경시, 빈정거림으로 그러한 갈망을 대신했다. 마치 부정을 갈구하는 것이 치명적인 패배라도 되는 것처럼.

선량한 일라드가 아무 말도 하지 않자 프리가는 삐뚜름하고 교활한 미소를 지었다.

"그러니 귀한 것이야."

"무슨 말이야?"

황자의 기다랗고 허연 검지가 죽은 백사슴을 가리키자 일라드는 작게 입을 벌렸다. 아까 전 대화의 연장이었다. 그의 시선 끝에 선 이의 붉은 입술이 길쭉하게 찢어졌다. 하얀 이가 늑대의 그것처럼 번뜩였다.

"신의 것이니 얼마나 귀하겠어?"

신의 가장 순수한 마지막 아이, 신의 사자라는 짐승. 그러니 가치가 남다른 것이다.

형제간의 암투로 멀리 아카디아까지 쫓겨난 적이 있는 프리가는 감히 사냥하는 게 금지된 여왕의 백사슴을 활로 쏘아 죽인 적이 있었다. 덕분에 유배되었던 그 나라에서도 추방당할 뻔했으나 어린 황자가 눈물을 뚝뚝 흘리며 실수였다고 죄를 빌자 자비로운 아카디아의 여왕은 고향에서 밀려난 그 소년을 불쌍히 여겨 죄를 용서해 주었다. 대신 100일간 기도하며 고된 노역을 하게 하고, 술을 입에도 대지 못하게 했다. 그 노역으로 인해 프리가의 몸에는 굽은 손가락과 평생 갈 왼쪽 무릎의 통증, 일그러진 조그만 흉터가 남았다.

온화한 여왕에게는 불행하게도, 이 잔혹한 사내는 원한을 절대 잊지 않는 인물이었다.

훗날의 일이나 결국 어린 이방인에게 자비를 베풀었던 그 나라는 지도상에서 지워지게 된다.

어쨌건 지금의 프리가는 황제인 아비의 눈치를 보아야 할 수많은 황자 중 하나에 불과했다. 잘생긴 황자의 눈이 짓궂게 휘어졌다.

"나는 누군가 아끼고 함부로 하지 못하는 것들이 예뻐 보이던데."

"항상 말하지만 네 취향은 고약해."

일라드가 나직하게 한숨을 쉬었다. 그의 핀잔에 울상을 짓는 척하지만 푸른 눈에 어린 교활한 장난기를 모르기엔 함께한 세월이 때때로 얄궂었다.

"우리가 어릴 적에 네가 했던 일들 기억 안 나나? 예배일 제단에다가 죽은 고양이를 던져 놓고 카일라 부인의 처소에 독사를 풀어 두었지. 황제께서 진노하셨다가 황후 폐하의 탄원으로 겨우 노여움을 푸시지 않았나."

"그때만 해도 어머니와 아버지의 사이가 좋았지."

팔베개를 한 프리가 뙤약볕에 매끈한 눈가를 찡그린 채 중얼거렸다.

"그리 죽고 못 살다가 결국 아버지 때문에 돌아가셨지만."

"그분은 병으로 돌아가셨어."

"고상하게 치장해 줄 필요 없어. 남편 계집질에 화병이 나서 제 분을 못 참고 쓰러지신 거지."

가장 사랑받는 애첩으로 시작해서, 황자를 낳고 병약한 전 부인을 쳐 낸 뒤 황후 자리까지 올라간 모후는 절대 성격이 고분고분한 여인이 아니었다. 황제 칼리굴라는 제 만만치 않은 후비에 대해 종종 입버릇처럼 미친 야생마나 독이 오른 짐승도 저 여자보다는 못할 거라고 씩씩대며 말하곤 했다. 전 대륙에 악명을 떨치는 제국의 군주도 황후의 독살스러움에는 곧잘 휘둘렸다.

그리 무소불위의 권력을 쥐고 있었으면서 결국 모후는 꺼져 가는 황제의 총애에 분노하고 증오하다 허무하게 가 버렸다. 그깟 사랑이 무어라고. 졸지에 든든한 뒷배를 잃은 프리가만 끈 떨어진 두레박 신세가 되어 목숨이 위태로워졌다. 웃긴 건 하루가 멀다고 싸우고 멸시하던 아내가 죽자 그 냉혈한 황제가 엉엉 아이처럼 울음을 터뜨렸다는 사실이다. 그는 죽은 반려의 무덤을 화려하고 웅장하게 지으라 명하고, 그녀가 남기고 간 화원에 황금으로 창살을 두르고, 그녀의 머리카락 한 줌을 애지중지 가슴에 품고 다녔지만 졸지에 어미를 잃은 아들이 암살에 시달리고 생사를 오가는 건 나 몰라라 했다.

아비의 정부가 보낸 암살자의 칼에 세 번째로 죽을 뻔한 날 프리가는 친부를 향해 차마 입에 담지 못할 욕지거리를 지껄였다. 미친 개잡놈이라고 했던가. 눈이 뒤집힌 친우가 피를 철철 흘리며 황제의 궁으로 달려가려는 걸 일라드가 말리지 않았더라면 그날 프리가는 아내의 죽음에 상심한 아비의 칼에 유명을 달리했을 것이다. 황제는 죽은 아내를 보아 아들을 살려 줄 만큼 인간적이지도 온화하지도 않았다. 실제로 그의 자식 중에 적지 않은 수가 황제의 손에 죽거나 불구가 되었다. 그 이상으로 황자와 황녀의 머릿수가 많은 탓에 그다지 티가 나지 않을 뿐.

기가 막힌 현실이지만 이것이 황궁이었다. 비정상적인 일이 당연시되는 곳.

그러나 푸른 하늘을 등진 아름다운 황자는 그 모든 일이 남의 일인양 수려했다. 이따금 그를 볼 때마다 종종 느껴지는 비현실성이 필연적이라고 말하는 것처럼.

프리가가 짝 손뼉을 쳐 분위기를 환기시켰다.

"자, 그럼, 내가 이긴 거야!"

"어차피 수긍할 때까지 우길 참이잖아."

자포자기해서 쏘아붙였다. 하지만 그도 패했음을 인정하고 있었다. 다 안다는 듯 웃는 모양이 얄밉다.

"그럼 내 소원을 말하지. 음, 그래. 내 소원은…… 네가 노총각으로 늙어 죽는 거야. 어때?"

"말도 안 되는 소리 마."

일라드가 질색하며 말했다. 그러자 눈 하나 깜짝하지 않고 더 기가 찬 대꾸가 돌아왔다.

"그래? 그럼 그 여자 죽여도 되나?"

"프리가!"

이번에는 농이라고 눙치지도 않는다. 가면처럼 웃는 입꼬리만이 선명해서 숨이 턱 막혔다. 그가 왜 이러는지도 알아서 더. 일라드는 피로함에 마른세수를 했다.

"성품이 선하고 훌륭한 숙녀야. 이런 내기에 오르내리는 것조차 그녀에게는 모욕이라고."

"저 멀리 섬나라 반쪽 혈통이라지? 평판도 좋지 않던데."

"……전부 오해야. 불행하게도 그녀는 낯을 많이 가리거든."

가문 내의 입지도 그러거니와 가족과도 썩 사이가 좋지 않아 보였다. 기사도나 약혼자로서의 예의를 운운하지 않는다 해도 일라드는 그녀가 안쓰러웠다. 제 사람이 될 사람이니 잘해 주고 싶었다. 약혼녀 여성을 드는 일라드를 응시하던 프리가는 나직하게 휘파람을 불었다.

"벌써 싸고도는군. 미인인가?"

"내 아내가 되기 전까지는 볼 생각도 마."

엄두도 내지 말라는 뜻이다. 이러면 더 궁금한데.

"너도 빨리 혼인이나 해."

"내키면."

일라드가 무어라 더 말하기 전 죽은 백사슴을 말 위에 얹은 프리가가 별안간 그를 향해 씩 웃었다.

"혼인 선물로 네게 주지. 가져가서 가죽을 벗겨서 의자로라도 쓰라고."

제 입으로 귀하다고 했으면서 다루는 건 하잘것없었다. 모순적이었으나 그러려니 했다. 그가 프리가였기 때문이다. 일라드는 약간 누그러진 어조로 되물었다.

"귀하다면서?"

"네가 내게는 더 귀하니까."

프리가가 장난스레 한쪽 눈을 찡긋했다. 일라드는 한숨처럼 코웃음 쳤다.

"송구하기 그지없군."

"농담 아니야."

내게는 너밖에 없지 않니.

태연자약하게 심장을 찌르는 말을 하는 것도 그다웠다. 이리 말하면 불편하고 안쓰러워할 걸 뻔히 알면서. 그게 진심이라는 걸 알기에 더 그랬다. 사람 좋은 척 실실 웃고 다니지만 이 아름다운 황자는 사람에 대한 의심이 많았다. 그래서 그에게 관심을 갖고 매혹된 이들은 많았지만 정작 곁에는 사람이 없었다. 여럿이 거쳐 가더라도 종국에 남는 건 일라드 하나다. 못내 그 사실이 기꺼우면서도 안타까웠다.

뻔히 알 깜냥인 프리가는 그의 마음이 무거워지는 걸 전혀 모르는 것처럼 굴었다. 하얗게 말간 얼굴이 무해한 어린 악마처럼 천진했다. 그리고 그런 얼굴로 마침 생각났다는 듯 손가락을 튕겼다.

"좋아. 다른 소원을 빌지. 키제트 사제와 친분이 있었던 걸로 아는데."

"후임 대사제 말인가? 집안과 연이 있지. 그건 왜?"

"최근 재미있는 꿈을 꿔서. 그가 꿈풀이에 그렇게 뛰어나다지?"

"무슨 꿈이길래?"

"글쎄."

아주 이상하고 기이한 꿈.

⚜

키제트는 양순하고 사람 좋은 인상에 갓 약관에 들어선 어린 나이임에도 박학다식한 사제였다. 아르함 대사제도 제자 중 그만큼 머리가 뛰어난 이가 없다고 종종 말할 정도이니. 이러한 긍정적인 평판과는 별개로, 키제트는 야망이 들끓는 사내였다. 출신이 가난하지 않았다면 사제가 아니라 정치가가 되었으리라. 종교에 투신한 이후에는 현명한 처세술과 사제로서의 입지를 살려 어지간한 귀족보다 더한 영향력과 '친구들'을 갖고 있었다.

테오도르 백작가 또한 그중 하나였다. 일라드는 아무도 모르게 사제를 만날 수 있는 시간과 장소를 알려 주었다.

여느 때처럼 새벽 기도실에서 두꺼운 경전을 들고 나오던 키제트는 맞은편 벽에 기대서 있던 황자와 눈이 마주치자마자 우뚝 멈춰 섰다. 프리가는 느긋하게 놀란 기색 없이 인사를 올리는 사제에게 빙그레 미소 지었다.

"놀라지 않는군?"

"놀랄 이유가 있겠습니까? 고귀하신 분."

고개를 조아리면서도 단순히 비굴하게만 보이지 않는다는 것이 저 영민한 사제의 독특한 점이다. 그가 입은 사제복 때문인지도 모르겠지만. 프리가는 날렵한 몸놀림으로 비스듬히 선 두 발을 반듯하게 세우더니 어슬렁어슬렁 그에게로 걸어왔다. 미끄러지듯 나른한 것이 꼬리가 풍성하고 붉은 여우 같은 움직임이었다. 키제트는 천천히 허리를 펴고 그런 그를 눈만 움직여 지켜보았다. 시선이 마주쳤다.

그들은 동시에 얕은 미소를 지었다.

"어쩐 일이십니까, 황자 전하."

"뭐어, 그대에게 물어볼 것이 있어서 들렀어."

프리가는 손바닥으로 뺨을 문지르며 말했다. 그 서슬에 몇 마디 뭉개졌지만, 뜻을 못 알아먹을 정도는 아니었다. 키제트는 시종 온화한 낯으로 저보다 훌쩍 키가 큰 황자를 응시했다. 앳된 얼굴 탓에 사제의 자상함보단 순종적인 것에 가까웠지만. 그리고 프리가는 의식적이든 무의식적이든 그것을 당연시했다.

"하문하십시오."

"해몽을 좀 해 줬으면 하는데."

마치 고해 성사를 기다리는 것처럼 고요하던 눈에 처음으로 흥미가 돌았다. 그는 재미있다는 듯 웃었다.

"스승께서도 잡스러운 취미다 못마땅해하시는데 황자님께서 그런 미신에 관심이 있으셨습니까?"

"종교란 원래도 교리와 관계없는 건 야만스럽다 하지 않나."

"그렇기는 하지요."

"난 그 꿈이 무슨 뜻인지 알고 싶어."

사람에게는 직감이라는 것이 있다. 프리가는 아비의 육체적 폭력성을 물려받지는 못했으나 모친에게서 물려받은 귀신같은 민감함이 있었다. 칼리굴라가 아내에게 질색을 하며 흥을 보았던 그 예민한 특성은 아이러니하게도 프리가를 몇 번이나 살린 적이 있다. 뒷목이 싸하며 오한이 들면 거짓말처럼 흉계가 닥치거나 안 좋은 사고를 당하고는 했다.

이번의 꿈도 그러했다. 땀에 흠뻑 젖어 깨어난 뒤에도 눈앞에 찬물을 끼얹은 듯 생생하고 구역질이 나올 듯 심장이 쿵쾅거렸다. 동이 틀 때까지 눈을 가늘게 뜨고 생각에 잠겨 있던 프리가는 곧장 날이 완전히 밝자마자 수도의 솜씨 좋은 점술가들을 궁으로 불러왔다. 그리고 그들을 반나절 동안 상대하다 여인에게 칼을 맞을 꿈이라는 헛소리를 마지막으로 미련 없이 전부 내쫓았다. 사기꾼들 같으니라고. 그는 본능적으로 제가 찾는 답이 그들에게 없다는 걸 알았다.

그리하여 찾아온 것이 이자다. 이번에는 옳은 답이기를 바랐다.

모든 사제들이 잠에 들고 서로를 바라보는 두 사람뿐인 예배당의 복도는 무덤처럼 적막했다. 혹은 달이 뜬 망망대해, 깊고 깊은 한겨울의 눈 쌓인 들판 같기도 했다. 누가 쉬었는지 모를 그윽한 한숨이 내려앉았다.

"내가 꾼 꿈은……."

달빛이 얇은 모슬린처럼 깔린 바닥과 벽에 황자의 그림자가 느리게 입을 벌렸다. 먹이를 향해 혀를 날름거리는 뱀 그림자처럼.

"해 그림자가 너무 컸어. 그 거대하고 뜨거운 행성 때문에 모두 말라 죽어 가고 있었고, 갈증에 허덕이다 하늘을 향해 무작정 활을 쏘았는데, 금빛 독수리가 맞아 죽더군. 처음에는 태양인 줄 알았어. 황홀할 만치 반짝였으니까. 내 발치에 떨어져 있는데도 그런 착각이 들어서 한참을 바라보았지. 그런데 그 짐승이…… 죽어 가면서 나를 올려다보는 거야."

제 이야기에 심취해 있다가 고개를 든 자리에는 반쯤 달그림자에 얼룩진 사제의 묘한 얼굴이 있었다. 키제트가 부드럽게 되물었다. 채근이었다.

"그리고 어찌 되었습니까."

"어찌 된 영문인지 그 눈을 더 보고 있기가 힘들더군. 그래서……."

그 꿈이 선명했던 건 독수리의 그 눈 때문이었다. 식어 가는 생명의 불, 그리하여 차갑고, 공허하면서도, 뜨거운 피를 흘리며 올려다보는 그 눈물 같은 번들거림.

저도 모르게 심장이 턱 내려앉는 것만 같았다. 가까스로 그 감각에서 빠져나온 프리가가 서둘러 말했다.

"활을 뽑았더니 그 핏물에 온 수도가 잠겼어. 바다처럼 넘쳐흘렀지. 그리고……."

그의 말에 귀 기울이는 사제의 눈은 어둠 속 부엉이의 그것처럼 반짝거렸다. 실로 기이한 빛이었다.

"그 피바다 물을 마시고 죽은 늑대의 시체가 떠밀려 왔어. 배를 갈라 보니 마흔 마리의 새끼가 나오더군."

"그것을 어찌하셨습니까."

"늑대의 가죽을 벗기고 나머지는 불에 태웠어."

"혹시 늑대의 피와 살을 취하셨습니까?"

"······그런데?"

"오."

키제트가 나직한 탄성을 질렀다. 그게 의례적인 건지 놀라서 뱉은 건지 프리가는 알 수 없었다. 반쯤 섞인 것 같기도 아예 아닌 것 같기도 했다. 의중을 알 수 없는 다정한 얼굴이 입을 다문 황자를 살피다 입술을 열었다.

"황자께서 저에 앞서 질문한 그들은 무어라 하더이까?"

"나더러 계집에게 뒤통수를 맞을 거라 하던데."

"푸하하하!"

시원하게 터진 웃음에 프리가의 가는 눈썹이 얼마간 찌푸려졌지만, 저가 들어도 어처구니없는 말이니 모른 척 제 할 말을 끝마쳤다.

"어떤 놈은 부자가 될 거라고 하고, 또 다른 놈은 당장 이 나라를 떠나야 장수할 거라고 하고. 나더러 혈육의 피를 묻힐 거라는 놈도 있더군. 하! 이 황궁 바닥에 남은 황족 중에 깨끗한 놈이 어디 있다고."

"그건 그렇군요."

제법 소탈한 긍정이 돌아오자 프리가는 이 사제가 어쩌면 재미있는 인물일지도 모르겠다고 생각했다.

"부자가 되는 것도 앞으로 많은 보화를 쥐게 되실 테니 틀린 말은 아닌데······. 이 나라를 떠나란 것은 정말이지 우매한 충고이군요."

"그래. 형님들이 보낸 밀정이겠지. 보나 마나······."

"아니 될 말이지요. 제국의 주인이 어찌 타국의 영토에 머무신단 말입니까."

하얀 정적이었다. 낮의 사냥에서 제 귀가 다치기라도 했나. 프리가는 잠시 멍청하게 싱글벙글 웃고 있는 사제를 바라보다 새되게 되물었다.

"뭐라고?"

"장차 황위에 오를 분이라 하였습니다."

이번에는 잘못 들은 게 아니었다. 곧장 어벙벙하던 황자의 얼굴이 음산할 만치 가라앉으며 두 눈이 서늘하게 빛났다.

"혓바닥을 함부로 놀리는군. 죽고 싶나?"

"그럴 리가요. 저는 오래오래 신을 찬양하며 살고 싶답니다."

"그 신 곁으로 빨리 가고 싶은 건 아닌가 싶어서."

"하핫! 그럴 리가요!"

오, 신이여, 이 우매하고 죄 많은 종을 용서하소서. 황자의 살기에 핏기가 가신 주제에 이 건방진 사제는 덜덜 떨리는 손으로 성호까지 그으며 법석을 떨었다. 목이 잘려도 열 번은 잘릴 발언을 한 주제에 겁먹어 벌벌 떠는 꼴이라니. 어처구니가 없어 살의를 거둔 프리가가 으르렁거리며 캐물었다.

"그게 무슨 뜻이지? 내가 황제가 된다니."

황제! 무소불위의 권력을 휘두르는 절대자의 자리. 현재 제국의 통치자는 프리가의 아비인 칼리굴라다. 수많은 이들의 목숨을 취하고도 눈 하나 깜박하지 않는 남자. 제국 역사상 가장 위대하며 동시에 최악이라 기록될 군주.

그 괴물 같은 아버지가 앉아 있는 자리에……. 내가 앉게 된다고?

찰나 젊은 황자의 얼굴에 광기와 닮은 설레임이 드리워지는 걸 연신 그를 힐끗거리고 있던 키제트는 똑똑히 목격했다. 불에 먹힌 끓는 기름 같은 욕망을 순식간에 갈무리한 얼굴은 앞 전에 본 것이 거짓말 같았지만 그들 둘 다 그것이 애끓는 진심이라는 걸 알고 있었다. 두 남자는 무언의 시선으로 공모자의 악수를 주고받았다. 당연한 결탁이었다.

둘 중 누구 하나가 입을 열어도 다 죽으리라.

"현 시대의 꿈풀이와는 달리 처음 제국이 세워지기 전 상고 시대에는 꿈을 해석하는 방식이 달랐습니다. 건국제의 이야기를 아십니까?

그분은 중요한 전시나 제사 직전에 부친이신 전쟁의 신으로부터 계시를 들었다 합니다."

"누구와는 달리 좋은 아버지셨나 보군."

키제트는 황자의 빈정거림을 못 들은 척했다.

"먼 옛날에는 꿈을 반대로 해석했지요. 정확히 말하면, 시간의 순서 말입니다."

"시간의 순서?"

"즉, 독수리를 쏘아 죽인 게 먼저가 아니라 늑대가 죽은 것이 가장 처음 벌어질 일이라 해석하시면 옳을 것입니다."

그렇다 한들 프리가로서는 그게 무슨 뜻인지 알 길이 없었다. 그저 묵묵히 경청하자 키제트는 조금쯤 들뜬 기색을 억누르려는 듯 좌우를 둘러보고는 가까이 다가와 목소리를 낮췄다.

"황가皇家는 늑대의 핏줄입니다, 전하. 이 제도帝都 카릴에 남은 유일한 늑대라면 하나밖에 더 있습니까."

흥분한 사제의 입김이 귓가에 닿자 서리가 끼듯 약한 소름이 돋았다.

"전하께서 죽이신 건 폐하십니다."

핏물이 역류한 양 숨이 턱 막혔다. 프리가는 진절머리 치듯 저에게 반쯤 달라붙은 사제를 밀쳐 냈다. 하얀 사제복 자락이 휘청이며 유령처럼 흔들렸다. 인상을 쓴 그는 제 손이 정신없이 떨리고 있는 것을 보고 얼른 소맷단을 내려 그것을 감추었다. 공포인지 희열일지 모를 것이 내장을 긁어내렸다. 프리가는 이를 악물며 속삭였다.

"무슨 근거로. 황실이 늑대의 후예라면 이 황궁에 얼마든지 많다. 지나친 과신 아니냐."

"개중에 성장한 늑대가 있습니까. 전부 끼리끼리 물어 죽이거나 아비의 눈에 차지 못해 버려졌지요."

황자님도 그중 하나가 아닙니까. 눈으로 묻는 것에 프리가는 부정할 수 없었다. 빌어먹게도 그것이 암황의 아들로 태어난 그의 업보였다. 핏기 가셔 파래진 입술을 잘근잘근 씹는 귓가에 독과 같은 꿈풀이가 연이어 쏟아졌다.

"늑대의 배를 가르니 새끼가 들어 있었다고 했지요. 과연 그대로 되실 겁니다. 태양은 하나뿐이고 기름진 땅은 형제라 한들 나눠 가지는 게 아니지요."

"내가 형님들과 아우들을 모두 죽이고 황태자가 된다는 거냐?"

"어쩌면 그 과정은 생략될지도 모릅니다."

황태자의 위는 폐하께서 내리시는 게 아닙니까.

쩡하게 얼어붙은 눈이 교활한 생쥐처럼 반짝이는 상대의 것을 주시했다. 생략될지도 모른다……. 황제를 죽이고 그 자리를 차지한다는 말이었다. 곧바로 나온 것은 부정이었다.

"내가 어찌?"

프리가라고 황위를 생각해 보지 않은 것은 아니다. 아수라장인 황궁의 암투와 계략, 음모들. 거기에서 살아남기 위해 발버둥 치고 싸우며 피를 보았던 인생이다. 그는 황자였고 자연스레 지고의 자리를 흠모하게 되었다. 신과 같은 아버지. 자식을 어쩌다 생긴 부산물처럼 취급하는 아버지. 무패의 장수이자 전쟁의 신. 그 대단한 사내가 쥐고 있는 유일무이한 권력.

아비를 증오했으나 선망했고 또한 두려워했다. 그런데 내가 어찌 감히…… 정신없이 되뇌다 돌연 그런 저를 자각한 그는 이를 악물었다.

빌어먹을 아버지. 그 인간은 존재 자체가 프리가에게 독이나 다름없었다.

그리고 그자를 내가 죽인다. 이 두 손으로.

두려움과 죄책감이 들러붙은 거부감이 밀려나고 난 자리에는 들불 같은 야망과 탐욕이 싹텄다. 마약을 들이마신 병자처럼 손이 떨렸다.

이번에는 공포가 아니다. 전율이고 환희였다. 그는 이 순간 깨달았다. 자신이 아주 오랜 시간 이것을 기다렸다는 걸.

키제트는 어찌 그런 패륜이 있을 수 있나 정색하고 화를 내야 마땅할 이가 입꼬리를 쭉 찢어 웃음을 터뜨리는 것을 바라보았다. 광소가 침묵을 부수고 시뻘건 광기가 번져 나간다. 일말의 공포도 완전히 떨쳐 낸 황자는 창틀을 쥐고 한참을 웃었다. 그리고 긴 시간 끝에 고개를 든 남자의 눈은 기괴하게 번뜩이고 있었다.

"좋아⋯⋯. 그럼 그 독수리는 누구지?"

마치 그를 낳은 누군가의 것처럼.

※

이듬해 젊은 테오도르 백작은 에스페리스 후작가의 차녀 얀네와 성혼했다. 두 집안의 결합보다는 성혼식의 증인이자 신랑의 들러리를 선 프리가 황자의 미모가 더 화제였다는 것이 아이러니하기는 했으나 두 선남선녀는 무사히 부부가 되었다.

황자는 신랑의 불안한 마음이 적나라하게 드러난 표정이 안 보이는 양 시종 미소 띤 얼굴로 축사를 읊었다. 그리고는 관례대로 성수에 손을 씻고 그 젖은 손가락으로 신랑의 이마와 어깨를 두 번씩 두드렸다. 멍 같은 조그만 얼룩이 남색의 예복에 자국을 남겼다. 한 번, 두 번.

마지막으로 신부의 차례가 되었을 때, 프리가의 갸름한 눈에 고약한 무언가가 스쳐 지나가는 걸 본 일라드는 주먹을 움켜쥐며 친우를 쏘아보았다. 그러나 그의 염려와는 달리 프리가는 점잖게 증인의 세례를 끝마쳤다. 하얀 면사포를 써 희끄무레하게만 비치는 신부는 보름달 아래 서 있는 닳은 천사상이나 소박한 흰제비꽃 한 무더기 같았다. 프리가는 진주 가루로 덧그린 양 뿌연 신부를 내리깔아 보았다. 새파랗게 예기 선 눈이 쭉 훑어보는 시선에 어깨가 떨릴 만도 하건만 그녀는 죽은 듯 미동이 없었다.

흥, 계집이 간은 큰가 보군. 탐탁지 않게 중얼거리다 얼핏 시선이 꿰인 듯했다. 확실치는 않다. 불투명한 막 너머로, 아주 짧은 찰나였으니까. 그러나 프리가의 쭉 뻗은 눈썹은 약하게 움찔거렸다. 마치 별거 아닌 들꽃을 심술맞게 짓밟았는데 숨기고 있던 가시에 찔리기라도 한 것만 같았다. 풀물 하나 묻어 있지 않은 발끝이 아렸다.

그리 유쾌하지도 않은 이 성혼식, 빨리 끝내자 싶어 고개를 돌렸다. 있는 듯 없는 듯 옅은 향이 코끝을 스치지 않았다면 필경 그랬을 것이다.

휙 망토 자락이 흔들리고 그 아래 돌아서던 구둣발이 우뚝 멈췄다. 그는 피 냄새를 맡은 늑대처럼 말 없는 신부를 주시했다. 이번에는 분명히 눈이 마주쳤다. 쨍한 시선이 쏟아지는데도 그녀는 미동이 없었다. 그러나 착각이었다. 섬세하게 꼬아 수놓은 자수와 레이스가 거미줄처럼 희게 핀 소맷단 아래, 작고 가느다란 손가락이 덜덜 떨리고 있었다. 특별히 이 날만을 위해 꽃물을 들인, 빨갛고 하얀, 아이처럼 부드럽고 말랑할 게 분명한 그 손.

그 순간 치고 올라온 감정은 무엇이었을까. 그러나 다시 자세히 들여다보기에는 지나치게 하잘것없고 별거 아닌 감상이었다. 하여 오만한 청년은 입꼬리를 올리며 고개를 모로 꺾었다. 분명 충동적이었다.

황자가 돌연 신부의 손목을 잡아채 올리자 식장 안에 소란이 번졌다. 경악한 일라드가 눈을 부릅뜨든가 말든가 프리가는 아직 떨림이 남아 있는 그 창백한 손에 입을 맞추었다. 그의 태도와 생김새가 워낙 수려했기에 그것은 희롱보다는 경의의 표현처럼 보였다. 돌연 연출된 경건한 광경에 사위가 일시에 고요해졌다. 노한 신랑조차 머뭇 달려들려는 걸 멈추고 전전긍긍 그들을 바라보았다.

그러나 정작 당사자들을 둘러싼 공기와 감정은 달랐다. 살갗에 댄 입술이 피식 웃음을 흘리자 여인의 티끌 하나 없이 매끈한 피부에 소름이 돋았다. 예상은 맞았다. 그녀는 보는 그대로 하얀 복사꽃처럼 희고 보드라웠다. 또한, 향긋했다. 생전 처음 맡아 보는 냄새였다.

달짝지근한 듯했다가도 마른 장미처럼 그윽하고 은은하다. 이 여자만의 체향일지도 모르지. 제 손목을 움켜쥔 남자의 입술 사이로 뜨뜻한 숨결이 흘러나오자 그녀가 움켜쥔 치맛자락이 바르르 떨렸다. 한기에 떠는 벗나무 같았다. 갓바람에도 와르르 눈 같은 꽃잎들을 떨어뜨리는.

금방이라도 그가 이를 내어 물어뜯을 것만 같았다. 뱀이 먹이를 노리듯 두 개로 갈라진 얇고 새빨간 혀가 튀어 나와서…….

그러나 황자는 담백하게 하얀 도화지에 낙인을 찍듯 입을 맞춘 후 손을 놓아주었다. 살모사가 먹이를 놓아주듯 스르륵 풀려난 손목이 허했다. 그녀의 벌겋게 달아올랐다가 차차 가라앉는 하얀 살결이 달아나듯 얼른 긴 소맷단 사이로 사라졌다.

그 모양을 슬쩍 웃는 눈으로 지켜본 프리가는 거의 붉으락푸르락해진 친우에게 윙크를 날렸다.

일라드는 기가 찬 표정으로 식장을 떠나는 그의 뒷모습을 노려보았다.

✤

일라드는 성혼해 가정을 꾸린 이후, 질투심 많고 독점욕 넘치는 그의 친우가 심술 섞인 기상천외한 짓을 저지르거나 시도 때도 없이 빈정거리고 귀찮게 하는 등 그만의 보복 아닌 보복이 돌아올 거라 예상했지만 의외로 프리가는 어떤 행동도 하지 않았다. 때때로 짓궂게 몇마디를 던질 뿐. 새신랑이 아내를 위해 일찍 귀가한다거나 예전만큼 사냥과 술자리가 잦지 않은 것에 대해 잠시 빤히 바라보다 선선히 그를 보내 주었던 것이다. 일라드는 그 순순한 방관이 외려 불안하게 느껴졌다. 그러나 프리가는 정말이지 그에게 '아무것도 하지 않았다'.

대신 일라드 외에 키제트 사제를 비롯한 유력 인사, 내로라하는 귀족들과 교류가 잦아지고 대외적인 정치판과 황자들 간의 알력 다툼에 프리가의 이름이 오르내리는 일이 빈번해졌다. 제 아이들이 몇 명인지도 이따금 잊어버리는 황제도 죽은 황후 소생의 유일한 황자인 프리가를 예의 주시하기 시작했다.

더불어, 하루가 멀다고 프리가 황자의 스캔들이 떠들썩하게 사교계에 퍼지기 시작했다.

보통의 경우 남편이 있는 귀부인들이 그 대상이었다.

그러나 대개 후계 생산의 의무를 다한 귀부인들이 젊은 정부를 두거나 애인을 만나는 것이 관례처럼 흔한 귀족 사회였기에 아무도 황자의 여성 편력 대상에 대해서 크게 이상타 여기는 이는 없었다.

✤

신도 시간의 흐름은 어찌하지 못하는 법이라.

위대한 황제도 가을 낙엽이 지듯 마흔에 접어들었고 아직 공석인 후계자 위를 놓고 황자들과 그 뒤로 줄을 선 귀족들의 암투가 점차 치열해졌다. 프리가는 일곱 번의 암살 시도를 당했고 역시 위로 형 셋과 이복 아우 둘과 누이 한 명을 죽였다. 그러는 사이 황실에는 두 명의 새 황자가 태어났다. 프리가는 저가 죽이는 것보다 아버지가 새로 채워 넣는 게 빠른 것 같다며 투덜거렸다.

이제 프리가의 위로 두 명의 형이 남았던 그때, 황제가 노하여 친히 아들을 죽이려 한 사건이 일어났다. 일라드는 거기까지만 해도 그리 놀라지 않았으나 그 황자의 이름을 듣는 순간 부리나케 황궁으로 달려갔다.

"이게 어떻게 된 일이야?!"

진땀이 흐르도록 새하얗게 질린 일라드가 유폐된 황자궁에 들이닥쳐 소리쳤다. 약초와 피 냄새가 훅 풍긴다. 그의 일갈이 무색하게도 온몸이 성치 않은 프리가는 의원을 손짓으로 내쫓으며 친우를 반겼다.

"존경하는 테오도르 백께서 이 미천한 황자 하나 때문에 그리 체통 없이 달려온 건가? 영광스럽기 그지없는데."

"농담할 기분 아니다."

드물게 정색하자 프리가는 어깨를 으쓱거렸다.

"무안해라."

"대체! 대체 무슨 짓을 했길래 폐하께서 그러신 건가?"

"내 아비란 작자가 언제는 정당하게 사람을 패고 죽였던가?"

시큰둥한 빈정거림이었다. 그에 서린 냉기가 한겨울 금속처럼 서늘했다. 희고 매끈하던 몸에 붉고 푸른 자상이 얼룩덜룩하자 속이 쓰렸다. 저가 더 아픈 것만 같은 얼굴을 턱을 괴고 감상하던 프리가가 입술을 느슨히 늘어뜨렸다.

"보기 좋은데. 최근 본 얼굴 중 가장 잘생겨 보여."

"미친놈."

어깨를 들썩이며 웃기 시작하는 게 정녕 그리 보이기는 했다. 질린 눈으로 보며 의자를 끌어다 앉자 더 가까이 하라며 손짓하는 것이 자상과는 별개로 지나치게 멀쩡했다. 의구심이 들어 추궁한다.

"의원은 뭐라고 하던가?"

"뻔한 소리지. 주는 대로 먹고 얌전히 입 다물고 구석에 처박혀 있으라고."

"좋은 충고군. 얌전히 있어."

"형님들이 보내는 암살자가 아니라면 나도 그럴 생각이야."

엄숙하게 대꾸하는 게 아직도 헐레벌떡 뛰어온 그를 놀리는 기색이 역력했다. 일라드는 미간을 찡그렸다. 이쯤 되면 아무리 성격 좋은 이라도 조금쯤 짜증이 치민다.

"프리가."

"내 부친 되시는 분께서 말씀하시길, 아비의 처를 탐하는 개새끼는 죽어 마땅하다는군."

"그게 무슨 말……."

어안이 벙벙해 되묻던 입술이 섬찟 굳었다. 경악이 번지는 그에게 프리가가 조롱 섞인 유쾌한 미소를 지었다.

"살로몬 형님께 신세를 졌어. 이리 기막힌 방식으로 뒤통수를 칠지는 몰랐는데 말이야."

황제의 세 번째 아들인 살로몬은 죽은 황후가 양자로 들여 아끼던 이로 한때는 프리가와 친형제처럼 자란 사이였다. 물론 황궁 지붕 아래 영원한 제 편은 없다고, 친어미처럼 길러 주던 황후가 죽자마자 돌아선 그는 제일 악랄하게 프리가를 죽이려 들었다. 유치한 쥐새끼 같으니. 프리가는 신경질적으로 중얼거렸다.

오늘 아침, 아버지의 정부 중 하나인 프리드나 부인의 처소에서 그의 옷가지와 이름이 새겨진 검집이 발견되었고 그 사실은 칼리굴라 황제가 아들과 제 첩의 외도를 의심하기에 충분했다. 때마침 겁에 질린 부인이 추궁하는 황제 앞에서 울음까지 터뜨렸으니 아비가 아들을 때려죽이기에 적절한 그림이 아닌가.

일라드가 분통을 터뜨렸다.

"이런 비열한! 이것은 너무 악질적이지 않은가. 네 명예와 부인의 명예는 또 어떻고?"

"글쎄, 나와 달리 부인은 이미 다 알고 있던 눈치던데."

프리가가 성난 고양이처럼 사납게 웃었다. 일라드가 눈썹을 찡그렸다.

"설마? 그런 짓을 했다가는 본인도 위험할 터인데."

"딸밖에 없는 처지니 후일의 안전을 보장받았겠지."

그게 제 명줄 끊어 먹는 건지도 모르고.

"폐하께서도 너무하시는군. 아무리 그렇다 한들 전후 사정도 살피지 않고 그러셨단 말인가."

사실 황제의 평소 성정을 보아 살아 있는 게 더 놀라웠지만, 위로와 원망을 담아 한 소리 하지 않을 수 없었다. 일라드의 언짢은 표정에 프리가는 히죽 웃었다.

"오랜만이라 아프긴 아프더군."

무자비한 정복자 칼리굴라 황제의 잔인함은 혈육에게도 그대로 통용되었다. 아니 외려 그 칼이 자식에게 향한다는 점에서 혹자는 더 잔혹하다 하리라.

수많은 처첩들로부터 또다시 셀 수 없이 많은 아들을 얻었음에도 그는 제 핏줄에게 딱 한 가지 말고는 큰 관심이 없었다. 그들이 진짜 제 자식인가 아닌가. 그것도 후사에 대한 집착이라기보다는 정신병에 가까운 의처증 때문이었다.

무소불위의 권력자이자 제국 제일의 검사라는 사내가 제 여자를 믿지 못해 눈을 시뻘겋게 뜨며 광분하는 모습이라니. 프리가는 계집 따위 때문에 미쳐 날뛰는 아비가 몰이해스럽다 못해 경멸스럽게 느껴졌다. 혐오에는 공포도 얼마간 섞여 있다. 황궁의 발에 채일 듯 많은 황자들 중 일인으로서, 당연하게도 그 또한 어린 소년 시절 황제의 '확인'을 받은 적이 있었다. 공교롭게도 프리가의 어머니가 당시 가장 총애받는 비妃였기에 어린 황자의 핏줄에 대한 집착은 크면 컸지 모자라지 않았다.

곤히 잠들어 있던 사내아이는 돌연 새벽에 들이닥친 아비에 의해 귀가 도려질 뻔했다. 연례행사처럼 정벌을 간 사이 제 아내가 바람을 피우진 않았는지 몸이 달은 황제가 제 핏줄인지 확인해야겠다며 칼을 들이댄 것이었다. 다행히 날카로운 날은 귓불 조금만 베고 지나갔지만 어린 소년은 생명의 위협을 느꼈다. 어두컴컴한 방, 창문에 걸린 달을 등진 채 두 눈을 번뜩이는 아버지, 그의 칼에서 떨어진 핏방울이 투둑 제 뺨 위로 떨어지던 순간, 섬뜩하고 차가운 그 감촉을 어찌 잊겠는가. 아들이 목이 졸린 듯 우는데도 그는 관심도 없어 보였다.

아이러니한 사실은, 그리 잔인한 인간이 성격이 앙칼진 모후와 치정으로 다툼을 벌이다 그녀의 손톱이 용안에 긴 상처를 냈음에도 불구하고 정작 제 여자의 몸에는 손가락 하나 대지 못한다는 것이었다. 이 또한 그 존경하는 괴물의 대단한 점이다. 대신 그들의 자식과 어머니의 부모 형제들이 그 대가를 치러야 했지만(그러나 이 또한 그녀에게는 효과가 없는 게, 제 동생이 황제의 진노를 사 사형당했다는데도 그녀는 눈 하나 깜박하지 않았다), 어쨌건 황제는 제 암컷에게만 신경 쓰는 수컷 짐승처럼 굴기를 주저하지 않았다. 분노로 이를 갈면서도 이내 차갑게 낯을 굳히고는 말 안 듣는 계집에게 여봐란 듯이 더 사람 아닌 짓을 해 전시했다.

보통의 경우, 그들의 미친 치정극의 제물이 되는 건 아들인 프리가였다.

빌어먹을 인간 같으니라고. 프리가는 신경질적으로 희게 변한 흉터가 가득한 손을 쥐었다가 폈다. 피가 통하지 않은 양 아렸다.

참 멀쩡하다가도 그럴 때만 귀신같이 광인이 되는 아버지는 '아내를 벌하기 위해' 죄 없는 아들의 몸을 딱 안 죽을 정도까지 난도질을 했다. 덕분에 프리가의 몸에는 보이지 않는 곳에 빼곡히 흉이 남아 있었다. 언젠가 어릴 적 시동이었던 일라드가 우연히 그의 몸에 난 상처 자국을 본 뒤 찰나 지었던 그 표정은 정신에 새겨진 흉터처럼 여지껏 생생히 남아 있었다. 서둘러 시선을 돌리던 선량한 얼굴에 얼마나 씹어 먹고 싶을 만치 살의가 치밀었는지.

너는 아마 모르겠지.

프리가는 다정하게 걱정으로 어두워진 친우를 응시했다.

"너무 걱정하지 마. 누명은 벗겨질 테니까."

"무슨 방법이 있나?"

"그야, 누명이 아니니까?"

"뭐?"

경악한 일라드가 더 되묻기 전 프리가 대뜸 다른 소리를 했다.

"예전에 그 일 말야, 기억나나?"

"뭐가?"

"우리가 머리만 굵어진 애송이일 적에, 내가 습격당했을 때 네가 대신 나를 감싸다 크게 다칠 뻔했지."

조금 누그러진 얼굴로 일라드가 고개를 끄덕였다.

"당연한 일이었어."

"그때 테오도르 백의 표정 말야. 내가 황자만 아니면 당장 번쩍 들어 구덩이에 처박아 버리고 싶어 하는 얼굴이었단 말이지."

여기서 그가 말하는 테오도르 백이란 일라드의 아버지인 전대 백작을 말했다. 그는 전형적인 학자형 문관으로 황관을 둘러싼 권력 다툼에도 관심이 없는 청백리였다. 선대 백작은 외동아들인 일라드를 끔찍하게 아꼈는데, 당신의 외아들이 기사 서임을 받은 것도 당시 실권을 쥐고 있던 독살스런 황후 소생 황자의 시동이 된 것도 탐탁지 않게 여겼다. 황후의 가문에 빚을 진 게 없었다면 결코 목에 칼이 들어와도 제 아들을 내놓지 않았을 인사였다.

당연하게도 백작은 어린 황자의 앞에서 깍듯이 예를 차렸지만, 어린아이란 저를 향한 호감과 악의를 본능처럼 알아채지 않던가. 프리가는 단 한 번도 백작이 진심으로 미소를 지은 적이 없다는 걸 알고 있었다.

이제 무덤 속에서도 나를 노려보고 계시려나. 건방지기 짝이 없는 영감님 같으니라고.

프리가는 웃듯이 얼굴을 일그러뜨리며 쯧 혀를 찼다.

"아버지를 불충한 신하로 만들지 마."

"너희 가문의 충성심이야 믿을 만하지. 하지만 인간의 감정이 그따 위 의무로 통제되던가?"

그의 말투는 그럴듯한 껍데기로 위장하듯이 고상했지만 음습한 한 기가 풍겼다. 그러나 턱을 괴고 불쾌한 듯 미간을 찡그린 청년을 올려 다보는 눈은 언제 그랬냐는 양 맑고 푸르렀다. 선명한 쪽물을 부은 것 처럼, 속 모를 고양이의 빤한 시선처럼 눈을 떼기 힘든 뭔가가 도사린 눈빛이었다. 일라드는 본능적으로 비스듬히 시선을 피하며 말을 돌렸 다.

"갑자기 그런 얘기는 왜 꺼내는 거냐?"

"네 어여쁜 아내는 잘 지내나?"

일라드는 어처구니없는 표정이었지만 프리가는 연신 싱글벙글 웃 기만 했다. 하기사 그는 매양 이랬다. 저가 하고 싶은 대로 지껄이고 휘두르며 나중에는 전부 별거 아닌 양 내던져 버렸다. 변덕스럽고 악 랄하게 심술맞으면서도 나중에는 그게 당연시되는 괴이한 매력이 그 에게는 있었으니까. 결국, 항상 그렇듯 먼저 포기한 일라드는 한숨을 내쉬었다.

"잘 지낸다. 왜?"

"흠, 다행이군."

수상쩍게 보는 시선에도 아랑곳없이 프리가는 잠시 골똘히 생각에 잠겼다.

"일라드."

"대체 하고 싶은 말이 뭔……"

"나는 황제가 될 생각이야."

한숨이 서려 있던 일라드의 입술이 다물렸다. 우직한 얼굴에 떠내 려가는 갖가지 감정을 찬찬히 바라보던 프리가가 미소 지었다. 얄팍 한 예와 가식, 도리와 같은 위장을 전부 벗어던지고 온전히 원초적이 고 탐욕스러운 본성 그 자체의 얼굴이었다. 포식자의 눈. 일라드는 오싹 당연한 두려움을 느꼈지만, 그것이 다가 아니라는 것도 알았다. 하기사 그게 다였다면 지금껏 이 괴상하고 제멋대로인 황자의 곁에 남아 있을 리가 없었다.

일라드는 일평생 원칙을 어겨 본 적이 없었지만 프리가와 함께 있을 때의 제 행동은 이해가 안 될 때가 종종 있었다. 모순적이게도, 올곧은 그에게 그런 낯선 혼란과 혼돈, 그로 인한 기묘한 즐거움과 흥분은 떨쳐 내기 힘든 마약과 같았다. 그리고 그가 느끼는 양가적인 감정을 프리가는 누구보다 잘 알고 있었다. 그가 악마처럼 속삭인다.

"그 자리를 갖기 위해서 수단 방법 가리지 않을 생각이다. 당연히 나를 도와주겠지?"

"프리가."

"내게는 너밖에 없잖아."

주문 같은 말이었다. 일라드의 얼굴에 짧은 갈등이 스쳤지만 결국 내밀어진 프리가의 손을 잡았다. 알고 있다. 이 손을 잡으면 위험천만한 권력 다툼과 암투, 후계자 전쟁에 휘말리게 될 거라는 걸. 그의 부모가 누렸던 평화와 안온한 일상 따위와는 거리가 먼 삶을 살게 되리라. 프리가는 어떤 것도 개의치 않고 나아갈 것이고, 그 과정은 험난하고 잔혹할 것이며, 그래서 황제가 된다 한들 끝나지 않을 테니.

하지만 그러함에도…… 그는 이 잔인하고 불안정한 청년을 홀로 내버려 둘 수가 없었다.

"아마 수많은 죄를 짓게 될 거야. 네 신념과 반하는 짓도 수없이 저지르게 되겠지."

프리가는 빙그레 웃었다.

"그러함에도 나는 네가 내 옆에 있기를 바라."

일라드는 홀린 듯 교활하게 웃는 청년을 내려 보다 속절없이 고개를 끄덕거렸다. 마치 이미 정해져 있는 대본을 따라가는 것처럼.

누명이 벗겨질 거라는 말이 정확히 어떤 뜻이었는지 일라드는 얼마 지나지 않아 알게 되었다.

황위 다툼은 점차 치열해져 이제 프리가에게 위협이 될 형제는 살로몬 황자를 비롯하여 두 살 아래의 쌍둥이 황자와 황녀, 제 아들을 내세운 첫째 황녀 수산나와 황제의 장남인 솔리테만이 남았다. 파벌 다툼이 굶주린 사자들의 싸움마냥 연일 계속되고, 요란한 피와 비명이 끊이지 않았다. 황족들의 암투 이후에는 시체만이 나뒹굴었다. 그러함에도 밝은 해 아래 조당에서 마주친 이들은 시치미를 뗀 채 서로에게 상냥한 형제자매인 척하기를 주저하지 않았다. 눈 시퍼렇게 뜨고 있는 아비 앞에서 섣불리 움직일 만큼 혈기 왕성한 바보들은 아니었으니.

그러나 칼리굴라는 천성적인 정복 군주였기에 수도에 머무는 때보다 전장에 있는 기간이 더 길었다. 자연히 황제가 친정에 나설 때마다 수도 카릴은 아수라장이 되었다.

그리고 황제의 분노를 산 프리가가 칩거하자 이리 같은 이들은 기세 좋게 기회를 잡아 남은 실권을 야금야금 갈라 먹었다. 실로 굶주린 짐승 떼와 다를 바 없었다. 무섭게 치고 올라오던 프리가의 파벌이 주춤하는 사이 7황자가 피습을 당해 중태에 빠졌고 수산나 황녀와 솔리테 황자가 암투를 벌였다. 암투라 하기에는 한낮부터 비명과 병장기 소리가 피비린내와 함께 소란하였으니 전투라 보는 게 합당할지도 몰랐다. 황족들의 별궁이 그들 신하들의 피로 더러워지는 사이 살로몬 황자가 그 뒤를 쳤다. 황궁은 순식간에 생존이 오가는 전쟁터가 되었다.

그들은 각각 황제의 장녀와 장자로 가장 큰 세력을 갖고 있었으나 이미 앞선 전투로 힘을 뺀 사이 들어온 갑작스러운 기습에 맥을 못 추었다. 애초에 지금 이 시기에 싸울 이들이 아니었다. 동생들을 다 쳐낸 후 아버지가 쇠약해지기만을 기다렸다가 적절한 때를 보아 이를 드러낼 현명함 정도는 다 갖춘 이들이기에 지금껏 살아남은 것이다.

그러나 첩자 문제로 사소한 갈등이 불거졌고 이윽고 의심이 극에 달해 피치 못하게 싸움이 벌어졌다. 동복 남매인 그들은 이와 같은 흐름이 의심스러운 데다 결코 서로에게 좋지 않다는 걸 알고 있었지만 이미 일은 벌어진 뒤였고, 살기 위해서는 상대를 죽이는 것밖에는 다른 수가 없었다.

일찍이 쌍둥이 동생들과 대립각을 이루고 있던 살로몬 황자는 이때를 기다렸다는 듯 의붓 아우가 '우연한' 사고로 사경을 헤매자마자 칼을 빼 들었다. 공교로울 만치 탁월한 적기였다. 이 사건으로 수산나 황녀가 덧없이 사망했다. 솔리테 황자 또한 멀쩡한 상태가 아니었다. 후계들 중 가장 큰 세력을 이루던 두 진영이 괴멸 상태에 이르자 자연히 신흥 강자로 떠오른 건 기회를 틈타 기습을 감행한 살로몬이었다. 귀환한 칼리굴라가 분명 집을 비운 사이 소란을 떤 자식들을 징계할 테지만 먼저 싸움을 일으킨 건 아직 명줄이 붙어 있는 솔리테 황자 쪽이니 '저는 형제들 간의 골육상쟁을 말리고 싶었을 뿐'이라며 승냥이처럼 둘러댈 게 뻔했다. 타 버린 후원이나 궁의 몇몇 시설들에 관한 책임은 형에게 미루고 저는 쏙 빠질 터다.

물론 어찌 돌아가는 상황인지 모를 황제가 아니었다. 그러나 본디 승자와 강자가 모든 것을 독식하는 것이 진리라 믿는 인간이니 크게 질책하지 않고 넘어갈 것이었다. 실제로도 별반 다를 것 없이 모든 게 흘러갔다. 마치 짜여진 각본처럼 완벽한 전개였다.

이제 모든 방해물을 치운 살로몬에게는 황태자의 관을 쓸 날만이 남아 있었다.

보는 일라드가 불안할 정도로 느긋하게 궁에 틀어박혀 이 모든 일을 지켜보던 프리가 움직인 것은 그때였다. 제 굴에서 세찬 겨울이 전부 지나가기를 기다렸다가 어슬렁어슬렁 밖으로 나오는 백호와 같이, 간 크게도 유폐령을 받은 황자가 가장 처음 찾아간 곳은 황제의 처소인 카르뮬렌 궁이었다.

아비가 아들을 죽이지 않고 살려 둔 것은 확실한 물증이 없기도 했지만 가장 큰 이유는 황제의 오랜 벗인 아르함 대사제가 그를 살려 두기를 종용했기 때문이다. 대사제는 어머니 없이 자란 황자의 외로움과 결핍에 대해 이야기하며 그가 프리드나 부인을 어머니나 누이로 생각하여 방문했을 거라며 그를 두둔했다. 프리드나가 프리가의 생모 샤를로트와 사촌 관계이니 따지고 보면 이모와 조카 사이가 아니냐는 것이다. 실제로 프리드나는 고양이처럼 신비스러운 초록빛 눈의 미녀였던 샤를로트 황후처럼 녹안을 가지고 있었다. 어머니가 그리워 그녀를 찾았을 거라는 해명에 놀랍게도 황제는 조금쯤 수그러들었다.

실제로 그가 프리드나를 정부로 들였던 이유는 그녀에게서 샤를로트의 모습을 발견한 탓이었다. 오랜만에 죽은 아내를 떠올린 칼리굴라는 처음으로 아들에게 약간의 부채감을 느낀 것 같았다. 어쨌건 평생 가장 그를 몰두하게 하고 미치게 만들었던—여러 이유로—여자, 샤를로트의 소생은 프리가가 유일했다. 프리가마저 죽이면 샤를로트의 직계는 누구도 남지 않게 된다. 죽은 아내의 하나뿐인 흔적이라고 생각하니 냉혹한 폭군이라도 손을 쓰는 데 주저하게 되었다.

결국 이례적으로 프리가는 무사히 살아남았다. 대신 꼴도 보기 싫다며 초주검이 된 아들을 내치고 궁에 가두기는 했지만 본디 칼리굴라의 성정을 생각하면 이조차 기적이었다.

그렇다 한들 황제의 분노가 풀린 것은 아니기에 황자가 거침없이 부황을 방문하자 모두 미쳤다고 떠들었다. 이번에야말로 시체가 되어 나올 것이라고 말이다.

그러나 프리가는 이번에도 살아남았다. 카르뮬렌 궁을 나온 것은 그의 시체가 아닌 살로몬 황자를 구금하라는 황제의 칙서였다. 죄목은 능멸죄. 황자의 재산과 사병들이 죄 몰수되고 해산당했다. 황제의 명령 하나만으로 지금까지 쌓아 오고 승리한 모든 것이 무용지물이 된 것이다. 황자뿐만 아니라 그를 지지하는 귀족 두엇과 궁정 사무관, 경비병, 시녀 여럿도 문초실로 끌려갔다. 이 모든 일은 정말이지 순식간에 벌어졌다.

날이 밝자마자 경악할 만한 진실이 밝혀졌다. 살로몬 황자가 부황이 황궁을 비운 틈을 타 황제의 여인들과 잠자리를 했다는 것이다. 개중에는 위세 있는 가문 출신이나 임신 중인 이들도 있었다. 라이샤 황녀를 위시로 한 여러 믿을 만한 증인들의 증언이 이어졌다. 더불어 프리드나 부인은 살로몬이 저를 겁박하여 어쩔 수 없이 프리가 황자와의 관계를 추궁하는 질문에 답하지 못했다며 눈물을 쏟아 냈다. 승냥이가 겁을 상실하고 포악한 사자의 코털을 건든 격이었다. 고변장의 열기가 뜨겁게 달아올랐다. 증거는 계속해서 나왔고 진실을 은폐하려 했던 정황도 나왔다.

칼리굴라는 살려 달라 애원하는 아들을 단두대로 보냈고 그의 패륜을 눈감아 준 모든 이들을 교수형에 처했다. 불과 얼마 전의 혈사血史로 피 냄새가 채 가시지 않았건만 다시 피바람이 불었다. 의심 많은 괴물도 이번의 배신에는 상심한 기색이 역력했다. 이번에는 서쪽 국경선의 분쟁에 친히 나서지 않고 카르뮬렌 궁에 머물렀다. 그러고는 살려 달라 울부짖던 애첩들을 쏘아 죽인 활로 사냥을 다니고 연회를 열며 상흔한 마음을 달랬다.

공교롭게도 프리드나 부인은 이번에도 무사히 살아남았다. 그리고 놀라울 만큼 빠르게 모두의 관심 밖으로 퇴장했다.

한바탕 폭풍이 몰아친 후 불안한 평화가 찾아왔다.

그리고 계속되는 적막한 평온에 모두가 겨우 안도의 숨을 내쉬었을 무렵, 달 없는 밤에 프리가를 찾아온 이가 있었다.

프리가는 반갑게 방문자를 맞았다.

"어서 와, 라이샤."

그녀는 조용히 눌러쓴 후드를 벗었다. 희고 갸름한 얼굴, 아비와 달리 가냘프고 청아하게만 생긴 황녀는 물오른 열아홉이었다. 누이의 자태를 찬찬히 뜯어보던 프리가가 설핏 웃었다.

"너나 나나 아버지와는 참 닮지 않았구나."

"칭찬으로 들을게요."

라이샤 황녀는 당돌하게 대꾸하고는 당당한 걸음으로 이복 오라비의 앞에 가 앉았다. 프리가는 턱을 괸 채 다시 피식 웃었다. 그는 제 누이라 해서 손속에 차별을 두는 자는 아니었지만 어여쁘고 총명한 여동생이 시커멓고 으르렁거리기 바쁜 형제들보다는 그래도 낫지 않은가 하였다. 최소한 얼마쯤은 기분 전환이 되는 면이 있었다.

"그래, 귀여운 누이야. 이번에 네 역할을 아주 잘했더구나. 칭찬을 하려고 해도 어찌 너를 만날 길이 있어야지."

모든 일은 순조로웠다. 형제들이 저들끼리 멍청이들처럼 치고받으며 하나둘 죽어 나자빠지는 것부터 황제의 격노, 숙청까지 전부.

너무 순조로워 진정 하늘이 저를 돕는 건가 생각이 들 정도로.

"저를 여기까지 불러내셔 놓고는 그리 말씀하세요?"

무고한 형제를 고발하게 하셨으면서 제 노고를 몰라주시나 했답니다.

라이샤가 달처럼 입꼬리를 올린 채 되물었다. 결코 우월한 위치가 아님에도 허리는 꼿꼿했고, 정갈하게 모은 손과 표정은 단정했으며, 상대의 눈을 피하지 않았다. 치렁한 검은 머리칼이 월장석 같은 얼굴을 비단처럼 감싸고 흘러내렸다. 청초하지만 동화 속 마녀처럼 요사스러운 데가 있는 아이였다. 프리가는 품평하듯 그녀를 관찰하며 말했다.

"당연히 그래야지. 그게 앞으로의 네 처지지 않니?"

상냥하지만 잔인한 말이었다. 속과 달리 라이샤는 의연하게 웃었다.

"그건 그렇지요."

"그럼 한번 말해 보련?"

내가 왜 너를 살려 둬야 하는지.

다정한 오라비의 껍질을 한 채 부드럽게 권한다. 답은 곧장 나왔다.

"리샨과 제가 이룬 모든 것을 넘겨드릴게요. 오라버니와 대립할 생각은 추호도 없어요. 이길 자신도 없고 그럴 이유도 없죠. 리샨은……."

시종 나이답지 않게 차분해 보이던 눈에 일말의 고통이 스쳐 지나갔다. 프리가는 간결하게 뒷말을 대신 이었다.

"죽었으니까. 황녀인 네가 황제가 될 수는 없지."

"제가 전설 속 카뮬라 여제는 아니니까요."

제국 초기 시절 나라의 위기를 극복했던 성군 카뮬라는 최초의 여성 황제였다. 먼 옛날과 달리 300년 전의 이리나 칙령 이후 황녀는 황제가 될 수 없었다. 칙령을 내린 테오파노 3세에게는 사이가 좋지 않은 손위 누이가 있었는데 그녀의 이름이 이리나였다. 제 친누이와 나라까지 둘로 쪼개서 내전을 치른 끝에 승리한 테오파노 3세가 제위에 오르자마자 가장 처음 제정한 법률이 황녀의 황위 계승을 부정하는 것이었으니 그가 얼마나 그녀에게 치를 떨었는지 알 만한 대목이었다.

어쨌건 그들의 조상은 그랬을지 모르나 라이샤 황녀는 쌍둥이 동생인 리샨을 사랑했고 그를 황제로 만들고 싶어 했다. 그러나 리샨은 암투 끝에 살해당했다. 범인은 살로몬의 암살자로 밝혀졌다. 복수를 위해서 저를 찾아온 라이샤를 프리가는 기꺼이 이용하기로 했다. 혈육의 정에 애달파하고 증오를 품는 그녀를 일견 신기하게 여기면서. 홀로 자라 살아남아 온 그로서는 그런 혈육의 정을 느껴 본 적이 없었다. 자식에게 그리 헌신하는 어미는 아니었지만 그래도 어머니가 살아 있을 때까지만 해도 그 비슷한 무언가를 느꼈던 것 같은데……. 지금은 희미할 정도로 머나먼 일이다.

그나마 그에게 그 엇비슷한 게 있다면 일라드 녀석 정도일까.

종종 프리가는 일라드에 대한 제 집착이 어떤 종류인지 궁금해했다. 형제라고 하기에는 그 형제들을 여럿 잡아 죽인 게 본인이니 말장난인 것 같고, 단순히 우정이라기에는 애착의 정도가 심하다. 혼인은 물론이고 저보다 긴밀하게 지내는 사람은 가족이건 벗이건 싫었다. 물건과 같은 수집욕인가 싶었으나 저에게 화를 내고 잔소리를 하는 게 귀찮기는 해도 싫지는 않았으니 그것도 아닌 것 같고. 한때는 애욕愛慾인가 의심했으나 다행히 이 또한 아니었다.

다행이라? 잘 모르겠다. 단지, 그런 유의 집착이었다면 막연하게 녀석이 아주 많이 불행해졌을지도 모른다는 예감이 들었다. 뭐 하나 확실하지 않음에도 매우 확고하고 분명하게.

잡념을 털어 낸 프리가는 빙그레 미소하며 무표정한 누이를 응시했다.

"하지만 네 자식들은 다르지. 혹시 아니. 네가 수산나 누님 같을지."

황녀는 황제가 될 수 없지만 그녀들의 피에 흐르는 건국제의 피는 부정할 수 없었다. 황가의 가보인 늑대의 저울에 올려놔도 황자와 황녀의 피는 동일한 무게였다.

그러니 다 죽일 생각이었다. 눈앞의 이 계집부터, 아버지의 피를 물려받은 이라면 전부. 프리가가 라이샤의 얘기를 들어 주고 있는 건 일종의 변덕이었다. 그래, 혈육의 정이라 해 두자. 그래도 그녀는 그가 교류한 '가족' 중 가장 말이 통하는 인사였으니.

곧 잡아먹을 쥐를 가지고 노는 사자처럼 느긋한 프리가를 노려보며 라이샤는 이를 악물었다. 치욕스럽다. 그러나 한평생 꿈꾸던 모든 야망이 좌절되었지만 당연하게도, 그녀는 죽고 싶지 않았다.

두 남매는 살의를 품은 채 똑 닮은 냉소적인 눈으로 억양 없는 말을 주고받았다.

"원하신다면 평생 결혼하지 않을게요. 아이도요."

"글쎄. 애초에 뿌리를 뽑는 게 내 마음이 편하지 않을까?"

"다른 나라로 가서 영영 돌아오지 않겠어요."

"붉은 머리 필립의 어머니 아리아드나 황녀도 평생 조국 땅을 밟지 않은 걸 아니? 그녀는 아무 야망도 없었지만, 그녀의 아들들과 손자 중에서 황제와 영웅, 반역자가 골고루 나왔지."

노래하듯 역사를 읊는 표정은 일견 따분해 보였다. 그는 어떤 이유로든 그녀를 죽일 생각인 게 분명했다. 분하지만 라이샤가 만약 저 자리에 있었어도 같은 판단을 내렸겠지. 이것이 황실에서 난 숙명이었다. 그녀는 조소하듯 입꼬리를 올렸다.

"이런 대화가 전부 무의미하다는 걸 알아요. 애석하게도, 오라버니가 나를 죽이려 하는 것조차요."

"이유는?"

프리가가 재미있다는 듯 다리를 꼬며 반문하자 라이샤는 입만 움직여 미소를 지어 보였다.

긴 대화였다.

프리가의 계획대로라면 라이샤는 오늘 밤 그의 궁을 살아서 나가지 못해야 했다.

그러나 놀랍게도, 일각이 흐른 후 라이샤는 꼿꼿한 걸음으로 오라비의 방에서 걸어 나왔다. 혈색 없이 희게 질린 얼굴이기는 했으나 어쨌건, 그녀는 살아남았다. 그것으로 되었다. 사실 그를 설득시킬 수 있을지 긴가민가했으나 결국 성공했다는 것이 중요했다. 그 과정에서 치른 대가쯤이야 아깝지 않았다. 국경 밖까지 무사히 나가야 완벽히 안도할 수 있겠지만.

"라이샤 황녀 전하?"

그녀는 우뚝 멈춰 섰다. 뚜벅뚜벅 등 뒤로 발걸음 소리가 가까워진다. 암살자라면 저를 이리 소리 내 부를 필요가 없다는 걸 몇 번이고 되뇌고 나서야 무표정하게 갈무리된 얼굴로 고개를 돌렸다. 하얀 손 안에는 땀이 흥건히 차 있었다.

"일라드 경."

"이 시간에 어인 일이십니까."

테오도르 백작 일라드가 놀란 기색이 역력한 채 황녀를 내려다보았다. 그가 프리가의 첫째가는 심복이라는 것을 잘 알고 있음에도 라이샤는 정직한 그의 푸른 눈을 보고 있자니 기분이 한결 나아지는 걸 느꼈다. 개인적으로 백작을 잘 알지는 못했으나 그가 이따금 고지식할 만큼 원리 원칙 주의자이며 프리가 황자에게 반기를 들고도 멀쩡할 유일한 사람인 것은 알았다. 최소한 당장 그녀를 죽이려 하지는 않을 것이다. 이조차 지나치게 낙관적인 바람일지도 모르겠지만.

"백작의 주군을 만나 뵈러 왔어요."

"아."

일라드는 라이샤가 일전에 있었던 살로몬 사건의 중요 증인이었다는 걸 떠올렸다. 물론 이 저녁의 방문이 그것과 아무 상관이 없을 거라고 믿을 정도로 순진하지도 않았다. 수많은 사람이 죽었고 분명한 건, 이 모든 일의 최대 수혜자는 프리가라는 것이다.

일라드의 복잡한 얼굴을 올려다보며 라이샤가 입을 열었다.

"에스코트를 부탁해도 될까요?"

아름다운 황제의 열한 번째 딸은 내로라하는 많은 사내들의 구애를 받았다. 그러나 그녀는 냉한 눈길로 그들을 거들떠보지도 않았다. 사교계에서는 의례적일 접촉조차 말이다. 그런 황녀이니 의외의 요구에 얼떨떨해 있던 일라드는 그녀의 가느다란 손이 젖은 나비의 날개처럼 바르르 떨리고 있는 것을 발견했다. 쓴 물 같은 한숨이 올라왔다. 일라드는 조용히 그녀가 내민 손을 잡았다.

"영광입니다."

한동안 그들은 말없이 걸었다. 먼저 말을 꺼낸 것은 의외롭게도 라이샤였다.

"언제부터 프리가 오라버니의 사람이 되셨나요?"

멈칫 턱이 굳었지만 일라드는 덤덤히 대꾸했다.

"어린 시절 제가 그분의 시동이었습니다."

"아."

황녀의 하얀 얼굴은 마른 하얀 장미 다발처럼 메말라 보였다. 그녀는 건조하게 웃었다.

"당신의 주군은 행운아네요. 경과 같은 기사를 제 사람으로 두고."

"과찬의 말씀이십니다."

"겸손하군요. 진심인데."

"그저 검을 쓸 줄밖에 모르는 인사입니다."

"나는 기사로서의 경에 대해 평하는 게 아니에요."

저승의 강처럼 말없이 흘러가던 두 사람분의 발소리가 멎었다. 라이샤는 무감동한 낯으로 일라드를 바라보며 말했다.

"신의를 알고, 언제고 등 뒤에 서 있을 사람으로서 귀하다 말하는 겁니다. 그런 사람은 흔치 않죠."

특히 이 황궁에서는.

야광석처럼 영롱한 황녀의 눈은 시선을 피하기 힘든 마력이 있었다. 마치 같은 핏줄인 프리가처럼. 어둠 속에 도사린 짐승의 것마냥, 그들의 시선은 투명하고 곧다. 저가 보지 못하는 아주 멀고, 미세한 것을 꿰뚫어 보는 것만 같다.

일라드가 과분한 칭찬 때문에, 혹은 그녀의 분위기에 짓눌려 아무 대꾸도 못 하는 사이 라이샤는 찬찬히 그를 뜯어보았다.

"오라버니는 참 과분한 사람을 얻었네요. 그렇지요?"

"높이 평가해 주시는 건 감사하나, 오히려 그 반대입니다. 제 주제에 과분한 주군을 만났지요."

처음으로 완강히 부정하는 그에게서는 얼마간의 불쾌함이 느껴졌다. 그러나 상대는 아랑곳없이 짧은 웃음을 터뜨렸다. 차가운 인상과 달리 그녀의 웃음소리는 그 나이대 소녀의 것처럼 맑았다.

"순진해라. 이래서 좋아하나?"

"전하."

"미안해요. 원래 내가 못 가진 보물은 배가 아픈 법이라."

화를 내기에는 그녀의 나이가 들던 것보다 훨씬 어려 보였고 황녀가 얼마 전 혈육을 잃은 것도 마음에 걸렸다. 결국 일라드가 재차 입을 다물자 다시 침묵이 찾아왔다.

그 짧은 정적 동안, 라이샤는 안위를 챙기기 바빠 미처 눈에 담지 못했던 황자궁의 정경을 둘러보았다. 전 황후가 아들에게 남기고 간 별궁이 아름답다는 소리는 익히 들어 왔으나 이리 보는 건 처음이었다. 한창 칼리굴라가 샤를로트에게 미쳐 있던 시기, 황제는 그녀에게 가장 귀하고 아름다운 궁을 선물해 주었다. 한 주먹 쥔 진주알처럼, 특별히 화려하게 치장하지 않아도 태 자체가 고아하고 아름다운 건축물이었다.

라이샤는 독사를 담은 우아한 달 항아리를 상상했다. 적절한 비유가 아닌가.

"지금 이런 말씀을 드리는 게 적절치 않으리라는 건 알지만……"

의아한 시선에도 머뭇거리던 일라드는 꿋꿋하게 말을 끝마쳤다.

"고인의 평안한 안식을 기도하겠습니다."

아.

"후일 뵙지 못할 수도 있을 것 같아……"

"……."

"달갑지 않은 화제였다면 사죄드립니다."

"아니에요."

라이샤는 씁쓸하고도 시원스레 미소 지었다.

"어차피 그 아이는 제 곁을 떠났으니까요."

두 남매는 단순한 혈육 이상의 분신 같은 존재였다고 들었다. 일라드는 그녀의 나이에 어떤 세월과 시련을 겪고 나서야 저 자신의 상실에도 의연할 수 있을지 짐작도 되지 않았다. 일찍이 어려서부터 남다른 머리로 세간의 주목을 받은 것은 리샨이 아닌 라이샤였다. 황제조차 그녀가 아들이 아님을 아쉬워했다 들었다. 황자들보다 총명하고 뛰어난 황녀. 게다가 꽃처럼 어여쁘니 얼마나 많은 세상의 파도를 겪었을지.

파벌 싸움과는 별개로 일라드는 나어린 황녀에게 희미한 안타까움을 느꼈다. 계승 전쟁에서 패배했으니 이어질 그녀의 앞날은 불투명하고 위험천만하기 그지없으리라. 의심 많은 프리가가 똑똑한 누이를 살려 둘 리가 만무했다.

어느덧 궁 밖의 후문까지 다다랐다. 일라드는 조용히 저를 올려다보는 황녀에게 정중히 고개를 숙였다.

"그럼 부디 살펴 가십시오."

나비 분가루를 문지른 양 은은한 먹구름과 얄팍한 초승달이 뜬지라 어슴푸레한 윤곽만이 보이는 짙은 밤이었다. 그러함에도 상대가 어떤 얼굴을 하고 있을지 생생히 짐작이 갔다. 잠시 고요히 그를 응시하던 소녀는 돌아서는 기사에게 돌연 말을 던졌다.

"한 가지 충고해 줄까요, 경?"

일라드는 걸음을 멈추고 물끄러미 그녀를 보는 것으로 대답을 대신했다.

에스코트 값이라고 해도 좋아요. 라이샤는 희미하게 미소 지었다.

"그리고 나는 리샨을 죽인 범인이 살로몬만이 아니라는 걸 알고 있거든요."

"무슨 뜻입니까?"

"당신의 친구를 항상 믿지 않는 게 좋을 거예요."

서늘한 밤바람에 그들의 발밑에 깔린 잔디와 보랏빛 하늘을 인 나뭇가지들이 쏴아아 베일처럼 흔들렸다. 검은 드레스를 입은 황녀의 머리에 그늘이 드리웠다. 귓가에 맴도는 바람 울음조차 곡소리처럼 을씨년스러웠다. 일라드는 잠시 무덤가에 서 있는 듯한 착각이 들었다. 수풀의 잡음이 일순 가라앉았을 때, 다소곳하고 조용조용한 목소리가 들려왔다.

"그는 기본적으로 탐욕스럽고 굶주린 뱀과 같은 자라 타인의 것을 약탈하고 빼앗는 것에서 쾌락을 느끼는 인사랍니다. 그런 것은 선량한 당신이 아무리 그를 아끼고 제 것을 떼어 주어도 채워지지 않을 거예요. 그건 그의 본성이니까."

"전하. 언사에 신중하십시오."

"당신도 어렴풋이 눈치채고 있을 텐데요?"

그가 뒤틀리고 결핍되어 있다는 것을.

일라드는 화난 눈 그대로 입술을 꾹 다물었다. 라이샤는 얕게 입꼬리를 올렸다.

"잘 생각해 보세요. 그의 본질을 알아챌 수 있는 단서는 많을 테니까. 과연 그가 안고 있는 결핍과 욕망이 황제위에 앉는다 한들 해결될까요? 오히려 지고의 부와 권력이 그의 갈증과 공허를 더욱 두드러지게 만들어 줄 뿐이에요. 나가(신화 속의 뱀)는 학살을 벌여 제 배를 채우고 난 다음에는 어지간한 것으로 만족하지 못하고 결국에는 가장 가까이에 있는 달콤한 과실을 탐했다고 하지요. 지혜의 여신이 저에게 준 귀중한 선물을……. 그것을 아끼던 순수한 애정과 신의, 수호의 의무조차 망각한 채."

"프리가는 나가가 아닙니다."

"그 과실이 무엇일 것 같아요?"

속삭이는 목소리는 자장가를 불러 주는 어머니처럼 상냥했으나 더없이 싸늘했다. 두 사람의 눈이 어둠 속에서 맞부딪혔다. 붉은 입술이 사근거렸다.

"바로 당신이에요, 일라드 경."

바로 눈살을 찌푸리는 그에게 그녀는 웃으며 말했다. 그 사람에게 가장 탐이 나고 반짝이는 것처럼 보이는 게 무엇이겠느냐고.

"프리가는 완벽해 보이지만 부족한 게 많은 사람이에요. 그럴듯한 깨진 도자기와 같죠. 고귀한 혈통을 타고났지만 그를 온전히 봐 줄 부모도 없는 데다, 여러 재능의 축복을 받았지만 칭찬하고 독려해 줄 스승이나 보호자 하나 변변치 않죠. 그렇다고 주변에 사람이 있나? 사랑과 자비, 신뢰보다 배신과 질투, 음모, 경멸과 혐오에 더 친숙한 삶이 아닌가요.

받는 것보다 빼앗고 쟁취하는 걸 먼저 배운 그가 온전히 누군가를 품고 애정을 줄 수 있을 것 같은가요?"

"함부로 말씀하지 마십시오. 프리가는 누구보다 제가 더 잘 압니다."

"물론 당신을 진심으로 좋아하겠지요."

자기랑 다르니까.

후훗, 짧게 웃은 라이샤는 한 발자국 뒤로 물러섰다.

"무례했다면 용서하세요. 역시, 그 아이가 가졌어야 할 자리가 그런 치에게 돌아가는 건 매우 눈꼴신 일이야."

"……."

"건강하세요, 경. 부디."

까만 치맛자락을 잡고 나붓이 인사를 한 황녀는 검은 나비가 날아가듯 천천히 멀어졌다. 이윽고 완전히 그녀가 보이지 않을 때까지 일라드는 그 자리에 우두커니 서 있었다.

명석한 수재로 이름났던 흑발의 황녀는 그 후 소리 소문 없이 제국의 역사에서 사라졌다. 그녀가 어떻게 되었는지 일라드는 알지 못했다. 국경을 넘어 먼 나라로 망명했다는 소리도 들리고 미천한 자와 야반도주를 했다는 이야기도 있었다. 정적들에게 암살되었다는 설이 가장 유력했지만, 그것은 아닌 것 같다. 이후 떠보듯 꺼낸 그녀의 이름에 프리가가 미간을 찡그리며 약삭빠른 계집이라 못마땅하게 혀를 찼으니 말이다.

라이샤가 살아남았는지 죽었는지는 모르겠으나, 일라드는 종종 그녀의 마지막 충고를 떠올렸다.

그 이유는 그도 알지 못했다.

⚜

전쟁보다 안정을 추구하는 마르키넬리 파의 귀족들이 슬금슬금 휴전 요청을 받아들이자는 목소리를 내었다. 황제의 서슬 퍼런 시선과 그가 이뤄 내는 막대한 성과에 지금껏 큰 지지를 못 받았으나 제아무리 강대국이라 한들 팽창에는 한계가 존재한다. 계속된 정복 전쟁이 제국에 막대한 부를 가져다주었으나 새 영토를 정비하는 데 천문학적인 재화가 들어가는 데다, 그만큼의 피와 원한을 쌓는 것도 사실이었다. 몇몇 목숨을 건 이들의 현실적인 지적에 칼리굴라는 역시나 심기가 불편해 보였지만 어쨌든 가엾은 신하들의 목을 잘라 황궁 돌담에 내걸지는 않았다. 황제는 포악하기는 했으나 사리 분별을 못 하는 이는 아니었다.

그러나 역시 그의 가장 큰 유희를 포기하는 걸 내켜 하는 것도 아니었다. 기생충 같은 적을 불태우고 적장의 잘린 목을 줄줄이 꿰어 걸어 놓고 그 썩어 가는 머리를 비웃으며 포도주에 흠뻑 취하는 것만이 삶의 낙인 살인자가 따분한 평화를 달가워할 리가 만무하다. 식은땀을 삘삘 흘리면서도 꿋꿋이 제 앞에서 도망가지 않는 늙은 귀족을 서늘하게 노려보던 칼리굴라는 귀찮다는 듯 손을 내저었다.

물러가라. 생각해 볼 테니.

이것만 해도 희망적이었다. 금방 화색이 된 이들은 넙죽 고개를 조아린 뒤 도망치듯 카르뮬렌 궁을 빠져나갔다.

그리고 오랜 전쟁이 막을 내릴지도 모른다는 소식은 프리가의 귀에도 들어왔다.

득의양양한 미소가 길게 쭉 찢어진 입꼬리에 걸렸다.

드디어.

때가 왔다.

처음은 친우의 누명을 풀어 주기 위해 저 홀로 조사를 했던 게 발단이었다.

하지만 진실은 일라드가 상상도 못 하고 있던 것이었다. 첫 증거를 보았을 때는 믿지 않았다. 여느 때처럼 정적들의 농간이겠지 하였다. 그러다 불현듯 프리가와 나누었던 대화가 떠올랐다.

'너무 걱정하지 마. 누명은 벗겨질 테니까.'

'무슨 방법이 있나?'

'그야, 누명이 아니니까?'

설마, 그럴 리가. 그러던 차에 살로몬이 죽었다. 결국, 일라드는 프리드나 부인에게 찾아가 진상을 캐물었다. 그녀는 지푸라기라도 잡는 얼굴로 프리가의 절친한 친우에게 사실을 털어놓았다.

"그, 그분이 시켰어요."

프리드나 부인은 잔뜩 겁에 질려 있었다. 그녀의 앞에는 엎질러진 찻물이 식탁보를 얼룩덜룩 곰팡이처럼 물들이고 있었다. 깨진 화병에 담겨 있던 꽃은 진득한 얼룩에 닿자마자 시커멓게 죽었다. 저 꽃처럼 시들 뻔했던 부인은 공포감에 희게 질려서는 일라드에게 매달렸다.

"제발, 제발, 살려 주세요, 테오도르 백. 저는 시키는 대로 다 했어요!"

살로몬 황자 사건으로 목숨은 부지했으나 제 궁에 감금된 프리드나 부인은 곱던 얼굴이 많이 상해 있었다. 일라드의 다리를 잡고 통곡하는 그녀는 하루하루 죽음의 공포에 시달리는 듯 보였다. 아마도 한때 연인이었던 남자에 의해 쥐도 새도 모르게 죽임당할까 봐.

"그분을 배신한 건 제 잘못이에요. 하지만 어쩔 수 없었어요. 살로몬 황자가 제 딸들을 놓고 협박해 와서……."

프리가는 일라드에게 비밀이 없었지만, 그가 묻지 않으면 굳이 말하지 않는 것들도 있었다. 프리가가 황제의 차기 후계자로서 유력해지고 일거수일투족 모든 것을 일라드와 공유하던 때와 달리 사적인 일상이 분리되면서부터 그것은 자연스러운 일이 되었다. 당연히 일라드라 한들 프리가의 방탕한 여성 편력에 대해 일찍이 알고 있었다 해도 그가 최근에 교제하는 여인들까지 죄다 알 수는 없었다.

헌데 설마 황제의 정부까지 건드리다니. 제정신이 아닌 게 분명했다. 황제 칼리굴라의 의처증은 유명했고 그 병증에 익히 피해를 보며 자라 온 프리가가 아닌가. 헌데도 이런 짓을 저질렀다는 건 대범한 건지 미친 건지 분간이 가지를 않았다.

결국 황제의 의심은 누명이 아닌 셈이었다. 누명을 쓴 건 외려 아비에게 죽임당한 살로몬이었다.

그래, 그럴 수도 있다. 프리가도 살아남기 위해 자신을 방어한 것이 아니던가.

살로몬은 항상 프리가를 죽이려 들었고 그는 모후가 사망한 후 어린 나이부터 항상 살해 위협에 시달렸다. 한때 친형처럼 여겼던 그놈을 죽여 버리겠다 악에 받쳐 지껄이는 걸 눈앞에서 본 것만 해도 수

차례다.

하지만 살을 섞고 정을 나눈 여인까지 꼭 살인 멸구를 해야 했을까.

"제 딸이 묘헨 자작과 결혼하여 제 곁에 없습니다. 자작은 전하의 수하니 그 애의 목숨은 풍전등화가 아닙니까. 차라리 제가 죽겠습니다! 제발, 제발……!"

황제의 관심이 멀어진 첩 정도야 죽이지 않더라도 입을 막을 방법은 얼마든지 있다. 그럼에도 여러 차례 독살 시도를 한다거나 딸을 인질로 잡고 자살하라 권유하는 것은 프리가의 결벽적인 의심이 아니라 하더라도 뱀과 같은 악의가 느껴졌다. 놀랍게도, 낯설고 실망스러웠다. 일라드가 아는 프리가는 여러 애인을 두었다 하나 여인에게 손찌검을 하거나 강압적으로 군 적이 없었다. 귀하게 대하지 않았지만, 함부로 대하지도 않았다.

차라리 고통 없이 깔끔하게 죽이는 게 그답지 않은가.

"제가 말해 보겠습니다."

오래전부터 정해진 것처럼, 일라드는 제 오랜 친구에 대해서 누구보다 잘 아는 사람은 자신일 거라 은연중에 확신했었다. 오만하고 또한 고독한 황자가 옆을 허락한 이는 저가 유일했고, 프리가도 그의 특별함에 대해 종종 언급해 왔으니까. 프리가의 독선적이고 비인간적인 언행들에 질색하면서도 어쩌면 일라드는 그에게 있어 예외적인 존재라는 것을 당연시하고 기쁨과 우월감을 느꼈을지도 모른다. 유치하고 지리한 만족감이었으나 '그' 프리가가 아닌가. 어쩔 수 없이 그는 좋은 의미든 나쁜 의미든 주변인들의 너저분하고 솔직한 밑바닥을 자극하고 드러내게 만드는 데에 탁월한 재능이 있었다.

그를 아는 만큼 그의 야비함이나 권모술수에 익숙했기에 이번의 암투와 잇따른 처형식에 크게 놀라지는 않았다. 또한 씁쓸하지만, 그것이 그르다 생각하지도 않았다. 프리가에 대한 우정과 충성심을 제치고 보더라도 응당 위정자란 때로는 잔인하고 냉정한 결단력이 필요하다. 지고의 자리로 향하는 데 어찌 피 한 방울 묻지 않겠는가.

다만, 미세한 위화감이 스멀스멀 안개처럼 발치를 덮고 올라왔다. 언제부터인지는 알 수 없다. 프리가 황제가 되겠다 선언한 때부터? 아니면 저가 혼인한 이후? 그들의 사이가 예전보다 멀어지는 동안 그들을 둘러싼 모든 것들이 소리 없는 파도처럼 밀려와 천천히 모든 것을 부식시키고 뒤바꾸고 있는 느낌이었다. 야트막하게 벌어진 틈으로 스며 들어온 그 소리 없는 검고 매캐한 것이 무엇인지 알 수 없었으나 불길한 것은 분명했다.

— 당신의 친구를 항상 믿지 않는 게 좋을 거예요.

일라드는 고개를 저었다. 쓸데없는 생각.

"오, 어서 와라, 일라드!"

이봐! 테오도르 백작께서 오셨다고! 황자궁은 한창 화려한 연회로 시끌벅적했다. 붉은 비단과 모피가 깔린 자리에 비스듬히 누운 프리가가 헐거운 가운을 걸친 채 술잔을 높이 들어 올렸다. 왁자한 웃음이 터졌다. 일라드는 무감동하게 저에게 다가오는 술 취한 귀족들과 광대를 지나쳐 무희가 주는 포도알을 받아먹는 프리가의 앞으로 가셨다. 그는 이미 반쯤 취한 듯 보였다. 반라의 여인들을 양쪽에 끼고 킬킬거리는 친우를 내려다보던 일라드는 한숨 섞인 목소리로 말했다.

"할 말이 있다."

"말해."

황금 잔에 담긴 술을 기울이며 프리가가 대꾸했다. 건성 어린 태도에 미간을 찡그리며 재차 요구했다.

"이런 곳 말고, 단둘이 얘기했으면 하는데."

"이런, 나와 밀회라도 하시려고?"

어여쁜 아내는 어쩌고.

그의 농담에 키득키득 조소들이 쏟아졌다. 화를 참느라 일라드의 목소리가 낮아졌다.

"내 아내를 들먹이지 마."

"그러게 왜 여느 때처럼 집구석으로 안 기어가고 잘 노는 내게 와서 잔소리야?"

프리가가 심술맞게 입술을 뒤틀며 되받아쳤다. 그러고는 젖무덤이 아슬아슬하게 드러난 무희의 가는 허리를 끌어안고 하얀 목덜미에 입술을 묻었다. 까르륵 난잡스러운 웃음소리가 터졌다. 마치 여 보란 듯이 전시라도 하는 태도에 결국 일라드는 폭발했다.

"네 부적절한 연인이 누구인지 여기서 말할까?"

프리가의 웃음이 뚝 그쳤다. 가늘게 떠진 푸른 눈이 뱀의 그것처럼 쏘아보는데도 일라드는 일말의 흔들림 없이 그 시선을 받아쳤다. 대치가 이어졌다. 모두 살벌하게 변한 황자가 당장 불처럼 화를 내거나 백작을 내쫓을 거라 여겼지만, 예상과 달리 프리가는 짜증스럽게 머리를 헤집더니 남은 포도주를 모조리 입 안에 털어 넣었다. 그러고는 아까와는 달리 지나치게 멀쩡해진 얼굴로 휙 일라드를 지나쳤다. 따라와.

일라드는 두말없이 놀란 귀족들에게 고개를 까딱 숙여 보이고는 휘적휘적 큰 걸음으로 연회장을 빠져나가는 황자의 뒤를 따랐다.

이리저리 돌아 제 서재로 들어간 프리가가 빙글 제 쪽으로 몸을 돌리자 일라드는 곧장 본론을 꺼내려 했다. 그러나 검지로 입술을 꾹 누른 프리가가 힐끗 구석을 턱짓했다.

"비앙카. 나가."

책상 너머에 카펫을 이불처럼 둘둘 만 나신의 여자가 튀어 오르듯 일어나 배시시 웃자 일라드가 황망한 눈에 얼굴을 새빨갛게 물들였다. 잘생긴 백작의 얼굴을 힐끔거리는 그녀의 머리에 비단 가운이 던져졌다. 상반신이 훤하게 드러난 프리가가 웃는 낯으로 다시 말했다. 나가.

여자는 어깨를 움츠리더니 후다닥 나가 버렸다.

일라드는 어처구니가 없어 입을 벌렸다. 그의 부라리는 시선에도 프리가는 야살스럽게 입술을 휘고는 책상 끄트머리에 걸터앉았다.

"그래, 뭐가 궁금해서 이 시간에 집도 놔두고 나를 찾아왔나?"

"저 여자, 마원 남작 부인 아닌가? 남편이 죽고 수도원으로 들어간?"

"이제는 프란체 주교의 정부지."

어느 모로 봐도 부적절한 관계란 뜻이다. 더 할 말을 잃었다. 그의 표정을 관찰하며 프리가는 턱을 괴었다.

"왜, 질투 나?"

"미쳤나? 이리 무분별하게 행동하다 불필요한 원한을 사면 어쩌려고 그러지? 가뜩이나 폐하께서 널 주목하고 계시는데!"

"황제 폐하께서는 언제나 자식 보기를 돌같이 하시는 분이고."

프리가는 나른하게 웃었다.

"내가 원한을 사도 네가 나를 지켜 주면 되잖아."

말문이 막혀 나오는 건 허탈한 숨뿐이었다. 일라드가 어찌하지 못하고 빠득 이를 갈자 키득키득 웃음이 흘러나왔다. 아까의 사람 속을 긁는 그런 조소가 아니라 그들 사이의 친근하고 익숙한 종류의. 알게 모르게 마음이 풀린 일라드가 이마를 짚었다.

"프리드나 부인을 만나고 왔다."

"그 여자가 네게 질질 짜며 매달렸나 보군."

"변명도 안 하나?"

질린 눈이었지만 프리가는 외려 정색하며 내가 언제 변명하는 것을 보았냐 되물었다. 하긴, 악마 같은 짓을 해도 당당한 치이니. 저가 어리석었다. 결국 타이르듯 말했다.

"네가 여인과 교제를 하는 것에 무어라 간섭할 처지는 아니지만, 요즘 네 행보를 보면 불안하기 짝이 없어. 대체 왜 탈이 날 만한 여자만 건드는 거냐? 대체 뭐가 모자라서?"

"귀부인과 과부야말로 뒤탈이 없지 않나?"

"귀부인과 과부가 아니라 전부 상대가 있는 여자들이잖나. 나를 바보로 알아?"

처음에는 우연인 줄 알았다. 하지만 하나하나 따져 보니 하나같이 지아비나 애인이 있는 여인들이었다. 일부러가 아니라면 이럴 수가 있나? 그의 괴상한 성벽을 깨달은 일라드는 기함했다. 의심스러운 시선을 보내자 프리가는 처음으로 변명했다.

"미인들은 알고 보면 전부 이미 임자가 있던걸. 세상 모든 사내가 미인을 원하는 걸 내가 어찌하겠어?"

"아름다운 영애도 많아."

"풋내 나는 어린 계집은 싫어."

머리가 아픈 듯 미간을 찡그리는 일라드의 말을 가로막으며 프리가가 입을 열었다.

"그래서, 내 취향에 대해 잔소리를 늘어놓으려고 온 거야?"

"프리드나 부인을 굳이 죽일 필요가 있나? 다른 방법도 있을 텐데."

달래는 언사에도 프리가는 말이 없었다. 아니, 외려 눈이 싸늘하게 식어서는 독살스럽게 이죽거렸다. 그것은 짜증스러움과 지긋지긋함 따위가 뒤섞인 것처럼 보였다.

"그 쥐새끼 같은 계집을 살리려고 내게 와 이러는 거야? 네게 창녀 짓이라도 하며 매달렸나 보지?"

일라드는 이번에야말로 마음이 상했다. 아무리 배신을 했다 한들 옛 연인에게 그런 천박한 언사라니. 감정이 격해지면 으레 그렇듯 낯이 딱딱하게 굳었다.

"입조심해. 내가 너에게 더 실망하게 만들지 마라."

"아. 내게 실망했다고? 하긴 항상 올곧으시니 무언들 네 마음에

찰까.”

“프리가.”

상극인 성격으로 오랜 시간 붙어 있었으나 그들은 정도 이상 상대의 기분을 상하게 하거나 싸워 본 적이 없었다. 서로가 서로에게 필수적인 존재였기에 적정선을 넘을 듯하면 멈춰 섰기 때문이다. 워낙 극과 극이라 자칫하면 크게 엇나갈 수 있다는 걸 본능적으로 느끼고 있었으니까. 하지만 그 날은 달랐다.

이쯤에서 능글맞게 화제를 돌리거나 달래듯 회유했을 프리가 표정 없는 눈으로 중얼거렸다.

“그렇겠지. 넌 다 가졌으니까.”

서늘한 손이 쿡 가슴께를 찌르고 지나간 것 같았다. 발목을 슬금슬금 기어오르던 거무튀튀한 것이 일순 선명해진다. 설명할 수 없는 그 감각에 일라드가 눈썹을 일그러뜨린 사이 드물게 감정이 적나라했던 프리가의 얼굴이 도자기처럼 매끄럽고 차게 변했다.

“그래서, 나더러 그 여자를 살려 두라는 건가?”

아찔한 불길함은 순식간에 팽팽한 긴장감에 잠식당했다. 일라드가 고개를 끄덕이자 프리가는 피식 웃으며 되물었다.

“내가 왜?”

“프리가. 나는 네게 속한 입장이고 너를 선택했으니 프리드나 부인을 제거한다 하면 따를 수밖에 없는 입장이다. 네가 그것을 원한다면…… 그래, 너에게 위해가 된다면 내가 직접 그녀를 죽이겠어.”

프리가는 팔짱을 낀 채 아무 말이 없었다.

“하지만 그녀는 지금 어떤 위협도 되지 못해. 한때 너 또한 마음이 있어 그녀를 품었을 게 아닌가. 그런데……”

“내가 그 계집을 마음에 품어? 우스운 논리군.”

잠자코 못 들어 주겠다는 듯 프리가 따분한 기색으로 하품했다.

“나를 좋아하는 티를 못 숨기고 어쩔 줄 모르던데, 그게 재미있더라고. 아버지 여자는 좀 다를까 싶어 몇 번 놀아 본 것뿐이야. 별거 없더군. 그런데 지조도 없는 줄은 몰랐지. 하긴 지아비의 아들에게 다리를 벌리는 것부터가 그런 품격과는 거리가 먼 건가?"

조롱과 깔봄이 도를 넘었다. 결국 일라드는 못 참고 화를 냈다.

"부인이 도덕적이지 못하다 한들 무력한 아녀자가 아니냐. 딸들이 인질로 잡혀서 어쩔 수 없이……."

"어쩔 수 없었다, 그럴 의도는 아니었다. 정말이지 지긋지긋할 만큼 짜증 나는 변명들이야."

프리가의 눈에 선명한 건 무시무시한 경멸과 적대감이었다. 일라드는 이번만큼은 그가 이해되지를 않았다. 차라리 연인에 대한 배신감이라면 그러려니 하겠다. 별 감정도 없었다면서 왜 이리 적의를 갖는가.

"차라리 고통 없이 죽여라. 왜 그렇게 싫어하지? 결국 모두 네 뜻대로 되지 않았나."

"그게 무슨 상관이야? 내게 거짓말을 했잖아."

"뭐라고?"

"나를 가장 사랑한다고 하더니 결국 딸자식이 먼저인 여자야. 괘씸하잖아."

그는 태연했고, 일라드는 지금껏 저가 잘못 생각했다는 걸 깨달았다.

프리가는 이때껏 일라드에게 관대했을 뿐 원래도 이런 인간이다.

"사실 네 말대로 큰 감정은 없어. 존경하는 황제 폐하께서 마침 자리를 비우셨고, 계집이 노골적으로 유혹하기에 혹했고, 그 인간이 가장 미쳐 날뛰는 짓이니까 건드려 본 게 다고. 아. 이런 생각을 한 것도 같군."

혐오감으로 일그러지는 걸 숨기려 애쓰는 친우의 얼굴을 빤히 들여다보며 그는 낮게 웃음을 터뜨렸다.

"아들이 제 계집을 건든 걸 알면 어떤 눈을 할까."

"너……."

"최소한 이제 내 이름은 확실히 기억하시려나?"

웃음소리가 낭랑했으나 이곳에 있는 두 사람 중 누구도 기뻐 보이지 않았다. 고장 난 악기처럼 일시에 미소를 거둔 프리가 어깨를 으쓱거렸다.

"그래. 살려 달라고? 어련하겠어. 천하의 테오도르 백작님의 부탁이니 들어드려야지."

"……진심이냐?"

"그럼."

시원할 만큼 가벼운 대꾸였음에도 전혀 흡족하지 않았다. 일라드는 어떤 말을 해야 될 의무감에 입을 열었지만, 이곳저곳 붉은 자국이 산란하게 흐드러진 프리가의 상체에 시선을 고정한 채 마른세수를 했다. 일순 피로함이 몰려왔다. 혹은 멀미 같은 부대낌일 수도 있다. 아주 찰나, 그는 버겁다고 느꼈다. 그런 제 얼굴을 눈 하나 깜박이지 않고 응시하고 있는 파란 시선도 잠시 망각한 채. 일라드는 곧장 의연하게 마음을 다잡으며 표정을 알 수 없는 프리가에게 감사를 표했다.

"고맙다."

"별말씀을."

"그리고……"

당연히 사과의 말이 다음 순서였다. 그러나 수려한 얼굴에 걸린 상냥한 미소가 그 말꼬리를 잘라먹었다. 저 표정이 축객령이라는 걸 모를 정도로 바보는 아니었다. 일라드는 한숨과 함께 기분을 상하게 한 것에 사죄하며 돌아섰다.

그가 나간 후 프리가의 말간 낯에 장식품 같은 웃음기조차 싹 사그라들었다.

미동 없이 닫힌 문에 붙박인 파란 눈은 박제된 양 말갛고 무감동했다.

❧

얼핏 보면 아무런 변화도 없는 것처럼 보였다. 두 군신이자 친우는 서로 어떠한 서운함이나 불쾌함도 표현하지 않았다. 그러나 그럴수록 일라드는 목이 졸리는 기분을 느꼈다.

그것은 프리가에게 최근 들어 일라드보다 더 가까이 두고 신임하는 아르뒤노 백작 등 측근들의 존재 때문만은 아니었다. 한때는 어떤 일이든 일라드에게 가장 먼저 의논하던 프리가가 회의 이후 아르뒤노를 제외한 모든 이들을 물리는 태도에 서운함을 느끼기 때문만도 아니었다. 물론, 소외감도 클 것이었다. 저를 안쓰러운 척 바라보는 백작의 표정에 거북한 불쾌감이 치미는 것은 그조차도 일찍이 느껴 보지 못했던 기분이었으니.

그러나 그 모든 것들보다 더 그를 괴롭히는 것은 일라드에게 예전만큼 신뢰를 보여 주지 않는 프리가의 고요한 두 눈이었다. 그는 여전히 일라드를 아꼈지만 가장 중요한 문제에서는 일라드를 배제하려는 얄팍하고 깊은 선이 그어져 있었다. 그런 눈을 볼 때면 먹먹한 벽과 같은 죄책감이 들었다.

그에게는 익숙지 않은 감정이었다. 내내 바다에서 살던 물고기가 돌연 소금기 없는 말간 호수에 던져진 것처럼, 갈급한 불안을 닮은 갑갑함이 차오른다. 답답함을 토로할 길이 없어 결국 그는 제 아내에게 이 고민을 털어놓았다.

물론 주군의 치부가 될 부분은 모두 제하고, 추상적이고 얼룩덜룩한 진실만 잘 오려서.

이 선하고 충직한 사내의 아리따운 부인은 그가 모든 사실을 말하지 않았다는 것을 눈치챘지만, 더 캐묻지 않고 조용히 힘겨워하는 남편의 두서없는 속내를 귀담아들었다. 그녀의 가느다란 손이 다정하게 연신 주름진 미간과 숱 많은 머리칼을 매만졌다. 하얀 손가락이 반듯한 이마 위로 진주알 미끄러지듯 지나갈 때마다 찡그려진 주름이 반듯하게 펴졌다. 일라드는 일말의 안도감과 평온을 느꼈다. 그는 이처럼 사려 깊은 아내를 맞게 된 자신이 운이 좋은 사내라 여겼다.

일라드는 세상에서 유일하게 제 아내 앞에서만 모든 체면과 가면을 벗고 알몸뚱이처럼 솔직해졌다. 어느샌가 저도 모르게 하소연을 늘어놓을 정도로.

"정말 힘들군. 내가 그를 안 시간이 내 온 평생과 같지만, 가끔은 내가 누구의 손을 잡고 그에게 나의 모든 것을 맡긴 것인지 의문이 들 때가 있어. 얀네. 전하께서는 정말이지 깊은 우물처럼 속을 알기 힘든 분이야. 그러면서 가끔은 놀랄 정도로 어린애처럼 구시지. 그가 내게 얼마나 짓궂고 잔인한 애정을 주시는지 당신이 알면 놀랄 거야."

"그분이 짓궂으시다는 건 알고 있어요."

"아. 당신에게 실례를 한 적이 있지."

미간을 찡그린 일라드가 못마땅하게 중얼거렸다. 그러함에도 그의 강직한 얼굴에 밉기도 한 가운데 뚜렷한 애정이 깃들어 있다는 걸 얀네는 알고 있었다. 그녀는 조용히 손가락에 감기는 남편의 머리카락을 쓸어 넘겼다.

그들의 결혼식에서 벌어졌던 해프닝은 몇 차례 사교계의 짓궂은 후일담에 오르내렸지만 얼마 안 가 흐지부지 사라졌다. 아이러니하게도 그 뒷소문을 덮은 것은 프리가의 새로운 스캔들 때문이었다. 얀네는 잡아먹을 듯 섬뜩하게 빛나던 황자의 서늘하고 뜨거운 눈을 생각했다. 들끓는 지옥의 바다처럼 헤아릴 수 없는 열감이 그득히 차 있던.

제아무리 고단한 삶 끝에 감각이 마비된 자라도 흠칫 뒷걸음칠 만한 기색이었다. 결코 호의 따위 찾아볼 수 없는 냉혹한 감정, 잔인한 호기심이 뒤섞인 시선. 그녀는 황자를 일별하자마자 깨달았다. 어떤 일이 있더라도 이 사내와 다시 마주치는 일이 없어야겠다고.

보통 이러한 직감은 애석할 만큼 정확히 들어맞고는 했다.

"사실은……. 당신도 눈치챘겠지만……"

일라드가 조심스럽게 중얼거렸다.

"프리가는 내 결혼을 반가워하지 않았어."

"일라드를 빼앗길까 봐 걱정하셨나 보군요."

"그렇게는 말하지 않았어."

사려 깊은 아내는 가끔 조곤조곤한 목소리로 허를 찌르고는 했다. 그리고 그녀의 말은 사실이었다. 분명 질투였으니까. 그러나 그것을 아내 앞에서 인정하기에는 일라드는 지나치게 충실한 신하요, 황자의 유일한 친우였다.

"나는 그의 첫 번째 검이니 대의와 일을 앞두고 해이해질까 걱정하신 것이지."

언제 투덜거렸느냐는 양 역성을 드는 일라드의 변명에 얀네는 그저 웃기만 했다. 물론 그렇겠지요.

"괜한 걱정을 하시는군요. 결국 내 남편이 가장 사랑하는 건 전하 당신일 텐데 말이에요."

"얀네. 그게 무슨 말이야?"

놀리는 게 분명했다. 일라드는 피식 웃어 버렸지만 얀네의 알 듯 말 듯 걸린 미소는 변하지 않았다. 파란 물감으로 그린 초상화처럼 흐릿한 듯 미묘하게 또렷한 눈빛, 그을린 표정이었다. 그녀는 다정하게 속삭였다.

"그를 아끼시잖아요."

자기 자신보다, 어쩌면 가엾고 돌봐 줘야 하는 아내보다 훨씬 더.

"끝에 가서 누구 하나를 선택해야 한다면 주저 없이 그분을 선택하겠지요."

별다른 서운함이나 질책 따위는 하등 찾을 수 없는 잔잔하고 평이한 어조였다. 외려 일라드가 거북할 만큼. 그는 벌떡 상체를 일으키며 정색했다.

"무슨 뜻이지?"

얀네는 그저 미소 짓기만 했다. 어쩐지 그 얼굴을 더 마주하기가 힘들어 일라드는 서둘러 말했다.

"나는 내 평생 당신에게 온 힘을 다할 것이라 맹세했어. 나를 못 믿나?"

"그렇지 않아요. 내가 만나 본 사람 중 당신만큼 믿음직한 분은 없었으니까요."

그것은 확고한 진심처럼 들렸다. 진실이기도 했다. 하지만 일라드는 꺼림칙한 허함을 느꼈다. 하지만 그녀는 원래도 이런 사람이었다. 잡힐 듯 말 듯 한 걸음 떨어진 채 서 있는 여자. 그 아슬아슬함이 역으로 상대를 끌어당기고 주위를 배회하게 만든다는 걸 안다. 그 기이한 흡인력이 무엇인지 일라드는 잘 알고 있었다. 이미 평생 동안 그와 비슷한 인력에 좌지우지됐으니까. 그래서인지 그녀가 안타깝고 신경 쓰였다.

"얀네."

"네."

"당신은 내 유일한 아내야. 다른 무엇도 그대를 대체할 수 없어."

처음으로 얀네의 희미한 미소가 흩어졌다. 가느다란 그녀의 어깨와 뺨을 쓰다듬던 일라드가 조심스럽게 입을 맞추며 속삭였다.

"사랑해."

잠시 그녀의 노을빛 눈이 저물어 가는 빛처럼 흔들리며 남편을 올려다보았다. 얀네는 흐릿하게 입술을 올리며 대답했다.

"저도요."

✤

"테오도르 백."

일라드는 저도 모르게 찡그려지는 미간을 펴면서 천천히 돌아섰다. 아르뒤노 백작. 지방의 상인 출신으로 시작해 준작위를 받고 수도 사교계에 입성한 뒤 얼마 안 가 프리가의 눈에 들어 그의 최측근으로 들어앉은 사내였다. 이리저리 셈하는 상인들을 그리 좋아하지 않는 일라드에게 있어 여러모로 상극이었지만 그는 결코 제 거북함을 티 내지 않았다. 첫째로 그것은 경우 없는 짓이었고, 둘째로 일라드의 개인감정과 상관없이 아르뒤노 백작은 프리가의 사람이었다. 셋째로, 그가 여우 같은 인물일지는 모르겠으나 분명 일라드가 하기 힘든 방면에서 프리가에게 도움이 되는 건 사실이었다. 백작은 교활한 만큼 유능했다.

처음 프리가가 아르뒤노에 관해 묻는 의견에도 일라드는 똑같이 대답했다.

— 그가 믿을 수 있는 자인지는 모르겠다. 하지만 너에게 필요한 인물인 건 사실인 것 같다.

그러자 프리가는 말없이 웃었다. 그러고는 의아해하는 일라드에게 이렇게 말했다.

너라면 그렇게 말할 줄 알았어, 라고. 마치 답을 알고 놀리듯 낸 수수께끼처럼.

"테오도르 백?"

"……죄송합니다. 어쩐 일이십니까?"

표정을 정리한 일라드가 예의 바르게 묻자 아르뒤노 백작은 사람 좋게 웃었다. 딱히 그것이 진심 어린 호의로 보이지는 않았지만. 어떤 면에서 아르뒤노는 프리가와 닮은 남자였다.

"이거 서운하군요. 한 주군 아래 한배를 탔건만 어떤 일이 있어야 인사라도 할 수 있는 사이였습니까, 우리가?"

"그런 뜻은 아니었습니다."

정확히 말하자면 못 할 사이는 아니었지만 동시에 사적으로 이야기를 나눌 만큼 친분이 있지는 않았다. 그들은 여러모로 달랐다. 명문가의 외아들로 태어나 대귀족으로서 반듯하고 고결한 삶을 살아온 기사 일라드와 귀족이라 하기에도 뭣한 태생으로 권력의 끄트머리에서 갖은 고생 끝에 다음 황위가 유력한 황자의 수족이 된 아르뒤노는 가치관과 성격, 몸에 밴 태도까지 모든 것이 정반대였다.

겉만 봐도 그랬다. 마치 백로와 화려한 깃을 뽐내는 공작새가 나란히 서 있는 것만치, 고귀한 핏줄답지 않게 검소하고 단정한 일라드와 달리 아르뒤노 백작은 언제 어디서나 값비싼 비단과 사치품으로 자신을 꾸미는 것을 좋아했다. 일라드의 눈이 백작의 손가락에 끼워진 큼지막한 루비 반지로 향했다. 저 보라는 양 반짝거린다.

한동안 눈치채지 못했으나 저치는 일라드에 대한 은근한 적개심을 가지고 있었다.

단순한 열등감과 질시일 수도, 아니면 훗날 황권을 차지하고 난 후 권력을 나눠 가질 미래의 정적을 향한 경계일 수도 있다. 어느 쪽이건 그로서는 거리가 먼 감정들.

일라드는 그가 끝내 공감하고, 해결하지 못할 몰이해한 것들은 그저 외면하는 것이 답이라고 여기는 사람이었다.

"하실 말이 없다면 이만 실례하겠습니다."

"요즘 전하께서 서운하게 구시지요?"

곧바로 일라드의 찡그린 얼굴이 빙긋 웃는 그의 쪽으로 돌아갔다. 결국, 불쾌감을 숨기지 못한 일라드가 말했다.

"무슨 뜻이십니까?"

"말 그대로입니다. 전하의 총애가 예전만 못하다고 다들 뒤에서 수군거리는 걸 모르십니까?"

아마 그럴 것이다. 권력의 냄새를 맡는 이들의 코는 굶주린 승냥이보다 더 기민하니.

그래서 어쩌란 말인가. 일라드는 피로와 미약한 짜증스러움을 느꼈다.

"아르뒤노 백."

"'목요일의 축제'에 관해 들으셨는지요?"

프리가가 유력한 황위 계승 후보가 되긴 했으나 아직도 황제의 자식들은 많이 남아 있었다. 권력에 있어 존재만으로도 방해되는 피붙이들.

어느 달 없는 밤, 프리가는 아주 당연한 의식을 치르듯이, 태연한 어조로 자신의 계획을 말했다.

'그 날에 짐승들만 죽지는 않을 거야.'

프리가는 그들을 전부 죽일 것이다.

그에게 도전하려는 형제들보다 두려움에 떠는 이들이 더 많을지라도.

일라드의 표정에서 답을 읽었는지 백작이 한 걸음 더 가까이 다가왔다. 그의 지독한 향수 냄새에 얼핏 미간이 찡그려졌다.

"의외로군요. 천륜을 어기는 데 테오도르 백께서 동의하실 줄은 몰랐는데."

"이 황실에서, 그런 것이 천륜쯤에야 속합니까."

올곧다 한들 그도 판케아트인이고 피를 묻히는 군인이었다. 실제로 수많은 프리가의 정적들이 일라드의 손에 유명을 달리했다. 이자는 나를 대체 뭐로 보는 건가. 운 좋게 황자의 호의를 얻고 한자리 차지한 소꿉친구? 기사도에 심취한 애송이?

그러나 백작은 그런 그를 잠시 더 들여다보더니 안타까운 듯 덧붙였다. 뜻밖에도 그 안쓰러움은 일견 진심처럼 보였다.

"옳은 말씀입니다. 거기에서 끝난다면 말이지요."

"……?"

"역시 당신에게는 말씀하지 않으신 모양이군요."

무엇을?

"테오도르, 아니 일라드 경. 나는 개인적으로 당신을 좋아하지는 않습니다. 하지만 그분을 말릴 수 있는 사람은 경뿐인 것 같으니 말합니다."

이것 때문에 제 목이 떨어질지도 모르지만.

무어라 캐묻기도 전에 바짝 다가온 백작이 입을 열었다. 빠른 속삭임은 달아나는 쥐의 꼬리처럼 미약하게 흔들리고 있었다.

"전하께서는 월계관을 받지 않으시고 황제가 되시고자 하십니다."

일라드의 푸른 눈이 크게 뜨였다. 월계관은 황태자의 자리를 의미한다. 언젠가 스치듯 지나갔던 프리가의 말이 떠올랐다.

'내가 너에게 말한 적이 있지. 네 신념에 맞지 않는 일이라도 나를 위해 할 수 있냐고.'

그의 눈은 평소와 어쩐지 다른 빛을 품고 있었다.

'가장 빠른 길이 있는데 굳이 돌아갈 필요는 없지.'

"나는 역사에 반역자로서 기록되고 싶지 않습니다."

일라드는 뒤늦게 아르뒤노의 뺨이 창백하게 질려 있다는 걸 깨달았다. 그가 아무리 교활하다 한들 확신할 수 있었다. 그는 진심이었다. 어쩌면 황제 칼리굴라에 대한 막연한 공포감일지도 모르지만. 일라드가 다급하게 물었다.

"프리가는 어디 있습니까?"

"지금 의전주를 진상하러 카르뮬렌 궁에 가셨습니다."

두말할 것 없이 일라드는 백작을 제치고 달리고 있었다. 숨이 턱 끝까지 찰 때까지 뛰고 또 뛰었다. 단순히 도의적으로 프리가를 말리고 싶은 건지 위험하기 짝이 없는 계획이라 반대하는 건지는 그도 몰랐다. 다만 머리가 하얗게 비워져서는 하나밖에 생각이 안 났다. 프리가가 위험하다.

그의 간절함이 하늘에 닿은 것인지 간발의 차로 그는 막 궁 안으로 들어서려는 프리가를 붙잡을 수 있었다.

"전하!"

호리호리한 신형이 멈춰 서더니 돌아보는 것까지, 아주 느리게 책장을 넘기는 것처럼 선명하게 시야에 박혀 왔다. 애타는 속과는 전혀 상관없는 사람처럼 프리가는 빙그레 웃었다.

"일라드. 어쩐 일이야?"

어쩐 일이냐고? 안도는 곧장 기가 막힘으로, 다시 화로 변했다. 예법 따위 모르는 인간처럼 성큼성큼 계단을 밟고 올라간 일라드는 숨을 몰아쉬며 말간 친우의 얼굴을 일별하고 그의 뒤에 선 시종이 들고 있는 하얀 자기 병을 곁눈질했다. 국가의 행사를 축복하는 의미로 황족이 그 해의 첫 곡식으로 담근 과일주를 바치는 건 의례적인 일이다. 그러나……

황제의 유독 독에 강한 내성은 유명했지만 일라드는 남들이 절대 하지 않을 방법으로 위험천만한 짓을 벌이는 프리가의 버릇을 잘 알고 있었다. 아무도 예상하지 못해서 더 치명적인 방식으로.

"프리가."

주변을 바짝 경계하며 목소리를 낮추는 일라드의 허연 얼굴을 프리가는 재미있다는 듯 바라보고 있었다. 그저 순진하게만 보이는 호기심 가득한 눈에 혹여 저가 잘못 알고 온 건 아닌가 고민될 지경이었다.

"폐하를, 폐하를 뵈러 가는 거냐?"

"그럼 이 카르뮬렌 궁에 산보하러 왔겠나? 왜 그러는데?"

"그……"

너무 공개된 장소였다. 보는 눈이 많았다. 일라드는 희게 질릴 만큼 주먹을 쥐었다가 펴며 저를 의아하게 바라보는 궁인들을 훑었다. 부황을 방문하는 황자의 앞을 가로막다니. 평소의 그라면 절대 하지 않을 행동이었다. 그러나 해야 했다. 프리가의 가벼운 미소가 야속했다. 결국, 쥐어짜듯이 이리 말할 수밖에 없었다.

"추수제는 아직 사흘이 남지 않았나?"

"그게 어떻다고?"

"너무 이른……"

일라드는 이런 종류의 언변에 약했다. 간절하게 의전주와 프리가를 번갈아 보다 결국 막무가내로 어깃장을 놓더라도 그를 말려야겠다 마음먹고 고개를 들던 그 순간, 그는 미세하게 올라가 있는 모양 좋은 입술, 서느렇고 가느다랗게 접힌 눈을 발견하고 딱딱하게 굳어 버렸다.

이 자식……

"왜? 말해. 듣고 있으니."

알고 있어……?

일라드의 온화한 눈이 매섭게 굳는 걸 프리가는 나른하게 그저 바라보고 있었다. 잘못 생각했다. 역시 눈앞의 이 청년은 20여 년 넘게 보아 왔던 그 녀석이었다. 짓궂고, 누구나 잔인하다 할 법한 일들을 오직 흥미로움 하나로 저지르고 마는 그 얄궂은 성미를 가진 녀석 말이다. 씹어뱉듯 말했다.

"그만둬."

"무엇을?"

"프리가."

탄식하듯, 타이르듯, 화를 참는 듯한 목소리. 피식, 황자의 갸름한 입술이 여인네의 교태 어린 웃음처럼 가늘게 흰다. 속에서 울컥 더운 것이 치밀었다.

"대체……"

그러다 결국 파삭 식어 버렸다. 결국 언제나 그랬던 것처럼 일라드는 잠긴 목소리로 말했다.

"내가 잘못했다."

새파란 눈이 가만히 저를 들여다보고 있었다. 난데없는 사과였으나 둘 중 누구도 그것이 이상하다 하지 않았다. 일라드는 다시 재차 말했다.

"내가 다 잘못했어. 그만해. 제발."

화를 억누르는 얼굴이었지만 눈에 담긴 간절함 또한 거짓이 아니었다. 프리가는 무감동한 낯으로 그것을 바라보다 느리게 입술을 떼었다.

그리고 그 순간이었다.

돌연 일라드가 다급하게 프리가의 팔을 낚아챘다. 거칠게 이마가 부딪치고 두 청년의 몸이 휘청 계단 아래로 떨어지듯 굴렀다. 묵직한 무게에 절로 인상이 써진 프리가가 무어라 말할 찰나, 온몸이 딱딱하게 경직되었다. 심장이 덜컥 내려앉는 불길함, 피비린내가 훅 코를 쑤셨다. 멍하니 손에 축축이 묻어나는 피를 보았다. 붉고 비릿한 것이 칼처럼 뇌리를 푹 찔러 왔다.

"일라드……?"

"전하!"

주변이 와자하니 지옥문을 연 듯 소란하다. 병장기 부딪치는 소리, 비명, 외침들. 그러나 죄 귓가를 그저 의미 없이 스쳐 지나갔다. 검은 옷을 입은 암살자의 잘린 목이 데구루루 발치로 굴러오는 광경은 장난처럼 현실감이 없었다. 그를 부축하는 손길들을 뿌리쳤다. 프리가의 서늘하게 얼어붙은 눈은 피를 흘리며 혼절한 일라드에게 시종 고정되어 있었다.

저조차도 낯설 만큼 낮게 갈라진 목소리가 튀어나왔다.

"살려."

"전하, 괜찮으십……"

"입 닥치고 살리라 했다."

짐승이 으르렁거리는 듯한 음산한 으름장에 몰려든 좌중이 흠칫 놀라 황자의 시선을 피했다. 친우의 피로 피 칠갑을 한 채 희번득하게 눈을 번뜩이는 사내는 흡사 광인 같았다. 부상당한 테오도르 백작이 업혀 가고도 그는 한참을 더 그 자리에 서 있었다. 사람 아닌 것 같은 시퍼런 눈길이 붉은 핏자국, 깨진 술병이 나뒹구는 돌바닥에 머물렀다. 앞의 소란이 남 일인 양 잔잔한 카르뮬렌 궁 쪽을 서늘하게 노려본 프리가는 이내 돌아서서 자리를 떴다.

산산조각 난 자기 병 조각이 우드득 무자비한 발 아래 짓밟혔다.

⚜

황제의 죽음은 마른하늘을 찢는 벼락처럼, 갑작스럽게 닥친 천재지변 같았다.

누구도 예상치 못했고 막연히 평화로운 폭정이 계속되리라 당연시하는 어느 화창한 날에, 그 일이 일어났다. 길고 길었던 전쟁이 드디어 휴식기에 접어들고, 황제의 기꺼운 변덕 덕에 사람 죽는 일이 드물었던 수도 카릴에는 가을 추수제와 함께 모처럼 왁자지껄한 웃음과 그윽한 포도주 향, 기름진 고기 냄새가 감돌았다. 아비의 심기가 불편할까 저어하며 숨을 죽이고 있던 황족들도 온 나라에 가득한 축제의 들뜬 공기에 잠시 긴장이 풀어진 듯했다. 그것은 암묵적인 그들의 규칙 탓도 있었다.

누런 곡식이 익어 가는 가을, 한 해의 햇곡식과 햇과일을 풍성하게 수확하는 그 시기만큼은 제국의 어떤 폭군이나 학살자라 한들 동족의 피를 묻히지 않았다.

그러니까, 역사에 기록된 바로는 그렇다는 얘기다.

한창 온 제국민이 들떠 있던 추수제의 둘째 날, 황제의 이름으로 모든 황족들에게 귀한 술과 고기, 질 좋은 과일 따위가 내려졌다. 매년 이뤄지던 관례이기에 모두 그것을 이상타 하는 이가 없었다. 그리고 바로 그 날의 해 질 녘, 밤이 오기 전의 불그스름한 땅거미가 메마른 황궁의 그림자를 덮을 무렵, 갑작스레 네 명의 황자에게 입궁하라는 황명이 떨어졌다. 급히 찾는다는 황제의 말에 토를 달 자식도 신하도 없었다. 역시 충실한 아들들은 아비의 부름에 의심 없이 황성 안으로 들어갔다. 황제의 내실이기에 무장을 갖추지 않은 채였다.

그리고 그들은 단 한 명도 살아 나오지 못했다.

처절한 비명과 고함도 삼켜 버릴 어두컴컴한 지옥의 문처럼, 황궁은 불길한 적막감에 가득 찼다. 대신 노을도 가신 자리에 지독한 피비린내만 감돌았다.

그 가운데……. 오직 단 한 명의 황자만이 입술을 찢으며 웃었다.

황자 프리가는 제 혈육들을 하나도 남김없이 모조리 죽여 버렸다. 그를 알았던 어느 누구도 그가 그리 쉽게 황궁을 피바다로 만들 거라고 상상도 못 했다. 독에 방심했던 황족들은 대부분 마비 독에 당해 그의 칼끝에 죽어 나갔다.

황자는 제 형제들의 시신을 황궁 중앙에 탑처럼 쌓아 둔 후 불을 질렀다. 역병 걸린 가축이나 당할 법한 취급이었다. 거나하게 취한 주정뱅이처럼 계단참에 걸터앉아 술을 들이마시며 하늘 높이 시체 태운 불길이 치솟는 것을 구경하는 프리가의 작태에 전부 기가 질린 얼굴을 했다. 무표정한 뺨은 그가 동트기 전 수차례 찔러 죽인 아비의 피로 얼룩덜룩했다.

― 황제께서 승하하셨다.

아들이 아비를 배알하러 간 방에서 짐승이 뒤엉키듯 괴이한 소음이 울리다 뚝 끊긴 후, 태연히 걸어 나온 황자는 덜덜 떨고 있는 시종장에게 황제의 부고를 알리라 명한 후 휘적휘적 밖으로 나갔다. 살인자의 등 뒤로 희미하게 구역질 소리가 울렸다.

카르뮬렌 궁의 거대한 문이 닫혔다. 걸어 잠가진 고분처럼 적막함만이 맴돌았다.

피에 젖은 새벽이었다. 사방이 고요한 가운데 터벅터벅 몇 걸음 정처 없이 걸었다. 뺨이 시렸다. 죽은 이의 숨결처럼 바람이 찼다.

달뜬 얼굴빛, 기이하게 반짝이는 눈, 휘청거리는 발걸음이 죄 정신병자 같았으나 표정만은 멀쩡하기 짝이 없었다. 아니, 그것을 정상이라 할 수 있을까.

프리가는 제 얼굴에 묻은 피를 아이처럼 소매로 문질러 닦다가 돌연 멈춰 섰다. 피가 닦이지 않는다. 온 얼굴이 살인귀의 그것이다. 사실 틀린 것도 아니었다. 낮게 신음처럼 고개를 떨군다. 그리고…… 이내 폭소를 터뜨렸다.

으하하하하!

어미의 자궁을 찢고 태어난 괴물처럼, 비명처럼 쨍한 웃음이 길게 텅 빈 황궁에 메아리쳤다.

한참 동안을.

폭압적인 태양이 저물고 새 태양의 시대가 열렸다.

추수제의 학살 이후에도 살아남은 나머지 황족들이 잇따라 죽임을 당했다.

젊은 황제의 손에 죽어 나간 황자, 황녀들과 그 자식들의 머릿수는 정확히 마흔 명이었다.

스승의 뒤를 이어 새로 대사제 위에 오른 키제트는 새 황제를 지지하며 그의 치세를 축복했다. 젊은 군주에게 반기를 드는 소수의 귀족들은 잘 익어 떨어진 열매처럼 줄줄이 성문 밖에 내걸렸다.

테오도르 백작 일라드 경이 눈을 뜬 것은 이 모든 비극이 끝나고 일주일이 흐른 뒤였다.

✤

세상이 변해 있었다.

죽음의 고비를 넘긴 후 일라드는 몇 번이고 까무룩 혼절과 발작을 반복했다. 그리고 가까스로 정신을 차린 그를 익숙한 푸른 눈이 내려다보고 있었다. 워낙 한 점의 표정조차 가신 낯이라 찰나 현실이 아닌 줄 알았다. 인형처럼 말갛고 하얀 얼굴. 틀을 떠 낸 석고 마스크가 허공에 떠 있는 것만 같다.

"프리가⋯⋯?"

힘겨운 부름에도 그는 대답하지 않았다. 시선이 아니라 산산이 부서진 파란 유리 조각들이 얼굴께로 쏟아지는 느낌이었다. 대답이 돌아온 건 한참으로 느껴질 만큼의 시간이 흐른 후였다.

"널 공신으로 봉할 거야."

이건 무슨 소린가. 여러모로 정신이 없는 일라드가 미간을 찡그리는데 아랑곳없이 그는 미끄러지듯 말을 이었다.

"작위도 높여 줄까? 기름진 봉토와 금은보화, 절세 미녀도 내리지. 원하는 게 있으면 더 말하고."

"프리가."

한도 끝도 없이 이어질 것 같은 말은 일라드가 그의 손을 잡자 뚝 끊겼다. 한숨이 나왔다. 저가 무슨 얼굴을 하고 있는지도 모르는 눈이었다.

"난 괜찮아."

"그렇겠지. 의원도 그리 말하더군."

프리가는 단조롭게 말했다. 아주 명확하고 객관적인 사실만을 언급하는 것처럼. 그의 크리스털처럼 새파란 눈은 한시도 일라드에게서 떨어지지 않고 있었다. 안락의자에 느른히 몸을 기댄 채 평온하고 나긋나긋한 표정을 하고 있지만 그 어느 때보다 날이 서 있다는 걸 일라드는 알았다. 가슴이 조여들었다. 부상 때문만은 아니었다.

"걱정을 끼쳤다. 미안하다."

수려한 얼굴이 비스듬히 기울었다.

"화내지 마라."

"……."

"프리가."

"넌 죽을 뻔했어."

일라드는 마른 입술을 감쳐물었다. 고개를 저었다.

"그렇게 안 했으면 네가 죽었겠지."

"독화살 따위가?"

비웃듯이 서늘하게 올라가는 입꼬리는 빨갛다. 거대한 뱀이 서서히 저를 휘감아 오는 감각이었다. 아직 다 낫지 않은 몸 곳곳이 쑤셔 왔다. 주제를 돌릴 의도로 질문했다.

"오늘이 며칠이지? 어떻게 되었나? 범인은?"

"지금쯤 저승 문턱을 건너고 있겠지."

처음으로 기껍다는 듯 벽안이 부드럽게 휘어졌다.

"그리고 네가 쓰러진 지 보름 하고도 나흘이 더 흘렀고."

그야말로 죽을 고비를 넘겼다는 뜻이다. 화낼 만하군. 예전 비슷한 일이 벌어졌을 때도 프리가는 미친 사람처럼 날뛰며 화를 냈다. 한숨처럼 다시 말했다.

"미안하……"

"한 번만 더 사과하면 널 죽여 버릴 거야."

나직하고 소름 끼치는 을러댐이었다. 입을 꾹 다물었다. 프리가의 빤한 눈길이 어쩐지 버겁게 느껴졌다. 그러나 그로서는 할 말이 없었다. 당연한 일이었고 후회하지 않았기 때문이다. 그 속내가 뻔히 보인다는 듯 프리가는 코웃음 쳤다.

"푹 쉬어. 나를 위해 네가 할 일이 많을 거야."

그제야 일라드는 그의 복식이 평소와 다르다는 걸 알아차렸다. 까만 밤처럼 떨어지는 옷자락, 황금색 늑대가 수놓아진 소맷단. 손가락에 끼워진 인장 반지까지. 불길하면서도 오싹한 자각이 몰려왔다. 톡톡, 그의 눈길을 눈치챈 것처럼 긴 손가락이 움직였다. 백사의 꼬리가 꿈틀거리듯 낭창하고 사이했다. 홀린 듯 눈을 들자 빙그레 걸려 있는 서늘한 미소가 그를 응시하고 있었다. 멍한 진실이 뇌리를 스쳤다.

황금 늑대의 문양을 쓸 수 있는 건 황제와 황태자뿐이다. 그리고 저 오래된 반지는 황제 칼리굴라의 약지에 항시 끼워져 있던 것이었다.

그리고……. 칼리굴라는 제아무리 후계자라 한들 '옥쇄'를 넘겨줄 위인이 아니었다.

본인이 죽지 않고서야.

창백해진 낯빛에서 그의 깨달음을 알아차렸는지 프리가는 달콤하게 속삭였다.

기뻐해.

"네 주군이 제국의 주인이 되었으니."

✤

왜 부친을 죽이는 패륜을 저질렀는지에 대한 질문은 무의미했다. 이미 일은 저질러졌고 역사는 시시각각 쓰이고 있었다. 감히 묻지도 못하는 일라드에게 프리가는 말했다.

황제가 되기 위해서는 어쩔 수 없었다고.

맞는 말이지만 동시에 틀린 말이었다. 칼리굴라는 강력한 황제였으나 천년만년 영생을 꿈꾸며 제국을 지배하길 원하는 군주는 아니었다. 그는 권력욕보다는 살인과 전투에 미쳐 있는 전쟁광이었다. 제 권위에 도전하지만 않는다면 수도에서 무슨 짓을 벌이건 대부분 방관했다. 그들의 본래 계획대로 황태자로 책봉되었다면 자연스레 제도의 권력은 점차 프리가의 손에 들어왔을 것이다.

문제라면, 칼리굴라가 지나치게 강건하고 여즉 한창인 나이라는 것이다.

프리가는 아비가 늙기를 기다릴 만큼의 인내도 애정도 없었다. 정확히 말하자면 일라드가 느끼기에 프리가는 이 핑계로 저지른 일들에 외려 기꺼워하는 것 같았다. 부정하는 입술과 달리 그의 눈은 이렇게 말하는 것만 같았다.

맞아. 그저 죽이고 싶어서 죽였어. 놀랐니?

일라드는 침묵했다. 프리가는 언제나 그가 도달할 수 없는 미지의 영역에 있는 존재였다. 아주 오래전부터 그를 완벽히 이해하기를 포기했다.

어쩌면 알고 싶지 않은 걸지도 몰랐다.

피로 범벅된 옥좌였지만 영민한 새 황제는 나라를 잘 이끌어 나갔다. 더는 전쟁도, 황위 다툼도 없었다. 아이러니한 평화였다. 공작위를 거절한 일라드는 성심성의껏 제 군주를 보필했다. 궂은일도 마다치 않았다. 그를 향한 황제의 신임이 얼마나 두터운지 부러움과 동경, 시기와 질투가 잇따랐다.

이듬해에 아르뒤노 백작이 죽었다. 자연사는 아니었다. 황제의 시중을 들던 그가 실수로 뜨거운 찻물을 엎질렀다고 했다. 황제의 옥체에 화상을 입힌 죄로 백작은 서른 번의 채찍을 맞고 궁에서 내쫓겼다. 궁정직을 사임하고 시골로 내려가 요양을 하던 아르뒤노는 3층의 발코니에서 발을 잘못 헛디뎌 추락사로 사망했다. 허무한 죽음이었다.

사람들은 그 똑 부러지던 자가 황제 앞에서 그런 실수를 한 것이 이상하다고들 떠들었다. 과음도 하지 않는 멀쩡한 젊은 사내가 손을 그리 떨 일이 뭐가 있느냐고. 이례적인 총애를 받던 신하가 그리 내쳐진 것은 비감 어린 일이었으나 언제나 그렇듯 비극은 쉽게 잊혀졌다.

그리고 시간이 흘러 프리가 12세 치세 3년.

테오도르 백작 부인이 첫 회임을 했다.

비슷한 시기, 황제는 어느 아름다운 아가씨를 맞아 국혼을 올렸다.

전 제국인들이 색을 즐기되 오래가지는 않던 그들의 군주가 드디어 깊이 마음을 줄 여인을 찾았다며 환호했다. 새 황후는 황족의 씨가 마른 황실에 귀한 황손들을 낳아 줄 것이다. 이 경사스러운 소식에 한 남자를 제외한 모든 이들이 기뻐했다. 축제는 나흘간 계속되었다.

이제 동화의 마지막 장처럼 영원한 행복만이 남아 있을 것만 같았다.

대부분의 사람들이, 충직한 신하도, 심지어 친족을 살해한 냉혹한 황제도 잠깐 동안은 그리 여겼었다.

그러나 그들의 이야기는 동화가 아니었다.

✤

황후는 화려한 여름 장미처럼 절색이었다. 화사한 금발, 타들어 가는 잎사귀처럼 짙은 녹안이 그림 같은 미인이라 과연 저 잔인한 황제의 마음을 훔칠 만하다 했다. 처음 그녀, 루크레치아를 본 일라드도 비슷한 생각을 했다. 그 방향성은 조금 달랐지만.

황후의 초록색 눈동자에 몇 해 전 수도원으로 들어간 프리드나 부인과 병으로 죽은 프리가의 모친 샤를로트가 떠올랐다. 물론 짙은 녹음 속 희고 우아한 새나 에메랄드로 장식된 천사상 같은 외양의 황후는 엄밀히 말해 그녀들과는 다른 여자였다. 루크레치아에게는 프리드나 부인의 감정적이고 감수성이 풍부한 낭만주의적 기질 대신 차분함과 지적인 현명함이 있었고, 날카롭고 예민한 기질을 타고난 샤를로트와는 달리 냉정할 만큼 사리분별에 능했다. 다만 그들의 공통점은 눈동자 빛깔 말고도 다른 것도 있었다.

조용해 보이는 내면에 잠들어 있는 휴화산처럼 뜨겁고 격정적인 열정. 새 황후의 고요한 눈동자를 들여다보고 있노라면 조용히 숨을 죽이고 있는 광활한 초록 바다가 떠올랐다. 혹 프리가도 이것을 발견했을까? 어쩌면 그럴지도 모른다. 드물게 프리가는 그녀에게 나름대로 진심인 것처럼 보였다. 그의 아비가 사랑에 흠뻑 빠졌던 때처럼 아름다운 궁을 지어 아내에게 선물로 주었고 그녀가 조용조용한 목소리로 요구하는 것들은 대다수 얼마 지나지 않아 이루어졌다. 짐짓 따분하게만 보이던 얼굴에 희미한 열기도 서린 것 같았다.

일라드는 내심 안도했지만, 한편으로는 이 불이 언제까지 이어질지 짐작해 보았다.

프리가는 싫증을 잘 내었고 변덕이 심했다. 그가 자주 바꾸고 버리는 건 물건이나 기르던 애완동물뿐만이 아니었다. 그의 옆을 지키던 자들도 수시로 바뀌었다. 한때 죽마고우보다도 아꼈던 아르뒤노 백작의 최후는 일라드에게도 충격이었다.

입 안이 깔깔하고 씁쓸했다. 저에게 프리가의 계획을 실토하던 그의 다급한 표정이 어른거렸다. 백작의 부고를 듣고 무심하게 '그래?'라고 대꾸하던 황제의 심드렁함도. 마치 버린 물건이 이제야 폐기 처분 되었다는 소식을 접한 것처럼. 혹은 당연한 듯이.

야트막하게 팔뚝에 소름이 돋았다.

알고 있었을까?

역시 모를 일이다.

어찌 되었건 그가 드디어 자리를 잡을 아내를 얻어 가정을 꾸린 것은 축하할 만한 일이었다. 루크레치아는 여러모로 황후감에 어울리는 여인이었다. 다만 한 가지 걸리는 게 있다면…….

'어떻게…… 어떻게 폐하께서 이러실 수 있단 말입니까!'

잉카르트 경은 일라드와 한 전장에 섰던 전우였다. 돈독한 사이라 하기에는 부족했지만, 명문가의 직계임에도 정치가 아닌 기사의 길을 걷는다는 공통점에 남다른 유대로 몇 번 술자리를 하고 깊은 대화를 나눈 적이 있었다.

루크레치아는 그 잉카르트 경의 약혼녀였다.

태중 혼약이라 했던가. 어릴 적부터 부부가 되는 걸 당연시하며 함께 자랐다 했다. 기사임을 자랑스레 여기던 동료의 눈에서 연인과 주군에 대한 지옥 같은 배신감과 증오를 엿본 일라드는 아무 말도 할 수 없었다. 차라리 그런 뒷사정 따위 아무것도 몰랐다면 온전히 새 황후를 기쁨으로 맞았으리라. 한 번의 파혼 따위 흠이나 될라구. 그러나……

드물게 안정감을 찾고 한결 더 여유로워 보이는 프리가와 지아비에게 충실한 나무랄 데 없는 그녀가 나란히 서 있는 모습을 보고 있노라면 일라드는 양가감정에 사로잡혔다. 그리고 그 사실에 죄책감과 번민을 느꼈다. 프리가는 그의 황제이며 주군이고, 친우이기 이전에 형제고 가족이었다. 그 누구보다 그를 지지하고 충성해야 할 사람이 그 반려를 탐탁지 않게 여긴다니. 어서 혼인하라고 닦달했던 것이 무색했다.

결국 일라드는 조심스럽게 프리가에게 질문했다.

"그녀를 사랑하나?"

프리가는 그의 질문이 아주 괴상하고 재미있는 농담거리인 것 같은 표정이었다. 입술 끝을 올리더니 잠시 고개를 갸웃거렸다. 그러고는 말했다.

"글쎄. 그리 보이나?"

"보기에는."

잠시 생각하다 대구하자 눈에 흥미가 고인다. 고약한 장난기도. 이런 모습을 보면 근엄하고 냉소적인 황제의 모습 따위 그가 가진 여러 가면 중 하나에 불과한 것 같다. 최소한 프리가는 일라드 앞에서는 예전의 짓궂은 소년과 달라진 게 없었다. 그러나 그런 그도 이번 질문에는 퍽 진지하게 고민했다. 사랑이라.

"모르겠는데. 다만, 귀하기는 하군."

가벼운 말투였지만 이미 일라드는 놀랐다. 저치가 여인을 상대로 귀하다는 말을 입에 담는 것도 처음이었기 때문이다. 지금껏 프리가에게 '귀한 대상'은 일라드가 처음이자 마지막이고 유일했다. 이제는 아니었지만.

일라드는 다시 한 번 놀랐다. 지금 자신이 찰나간 느낀 감정에.

"그래? 다행이군."

"왜, 내가 또 가녀리고 음전한 여인네 하나 옆에 끼고 함부로 대할까 염려되나 보지?"

아닌 척 다정한 말에 야유하듯 비꼬는 말투가 돌아왔다. 프리가는 뒤끝이 긴 사내였다. 못 말리겠다는 듯 고개를 젓는다.

"그런 것 아니다. 나는 다만……. 네가 행복하기를 바라."

진심이었다, 진정. 프리가도 그것을 느꼈는지 모난 눈이 옅게 풀렸다.

그들은 오랜만에 사냥을 끝내고 황제와 귀족의 체면도 내려놓고 벌러덩 숲속 호숫가에 누워 한가롭게 흘러가는 하늘을 올려다보고 있었다. 프리가는 점점이 제 얼굴 위를 물들인 녹색 숲 그림자에 파묻힌 채 파란 눈을 깜박거렸다. 늪 속에 자리 잡은 한 쌍의 우물 같았다. 그리고 그 고인 물빛 눈이 미끄러지듯 제 옆에 누운 사내 쪽으로 돌아갔다. 일라드는 그에게 가장 짙은 그늘 쪽을 양보한 채 햇볕과 그림자가 반쯤 걸친 얼굴로 미간에 주름을 잡고 있었다. 당장 그쪽으로 머리를 괸 채 빤히 바라보니 파리 쫓아내듯 손을 휘젓는다. 그걸 능숙하게 피하며 히죽 웃었다. 그러고는 무어라 흘기려는 일라드의 얼굴께로 대뜸 손을 가져갔다.

긴 손가락이 나긋하게 제 짙은 눈썹과 눈덩이 위로 내려앉자 저도 모르게 모든 움직임이 멈췄다.

"뭐……"

그들에게 있어 가벼운 접촉 따위야 별일도 아니었지만 새삼스럽게도 부쩍 가까이 다가온 수려한 낯과 야트막한 숨결이 부담스러웠다. 나비가 앉은 양 눈가가 간지럽다. 일라드가 고개를 빼려 뒤척이자 프리가의 나직한 목소리가 쇠사슬 떨어지듯 툭 내려앉았다. 가만히.

이번에는 대꾸도 못 했다. 그리 묶어 두고는 프리가의 손길이 가만가만 결 좋은 눈썹 위와 관자놀이를 배회했다. 오싹한 감각이었다. 그걸 아는지 모르는지 태연하고 조용한 상대방은 뭔가를 찾듯 빤히 들여다본다. 침묵이 흘렀다. 오직 새소리와 잘게 우는 숲가지의 흔들림뿐. 더 이상 못 참고 뭐라 말하려는 순간 그가 더 앞질러 입을 열었다.

"흉터가 남았네."

일라드는 프리가를 구하기 위해 여러 번 목숨을 걸었다. 개중에는 단정한 얼굴에 흉이 남을 만한 부상도 있었다. 희미해져서 자세히 보아야 하얗게 지진 듯한 그 자국을 볼 수 있었지만 만져 보면 그 울퉁불퉁함이 도드라지게 와 닿았다. 그림자가 진 프리가의 표정은 알 수 없었다. 그러나 그의 정적이 백 가지 말보다 더 전하는 것이 많았다. 일라드는 한숨처럼 웃으며 큰 손으로 프리가의 뒷머리를 감싸고 끌어안았다. 듬직한 형이 어린 동생을 달래듯이. 그를 아는 전부가 놀랄 만치 프리가는 얌전히 끌려가 땀이 배어 나온 딱딱한 어깨에 얼굴을 묻었다. 거친 손끝이 부드러운 검은 머리카락을 쓰다듬었다.

한평생 고독한 맹수가 한 사냥꾼에게만 제 일부를 허락하는 것처럼 누구도 이것이 이상타 하지 않았다.

이 순간만큼은 그들은 황제와 신하도, 귀족도 아니었다. 치기 어린 소년 시절처럼 기대 온기를 나누는 서로만 있을 뿐.

"네 탓이 아니야."

프리가는 그에게 저를 묻은 채 아무 말도 없었다.

"그저 상황이 그리된 것뿐이지."

풀 냄새 가득 안은 바람이 그들을 스치고 지나갔다. 두 사람의 머리카락이 섞였다가 하늘하늘 멀어졌다. 그들은 참 몰이해하다 싶을 정도로 성격부터 생김새까지 정반대지만 눈 빛깔과 머리색은 많이 닮았다. 그래서인지 어릴 적에는 함께 있으면 형제 같다는 말도 곧잘 들었다. 어쩐지 프리가는 그런 평을 질색했었다. 지금 와서 생각해 보면 싫어하기만 하지는 않았던 것 같지만.

잠시의 시간이 흐른 후 바람 빠지는 소리가 흘러나왔다.

"넌 아직도 그렇게 생각해?"

"뭐가?"

"사람이 나쁜 게 아니라 상황이 나쁘다고. 알고 보면 이해 안 가는 사정은 없다고 했던가."

그 진지한 말에 깔깔거리며 비웃었더랬다. 한참 그러다 어린 프리가는 오만상을 쓴 친구에게 히죽거리며 말했다.

— 멍청아. 너나 네 가족이 죽어도 그런 소리가 나오나 보라지.

프리가가 인간 불신증에 걸린 냉소적인 인간이라면 일라드는 기사가 된 게 놀라울 정도로 박애적인 사상을 가졌다. 어릴 적 그들이 하루가 멀다고 싸웠던 건 어쩌면 당연한 일이었다. 외려 지금껏 계속 붙어 있다는 게 이상한 거겠지.

정말이지 신께 맹세코 사사건건 맞는 게 하나도 없었다.

하지만 프리가가 제 또래 시동을 한때나마 진심으로 미워했던 이유는 사실 단순했다. 덜 자란 자아에 머리만 비상하게 좋았던 소년이 내심 바라고 외면해 왔던 것들을 그 멍청하고 착해 빠진 녀석은 다 갖고 있었으니까. 때로 증오란 어처구니없을 만큼 별 볼 일 없는 구덩이에서 자라난다. 그리고 일라드의 태양처럼 따뜻한 인성이 그 음습한 새싹을 자라게 하는 데 기여한 바가 크다는 건 퍽 흥미로운 아이러니다.

그들은 함께 자랐고 자연스레 일라드는 프리가의 치부에 대해서도 다 알게 되었다. 사람 좋은 그는 당연하게도 프리가의 앞에서 불행한 황실의 내부 사정에 대해 모른 척 굴었지만, 그의 착잡한 눈에 어린 일말의 송구함과 안타까움을 눈치 빠른 프리가가 모를 리가 없었다. 이 우직한 기사는 자연스러운 동정도 비뚤린 인간에게는 거슬리기 짝이 없다는 것도 모르는 모양이었다. 곧고 깨끗한 것들은 짓밟고 더럽히고 싶다는 욕구도.

그러나 모순적이게도, 프리가는 진심으로 자신과 정반대인 이 어린 시절의 동무를 좋아했다.

저와 다르니 그런 건가. 제가 가질 수 없는 것이니 탐이 나는 건지도 모른다. 원래도 프리가는 타인의 것이 항시 더 귀해 보였다. 모자람 없이 자랐건만 왜 그런 탐욕스러운 성향을 갖고 있는지 그 자신도 몰랐다. 모친이 투기가 심하기로 이름난 여인이어서일지도, 평생을 남의 땅과 곡식을 빼앗는 약탈자 아비를 두어서일지도 모르지.

오랜 신학서에서도 말하기를, 이리의 자식은 역시 이리라 하지 않던가.

그런 그에게 일라드는 여전히 변함없이 담담한 목소리도 답했다.

"물론."

프리가는 잠시 고여 가듯 침묵하다가 말했다.

"그래?"

"그래."

"일라드."

"왜?"

"그 여자, 괜찮아 보여?"

이번에는 일라드의 침묵이 길었다. 그러나 답은 정해져 있었고 그도 바꿀 생각이 없었다.

"아름답고 현명해 보였다. 네가 고른 사람 아니냐. 훌륭한 황후가 되겠지."

참으로 따분하고 정석적인 찬사였다. 그러함에도 그게 최선이라는 걸 둘 다 알았다. 피식 연한 웃음이 반듯하게 다물린 입술에서 흘러나왔다. 민들레 씨처럼 가볍고, 그래서 흔적도 없이 사라질 듯 희미한 웃음기가 바람결에 흩어졌다.

"네가 그리 말할 줄 알았어."

⚜

두 친구는 사막과 바다의 불가사리처럼 달랐지만 그 오랜 세월만큼 꼭 겹치는 공통점도 존재했다.

저마다의 방식과 방법이 다를지언정 결국 같은 것을 갈구하게 된다는 것이다.

같이 갖고 놀던 장난감, 함께 기르던 망아지부터 사냥개, 장인이 만든 명검, 활, 즐겨 먹는 음식과 가장 좋아하는 문학 작품 등등……. 처음부터 겹친 경우보다 둘 중 하나가 다른 한쪽을 따라간다든가 자연스레 닮아 가고, 때로는 동시에 무언가에 푹 빠졌다. 그로 인해 더더욱 가까워졌지만 싸운 적도 많았다. 예컨대 하얀 강아지 하나를 두고 누가 기르느냐로 다툼이 생겼더랬다. 원래는 두 마리였지만 한 마리가 죽었다. 누구의 탓이라기에는 애매했다. 원래도 약한 녀석이었으니까.

하지만 슬픔에 빠진 어린 일라드의 생각은 달랐다.

'내가 데리고 가겠어. 여기 계속 두면 얘도 죽을 거야.'

일라드는 짓궂은 프리가 너무 먹이를 많이 주고 장난을 치며 괴롭힌 탓에 강아지가 죽었다고 화를 냈다. 일리 없는 말은 아니었지만 확실한 것도 아니었다. 두 소년은 치고받고 싸웠고 프리가는 뺨이 붓고 일라드는 입술이 찢어지고 한쪽 눈에 시퍼런 멍이 들었다. 누가 봐도 승패가 명확했다. 하지만 프리가는 더 화를 냈다. 저가 황자고 저쪽이 시동이란 이유로 멈칫거리는 걸 모를 바보가 아니었다. 약이 오르고 재수 없었다.

이 둘의 요란한 싸움은 마침 황후궁에 방문해 있던 테오도르 백작과 프리가의 어머니 샤를로트 황후의 중재로 멈췄다. 그녀는 씩씩거리는 아들과 고개를 숙이고 주먹을 움켜쥔 백작의 아들을 차례로 훑고는 가만히 웃음을 터뜨렸다.

'테오도르 백. 그대의 아드님은 기상이 참으로 용맹하군요. 그 어느 시동이 황자의 뺨에 상처를 낼 수 있겠어요?'

기민하게 황후의 뜻을 알아차린 백작은 허리를 숙이며 사죄를 표했다. 그러나 백작도 그리 유쾌해 보이지는 않았다. 얼핏 보기에는 일라드가 무방비하게 얻어맞은 것처럼 보였으니. 살랑살랑 나비처럼 부채질을 한 황후가 붉은 입술을 올렸다.

'하지만 황자. 자고로 군주란 신하에게 관용을 베풀 줄도 알아야 한답니다.'

강아지를 내주란 말에 프리가는 반발했지만 암사자 같은 어미의 단호한 눈길에 이를 갈며 수긍했다. 귀가 솔깃해 화색이 도는 일라드를 노려보는 눈에는 이제 거의 독기가 서려 있었다. 또래 소년의 서느런 기색에도 일라드는 지지 않고 마주 노려보았다. 확실히 당시의 그는 철이 없어 조금쯤 건방졌는지도 몰랐다. 하지만 품속에서 떨고 있는 강아지를 포기하기는 싫었다.

그렇게 강아지는 백작가로 보내졌고 사건은 일단락된 것 같았다. 잘 지내는 것 같았던 그 개가 어느 날 저택 밖으로 도망가기 전까지는. 아무리 찾아도 보이지 않던 강아지는 마차에 치여 죽은 시체로 다시 돌아왔다. 차마 그걸 보지 못하고 엉엉 우는 일라드 대신 죽은 개를 수습해 땅을 파고 손수 무덤을 만든 건 프리가였다.

이 사건 이후로 서로 묘한 경쟁 관계이던 두 소년은 부쩍 가까워졌다. 각각 다른 방면에서 서로에게 기대며 가끔은 투닥거리고 항상 붙어 다녔다.

그래, 아주 오래전에 그런 일이 있었다.

"말하자면 그 강아지가 두 분을 더 친밀하게 만들어 준 셈이네요."

골똘히 생각에 잠긴 프리가의 어깨에 살며시 머리를 기대며 루크레치아가 말했다. 조금 전 밤을 치른 여인의 따끈한 나신은 달콤한 머랭 같았다. 그녀의 매끈한 등을 규칙적으로 쓸어내리며 프리가는 흠, 짧게 고개를 기울였다.

"그럴지도."

"폐하께서 강아지를 좋아하셨다니. 놀라워요."

"왜? 나도 귀여운 걸 좋아하던 어린애였다고."

그리 말하면서도 딱히 감흥은 없는 얼굴이다. 루크레치아는 정사를 치른 후 반쯤은 나른하고 반쯤은 삭막해 보이는, 본인만의 생각에 빠진 남자의 뺨에 키스했다. 그녀의 남편은 대개의 경우 달콤하고 다정하게 굴었지만 그게 그의 전부가 아니라는 걸 안다. 그것은 진심일지언정 일종의 몸에 밴 습관 같은 것에 가까웠다. 그가 가진 여러 페르소나 중 '반려'에게 쓰이는 특별한 가면. 그러나 그 정도면 족했다. 이 지고한 사내의 유일한 황후는 그녀였으니.

어차피 이 남자가 잠깐이나마 제 맨얼굴을 드러내는 건 테오도르 백작 일라드밖에 없었다.

그녀는 현명했기에 처음부터 불가능에 가까운 예외를 탐하는 어리석은 짓을 할 생각은 없었다. 프리가 같은 종류의 인간은 타인이 저가 허용한 범위와 정도를 침해하는 걸 좋아하지 않았다. 능청스러운 척해도 누구보다 예민하고, 껍질 없는 맨몸뚱이의 짐승처럼 민감하며, 성마르다. 그래서 황후가 된 이래로 루크레치아는 언제나 프리가의 기분에 신경을 곤두세우고 그의 기색을 살폈다. 그는 읽기 힘든 사내다. 가끔은 버겁다 느껴질 만큼.

그녀의 지아비는 그녀가 알던 남자들과는 여러모로 달랐다.

"테오도르 백도 귀여웠나 보군요. 내 남편이 그토록 끼고 산 걸 보면 말이에요."

루크레치아의 농담에 프리가는 옅게 웃음을 흘렸다.

"아니. 그 반대였지. 얼마나 재수 없었다고."

그건 지금도 마찬가지지만.

루크레치아는 푸른 달처럼 휘어진 그의 눈을 올려다보았다. 잡기 힘든 어슴푸레한 그것처럼 신비롭고 가늠하기 힘든 눈빛이다. 그녀는 슬쩍 눈을 내리깔며 단단한 어깨를 쓸어내렸다.

"폐하께서는 화가 나지 않으셨나요?"

"내가?"

"그 강아지가 죽어서요. 원래 폐하의 것이었잖아요."

프리가는 영리하게 강아지의 소유권을 이쪽에 두는 여자의 머리카락 끝을 고양이를 쓰다듬듯 만지작거리다가 한 박자 늦게 대꾸했다. 생각에 잠긴 탓이라기보다는 나른해진 짐승이 무의미한 건듦에 다소 반응이 느릿느릿한 것에 가까웠다.

"아니? 그다지."

"가지고 싶으셨던 것 아니었나요?"

"그러긴 했지."

졸린 듯 반쯤 접힌 눈매에 피식 웃음기가 돌았다.

"지금 생각해 보면 내가 그걸 진짜 원했는지 잘 모르겠군."

프리가는 잠시 곰곰이 기억을 되짚었다.

"일라드는 그 개들을 무척 좋아했어. 짐승이 아니라 마치 제 동생들인 것처럼."

뭐랄까……

"누군가 애지중지 여기는 것들이 왠지 귀해 보이고 그래서 탐이 날 때가 있잖아? 대체 저것들이 무슨 가치가 있어서 저렇게 좋아할까, 같은. 호기심? 그래, 궁금함 같은 것."

그는 말을 하다 말고 멈췄다. 그 표정을 살피던 루크레치아가 농담처럼 말했다.

"욕심쟁이네요."

"그런가?"

조금 대담한 놀림에도 가볍게 긍정한다. 그러다 문뜩 그는 고개를 가로저었다.

"어쩌면 그건 아닐지도 몰라. 나는 생각보다 욕심이 없거든. 정확히 말해, 순수하게 무언가를 원하고 탐하는 감정에 둔하다고 해 두지."

"야망은 욕심이 아닌가요?"

"영리한 질문이야."

아내의 질문에 그는 즐겁게 웃었지만, 루크레치아는 그가 정말로 유쾌한 건지 의문이 들었다.

"그래, 그것도 맞는 말이군."

이상하게도 그 수긍은 공허하게 들렸다. 스스로도 납득하기 버거워 타인을 이해시키는 것도 포기한 이처럼. 낯설게도, 항시 패기 넘치고 여유로운 젊은 황제의 옆모습은 외로워 보였다. 아마 그 일라드도 이러한 그를 보았을까. 아니, 그건 아닐 거라는 확신이 들었다.

너무 가까워서 때로는 보이지 않는 것들도 있기 마련이니.

그녀는 황제의 아내가 되기 전, 황자 시절의 그도 본 적이 있었다. 수많은 황제의 아들 중 하나에 불과했던 예쁘장한 얼굴의 황자님. 적당히 방탕하고 황족답게 포악한 젊은 청년. 아이러니하게도 겉으로 보이는 화려함과 달리 목숨은 위태롭기 짝이 없던 그 시절의 그는 모든 것을 손아귀에 넣고 지고의 자리에 오른 지금보다도 생기가 넘쳤다. 매일 지속되는 암살 시도와 암투에도 불구하고 테오도르 백작과 함께 웃고 떠들던 황자에게는 분명 어떤 것으로도 대체할 수 없는 청량함과 활기가 있었다. 막연하게 지금보다 더 나은 미래를 기대하는 젊은이의 반짝거림, 살아남기 위한 치열함, 그리고…… 수족과 같았던 그의 친우.

다른 그림이 그려진 양면의 동전처럼, 그들만큼 서로를 돋보이게 하는 이들은 없을 것이다. 그래서인지 아름다운 황자님은 항상 웃고 있었던 것 같다.

그는 결국 살아남아 황제가 되었다.

부족함 없이 꽉 채운 모양이 덜 찬 것보다 더 닳고 허해 보이는 것은 모순적인 일이다.

그 텅 빈 남자는 갑자기 대뜸 이리 말했다.

"그거 아나? 그것은 도망간 게 아니야."

"마차에 치여 죽은 그 강아지 말씀이신가요?"

요령 좋게 알아들은 아내 쪽으로 돌연 턱을 괸 프리가가 입술을 휘었다.

비밀 이야기를 해 줄까?

"나는 그 강아지를 녀석에게 빼앗긴 게 분했어. 그래서 몰래 백작의 집으로 숨어 들어가서 그 짐승을 들고 나왔지. 실은 아예 훔쳐 갈 생각은 없었어. 잠깐 데리고 놀다가 일라드가 없어진 강아지를 찾느라 발을 동동 구르고 우는 꼴을 보고 싶어서 그랬을 뿐이야. 해가 금방 저물더군."

파란 눈동자는 산란하는 수면처럼 은근히 반짝거리고, 깊었으며, 서늘했다. 낮고 그윽한 음성이 속삭였다.

"분명 녀석은 혼비백산해서 찾고 있었을 거야. 나를 의심하고 화를 낼 테고. 나는 그 애를 돌려주기 싫었어. 시간이 좀 더 있었으면 했지."

그리고 강아지는 죽었다. 루크레치아는 저를 바짝 가까이서 내려다보는 하얀 낯이 뱀의 그것처럼 서늘하게 느껴졌다. 내색하지 않았으나 그는 다 아는 것처럼 입꼬리를 비스듬히 움직였다.

"그런데 그게 도망가지 뭐야."

놀란 아내의 얼굴이 웃긴지 프리가는 피식거렸다.

"후다닥 뛰어가더니 마차에 치였어."

"아."

그녀는 가까스로 아무렇지 않은 양 미소 지었다.

"불행한 사고였네요. 안쓰러워라."

"아쉬운 게 아니고?"

"그럴 리가요, 내 사랑."

어여쁜 꽃처럼 웃는 아내의 뺨을 매만지는 프리가의 얼굴에는 묘한 미소가 감돌았다. 그러고는 살갗이 서늘하게 식은 가느다란 목덜미에 입을 맞추었다. 여인의 하얀 팔이 그의 목에 둘러졌다. 탁한 한숨. 신음 소리. 야릇하게 달궈지는 공기와 상이한 벽안이 새파랗게 빛나다가 감겼다.

머릿속에서 점차 올라오는 쾌락과 과거의 대화가 뒤섞였다.

'네 아내의 어느 점이 좋아?'

프리가의 질문에 일라드는 자못 어이없는 얼굴이었지만 언제나처럼 성실히 대꾸해 주었다.

'얀네는 내 아내야. 그 이상 무슨 이유가 필요해?'

'그런 상투적인 것 말고. 진짜 이유.'

'……아름답고 현명하고 내 기분을 살펴 줄 줄 아는 사람이야. 그리고……'

성실하고 충실하되, 달콤한 밀어와는 거리가 먼 남자는 한참 버벅거렸다. 하지만 고민으로 찡그려진 눈은 숨길 수 없는 온기가 어려 있었다. 프리가는 결코 닿을 수 없고 잡을 수도 없는 먼 하늘의 별자리를 보듯 그의 짙은 눈을 바라보았다.

'그녀를 돌봐 주고 지켜 주고 싶어. 단단하지만 은근히 여린 사람이
거든.'

테오도르 백작 부인이 잔병치레가 많은 체질이라 일라드의 걱정이
이만저만이 아닌 건 알고 있다. 덕분에 사교계 출입도 거의 없는 그
여자와 프리가는 결혼식 때 이후 직접 대면한 적이 한 번도 없었다.
일라드와 그의 사이를 생각해 보면 어처구니가 없을 정도였다. 병약
한 여자가 취향인가. 냉소적인 생각을 하는 그에게 일라드의 또렷한
목소리가 연이어 들렸다.

'가끔은 누이 같고 어떨 때는 어머니 같지. 사실 내가 그녀에게 기
대는 게 더 많은 것 같군.'

어머니 같은 여자라니. 그것이 말 그대로 제 모친을 닮았다는 뜻은
아닐 것이다.

그러나 공교롭게도, 마침 그때쯤 그의 눈에 들어온 게 바로 루크레
치아였다.

제국 수도에서도 손에 꼽히는 미녀. 그러나 이미 약혼자가 있는 여
자.

'제국의 주인, 검은 늑대의 후예를 뵙습니다.'

프리가는 저에게 말을 걸어온 여자의 얼굴을 빤히 바라보았다. 우
연인지 불행인지 모른다. 그녀의 눈은 녹색이었다. 그를 낳아 준, 한
때 싱그럽고 쾌활한 소녀였고, 세상에서 가장 사납고 이기적인 남자
의 심장까지 빼앗을 만큼 아름다웠던 여자, 그녀의 것과 닮은 녹안.

그리고 청아한 얼굴 너머에 도사린 야망. 같은 화가가 그린 양 닮은
그림이었다.

그래서인가. 때마침 열린 문 사이로 들어온 씨앗처럼, 그녀는 누구
보다 쉽고 빠르게 그에게 다가왔다. 갸륵하다 싶을 만큼 제 비위를 잘
맞추는 여자는 입 안의 혀처럼 편했고 눈치가 빠른 만큼 입도 무거웠
다. 어느 순간부터 프리가는 천천히 옭아 가듯 그녀를 적당히 신뢰하

며 제 곁에 두었다. 그녀의 영리함과 은근하되 노골적으로 드러내는 욕망과 유혹도 마음에 들었다.

그러다 어느 날 그들은 깊은 입맞춤을 나눴고 마치 색욕에 미친 이들처럼 몸을 섞었다. 그의 침대 위에서, 잠깐의 한산함을 틈탄 정원에서, 환락에 찌든 파티장과 사냥터를 막론하고 장소를 가리지 않았다. 그런 주제에 제 약혼자 앞에서는 아무것도 모르는 양 무결한 얼굴이라니. 재미있는 여자였다.

그녀는 계집이란 것 때문에 저보다 멍청한 아우에게 작위가 돌아가는 게 분하다고 했다. 누군가의 아내로 생을 마감하고 싶지 않다고.

'결국 어떤 사내의 여자가 내가 할 수 있는 전부라면 가장 고귀하고 지고한 자의 아내가 되고 싶어요.'

저를 극진히 사랑하는 약혼자와 공작 부인의 자리로는 부족하다 했던가. 루크레치아가 노골적으로 황후의 자리를 탐하는 것이 프리가는 마음에 들었다. 원래의 그라면 저를 이용하는 자, 주어진 것 이상의 탐욕을 부리는 자를 흥미로워할지언정 좋아하지는 않을 것이다. 조용히 처리되었던 아르뒤노 백작처럼.

그러나 그녀는 그와 닮은꼴이었다. 혹은 꽃다운 나이에 입궁해 황제를 홀리고 황후가 되었던 어머니 샤를로트 같았다. 그녀의 결핍과 굶주림을 이해했다. 그 순수한 갈망과 욕구가 익숙하면서도 동시에 신기했다.

야망 또한 욕심이 아니냐고?

프리가는 낭창하게 감겨 오는 여체를 안고 또 안으며 눈썹을 찡그렸다. 야망이라.

'장차 황위에 오를 분이라 하였습니다.'

영악한 사제의 꿈 해몽을 들은 이후 그는 지독히 단 꿈을 꾸었다. 그리고 꿈은 이루어졌다.

그리하여 족하는가?

"아아아! 폐하! 프리가!"

하아……. 헉!

땀에 젖은 사내는 거칠게 숨을 내뱉었다. 암전 같은 쾌락의 절정이 어지럽게 뒤엉킨다.

거미줄 같은 미궁이 머릿속을 산란하게 물들였다.

어떤 것도 명확하게 답이 나오는 것은 없었다.

✤

이듬해 겨울의 끝자락, 테오도르 백작 얀네가 첫 아이를 낳았다.

입궁해 황제와 함께 있던 백작은 산모에게 진통이 시작되었다는 말을 듣자마자 체면도 잊고 펄쩍 뛰며 한달음에 저택으로 달려갔다. 걱정, 기대, 흥분 등의 감정으로 얼굴빛이 시시각각 바뀌는 그의 총천연색 얼굴은 우스울 정도였으나 아내 걱정으로 손이 희게 질린 그를 놀릴 간 큰 이는 없었다. 딱 한 사람을 제외하면.

"아주 못 볼 꼴을 다 보는군. 적당히 하지?"

"조용히 해."

프리가의 빈정거림에 일라드는 이를 악물며 대꾸했다. 방금 전 약한 비명이 들린 참이다. 급하게 산모 방으로 들어갔다가 쫓겨난 그는, 왕림한 황제가 느긋하게 차를 기울이는 응접실 맞은편에 나무토막처럼 앉아서는 초조함에 손발을 가만히 두지 못했다. 프리가는 반쯤 내려뜬 눈으로 그를 살피다가 나른하게 다리를 꼬고 턱을 괴었다.

아이, 출산, 새로운 생명의 탄생과 자식, 가족.

무엇이든 생소한 종류였다. 프리가는 툭 질문했다. 정말 궁금한 듯이.

"네 애가 걱정되는 거냐, 아니면 끔찍이 아끼는 아내가 걱정되는 거야?"

"그걸 말이라고 해? 당연히 둘 다지!"

여유라고는 하나 없이 신경질적인 반응에도 프리가는 시큰둥했다. 둘 다라고? 아내가 아이를 가졌다고 좋아하더니 이런 건 염두에 두지 못한 건가?

"출산은 원래 위험한 거다. 여자들이 아이를 낳다 잘못되는 경우는 허다해. 산욕열이야 흔하고 열병이나 감염, 과다 출혈로……"

"입 닥쳐!"

일라드가 으르렁거리자 프리가는 킬킬거리며 어깨를 으쓱했다. 달려들어 주먹이라도 날릴 줄 알았는데 그럴 정신도 없어 보였다. 결국 못 참고 다시 위층으로 달려 올라가는 모양에 끌끌 혀를 찼다. 저럴 거면 차라리 저가 낳지 그래.

온 집 안의 고용인들도 주인마님이 걱정되었는지 썰물처럼 빠져나간 응접실은 고요했다. 이 나라의 황제가 친히 왔건만 대접이 엉망이다. 그만큼 그녀가 이 집안 사람들에게서 애정을 받고 있다는 거겠지. 모락모락 김이 피어오르는 찻물에 그의 무표정한 눈이 비쳤다.

자식이라…….

언젠가 창백한 새벽, 그도 제 자식에 대해 생각해 본 적이 있었다.

황자에게 황제가 될 거라고 했던 사제는 그가 누리게 될 미래에 대해 속삭였다. 그의 황좌, 그의 통치 아래 번영하는 제국, 그리고 그가 얻게 될 가장 완벽한 '후계자'.

― 사냥한 짐승의 피와 살점을 취하신 것은 잉태와 창조를 뜻합니다.

칼리굴라. 아비의 살을 씹어 삼켰으니 그를 뛰어넘을 아이를 갖게 되리라.

당시의 그는 저가 황제가 되는 것이 우선이었기에 키제트의 예언에 대해서 따로 깊이 고려해 보지는 않았다. 프리가는 창창한 나이였으니 후계에 대해 미리 염려할 이유도 없었다.

하지만 일라드가 아이를 얻는다니 막연히 어림짐작해 보게 되는 것이다.

아버지를 닮은 아들이라고……? 도저히 상상이 되지 않았지만, 뜻밖에도 프리가는 심장이 더운물에 덴 듯 들썩이는 걸 느꼈다. 거부감이 드는 게 당연하다 여겼건만 아니었다. 이는 정말이지 의외로운 감정이었다. 아니, 의외로울 게 뭔가. 뛰어난 자식, 제 모든 것을 물려받을 훌륭한 아들은 모든 사내들이 한 번쯤 꿈꿀 법한 욕망이었다.

프리가는 제 피가 흐르는 아이가 그와 달리 '완벽하게' 자라서 그를 아비라 부르고 복종하는 것을 떠올렸다.

무관심한 아버지와 그를 증오하는 아들, 결국은 피 흘리며 죽어 가는 아버지, 살인, 광소. 그 미친 이야기와는 달리 그의 새 아이는 황후의 몸에서 나서 황태자로 자라 무탈하게 제 자리를 이어받을 것이다. 프리가가 당연하게 인지하며 자라 왔던 부자父子의 관계가 아닌 아주 올곧고 정상적인 그의 핏줄. 모든 것을 다 갖고 태어나 완성될 완벽한 아이.

그리고 이 제국은 그 아이의 치세에서 태평성대를 누리리라. 자자손손 대를 이은 제 아이들이 제국의 영광과 그의 업적을 찬양할 테고. 그 광경을 떠올리자 울컥 새하얀 환희가 치밀었다. 황좌를 쟁취했을 때보다 더한 만족감이었다.

세상에. 매끈한 입술이 약하게 벌어졌다.

어느덧 차가 식어 있었다. 그는 깨달았다.

어쩌면 지금까지의 온 일생을 보상받을 만한 대가를 찾은 건지도 모른다고.

그 때, 갓난아이의 날카로운 울음소리가 귓가를 찢었다.

프리가는 찻잔을 내려놓았다. 그는 이끌리듯 성의 없고도 열띤 걸음으로 아이 울음소리를 따라 걸어갔다. 들뜨고 후덥지근한 공기, 홍분한 표정들, 연이어 감격에 찬 일라드의 목소리가 들렸다. 반쯤 울먹이는 그 음성은 어린 시절을 제외하면 들어 본 적이 없었다.

"신이시여! 수고했어, 얀네. 정말 고마워. 고마워."

반쯤 열린 문 안쪽으로 작은 무언가를 끌어안고 눈물을 흘리는 그가 보였다. 체면이고 뭐고 다 내던진 채 순수하게 행복하여 어쩔 줄 모르는 그 절절한 표정. 딱히 놀라운 서사가 아님에도 프리가는 우뚝 멈춰 서서 인생의 절정에 해당하는 페이지에서 환하게 웃는 그 얼굴을 바라보았다. 옷은 흐트러지고 다 큰 사내가 눈물에 젖은 것이 볼썽사나웠지만 그러함에도,

지금 이 순간 그는 완벽해 보였다.

프리가는 홀린 듯이 감격에 겨운 일라드를 바라보았다. 밀랍으로 만든 날개를 단 영웅이 올라가고 올라간 끝에 환하고 눈이 따가운 태양을 정면으로 마주한 후 닥쳐온 아찔한 추락과 같은 탈력감이 전신을 잠식한다.

마침 문밖에 서 있는 그를 발견한 일라드가 소리쳤다. 격정에 휩싸인 친우는 그의 야릇한 표정의 의미를 알지 못했다.

"프리가! 내가 아들을 얻었어! 이 아이 좀 봐!"

종종 어떤 찬란한 것들은 존재 자체로 불완전한 것을 무가치하게 만든다.

"아, 이름은, 이름은 무엇으로 하지, 응? 프리가, 네 생각은 어때?"

일라드는 탄식하며 갓난아이를 끌어안았다. 감격스러움에 가슴이 뛰었다. 아들이었다. 그는 붉어진 눈으로 땀범벅이 된 아내를 바라보며 쉰 목소리로 속삭였다. 고맙다고, 무사해서 신께 감사하다고. 그 누구도 줄 수 없는 귀한 선물이었다. 행복에 겨워 친우를 돌아보았다. 당연히 아이의 이름은 그에게 부탁할 생각이었다.

"프리가?"

그 자리에는 아무도 없었다.

⚜

"폐하."

비 온 뒤 축축한 보랏빛 구름이 야트막하게 깔린 밤이었다. 프리가는 무표정하게 달이 걸린 창을 바라보다가 제 허리를 휘감는 가느다란 팔 위에 손을 올렸다. 달콤한 목소리가 소곤거렸다.

"무슨 생각을 그리 하셔요?"

"……."

며칠 전 테오도르 백작저에 다녀온 이후 황제는 부쩍 말수가 줄고 딴생각에 잠기는 시간이 많아졌다. 조용히 그의 눈치를 살피던 황후는 아무것도 모르는 양 캐묻지 않고 그를 평소대로 대했다. 또한, 실수로라도 일라드의 얘기를 꺼내지 않게 조심했다. 본능적으로 프리가가 이토록 동요하는 이유가 그로 인한 것임을 알아차렸던 것이다. 사실 황제의 신경이 예민하게 곤두서는 대부분의 경우에도 그랬다.

하지만 오늘은 그의 이름을 꺼내지 않을 수 없었다.

"테오도르 백이 혹여 폐하의 건강이 안 좋으신 건가 안부 인사를 드리러 왔었어요."

"그래?"

대답은 평이하고 단조롭게 돌아왔다. 오히려 그것이 더 위태롭고 위험하게 들렸지만.

루크레치아는 가느다란 손가락으로 돌아누운 지아비의 흑발을 매만지다가 조심스럽게 입을 열었다.

"내 사랑."

프리가는 눈을 감고 있었지만, 그가 제 말에 귀 기울이고 있다는 것을 그녀는 알고 있었다.

"원하는 게 있어요."

황후가 원하는 것이 있다 하면 황제는 별다른 고려 없이 대부분 들어주었다. 이번에도 그는 이리 말했다.

"무엇을?"

"폐하의 아이를 갖고 싶어요."

찰나 황제의 침실에 정적보다 더 깊은 정적이 고였다. 천천히 저를 돌아보는 남자의 눈에 깃든 감정을 읽은 루크레치아는 사랑스럽게 미소 지었다. 그녀는 제 판단이 옳았음을 확신했다.

"아이?"

"네, 폐하의 아이."

달콤한 입술이 바짝 다가와 다디단 말을 귓가에 속삭였다.

"당신의 아들, 제국의 후계자를 낳게 해 주세요."

다음 순간, 그녀는 프리가의 아래에 깔려 있었다. 구불구불한 금발을 움켜쥐듯 짚은 사내가 고개를 숙였다. 굶주린 맹수가 으르렁대듯이. 파란 눈이 반질거리며 번뜩였다. 그는 어느덧 짙고 감미로운 미소를 짓고 있었다.

좋아.

"나에게 아이를 줘."

검은 그림자가 그녀를 삼켰다.

⚜

어쩌면 그가 그녀를 발견하지 못했더라면 이 이야기의 결말은 달라졌을까.

그것은 누구도 모를 것이다.

이 비극의 당사자인 그들조차도.

✤

어떤 갈등은 우연한 불행으로 인하여 희석되기도 한다.

테오도르 백작의 첫 아들이 선천적으로 다리에 장애를 갖고 있다는 것은 아이가 태어난 지 한 해가 넘어갈 무렵 밝혀졌다. 비통해하는 친우를 위로하기 위해 황제가 친히 갖은 약재를 내리고 깊은 유감과 안타까운 마음을 표했다. 공교롭게도 비슷한 시기 황후의 회임으로 온 나라가 경사로 들썩거렸지만 말이다.

프리가의 안쓰러워하는 얼굴에 일라드는 애써 미소 지으며 감사를 표했다. 비록 제 아이가 불구라 하나 그와는 별개로 새 황손의 잉태는 제국의 홍복이 아니냐면서. 힘겨워하는 친구의 어깨를 두드린 프리가는 당분간 자택에서 쉬면서 처자식을 잘 보살피라 당부하고는 돌아섰다.

일라드는 멀어지는 황제의 행차를 배웅하며 그래도 저가 헛산 것은 아니지 속으로 중얼거렸다. 저리 냉혈한 녀석이 저런 표정까지 하다니. 그가 보기에도 제 꼴이 말이 아닌 모양이었다.

정점까지 치솟았던 행복이라 그 뒤의 나락까지 추락한 불행으로 더 정신을 차릴 수가 없었다.

아, 잔인한 신이여. 당신은 어찌 이리도 잔인한가.

그 어리고 작은 것이 무슨 죄가 있다고.

저 멀리 시가지에 들어선 황제의 마차를 본 시민들의 환호와 새 황손의 탄생을 경하드리는 외침이 가시처럼 일라드의 귀를 찔렀다.

씁쓸하게 올라오는 쓴 물을 삼키며 그는 터덜터덜 아내에게로 돌아갔다. 상심해 있을 그녀를 어찌 위로해야 할지 짐작도 되지 않았다.

✤

황후의 배가 나날이 불러 갔다. 보름달처럼 불러 갈수록 황제는 세

476

상을 전부 가진 듯 기뻐 보였다. 연신 미소가 넘실거리는지라 궁 안 사람들은 사람이 바뀐 것 같다 수군거렸다. 일시적일지 모르나 성정이 유해진 군주 덕에 황궁 안팎이 평온했다.

황제의 유일한 친우는 그렇지 않은 것처럼 보였지만.

프리가는 울적한 그를 위로한다는 명목으로 함께 황궁 숲으로 사냥을 떠났다.

"이곳은 여전히 그대로군."

활시위를 가볍게 튕긴 프리가가 나른하게 중얼거렸다. 간간이 울리는 새소리를 제하면 적막한 숲이었다. 고삐를 당기어 말을 멈춘 프리가는 슬쩍 말이 없는 일라드를 곁눈질했다.

"사냥감은 줄어든 것 같지만."

"그런 것 같군."

"하긴 그렇지? 시종장에게 짐승들을 풀어놓으라고 해야겠어."

"……."

"일라드?"

상대가 한 박자 늦게 반응해서 저를 바라보자 프리가는 들으라는 듯 한숨을 내쉬었다.

"이거 내가 꼭 산송장을 끌고 온 것 같구만그래."

"미안하다."

"사과는 필요 없고."

프리가는 비스듬히 고개를 기울였다. 하얀 얼굴이 얄팍한 자개 껍질처럼 은은하니 매끄러웠다. 근래 온 삶이 충만한 듯한 황제의 미모는 요사스러울 만큼 반짝거렸다. 마치 누군가의 생기까지 빨아 먹은 것처럼. 그는 가볍게 한숨을 내쉬었다.

"로만 때문에 그러나? 아직 아이가 어리니 크다 보면 더 좋아질 수도 있다지 않았어?"

"그래, 그렇다더군."

일라드는 씁쓸하게 답했다. 의학에도 능통한 편인 키제트 대사제가 아픈 아기에게 축복을 내리기 위해 테오도르 백작저에 방문했다고 한다. 그러나 더 나은 소식은 들리지 않았다. 대사제는 그와 오랜 인연이 있는 백작의 불행에 안타까움을 표하며 성호를 그었다.

'부디 이 아이가 청렴하고 강직한 영혼의 가호와 푸른 고목과 같은 긴 천수를 누리길.'

기사의 아들이 절름발이라는 것은 수치스러울 법한 일이었다. 그러나 그러함에도 일라드는 아이가 건강하게 자라기만 하면 여한이 없을 것 같았다. 실제로 다리 외에는 모든 게 멀쩡한 아이였으니까. 이런 그의 바람에 프리가는 어깨를 으쓱이며 답했다.

"그럼 됐지, 뭐가 문젠가? 혹 후계자 때문에?"

"테오도르 가문이 전통적인 무가인 것도 아니고 그런 것은 중요치 않아. 내 아버지도 문관이 아니었나."

"그런데?"

일라드는 굵은 검지로 기다란 눈썹을 문질렀다. 지치고 음울한 낯이었다. 반쯤 구름에 덮인 비 오는 날의 해처럼. 프리가조차 호기심을 제하더라도 진심으로 걱정되었다. 오랜 세월 이리 방황하는 그는 처음 보았다.

"일라드. 괜찮나?"

"프리가. 내 아들은, 로만은 평생 걷지 못할지도 몰라. 아니, 그게 사실이겠지. 전 제국의 명의란 명의는 다 데려와 살피게 했는데도 전부 고개를 저었으니까."

이내 그 단정한 얼굴이 와락 일그러졌다. 프리가는 그가 내면의 가장 크고 근본적인 절망과 슬픔을 여즉 꺼내지 않고 있었음을 깨달았다.

"슬프고 고통스러운 일이지. 그게 당연한 거야. 그렇지 않나?"

"일라드."

"헌데 그녀는 아닌가 봐. 어떻게 그럴 수 있지?"

프리가의 벽안이 예리하게 일라드의 흐려진 눈을 꿰뚫었다. 그가 날카롭게 물었다.

"네 아내 이야기인가?"

"겉은 그래도 속은 안 그러겠지. 슬픔을 다스리는 방법은 사람마다 다르니까. 혹은 이번에도 표현을 못 해서 그렇거나. 그렇게 생각하려 했어. 하지만 나는 알고 있어, 프리. 그녀가 우리 아들의 불행에 대해서 큰 감흥이 없다는 걸. 얀네에 대해 누구보다 잘 아는 건 나야. 그녀는 로만을 살뜰하게 챙기긴 하지만 그건 여느 모정과 달라."

순간 소나기가 오나 했다. 허나 아니었다. 덩치 큰 사내가 어린아이처럼 울음을 터뜨리는 걸 프리가는 멍청하게 바라보았다. 그러다 와락 인상을 썼다.

"진정해라."

"프리가. 어떡하면 좋아? 얀네가 배 아파 낳은 우리 아이를 사랑하지 않아."

그녀가, 내가 사랑하는 내 아내…… 이상해.

일라드는 그야말로 어미 잃은 어린아이처럼 울었다. 가슴에 구멍이 뻥 뚫린 것처럼. 단단한 거목 같은 사내가 그리 무너지는 모습을 보자니 보는 이의 억장도 지레 무너질 것만 같았다. 프리가는 반쯤 당혹스럽고 속이 상한 양 머리칼을 쓸어 넘기고 이마를 문지르다가 저가 느끼는 감정에 외려 더 당혹했다. 그는 땅이 꺼져라 한숨을 내쉬면서 꺼억꺼억 통곡하는 이의 어깨를 감싸 안았다. 이 녀석이 저보다 작게 느껴지는 건 처음이었다.

허공을 헤매던 손이 결국 애처로운 머리 위로 얹혀졌다. 탄식 같은 속삭임이 흘러나왔다.

"울지 마라, 응?"

괜찮아. 다 괜찮아질 거다. 걱정하지 마.

네 옆에 내가 있으니.

어깨가 눈물로 흥건해지도록 일라드는 오열했고 프리가의 어색한 손길이 연신 그의 머리를 쓰다듬었다. 쯧, 짧게 혀를 차며 먼 숲머리를 응시하는 눈매가 찡그려졌다.

오늘 사냥은 글렀군.

✤

이것이 시기적절하게 운이 좋다고 해야 할지는 모르겠으나, 프리가 12세 5년, 국경선을 사이에 두고 북방 유목민들과 분쟁이 불거졌다. 그러자 누구보다 먼저 자원해서 나선 것이 테오도르 백작이었다. 몇 년 안에 끝날지 모르는 전쟁이었다. 아름다운 부인과 어린 아들을 두고 전쟁터로 떠나는 그의 충성심과 용맹을 찬양하는 목소리와 달리 두 군신은 그가 급하다 싶을 만큼 서두르는 진짜 이유를 알고 있었다.

항상 퇴궁하자마자 부리나케 집으로 달려가던 일라드는 어느 순간부터 귀가를 늦추며 미적미적 밀린 일을 몰아서 처리하거나 프리가와 어울려 술을 마시거나 사냥을 나갔다. 절제하던 술도 과음하기 일쑤라 외려 주변에서 말려야 할 지경이었다. 프리가는 뒤바뀐 그의 행보에도 말리지 않고 반쯤 묵과하며 내버려 두었다. 별거 아니라는 양 권태로운 그 반응에 백작의 낯선 모습에 수군거리는 이들도 머쓱해져 입을 다물었다.

글쎄. 진정 별거 아닌 일인가. 누구도 무어라 설명하는 이들은 없지만, 황제와 백작 사이에 흐르는 기류는 기묘하게 무겁고 매캐했다.

그러나 프리가는 태연했다. 결국, 그러다 스스로 죄책감을 느끼고 번민하며 자책하다가 제 앞으로 와 고해 성사를 늘어놓을 그를 잘 알고 있었기에.

'아, 내가 뭘 하고 있는 거지? 한심해. 내 스스로를 목 졸라 죽이고

싶은 심정이야.'

'프리가. 숨이 막혀. 그 집의 공기를 마시는 게 너무 힘들다.'

'하지만 여전히 그녀를 사랑해.'

일라드는 노력했다. 아내를 사랑하고 가정을 지키고 싶기에 몰이해와 본능적인 꺼림칙함을 누르며 다리 불구로 태어난 가엾은 아들과 그 애에게 손톱만큼의 진실된 애정과 동정심도 보이지 않는 아내를 감싸고 이해하려 애썼다. 그래, 이 모든 상황이 일반적이지 않은 것은 사실이다. 그렇지만 모성이 모든 여인에게 부여된 사랑이 아니라 한다면 이해 못 할 것도 아니다. 결국 피와 뼈를 깎아 아이를 안겨 준 건 그녀가 아닌가.

하지만…… 사랑하지 않더라도 불쌍하게는 여겨야 정상 아닌가? 길가의 거지 아이도 아파 엉엉 울고 있으면 마음이 쓰이는 게 사람일 텐데, 하물며 제 젖 먹여 키운 아이에게 어찌 저럴 수 있지?

하루에도 수십 번 내면의 감정이 부딪치고 싸웠다. 그는 본디 곧바른 선량함과 애정이 넘치는 사내라 '당연하고 정상적으로 흘러가야 마땅한 사랑'이 결핍되고 기이하게 뒤틀린 이 상황이 못 견디게 벅차고 힘들었다. 남의 일이라면 안타깝다 그저 넘기면 될 일이건만 그것이 제 집안에서 벌어지는 일임에야. 예전에는 아이와 아내를 보는 것이 삶의 낙이었건만 이제는 아이를 안고 있는 아내를 눈에 담기도 괴로웠다. 그녀의 인형처럼 삭막한 눈은 제 자식이 아니라 돌덩어리를 안고 있는 것만 같았다. 아이 울음에도 멀찍이 떨어져 서서는 유모를 부르는 그녀의 텅 빈 동공에 담긴 건 피곤함과 무관심을 넘어선 거부감뿐이었다. 그러고는 저를 보는 남편의 시선에 곧장 다정하고 상냥하게 돌아왔느냐 반긴다. 은근한 사랑이 깃든 눈빛을 하고서는. 같은 공간, 같은 사람일진대 다른 타인 같다. 순식간에 가면을 바꿔 쓰는 연극배우를 보는 기분이었다. 이제 일라드는 그녀의 모든 감정이 연기가 아닐까 의심하는 지경에 이르렀다.

왜 일전에는 몰랐을까. 아마 그는 천치 같은 놈이라 저가 보고 싶은 것만 봤으리라. 이상함을 느끼면서도 산후조리로 몸이 좋지 않아 그런 거겠지, 첫아이라 아직 익숙지 않아 그런 거겠지 저 좋을 대로 해석하고 넘어갔다. 항상 그래 왔듯이.

하지만 아들의 장애를 알고서도 태연한 얼굴, 아이 젖내가 묻은 옷을 수십 벌 갈아입고, 젖을 물리는 것 외에는 아기와 일절 접촉을 꺼리는 행동에도 그 비정상적인 반응을 모르는 아비는 없을 것이다.

얀네는 자신이 낳은 아기를 사랑하지 않았다. 가끔은 경시를 넘어 혐오하는 것도 같았다.

저를 반기지 않는 어미의 감정을 아는 것인지, 아이도 친모보다는 늦게 귀가하는 아버지를 더 좋아했다. 일라드는 저택에 돌아오면 어린 아들을 품에 안은 채 밤이 새도록 서재에 처박혔다. 유모든 아내든 누구도 들이지 않았다. 보드라운 머리를 쓰다듬으며 아기의 여린 숨소리를 듣고 있으면 잠깐이나마 행복하고 숨통이 트이는 것만 같았다. 아무것도 모르는 무해한 얼굴이 사랑스럽고도 안타까웠다.

가엾은 것. 아프고 어여쁜 것. 내가 누리고 살았던 햇살의 전부를 네게 줄 수 있다면 좋을 텐데. 죄 주지는 못하더라도 한 줌이라도. 저가 과분한 것들을 누리고 살았음을 그는 뒤늦게 깨달았다. 그러나 일라드는 불쌍한 아들에게 반쪽짜리 부모의 정 외에는 아무것도 줄 수 없었다. 어쩔 수 없이 의무감에 기르고 젖을 물리는 게 뻔히 보이는데 친어미에게 애정을 강요할 수도, 대체 당신은 왜 그러냐며 물을 수도 없었다. 어쨌건 얀네는 로만을 착실하게 잘 돌보았다. 그저 사랑이 없을 뿐.

그녀의 얄팍하고 짙은 눈을 들여다보고 있으면, 그가 자식에게 사랑을 줄 것을 강요하는 순간, 이 가식적인 평화도 깨질 것이 분명하다는 확신만 들 뿐이었다.

출산과 양육이 힘들어 그러나, 싶어 유능한 유모들을 붙이고 저가 아이를 돌보아도 소용이 없었다. 그저 그녀는 아이를 필요로 하지 않았다.

결국 일라드는 집 밖으로 겉돌기 시작했다. 그나마 저택에 들어오는 것도 아들을 보기 위해서였다. 아내를 마주하는 것이 힘에 겨웠다. 차라리 그녀가 아이를 대놓고 거부하거나 남편에게 질렸다며 박대하는 게 심정적으로 나을 것만 같았다. 그렇다면 싸움이 나더라도 그녀를 이해하는 게 편할 테니까. 하지만 그녀는 완벽했다. 무어라 흠잡는게 죄책감이 들 만큼.

여전히 몰이해한 대상은 괴물보다 더 그를 힘들게 했다. 그것이 사랑하는 여자라서 더더욱. 아. 사랑이 이해를 동반한다는 말은 얼마나 개소리에 불과한지.

차라리 당신이 화를 냈으면 좋겠어. 아니면 나를 원망하든가. 아이가 싫다고 소리를 지르고 투정을 부리는 게 나아.

제발……. 그렇게 인두겁을 쓴 것처럼 웃지 좀 마.

술에 취해서 횡설수설 떠드는 그의 비통한 주정을 들어 주는 건 프리가뿐이었다. 그는 묵묵히 토하는 듯한 속내를 경청하다 일라드가 쓰러져 잠이 들면 그의 귓가에 속삭였다.

괜찮다. 다 잘 해결될 거야. 괜찮아.

그렇게 점차 자학과 번민으로 말라 가던 일라드는 전쟁터로 몸을 던졌다. 내내 일라드의 방황을 눈감아 주던 프리가가 처음으로 딱 잘라 거절했다.

"멍청한 소리 마. 지금 상태로 전선으로 가면 넌 죽을 거다."

그러나 평소 순하던 이가 고집을 부리면 황소고집 저리 가라 한다고, 그것이 맞는 말인가 했다. 그 외에 다른 카드가 없는 것도 사실이었다. 결국 프리가는 끌끌 혀를 차며 테오도르 백작 외에 마벨 변경백 등의 유능한 장수와 날랜 기병 천을 붙여 그를 전장으로 보냈다.

일라드의 능력을 의심하는 것은 아니다. 분명 승리를 가져다주겠지.

다만 프리가는 그가 몸을 사리지 않을 것이 염려되었다.

단 한 번의 전쟁으로 가장 강력하고 믿을 만한 칼을 꺾을 수야 없다. 프리가는 일라드가 필요했다. 그의 검도, 그 자체도.

이쯤 되니 퍽 궁금해지지 않은가.

대체 그 계집이 뭐라고 저 목석같은 놈이 이리 망가지는 건지.

일라드 폰 테오도르의 아내, 그의 여자, 베일에 싸인 계집.

처음으로, 그 여자에 대한 감상이 적대감 외에 호기심 쪽으로 바늘이 기울었다.

⚜

우려는 현실로 드러났다.

속전속결로 들려오는 승전보와는 별개로 이어지는 일라드의 부상 소식에 프리가는 미간을 찡그렸다. 그리 놀라운 소식은 아니로군. 그는 한눈에 보기에도 심신이 불안해 보였다. 검사이자 지휘관이 그런 정신머리로 목숨이 오가는 전장에서 어찌 멀쩡하겠는가.

옥좌에 앉아 삐딱하게 턱을 괴고 있던 황제는 식은땀을 흘리며 부복하고 있는 파발꾼에게 하문했다.

"그녀에게도 알렸느냐?"

"예?"

"그 녀석의 부인에게도 알렸느냔 말이다."

얀네, 라고 했던가. 테오도르 백작 부인이면 다 되었으니 그녀의 이름을 되새겨 보는 건 처음이었다. 무엄하게도 긴장 끝에 되물었다가 황제의 친절한 설명이 돌아오자 먼 천 리를 달려온 남자는 사색이 되어 조아렸다. 정작 제 생각에 잠긴 황제는 별 뜻이 없어 보였지만.

"아, 아닙니다. 폐하께 먼저 아뢰고 그다음에……."

"내놔라."

"그, 무엇을 말씀하시는지⋯⋯."

"일라드가 제 아내에게 쓴 편지."

황제는 이번에도 선선히 대답해 주었지만 달큰하고 다정한 충고도 덩달아 날아왔다.

"한 번만 더 반문하면 혀를 뽑아 저잣거리에 던져 주마. 이제 건네 주련?"

"네, 네!"

덜덜 떠는 손에서 편지를 낚아챈 프리가는 닳아 해진 두루마리를 한 손으로 대충 풀어 헤쳤다. 그러고는 빤히 온화하고도 서늘하게 올라간 눈썹을 한 채 쭉 내용물을 읽어 내려갔다. 별거 없었다. 하기사 그럴밖에. 삭막한 입꼬리가 비죽 올라갔다.

의례적인 인사말 외에 더 무어라 말하겠는가. 이 상황에서도 착실하게 아내에게 안부 편지를 쓴 것이 그놈다울 뿐이었다.

말린 양피지 끝으로 툭툭 제 이마를 치던 그는 돌연 벌떡 일어났다. 그러고는 생긋 웃었다.

"내가 전해 주마. 너는 그만 돌아가라."

"망극합니다. 천세를 누리소서!"

총사령관의 개인적인 서신을 당사자가 아닌 자에게 넘기는 건 군법으로 엄히 처벌될 일이었지만 여기서 안 된다는 말을 했다가는 채 끝마치기도 전에 목이 달아날 터였다. 벌벌거리는 파발꾼을 벌레 보듯 획 지나친 프리가는 들뜬 듯 화난 듯 종잡을 수 없는 얼굴로, 시종장이 채비를 하겠다 황급히 종알거리는 걸 한 손으로 내친 뒤 훌쩍 말에 올랐다. 나른한 웃음이 아지랑이처럼 피어올랐다. 그래⋯⋯

"어디 그 귀한 낯짝 좀 볼까."

생각해 보면 참 이상하지 않은가. 이토록 절친한 친우의 아내인데 성혼하고 아이를 낳을 때까지 이때껏 면식도 없다니. 연례행사에서라도 볼 법한데도 말이다. 한 수도의 하늘 아래 살면서 그러기도 힘들 터다.

일부러 저쪽에서 이쪽을 피하는 거라면 모를까.

하지만, 내가 기어코 저를 보겠다고 한다면 어쩔 텐가.

지금까지는 그도 딱히 호감이 없었으니 상대가 몸을 사리는 게 느껴졌어도 일라드를 보아 내버려 두었다. 맨얼굴을 보면 결코 유쾌한 일이 벌어지지는 않을 테니까. 그러나 그들 부부의 사이가 이토록 벌어지고, 그녀가 그 녀석을 쥐고 흔드는 상황에서도 내외하기에는 프리가에게 일라드가 너무 중했다.

"이럇!"

최소한의 호위만 거느리고 황제를 태운 흑마가 바람처럼 황궁을 빠져나갔다. 그리 오래지 않아 수도 외곽에 자리한 테오도르 백작저에 도착했다. 이미 해가 저물고 짙푸른 초저녁달이 떠 있었다. 주인이 부재한 저택은 예전과 달라진 게 없이 박제된 그림처럼 그대로였으나 어딘가 말라붙은 호수처럼 적막감이 감돌았다. 누군가의 집을 방문하기에는 늦은 시간이었지만, 제집에 온 양 가벼운 낯으로 휘적휘적 안으로 들이닥치자 익숙한 얼굴의 집사가 사색이 되어 뛰쳐나왔다. 그가 입을 벙긋거리기 전 프리가는 긴 검지를 펴 장난스럽게 웃었다. 쉿.

조용히.

설령 농담이라 한들 이 나라에서 황제의 명에 거부권을 가진 이는 없었다. 그렇게 간단히 마주치는 모든 이들을 닥치게 만든 후 휘적휘적 산책 나온 양 집 안을 가로질렀다. 그가 친우의 부인과 제대로 된 인사 한 번 못 했다 해도 아예 아무것도 모르지는 않았다.

오늘은 칠석이고 그날에는 반드시 두문불출하며 몸가짐을 조심히 한다고 했다. 부부가 고리타분한 것은 똑같다며 혀를 찼다. 거침없는 걸음으로 올라간 황제가 연달아 일라드의 서재와 아기 방까지 문을 열어젖히도록 내내 전전긍긍하던 집사는 찡그린 눈이 저를 돌아보자 얼른 고해바쳤다.

"마님께서는 후원에 계십니다. 모셔 올 동안 응접실에 차를 내오겠습니다."

"아니, 되었다."

직접 가면 되지.

관대하고 상냥한 웃음이었지만 감히 막아설 엄두를 내기에는 황제의 기분이 좋지 않아 보였다. 이런 그를 말리거나 설득할 수 있는 자는 전장에 간 주인뿐이었다.

이번에도 프리가는 별 방해 없이 고요한 후원에 들어섰다. 어릴 적두 소년이 뛰어놀다 칼싸움을 하고 울고 웃었던 공터와 과일을 따 먹었던 한쪽 가지가 광대처럼 구부러진 나무를 지나고, 프리가가 손수묻었던 강아지의 무덤도 지나쳤다. 저벅저벅 꽤 깊이 들어와서야 눈썹을 올렸다. 어디 있는 거지? 아녀자가 아무리 저택 안이라 한들 수풀이 무성하게 우거져 어두운 이곳까지 오기에는 시간이 너무 늦었다. 백작저의 후원은 작은 숲과 오래된 연못까지 딸려 있을 정도로 넓었고, 위험한 맹수는 없었지만 길을 잃기도 쉬웠다.

그리고 그때였다.

처음은 작은 물소리였다. 정적에 길들어 있던 귓가의 솜털이 곤두섰다. 프리가는 예민하게 길든 맹수처럼 느린 움직임으로 물방울이흩어지고 떨어지는 자잘한 소음까지 세듯이 눈꺼풀을 감았다가 떴다. 칠석, 유독 달과 별빛이 밝은 밤, 물기 먹은 길다란 잎새들이 수은 바른 양 옅게 빛났다. 요정이 몸을 씻는 강처럼 은은하게 빛나는 수면도온통 달빛에 젖어 있었다.

그 여자만이 생생한 현실감을 입고 날것 그대로 온전했다. 비릿할만치 적나라한 살결은 창백했고 까만 머리칼 가닥이 들러붙은 가느다란 목덜미와 등줄기도 그러했다. 허옇게 드러난 짐승의 뼈 같았다. 짠바닷물에 둥실 떠오른 닳고 닳은 오래된 조개껍데기, 눈밭에 누워 헐떡이는 하얀 사슴 같다. 여인을 비유하는 데 꽃과 보석, 새 등의 아름다운 것이 아닌 이따위 것들이 떠오르다니. 기이했다. 그러나 그것 말고는 이 울렁이는 감각을 설명할 것이 없었다.

울렁거려? 이 내가? 프리가는 입술을 움직여 웃으려 했지만 입 안이 버석 메말라 있었다. 하여 대신 눈매를 일그러뜨렸다. 그러나 반라의 여자가 시야에서 사라지는 일은 없었다. 온통 환한 달빛인데 불로 지진 양 선명했다.

뭐야. 이게 대체 뭐지?

프리가는 결국 낮은 신음을 흘렸다.

놀란 여자가 돌아본다. 허연 가슴팍을 가린 손은 소녀의 그것처럼 가늘었다.

눈이 마주쳤다.

"……폐하?"

온몸의 피가 빠져나갔다가 다시 채워지는 느낌이었다. 까맣고 삭막한 동공, 무기질적이지만 거칠게 요동치는 눈동자에 당혹과 비슷한 어떤 것이 일렁였다. 아니, 그녀는 정작 아무렇지 않은 차분한 낯일지도 모른다. 프리가는 실로 동요했다. 그래. 이것은 그저 그 혼자만 느끼는 격정일지도 모르겠다.

심장이 미친 짐승처럼 날뛰고 있었다.

"어찌 이곳에……."

놀란 것도 잠시, 차분하게 꾸며 내는 얼굴이 가증스러울 정도로 가면 같았다. 달밤 홀로 목욕을 하다 외간 남자와 마주친 여자. 그리고 그녀는 누군가의 아내, 그는 지아비의 벗이요 지고한 황제였다. 어찌 저럴 수 있지, 찰나 기가 막혔던 것 같다. 그러는 사이 여자는 태연하게 제 옷가지를 가져와 몸을 가렸다. 젖은 머리칼이 벗은 젖무덤 위로 치렁하게 흘러내리자 프리가는 저도 모르게 고개를 반대로 돌렸다. 마른침을 삼켰다. 계집을 처음 접하는 소년처럼 낯가죽과 눈가가 뜨겁고 손끝은 차가웠다.

그러나, 그 또한 태연한 것을 꾸며 내는 것에는 이골이 난 자였다.

"자주 이러나?"

위험할 텐데. 짐짓 걱정하는 척 망토를 벗어 건네는 그는 어떤 흑심도 없는 이마냥 건조했다. 황제의 무표정한 얼굴을 꼼꼼히 살피던 그녀는 조용히 손을 뻗어 그것을 받아 들었다. 축축한 손가락이 찰나 딱딱한 사내의 손등에 닿았다가 떨어졌다. 두 사람은 동시에 팔을 뒤로 물렸다.

"아니요. 칠석날, 달빛이 밝으면 몸을 씻습니다."

"굳이 이곳에서?"

"바람이 좋아서요."

그녀가 처음으로 희미하게 웃었다. 어둠에 거진 잡아먹힌 엷은 초승달이 걸려 있는 것만 같았다. 프리가는 부끄러운 것을 본 것처럼 눈을 피할 뻔했으나 그 미소는 순식간에 사라졌다. 잘못 보았나. 그는 웃음기마저 증발한 그녀의 얼굴에서 흔적이라도 찾고 싶은 양 뚫어져라 그녀를 바라보았다. 바닷물이 마르면 허연 소금 결정이라도 말라붙어 있거늘 저 여자의 웃음에는 어떤 감정의 편린도 녹아 있지 않은 모양이었다. 그저 내렸다 그치기를 반복하는 여우비처럼 짧고 티끌 하나 없는 무의미한 투명함.

프리가는 건조한 입술을 움직여 말했다.

바람이 좋다고······?

"네 지아비는 아는가? 제 아내가 이런 발칙한 밤 나들이를 즐기는지 말이야."

"일라드는 신실한 사람이라 칠석이면 빠지지 않고 미사에 참석합니다."

즉, 모른다는 말이었다. 혀를 내어 마른 입술을 축였다. 저 여자의 남편조차 모르는 일탈을 처음 목격한 낯선 이가 된 기분은 썩 나쁘지 않았다. 그는 정갈하게 뻗은 눈썹을 까딱이며 오, 작게 감탄사를 흘렸다.

"이거 영광이군. 부인의 비밀을 알게 된 불한당이 되었으니."

"그에게 말하셔도 상관없어요."

"그럼 그만둘 텐가?"

"몰래 나와야지요."

"하하하하!"

프리가는 참지 못하고 웃음을 터뜨렸다. 정갈한 손 사이로 삐져나오는 키득거림이 황제의 냉한 인상과는 달리 쾌활한 사내아이 같았다. 쓸어 넘긴 머리칼 덕에 잘 깎은 옥 같은 이마가 훤했다.

"테오도르 백작 부인께서 이토록 재미있는 여자일 줄은 몰랐는데."

나직한 중얼거림이 흩어지고 난 뒤에는 적막이었다. 그들은 서로를 미지의 낯선 생물체처럼 주시했다.

소년 시절부터 황제의 수많은 아들들 중 가장 미려한 외양으로 이름났던 남자의 얼굴은 어슴푸레함 속에서도 수려했다. 밤에 달빛을 붓 끝으로 적셔서 그려 낸 것처럼 어디 하나 매끄럽지 않은 구석이 없었다. 사내가 어찌 저렇게 생길 수 있나. 얀네는 평생 동안 그같이 아름다운 남자는 본 적이 없었다.

그러나 그의 이질적인 미모가 사내가 뿜어내는 괴이하고 음산한 분위기를 도드라지게 했다.

그녀는 황제의 차고 위압적인 눈빛이 기이하게 반짝이는 것을, 그 눈길이 닿을 듯 말 듯 자신을 탐색하고 있다는 걸 느꼈다. 호기심, 적의, 탐욕. 먹이를 노리는 뱀의 그것처럼 어둡고 음습하다. 그러나 데일 듯한 저 열기는…….

몸을 떨며 물러설 법도 했으나 얀네는 더 허리를 꼿꼿이 폈다. 그녀는 테오도르 백작 부인이었고 이 저택의 안주인이었다. 그녀의 단단히 여문 눈빛에 상대는 야트막하게 눈꼬리를 움찔거렸다. 찬 밤바람이 나뭇가지를 뒤흔들고 황제의 망토와 여자의 젖은 머리칼, 하얀 치 맛자락을 건드렸다. 찰나 남자의 시선이 희게 드러난 여인의 발목으 로 떨어졌다가 올라왔다.

"폐하. 이곳까지는 어인 일이십니까."

"아아. 그대를 보고자 들렀다."

프리가의 서슴없는 대답에 얀네는 잠시 침묵했다.

"어찌 저를……."

"서운하군. 그래도 우리 구면 아닌가?"

성혼식 때 말이야. 낮고 감미로운 목소리는 은근한 뜻을 담고 있었 다. 프리가는 그녀의 흔들림 없는 얼굴 너머로 어떤 생각이 오가고 있 는지 궁금해 미칠 지경이었다. 황족으로 나 황제로 살며 수많은 인간 군상들을 보아 왔지만 이처럼 속내를 읽기 힘든 여자는 처음이었다. 일라드가 미칠 법도 하군. 그는 냉소적으로 중얼거렸다. 직접 만나 본 그녀는 확실히 감정 표현이 솔직하고 또렷한 부류는 아니었다.

프리가는 마침 생각났다는 듯 손가락을 튕겼다.

"우선, 줄 것이 있는데."

그가 품에서 서신을 꺼내 건네자 그것이 전장에서 온 것임을 알아 본 얀네의 하얀 낯에 여러 감정이 스쳐 지나갔다. 그것을 유심히 뜯어 보던 프리가는 눈을 가늘게 떴다가 풀었다. 찰나, 그조차도 놀랄 불이 가슴을 할퀴고 지나갔다. 대뜸 말을 돌린다.

"몸이 좋지 않다 들었어."

"염려하실 정도는 아닙니다. 그이가 걱정이 많아……."

"그래, 내 다정한 친우는 잔정이 많지."

부드럽게 말을 끊으며 프리가가 빙그레 미소 지었다. 일라드에 대 해 이야기하는 그 낯에 일견 온기가 도는 건 거짓말처럼 어울리지 않 았다. 차라리 얇은 가면이라 믿는 게 그럴듯하리라.

그 표정 그대로 그가 그녀를 불렀다. 백작 부인.

"아니, 얀네."

프리가는 여자의 가는 눈썹이 일순 찡그려지는 걸 똑똑히 목격했다.

"요즘 내 친우가 많이 아파. 이건 그대도 알고 있겠지?"

"……."

"그래, 역시 알고 있군."

나직하게 중얼거린 그가 한 걸음 가까이 다가오자 그녀는 주춤 뒤로 물러섰다. 그러나 그는 아랑곳하지 않았다.

"나는 그가 건강히 오랫동안 내 곁을 지키기를 바라. 내게는 그 녀석이 필요하거든."

그래서……. 내 걱정이 이만저만이 아니란 말이지.

프리가는 연극처럼 과장되게 한숨을 쉬었다. 그가 이럴 때면 죄의 유무와 상관없이 주변인들에게 곤란한 불똥이 튀기곤 했으나 아직 여자는 멀쩡했고 역시 차분했다. 비인간적일 만큼 감정의 색이 옅은 여자였다. 가늘게 뜬 눈으로 호리호리한 여체를 훑어 내렸다.

"그대에게 작은 부탁을 하나 할까 해."

반질거리는 두 눈이 말없이 그를 응시했다. 프리가는 반쯤 허리를 숙여 그녀의 젖은 머리 옆으로 고개를 기울였다. 사내의 매끈한 입술이 휘었다.

"연기를 할 거면 제대로 해."

여자의 입이 벌어지고 작은 숨소리가 들썩이는 것이 청각을 건드렸다. 긴장과 경계로 달궈진 달큰한 살냄새가 났다. 경계심 강한 초식동물처럼. 그는 본능적으로 그녀의 머리카락에 코끝을 묻었다가 곧바로 몸을 뒤로 물렸다. 아무 일도 없었다는 양 웃는 얼굴이었다.

"아내 노릇을 하기로 했으면 충실히, 시끄럽지 않게 잘 하란 소리야. 그게 싫으면 애초에 그를 선택하지 말았어야지. 그거 하나 못 해서 일을 이 지경으로 만들어?"

아름다운 미소, 독사 같은 독설, 온기 한 점 없는 경시였다.

"애가 싫으면 유모에게 맡기고 사치나 부려. 일라드가 그거 하나 이해 못 할 놈도 아닐 텐데."

겉보기에는 미동 없는 여자의 입술과 주먹 쥔 손이 경직되는 걸 힐끗 살핀 프리가는 피식 냉소를 지었다.

"왜 같잖은 어머니 행세야? 가식 띤 애정은 다 티가 나는 걸 모르나? 특히 일라드처럼 착한 놈 눈에는 고스란히 다 보인다고. 가짜는 모르려야 모를 수가 없거든. 빈껍데기는 그저 빈껍데기니까."

신랄한 빈정거림이 얀네의 가슴을 난도질했다. 사내의 잔인한 눈이 그녀를 경멸하고 헐뜯었다. 불과 방금 전 요정처럼 아름답다 생각했건만 이제는 그 수려한 겉모습이 괴물처럼 보였다. 거칠게 숨을 몰아쉬는 여자의 얼굴이 창백하게 질렸다. 프리가는 잘근잘근 물어뜯은 탓에 핏기가 배어 나오는 얀네의 입술에 미간을 찡그렸지만 그만둘 생각은 없었다. 어쩐지 더 기분이 가라앉은 얼굴로 말했다.

"노파심에 하는 말이지만. 앞으로도 불필요하게 내 신경을 긁어서 나와 마주칠 일을 안 만드는 게 좋을 거야, 부인."

이것은 그녀를 위해서이기도 했지만 프리가 자신에게도 포함되는 충고였다.

⚜

숙취에 찌든 머리가 띵했다. 그는 인상을 쓰다 짙은 향수 냄새에 두통이 더 심해지는 걸 느꼈다. 허리에 감겨 있는 끈적한 여자의 팔을 신경질적으로 떨쳐 낸 프리가는 종을 당겨 시종장을 불렀다. 대를 이어 황제를 모시는 시종장은 창백한 얼굴을 조아리며 무릎을 꿇고 포도주가 담긴 은잔을 조심스레 받쳤다. 프리가가 그것을 낚아채듯 벌컥벌컥 들이켜는 사이 소리 없이 침전으로 들어온 시종들이 황제의 벗은 상반신에 모피를 덧댄 가운을 걸쳤다.

빈 잔을 내던지듯 내려놓고 안락의자에 앉는 황제의 얼굴에는 피로와 이유를 알 수 없는 성마름이 짙게 깔려 있었다. 여인을 안고 난 뒤면 이러나저러나 기분이 썩 나쁘지는 않았는데 오늘은 그도 아닌 모양이었다. 황제를 모시는 시비들이 저마다 마른침을 삼키며 눈치를 보는 와중에 황제의 하룻밤 상대로 입궁했던 여자는 조용히 침실에서 끌려 나갔다. 어쩐지 그녀의 존재가 황제의 예민함을 더 자극하는 것을 눈치 빠른 시종장이 알아차리고 서둘러 치우라 했기 때문이다. 과연, 선황 칼리굴라를 모시고도 살아남을 만큼 영민한 이였다.

"조찬을 올리오리까, 폐하?"

"아니, 되었다."

입 안이 깔깔한 게 뭘 집어넣고픈 마음이 없었다. 시종장은 더 말을 붙이지 않고 눈치껏 꿀물과 간단한 요깃거리를 가져오라 일렀다. 얌전히 고개를 숙인 시녀가 나간 지 채 1분도 되지 않아 다급한 얼굴로 다시 들어왔다. 그녀의 속닥거림에 시종장은 희게 내린 눈썹을 꿈틀거리더니 조심스레 눈을 감은 황제 쪽을 주시했다.

프리가는 기분이 좋지 않았다. 아니 이것을 불쾌감이라 일러야 할지 그도 잘 몰랐다.

어젯밤 테오도르 백작저에서 돌아온 뒤 그는 한참 동안 불 하나 켜지 않은 어두컴컴한 방에 틀어박혀 두문불출했다. 저녁도 거르고 애지중지 아끼는 회임한 황후도 보러 가지 않았다. 이상스레 조용한 것이 염려되어 슬쩍 방 안을 들여다봤던 한 시종은 숨소리조차 들리지 않는 암흑 속에서 유황불처럼 시퍼렇게 번뜩이는 황제의 두 눈과 마주치고는 소스라쳐서 도망갔다. 그런 소란에도 프리가는 술만 들이켜며 고요히 아까부터 머릿속에서 맹렬하게 반복되어 덧그려지는 여자를 떨쳐 내려 애썼다.

내가 왜 이러나. 왜 그 여자가 계속 생각나지?

창백한 얼굴, 검은 돌 같은 두 눈, 몽환적으로 울리던 목소리, 그 달큰하기 짝이 없는 향기. 그리고…… 금이 가고 상처가 났던 그녀의 마지막 표정. 깨진 유리창처럼 아슬아슬했던.

달아오른 쇠를 삼킨 양 가슴이 화끈거리고 불편했다. 프리가는 그것이 죄책감이라는 걸 인지하기엔 양심이란 걸 지켜본 역사가 없고, 그걸 인정하기에는 상황도 적절치 못할뿐더러 자존심도 강했다. 겨우 그까짓 말 한마디에 죄책감이라니? 무덤에 누운 그의 아버지가 박장대소할 일이었다.

그러나 그녀를 홀로 내버려 두고 돌아오는 길에도, 황궁에 도착해서도 울듯 일그러졌던 그 눈동자가 눈앞에서 사라지지를 않았다. 깨질 듯한 그 표정에 심장이고 머릿속이고 난도질되어 구역질이 날 지경이었다. 아주 약하고 방어력 없는 생물이 겨우겨우 땅에 끈 하나를 이어 버티는데 주저 없이 그것을 끊어 버린 것처럼, 형언할 수 없는 죄악감이 들었다. 아마도 달빛이 제 알몸을 비추는데도 무심한 인형 같던 여자가 그리 적나라하게 감정을 내비치는 걸 정면으로 새기듯 보고 말았기에 이런 걸지도 모른다.

그 이유가 어떤 것이든, 얀네라는 여자는 프리가의 내면 깊숙이 잠재되어 있는 어떤 것을 자극하고 건드렸다.

그게 욕정인지 동정인지, 적의에 가까운 파괴욕인지 그조차도 알 수 없었다.

처음은 단순히 불쾌감이었다가 호기심으로, 그러다 그녀를 직접 보고 나서는 끝 간 데 없는 욕망이 치밀었다. 물기가 번들거리는 하얀 살결, 과일처럼 부푼 젖가슴과 까만 물풀 같은 머리카락이 들러붙어 있던 등줄기가 자개처럼 반들거리던 것, 둔부에서부터 종아리로 떨어지던 낭창한 곡선이 수면에 비쳐 흔들리는 모습까지 모든 게 또렷했다. 직접 만지고 더듬어 보기라도 한 양 지금 당장 그려 볼 수도 있을 것 같았다. 목이 탔다.

죄책감 다음으로는 짐승 같은 욕정이라니. 하물며 그 여자는 그놈의 아내가 아닌가? 빌어먹을, 절망적인 분노가 치밀어 욕지거리가 나왔다. 프리가는 신음을 삼키며 술잔을 내던졌다. 깨지고 부서져 난장판이 된 방 풍경에 흠칫거리는 시종장에게 여자를 데려오라 윽박질렀다. 지금 그에게는 계집이 필요했다. 달아오른 몸을 식히고 머리를 꽉채운 이 빌어먹을 상념을 지울 여자가.

그리하여 여인과 밤을 보냈지만 시원치는 않았다. 달콤한 과실 대신 억지로 떫은 풋과일을 씹은 것처럼 텁텁하고 뒷맛이 개운치 않았다. 밤을 치르면서도 간간이 그녀가 떠올랐다. 마른 듯 물고기처럼 유려하게 떨어지던 선. 선명한 눈동자. 여인치고 조금 낮은 감이 있는 목소리는 노래를 부르든 비명을 지르든 저만의 색이 또렷할 터다. 밑에 깔려 비음을 흘리는 여자의 얼굴 위로 그녀의 것이 겹쳐졌다. 하얀 나신이 아른거렸다. 아이를 낳은 몸이란 게 믿기지 않을 만큼 소녀와 처녀의 경계선에 서 있는 그 육체가, 저를 꺼려하는 게 뻔히 보이던 그 표정에 몸이 달아올랐다. 제 품에 있는 게 그녀였으면 했다. 허탈한 웃음이 미친놈처럼 실실 비집고 나왔다.

인정하자. 어떤 그럴듯한 명분을 붙여 봤자 결과는 하나였다. 그는 그 여자에게 발정 나 있었다.

기가 막힌다. 형제자매, 아비까지 쳐 죽인 것도 모자라서 이제는 친구의 아내를 탐하는가? 미치광이 같은 비화가 넘쳐 나는 황실에서도 이 정도면 손에 꼽히는 금수일 것이다.

"역사서에 인두겁을 쓴 짐승 새끼라고 쓰여도 할 말이 없군."

"그럼 저는 짐승의 아내이고요?"

미간을 문지르던 손가락이 우뚝 멈췄다. 프리가가 채 인상을 풀지도 못한 채 돌아본 자리에는 만삭에 접어든 황후 루크레치아가 배를 문지르며 서 있었다. 그녀를 보자마자 벌떡 일어나 빠른 걸음으로 다가간 그는 말도 없이 그녀를 들인 시종장을 노려보았지만 황후가 들어오고자 한다면 그 앞을 막아설 이가 없었으리라는 것 정도는 그도 알고 있었다. 최근 프리가 가장 귀히 대하고 아끼는 것은 곧 그의 첫아이를 낳아 줄 루크레치아였다.

배우가 가면을 쓰듯이 얼굴에 자상한 미소를 띤 프리가 입을 열었다.

"황후, 몸도 무거울 텐데 왜 나를 부르지 않고 직접 왔지?"

"폐하께서 분주하신 듯하여서요. 지아비가 보고 싶으니 어쩌겠습니까."

루크레치아는 애교 섞인 눈웃음을 지으며 그에게 몸을 기대 왔다. 그녀는 털이 반지르르한 고양이처럼 어여뺐다. 프리가는 뒤늦게 어젯밤 함께 저녁을 들기로 한 약속을 떠올렸다. 곧장 부드럽게 속삭였다.

"미안하군. 내 일이 있어 약속을 지키지 못했어."

그녀는 가만히 눈을 들어 다정한 지아비의 얼굴을 살폈다. 그는 아침의 부스스함에도 멀끔하기 짝이 없었지만 그 외의 다른 것의 편린들도 묻어 있었다. 예컨대, 까칠함이라든가 여인과의 잠자리로 인한 흔적 같은. 슬쩍 눈을 피하며 표정을 관리한다. 그렇지 않으면 회임한 후 들쑥날쑥해진 감정이 모든 것을 그르칠 수도 있었다.

속상한 척 송구한 낯빛을 한 채 종알거린다.

"아니어요. 제가 아이를 가져 아내로서의 의무를 다하지 못한다는 걸 압니다."

임신한 아내를 안기 저어하니 다른 계집으로 욕정을 푸는 거 아니냐는 말이었다. 역시 황후는 어젯밤의 소식을 다 알고 왔음이 분명했다. 프리가는 여전히 미소를 지으며 말했다.

"왜 그렇게 생각하지? 그대는 내 하나뿐인 아내인데."

"부끄럽게도 저도 여인인지라 폐하를 오랜 기간 모시지 못하니 외롭고 서글픕니다. 폐하께서 더는 제게 흥미가 없으실까 봐."

"저런. 가엾어라."

상냥한 손길이 금방 눈물이 맺힌 초록색 눈매를 쓰다듬었다. 그녀의 투정 아닌 투정과는 달리 황후는 근래 프리가에게서 누구도 누리기 힘든 호사와 총애를 받고 있었다. 아이가 들어선 이후부터 그 냉정하기 짝이 없는 사내가 손이라도 다칠까 입는 것 먹는 것까지 죄 신경을 쓰며 보살폈다. 마치 황금알을 품은 새를 끌어안고 돌보는 것처럼.

"괜한 신경을 쓰는구나. 설령 내 잠시 외유를 떠난다 한들 다시 네게 돌아올 것을."

여행으로 비유했으나 그게 무슨 뜻인지 둘 다 모르는 바가 아니었다. 한눈을 팔지언정 그게 그리 큰 의미가 아니라는 뜻의 온화하고도 냉정하기 짝이 없는 위로였다.

그러니까, 그녀가 원하는 것을 주기만 한다면.

루크레치아는 기쁜 양 미소 지었다.

그가 아이에게 집착하고 있다는 것을 알고 있었다. 만약 그녀가 적장자를 낳는 데 성공하기만 한다면 프리가는 그녀에게 모든 것을 쥐여 줄 터였다. 그리고 그 애가 그의 후계로서 부족함이 없는 한 이 남자는 영원히 그녀를 사랑할 것이다. 비록 그게 가식일지언정. 하지만 상관없다. 진심 따위 언제든 변질될 수 있고 처음부터 바라지도 않았다. 애초에 세상 대부분이 흥미고 충동이며 계산인 남자인걸.

그러니 아들이어야 했다. 배를 감싸 쥔 손에 힘이 들어갔다. 아들일 거야. 분명 아들일 것이다. 태몽을 해석한 키제트 대사제도 아들이라 하지 않았던가.

그리 확신하고 있음에도 어젯밤에는 공연히 불안했다. 자다가도 벌떡 일어났고 신경질이 돋아 황후의 예민함에 시녀들이 갖은 고생을 했다. 왜 그랬을까. 마치 알지 못하는 곳에서 제 것이 도둑질당하고 있는 것만 같은 기이한 불쾌감이 치밀었다. 회임 후 프리가가 처음 약속을 어겨서? 그러나 그는 식사를 함께 하기 힘드니 먼저 들라는 언질도 보내왔다. 이만하면 그치고 다정한 편이라는 걸 안다.

그러나 속이 거북했다.

그리고 카르뮬렌 궁에 심어 놓은 그녀의 시녀들이 달려와 고했다. 황제의 침실에 새 여자가 들어갔다고. 이 때문인가? 찜찜했다. 물론 루크레치아는 황제의 반려로서 그가 여자를 수십을 거느리건 수백을 거느리건 개의치 않았다. 가장 높은 자리의 권력을 차지하는 이상 그런 것쯤이야 별거던가.

다만, 황제가 진심을 다해 사랑하는 대상이 나타나는 건 곤란했다.

부전자전이라 했다. 선황 칼리굴라는 프리가의 어머니 샤를로트를 위해 조강지처도 갈아 치웠고 그녀를 갖기 위해 무고한 목숨 수백을 죽이는 것도 서슴지 않았다. 뭐 하나에 빠지면 어떤 방식으로든 집착적으로 변질하는 건 황가에 대물림되는 고질병이니까. 멀리 가지 않아도 프리가는 테오도르 백작 일라드에게 종종 우정을 넘어선 애착과 비틀린 질시를 보이곤 했다. 아, 그래. 어제도 그의 자택에 들렀다 했나.

루크레치아는 생긋 웃음을 머금었다.

"알아요. 폐하께서 저를 아껴 주신다는걸."

이쯤에서 물러나야 했다. 그녀는 하룻밤 새 어딘가 그림자가 진 그녀의 남편이 아까부터 알게 모르게 다른 생각에 빠져 있다는 걸 눈치챘다. 강퍅하고 신경질적인 눈가가 거뭇하고, 새파란 눈에 어린 빛이 형형했다. 마치 한바탕 일라드와 싸우고 난 뒤의 모습 같았다. 그렇다고 하기에는 미묘하게 느낌이 달랐지만.

프리가는 마침 누적된 예민함과 피로로 인내심이 바닥나던 차였기에 황후의 배려를 순순히 받아들였다. 그는 오늘 들어 처음으로 진심을 다해 미소 지었다.

"사랑스러워라."

루크레치아는 얌전히 눈을 내리깔고 그의 키스를 받았다.

여느 때와 다름없어 보이는 황제 부부의 아침이었다.

⚜

그런 일들이 있고도 꽤 여러 날이 흘렀다. 일주일? 여드레? 보름? 잠시 헷갈렸다. 다만 그 시간의 흐름이 의미가 없다는 건 확실했다. 프리가는 반쯤 붕 뜬 상태로 하루하루를 보내었다. 변함없는 일상과 통치였으나 그의 정신은 오늘도 그제도 내일도 달빛이 쏟아지던 칠석의 그 연못가에 서 있었다. 하얀 얼굴, 죽은 물고기의 눈처럼 기이하게 생기가 없는 검은 눈, 그러나 그래서 더 아름다운 그 여자가 꺼질 듯한 낯으로 온종일 그의 심장과 머릿속을 걸어 다녔다. 꿈속에서도 그녀가 나타나자 프리가는 겸허하게 인정했다. 그는 명백히 비정상적인 상태였다.

꿈이기에 더 거칠 것이 없는 간밤의 그는 본래보다 더 저열한 짐승이었고 약탈자였으며 사냥꾼이었다. 일라드가 꿈속의 그를 보았다면 상대가 그녀가 아니었다 한들 기함하며 프리가를 경멸했으리라. 잔인하고 괴물 같은 욕망을 죄 삼켜 놓고도 숨이 붙어 있는 여자가 신기할 정도였다. 그러나 그런 너덜너덜한 여자를 품에 안고 그는 명백히 기뻐하고 있었다. 희열에 온몸이, 손발이 덜덜 떨리고 심장이 너저분하게 폭주했다.

세상 모든 쾌락을 추구해도 그보다는 못할 듯싶었다.

가짜라 한들 직접 끌어안고 취하고 나니 그 후부터는 더더욱 멀쩡한 척하기가 힘들어지고 있었다.

어딘가 불안하고 갈증이 나서 손톱을 물어뜯느라 정신이 팔린 황제가 조례 시간에 올리는 주청도 흘려듣는 바람에 귀족들이 진땀을 빼며 몇 번이고 반복해서 다시 고해야 했다. 송구하여 고개를 조아리면서도 이상타 여기는 게 분명한 눈총들에 프리가는 짜증이 치솟았다.

내가 왜 그깟 여자 때문에 이래야 하지?

그래, 결국 계집 하나가 뭐 그리 대단해서. 그는 무소불위의 권력을 가진 절대자이며 그 권좌를 스스로 쟁취한 황제였다. 그의 치세는 견고했고 황후는 아름다웠으며 곧 그의 후계자를 낳아 줄 테다. 그를 위해 목숨을 바칠 충성스러운 신하들은 발에 챌 듯 많았고 국경은 나날이 넓어졌으며 온 나라에 풍년이요, 새 황제를 떠받드는 목소리가 날로 높아졌다. 그가 가지지 못한 것이 무엇인가. 전부 스스로 이룩해 낸 것들이다. 그에게는 사려 깊은 아내 외에도 그의 모든 것을 받아주는 충실한 친우도 있었다. 지금도 사지에서 그를 위해 피를 흘리는…….

일라드가 떠오르자 프리가는 날카로운 가시에 찔린 것처럼 입 안쪽 살을 잘근잘근 씹었다. 일라드. 왜 그를 잊고 있었을까. 벌떡 일어난 프리가는 초조한 듯 방 안을 오가다가 거칠게 머리를 헤집었다. 친우의 다정한 눈을 떠올리자 못 견디게 그가 그리웠다. 그가 지금 당장 제 옆에 있었으면 했다. 프리가는 일라드가 절실하게 필요했다. 그 어느 때보다 더.

동시에 그가 영영 돌아오지 않았으면 했다.

제기랄, 겨우 딱 한 번 제대로 본 그 여자가 탐이 나 미칠 지경이었다. 얀네는 고혹적인 여자였지만 그런 미인은 제도에도 많았다. 당장 황후만 보더라도 그의 이상적인 미인상에 부합하는 미녀가 아니던가. 하지만 요 며칠 그리 아끼던 황후는 눈에 들어오지도 않았다. 아이를 가진 그녀가 마음이 상해 배 속의 아이에게 좋지 않은 영향이 갈까 봐 필사적으로 흔들리는 제 속내를 감췄지만 영민한 루크레치아는 벌써 그의 이상해진 낌새를 알아챘을 것이다.

입술을 잘근거리던 프리가는 성질이 나 옥좌 팔걸이를 내려쳤다. 어떻게 쌓아 온 것들인데. 전부 그 여자 하나 때문에 흔들리고 있었다. 대체 그녀가 뭐라고? 첫눈에 이리 깊숙이 파고드는 것이 가능이나 할 법한 일인가. 만약 그녀가 이리 탐이 날 만한 여자라면, 혹은 이 욕심이 꺼지지 않을 불이라면 그는 어떻게 해야 하나.

그녀에게 남편이 있고 없고는 중요하지 않았다. 황제인 그에게 그 정도쯤이야 터부에도 들지 않으니. 다만⋯⋯. 그녀가 누구의 아내인지가 중요할 뿐이다.

일라드. 내가 과연 널 저버릴 수 있을까.

평생에 걸쳐 상상도 못 했던 상황이었다. 신께 맹세코 프리가는 일라드 이상으로 제 속을 건드릴 사람이 나타날 거라고는 전혀 예상치 못했다. 그러나 제아무리 탐욕에 눈이 멀었다 한들 만약 그 여자를 빼앗아 가진다면 일라드는 실망과 배신감에 몸을 떨다 이번에야말로 돌아설지도 몰랐다. 일그러진 채 증오를 퍼붓는 놈을 떠올리자 등골이 서늘했다. 화를 내고 죽일 듯이 싸우다가도 결국 다가와 손을 내미는 게 일라드였다. 하지만 그가 그리 헌신하던 프리가가 아내를 범해도 그럴지는 알 수 없었다.

광인의 그것처럼 팽팽 돌아가던 머리에 문득 광기에 찬 생각이 떠올랐다. 충혈된 눈으로 허공을 바라보며 마른 입술을 핥았다.

"그냥 죽여 버릴까?"

가져도 독이 되는 여자, 가질 수 없는 여자라면, 그냥 두고 보며 갈망에 미쳐 갈 바에야 조용히 없애 버릴까. 어차피 일라드도 제 아내 때문에 괴로워하던 차였다. 차라리 그러는 게 너와 나, 우리 모두에게 낫지 않을까.

미치광이 같은 충동이 기름에 불이 붙은 듯 확 번지는 찰나에, 혼미한 정신을 뚫고 어떤 소식이 들려왔다.

"뭐라고?"

퀭한 눈이 번뜩이는 황제에게 고개를 조아린 시종장이 재차 말했다. 늙은이의 목뒤에서 식은땀이 주륵 흘러내렸다.

"테오도르 백작 부인께서 폐하를 배알하길 청하십니다."

들여보낼까요?

프리가는 멍청히 굳어서 조심스레 질문하는 이를 뚫어져라 노려보았다. 그가 말도 안 되는 헛소리라도 지껄인 양, 사나운 눈으로. 뱀 앞의 쥐새끼처럼 얼어붙었던 시종장은 날카로운 황제의 질문에 화급히 대꾸했다.

"칠석이 언제였지?"

"스, 스물하룻날이 지났습니다."

놀랍다. 겨우 며칠 전의 일 같았는데 말이다.

'노파심에 하는 말이지만. 앞으로도 불필요하게 내 신경을 긁어서 나와 마주칠 일을 안 만드는 게 좋을 거야, 부인.'

그 말뜻이 무엇인지 모를 정도로 멍청하지는 않을 텐데.

저택에 틀어박혀 나오지도 않던 여자가 무슨 일로 여기까지 왔는지 궁금증이 치밀었다. 별거 아닌 알현일 뿐이었지만 그에게는 의미가 남달랐다. 다시 한 번 그 여자를 본다…….

찰나간 고민이 범람하고 치열한 갈등으로 속이 어지러웠다. 겉보기에는 찬 대리석상처럼 건조하기만 한데 섬뜩한 두 눈만이 정신없이 흔들렸다. 마른 손이 쥐어졌다 펴졌다를 반복했다.

그러다가…… 결정을 내렸다.

사내는 끊어질 듯 부드러운 목소리를 꾸며 내 명령했다.

"들여라."

그 여자의 뒷모습은 고요하다.

프리가는 허리 끝까지 늘어뜨린 그녀의 풍성한 머리카락이 밤바다의 파도처럼 굽이치는 것을, 오후의 햇살을 머금은 옆얼굴이 황금빛으로 반짝이고, 밀빛 이마부터 시작한 낭창한 곡선이 초조하게 들썩이는 손가락 끝까지 흘러내리는 것을 바라보았다. 거품으로 빚어진 살아 있는 조형물 같았다. 귀부인답게 차려입은 모습이 고왔으나 어던가 답답하다는 생각을 떨치기 힘들었다. 눈썹을 좁히던 그는 적절한 비유를 떠올렸다.

겹겹으로 잘 조여 매고 포장한 야생의 진주.

그의 인기척을 들었는지 흠칫 뒤돌아보는 검은 눈동자와 마주쳤다. 매끄러운 동공에 어떤 감정이 스쳐 지나가는지 그는 알지 못했다. 다만, 그녀가 이 만남을 유쾌하게 여기고 있지 않다는 것 정도는 확실히 알겠다.

제 발로 나에게 온 주제에 말이지.

들끓는 속과 달리 그의 얼굴 위로 떠오르는 미소는 나무랄 데 없이 완벽했다. 오만하고, 여유로운 숫사자처럼 느릿느릿 그녀를 향해 걸어간다. 뚜벅뚜벅 구둣발이 알현실의 고요를 짓밟는 소리에 희미하게 얀네의 검지가 움찔거렸다. 찰나 화려한 색유리가 끼워진 창틀의 그림자에 황제의 얼굴이 사선으로 분리되었다. 천사와 악마의 양면처럼 괴이한 색이 칠해졌다가 그가 마지막 한 걸음을 내디디며 그녀의 앞에서 멈춰 서자 도로 본연의 환하고 아름다운 얼굴이 드러났다. 볕 아래서의 미소 띤 프리가는 그저 온화한 성군처럼 보였다.

"이게 누군가. 발칙한 숙녀분이시군."

그리고 그 자상한 낯으로 상대를 수치스럽게 할 만한 언행을 지껄이는 데 거리낌이 없었다. 다행히 그녀는 부끄러움이나 수치스러움을 느끼는 감각이 여느 여인네들보다 둔한 여자였다. 글쎄, 평생 벌거벗고 산 짐승이 그런 인간적인 감정에 감흥이 있는 게 더 이상하지 않겠는가. 얀네는 제 반응을 살펴보듯 뚫어져라 바라보는 섬뜩하고 더운 시선을 의연하게 견뎠다. 그녀의 차분한 반응에 황제는 야트막하게 입술을 휘었다. 재미있어하는 것 같기도, 실망하는 것도 같은 곡선이었다.

통과 의례 같은 그 순간이 지나자마자 얀네는 서둘러 치맛자락을 잡고 인사를 올렸다.

"위대한 늑대의 후예, 제국의……."

"그만."

희고 긴 손이 부드럽게 인사말을 잘랐다. 그녀는 그 손가락이 제 입술을 지그시 누르기라도 한 것처럼 입을 다물었다.

"따분한 인사는 되었어. 우리가 그런 것에 연연할 사이는 아니지. 안 그러나?"

황제와 그 신하의 아내, 오랜 회피와 외면, 그리고 칠석의 밤, 젖은 나신과 그 목격자. 그런 관계가 어떤 사이인가. 부정도 긍정도 할 수 없었다. 애초에 '테오도르 백작 부인'에게는 그것을 정의할 권리도 없었다. 복종의 침묵뿐. 영리한 그녀의 대답에 프리가는 만족스럽게 웃었다.

"그래, 친애하는 백작 부인."

단어에 그녀를 가두듯이 짐짓 다정하고 삭막하게 서두를 열었다.

"어쩐 일이지? 내 비록 여인에게 관대하다 하나 그때의 내 충고는 진심이었는데."

황제가 이리 말하며 지긋이 바라보는데도 눈을 피하지 않는 이는 흔치 않을 것이다. 흥미롭게도 그녀는 흔한 사람이 아니었다. 프리가는 약소한 기쁨을 느꼈다. 하루 종일 보아도 부족할 것 같은 검은 눈동자는 심해의 어둠을 닮았다.

"긴히…… 부탁드릴 것이 있어 찾아뵈었습니다."

"부탁?"

쥐어짜는 것 같은 눈인데도 공손히 나오는 목소리가 기특해서 프리가는 빙그레 웃었다.

"무엇을? 말하라."

퍽 상냥한 대꾸에도 그녀는 쉽게 입을 열지 못했다. 단단하고 고집스러운 그 눈빛과 맞지 않게 말이다. 기다리는 것을 끔찍이 싫어하는 프리가도 이번만큼은 느긋하게 그녀의 망설임을 인내해 주었다. 시시각각 바뀌는 표정이 나쁘지 않았기 때문이다. 그리고 곧 저 건방질 만큼 침착한 여자가 왜 여기까지 와서 주저했는지 이해했다.

"황궁의 궁의를……. 궁의를 빌려주십시오."

"궁의? ……혹 몸이 좋지 않나?"

확 서늘하게 식어 반문하자 갸름한 얼굴이 설레설레 좌우로 흔들렸다. 그녀의 하얀 손이 다시 맞물려 꿈틀거렸다. 볕 아래 내던져진 나비 유충 같았다.

"아이가, 많이 아픕니다. 부디 자비를 부탁드립니다."

로만이 아프다고. 비록 이름뿐이긴 하나 제 대자인 아이였다. 프리가는 설핏 미간을 찡그렸다가 빤히 타인의 대사를 훔쳐 읊는 듯한 창백한 여자를 주시했다.

"유능한 의원이라면 백작가에도 많을 텐데."

"상태가 너무 중합니다. 유아幼兒의 병에 가장 뛰어난 의원이 황궁에 있다고 들었습니다. 폐하, 아량을 베푸시어……."

"시종장."

낮고 짧게 떨어지는 부름에 멀찍이 떨어진 곳에 서 있던 노인이 고개를 조아렸다. 프리가는 여전히 그녀를 응시한 채로 명령했다.

"당장 가일 남작을 불러라."

가일 남작은 황제의 주치의로 반송장도 살린다는 명의였다. 그는 황궁의 중에서도 으뜸이며 황제와 그 직계를 제외한 그 누구도 진료하지 않는 것이 제국의 법이었다. 프리가는 놀란 빛이 스치는 얀네의 까만 눈을 무표정한 얼굴로 내려다보았다. 그들이 서 있는 창가의 어지러운 빛이 마주한 두 사람의 얼굴께를 황혼처럼 물들이고 있었다. 시종장도 자리를 비운 가운데 초침 넘어가는 소리만이 수면 위로 떨어지는 물방울처럼 일정 간격으로 울렸다. 아스라한 적막감 속에서 남자가 입을 열었다.

"아름다워."

얼어붙은 듯 고개를 드는 여자에게 그는 빙긋 덧붙였다.

"이 창문 말이야."

숨죽이듯 가만히 선 그녀의 기척을 모르는 이마냥 프리가는 느긋하게 카르뮬렌 궁의 외벽을 장식한 창문을 가리켰다.

"건국제의 탄생 설화로군요."

"똑똑하군."

일라드가 가르쳐 줬나? 프리가의 칭찬에도 얀네는 입술을 가만히 깨물 뿐 바로 대답하지 못했다. 대신 다른 말을 꺼냈다.

"감사합니다, 폐하. 가일 남작이 왕진하는 것이 결코 쉬운 일이 아님을 압니다."

"내게 고마운가?"

"물론입니다."

거짓말은. 프리가는 속으로 웃었다.

"그대는 정치는 못 하겠어."

"무슨……"

"눈치가 빠르면 뭐 하나. 그리 꾸며 내는 데 서툰데. 연기를 하려면 제대로 하라고, 내가 말하지 않았나."

달큰한 속삭임이 뱀의 그것 같았다. 얀네는 묘한 웃음을 띠고 있는 남자를 얼어붙은 채로 올려다보았다. 그에게서는 서늘한 체향과 짙은 포도주 향이 뒤섞인 체취가 물씬 풍겨 왔다. 어찌 몰랐나 싶을 만큼 강렬하다. 그러나 황제의 벽안은 취기 한 점 없이 또렷했다. 지나치게 선명해 가슴이 선뜩해질 만큼. 그들의 시선이 얽혀 있는 사이 시종장이 가일 남작과 함께 들어왔다. 황제는 표정 없는 백작 부인에게서 시선을 거두며 말했다.

"테오도르 백작저로 간다."

이는 본인도 함께 가는 것을 의미했다. 갑작스러운 황제의 행차에 당혹스러운 눈이 따라오자 가볍게 대꾸한다. 그래도 내 대자인데 당연히 가 보아야 하지 않아.

"마차를 타고 왔나?"

"한시가 급하여……. 말을 타고 왔습니다."

의외였다. 흥미가 동해 물었다.

"승마에 능하나 보지?"

"처녀 시절 조금 배운 한미한 실력에 불과합니다."

수도의 아가씨들은 가문을 잇거나 기사의 길을 걷지 않는 이상 승마를 배우는 일이 드물었다. 수도 외곽의 저택에서 이곳까지, 화려하진 않다고 하나 귀부인의 복식을 하고 큰 흐트러짐 없이 도착한 걸 보면 보통 솜씨가 아니리라. 헌데도 얌전을 빼며 눈을 내리까는 것이 남편인 일라드와 똑 닮았다. 프리가는 묘하고도 복잡한 양가감정에 사로잡혔다가 말을 돌렸다. 서두르지.

순식간에 마차까지 대령되고 그에 오르기 전 말 없는 여인에게 황제의 손이 내밀어졌다. 제위에 오르고 나서는 황후를 제외하면 누구도 만져 본 적이 없는 손이었다. 얀네는 물끄러미 그 하얗고 길쭉한 손매를 바라보다 그 위에 제 손을 올렸다. 기시감이 교차했다. 순백의 신부였던 그 하루, 그때도 이리 낯선 손이 맞물렸던 적이 있었다. 황제는 저가 내밀고도 잠시 가만히 있었으나 이내 그 작은 손을 꽉 움켜쥐었다. 먹이를 잡아채는 살모사처럼, 얼얼할 만큼 강하게. 약하게 흠칫거리는 그녀의 검은 눈을 일별하며 남자는 제 굴로 들이듯 여자를 마차 안으로 밀어 넣고 자신도 올라탔다.

짧고도 짙은 동행이었다. 그 어느 때보다 가깝고, 협소한 공간 안에 단둘이 남은 그들은 마부가 급히 말을 모는 소리, 마차 바퀴가 포장된 도로를 달리는 소음 속에서 서로만을 응시했다. 조금이라도 잘못 만지면 끊어질 실 위에 선 듯이 조용하고도 팽팽한 공기였다.

프리가는 문득 궁금해졌다. 이는 속에 짐승이 들어앉은 저 때문일까, 아님 포식자 앞에 선 양 저리 경계하는 저 여자 때문일까.

그가 느른히 다리를 꼬면서 창가에 얹은 손마디로 툭툭 유리창을 두드렸다. 일순간, 자비로운 황제의 얼굴이 일변했다. 지극히 사적이고 감정적으로.

"혼인한 지 몇 해가 되었지?"

"다음 달이면 여덟 해가 됩니다."

"일라드가 잘해 주나?"

"네. 감사하게도."

"흐응, 그래?"

물론 그렇겠지. 저가 묻고도 지루한 양 중얼거린다. 따분한 얼굴에 야릇한 입술, 반쯤 내리깐 차가운 눈이 그의 속내를 종잡을 수 없었다.

"그 녀석에게 답장은 썼겠지."

"예."

"뭐라고 썼나?"

고분고분 대답하던 여자가 눈을 들어 프리가를 응시했다. 잉크처럼 까맣기만 한 눈인데도 마주치자 갈증이 났다. 검게 탄 석탄처럼.

"그건 왜 물으시나요?"

"궁금해서."

애석하게도 이런 어처구니없는 이유더라도 그녀는 감히 황제의 질문을 거부할 수 없었다. 약하게 한숨을 내쉬며 대답한다.

"건강히 잘 지내시라고……."

"참 도움 되는 말이군."

그의 빈정거림에 얀네는 입을 다물었다. 치맛자락을 움켜쥔 얇은 손등에 파란 핏줄이 돋아 있었다. 외면하듯 창문을 바라보는 얌전하고 무심한 옆얼굴이 답지 않게 감정적으로 보여 프리가는 눈을 떼지 않았다. 얇게 깨무는 그녀의 붉은 입술도.

얀네의 검은 눈에는 빠르게 지나가는 황도의 거리와 멀리 구름이 몰려오는 청회색 하늘이 비쳤다.

건강히 잘 지내라. 지아비를 사지에 보낸 여자치고 참 삭막한 말이었다. 정확한 편지의 내용은 이러했다.

무사하시다니 다행이어요.
북방은 추위가 심하다 들었어요.
부디 몸 건강히 조심하시길.
당신을 위해 기도하겠습니다.

— 얀네 폰 테오도르

제 서명을 적어 넣고도 한참을 앉아 있던 그녀는 조용히 일어나 시녀를 불러 서신을 붙였다. 쓰는 데는 오랜 시간이 걸렸으나 그 한 줄한 줄에 진심 어린 속마음은 반절도 담기지 않았을 터였다. 쓴 자조와 착잡함을 곱씹으며 언젠가부터 휑하니 비기 시작한 저택을 둘러보았다. 이 텅 빈 공허는 기실 전쟁이 시작되기도 전부터 차츰 번져 오던 것이었다.

그녀 또한 모르지 않았다.

모를 수야 없다.

언제나 그랬는걸.

얀네는 무거운 눈꺼풀을 감았다. 맞은편에서 끈질기게 들러붙어 오는 시선을 피하기 위해서라도.

숨 막힐 듯한 시간이 흘러 마차는 백작저에 도착했다. 이번에도 먼저 내린 황제가 친히 그녀를 에스코트했다. 손가락이 사이로 얽히고 바짝 더운 손바닥이 평평하게 맞닿았다가 천천히 떨어져 나갔다. 남자가 전혀 힘을 주지 않았음에도 닿는 부위마다 얼얼했다. 애꿎은 치맛자락을 부여잡는 그녀를 지나치며 프리가는 짧게 입꼬리를 올렸다.

아이의 병은 몇 차례의 검진과 질문, 약 처방으로 일단락되었다. 과연 명의인지라 사흘간 내려올 생각을 안 하던 열이 반나절을 넘겨 저녁이 되자 점차 내려갔다. 테오도르 백작저의 식솔들 전원이 안도의 한숨을 삼켰다. 아이의 친모도 그런 것처럼 보였다. 얼핏 보기에는.

잔뜩 신경이 곤두서서는 인형처럼 앉아 있는 그녀를 힐끔거리던 프리가는 찻잔을 내려놓으며 가일 남작의 보고를 건성으로 흘려 넘겼다. 어차피 어린아이가 크면서 아픈 건 허다한 일이고 죽지만 않았으면 된 거 아닌가. 그보다는 말로만 듣던 얀네의 '저 얼굴'이 그의 흥을 자극했다.

"감사합니다. 폐하."

그녀는 다시 감사하다 말했다. 언제 흐트러졌느냐는 듯 단정하고 그저 말간 얼굴이다. 가식적이고 의례적인 인사. 그러나 얼마간 섞인 것은 분명 진심이었다. 고귀하고 오래된 창가의 신비로운 빛 아래서 엿보였던 초조함과 다급함도 거짓은 아니었다.

다만 그것이 어미의 모정인지는 모를 일이었다.

"얀네."

그녀의 이름이 녹듯이 앞니와 혀끝을 내딛고 삼켜졌다. 남김없이 포식을 마치고 난 후의 바람 소리만이 입술 밖으로 흘러나온다. 불꽃을 삼키고 난 뒤의 한숨처럼 더운 공기에 입가가 화상 입은 양 아릿했다. 그는 모른 척 손끝으로 턱을 매만졌다.

제 이름이 불리자 다시 움츠러든 미모사처럼 굳은 여자의 눈에 그저 웃었다.

"정말 내게 고마운가?"

"당연한 것을요."

같은 질문, 같은 대답이었다. 이번에는 그도 흠을 잡지 않고 고개를 끄덕였다.

"흠, 그런가."

침묵이 흘렀다. 제집인 양 느른히 몸을 기대고 턱을 괸 채 이쪽으로 눈길을 던지는 황제는 아무것도 하지 않아도 사람의 목을 조이고 불편하게 만들었다. 아늑한 보금자리에 침입한 거대한 구렁이가 똬리를 틀고 있는 것만 같다. 그의 시선에 찔리기라도 한 것마냥 허리를 꼿꼿하게 세운 얀네는 눈을 내리깔았다. 저택에 밤이 찾아오자 긴 머리를 땋아 늘어뜨리고 얇은 엠파이어 드레스 위에 숄을 걸친 그녀는 얼핏 소녀 같아 보였다.

헌데 참 이상하지. 얌전하기 짝이 없어 보이는 차림새인데 왜 자꾸 시선이 갈까.

벽난로의 타닥타닥 타들어 가는 소리를 흘려들으며 붉은 음영이 진 귀부인의 자태와 희게 드러난 하얀 목덜미를 관음하던 황제가 나른한 한숨을 쉬었다. 반사적으로 고개를 든 여자와 눈이 마주쳤다. 그녀는 기다렸다는 듯 말했다.

"찻물을 새로 갈아 드릴까요?"

"이 시각에는 식사를 하시겠습니까, 가 적절하지 않나?"

어느덧 어둑해진 창을 힐끗거린 부인은 약한 한숨을 쉬었다. 질식할 듯 아주 희미한 소리였지만 기민한 프리가의 눈에는 대고 한 양 크게 울렸다. 그러나 그는 그저 그림처럼 웃고 있을 따름이었다.

"준비하라 이르겠습니다."

"그럴 필요 없어. 그대의 충실한 집사가 이미 알아서 해 둔 것 같으니."

아니나 다를까 똑똑똑 정중한 노크 소리가 울렸다. 반백의 집사가 허리를 숙이고 귀빈과 안주인을 모셨다. 황제는 반쯤 파묻혀 있던 안락의자에서 일어섰다.

"마침 잘되었어. 숯불에 올린 칠면조 요리가 먹고 싶던 참인데."

무슨 말인가 하였더니 귀신처럼 식탁에는 요리사가 한껏 멋을 부린 칠면조 요리가 올라와 있었다. 프리가는 능숙하게 그 다리를 잘라 하얀 접시에 담았다. 쭉 제 앞으로 밀려온 오동통하고 기름진 다릿살을 물끄러미 바라보는 얀네에게 부드러운 권유가 들려왔다.

"들지. 요 며칠 간호하느라 식사할 정신도 없었을 텐데."

황제의 매끈한 손이 능숙하게 나머지 살점도 먹기 좋게 잘라 내는 움직임은 이질적이면서도 자연스러웠다. 그에게 미리 준비한 양손을 닦을 반듯한 냅킨과 은으로 된 넓적한 나이프를 건네는 집사도. 이 집에서 8년을 살았건만 생소한 광경이었다. 그것을 아는지 모르는지 프리가는 눈으로 권할 뿐이다. 천천히 식기를 들어 고기 한 점을 베어 물었다. 고소하고 기름지다. 이 상황에 식욕이 도는 게 우스웠다.

"맛있군. 릭이 신경을 많이 쓴 모양이야."

마치 그녀보다도 이 집 안의 모든 것에 훤한 듯한 언행에 결국 포크를 내려놓았다.

"릭을 아시나요?"

"알다마다. 나를 먹여 키운 건 황궁의 휘황한 식탁이 아니라 그의 정성이 들어간 요리니까."

적어도 그의 음식에는 독은 안 들어가 있거든.

아무렇지 않게 이어진 말은 단조로우나 무거운 진실이 들어가 있었다. 눈이 마주치자 그는 마저 들라고 종용했다. 이후의 식사는 조용했다. 그녀가 먹는 모든 것에 참견하고 꼼꼼히 챙길 것만 같던 기세와 달리 황제는 식사가 끝날 때까지 말이 없었다. 와인 잔을 돌리다가 그 향을 맡는 낯이 샹들리에 빛 아래 연하게 빛났다. 누군가가 본다면 그가 이 저택의 주인 같다 여기리라. 그것은 꾸며 내는 천연덕스러움이나 천성적인 오만함 때문이라기보단 공간 자체에 충분히 익숙하고 그것을 누려 왔던 자만이 내뿜는 자연스러움이었다.

예컨대, 그는 현재의 안주인보다도 이곳의 오래된 계단, 낡은 호두나무 의자, 여러 세대에 걸쳐 백작가에서 일해 온 사람들과 적절하게 어울렸다. 아주 오래전부터 이 저택을 드나들며 일라드와 모든 시간을 공유했을 것이다. 그녀는 알지 못하는 그 긴 시간 동안.

릭이 최선을 다해 준비한 식사는 훌륭했으나 얀네는 퍽 많은 양을 남겼다. 빤히 그것을 보던 프리가는 의외로 핀잔이나 빈정거림을 내뱉지 않았다. 입이 짧은 아내에게 못마땅하게 고개를 저으며 한 소리를 하던 일라드와는 다른 반응이었다.

"잠시 걷겠나?"

다만 산책을 제안했다. 내밀어진 손은 오렌지 빛에 잠겨 있었다. 몇 번의 반복 덕인지 이번에는 그 위에 제 것을 겹치는 것이 약간은 쉬웠다. 남자는 찰나 엄지로 그녀의 손등을 어루만지더니 이내 정중하게 그녀를 이끌었다. 일전의 숲속과는 달리 등이 켜진 정원은 그윽하고 아름다웠다. 그와 함께 걷는 것은 느렸고 발소리 또한 크지 않았다. 산보가 아니라 춤을 추는 양 미려한 걸음이었다. 여인을 인도하는 데 익숙한 것처럼, 미리 발을 맞춘 양 편안했다. 의외로울만치 황제는 퍽 신사적인 구석이 있었다. 얀네는 하루 사이 이 낯선 남자와의 시간에 익숙해져 가는 것이 꺼림칙했다. 불과 얼마 전 이곳에서 몰인정한 악담과 비웃음을 본 것이 거짓말인 양.

황제 프리가는 유쾌하지만 냉소적이고 자기 사람에게 관대하지만 한 번 눈 밖에 나면 잔인하도록 가차 없었다. 일평생 집 안에서 살아온 얀네는 이 위험한 남자의 속을 알 수 없었다. 다만 확실한 건……

"왜 떨지?"

추운가?

충동적으로 그의 손을 뿌리칠 뻔했다. 미수로 그친 것은 꿈틀거리는 그녀의 손을 그가 놓아 주지 않았기 때문이다. 외려 반동으로 비틀거리며 황제 쪽으로 끌려갔다. 일전에 맡았던 짙고 서늘한 냄새가 났다. 가깝다. 지나치게 가까웠다. 비스듬히 내린 시야에 정갈하게 다물린 남자의 입술과 날카로운 턱선이 들어왔다.

그리고 그 붉은 입꼬리가 쭉 올라갔다. 온몸에 화끈하고도 서늘한 소름이 돋았다.

아마도, 제 쪽으로 고개를 숙이는 그를 보며 머릿속으로는 필사적으로 이리 생각했던 것 같다.

그녀는 테오도르 백작의 유일한 부인이며 그 후계자의 어머니였다. 유서 깊은 에스페리스 후작가의 장녀이고 그녀의 아버지는 고귀한 일곱 선제후 중 1인이다. 그리고 이 남자는 그들의 충성을 받는 군주가 아닌가. 그런 그가 일라드의 아내인 저를 건드릴 리가…….

두 사람의 호흡이 엇갈렸다. 불안하게 요동치는 검은 눈을 내려다보던 푸른 눈에 추락하는 유성처럼 강렬한 무언가가 스쳐 지나간다. 화가 난 듯, 번뇌하듯 표정 없는 얼굴에 포악하고 격정적인 감정으로 한쪽 뺨이 경련했다. 평생과 같은 찰나였다.

"바람이 차니 들어가지."

병자처럼 잔뜩 쉬어 있는 목소리에도 얀네는 놀라지 않았다. 정확히 말해 놀랄 여유도 없었다. 남자는 악사가 제 귀한 악기를 내려놓듯 그녀의 손목을 천천히 놔준 후 뒤돌아섰다.

그가 완전히 저택 안으로 사라지고 나서야 얀네는 거칠게 참았던 숨을 토해 내었다.

❦

밤이 깊어질수록 침착함을 가장하는 그녀의 표정이 조금씩 무너지는 것이 훤히 보였다. 초조한가? 두려워? 무엇이?

마치 제 머릿속을 훤히 들여다보고 있는 것처럼 말이야.

하지만 그럴 리가 없지. 그녀가 사람의 속내를 읽을 줄 알았다면 당장 비명을 지르며 도망부터 갔을 테니.

충혈된 눈으로 어두컴컴한 백작가의 숲을 내려다보며 프리가는 비웃듯 자조했다. 갑작스레 황궁을 비운 그로 인해 놀란 황후가 부랴부려 보내온 시종이 황제의 뒤에서 부복해 있었다. 그의 안위가 걱정된다느니, 그가 없어 불안하다느니 빙빙 돌리지만 언제 환궁할 거냐는 뜻이다. 프리가 또한 회임한 황후를 오랫동안 황궁에 홀로 둘 생각은 없었다. 그 전에 일국의 황제이며 제 안전에 결벽적으로 철두철미한 그가 도와 달라는 말 한마디에 여기까지 온 것부터가 논외적인 상황이었지만.

"날이 밝으면 바로 가겠다 전해라."

그가 묵는 방은 황자 시절부터 종종 머무르던 곳이었다. 일라드의 방과 바로 마주 보는 곳. 이제는 그녀와 몇 발자국이면 닿을 수 있는 거리.

그것만으로도 예민하게 곤두서는 신경이 웃겼다. 그리고 제 인내에 새삼스레 경탄했다. 대단하기도 하지. 아비를 향한 살의도 결국 참지 못하고 패륜을 저질렀는데 계집 따위가 뭐라고. 정확히 말해서, 그가 여즉 사람으로서의 선을 지키고 있는 이유는 그 여자 때문이 아니었다. 계집 하나라면 그녀는 그와 마주친 그 밤에 이미 탐욕적으로 유린당했을 것이다. 그래, 그렇고말고. 그러고는 여자를 끌고 가 방에 가두고 약탈하고 독점했겠지.

지금도 제 안의 괴물이 이리 날뛰는걸.

시뻘건 혀를 날름거리는 그림자가 으르렁거리며 웃음을 터뜨린다. 그것의 헐떡임에 두통이 일 지경이었다. 온몸에 불붙은 생쥐가 뛰어다니는 기분이었다. 사흘 굶은 양 허기가 졌다.

지끈거리는 미간을 꾹꾹 누르고는 머리를 감싸 쥐었다. 들뜬 육체와 정신과는 반비례로 초침 소리는 느리기만 했다.

할 수 없다. 포도주라도 진탕 들이붓고 잠이라도 청할 수밖에.

아주 잠깐 눈을 붙인 것 같았다. 그마저도 악몽을 꾸었다. 불쾌한 기분에 젖어 찜찜한 속을 다스리며 마른 입술을 축였다. 몸을 씻고 싶었다. 아니, 도로 술을 마시고 진탕 취하는 것도 나쁘지 않겠다. 어느

쪽이든 사람이 필요했기에 막 초인종 줄을 당기려던 찰나였다.

마치 얇은 베일이 땅 위로 질질 끌리는 듯한, 희미하고 기묘한 소리가 청각을 건드렸다.

잠이 싹 달아났다. 프리가는 베개 밑에 두었던 검을 뽑아 들며 맨발로 문 옆에 바짝 붙어 서서 귀를 기울였다. 잘못 들은 게 아니다. 그 이상한 소리는 밖에서 흘러 들어오고 있었다.

스르륵 슥, 미끄러지다가 낡은 바닥이 끼이익 끽거리는 소리는 마침 그의 방 앞을 지나가고 있었다. 문 아래로 오렌지 빛이 누군가의 그림자와 함께 발 앞까지 길게 늘어졌다. 목울대가 울렁거렸다. 이내 정체불명의 소음은 점차 멀어졌다.

프리가는 벌컥 방문을 열고 텅 빈 복도를 둘러보았다. 귀신에 홀렸나. 그러나 테오도르 백작저가 오래되기는 했으나 유령이 나온다는 소리는 그도 이때껏 못 들어 보았다. 하인이나 하녀일 리도 없다. 그들은 주인의 거처 앞을 함부로 지나지 못하니까.

그리고 보고 말았다. 흰 여인의 옷자락이 벽을 돌아 사라지는 것을. 본능적으로 저 복도 끝에서 일렁이며 사그라드는 빛을 쫓아갔다. 기이한 예감이 광인의 괴성처럼 뇌리를 찌르고 있었다.

그는 이 유서 깊은 저택의 주인, 친구의 아내인 얀네에게 속수무책 끌리고 있기는 했으나 정작 그녀 자체에 대해서는 몰랐다. 왜 그리 착하고 저에게만 충실한 남편을 두고서도 고독한 얼굴을 하고 있는지, 왜 저가 낳은 아이를 끔찍해하는지, 뭐 하나 아는 게 없었다. 그리고 알려고 하지도 않았다. 더 자세히 보기 위해 깊숙이 고개를 들이밀다 빠져 죽을 깊고 어두운 우물을 회피하는 것처럼, 욕망할 뿐 들여다보지 않았다. 그건 앞으로도 마찬가지였을 것이다.

무엇에 홀린 사람처럼 아기 방을 열고 들어가는 그녀를 보지 않았더라면. 얼핏 본 여자의 얼굴은 고요했지만 넋을 잃은 양 지독한 백지였다. 불길할 만큼. 문이 닫혔다.

프리가는 잠시 서서 갈등했다. 들어가 보아야 하나. 아니면 못 본 척 이대로 돌아서 갈까. 이는 사실 매우 이기적인 갈등이었다. 순간 그의 사고를 잠식한 것은 일라드의 선한 미소였다. 위험을 감수하고 싶지 않았다. 어떤 의미에서건. 어쩌면 별일이 아닐지도 모른다. 어미가 어린 아기를 보기 위해 밤중에 찾아가는 것 정도야 이상한 일이 아니니.

그러나 그녀는 그런 '어머니'가 아니었다.

그때 찢어질 듯한 아기 울음이 밤의 공기를 찢었다.

다급히 문을 박차고 들어서자 허연 달빛이 쏟아지는 방 안에서 아기의 요람을 들여다보는 여인이 비석처럼 우두커니 서 있었다. 아무것도 하지 않고 그리 하염없이. 그러나 축 처져 있던 손이 위로 치켜올라가자 기함하지 않을 수 없었다.

욕지거리가 나왔다. 번뜩이는 것은 분명 칼이었다.

"미쳤나?! 이게 무슨 짓이야!"

쨍그랑 단검이 요란하게 바닥에 떨어지고 아기의 비명 같은 울음이 어지럽게 뒤섞였다. 마른 손목을 낚아채고 고함을 지르는 프리가를 얀네의 고요한 얼굴이 돌아보았다. 즉각 이상함을 느꼈다. 그녀의 눈에는 초점이 없었다. 영혼이 떠나고 껍데기만 남은 양 얄팍하기 그지없는 그 하얀 낯.

심장이 덜컥 내려앉았다. 그 희게 껍질만 남은 뺨에 눈물이 번져 있었다. 온 생이 치열했던 그도 이처럼 통증 없이 울부짖는 것을 본 적이 없었다. 당혹과 분노도 찰나 그는 그 사이한 감각에 경도되었다. 이 여자는 정상이 아니다. 악몽 속에서 헤매는 것인지, 제정신이 아닌 상태에서 제 자식을 죽이려는 게 정상이겠는가. 기이한 소리를 내며 무표정하게 우는 여자를 바라보던 프리가는 와락 인상을 썼다. 투명한 눈물이 툭툭 떨어져 목선을 타고 쇄골에 고였다. 축축한 것이 어깨를 잡아챈 사내의 손가락에 묻어났다.

광기도 매혹이라면 매혹일 것이다. 이토록, 정신없이 취하는 걸 보면.

프리가는 줄이 끊긴 맹수처럼 목덜미를 잡아채 키스했다. 비린 피맛이 났다. 짠 입술을 억지로 벌리고 붉은 혀를 밀어 넣었다. 여자는 버둥거리듯, 휘청이는 절름발이처럼 그의 단단한 어깨를 긁다가 목덜미를 끌어안았다. 그녀가 지나치게 마르고 가벼워 정신이 나갈 것만 같았다. 그는 이성을 잃고 여자를 거칠게 벽으로 밀어붙이고 달려들었다.

달 밝은 하얀 밤, 두 짐승이 엉겨 붙듯 남녀의 그림자가 뒤섞였다.

❦

날이 밝자 저택에 비상이 떨어졌다. 다시 아기 로만의 열이 끓어올랐던 탓이다.

"언제부터 이러셨습니까?"

제대로 식사를 하기도 전에 뛰어와 아기를 진료한 가일 남작이 심각하게 물었다. 석고상 같은 표정의 백작 부인 대신 옆에 선 유모가 자세한 병의 진상과 시간을 말했다. 몇 차례 설명과 진단, 약제에 관한 말소리들이 오갔다. 로만이 태어났던 날처럼 그 모든 일에서 한 발자국 비켜선 채로 관조하고 있던 프리가가 한 손을 들어 올렸다.

"그럼 나을 수 있다는 건가?"

"입술이 보랏빛에 열이 높고 발진이 있는 것으로 보아……"

"설명은 되었다. 나을 수 있는지 없는지만 답하라."

나라 제일가는 의사는 곧바로 황제의 앞에 무릎을 꿇었다.

"송구합니다. 발작이 심상치 않으나 원인이 무엇인지 모르겠습니다. 아무래도 소신보다는 소아 치료에 능한 콘월 경의 진료를 받으심이 옳을 줄로 아룁니다."

"그는 어디에 있나."

프리가는 질문을 하고 나서야 그 의원의 소재를 뒤늦게 떠올렸다. 이미 반년도 전에 명을 내린 적이 있었다.

"콘월 경은 황후 폐하의 주치의입니다."

소아와 산모, 출산에 능한 인재라 했다. 당연하게도 그가 최우선으로 돌볼 이는 황후 루크레치아였다. 프리가는 미간을 문지르며 힐끗 핏기 없는 얀네를 살폈다. 월광이 아닌 환한 햇빛 아래의 그녀는 사람이 아닌 인형 같았다.

차라리 밤의 그 여자가 더 살아 있는 것 같군.

"다 나가라."

부인만 남고.

황제의 눈치를 살피며 방을 가득 채운 이들이 두말없이 물러났다. 마지막까지 얀네의 옆에서 미적거리던 거뭇한 얼굴의 유모는 프리가와 눈이 마주치자 고개를 조아리고 방을 나갔다. 백발이 성성하게 센 그 뒷모습을 물끄러미 본다.

어젯밤의 목격자는 프리가 외에도 한 명 더 있었다.

'폐, 폐하를 뵈옵니다.'

얀네는 숨 막히듯 퍼부어지던 사내의 욕망에 휘둘리다 돌연 발작처럼 정신을 잃었다. 그녀를 안아 들고 방을 나오자 맞닥뜨린 건 손발을 덜덜 떠는 노파였다. 아기를 돌보는 유모라는 그녀를 죽이지 않았던 건 순전히 얀네가 가장 신뢰하며 곁에 두는 사람이라는 것을 지나가듯 기억했기 때문이다. 친정에서 유일하게 데려온 사람이라던가. 노파는 이 괴상하고 기괴한 사건에 두려워하면서도 바닥을 뒹구는 단검과 기절한 여주인의 모습에 크게 놀라지는 않아 보였다.

그도 그럴 것이, 이는 처음 있는 일이 아니었다.

몽유병이라 했나. 얀네의 외가 핏줄에는 흔한 질병이라 했다. 소녀 시절 이후로는 잠잠했는데, 최근 들어 다시 발병했다고 눈물을 찍어 내며 토로했다.

'주인 나리께서 귀택이 늦어지기 시작할 때부터 우울해하는 날이 많으셨는데, 전쟁이 나고 북쪽 땅으로 가신 후 얼마 안 되어 다시 증상이 시작되었습니다.'

남편이 떠난 뒤 늦은 밤 홀로 저택을 떠돌기 시작했다는 여자.

아이를 혐오하면서도 억지로 멀쩡한 어머니 흉내를 내던 여자.

아기가 앓자 꺼림칙한 사내에게 제 발로 찾아와 도와 달라 부탁하던 그 여자.

"얀네."

이 여자는 정상이 아니다. 그러나 왜 그녀가 그렇게 살아가야 하는지, 왜 그런 얼굴을 하고 그리 행동하는지 이유를 알겠다. 답이 너무 뻔해 우스울 정도였다. 뒤틀린 분이 치밀 만큼.

"네 아이를 살리고 싶어?"

멍하니 허공을 보던 검은 눈이 그의 쪽으로 움직였다. 곧 죽을 하루살이의 춤을 쫓아가는 것처럼 덧없는 시선이다. 어디에도 죽어 가는 아이를 걱정하는 슬픔 따위는 티끌 한 점 없는. 이게 네 진심이겠지. 공허하고 말라비틀어진 폐허와 같은.

프리가는 뚜벅뚜벅 걸어가 그녀의 턱을 잡아 올렸다. 작고 조그만 여자다. 만져 보기 전에는 미처 몰랐다. 뻐딱하게 웃음을 지었다.

"살려야지? 그러려고 내게 온 것 아닌가."

"……"

"아, 그렇지. 네 아이야 죽든 말든 상관없지만 '남편의 아이'는 살려야지. 그래야 다시 네게 돌아올 테니까."

너는 일라드를 사랑하니까.

딱히 놀랍지 않은 명제다. 그들은 부부였고, 다정한 일라드는 그녀에게 온 정성을 쏟았다. 그 어린 날부터 비뚤어진 고약한 황자에게 항상 져 주고 온 마음을 다해 헌신했던 것처럼. 꼭 그 녀석을 보면 말이야, 저 옆에 있으면 내게도 그 올바른 따뜻함이 흘러 들어와 나도 추위에 떨지 않을 것만 같단 말이지. 마치 한겨울 얼어 죽어 가는 자에게 주어진 난로처럼.

그러니 어찌 그를 사랑하지 않을 수 있겠어. 이처럼 어긋난 자가 말이다. 프리가는 마땅한 동지애적인 감정으로 그녀를 이해했다. 그리고 그녀가 이해가 되어서 증오스러웠다. 그가 매혹된 이 여자는 알고 보니 저와 비슷한 인간이었다. 역겹고 고약하게 썩어 문드러진 그물에 어찌할 수 없이 칭칭 휘감긴 양 겁겁하다. 일라드를 사랑해서 그녀가 혐오스럽고 그녀를 원하기에 일라드를 증오한다. 도대체 어디서부터 끊어야 할지 감도 잡히지 않는 지독한 늪이었다.

그래서 프리가는 당장 눈앞에 있는 갈증 나는 여자를 갈기갈기 찢어 탐하기로 했다. 언제나 그러했듯, 게걸스럽게 텅 빈 구멍을 채우기로.

"왜 우는 거야?"

비록 그것이 또 다른 허기가 될지라도, 그는 이런 방식밖에는 배운 게 없었다.

"애가 죽을까 봐 그래? 걱정하지 마."

프리가는 미치광이처럼 미소 지었다.

"내가 살려 줄 테니. 그러니 그대도 내 구미에 찰 만한 걸 건네야지."

그녀의 짠 눈물과 절망, 혐오, 번민에 찬 표정을 잘게 찢어 맛보듯 탐색하는 그의 눈가가 반달형으로 접혔다. 살인자의 것이라기에는 희고 매끈한 손이 눈물 젖은 턱을 쓸어내리다 어깨를 타고 내려갔다. 아래로, 더 아래로.

그들은 극단에 몰린 상대의 눈을 보았고, 그 안에 어린 욕망을 알아챘다.

얀네는 홀린 듯 일어났다. 그리고 인위적일 만큼 태연하고 군더더기 없이 사람 아닌 듯 잔인한 사내의 목을 휘감고 입을 맞추었다. 프리가는 사납게 웃으며 그녀를 집어삼켰다.

성급하게 벗겨진 하늘하늘한 옷가지들이 뒤엉킨 두 쌍의 다리 아래로 시든 꽃잎처럼 털썩 떨어진다. 시커먼 연기처럼 탁한 신음이 어지러이 흩어졌다.

❦

"폐하께서 콘월을 데려오라 하셨다고?"

황후는 거동이 불편해 거위 털을 가득 넣어 부풀린 비단 쿠션에 몸을 기대고 있던 차에 그 소식을 들었다. 산달에 가까워져 가니 다리가 붓고 허리가 아팠다. 산모들은 식욕이라도 있다는데 그녀는 그조차도 없이 구역질만 나왔다. 그런데도 나날이 부어 가는 얼굴에 미모를 다듬느라 신경이 바짝 곤두섰다. 프리가를 유혹한 것은 뛰어난 미모 덕이 컸으니 그것을 잃으면 곤란했다.

헌데 그 지아비가 난데없이 출궁하더니 돌아올 기미를 보이지 않았다. 그러고는 한다는 말이 제 주치의를 데려오라니. 온화하고 상냥한 황후는 미간을 찡그리며 긴 손톱으로 꿀을 발라 탱탱한 입술을 매만졌다.

"테오도르 백작의 첫 아이가 열병에 걸려 생사가 위중하다 합니다."

"아. 그 다리가 불편하다던."

루크레치아는 작게 중얼거렸다. 친우를 보아 대부가 되어 주었지만 큰 관심이 없어 보였는데 그도 아니었다. 하기사 백작이 전장에 나가 있는데 아이가 죽었다가는 여러모로 비극적인 일이다. 그렇다 해도 황실의 율법상 회임 중인 황후 대신 다른 아이를 먼저 돌보는 것은 말도 안 되는 일이지만 황제의 총애는 그마저도 가능케 했다.

하지만 친히 방문까지 하시다니. 지금 백작저에는 일라드도 없지 않은가?

그녀는 작고 딱딱한 돌을 잘못 삼킨 듯 불편함을 느꼈다. 가슴에 얹힌 것처럼 불쾌한 감각이었다. 잠깐 뜸을 들이던 황후는 빙그레 그러라 고개를 끄덕였다. 이런 방면에서는 콘월보다 못하지만, 가일 남작 또한 뛰어난 의술의 소유자였다. 가일 남작이 대신 왔으니 그것으로 되었다.

그보다는 그이가 어서 돌아와 줬으면 했다. 출산 예정일이 멀었다 하나 저를 두고 궁을 비우다니. 이 언짢음은 그가 귀환하면 적절한 대가로 받아 내리라. 루크레치아는 둥그런 배를 문지르며 그리 마음먹었다.

⚜

황제는 사흘을 더 백작저에 머물렀다.

황후궁에서 온 의원이 아픈 아기를 치료하는 사이 그는 그 어미를 틈날 때마다 탐하고 또 탐했다. 고삐가 풀린 짐승처럼 밤마다 여자를 침실로 불러들였다. 배덕과 쾌락이 모든 것을 마비시켰다. 그녀를 취할 때의 그는 사람이 아닌 것 같았다. 번뜩이는 짐승의 눈을 하고 하얀 살점 하나까지 죄 발라 먹듯이 범하고 욕망을 쏟아붓는다. 당장 이대로 나락까지 떨어져도 좋을 만한 절정에 뇌까지 얼얼할 때면 큭큭 웃음을 터뜨렸다.

이 순간만큼은 황좌와 권력도 부질없는 허울과 같았다.

이토록 만족스러웠던 적이 있었던가. 허망했다. 즐거웠다. 어디서 이런 여자가 나타났을까. 궁금하다. 그녀의 모든 것을 원하고 탐했다. 동시에 멈추고 싶었고 다시 그것을 부정했다.

머리가 혼잡해지면 다시 욕정에 몸을 던졌다. 여자의 단정한 입술

524

이 벌어져 쾌락에 찔린 비명을 지를 때면 모든 것이 다 괜찮아졌다. 어딘가 반항적이고 거부감을 표하던 여자는 몸을 열고 그를 받아들인 후로는 고분고분 순종했다. 그것도 좋았다. 손에 쥐고 마음껏 흔드는 기분이었다.

헐떡이는 하얀 뺨을 어루만지며 입을 맞췄다. 그녀는 지친 듯 까만 속눈썹을 파르르 떨고 있었다. 그의 손길이 닿을 때마다 얕게 눈썹을 찡그리는 게 다였다. 태풍 아래서 기민하게 고개 숙이고 버티는 야생 장미 같았다. 어여뻤다. 세상 하나뿐인 보물을 다루듯 설원 같은 나신을 매만지다 긴 손가락이 둥근 어깨 아래 등줄기에서 멎었다.

어둠 속에서라면 못 알아봤을 것이다.

등 가득 새겨진 흉터들은 분명 아주 오래전에 새겨진 것들이었다. 작은 몸에서 성장과 함께 자란 잔혹한 흔적들. 프리가는 이런 상처에 대해서 아주 잘 알았다. 제 몸에도 이런 것들이야 흔했으니. 여인의 몸에 난 상처를 흠으로 보는 풍조 따위 모르는 양 그는 몸을 섞을 때마다 그녀의 변색한 흉들에 키스하고 핥았다. 흐르는 피를 닦아 내는 맹수처럼.

"아픈가?"

우스운 질문이다. 그걸 염려했으면 건드리지도 않았겠지. 돌아누운 얀네에게서는 덤덤한 대답이 돌아왔다.

"당신은 아픈가요?"

"아니."

정확히는 아무 느낌도 없다. 그녀도 동의했다.

"나도 마찬가지예요."

"하긴 그렇지. 다른 이가 보기에 흉할 뿐이지."

프리가는 홀쭉한 그녀의 허리를 끌어안고 머리칼에 입술을 묻었다. 잇자국을 낸 귀가 붉었다. 그는 웃었다.

"일라드도 이것을 보았나?"

그가 무엇을 요구하던 수긍하는 그녀였지만 침대 위에서 일라드의 얘기를 꺼내는 것만큼은 싫어했다. 물론 그는 그것을 헤아려 줄 만큼의 신사가 아닌 무뢰한이었기에 아랑곳하지 않았다. 외려 더 격렬한 반응을 이끌어 내려고 일부러 말을 붙이기도 하고 어떨 때는 그저 순수하게 궁금해서 물었다. 부부인 그들의 일상은 불쾌했으나 어쩐지 그럴수록 더 알고픈 충동이 들었다. 어떤 것이건, 가질 수 없는 것에 더 탐욕을 부리는 건 그의 천성이었다.

얀네의 대답은 느렸다.

"아니. 못 봤을 거예요."

내가 아는 바로는. 프리가는 이번에도 거슬림과 호기심이 동시에 치솟는 걸 느끼며 이맛살을 찌푸렸다. 아니, 그리고 잠깐.

"그게 가능해?"

"반드시 불을 끄고 잠자리에 들었어요."

"아침에는?"

"항상 그보다 일찍 일어나 몸을 씻었어요."

그러니까 무려 8년 동안이나 감추었다는 뜻이다. 그토록 철두철미한 이 여자에게 감탄해야 할지 제 아내 등짝에 난 흉조차 모르는 그놈이 등신이라고 해야 할지 갈피를 잡기 힘들었다. 프리가는 다시 가시덤불이 자란 듯한 등에 쪽 입을 맞췄다.

"그보다 말 안 해 줄 텐가?"

"무얼요?"

"당신에게 상처 낸 사람."

평이한 어조지만 그것은 그럭저럭 평온했던 침실 공기를 얼어붙게 만들었다. 내내 등을 돌리고 있던 얀네가 돌아누워 저를 보자 프리가는 아늑한 만족감을 느꼈다. 그녀의 검은 눈은 우주를 담은 것 같다. 그가 제 머리칼을 간지러울 만큼 나른하게 쓸어 넘기고 만지는 사이 몇 번 눈을 깜박이던 얀네가 되물었다.

"당신은요?"

"내 아버지. 그리고 대가를 치르셨지."

본인의 목숨으로. 저토록 소년 같은 낯으로 비인간적인 농담이 매끄럽게 흘러나왔다. 황제가 아니더라도 아무런 터부도 없는 인간이었다. 얀네는 졸음이 온 양 천천히 눈을 감았다가 떴다.

"내 어머니는 아르고니아의 귀족이셨어요. 해적에게 납치되어 이리저리 팔리다 아버지를 만나셨죠."

그다음은 특별할 것 없는 이야기다. 운 좋게 가문의 호적에 이름을 올렸지만 그녀의 취급은 허울 좋은 노예의 딸이었다. 아버지의 본부인은 어느 날 나타난 사생아를 좋지도 나쁘지도 않게 대했다. 즉, 무시했다는 뜻이다. 그러나 그녀가 아니라 하더라도 형제들과 자부심 강한 친척들, 명실공히 금인칙서에 새겨진 대가문에 대한 충성심이 가득한 가신들과 더불어 얀네를 탐탁지 않게 보는 사람들은 많았다. 아비의 동정 섞인 총애가 없었다면 성년이 되기도 전에 죽임당했으리라.

프리가는 짧게 한숨을 쉬었다.

"어렵군. 난 아버지 하나면 되었는데 말이지."

"형제들은 아니었나요?"

"가끔은 존재 자체로 방해되는 것들이 있어. 안타깝게도."

가볍게 웃는 그는 시퍼런 눈의 야수 같았다. 얀네는 그를 물끄러미 보다 말했다.

"나 같은 사람 말이군요."

얕은 웃음이 싹 가셨다. 긍정도 부정도 하지 않는 벽안은 사람의 것이 아닌 양 새파랬다. 아마도 둘은 같은 사람을 떠올렸을 것이다. 그는 조용히 답했다.

"한때는 그랬지."

말 없는 여자의 위로 올라탄 프리가는 입술을 뒤틀었다.

"난 네가 싫었어."

"……."

"지금은 모르겠고."

그녀는 거미줄에 엉킨 나비처럼 그의 팔 안에 갇혔다. 길게 뻗어 온 손이 허리를 타고 흘러내려 다리 사이로 들어갔다. 흰 나체가 경련한다. 그는 웃었다.

"그러니 지금은 그저 즐겨."

당장 내일 지옥에 떨어질지라도.

⚜

한낮의 꿈과 같은 시간은 눈 깜짝할 사이에 지나갔다.

황제가 귀환한 후 얼마 되지 않아 황후의 진통이 시작되었다. 예정 일보다 좀 더 이른 출산이었다. 평소 루크레치아를 아끼는 프리가가 크게 초조해하며 황후를 모시는 이들을 닦달할 거라는 모두의 걱정 섞인 예상과 날리 황제는 제법 침착하게 대응했다. 산모의 진통이 길어지고 나서야 그는 눈썹을 일그러트렸을 뿐이다.

"듣던 것보다 길군. 문제가 생긴 건 아니겠지?"

산모 방에 들어간 콘월 경 대신 황제 옆에 대기하고 있던 가일 남작이 말했다.

"초산이라 시간이 더 걸리는 것 같습니다."

"내가 아는 산모도 초산이지만 이보다는 짧게 걸렸다."

"송구합니다."

프리가는 얀네가 로만을 출산하던 날을 떠올렸다. 그때는 완벽히 남의 일이었으나 그에게도 제법 강렬한 기억이었다. 드물게 강렬한 욕망을 느끼던 순간이었으니.

이제 그에게도 아이가 생기는 것이다.

제 뒤를 이을 첫아들.

심장이 기분 좋은 전율로 들썩거렸다. 그러니 하루를 뜬눈으로 새는 것 정도야 참을 만하다. 네가 세상에 나오는 날 가장 처음 만나기 위해, 이 아비는 못 할 일이 없으니. 프리가는 희미하게 들려오는 루크레치아의 비명을 들으며 반지 낀 손으로 까칠한 눈가를 문질렀다. 잠을 이루지 못하여 피로하였다. 약한 하품을 하며 시녀가 건네는 차갑게 식힌 포도주로 졸음을 쫓았다. 고통스러운 산모의 고함도 몇 시간째 들으니 타성적인 소음에 불과했다. 멍한 머리에 현재와 과거의 것들이 맞물려 돌아갔다.

'프리가! 내가 아들을 얻었어! 이 아이 좀 봐!'

갓난아이의 울음소리, 그를 따라 오래된 고동빛 계단을 올라가던 발걸음, 바쁘게 오가는 하녀들의 분주한 속삭임들, 활짝 열린 그 방. 그곳의 환희에 찬 일라드의 얼굴.

기쁨, 희열, 충만함, 사랑.

그것이 이제 내 것이 된다는 말이다.

프리가는 검지로 톡톡 바쁘게 의자 팔걸이를 두드렸다. 초조했다. 산모에 대한 걱정이라기보다는 곧 제 품에 안길 아이에 대한 기대감에 가까웠다.

루크레치아가 다시 찢어져라 악을 썼다. 얀네도 저러했던가. 그녀의 아픈 새의 버르적거림 같은 비명이 희미하게 기억이 났다. 걱정 많은 일라드의 반응에만 관심이 있었던 그는 당시에는 그 여자의 고통에 딱히 관심이 없었다. 그녀도 아팠을까. 그랬을 것이다. 제정신이 아닌 와중에도 해치려 할 만큼 싫어하는 아이를 복중에 품고 열 달간 무슨 생각을 했을까. 여인이 아이를 잉태하고 출산하는 것은 불붙은 돌길을 걷는 고통이라 했다. 그 모든 일을 단순히 남편에 대한 애정 때문에 버틴 것이다.

미련한 여자. 짜증스러웠지만 아이를 낳고 기진맥진하여 기뻐하는 남편을 바라보는 그녀를 상상하자 괴상한 감정이 치밀었다.

다시 제 아이를 낳고 있는 여자의 것과 얀네의 비명이 겹쳐서 메아리쳤다.

찰나 피부에 각인된 것처럼 제 품에 안기던 여인의 땀에 젖은 눈가, 벌어진 붉은 입술 따위가 떠올랐다. 제 목에 매달리던 가냘픈 팔, 섞이던 체온과 숨결. 그, 까맣게 반질거리던 눈.

'하아……'

달뜬 한숨이 증기처럼 귓가에서 흩어졌다.

"폐하! 경하드립니다!"

뎅그렁, 그가 놓친 황금 술잔이 바닥을 굴렀다. 엎질러진 포도주를 힐끗 거쳐 바닥에 머리를 찧고 첫 아이의 탄신을 외치는 이들을 둘러보았다. 황후의 갈라진 비명이 멎어 있었다.

상기된 시종장의 뒤를 따라 걸으며 프리가는 방금 전까지도 온 뇌리를 장악하던 그 모든 열락의 감각들이 하얗게 지워진 것을 느꼈다. 모든 것이 느리게 흘렀다. 동시에 숨 가쁠 만큼 급박했다. 빠른 걸음으로 산모의 방을 열고 땀에 젖은 여인이 환하게 웃으며 저를 반기는 걸 바라보았다.

아, 저 여자가 저렇게 웃었나?

머루같이 검은 눈이 곱게 접힌다.

'프리가.'

"폐하."

정신이 번쩍 들었다. 루크레치아의 지친 녹색 눈을 발견한 순간 기묘한 박탈감이 엄습한다. 아주 찰나, 그는 저 위에 누워 제 아이를 안고 있을 여자를 얀네로 착각했다는 걸 깨달았다. 제 아이를 밸 일도, 잉태했다 한들 낙태하면 하였지 낳을 일도 없는 여자인데.

"황후, 고생했다."

형언할 수 없는 실망감 탓에 목소리는 생각보다 더 딱딱하게 나왔다. 그리고 곧장 아이를 찾았다. 다시 가슴이 부풀었다. 답지 않게 손이 떨렸다. 그 정도의 기대였다.

아기는 포대기에 감싸여 누워 있었다. 그의 아들은 저와 달리 순한지 울지도 않고 잠에 빠져든 모양이었다. 착하기도 하지. 어여쁜 것. 네게 모든 세상을 안겨 줄 것이다. 그뿐이랴. 비록 백정처럼 살아온 아비지만 너에게만은 다를 것이야. 예언대로 제 조부를 닮았을까. 그토록 바랐건만 정작 지금은 아무래도 좋다고 여겼다. 한 걸음 내딛자, 그 옆에 서 있던 콘월 경이 그 앞을 막아섰다.

"폐하."

무엄하다 짜증을 낼 새도 없이 그는 눈물을 쏟으며 무릎을 꿇었다.

"황손이…… 황손께서……."

불길한 냄새가 났다. 프리가는 저도 모르게 돌처럼 미동 없는 아들이 아닌 새하얗게 핏기가 가셔 있는 루크레치아를 돌아보았다. 재차 확인이라도 하듯이. 혹은 추궁하듯이. 그녀는 입술을 깨문 채 아무 말도 하지 않았다.

그제야, 갓 태어난 아기라면 울음을 터뜨리는 게 당연하다는 것을 깨달았다.

아이는 조용하다.

왜……. 울지 않을까.

산 것이라면 서러울 만큼 우는 것이 옳았다. 얀네의 가여운 어린 아들처럼.

돌처럼 굳어 있던 프리가는 누군가 사산을 입에 담기 전 손을 들어 막았다. 쉰 목소리가 사막처럼 버석한 목구멍을 비집고 나왔다.

"아들, 아들이었더냐?"

눈시울을 붉힌 의원은 고개를 느리게 끄덕였다. 그러고는 죄를 비는 헛소리를 연이어 지껄였다. 견딜 수 없는 혐오감이 치솟았다.

프리가는 저를 애타게 부르는 황후의 목소리를 뒤로하고 그 방을 뛰쳐나왔다. 날벌레가 든 양 온 정신이 사나웠다. 두서없이 걸었다. 마주치는 이들마다 귀신 본 듯 새파랗게 질려 무릎 꿇었다. 거슬렸다. 다 죽여 버리면 이 들쭉날쭉 범람하는 불이 멎을까. 머리가 깨질 것 같았다. 어지럽다. 아이 울음, 여인의 비명, 죄 잡아 죽였던 형제들의 고함, 미치광이 아버지의 광소까지 온갖 소음들이 뒤섞여 그에게 악을 질렀다.

프리가. 프리가. 프리가!

약쟁이처럼 휘청거리다가 희게 뻗은 화려한 황궁 한복판에서 우두커니 멈춰 섰다. 새카만 한기가 엄습했다. 심장이 시리다. 공허가 침을 뚝뚝 흘리며 아가리를 벌렸다. 멍청하게도 치미는 질문은 이것이었다.

어디로 가야 하지?

연어가 회귀하듯 원래의 그라면 당연히 일라드를 떠올렸을 것이다. 그라면 천국 같은 위로는 못 될지언정 피난처는 될 수 있었다. 그가 제 숨이었다. 그러나 이번만큼은 떠오른 얼굴이 그가 아니었다.

어찌 말을 가져오라 소리치고 그에 올라타 달렸는지 모르겠다. 미친놈처럼 달려서 도착한 곳은 익숙한 고택이었다. 성가신 잡음들은 계속 그를 따라왔다. 들어서자마자 날벌레 치우듯 귓바퀴를 신경질적으로 할퀴면서 정신없이 그 여자를 찾았다. 사흘 굶은 이마냥 조급하고 허기진 발걸음이 두서없이 사방을 헤집었다.

그리고 후원에서 꽃을 꺾고 있는 그녀를 발견하자 겨우 멈춰 섰다. 새빨간 장미 정원, 반질거리는 검은 머리와 희고 가는 발목, 나붓이 흩날리는 치맛자락. 환각제를 삼킨 양 번잡한 소음이 뒤로 밀려났다.

이윽고 그녀가 그를 돌아보았다.

지체 없이 걸어가 악착같이 잡아채고 벌어진 입술을 삼켰다. 욕망보다는 살기 위한 몸부림처럼.

아무래도 좋았다.

이 짜증스러운 비명 소리들 좀 지워 줘.

제발.

❖

이건 벌일까?

그처럼 파렴치하고 도덕을 모르는 짐승 같은 자는 첫아이라는 축복을 받기에는 이미 선을 넘어온 건지도 모른다. 그는 이름조차 받지 못하고 떠나 버린 가련하기 짝이 없는 핏덩이를 생각했다. 판케아트인들은 사산하거나 이름 없이 죽은 아이들은 부정하다며 가계도에는 물론이고 마땅한 장례식은커녕 언급조차 하지 않았다. 신에게서 축복과 삶, 영혼을 점지받지 못하여 그들은 완전한 인간이 되기도 전에 죽음의 낫이 거두어 간 것뿐이다. 애초에 산 자에 속하지 못했으니 당연히 자식으로 치지도 않았다. 그게 황제의 아이라 한들.

그러니 프리가는 황제임에도 눈물을 흘리며 슬퍼하지 못했다. 불쌍한 그 아이는 존재부터가 부정당한 것이다.

지독한 고독과 까닭 모를 후회가 산처럼 쌓이고, 우울한 공허가 쓰러진 모래성처럼 사라지고 난 자리에는 나락 같은 실망과 환멸, 그리고 비겁한 원망이 치솟았다.

그것은 그에게 이런 끔찍한 벌을 내린 신에게 향하는 것이기도 했고 기대와 환상을 속삭인 키제트 대사제와 무고한 일라드, 죽은 아이를 낳은 황후와 저 스스로를 향한 들끓고 새빨간 화살이었다. 염오가 끓어오른다. 저 스스로가 통제 불가능한 짐승으로 전락한 기분이다. 마치 울음 같은 거친 비바람으로 저 밑에 가라앉아 있던 썩은 토양과 오염 물질이 배어 나오듯, 살면서 내도록 사람인 척 내면에 품고 있던 온갖 더러운 감정들이 표피로 기어 올라왔다.

질투, 분노, 모멸감, 증오, 지독한 공허와 허기. 그리고 또다시 숨

막히는 질시.

빛과 그림자는 맞닿아 있다고 했다. 그의 가장 인간적이고 밝은 면이 대부분 일라드로 이루어져 있기에 이 순간 그를 잠식하며 아른거리는 얼굴도 마찬가지로 일라드였다.

일라드. 일라드가 그리웠다.

다 괜찮을 거라며 위로하는 선량하고 어리석으며 그리하여 증오스러운 그 다정한 얼굴이 치가 떨리게 보고 싶었다. 그리고 그를 생각하며 그의 아내를 안았다.

역겨운 모순의 실타래였다. 아주 오래되고 빛바랜 원시적인 신들의 저주받은 신화처럼. 이것이 점점 아득한 수렁으로 저를 끌어들일 거라는 걸 알고 있었음에도 멈출 수가 없었다. 이 배신과 추악한 짓을 할 때만이 유일하게 생의 감각이 뚜렷한 순간이었다. 내장이 타는 뜨거움을 느끼기 위해 독을 삼키는 미련한 자가 된 것 같다.

프리가는 킬킬 신음처럼 웃음을 터뜨렸다.

황제가 몇 날 며칠을 수도 외곽의 별장에 처박혀 환궁하지 않자 전전긍긍하여 여러 기별이 왔다. 신하들의 것도, 울음 섞인 황후의 것도 있었다. 그러나 연이어 귀환의 답 대신 황제의 칼에 잘려 나간 사신의 목이 돌아오자 그마저도 잠잠해졌다. 광기에 질린 이들이 입을 닫치니 조용해서 좋았다. 프리가는 마음껏 짐승이 되었다. 그를 막아서는 이도, 머뭇거리게 하는 이도 더 이상 없었다. 여자를 납치하듯 끌고 와 문을 걸어 잠그고 열락에 미친 기간을 보냈다.

얀네는 확실히 기이한 여자였다. 마치 이럴 것을 예상이라도 한 것처럼 순순히 응하는 것도 모자라 반쯤 정신이 나가 있는 남자 대신 모든 뒤처리와 수습을 한 것도 그 여자였다. 그들의 관계를 목격한 자들은 입을 막기 위해 돈을 주거나 멀리 보냈고 그도 되지 않으면 죽였다. 살인 멸구를 당한 이들은 고지식할 만큼 양심 있는 자들이고 대부분 남편 일라드의 충실한 벗과 지인들이었으나 망설임은 없었다. 그리고 프리가는 그 여자의 무감각하고 피비린내가 나는 눈에 다시 발정했다.

그녀는 달도 없는 검은 밤이 되면 황제에게 저를 내어주고 다시 날이 밝아 오면 텅 빈 저택과 사랑하지 않는 아기에게로 되돌아갔다. 그렇게 보름이 되던 날, 벗은 몸에 로브를 걸치며 말했다. 이만 돌아가라고.

공연한 반발심이 들 법도 했으나 프리가는 그길로 황궁으로 돌아갔다. 눈이 새빨개진 아내가 서글프고 애달픈 얼굴로 무감동한 낮의 그를 끌어안았다. 밀치지도 안지도 않고 장승처럼 서 있던 그는 삭막한 손을 들어 며칠 새 바싹 말라붙은 그녀의 등에 마른 껍질 올라붙듯 어색하게 얹었다.

마치 비극적인 연극의 막이 내리기라도 한 것처럼 거짓말 같은 일상이 다시 찾아왔다. 잠시 예전 학살을 벌였을 때처럼 광란에 시달리는 듯 보였던 황제도 겉으로는 멀끔하게 정상으로 돌아간 것 같았다. 여전히 적절하게 유쾌하고 방탕했으며 황제답게 오만했고 위정자로서 냉정했다. 그러나 밤만 되면 다시 야만의 시간이 도래했다.

홀린 듯, 혹은 불면에 시달리는 이가 수면제를 찾듯이 그 여자를 찾아갔다. 이제는 타성적인 중독인 듯싶었다. 아무래도 상관없다. 적어도 그는 하루의 반절은 멀쩡했으니까.

착각일지는 모르나, 얀네의 검은 눈을 보고 있으면 그녀도 그를 이해하는 것처럼 느껴졌다.

불결한 본능과 철저한 이성의 껍질을 두른 동족처럼, 괴이한 동질감이 위안과 만족감을 주었다. 자위에 가깝다 한들 상관없다. 그 도톰하고 붉은 선악과 같은 입술에 키스하며 황홀경에 빠질 때면 이대로도 족하다 여겼으니까. 사막의 신기루처럼 허한 환락이었다.

그러나 환몽은 불시에 깨졌다.

승전보가 제도의 문을 두드렸다.

전쟁이 끝났다. 그가, 일라드가 돌아온다.

그것은 곧, 달밤마다 늑대 인간처럼 허기를 채웠던 괴물이 다시 저 밑바닥으로 가라앉아 잠들어야 한다는 걸 의미했다.

저 먼 북방에서 날아온 양피지를 쥔 손이 툭 아래로 떨어졌다. 프리가는 벗은 몸을 틀어 하얗고 무표정하며 격렬한 여자의 얼굴을 들여다본다. 거울을 보는 심정으로. 맞은편 침대 가에 서 있던 그녀는 물끄러미 그를 마주 보았다.

해방의 시간이 종말을 고했다.

응접실에 서 있는 남자의 모습은 저 먼 울창한 숲에서 뿌리째 뽑아와 심은 푸른 소나무 같았다. 이 화려한 곳에 어울리지 않기도 하고, 그래서 더 돋보이기도 했다.

급히 의장을 갖추느라 대충 걸쳤을 게 뻔한 붉은 망토가 넓은 어깨를 덮고 있었다. 검은 매 문장이 수놓아진 그 뒷모습을 빤히 쳐다보다 한 걸음 다가서자 휙 돌아본다.

오랜 전쟁을 치른 일라드는 지치고 닳아 있었지만 프리가를 향해 웃는 얼굴은 그대로였다. 반가움과 상반된 감정이 뒤섞여 치미는 것에 조금쯤 놀랐다. 평생을 한 몸같이 살았건만 그가 낯설었다. 아니지. 낯선 것은 그가 아닌 변해 버린 저 자신일지도 모른다.

그럼에도 불구하고 일라드가 한달음에 다가와 저를 끌어안자 울컥 더운 것이 치밀었다. 어색하게 노닐던 두 손이 꽉 마주 끌어안는다. 프리가는 자각지 못한 사이 멀리 떠났다 돌아온 아버지를 반기는 아들처럼 그의 단단한 어깨에 뺨을 비볐다. 그간 모나게 헤집어져 엉망진창 까슬하기 짝이 없던 속이 빠른 속도로 부드럽게 가라앉았다.

정작 사선의 경계에 서 있었던 건 일라드임에도 평화에 구원받은 건 그가 아닌 것만 같았다.

"프리가. 잘 있었나?"

보고 싶었다.

어느덧 프리가도 입을 열어 그 말에 호응하고 있는 자신을 발견했다. 생소했다. 그러나 이것이 원래의 그들이었다. 그는 다시 점차 본래의 그 '관계'에 익숙해져 갔다.

그리고 몇 년 만에 돌아온 이 안온함이 지나치게 달았다.

한숨처럼 내뱉었다. 탄식과 같은 속삭임이 나락으로 떨어졌다.

"어서 와라."

기다렸어.

그것이 진실인지 거짓인지 그조차도 알 수 없었다.

연이어 경사가 제도 카릴을 들뜨게 했다. 북부 전쟁의 승리에 이어 황후의 두 번째 회임 소식이었다. 마치 새 황손의 탄생이 처음인 것처럼 다시 온 제국민이 들떴다. 극의 희극적인 장면에 우르르 박수를 치는 군중들처럼.

전번만큼은 아니었으나 황제 프리가는 다시 애처가의 모습으로 돌아갔다. 사산 이후 어딘가 조금은 서먹했던 황제 부부는 아무 일도 없었던 것처럼 굴었다.

그리고 아무것도 모르는 선량하고 충실한 누군가는 그저 다행이라는 양 축하했다.

"세상에! 신이시여. 축하해, 프리가."

제 일보다 더 기뻐하는 일라드에게 프리가는 얕게 웃고는 힐끗 그 옆에 앉아 있는 여자를 스쳐보았다.

모처럼 모이기 힘든 두 쌍의 부부가 처음으로 함께 식사를 하는 자리였다. 테오도르 백작의 아름다운 부인은 목 끝까지 채워진 남색 드레스 차림에 검은 머리를 단정히 쪽 지고 조용히 앉아 있었다. 장갑을 벗은 하얀 손이 무릎 위에 미동 없이 포개져 있다. 검푸른 바다 위에 떠오른 속이 빈 하얀 조가비 같았다. 금방 작은 물살에도 휩쓸려 가라앉을 것처럼 파리하고 얄팍하게.

프리가는 제 접시 위에 붉은 생선 살을 얹어 주는 황후의 목소리에 고개를 돌렸다.

"폐하. 올해 연어가 참 맛이 좋습니다. 드셔 보셔요."

기름기가 자르르 흐르는 살점을 내려다보며 프리가는 빙그레 입술을 올렸다.

"나는 괜찮으니 황후도 들지."

가뜩이나 말라 보이니 큰일이 아닌가. 그가 다정한 얼굴로 아내의 접시에 여러 맛 좋은 음식을 옮기고 권하자 일라드가 사람 좋게 웃으며 감탄했다.

"폐하께서 저리 살뜰히 챙기는 모습은 처음 봅니다. 금실이 좋으시니 만인의 귀감입니다."

프리가는 말없이 미소 지었고 황후는 부끄러운 듯 입을 가렸으며 백작 부인은 눈을 내리깔았다.

얀네는 물잔을 들어 목을 축였다. 황제의 맞은편에 앉은 터라 그의 길쭉하고 단단한 손가락과 흰 손등이 그대로 보였다. 어느 달밤, 고기를 발라 그녀에게 권했던 그날과 똑같이 날렵하고 흠잡을 데 없이 완벽한 모양새가 허연 날붙이 같았다.

그리고 그런 그녀 앞으로 하얀 접시가 밀어졌다.

고개를 들자 새파란 눈과 마주쳤다.

"백작 부인도 잘 챙겨 먹는 게 좋겠어."

그대도 퍽 말라 보이는데.

물가로 몰린 사슴처럼 여자의 하얀 목이 울렁이는 것을 프리가는 고요한 낯으로 응시했다. 그녀의 검은 눈이 기민하게 다른 이들의 기색을 살피더니 짧게 마른 입술을 훔쳤다. 마침 백작과 황후는 웃으며 한창 수도에서 유행하는 오페라에 대해 이야기를 하고 있었다. 망극합니다, 라고 읊조리고는 가지런히 놓인 고기 한 점을 찍어 입에 넣는

다. 오물거리는 붉은 것이 흐드러진 석류꽃 같았다.

황제는 비스듬히 턱을 괴고 그녀를 바라보았다. 뺨이 저며지듯 따가웠다. 인내하던 이가 못 참고 그를 정면으로 마주하는 순간 황후가 쾌활하게 입을 열었다. 미련 없이 시선을 돌리는 남자의 입꼬리가 얕게 올라갔다가 가라앉았다.

"아이의 아명을 어떤 것으로 할지 고민이랍니다. 늠름하고 좋은 뜻을 가진 것이 좋겠지요?"

루크레치아는 환한 얼굴로 제 배를 쓰다듬었다. 아이를 가지고 행복에 겨워하는 여자는 그 표정만으로도 아름다웠다. 다른 이와는 달리.

황자를 암시하는 황후의 말에 일라드는 슬쩍 프리가의 그림 같은 미소를 곁눈질하며 부드럽게 말했다.

"황손은 그 어느 보배보다 귀하니 만물 중 하나의 이름을 붙이는 게 어떻겠습니까."

황제 부부의 첫 회임이 불우한 결말로 끝났다는 것은 모두가 아는 공공연한 사실이었다. 사려 깊은 일라드는 그 불행한 소식을 들은 뒤로도 일절 그것을 먼저 입 밖에 내는 일이 없었다. 그저 알 듯 모를 듯 배려할 뿐. 그는 완벽할 만치 별 내색이 없는 프리가의 눈에서 상처를 읽었고 이미 한 번 실망한 그가 한 번 더 기대를 배반당한다면 그리 좋지 않은 일이 일어나리라는 것을 알고 있었다.

어찌 된 일인지 언젠가부터 후계자에 집착하는 황제이니, 황녀이든 황자이든 성별과 상관없는 아명이 좋을 터였다.

"그것도 그렇군. 무엇이 좋을까."

가만히 입매를 쓸던 프리가가 중얼거렸다. 그의 눈이 충실한 친우에게로 향했다.

"네가 정해 보는 것은 어때? 나의 기사가 곧 내 아이의 대부가 될 테니 말이야."

"내가?"

일라드는 당황했지만 황후 루크레치아도 흔흔하게 웃으며 동의하자 난감해했다. 그는 천상 기사라 이런 방면에 있어서는 재능이 없었다. 그럼에도 성실한 자의 책임으로 얼마간 미간을 좁히며 고민하다 종국에는 황제의 애완조보다도 말이 없는 아내에게 저가 떠맡았던 공을 슬쩍 넘겼다.

"얀네. 어떤 게 좋겠어?"

제 아내가 시와 고대어에 능하다며 말하는 모양이 제법 온후했다. 그녀를 피해 전쟁터까지 도망간 것이 거짓말인 것처럼. 전쟁이 끝난 지 석 달이 흘렀다. 프리가는 기민하게 일라드의 아내를 돌아보는 눈빛과 그녀의 표정에서 그들의 관계가 이전과 다른 방향으로 들어섰다는 것을 알아차렸다.

글쎄요. 얀네는 다소곳하게 중얼거렸다. 시선이 마주쳤다.

"제가 감히 그리 귀한 이름을 정할 주제가 되겠습니까."

프리가는 가슴 밑에서 아지랑이처럼 스물스물 밀려오다, 이내 습윤한 안개처럼 눅눅해져 가는 기이한 감정을 부러 읽어 보지 않았다. 대신 입꼬리를 올려 웃었다.

"괜찮으니 말해 보게, 백작 부인."

나는 그대의 대답이 궁금하니.

황제의 관심에 황후 또한 사랑스러운 아내의 얼굴로 그러자고 맞장구를 쳤다. 루크레치아는 독특할 정도로 존재감이 옅은 백작 부인에게 제법 호의적으로 대했다. 황후까지 나서자 더 거절할 명분이 없었다. 여자는 무표정하게 입을 열었다.

"안."

"안?"

"태양의 조각이라는 뜻입니다."

"태양이라."

음미하듯 한 차례 중얼거린 황제는 비스듬히 그녀를 바라보다 그 옆의 남편이 긴장해서 눈썹을 찡그리는 걸 묘한 눈으로 쳐다봤다. 그러고는 말했다.

"마음에 들어. 그걸로 하지."

어디선가 한숨이 터진 것 같았다. 프리가는 제 기색을 살피는 황후에게 웃어 준 후 식기를 움직였다. 고기 육즙이 유독 비렸다. 포도주를 입가로 가져가려는데 환기시키듯 밝은 목소리가 이어졌다.

"절묘하군. 그럼 이쪽은 달인 건가?"

"무슨 소리야?"

"프리가."

일라드가 환하게 웃더니 제 아내의 손을 잡았다. 프리가의 눈이 뚝 그 위로 떨어졌다. 겹쳐진 두 손. 창백한 그 여자의 얼굴.

"우리도 아이를 가졌어."

바싹 마른 입술이 벗은 뱀 허물처럼 버석했다. 혀를 내어 축일 생각도 못 한 채 뚫어질 듯 행복해하는 일라드를 거쳐 무표정한 얀네를, 그리고 그녀의 아이가 있을 배를 내려다보았다. 유리와 쇠가 맞부딪치는 듯이 시끄럽고 끔찍한 소음이 머릿속을 긁어 대었다가 삽시간에 사라졌다. 순간적으로 이성적인 계산이 괴물을 짓눌렀다. 황후가 보고 있다. 그의 아이를 가진 아내가.

"그래?"

말라붙은 입술로 쭉 늘려 웃자 살갗이 터진 듯 화끈거렸다.

"축하해."

그는 매끄럽게 웃고 있을 저 자신이 외려 괴물처럼 느껴졌다.

"태명은?"

"릴. 달의 조각이란 뜻이지."

이번에는 예쁜 딸이었으면 좋겠다는 순진한 바람에 프리가는 유한 낯으로 그러길 바란다고 답했다. 식사가 끝날 때까지 내도록 그가 얼마나 광적인 충동에 시달렸는지는 신만이 아실 것이다. 뇌가 갈가리 찢기듯 엉망으로 뒤엉켜 헐떡거렸다. 이 순간만큼은 황후도, 그 안에 있을 제 아이도 잊었다.

'딸이라고?'

네 아내가 너의 아이를 얼마나 끔찍하게 여기는지, 네가 없는 사이 저 여자가 저와 무슨 짓을 했는지, 저가 몇 번이나 저 차가운 육신을 유린하고 욕망했는지 안다면 그렇게 웃을 수 없을 텐데. 그녀의 등에 어떤 상처가 있는지 알기나 해? 네 불쌍한 불구 자식이 죽을 뻔한 건 아나? 딸이라고? 하하하! 그 애가 사지 멀쩡히 태어나길 기도해야 할 거다. 저 미친 여자는 제 자식을 잡아먹고도 남을 테니.

식사가 파한 후 단둘이 남은 일라드가 그의 손을 잡고 진지하게 고해하기 전까지도 광인처럼 그를 괴롭히는 속삭임들은 여전했다.

"프리가."

고개를 들어 짙푸른 녀석의 눈을 마주하고 나서야, 그는 스스로가 얼마나 위험한 곳까지 갔다가 되돌아왔는지를 깨달았다. 지독한 감각이였다. 프리가는 정확히 정반대의 감정을 동시에 느끼며 망설이듯 입을 떼는 일라드를 바라보았다.

"난 그녀를 받아들이기로 했어."

다 용서하고 넘어갈 생각이다. 그러려고 전쟁터에서 돌아온 거야.

"그녀의 허물이 무엇이든 전부 덮을 거다. 로만이나 새로 태어날 아이를 위해서라도."

프리가의 새파란 시선이 진지한 친구의 눈과 결심과 고뇌가 서린 눈썹, 미간, 반듯한 입술을 훑었다. 이 가엾고도 역한 행운아는 제 여자에 대해서 아무것도 모르는 얼간이였다. 그러함에도 그녀의 몸에는 프리가가 아닌 일라드의 핏줄이 잉태되었다.

불공평하다고, 그는 생각했다.

"네가 원하는 대로 해."

어쩌면 이는 불안정한 광기에 휩싸이던 그가 내도록 바라 온 안정적인 결말일지도 모른다. 미친 말에 올라탄 듯 날뛰던 광란에 고삐를 채우고 안전하게 목적지에 도달할 수 있는 절호의 기회. 여기서 멈추면 원하던 모든 것을 얻을 수 있다.

완벽한 황권, 권력, 친우……. 그리고 후계자.

그 여자 하나만 제외한다면.

"프리가. 고맙다. 네가 있어서 다행이다."

찰나, 팽팽하던 저울이 한쪽으로 기울였다. 응달에 선 듯 어딘가 스산했던 황제의 뺨이 얕게 경련했다. 이내, 그는 진심을 다해 웃었다.

"천만에."

두 친구는 빙그레 서로를 향해 미소 지었다.

그러나 이듬해 태어난 황후의 아이 '안'은 딸이었고 테오도르 백작은 두 번째 아들을 얻었다.

역시 불공평했다. 항상 그렇듯이.

길다면 길고 짧다면 짧은 세월이 흘렀다.

잎새가 돋았다가 새파란 녹음이 되고 갈빛으로 색이 바래 바닥으로 떨어져 그 위로 눈이 쌓이는 것이 나무의 나이테 한 줄이라면 그간 여러 줄무늬가 빼곡히 들어섰으리라. 권력자에게는 시간이란 것은 더욱 덧없는 것이다. 권력이란 쟁취하는 것도 어렵고, 게다가 유지하고 지키는 것은 버겁고도 지루하기 짝이 없는 작업이다. 기어오르기까지가 정상에 오른 뒤보다도 차라리 찬란했던 게 아닌가 싶은 생각이 들 때쯤에는 이미 훌쩍 몇 년이 흐른 뒤다.

프리가는 요즘 들어 부쩍 더 부질없는 회한을 곱씹을 때가 잦았다.

하루의 일과를 마치고 붉은 석양이 오래된 스테인드글라스에 스며

들 때면 옥좌에 앉은 그는 턱을 괴고 먼 곳을 바라보며 잡념과 과거의 기억에 정신을 내맡기곤 했다. 눈을 가늘게 뜬 채 시간이 참 빠르군, 따위의 하잘것없는 중얼거림을 들먹이면서 말이다.

턱수염이 흑사자의 갈기처럼 돋아나고 미간에 옅은 주름이 진 남자는 어느덧 중년에 접어든 나이가 되었다. 수많은 일들이 있었다. 자질구레하고 골치 아프며 때로는 멍청하고 지루하기 짝이 없는 작업들 말이다. 그것은 크게는 전쟁이거나 귀족 가문 간의, 국가 간의 항쟁과 다툼이기도 했고 작게는 처첩들 간의 암투와 제도에 넘쳐 나는 골육상쟁, 결투, 불화이기도 했다. 오, 신이시여. 참으로 지긋지긋하고 중독적인 일과들이었다. 까끌까끌한 턱을 매만지며 얕은 한숨을 내쉬었다.

첫 황녀, 장녀 아이리스가 태어난 그해부터 황제는 면도를 하지 않았다. 멋이라든가 어떤 미신 때문은 아니었다. 황자 시절부터 남다르게 깔끔했던 그가 수염을 깎는 걸 그만둔 건 단순히 아침마다 거울을 들여다보며 제 목덜미에 나이프를 들이미는 일이 돌연 성가시게 느껴졌을 뿐이었다.

그럴 만한 것이, 돌이켜 보자면 정말이지 끔찍한 해였다. 아카디아와의 무역전쟁으로 골머리를 앓았고 남부 지방에는 역병이 돌았으며 북쪽 붉은 평원에는 유성비가 내렸다. 괴이한 사건 사고가 들끓자 키제트 대사제도 범상치 않은 일이라며 넌지시 말하곤 했다. 전국 각지에서 일어난 기이한 현상들에 한때는 이교도들과 망상 주의자들이 종말의 때가 왔다며 떠들어 대었다. 졸지에 테오도르 백작은 갓 태어난 둘째 아들을 제대로 안아 보지도 못하고 그 머저리들의 목을 베어 효수하느라 분주해야만 했다.

아, 그래. 아들. 프리가는 검지로 눈썹을 문질렀다. 통치자로서 가장 안정적인 전성기를 누리고 있는 황제에게도 이제 아들이 있었다. 황후 루크레치아가 고생 끝에 낳은 첫 아들 알렉시온. 조산한 덕인지 어딘가 나약하고 미숙한 것이 아쉽기는 했으나 어쨌건 그의 유일한 아들이었다.

그토록 바라 마지않던 장자를 얻었으나…… 글쎄. 기대가 너무 컸던 탓일까. 바라던 모든 것을 가졌음에도 프리가는 상실감과 엇비슷한 공허를 느꼈다. 그것은 실망이기도 했다.

완벽할 거라던 그의 아들은 걸음마와 글을 떼는 것도 늦었고 검술은 못 하지는 않았으나 사냥 등의 피를 보는 일을 싫어했다. 내심 아들에게 활을 쏘는 걸 가르쳐 주고 함께 사냥 가는 것을 기대했던 프리가는 점점 드러나는 알렉시온의 평범함과 얌전한 성향에 실망을 느꼈다. 아직 어려서 그런 거겠지, 애써 납득하며 여러 학문과 무예를 시켜 보았지만, 딱히 두드러지는 건 없었다. 어린 알렉시온은 아버지의 기대를 따라가기 위해 애썼지만 번번이 모자랐고, 점차 싸늘해지는 아비의 시선에 울먹이거나 어머니의 치마폭에 숨으며 피하려고만 했다.

태어난 아들을 안아 들고 입을 맞추며 기뻐하던 황제는 모자란 그 모습에 화가 치밀었다. 애써 인내심을 가지고 저를 보아 주고 있건만 저 모자란 것은 그 속도 모르고 겁에 질려 도망치고 변명하며 말을 더듬기나 했다. 황후는 아들을 닦달하는 지아비를 달래고 아이가 어리다며 갖은 변호를 늘어놓았지만, 그것은 외려 그를 더 분노하게 만들었다. 어려서 그렇다고? 프리가가 저 나이 때는 알렉시온의 성취 따위는 가뿐하게 뛰어넘었다. 그뿐이랴. 저보다 더 어린 시절부터 형제들에게 뒤떨어지지 않으려고 밤낮으로 노력하여 살아남기 위해 급급했다.

대충 떠오르는 프리가의 동기들도 대부분 알렉시온보다는 나았던 것 같았다. 전부 제 손에 유명을 달리하기는 했지만, 맏형이었던 솔리테 황자는 일찍이 외교와 정치에 두각을 나타낸 인물이었고 마지막까지 제 앞을 가로막았던 그 재수 없는 살로몬조차 교활한 처세술과 용병술의 달인이었다. 사내가 아닌 이복 누이 라이샤만 해도 웬만한 궁수보다도 활을 잘 쏘았고 머리도 비상하지 않았는가. 영민한 기개와 말재간은 또 어떻고.

헌데 저가 낳은 아들이 저런 반푼이라니. 실망을 넘은 모멸감이 치밀었다. 아버지 칼리굴라는 자식들을 굴러다니는 돌만치 취급했어도 후손 중 인재들이 발에 채일 정도로 많았다. 헌데 대체 왜. 이토록 심혈을 기울이며 잘 길러 보려 애쓰는데도 노력의 반만큼도 못 따라오다니. 정부에게 자식을 보지 않는 것도 그가 꿈꾸는 이상적인 가정, 완벽한 후계자를 위해서였거늘. 저가 아수라장을 뚫고 황제가 되었으니 제 자식만큼은 편히 태평성대를 이루게 하고 싶었다. 그게 그리 과한 바람이었나?

화가 났다. 그 분노는 아들을 제대로 훈육하기는커녕 감싸기 급급한 황후 루크레치아에게도 향했다. 모자란 여자 같으니라고. 예전에는 제법 총명했는데 아들을 낳더니 여느 징징거리는 계집들처럼 반푼이가 되어 버렸다. 어머니 샤를로트라면 저러지 않았을 것이다. 하나뿐인 아들이 잘못을 저지르면 미소 한번 흐트러뜨리지 않고 다시는 실수가 없도록 만들고 말던 그녀의 우아한 엄격함은 이 나이가 되도록 프리가의 머릿속에 틀어박힌 이상적인 어머니상이자 올바른 교육의 형태였다. 루크레치아 또한 그럴 거라 생각했는데…… 알렉시온이 태어난 이후 자식 문제로 부부 사이에 말다툼이 잦아진 것 또한 프리가가 아들을 미워하는 데 한몫을 보탰다. 순종적이던 황후가 알렉시온만 얽히면 눈을 부릅뜨는 게 어처구니가 없었다.

어미의 과보호는 자식을 망친다. 점점 덜떨어지는 알렉시온을 볼 때마다 혈압이 올랐다. 저것이 제 자리를 온전히 물려받을 수나 있을까, 의문이 들 때면 프리가는 문득 어떤 여자를 떠올렸다.

한때 미쳐 있었던 여자. 그 여자가 낳은 일라드의 아이에 대한 얘기를 들었다. 첫째가 다리 불구기는 하지만 둘 다 영민하다지. 특히 아이리스와 비슷한 시기 태어난 아들은 다방면에 뛰어난 수재로 사교계에 소문이 자자했다. 영특하고 용맹하고, 조금 잔혹하다 싶은 사건 사고를 일으키지만, 매력적이고 뛰어난 소년. 제 아비보다는 마치 어린 시절의 프리가를 연상케 하는 쾌활한 사내아이라고 들었다.

프리가도 그런 아들을 갖고 싶었다.

제국을 일구고 가꾸어 놓으면 뭐 하나. 어차피 저가 죽고 난 뒤에는 다 끝일 것을.

먹을 수 없는 황금을 움켜쥐고 있는 굶주린 거인처럼 기묘한 허기를 느끼며 프리가는 주름진 미간을 문질렀다. 세월은 많은 것을 변화케 했다. 젊은 시절 종교를 경시하던 황제는 권태감이 치밀 때면 키제트 대사제를 불러 점을 쳐 보거나 자문을 빙자한 술자리를 가졌다. 저는 사제라 술을 못한다며 넌지시 술병을 대신 따라 주던 대사제는 황제의 고민과 짜증, 분노 따위를 적당히 받아넘겼다.

"황자님의 성취가 못마땅하신 거군요?"

"이를 말이야. 내 자식이 맞나 의심스러울 지경일세."

알렉시온은 정말이지 천운을 타고난 녀석이다. 저 같은 아비에 형제도 없는 유일 황자로 태어나서 목숨의 위협도 없이 무사태평 게으르게 자라나고 있으니. 그 애가 제 형제 중 하나였다면 걸음마를 하고 말을 떼기도 전에 죽임당했을 것이다.

"이보게, 대사제. 그대의 예언은 전부 적중했지만 결국 뒤는 다 엉터리야. 완벽한 자식이라더니! 신께서는 계집애 같은 사내놈을 용맹하다고 하던가?"

"아직 황자께서 어리시지 않습니까. 폐하의 아드님이니 더 두고 보심이……."

"흥! 더 봐 보아야 뻔하지."

실망이 반복되면 배반당한 기대가 더한 분노와 멸시로 바뀌게 된다. 일말의 가능성조차 경멸하게 되는 것이다. 부황의 노골적인 냉대에 어린 황자는 점점 위축되었다. 소년의 상처는 머리가 굵어짊에 따라 원망과 반항으로 바뀌겠지. 남들처럼 화목한 가정을 꾸리고 싶었던 황제의 소망은 이렇게 어긋나고 있었다. 아버지의 무심한 잔인함을 증오했던 이가 또다시 비슷한 답습을 반복하는 것에 키제트는 가만히 입술을 감쳐물었다. 그는 다시 슬쩍 술을 따르며 황제의 눈치를 살폈다.

"제가 괜한 기대감을 심어 드린 탓이 아닌지……. 송구스럽습니다."

"그래. 짐도 자네가 괘씸하여 치도곤을 내릴까, 한 적이 있었어."

짐승처럼 파란 눈이 저를 똑바로 쳐다보자 대사제는 어색하게 웃으며 식은땀을 흘렸다. 그러나 서슬 퍼런 시선도 잠시, 곧 황제는 호탕하게 웃음을 터뜨렸다.

"농일세. 그대 덕에 내 이 자리에 있건만 그런 실수쯤이야."

"자비로우심에 깊이 감명하였습니다."

"그런데 말일세, 대사제."

황제의 긴 손가락이 톡톡 독수리가 새겨진 은잔을 건드렸다.

"마지막 해몽 기억나나? 내 황금 독수리를 쏘아 죽였지."

"그랬지요."

키제트는 허연 이를 드러내며 순박하고 양순한 숫양처럼 웃었다.

"잊지 않으셨군요?"

"그래……."

잊을 수가 있어야지.

"무어라 했었지? 나더러……"

'전하께서는 가장 귀한 것을 잃고 평생 갈망하던 것을 얻으실 것입니다.'

황제는 골똘히 생각에 잠겼다.

"가장 귀한 것이라니. 내 황좌라도 잃는단 말인가."

"폐하께 가장 귀한 것은 황좌입니까?"

비굴한 초식 동물마냥 온순하게 고개를 주억거리기만 하던 대사제가 처음으로 천진하게 갸웃거리며 직설적인 질문을 던지자 뜻밖에도 황제는 곧바로 대답하지 못했다. 그리고 제 말문이 막힘에 당혹하고 불편함을 느꼈다. 짧은 고민 후 그는 떨떠름하게나마 답을 내렸다.

"아무래도 그렇겠지."

"그렇다면 그 새를 쏘아 죽이지 않도록 해야겠군요. 소인은 폐하께서 오래도록 만수무강하시어 제국을 이끄시기를 바라니까요."

"혀가 반지르르한 건 여전하군, 대사제."

그리 말하는 것치고 황제는 딱히 기분이 나쁜 것 같지는 않았다. 키제트는 머리를 조아리며 장난스럽게 웃었다.

"황좌와 맞먹는 것이라. 이거 호기심이 당기는군요. 그렇다면 폐하께서 평생에 걸쳐 원하시는 것이란……?"

"모르겠는걸. 원하는 것이라면, 내 가지지 못한 적이 있던가."

광오한 말이었지만 사실이었다. 황제 프리가는 모든 것을 가진 사내였다. 한때는 지고의 자리를 올려다보는 수십 명 중 하나에 불과했으나 아비의 발등부터 기어오르고, 무자비한 학살과 암투를 벌인 끝에 바라던 전부를 얻는 것에 성공했다. 어쩌면 그가 나이를 먹어 감에 따라 이따금 느끼는 허함이라는 것도 지나친 충만함에서 오는 지루함일지도 몰랐다.

지고의 자리에 오르고도 바라는 것이라? 프리가는 그 막연한 것을 속으로 더듬어 보다 저도 모르게 불쑥 중얼거렸다.

"그런 것이라면 내 한번 꼭 가져 보고 싶기도 하군."

키제트가 놀라 물었다.

"평생 갈망하는 것이 황제의 자리보다 귀하단 말씀입니까?"

"온갖 세속적인 욕망이 애초에 금지된 자네 같은 자라면 상상이 안 되겠지. 하지만 말이야, 대사제. 이 나이쯤 되면 애송이 시절에는 귀히 보이던 것들도 흥미가 안 간단 말이오. 맛볼 대로 맛봐서 그런 것이든, 활력이 탐욕과 함께 시들어서 그런 것이든 간에. 그런데 나는 그 둘 다란 말이지. 근래 들어 진정 기쁘고 흡족했던 적이 언제인지 기억도 나지 않아. 전부 밋밋하고 지루하기 짝이 없어."

한때 오만하고 패기 넘치던 청년은 이제 노련한 군주의 모습으로 나른하게 머리를 뒤로 젖히고 한숨을 쉬었다. 어떤 것에도 미련이 없는 듯 피로한 모양새지만 키제트는 그가 죽을 때까지 권력욕과 야심을 버릴 인물이 못 된다는 것을 알고 있었다. 정확히 말해서 그 어떤 권력자도 저 자신의 쇠락에 담담하고 겸허하지 못했다. 그건 앞으로도 마찬가지일 테고.

그러나 영민한 사제는 빙그레 웃으며 맞장구쳤다.

"그렇다면 폐하의 소원이 이루어지기를 바라겠습니다."

그게 어떤 방식이든지.

사냥을 떠났다.

활 하나를 등에 메고 떠난 발걸음은 가벼웠다.

한참을 걷다가 눈처럼 하얀 새를 발견해 활시위를 겨눴다. 그러나 그 재빠른 것은 약만 올리고 달아났다. 쫓아가다 보니 어느 강 앞에 다다랐다.

잠시 망설이다 한 발을 내디뎠다. 강폭이 좁고 수심이 얕아서 금방 건널 수 있을 것만 같았다.

그러나 그 순간, 푸른 강물이 비릿한 핏빛으로 변했다. 당혹해 고개를 드니 지저귀던 하얀 새도 새카맣게 변해 시끄럽게 울부짖고 있었다.

사방에서 비명 소리가 들렸다. 귀를 틀어막자 그것은 얇고 가파른 아기 울음소리로 변했다.

"폐하."

응애, 응애, 응애…….

"폐하!"

시끄러. 시끄러워…….

"프리가!"

번쩍 눈을 떴다. 프리가는 눈을 찔러 오는 더운 햇살에 눈살을 찡그렸다. 뜨겁게 달궈진 유리 파편이 눈 안에 들어온 것만 같았다. 잠깐 정신없는 머리를 감싸고 있자 단단한 손이 다가와 반쯤 안아 들 듯이 그를 부축해 앉혔다. 서늘한 그늘과 축축한 나무의 겉껍질이 목덜미에 닿아 오니 금방 온몸이 싸늘하게 식었다. 마치 그걸 알기라도 한 것처럼 어깨에 두꺼운 망토가 둘러졌다. 눈을 깜박거린다. 지척에서 야트막한 미소를 띤 친우가 질책을 섞어 그를 바라보고 있었다.

"밤새 잠을 못 잤나? 정신없이 자더군."

"일라드."

갈라진 목소리가 중얼거렸다. 대답 대신 커다란 손이 이마에 얹어졌다. 시체처럼 차가운 몸 위로 불붙은 장작이라도 쏟아진 것처럼 온기가 피부 위로 들러붙었다. 프리가는 멍한 머리로 물끄러미 제 상태를 살피는 일라드를 바라보았다. 그러고는 충동적으로 말했다.

"사랑해, 일라드."

"폐하. 잠이 덜 깨셨습니까?"

질색하는 표정이 적나라해서 재미있었다. 분명 농이 아닌데도 말이다. 프리가가 킬킬 웃기 시작하자 일라드는 그제야 미약한 걱정도 덜어 내고 쯧, 혀를 찼다.

우거진 숲은 세월의 흐름에도 변함이 없었다. 이곳에서 웃고 떠들고 뒤엉키며 사냥을 하던 두 청년은 어느덧 이리 나이를 먹었는데도 말이다.

"배가 고파."

"정오가 훌쩍 지났다. 이때껏 식사도 안 했나?"

"아니."

그냥 속이 허해. 다소 목이 잠긴 채로 웅얼거렸다.

일라드의 말대로 해가 부쩍 기울어 있었다. 애첩 문제로 화가 난 황후를 피해 사냥을 떠난 프리가가 깜박 졸고 있는 사이 그가 피신한 황제를 찾아 나선 모양이었다. 으음, 쭉 기지개를 켜며 허리를 두드린 황제는 미간에 주름을 잡으며 한숨을 쉬었다.

"확실히 몸이 예전 같지 않아. 온몸이 쑤신다고."

"몇 시간 동안 침상도 아닌 길바닥에서 잠을 자면 몸이 배기는 건 당연한 거다."

"그런가."

실없이 중얼거린다. 바람결에 나뭇잎들이 부딪치며 내지르는 비명과 새소리가 뒤섞여 어지러이 흩날렸다. 프리가는 곰곰이 생각에 잠겨 말했다. 꿈을 꿨는데.

"기억이 안 나는군."

"잡꿈이겠지. 신경 쓰지 마라."

"이보게, 테오도르 백작. 내가 이래 봬도 황제가 되는 꿈을 꾼 사람이라고."

프리가는 흥 코웃음 치며 망토를 조여 매며 일어났다. 잠시 휘청거리는 걸 일라드가 혀를 차며 부축해 주었다. 햇살에 고스란히 노출된 그의 검은 머리카락이 일순 황금빛으로 보였다. 깊고 짙푸른 눈동자도. 여전히 색이 짙은 프리가와 달리 일라드는 중년에 접어들자 흑발이 금갈색으로 옅어졌다. 황금을 온팡 뒤집어쓴 짐승 같아 물끄러미 보고 있자니 일라드가 겸연쩍게 콧등을 찡그렸다.

"그런데?"

"몰라서 물어? 꿈이 현실이 되었지 않아. 내가 죽인 형제들의 숫자

552

까지 정확하게 들어맞더군."

태평하게 잔인한 말을 지껄이는 건 여전했다. 일라드는 한숨을 내쉬었다.

"해몽은 미신에 불과하다."

"이런, 네 친애하는 친구 키제트가 말해 준 것인데?"

그래. 네 아이의 대부 말이야. 그리 말하자 일라드도 뒤늦게 관심을 보였다.

"대사제가?"

"그래. 네게는 말하지 않던가?"

"전혀."

하기사 아무리 절친한 이라도 함부로 말하고 다니기에는 민감한 주제가 아니던가. 프리가는 흥, 짧게 코웃음 쳤다.

"물론 뒤는 죄다 엉터리였지만."

그러나 일라드는 프리가의 꿈 타령이 아직 잠에 취한 헛소리로 여겨지는지 별 관심을 보이지 않았다. 중얼중얼 떠드는 그를 반쯤 안아 들다시피 말 위에 앉히고 나서야 시큰둥하게 대꾸한다.

"잠깐 기다리고 있어라."

"왜?"

"내 아들이 몰래 따라온 모양이야. 데리고 가야 해."

"나 참."

귀찮게. 프리가는 건성으로 고개를 끄덕였다. 이제 보니 띵하니 두통도 있는 것이 오찬 때 먹은 포도주의 숙취가 남은 모양이었다. 쿡쿡 바늘처럼 찌르는 관자놀이를 꾹 누르며 눈을 감았다. 묵직한 피로와 나른한 귀찮음이 전신을 짓눌렀다. 아들을 소리쳐 부르는 일라드의 뒷모습이 점점 멀어져 갔다. 라크나? 라크나라니. 이상한 이름이다. 꼭 옛날이야기에서 나오는 야수의 이름 같잖아. 두통이 점차 심해졌다. 프리가는 인상을 쓰며 가쁘게 숨을 내쉬었다. 기분이 좋지 않았다. 미친 말에 올라타 몇 날 며칠 쉬지 않고 질주라도 한 것마냥 속이 울렁거렸다. 마른 손가락이 구겨진 이마를 짓눌렀다.

"일라드."

대답은 없었다. 정적에 구역질이 심해졌다.

"일라드!"

여전히 일라드는 대답하지 않았다. 바람을 타고 희미하게 울리는 소년의 이름만이 되돌아오는 것의 전부였다. 라크나. 라크나. 라크나.

부스럭거림이 예민해진 청각을 건드린 건 찰나였지만 반응은 번개와 같았다. 즉각 메겨진 화살의 촉이 근처의 침입자를 향했다.

프리가는 들짐승이나 시종, 암살자까지 염두에 두었지만 대상은 전혀 뜻밖이었다.

짙은 눈썹이 움찔 떨렸다. 사내아이였다. 숯처럼 까만 머리칼에 바다 거품처럼 하얀 얼굴, 머루 같은 눈동자. 아이는 놀란 것 같았지만 달아나거나 울음을 터뜨리지 않았다. 외려 프리가를 똑바로 올려다보았다. 화살이 저를 겨누고 있는데도 두려움이나 망설임일랑 전혀 없는 것처럼. 무지해서 그런 것인가. 그럴지도 모른다.

헌데 왜 저 당돌하고 침착한 눈이 낯설지 않을까.

어디선가 본 것만 같다. 형언할 수 없는 익숙함이었다.

마치 아주 오래전, 기억도 안 나는 어린 시절에 잊어버렸다가 우연히 발견한 보물처럼, 낯익고 그리운 냄새가 났다. 프리가는 마른 입술을 잘근거렸다. 당장 화살을 치우고 네가 누구냐고 물어보는 것이 정상적인 반응이거늘, 어쩐지 저 아이에게서 눈을 뗄 수가 없었다. 울렁거림이 심해졌다. 그러다가……

'칠석날, 달빛이 밝으면 몸을 씻습니다.'

'바람이 좋아서요.'

'이만 돌아가세요.'

아.

"라크나!"

수풀을 헤치고 튀어나온 일라드가 아이를 감싸 안았다. 그제야 프리가는 활을 거뒀지만 냉정한 얼굴과 달리 머릿속은 혼탁한 흙탕물처럼 엉망진창이었다. 욕지거리가 나왔다. 빌어먹을, 빌어먹을…….

"프리가! 이게 무슨 짓이야!"

화가 나서 소리를 지르는 일라드를 멍청히 바라본다. 서서히 혼란이 걷히고 현실이 닥쳐왔다. 아니 점차 선명해졌다. 다시 라크나라는 소년을, 일라드의, 아니 그녀의 아들을 정신없이 바라보았다. 까만 머리, 창백한 낯빛, 살피는 듯한 호기심과 낙천성, 짓궂은 교활함이 뒤섞인 벽안. 짧은 시간이었지만 프리가는 그 얼굴에서 제 어린 시절의 흔적을, 매일 아침 거울에서 보이는 크고 작은 특징들과 저와 같은 자리에 있는 점까지 발견했다. 몇 가지는 그가 아니라 죽은 아버지에서 보이던 것들이었다. 그는 물론이고 그의 첫아들인 알렉시온에게서도 없던 혈육의 증거.

무표정한 황제의 낯에 균열이 갔다. 입술이 뒤틀리고 광소가 스쳤다.

빌어먹을 여자. 나를 속여?

"미안하다. 일라드."

버석한 혀를 움직여 탄식하듯 사과를 내뱉었다. 그게 어디서 기인한 사죄인지 짐작도 가지 않았다. 거듭 미안하다 중얼거리자 그의 가없은 친우는 화를 풀고 사과를 받아 주었다. 그게 어떤 것인지도 모르고.

불쌍한 녀석. 미련하고 멍청한 놈. 제 앞에서 코를 베어 가도 모르는 우둔한 놈.

네가 그런 멍청이라서 나는 기쁘다.

"고마워."

난데없는 감사에 일라드는 무슨 소리냐는 듯 그를 돌아보았다. 프리가는 어설프게 웃었다.

환희와 환멸, 죄악감과 지질한 쾌감이 뒤섞였다. 사악한 뱀이 혀를 날름거리듯 탐욕스럽게 입을 놀렸다.

"그 아이가 라크나인가? 사죄의 의미로 내가 안고 가게 해 주겠어?"

멍청한 아비는 속이 시커먼 괴물의 뜻도 모르고 그래라 허락해 주었다. 황제가 귀족의 아이를 안아 주거나 축복을 해 주는 것은 드물지만 아주 없는 일도 아니다. 말에서 내린 프리가는 저를 물끄러미 보아 오는 아이를 끌어안고 이마에 입을 맞추었다. 알렉시온보다 뼈대가 굵고 건강했다. 뺨을 스치는 머리칼은 융단처럼 부드럽고 매끄러웠다. 아이를 감싼 손이 미세하게 떨렸다. 세상에.

"네 나이가 몇이더냐?"

소년은 황제가 저에게 관심을 보이는 게 신기한지 티끌 한 점 없는 파란 눈으로 그를 유심히 살폈다. 당돌할 만큼 겁이 없는 아이였다. 프리가는 라크나가 알렉시온처럼 지레 겁을 집어먹고 울음을 터뜨리지 않는 것이 너무나 기뻤다.

"이번 칠석이 지나면 열셋이 됩니다."

심장이 쿵 떨어졌다. 달수를 헤아리는 것은 어렵지 않았다. 애초에 팔삭둥이가 아니었다면 말이 되니까. 비상식적으로 들뜬 뇌가 비명을 질렀다. 입술을 찢어 웃었다.

"네 이름은 어머니가 지어 주신 것이냐?"

라크나는 그새 황제보다 그의 멋진 말과 활에 흥미를 느끼는 것 같았다. 반지르르한 흑마의 발굽과 등자 따위에 시선을 준 채 주억거리는 조그만 머리가 지독하게 사랑스러웠다. 달콤하게 속삭였다.

"갖고 싶니? 내 선물로 주랴?"

"폐하. 너무 과분합니다."

"내 주고 싶으니 되었어."

말뿐이랴. 저따위 것이야 얼마든지 줄 수 있다. 할 수만 있다면 작은 왕국 정도의 땅이라도 떼어 주고 싶은 심정이다. 일라드가 말리기도 전에 프리가는 아이를 번쩍 안아 안장에 올리고 말에 올라탔다. 행여라도 다칠세라 조심스럽게 말을 몰아 황궁으로 향하는 순간순간마다 프리가는 환희에 몸을 떨었다.

확신했다.

내 아들이다. 이 아이는 내 아들이야.

황제는 즉각 가장 험난하고 시일이 오래 걸리는 전쟁에 테오도르 백작을 보내 버렸다. 독단적이고 갑작스러운 결정에도 충신은 군말 없이 그 명에 따랐다.

아, 일라드. 사랑하는 내 친우…….

범벅된 죄악감과 치솟는 서글픈 애정에 번민하면서도 죄인은 한 줄기 섬광처럼 반짝이는 부성애와 희열을 부정할 수 없었다. 내 첫아이, 내 아들이라니! 있는 줄도 몰랐던 아들을 뒤늦게 알아차리고 나니 반작용처럼 집착 같은 부정이 들끓었다. 제 아이를 두 눈 멀쩡히 뜨고도 도둑질당했다니. 라크나는 어디로 보나 제 핏줄이었다. 온몸에 흐르는 피가 본능적으로 그 애를 알아보았다.

"똑바로 말해. 날 속였지?"

이 여자도 그것을 경계했는지도 모르지. 아무도 모르게 백작가의 저택으로 찾아든 황제는 미치광이처럼 방 안을 왔다 갔다 하다 얀네를 보자마자 으르렁거렸다. 그녀는 그 긴 10여 년의 시간이 무색하게 여전히 아름다웠다. 사계절이 저 여자만 빗겨 간 것 같았다. 까맣고 무심한 눈이 저를 향하자 프리가는 오랜만에 피가 거꾸로 치솟고 미칠 것만 같은 기분을 느꼈다.

그것은 그의 아이가 저 눈과 똑같은 눈을 가지고 있다는 것을 재차 확인했기 때문만은 아니었다.

"라크나를 보았어. 그 애를 보았다고. 어디 입이 있으면 말을 해 보시지?"

대답해! 또 답답하게 벙어리처럼 굴지 말고! 그의 을러댐에 한참 말이 없던 여자는 조용히 입을 열었다.

"일부러 그런 건 아니었어요."

"거짓말."

그녀는 변명도 하지 않았다. 프리가는 저 얇은 목을 쥐고 비틀어 버리고 싶었다.

"내 아들을, 이 프리가의 첫아들을 백작의 아들로 속여 키워? 제정신인가? 내가 진작 알았다면!"

무슨 수를 쓰든 아이를 빼돌려 제 적자로 입적하든가 황후를 갈아치우든가 수단과 방법을 가리지 않고 라크나를 황태자로 길렀을 것이다. 원하는 모든 것을 그 고사리손에 쥐여 주었을 테다. 닿는 모든 곳에 입 맞추고 사랑한다고, 이 아비가 너를 위해 못 할 것이 없노라고 속삭였겠지. 하지만, 하지만…… 너무 늦어 버렸다. 라크나는 이미 백작의 아들이었다. 프리가는 분한 듯 머리칼을 쥐어뜯으며 짐승의 비명 같은 신음을 내질렀다. 지금에 와서 라크나를 제 아들이라고 해 봐야 그 애는 사생아가 될 뿐이다. 서자에게도 계승권이 없는 것은 아니었으나 잡음 없는 계승을 위해서는 그 밖의 모든 제 핏줄을 제거해야 했다. 아무리 냉혈한 그라지만 저가 낳은 혈육에게 어떠한 애착도 없는 것은 아니었다. 그간 황후가 다져 놓은 기반도 무시할 수 없다.

라크나를 후계로 내세우기에는 출혈이 너무 컸다. 그 애는 그의 아들이 될 수 없었다.

그것이 너무 억울하고 분해 미칠 것만 같았다.

황제의 분노에 방 안의 의자와 화병, 그림들이 부서져 나갔다. 화가 머리끝까지 난 프리가는 고동색 테이블 밑으로 엎드려 있는 두 개의 조그만 그림자를 미처 눈치채지 못했다.

"대체 어쩌려고 했지? 황제의 아들을 계속 숨길 수 있을 거라 생각했나? 내 자리를 이어야 할 아이에게 백작위 정도를 쥐여 주고 이게 모두를 위한 거라고 자위라도 했어?"

"라크나는 백작이 되지 않을 거예요."

"그건 또 무슨 소리야. 내 아들이 네가 낳은 다리병신보다 못하다는 건가?"

제 자식을 모욕하는데도 얀네는 태연할 만큼 무심했다.

"기사가 되겠다고 하더군요. 제 아버지처럼."

"기사?"

기사라고. 확실히 라크나는 조부나 그 밖의 조상들의 피를 물려받은 모양이었다. 그것은 흡족했으나 선을 긋듯 일라드의 아이라는 말에 눈이 뒤집혔다.

"웃기지 마. 누가 누구의 아비라는 거지?"

"라크나는 제 아버지를 따르고 좋아해요. 그 애 덕에 일라드도 많이 행복해하니 나도 그 아이를 아낍니다. 이대로 두는 것이 라크나를 위해서 더 낫다고 생각하지 않나요?"

아이에 대한 증오에 시달리던 불안정한 여자는 그간 무슨 일이 있었는지 퍽 안온해 보였다. 그녀의 뒤로 화목해 보이는 가족 초상화가 걸려 있었다. 온화한 얼굴의 부부, 반짝이는 눈의 두 아이들. 동화처럼 이상적인 장면이었다. 속이 뒤틀렸다.

그럼 나는?

"그럴지도 모르지."

저들이야 행복할지 몰라도 그는 아니었다. 최소한 제 것이라는 걸 알고 난 뒤의 박탈감을 깨달은 그는 이미 지옥이었다. 제 자식이었다. 제 핏줄이다.

내가 아비인데 나는 떳떳하게 그 애를 안지도 돌보지도 못한다고?

"그래도 포기 못 해."

울분 같은 냉랭한 선언에도 그녀는 놀라지 않았다. 알고 있었다는 것처럼, 묵묵한 시선만이 돌아온다. 언제나 그를 돌아 버리게 만들고 이성을 잃게 하는 저 두 눈.

"일라드에게 그렇게 말할 건가요?"

아무 말도 할 수 없었다.

"당신은 이미 오래전에 선택했잖아."

교수형에 처해진 죄인이 된 것만 같다. 한 줌의 숨도, 목소리도 틀어막혀 나오지 못했다. 일라드. 아득하다. 프리가는 달려들듯 여자의 멱살을 쥔 채 소름 끼칠 만큼 부드러운 말투로 읊조렸다. 일그러진 입술이 짓밟힌 벌레처럼 꿈틀거렸다.

"웃기지 마. 그러는 넌? 네가 저지른 짓은 용서받을 수 있고?"

"이거, 놔!"

"너나 나나 비슷한 인간들이지. 나만 이 지옥에 빠뜨려 놓고 너 혼자 빠지겠다고?"

발버둥 치는 여자의 손톱이 단단한 손등을 긁어 피를 내었다. 그러함에도 아픔도 모르는 이처럼 프리가는 괴상한 웃음을 지었다.

"나도 끔찍하지만 넌 더 끔찍한 괴물이야. 최소한 나는 내 자식을 죽이려고 발광한 적은 없거든. 일라드가 그걸 듣고도 널 계속 볼까? 어떻게 생각해?"

여자의 얼굴이 파랗게 질렸다.

"착각하지 마, 얀네. 일라드는 널 사랑하는 게 아니야."

네가 연기하는 우아한 귀부인, 착한 아내를 사랑하는 거지. 네 맨얼굴을 드러낼 자신 있어? 없지? 하하하!

모멸감과 공포에 짓눌린 여자의 입술에 물어뜯듯 키스하며 남자는 광소했다. 허연 낯에 피가 눌어붙어 인간이 아닌 인두겁을 쓴 짐승 같았다.

"이게 너와 내 다른 점이야. 일라드는 내가 상종 못 할 괴물 새끼라는 걸 알아. 밑바닥까지 썩은 놈이란 걸 원래도 알고 있다고. 제 평생 보필하던 주군이 제 아내랑 붙어먹었다는 걸 알아 봤자 결국에 녀석은 내게 돌아올 거야. 항상 그랬으니까."

점점 말을 이어 갈수록 그는 확신에 차 있는 것만 같았다. 아니, 분명했다. 일라드가 프리가를 버릴 리가 없다. 일라드는 선하니까. 어린 시절의 추앙하던 악동, 외로운 폭군을 사랑하고 동정하니까. 아무리 추악한 일이라도 결국에는 제 손을 더럽히며 기꺼이 그를 지켰으니까. 그만한 세월과 신뢰였다. 프리가에게 일라드가 필요하듯 일라드 또한 프리가가 없는 삶은 상상도 못 한다고 했다. 그게 그들이다. 완벽한 합을 이루는 단 하나의 완성품.

"가엾은 얀네. 그는 널 버려도 나는 못 버려. 이미 알고 있잖아?"

그러나 그의 미소는 여자가 킥킥킥 괴이한 웃음을 터뜨리자 깨졌다.

"진짜 그렇게 생각해?"

처음으로 무감정하기만 했던 눈에 진득한 광기가 번들거렸다. 오싹 소름이 돋은 프리가가 손을 놓칠 만큼 이상야릇하니 게게 풀린 눈빛은 섬뜩하고 비현실적이었다. 그 얼굴이 요사스러울만치 아름다워서 더더욱.

"과연 아무리 그이라도 그 대단한 친우가 아내를 겁탈했는데도 용서해 줄까."

"뭐?"

"왜? 당신이 날 강제했잖아. 아니야?"

돌변한 여자는 마치 껍질을 벗고 벌건 핏줄과 속살을 드러낸 것만 같았다. 발악하듯 침을 튀기며 악을 쓰는 모양에 프리가는 기가 막힌 와중에 저도 모르게 뒤로 물러섰다. 그녀는 물러선 만큼 바짝 따라붙었다. 장난처럼 강자와 약자, 사냥감과 사냥꾼이 바뀌었다.

"내가 탐나 미치겠다는 듯이 쳐다봤잖아. 가지고 싶어서, 어떻게 하고 싶어 똥 마려운 개새끼마냥 내 주변을 맴돌았으면서. 아니라고 할 참인가요?"

적나라한 비난에 프리가는 얼굴이 벌게졌다. 그게 사실이라 더 수치스러웠다.

"미쳤나?"

"그래, 미쳤는지도 모르죠."

여자는 일그러뜨리듯 웃었다. 우는 것만 같은 웃음이었다.

"나도 이런 걸 원한 적 없었어. 난 아무것도 하지 않았다고! 그런데 멋대로 들러붙고 기대하고 유린하며 가지고 놀다 버리고, 마지막에는 내가 잘못한 것마냥 쳐다보는 건 너희잖아. 빌어먹을 사내새끼들아! 들떠서 낑낑거릴 때는 내가 누구인지는 상관도 없다는 듯 굴더니. 이제 와서 내가 갖고 있는 것까지 빼앗아 가려 해?!"

바락바락 핏대를 세우며 소리를 지르는 게 제정신이 아닌 것만 같았다. 프리가에게 화를 내다가도 남편에게 원망을 쏟아 내는 것 같기도, 그들도 아닌 제삼자에게 증오를 쏟아붓는 것도 같았다. 무엇이건, 이해할 수 있는 범주를 넘어선 한은 그저 광기였다. 프리가는 희게 질려 모멸감으로 이를 악물었다. 싸움이 너무 길어졌다. 뒤늦게 초조함이 올라왔다.

"입 다물어! 조용히 안 해?!"

"왜? 말이 없으니 답답하다면서?"

"빌어먹을!"

그녀를 잡으려 했으나 뿌리쳤다. 눈가가 충혈되어 눈물이 고인 여자의 눈은 깊은 우물 같았다. 빠져 죽은 시신조차 못 건질 듯 어둡고 깊어 감히 닦아 줄 엄두조차 못 낼 그런 물웅덩이. 충성심? 벗? 친우라고? 그녀는 다 불탄 잿더미를 밟고 선 사람마냥 웃음을 터뜨렸다.

"당신들은 그게 대단한 우정이라고 내심 흡족하고 기세등등하지. 착각하지 마세요, 폐하. 내 남편이나 당신이나 저가 될 수 없는 것에 대리 만족하고 집착하면서 서로를 보며 자위하는 머저리들일 뿐이야. 중독되고 길들여진 것뿐이라고! 그게 정상이야? 외로워서 들러붙는 쪽이나 저가 대단하고 유일한 존재가 되고 싶어서 자기만족에 취한 쪽이나 역겹기 짝이 없어."

"그 입, 닥쳐!"

프리가는 버럭 화를 내며 여자의 입을 틀어막았다. 그러나 악에 받쳐 이를 드러내는 발작은 제아무리 악력이 우위에 있어도 버거웠다. 손목만 쥐면 조용해지던 여자가 마치 황소 저리 가라 할 만한 힘이었다. 몸싸움이 이는 와중에도 여자는 쉴 틈 없이 그를 몰아붙이고 할퀴고 모욕했다.

"제발, 제발 조용히 좀 해!"

"싫어! 말해 버릴 거야. 일라드에게 당신이 한 짓 다 말해 버릴 거라고!"

뺨을 얻어맞아 노기가 머리끝까지 솟았던 프리가의 이성이 끊긴 것은 그 말을 들은 직후였다. 충동적으로 여자의 목을 졸랐다. 컥, 컥 숨넘어가는 헐떡임이 산란하게 사방을 맴돌았다. 그 옛날 매혹적인 눈빛에 감탄하던 검은 눈이 부릅 흡떠지고, 한때 몇 번이고 입 맞췄던 목덜미에 푸른 힘줄이 곤두섰을 때쯤, 벽에 걸린 거울을 마주한 프리가는 흠칫 어깨를 경직시켰다.

여자의 목을 조르는 자신, 서로 상처 입히느라 바쁜 두 사람이 고스란히 비쳤다. 새하얗게 질린 머릿속에 구석에서 엉엉 울던 소년과 말다툼하느라 바쁜 아버지와 어머니가 뒤섞였다.

프리가는 그때의 광인 같았던 아버지와 똑같은 눈을 하고 있었다.

황제는 전염병 환자를 떨쳐 내듯 여자를 밀어 버리고는 황급히 자리를 떴다. 손발이 덜덜 떨려 몇 번이고 넘어질 뻔했지만 상관없었다.

한시라도 빨리 그곳에서 멀어지고 싶었다.

끔찍했다. 그는 울고 싶었지만, 마음 놓고 울부짖을 곳조차 없었다.

프리가는 깨달았다. 이제 더 이상 일라드조차 그의 안식처가 될 수 없다는 것을.

❧

절박한 환멸감이 치밀었다.

"죽여 버릴까?"

"예?"

황제의 면도를 돕던 이발사가 깜짝 놀라 되물었다. 오랫동안 수염을 자르지 않던 황제가 새벽부터 대뜸 이발사를 부르자 모두들 아닌 척 당혹해 있던 차였다. 새하얗게 질린 이들을 힐끗 돌아보던 프리가는 면도칼을 든 채 부들부들 떨고 있는 이발사에게 턱짓했다.

"내 목을 벨 참이냐?"

"송구합니다. 죽여 주시옵소서."

이발사가 면도칼도 떨어뜨리고 납작 엎드렸다. 그러든지 말든지 휘적휘적 일어난 황제는 시녀에게서 마른 수건을 받아 들고 턱에 묻은 하얀 거품들을 마저 닦아 냈다. 거울 속에는 눈 밑이 거뭇한 창백한 사내가 형형한 눈을 빛내며 서 있었다. 검은 수염이 없어진 얼굴은 깎아 낸 듯 수려했으나 미성숙한 소년처럼 강퍅하고 메말라 보였다. 하기사 잠 한숨 못 자고 뜬눈으로 지새운 낯이 멀쩡해 보일 리는 없었다. 맨몸뚱이가 드러난 양 휑한 얼굴께를 더듬으며 휘휘 손을 내젓자 눈치를 보던 이들이 기다렸다는 듯 소리 없이 방을 나갔다.

침묵이 흘렀다. 모두를 물린 후 텅 빈 방에 홀로 남아 거울에 비친 저를 들여다보던 황제는 불현듯 재차 중얼거렸다.

"죽여 버릴까."

그 칼끝이 어디를 향하는지도 불분명한 읊조림이었다. 기실 본인조차 몰랐다.

머릿속의 살의는 얀네를 향하다가도 일라드를 내리찍기도, 그러다 결국 저에게 돌아왔다. 프리가는 피식 코웃음 쳤다.

우선 그는 저 자신을 해칠 수 없었다. 아무리 스스로가 경멸스러워도 애초에 그럴 수 있는 위인이 아니었다. 그럼 그 여자는? 힘껏 졸랐던 가느다란 목이 떠올랐다. 그 즉시 덜덜 떨리는 손이 웃겼다. 이를 사리물 듯 주먹을 쥐었다.

교활한 계집. 나를 가지고 놀아? 결국 처음부터 끝까지 놀아났다.

그녀는 일라드 못지않게 프리가를 꿰뚫고 있었다. 제 남편에게 일러바치겠다는 악다구니 하나로 손발을 묶어 버린 것이다. 얀네는 그가 아무것도 하지 못할 것이라는 걸 알고 있었다.

실제로도 그는 밤새 열병 환자처럼 떨며 넋을 놓았다.

이제 어쩌지?

한심하게도 공황 상태에 빠진 머리가 읊조리는 첫마디는 이따위 것이었다. 마치 부모 잃은 아이라도 되는 양 어쩔 줄 모르고. 프리가는 이런 머저리 같은 말이나 되뇌고 있는 저 자신이 믿기지 않았지만 사실 그것이 솔직한 심정이었다.

어떡하나. 어찌해야 하나. 무엇이든 여의치 않았다.

라크나를 발견해 천국과도 같은 기쁨을 누렸지만, 그것은 지옥에서 올라온 초대장과도 같았다. 그 애를 만인 앞에 드러내고 자랑하고 싶은 소망이 절대 이뤄질 수 없는 꿈이라는 걸 인정하는 것만도 속이 쓰린데 일라드를 떠올리니 숨이 막히는 것 같았다. 하얀 열 손가락이 머리 가죽을 쥐어뜯듯이 검은 머리칼을 헤집었다. 억누른 신음이 터졌다.

일라드가 만약 이 사실을 안다면…….

그 여자 앞에서는 호기로운 척 지껄였지만 프리가는 할 수 있다면 제가 가진 모든 수단을 동원해서 일라드의 귀를 막을 것이다. 세상 모든 이들이 안다고 해도 수군거리는 그 입들을 도려내고, 손가락질하는 그 손들을, 아니면 네 눈과 귀를 멀게 해서라도……. 일라드, 그의 선량한 눈을 떠올리는 게 쇠꼬챙이로 뇌를 헤집는 듯이 고통스러웠다. 심장에 유리 파편이 들어간 것 같았다. 어찌해야 하나?

일라드. 라크나. 일라드. 라크나. 눈에 열이 올랐다. 흐느끼듯 눈가를 가린 프리가는 몸을 둥글게 웅크리고 헐떡거렸다.

네가 진실을 알면 어떡하지? 죽으려고 달려들지도 모르지. 날 용서해 줄까? 하하하. 그게 가능할 것 같나. 라크나는? 라크나, 가엾은 내 아들은…….

프리가는 충혈된 눈을 가늘게 떴다. 온갖 모략과 수가 수십 가지의 선을 그렸다. 천에 하나, 만에 하나 일라드가 모든 걸 알고도 제 군주에게 차마 반기를 들지 못한다면…… 혹은 너그럽게 죄인들을 용서해 준다면 모든 게 괜찮아질 것인가?

일라드의 성격에 자랑스러운 둘째가 친아들이 아니라 밝혀진다 한들 죄 없는 어린아이를 내치지는 않을 것이다. 뻐꾸기 알을 품은 멍청한 새처럼 끝까지 품으려 하겠지. 하지만 결코 프리가에게 그 애를 보여 주지 않으려 할 게 뻔했다. 연적으로서건 아버지로서건 간에. 일라드는 선량한 성정일 뿐 우둔한 인물은 절대 아니었다. 황제 프리가의 충신, 유일한 친우. 그러나 가장 가깝다는 건 역으로 가장 위험한 인물이란 뜻이다.

후손에게 집착하는 프리가에게 어떤 것이 가장 고통스러울지 일라드만큼 잘 알고 효과적으로 고문할 수 있는 이는 없었다. 아내와 아들을 데리고 멀리 떠나 은거해 버릴지도 모른다. 그리 상상하자니 심장이 뻥 뚫린 것처럼 공허했다. 차라리 칼을 빼 들고 죽이려 드는 게 나을 것 같았다. 그렇다면 좀 더 쉬울 텐데.

역모죄를 씌워서 유폐형을 내리면 별수 없이 얌전해지지 않을까? 그래. 나쁘지 않은걸. 아니야. 그럼 내 아이가 반역자의 아들이 될 게 아닌가. 가만, 지금 이게 문제가 아니지. 일라드에게는 군권이 있지 않은가?

광인처럼 돌아가던 머리가 찬물 맞은 듯 번쩍 뜨였다. 왜 이걸 잊고 있었지.

황제의 신임을 받는 테오도르 백작은 사병을 포함해 수도 경비대의 지휘권, 전시상 군 통수권자로서 이 나라의 군권 절반 이상을 쥐고 있었다. 저가 친히 대귀족들을 죽이고 협박하여 하나씩 뺏어 온 군대를 그에게 주었다. 이때까지야 그것에 우려할 필요가 없었지만, 지금은 다르다. 쭈뼛 등 뒤가 서늘해졌다.

그가 마음먹고 반란을 일으킨다면 어떻게 되겠는가? 막을 수 있나? 황급히 대적할 만한 제 다른 권세를 찾아보았지만 기껏해야 마벨 변경백과 그 밖의 두엇들이 전부였다. 그러나 일라드에게 대 보자니 하나같이 부족해 보였다. 손끝이 싸늘했다. 초조함에 마른세수를 하며 엎치락뒤치락거리는 심장께를 쥐어뜯었다. 빌어먹을.

그럴 리가 없다. 제아무리 분노하더라고 일라드가 저를 배신할 리가.

하지만 먼저 그를 배신한 건 저가 아닌가?

역사서를 탈탈 털어 보지 않아도 수족과 같았던 군신지간이 틀어지고 피와 배반으로 막을 내리는 이야기는 흔하고 넘쳤다. 그들도 하나같이 첫 시작은 숭고하고 아름다웠다. 기사의 맹세, 충성, 군주의 신뢰. 그러나 힘의 균형이 어긋나는 순간, 그들이 실제로 어떠한 마음이건 상관없이 가장 강한 권력을 가진 신하는 숙청당했다. 프리가는 일라드와 그들이 이런 흔한 사례에 속할 거라 생각해 본 적이 없었다. 그 녀석은 단순한 신하 따위가 아니니까. 그는 나의…….

'과연 아무리 그이라도 그 대단한 친우가 아내를 겁탈했는데도 용서해 줄까.'

'당신들은 그게 대단한 우정이라고 내심 흡족하고 기세등등하지. 착각하지 마세요, 폐하. 내 남편이나 당신이나 저가 될 수 없는 것에 대리 만족하고 집착하면서 서로를 보며 자위하는 머저리들일 뿐이야.'

내내 귀히 여기던 보물이 발아래로 처박힌 기분이었다. 어지러워서 이마를 짚었다.

일라드가 만약 전쟁터에서 군대를 틀어 수도를 친다면? 막을 방법이 없다.

하지만 저를 죽인다 한들 누구를 황제로 세울 수 있겠는가. 황족의 씨가 말라붙은 지 오래였다. 기껏해야 나이 든 아버지의 누이 비올란테 황녀와 어린 제 자식들뿐. 게다가 황후 또한 바보가 아니었다. 루크레치아라면 어떻게든……. 그러나 그녀가 라크나의 존재를 알게 된다면? 수차례 알렉시온을 두고 다퉜던 기억들이 뇌리를 스쳤다.

작정한 일라드가 황후와 손을 잡으면 어떻게 되는 거지? 그는 제 아내의 권력욕과 모성애가 지아비에 대한 신의와 사랑보다 못할지 확신이 서지 않았다.

역사는 결국 승리자의 기록이다. 모반의 죄야 적당한 놈에게 뒤집어씌우고 적통인 알렉시온을 황좌에 앉힌다면 일라드가 집착하는 정통성이나 명분이야 차고도 넘치지 않겠는가. 프리가 저라도 단 하나의 손해도 없이 복수도 하고 권력도 차지할 방법이 있다면 주저하지 않을 터였다. 일라드가 설사 여기까지 할 생각이 없다 하더라도 신망이 두터운 그에게는 이 정도 책략 정도야 귀띔해 줄 충성스러운 인재가 차고 넘쳤다. 혹은 이때다 싶어 황권을 쥐고 싶어 하는 승냥이들이라든가. 지금 당장 떠오르는 얼굴만 해도 다섯 손가락이 넘어갔다.

최악을 그리는 미친 상상이 극단까지 치밀어 비명을 질렀다. 사방에서 불길이 번져 오는 듯했다. 거칠게 마른세수를 하는 그의 푸른 눈이 섬뜩하게 번뜩였다. 이건 더 이상 그 개인의 문제가 아니었다.

비겁한 인간은 주춤거렸어도 위정자의 결단은 빨랐다. 순식간에 달필로 황제의 칙서를 써 내리고 봉인까지 하고 나서야 불길하게 뇌리에 가득 차올랐던 속삭임들이 멎어 있었다. 넘어야 할 선, 내디뎌야 할 붉은 길이 선명했다. 예전 친부를 죽이고 황제의 관을 썼던 그때처럼.

하지만 마지막의 마지막까지 그는 머뭇거렸다. 그만한 무게였다. 일라드. '그' 일라드. 나의 일라드가 아닌가. 일라드는 사랑하는 이가 저를 괴롭게 할지언정 상대를 찌르는 것보다 결국 제 손을 찌를 사람이었다. 미친 아내에게 화 한 번 못 내고 전쟁터로 떠나 버린 녀석인데.

그래. 설마. 그럴 리가 없어. 웃기지 마. 현실을 보라고! 아니야. 아니라고. 그래도 혹시……?

칙서를 쥔 손이 가늘게 떨렸다. 이것은 돌이킬 수 없는 선택이 될 것이다. 거뭇하게 죽은 눈이 누군가의 죽음이 될 편지에서 활활 타오르는 벽난로로 향했다. 아직 늦지 않았다. 되돌릴 수 있어. 당연하게 쌓아 왔던 긴 세월의 기억이 스쳐 지나가고 끝으로 일라드의 미소와 어린 라크나의 얼굴이 떠올랐다.

어쩌면 그는 그쯤에서 멈췄을지도 모른다. 바로 그때 문을 두드리는 소리가 울리지 않았다면.

"폐하. 테오도르 백작 부인의 하인이 검문소에서 붙잡혔다 합니다."

혹시나 해서 얀네에게 붙여 두었던 기사의 조아린 머리를 내려다보는 황제의 얼굴은 무표정했다. 경련하는 오른쪽 뺨만 아니었다면 퍽 태연하게 보였으리라.

"무슨 일로?"

"국경으로 몰래 서신을 보내려다가……."

뭔가가 저 안에서 바삭 부서지는 듯했다.

'싫어! 말해 버릴 거야. 일라드에게 당신이 한 짓 다 말해 버릴 거라고!'

"그 서신을 내게 가져오고 이것을 테오도르 백작에게 전해라."

최대한 빨리.

멈출 수 없는 화살이 활시위를 떠났다.

✤

테오도르 백작의 전사 소식이 전해진 건 늦더위가 말라 죽어 가던 여름 끝자락, 어느 화창한 날이었다.

그의 피 묻은 검과 갑옷을 받아 든 백작 부인이 그대로 혼절했다는 말들이 들려왔다. 영웅의 어린 아들들과 젊은 과부만 불쌍하게 되었다는 둥, 그가 너무 무리하게 공을 세우려 한 게 착오였다며 쯧쯧 혀를 찼다.

장례는 그의 시신이 도착하는 대로 서둘러 치러졌다. 충격에 빠진 유족의 뜻이라기보단 황제의 의지였다. 유별나게 각별했던 친우의 죽음에 그는 백작 부인처럼 정신을 놓지는 않았지만, 안색이 변해 눈물을 뚝뚝 흘릴 만큼 상심했다. 그를 목격한 많은 이들이 두 군신의 우정을 칭송하며 한편으로는 군주의 슬픔을 안타까워했다. 황제는 죽은 이의 시신이 장례를 치르기도 전에 썩어 가는 것을 원치 않았다. 이례적으로 황실의 장의사들이 시신을 염하고 감쪽같이 수습해 향이 나는 비단을 넣은 석관에 안치하니 꼭 죽은 것이 아니라 잠이 든 것만 같았다. 하기사 백작의 죽음 이후 유독 신경이 예민해진 황제가 성에 차지 않으면 목을 치리라 별렀으니 그들은 새 주검을 찾아와 대신 눕히는 한이 있더라도 완벽해야 했다. 그렇지 않으면 백작보다 저들이 먼저 땅속에 묻힐 테니.

그리고 확실히 장의사들의 실력은 출중했다.

"죽은 게 맞더냐?"

황제는 한참 관 안에 누운 이를 내려다보더니 이리 말했다. 그들에게서 한 발짝 물러서 있던 궁정장은 황급히 그러하다 고했다.

프리가는 관 가장자리를 짚고 허리를 숙여 시신을 바짝 가까이서 바라보았다. 눈을 가늘게 뜨고 내려다보는 모양이 곧잘 그에게서 보이던 애통함이나 그리움 대신 비인간적인 관찰의 시선뿐인지라 이상하고 기이한 광경이었다. 그러나 정작 창백하게 패인 뺨에는 그가 흘리다 만 눈물 자국이 말라붙어 있었다. 눈치를 보던 조문객들이 썰물처럼 빠져나간 것도 못 알아차릴 만큼 그는 광적으로 시신에 몰두해 있었다.

"일라드."

당연하게도 대답은 없었다. 그의 침묵과 밀랍 같은 피부에서는 차가운 한기만이 느껴졌다. 죽었다. 정말 죽어 버린 것이다. 그 일라드가. 형언할 수 없는 감정이 밀려 들어와 입을 틀어막았다. 잠깐 심호흡을 하며 미간을 문지르다가 다시 말없이 누워 있는 남자를 들여다본다. 희게 분을 바르고 입술까지 붉게 칠하니 감쪽같이 잠에 빠진 것만 같았다. 당장이라도 일어나 화를 내고 한숨을 쉬고 다정하게 웃어 줄 것처럼.

그러나 그는 그럴 수 없을 것이다. 앞으로도, 영원히. 일라드로 인해 안도하거나 웃고 짜증을 내고 초조해할 일도 없을 것이다. 함께 사냥을 가고 술을 마시며 훌쩍 지나가 버린 젊은 시절을 그리워하지도 못하겠지. 중대한 일을 의논하거나 한탄하지도 못할 것이다.

그리고 더 이상 네가 비밀을 알아차릴까 공포에 질리지도 않을 것이다.

이제야 그의 죽음이 실감이 되었다. 문득 프리가는 외로움을 느꼈다. 얕게 풀린 올마냥 눈에 띄지 않다가 점차 줄줄이 풀려 나가는 실밥과 너덜거리는 천처럼 심장이 붉은 실로 주르륵 분해되고 흐느적거렸다. 그가 일찍이 느끼던 고독과는 달랐다. 아니 같았다. 조금 더 구체적이고 지독해졌을 뿐 같은 허함이었다. 그래, 그뿐이었다.

프리가는 헐떡이듯 숨을 들이쉬며 움푹한 눈가를 문지르다 느리게 시신의 머리칼을 쓰다듬었다. 말라붙은 양 딱딱하기 그지없었다. 미세하게 떨리는 손끝이 하얀 이마와 고른 눈썹을 더듬었다. 이쯤에 흥터가 있었다. 황제에게 전시하기 위해 흠 하나 없이 단장하느라 원래의 상냥한 흉도 가려 버린 모양이었다. 오래 묵은 비석의 녹을 지우듯이 문질러 그것을 찾아냈다. 하, 탁한 한숨이 흘렀다. 어쩌면 비명일지도 몰랐다. 유년기의 폐허를 마주한 것처럼 그는 짐승 같은 소리를 내며 무너져 내렸다.

"일라드. 일라드……."

관 옆에 주저앉아 울음을 터뜨렸다. 쾅쾅 제 이마를 찧으며 흐느끼다 시신의 수의를 부여잡고 정신없이 중얼거린다. 미안하다. 미안해. 어린아이처럼 몸을 웅크리고 울부짖다가 이마를 부여잡았다. 강렬한 죄악감과 상실감이 전신을 짓눌렀다.

그 죄책감에는 그가 눈을 감는 그 순간까지 진실을 알지 못하고 죽었다는 안도도 뒤섞여 있었다.

의로운 일라드는 처음부터 끝까지 프리가를 위해 살다 죽었다. 결국 그의 삶에서 가장 중요한 인물은 프리가였다. 마지막까지 그에게 프리가는 가장 충실한 친우이자 신뢰하는 주군, 사랑하는 벗으로서 남았으리라. 참 다행이었다.

기만보다는 죽음이 낫지. 그렇지, 일라드?

"분명 너에게도 그게 더 나을 거야."

프리가는 혼자 고개를 주억거리며 뭉개진 시신의 얼굴을 정성껏 쓰다듬었다. 힘이 들어간 손길 탓에 끄트머리가 무너졌던 눈썹과 이마가 얼추 제자리로 돌아왔다. 다행이었다. 그는 죽었어도 고고하고 아름다웠다. 조용한 벗을 내려다보며 프리가는 다정하게 웃었다.

"평온한 안식이 함께하기를."

마지막으로 고인의 이마에 키스를 하기 위해 허리를 숙였다. 바로 그때, 눈을 뜬 일라드가 그를 똑바로 쳐다보았다.

"으헉!"

놀라 곤두박질을 친 프리가는 혼비백산하여 뒤로 기어갔다. 세상에, 신이시여! 일라드, 일라드가! 허겁지겁 허리춤에 찬 칼을 **빼** 들며 무엇을 베어야 하는지도 모르는 채 앞으로 치켜들었던 프리가는 사방이 제 거친 숨소리 **빼**고는 조용하기 짝이 없자 뒤늦게 의구심이 들었다. 저가 잘못 보았나? 하지만 분명 눈이 마주쳤는데?

턱에 잔뜩 힘을 주며 다시 관 속을 들여다보았다. 식은땀이 가득한 손아귀에 차가운 대리석이 닿자 정신이 번쩍 들었다. 일라드는 여전히 곱게 잠들어 있었다. 그리 한참을 보고 나서야 한시름 놓고 힘이 들어갔던 검 자루를 늘어뜨렸다. 날 전부가 뽑혀 나온 칼을 자각하자 찜찜하여 눈살을 찌푸렸다. 저 내면에 숨어 있던 검은 것이 기어 나온 양 얼굴이 화끈거렸다. 도망치듯 그것을 집어넣고 다시 유심히 시신을 들여다보았다. 환각인가? 그러기에는 너무도 생생하였다. 찰나 그는 저가 미쳐 버린 건가 의심했다.

떨떠름하고 의심이 가득한 목소리가 죽은 자의 이름을 불렀다.

"일라드?"

그의 부름에 대답이라도 하려는 걸까. 다시 죽은 이의 눈꺼풀이 들썩거렸다. 이번에는 비명도 지르지 못한 채 얼어붙은 프리가의 앞에서 시신의 눈이 꿈틀거리며 열리더니 검고 반질거리는 것이 기어 나왔다. 꿈에 나올까 두려운 광경이었음에도 맥이 탁 풀렸다. 검은머리 유충. 금화 한 닢이라는 별명이 붙은 나비의 애벌레였다. 주로 시체에 기생한다는 말은 언젠가 들은 적이 있다.

겨우 벌레 따위에 그리 겁을 먹다니. 못마땅하여 마른 **뺨** 위에서 꿈틀거리는 걸 떼어 내려 손을 뻗는 찰나, 그것의 배가 입술 오물거리듯 갈라지더니 쭈글쭈글한 것이 기어 나왔다. 시체 먹는 징그러운 생명체와 안 어울리게 갓난 나비의 날개는 희고 노란 빛이 쨍했다. 말 그대로 노란 금화처럼. 이제야 그 해괴한 별칭을 납득했다. 장례를 치르며 망자들의 강을 건너는 뱃삯을 눈가에 얹어 주는 풍습에서 유래한 것이리라.

상황과 맞지 않을지 모르나, 이상하게도 프리가는 어린 날의 그들이 기르던 강아지를 떠올렸다. 다투고 싸웠던 조그만 그 강아지. 결국에는 죽어 버렸던 연약한 동물. 동그란 무덤을 만들어 주자 제 어깨에 기대 울던 일라드가 생각났다. 눈물이 한가득이던 그 커다란 눈. 저만 바라보던 순진한 눈동자.

프리가,

'강아지는 좋은 곳으로 갔을까?'

어느덧 날개를 활짝 편 나비는 몇 번 날갯짓을 하더니 팔랑팔랑 날아올랐다. 프리가의 멍한 시선이 그 하늘거림을 좇았다. 몇 차례 핑그르르 관 위를 맴돌던 것은 일라드의 몸 위를 덮은 가문의 문장 위에 내려앉았다. 테오도르의 검은 매의 머리가 노란 것으로 뒤덮였다. 마치…….

"왕관을 쓴 것 같군."

저도 모르게 중얼거린 프리가는 흠칫 놀라고는 미간을 찡그리며 나비를 내쫓았다. 불길하고 사특한 것이 일라드의 시신에 붙어 있는 게 못마땅했다. 그것을 완벽히 쫓아내었다 확신하고 나서야 몸을 돌렸다. 뚜벅뚜벅 방을 가로지르던 발걸음이 화려한 액자와 흉상을 지나다 멈춰 섰다. 잠깐의 정적, 되감아 온 몇 걸음, 그리고 어느 테이블 앞에 한쪽 무릎을 꿇은 그의 커다란 손이 막힘없이 하얀 테이블보를 걷어 냈다.

기시감이 치밀었다. 찰나 프리가는 어린 시절의 일라드와 마주한 듯한 착각에 빠졌다.

곧 얼굴 가득 미소가 번졌다.

"라크나."

웅크리고 앉아 빤한 시선을 보내는 소년은 황제를 향한 어떠한 예도 취하지 않았지만 프리가는 아랑곳하지 않았다. 눈물이나 겁은커녕 속을 알기 힘든 말간 눈이 그늘 속 어린 짐승의 것처럼 빛났다. 이 아이가 울지 않는 것이 더 그를 기쁘게 만들었다.

"왜 여기서 이러고 있니?"

라크나가 아무런 대꾸도 하지 않을지라도 프리가는 그저 기꺼웠을 것이다. 하지만 소년은 조용히 대답했다.

"아무도 나를 보지 못하니까요."

이 아이가 무슨 생각을 하고 있는지 궁금했다. 그러나 더 캐묻는 대신 이해한다는 듯 고개를 끄덕였다.

"그래. 가끔 사람들이 성가실 때가 있지."

"황제 폐하께서는 만인 위에 군림하시는 분 아닌가요?"

"맞아."

그러함에도 인간의 숨결과 그 뜨뜻함, 냄새는 역겨울 만큼 거슬릴 때가 있어. 나직하게 중얼거리는 그의 읊조림을 소년은 기이하게 보는 것 같기도, 혹은 이해하는 것처럼 응시해 왔다. 참으로 얌전한 아이가 아닌가. 프리가는 손을 내밀었다.

"이리 온."

아이는 순순히 그에게 몸을 맡겨 왔다. 두 팔 가득 안아 들고 일어섰다. 저와 꼭 같은 숱진 검은 머리칼이 턱끝을 간지럽혔다. 소년의 더운 온기와 청량한 살 내음에 일찍이 맛보지 못한 만족감이 그를 삼켜 왔다. 평화, 안정과도 흡사하리라. 비교하자면, 그래. 프리가는 일라드와 함께 있는 것만 같았다. 입가에 미소가 번졌다.

죽을 때까지 다시 누리지 못할 거라 여겼던 감각이었다.

만족스레 웃으며 자리를 뜨는 그의 등 뒤로, 소년 라크나의 새파란 눈이 죽은 아비의 관 위로 머물렀다.

때를 기다리는 살모사가 밤의 모래 속으로 잠겨 들듯이 앳된 눈매가 가늘어졌다.

이내 문이 닫혔다.

붉은 미궁
Red Labyrinth

1판 1쇄 찍음 2019년 12월 20일
1판 1쇄 펴냄 2019년 12월 30일

지은이 대 삶
펴낸이 정 필
펴낸곳 (주)뽈미디어

기획 · 편집 박경희, 권지영, 문지현
표지 디자인 우 물

출판등록 2002년 9월 11일 (제1081-1-132호)
주소 경기도 부천시 소향로 17, 303(두성프라자)
전화 032)651-6513 팩스 032)651-6094
E-mail bbulmedia@hanmail.net
비북스 http://b-books.co.kr

ISBN 979-11-90547-10-9 03810